OPERACIÓN TEHERÁN

OPERACIÓN TEHERÁN

JOEL C. ROSENBERG

TYNDALE HOUSE PUBLISHERS, INC.
CAROL STREAM, ILLINOIS, EE. UU.

Visite Tyndale en Internet: www.tyndaleespanol.com y www.BibliaNTV.com.

TYNDALE y el logotipo de la pluma son marcas registradas de Tyndale House Publishers, Inc.
TYNDALE and Tyndale's quill logo are registered trademarks of Tyndale House Publishers, Inc.

Operación Teherán

© 2012 por Joel C. Rosenberg. Todos los derechos reservados.

Originalmente publicado en inglés en 2011 como *The Tehran Initiative* por Tyndale House
Publishers, Inc., con ISBN 978-1-4143-1935-3.

Fotografía de la portada © por Tibor Bognar/Photononstop/Photolibrary. Todos los derechos
reservados.

Fotografía del autor © 2005 por Joel Rosenberg. Todos los derechos reservados.

Diseño: Dean H. Renninger

Traducción al español: Mayra Urízar de Ramírez

Edición del español: Mafalda E. Novella

Algunos versículos bíblicos y palabras de Jesús han sido tomados o adaptados de la *Santa
Biblia*, Nueva Traducción Viviente, © Tyndale House Foundation, 2010. Usado con permiso
de Tyndale House Publishers, Inc., 351 Executive Dr., Carol Stream, IL 60188, Estados
Unidos de América. Todos los derechos reservados.

ISBN 978-1-4143-1937-7

Impreso en Estados Unidos de América

Printed in the United States of America

18 17 16 15 14 13 12
7   6   5   4   3   2   1

A todos nuestros amigos de Irán y el Medio Oriente
que anhelan ser libres.

NOTA DEL AUTOR

Teherán, Irán, tiene hora y media de adelanto con respecto
a Jerusalén, y ocho horas y media con respecto
a Nueva York y a Washington, DC.

REPARTO DE PERSONAJES

ESTADOUNIDENSES

David Shirazi (alias Reza Tabrizi)—oficial de campo, Agencia Central de Inteligencia

Marseille Harper—amiga de niñez de David Shirazi; hija del agente Charlie Harper

Jack Zalinsky—agente principal, Agencia Central de Inteligencia

Eva Fisher—oficial de campo, Agencia Central de Inteligencia

Roger Allen—director, Agencia Central de Inteligencia

Tom Murray—subdirector de operaciones, Agencia Central de Inteligencia

Dr. Mohammad Shirazi—cardiólogo, padre de David Shirazi

Nasreen Shirazi—madre de David Shirazi

William Jackson—presidente de Estados Unidos

Mike Bruner—agente del Servicio Secreto, asignado al presidente Jackson

IRANÍES

Dr. Alireza Birjandi—erudito preeminente de escatología islámica chiíta

Najjar Malik—ex físico, Organización de Energía Atómica de Irán

Javad Nouri—principal asistente gubernamental

Ayatolá Hamid Hosseini—Líder Supremo

Ahmed Darazi—presidente de Irán

Jalal Zandi—físico nuclear

Firouz Nouri—líder de una célula terrorista iraní

Rahim Yazidi—miembro de la célula de Firouz Nouri

Navid Yazidi—miembro de la célula de Firouz Nouri

Ali Faridzadeh—ministro de defensa

Mohsen Jazini—comandante del Cuerpo de la Guardia Revolucionaria Iraní

Dr. Mohammed Saddaji—físico nuclear (fallecido)

ISRAELÍES

Aser Neftalí—primer ministro de Israel

Leví Shimon—ministro de defensa

Capitán Avi Yaron—comandante, escuadrón de la Fuerza Aérea Israelí

Capitán Yossi Yaron—comandante, escuadrón de la Fuerza Aérea Israelí

OTROS

Muhammad Ibn Hasan Ibn Ali—el Duodécimo Imán

Tariq Khan—físico nuclear paquistaní, emplazado en Irán

Iskander Farooq—presidente de Paquistán

Abdel Mohammad Ramzy—presidente de Egipto

PREFACIO
DE *EL DUODÉCIMO IMÁN*

David Shirazi se preguntó si lograrían llegar al refugio en Karaj.

Mientras avanzaba lentamente hacia la Plaza Azadi en Teherán con una gran congestión de tránsito, vio las luces intermitentes de autos de policías adelante de él. A pesar del zumbido de los *jumbo jet* y de los aviones de carga que aterrizaban en el Aeropuerto Internacional de Mehrabad, podía escuchar las sirenas que se acercaban. A su lado estaba sentado el doctor Najjar Malik, el científico nuclear más destacado de la República Islámica de Irán y el desertor más valioso para la Agencia Central de Inteligencia de una generación.

—Están instalando un control de carretera —dijo David.

Najjar se puso tenso.

—Entonces tenemos que salir de este camino.

David estuvo de acuerdo. El problema era que cada calle lateral de allí a la plaza estaba llena de cientos de conductores, que también trataban de salir del atascamiento vehicular.

—Vamos a tener que deshacernos de este auto.

—¿Por qué? ¿Para qué?

—En el momento en que un oficial de policía ingrese estas placas, va a aparecer su nombre. No vamos a querer estar en el auto cuando esto ocurra.

Sin ninguna advertencia, David giró el volante fuertemente hacia la derecha. Atravesó velozmente por dos filas de tránsito, ocasionando que una ola de conductores enojados sonaran sus bocinas.

Bajo ninguna circunstancia podía permitirse que lo atraparan, o que lo implicaran en la extracción de Najjar del país. Cualquiera de las dos cosas echaría a perder su identidad ficticia y comprometería todo el trabajo que había hecho. El círculo íntimo del Duodécimo Imán dejaría de usar los nuevos teléfonos satelitales que acababa de proporcionarles. Los equipos técnicos de MDS serían expulsados del país. El esfuerzo multimillonario de la CIA para penetrar en el régimen de Irán se echaría a perder. Y dado que Irán ya tenía la Bomba, la CIA necesitaba cualquier ventaja que pudiera obtener.

David oyó una sirena detrás de ellos. Maldijo cuando miró por el retrovisor y vio las luces intermitentes, como diez autos atrás. Pensó que una patrulla de la policía había observado su salida rápida y descuidada del Camino Azadi y habían sospechado de él. Najjar, más tranquilo de lo que David habría esperado bajo las circunstancias, inclinó la cabeza y comenzó a orar. David admiraba su valor. Mientras las cosas se ponían peor, más calmado estaba el hombre.

La sirena y las luces intermitentes se acercaban. David giró el volante, saltó el bordillo, sacó el auto de Najjar de la calle congestionada y, sobre la acera, presionó el acelerador. Los peatones comenzaron a gritar y a quitarse del camino, a medida que David se abría paso por los basureros. La patrulla de policía quedó atrás, y David se permitió sonreír.

Sin embargo, el escape fue momentáneo. Cuando llegaron a la Calle Qalani y giró bruscamente a la izquierda, otra patrulla de policía lo esperaba. David zigzagueó en el tránsito, pero a pesar de pasar volando por los semáforos, estaba perdiendo terreno continuamente. Najjar ya no estaba orando. Estaba estirando el cuello para ver qué pasaba detrás de ellos y apremiaba a David para que fuera más rápido. El camino adelante estaba llegando a su fin. David le sugirió a Najjar que se agarrara de la manija de la puerta y que se preparara para el impacto.

"¿Por qué?," preguntó Najjar en el último momento. "¿Qué va a hacer?"

David no respondió la pregunta. En lugar de eso, frenó bruscamente y giró el volante fuertemente hacia la derecha, lo que envió el auto rechinando y girando entre cuatro filas de tránsito.

Chocaron dos veces. Primero con la mismo patrulla de policía. Después con un camión de entrega que iba hacia el sur y que no los vio venir. Las bolsas de aire dentro del auto de Najjar explotaron con el impacto y les salvaron la vida, pero llenaron el auto de humo y de gases. Sin embargo, la de ellos no fue la única colisión. En menos de seis segundos, David había ocasionado una colisión múltiple de diecisiete autos en el Bulevar Azizi, paralizando el tránsito en todas las direcciones.

David se quitó el cinturón rápidamente.

—¿Está bien? —preguntó.

—¿Todavía estamos vivos?

—Sí —dijo David y examinó a su nuevo amigo para ver si tenía alguna herida seria—. Lo logramos.

—¿Está loco?

—Necesitábamos una distracción.

David no pudo salir por la puerta del conductor. Se había dañado mucho. Por lo que trepó al asiento de atrás, que estaba lleno de fragmentos de vidrio roto, y de una patada abrió la puerta del pasajero de atrás. Salió de un salto del auto y examinó la escena. Era un lío tremendo en ambas direcciones.

El auto del policía era un montón de escombros que ardían. La gasolina goteaba por todos lados. David temía que una sola chispa pudiera hacer estallar todo el asunto hacia arriba. Adentro, el oficial solitario estaba inconsciente.

Usando todas sus fuerzas, David abrió la puerta del conductor y examinó el pulso del hombre. Afortunadamente, todavía estaba vivo, pero tenía un feo corte en la frente y su rostro estaba cubierto de sangre. David se metió en el bolsillo el revólver calibre .38 del oficial y una radio portátil. Entonces sacó al oficial de los escombros, dejándolo en la acera a una buena distancia.

David regresó cojeando al auto de Najjar, y se dio cuenta de que se había golpeado su rodilla derecha peor de lo que había creído. Miró hacia abajo y observó que sus pantalones estaban rasgados y que le salía sangre de la rodilla.

—¿Está listo para moverse? —preguntó David, acercándose hacia el lado del pasajero.

—Creo que sí —dijo Najjar, con sus brazos ocupados con la computadora portátil y los accesorios.

—Bien. Sígame.

Caminaron hacia el norte, como unos cien metros, antes de que David se volteara, sacara el revólver calibre .38, apuntara hacia el tanque de gas del Fiat retorcido de Najjar y tirara del gatillo. El auto explotó en una masiva bola de fuego, que no solamente arrasó el vehículo, sino también todos los rastros de sus huellas digitales y ADN.

—¿Por qué hizo eso? —preguntó Najjar atónito, protegiéndose los ojos del intenso calor de las llamas.

David sonrió.

—Prevención.

★   ★   ★   ★   ★

David caminó hacia el norte, por el centro del Bulevar Azizi.

Mientras Najjar lo seguía de cerca, cojeaba mientras pasaban por autos destrozados y automovilistas perturbados, obsesionados con el fuego y el humo. Sujetó la radio del policía a su cinturón y se colocó el audífono. Entonces su teléfono vibró. Era un mensaje de texto de su colega de la CIA, Eva Fischer, diciéndole que llamara a su jefe, Jack Zalinsky, en la forma segura. Lo hizo inmediatamente, pero fue Eva la que en realidad levantó el teléfono.

—¿Te has vuelto loco? Todo el centro de Operaciones Globales están viéndote por un satélite Keyhole. ¿Qué estás haciendo?

La conversación en la radio de la policía se intensificó de repente.

—En realidad no puedo hablar ahora —dijo David—. ¿Necesitas algo?

—Te encontré un avión —dijo—. Estará en Karaj esta noche.

De repente unos disparos sonaron e hicieron pedazos un parabrisas al lado de ellos. Instintivamente, David se lanzó al suelo y jaló a Najjar junto con él, entre un Peugeot y un Chevy, dejando caer su teléfono al hacerlo. La gente comenzó a gritar y a correr para protegerse. Pudo escuchar a Eva que gritaba: *"¿Qué es eso? ¿Qué está pasando?,"* pero él no tuvo tiempo de responder. Tomó el teléfono y lo metió en su bolsillo. Le ordenó a Najjar que se quedara en el suelo, sacó el revólver y trató de obtener un ángulo de la persona que les estuviera disparando.

Se oyeron dos disparos más, que destrozaron el parabrisas del Peugeot. David se volvió a lanzar al suelo y se cubrió la cabeza para protegerse de los vidrios que volaban. Pudo ver por debajo de los autos que alguien se dirigía hacia él. Se levantó y echó un vistazo. Otro disparo le pasó zumbando y penetró en la puerta del Chevy.

Exactamente enfrente, tal vez a nueve metros de distancia, había un camión de basura. David volvió a revisar para asegurarse de que Najjar estuviera bien, luego corrió hacia la parte posterior del camión. Su movimiento atrajo más fuego. Pero también le dio la oportunidad de ver quién estaba disparando. La chaqueta y gorro azules fueron reveladores. Era un oficial de policía de la ciudad de Teherán.

Entonces la voz del oficial hizo ruido en la radio.

—*Base, esta es la Unidad 116. Estoy en el lugar de la colisión. Un oficial herido con múltiples lesiones. Testigos dicen que alguien se robó el revólver de servicio del oficial. Actualmente estoy persiguiendo a dos sospechosos a pie. Se han hecho disparos. Pido apoyo inmediato.*

—Unidad 116, esta es la Base, entendido. Apoyo en camino. Espere.

Esto no era bueno. David gateó a un lado del camión de basura esperando flanquear al oficial por la derecha, luego se detuvo, cuando oyó el ruido de vidrio que era triturado a unos metros de distancia.

David trató de controlar su respiración y cuidadosamente eligió su próximo movimiento, mientras los pasos se acercaban cada vez más. Podía escuchar más sirenas que se acercaban rápidamente. Ya no tenía tiempo. Dio tres pasos y giró cerca del frente del camión, apuntó con la .38 y se preparó para jalar del gatillo. Pero no era el oficial. Era una niñita, de no más de seis años, que temblaba y estaba asustada.

¿Cómo llegó aquí? ¿Dónde está su madre?

Se oyeron otros tres disparos. David se lanzó al suelo y cubrió a la niña con su cuerpo. Se quitó su chaqueta y la envolvió en ella, luego se volvió a acuclillar y trató de volver a tener al oficial en la mira.

Pero ahora había dos.

David tenía una buena oportunidad con uno de ellos, pero no se atrevía a disparar encima de la niña. Por lo que se lanzó a la derecha, cojeando hacia un sedán azul que estaba adelante. Una vez más, disparos brotaron violentamente a su alrededor. David apenas pudo ponerse a salvo detrás del sedán. Apretó los dientes y contuvo la respiración, entonces sacó otra vez la cabeza para evaluar la situación. Uno de los oficiales estaba corriendo directamente hacia David, mientras el otro comenzó a correr hacia Najjar. David no vaciló. Levantó el revólver y disparó dos veces. El hombre cayó al suelo a no más de cinco metros de la posición de David.

David no tenía tiempo que perder. La adrenalina corría por su sistema y se abrió camino hacia el primer oficial, le quitó el revólver de la mano y corrió hacia el segundo. Se impulsó a toda prisa por el laberinto de autos, se acercó al camión de basura y se detuvo rápidamente para ver por un costado. El segundo oficial lo estaba esperando y disparó un tiro. David se hizo hacia atrás, esperó un segundo, luego miró otra vez y disparó.

El hombre disparó tres veces más. David se lanzó detrás del Chevy y luego se tiró al suelo y disparó por debajo del auto, a los pies del oficial. Uno de los disparos le dio directamente. El hombre cayó al suelo, gimiendo de dolor. David podía oír que pedía ayuda por radio y que daba la descripción física de David a sus superiores. Entonces, antes de que David se diera cuenta de lo que estaba ocurriendo, el oficial gateó por el frente del Chevy, le apuntó a David en el pecho y volvió a disparar. Instintivamente David se inclinó a la derecha, pero el disparo le pasó rozando el brazo izquierdo. Se enderezó, apuntó y disparó dos balas más a la cabeza del oficial, matándolo instantáneamente.

El teléfono celular de David sonó, pero lo ignoró. Tenían que salir de allí. No podían dejarse capturar. Pero no podía encontrar a Najjar en ninguna parte.

El teléfono volvió a sonar, pero él volvió a ignorarlo. Frenético, David buscó a Najjar adentro, atrás y alrededor de un auto tras otro. Ahora su teléfono vibró. Furioso, revisó el mensaje de texto y encontró este mensaje de Eva: 3er edfc drch.

De repente David lo entendió. Miró al cielo, agradecido por Eva y su equipo que le cuidaban la espalda desde arriba, a 320 kilómetros de distancia. Se abrió camino en la calle, hacia el tercer edificio de departamentos a la derecha. Con el revólver en la mano, lentamente avanzó hacia la entrada.

David echó un vistazo en el vestíbulo.

Najjar estaba allí, pero no estaba solo. En el piso de mármol, al lado de él estaban la computadora y los accesorios. Y en los brazos de Najjar estaba la niñita de seis años de la calle. Él trataba de mantenerla con calor y le decía que todo saldría bien.

David comenzó a respirar otra vez.

—¿No le dije que no se moviera?

—No quería que le diera un disparo —dijo Najjar.

David limpió la sangre de su boca.

—Tenemos que irnos.

★ ★ ★ ★ ★

En el refugio, David vendó las heridas de Najjar.

Najjar comió un poco y se durmió profundamente. David le quitó el seguro a una caja fuerte llena de equipos de comunicaciones y cargó todo lo de la computadora portátil del doctor Saddaji, lo del disco duro externo y lo de los DVD-ROM y lo envió a Langley, con copias codificadas para Zalinsky y Fischer. Luego tecleó su reporte de todo lo que había pasado hasta entonces y envió ese archivo codificado por correo electrónico a Zalinsky y también a Fischer.

A las seis de la mañana siguiente, recibieron noticias de que el avión había llegado. David despertó a Najjar, metió el equipo de computación en una mochila de lona y llevó la bolsa y a Najjar al garaje de abajo. Diez minutos después, llegaron a la orilla del aeropuerto privado.

David señaló el avión de negocios Falcon 200 en el asfalto.

—Allí está su transporte —dijo.

—¿Y usted? —preguntó Najjar—. También viene, ¿verdad?

—No.

—Pero si averiguan que usted está conectado conmigo, lo matarán.

—Por eso es que tengo que quedarme.

Najjar estrechó la mano de David y la sostuvo por un momento, luego salió del auto, con la mochila en la mano, y corrió hacia el avión. David lo vio irse. Deseaba poder quedarse y ver el avión despegar mientras el sol salía brillante. Pero no podía permitirse el riesgo. Tenía que deshacerse del Renault que estaba conduciendo, robarse otro auto y volver a Teherán.

★ ★ ★ ★ ★

DOMINGO, 6 DE MARZO

(HORA DE IRÁN)

1

"He venido para restablecer el califato."

En cualquier otra época de la historia, esa declaración solo podría haber salido de la boca de un lunático, pero Muhammad Ibn Hasan Ibn Ali lo dijo con tanta naturalidad y con tanta autoridad que Iskander Farooq no pudo desafiar el concepto.

"He venido a dar paz y justicia, y a gobernar la tierra con vara de hierro," continuó. "Por eso es que Alá me envió. Él recompensará a los que se sometan y castigará a los que se resistan. Así que no se equivoque, Iskander; al final, toda rodilla se doblará y toda lengua confesará que yo soy el Señor de la Época."

La recepción por satélite era nítida. Iskander Farooq pensó que la voz del Prometido —el Duodécimo Imán, o Mahdi— era tranquila, y sus declaraciones incontrovertibles, mientras presionaba el teléfono a su oído y caminaba de un lado a otro a lo largo de la terraza de su palacio que daba al noreste de Islamabad. Sabía lo que el Mahdi quería, pero cada molécula de su cuerpo le advertía que no cediera ante sus demandas. No se presentaban como exigencias, claro, pero eran eso precisamente . . . y aunque el Mahdi lo hacía sonar todo como sabio y razonable, Farooq percibía un aire de amenaza en el tono de su voz y eso lo hacía sentirse aún más receloso.

El aire de las primeras horas de la mañana era inusual y amargamente frío. El sol no se había elevado todavía sobre los pinos y las moreras de papel de las colinas de Margalla, pero Farooq ya podía oír los cantos de las masas a menos de una cuadra de distancia. *"¡Alaben al Imán al-Mahdi!,"* gritaban una y otra vez. *"¡Alaben al Imán al-Mahdi!"*

Una mera cien tanques y mil hombres, soldados y fuerzas especiales de la policía, protegían ahora el palacio. Solamente ellos evitaban que la multitud —se calculaba que eran más de un cuarto de millón de paquistaníes— asaltara las rejas y tomara el control. No obstante, ¿qué tan leales eran? Si el número de manifestantes se duplicaba, triplicaba o algo peor al amanecer o a la hora del almuerzo, ¿por cuánto tiempo más podría resistir? Farooq sabía que tenía que tomar una decisión rápidamente, pero el riesgo no podía ser mayor.

"¿Qué me dice?," preguntó el Mahdi. "Me debe una respuesta."

Iskander Farooq no tenía idea de qué responder. Como presidente de la República Islámica de Paquistán, el ex ingeniero químico de cincuenta y seis años estaba horrorizado de que Teherán, repentinamente, se hubiera convertido en la sede de un nuevo califato. Aunque el Mahdi no había declarado formalmente a la capital iraní como el epicentro del nuevo reino islámico, cada musulmán alrededor del mundo con seguridad sospechaba que este anuncio llegaría pronto. Farooq lo sospechaba, y esto lo enfurecía. Ni él, ni su padre, ni el padre de su padre habían confiado jamás en los iraníes. El imperio persa había gobernado a sus antepasados, extendiéndose en su cumbre desde la India en el este, hasta Sudán y Etiopía en el oeste. Ahora los persas querían subyugarlos una vez más.

Era cierto que el sha de Irán había sido el primer líder mundial en reconocer formalmente el estado independiente de Paquistán tras su declaración de independencia en 1947, pero había sido un breve período de amistad. Después de que el Ayatolá Ruhollah Jomeini accedió al poder en 1979, las tensiones entre los dos estados habían aumentado. Jomeini había fomentado una revolución islámica totalmente chiíta, y no les había sentado bien a los paquistaníes. Ni Farooq, ni sus asesores más cercanos, ni alguien que él hubiera conocido al crecer, había creído jamás que el Duodécimo Imán vendría a la tierra algún día, o que esa figura fuera realmente el mesías islámico, o que marcaría el fin del tiempo; muchísimo menos que los sunitas terminarían uniéndose a un califato dirigido por él. Todos los maestros de Farooq se habían burlado y habían ridiculizado esas ideas, considerándolas herejía de los chiítas, y Farooq rara vez había pensado en el asunto.

¿Qué debía creer ahora? El Duodécimo Imán ya no era una fábula ni un mito, como Santa Claus para los paganos y cristianos, o como el ratón de los dientes para los niños de todas partes. Ahora el Mahdi —o alguien que afirmaba ser el Mahdi— estaba aquí en el planeta. Ahora el así llamado Prometido estaba cautivando al mundo islámico, electrificando a las masas e instigando insurrecciones en dondequiera que se oyera su voz.

Más aún, este "Mahdi" estaba ahora al otro extremo de esta llamada telefónica por satélite, pidiendo —o más exactamente, *insistiendo*— en el vasallaje de Farooq y de toda su nación.

★ ★ ★ ★ ★

SYRACUSE, NUEVA YORK

David Shirazi enfrentaba la decisión más difícil de su vida.

Por un lado, a pesar de tener solo veinticinco años, era uno de apenas un puñado de ASE —agentes secretos extraoficiales— de la Agencia Central de Inteligencia que tenía ascendencia iraní. Hablaba el persa con fluidez y había demostrado que podía funcionar efectiva y discretamente dentro de la República Islámica. Por lo tanto, no tenía dudas de que estaba a punto de que le ordenaran regresar a Irán dentro de las próximas cuarenta y ocho a setenta y dos horas, dada la rapidez con que se estaban desarrollando las cosas.

Por otro lado, David simplemente no estaba convencido de que la administración estadounidense estuviera determinada a evitar que Irán construyera un arsenal de armas nucleares, ni a evitar que el Duodécimo Imán las usara. En su opinión, el presidente William Jackson era un novato en la política exterior.

Sí, Jackson había vivido en el mundo musulmán. Sí, había estudiado y viajado extensamente en el mundo musulmán. Sí, Jackson creía que era un experto en el islamismo, pero David podía ver que el hombre se había metido en camisa de once varas. A pesar de que las evidencias concretas a través de los años mostraban lo contrario,

Jackson todavía creía que podía negociar con Teherán, así como Estados Unidos lo había hecho por décadas con el imperio soviético equipado con armas nucleares. Todavía creía que las sanciones económicas podrían ser efectivas. Todavía creía que Estados Unidos podría contener o disuadir a un Irán nuclear. Sin embargo, el presidente estaba completamente equivocado.

La verdad era escalofriante. David sabía que Irán estaba siendo gobernado por una secta apocalíptica y genocida. Creían que el fin del mundo estaba cerca. Creían que su mesías islámico había llegado. Creían que Israel era el Pequeño Satanás, que Estados Unidos era el Gran Satanás y que ambos tenían que ser aniquilados para que el Duodécimo Imán construyera su califato. David lo había investigado. Había conocido y había entrevistado al erudito iraní más respetado en la escatología chiíta islámica. Había leído los libros más importantes sobre el tema, escritos por mulás chiítas. Había encontrado al científico nuclear más importante de Irán y lo había sacado del país junto con su familia. Había documentado todo lo que había visto, oído y aprendido en memos detallados a sus superiores de Langley. Había argumentado que estaban subestimando gravemente la influencia que la teología chiíta del fin del tiempo estaba teniendo en el régimen.

Sabía que por lo menos algo de su trabajo había llegado al Despacho Oval. ¿Por qué otra razón se le pedía que fuera a Washington para una reunión con el presidente Jackson mañana al mediodía? Sin embargo, no estaba convencido de haberse hecho comprender. ¿Por qué tenía que arriesgar su vida y regresar a Irán si sus superiores no entendían la gravedad de la situación y no estaban dispuestos a tomar medidas decisivas para neutralizar la amenaza iraní, antes de que fuera demasiado tarde?

★ ★ ★ ★ ★

ISLAMABAD, PAQUISTÁN

"Aprecio su amable invitación," respondió Farooq.

Tratando de no parecer que estuviera andando con rodeos para ganar tiempo, aunque eso era precisamente lo que estaba haciendo, agregó: "Espero discutir el asunto con mi gabinete hoy más tarde y luego con todo el parlamento durante la semana."

Los acontecimientos transcurrían demasiado rápido para su gusto. Alguien tenía que arrastrar los pies y desacelerar las cosas. Para conmoción de Farooq, había visto cómo su querido amigo Abdullah Mohammad Jeddawi, rey de Arabia Saudita, había caído postrado ante el Duodécimo Imán en la televisión a nivel mundial y luego públicamente había anunciado que el reino saudita se unía al nuevo califato. Peor aún, Jeddawi había ofrecido incluso las ciudades de la Meca o Medina para que fueran la sede del poder para el nuevo reino islámico, si el Mahdi consideraba aceptable a cualquiera de ellas. ¿Cómo era esto posible? A pesar de su puesto divinamente asignado de comandante de los fieles y guardián de los lugares santos, Jeddawi —un devoto musulmán sunita— no se había resistido al Mahdi chiíta; no había vacilado ni había protestado en absoluto. Farooq no podía imaginar un momento más deshonroso, pero el daño ya estaba hecho y, desde entonces, las fichas del dominó habían seguido cayendo, una tras otra.

El primer ministro de Yemén, un hombre bueno y decente a quien Farooq había conocido desde la niñez, había llamado al Mahdi la noche anterior para decirle que su país se uniría al califato, según un reporte de Al Jazeera. A estas horas, el servicio de noticias vía satélite con base en el Golfo reportaba que Qatar también se había unido, un cambio dramático en apenas veinticuatro horas. Lo mismo Somalia y Sudán. Argelia ya lo estaba. El nuevo gobierno de Túnez había dicho que estaban "considerando activamente" la invitación del Mahdi de unirse al califato. Así también el rey de Marruecos. El gobierno del Líbano, dominado por chiítas y controlado por Hezbolá, no había hecho ningún anuncio formal, pero estaba reunido en una sesión de emergencia en ese mismo momento. El parlamento de Turquía y el primer ministro se reunirían al día siguiente para discutir la invitación del Mahdi.

A su favor, había que decir que los egipcios bajo el presidente Abdel Ramzy se estaban resistiendo. También los iraquíes y el rey sunita de Bahréin. Estas eran buenas señales, pero Farooq no estaba convencido de que fueran lo suficientemente buenas. El presidente sirio, Gamal Mustafa, estaba silencioso en Damasco hasta ahora, pero Farooq no dudó de que él, también, cedería pronto.

—¿Hay alguna razón para esta indecisión que percibo en usted? —preguntó el Mahdi.

Farooq hizo una pausa y pensó sus palabras cuidadosamente.

—Tal vez solamente es que esto ha ocurrido tan de repente y yo no lo conozco, no sé de sus intenciones, no he discutido su visión para nuestra región ni la función que usted considera que Paquistán llevará a cabo.

—La historia es un río, hijo mío, y la corriente se mueve rápidamente.

—Razón de más por la que deberíamos ser cautelosos —respondió Farooq—, para no ser arrastrados por los acontecimientos fuera de nuestro control.

—¿Tiene alguna petición para mí? —preguntó el Mahdi—. Si es así, hágala ahora mismo.

Farooq batallaba para encontrar las palabras correctas. No tenía ganas de reunirse con este pretendiente al trono. Tenía cosas más importantes que hacer que perder su valioso tiempo con un hombre tan claramente consumido por la arrogancia y la ambición ciegas. No obstante, Farooq sabía muy bien que ahora estaba andando en un campo minado y que tenía que ser juicioso a cada paso.

Miró a través de la ciudad y se maravilló con el majestuoso edificio del parlamento a su derecha y con la decorada arquitectura islámica de las instalaciones de la corte suprema a su izquierda. Ambos eran recordatorios tangibles de la gran civilización que él ahora presidía. No se atrevía a apostar con la soberanía de su nación, mucho menos con la dignidad y el honor de su pueblo. Sentía una enorme carga sobre sus hombros. Gobernaba a más de 185 millones de musulmanes. Muy pocos de ellos eran chiítas, como el Mahdi que lo había despertado de su letargo a esta hora intempestiva. La gran mayoría de ellos era sunita, como él. Muchos eran devotos. Algunos apasionados. Algunos fanáticos. Una semana atrás, Farooq jamás habría imaginado que alguno de ellos adoptaría las enseñanzas acerca del Mahdi, mucho menos que saldría a las calles a exigir que Paquistán se uniera al califato con el Duodécimo Imán como líder. Sin embargo, la gente estaba ahora en movimiento.

De Karachi al Cairo y a Casablanca, millones de musulmanes —chiítas y sunitas por igual— estaban en las calles exigiendo cambio, exigiendo la caída inmediata de los "regímenes apóstatas" como el suyo, exigiendo que la *umma*, la comunidad de musulmanes alrededor del mundo, uniera fuerzas para crear un nuevo reino unido y sin fronteras, un nuevo califato que se extendería desde Paquistán hasta Marruecos.

Eso era solo el comienzo. Las masas querían lo que el Duodécimo Imán estaba predicando: un califato global en el que cada hombre, mujer y niño de la faz del planeta se convirtiera al islam o pereciera en un día de juicio.

Farooq lo consideraba una locura. Una locura total, pero no se atrevía a decirlo. Todavía no. Sabía que hacerlo sería un suicidio político. Abdel Ramzy podía desafiar públicamente al Mahdi desde su posición privilegiada en la ribera del Nilo, con el respaldo de todo ese dinero y armas de Estados Unidos. No obstante, una palabra en público del Mahdi de que estaba inconforme con el "infiel de Islamabad" y Farooq sabía que tendría una revolución descomunal y sangrienta entre sus manos. Las masas de manifestantes —notablemente pacíficas en sus primeras veinticuatro horas— muy bien podrían ponerse violentas. Lo había visto antes. Él había sido parte de esas multitudes antes, en su juventud. Si eso ocurría, genuinamente dudaba de que el ejército permanecería a su lado, y entonces ¿qué?

—Aprecio mucho su llamada, Su Excelencia —dijo Farooq al Mahdi—. Tengo unas cuantas preguntas más, que preferiría no discutir por teléfono. ¿Sería posible que nos reuniéramos? ¿Sería eso aceptable para usted?

—Tiene que ser pronto. Organice los detalles con Javad.

—Muy bien, Su Excelencia —dijo Farooq antes de que lo pusieran en espera.

Mientras esperaba que Javad Nouri, el asistente personal del Mahdi, se pusiera en la línea, Farooq trató de no pensar en las consecuencias de ser destituido de su cargo y de que su nación descendiera a la anarquía. Si no aguardaba el momento oportuno y si no planificaba sus pasos muy cuidadosamente, este autonombrado Duodécimo Imán pronto obtendría el control de su amado Paquistán, y con él, el control de 172 ojivas nucleares —el arsenal total de la nación— y de los misiles balísticos para lanzarlas.

QUEENS, NUEVA YORK

El Air Force One estaba ahora en su acercamiento final.

Mientras descendía por las nubes hacia el Aeropuerto Internacional John F. Kennedy, la tripulación militar y el destacamento del Servicio Secreto, a bordo del *jumbo jet* presidencial, desconocían la amenaza que se materializaba abajo en tierra. Para ellos, esta era simplemente otra misión, cuidadosamente programada y detallada, una de cientos de misiones similares que hacían cada año para su comandante en jefe. Hasta aquí era indistinguible del resto. Al otro lado del mundo, sin duda las tensiones se estaban acumulando, pero ahora, en el cielo azul despejado sobre la Gran Manzana, tenían una bella tarde de domingo con visibilidad ilimitada y temperaturas inusualmente cálidas para la primera semana de marzo.

Al volar sobre la sección de Bedford-Stuyvesant de Brooklyn, los pilotos podían ver la pista 13R —a más de cuatro mil metros, una de las pistas comerciales más largas de Norteamérica— a cinco kilómetros de distancia y acercándose rápidamente. El "bajen llantas" estaba programado para las 5:06 p.m., hora del este, y se encaminaban a otro aterrizaje ideal y a tiempo. Todo el tráfico aéreo estaba en espera. El tráfico terrestre en JFK estaba en espera. El Marine One y su tripulación estaban en posición de espera.

"Es hora, señor Presidente."

Agente Especial Mike Bruner, de treinta y ocho años, jefe del destacamento de protección del presidente, se aseguró de tener la atención de su jefe. Entonces salió y tranquilamente cerró la puerta al salir, dejando al líder del mundo libre solo con sus pensamientos.

William James Jackson, que en poco tiempo cumpliría cincuenta años, se abrochó el cinturón de seguridad, ajustó el aire arriba de él y miró por la ventana a prueba de balas las luces estroboscópicas que los guiaban. Ahora estaban descendiendo a velocidad constante sobre Queens. Podía ver la bahía de Jamaica a su derecha, pero sin ponerle atención. Todo era una nube borrosa. Acababa de terminar de leer el último reporte ultra secreto que le había enviado la Agencia Central de Inteligencia y solamente podía pensar en Irán.

Según el mejor análisis de la Agencia —que incluía el de su mejor hombre en Teherán, un agente de nombre clave Zephyr—, los mulás lo habían logrado. Habían cruzado el umbral. Habían construido una bomba atómica y acababan de probarla con éxito en la ciudad de Hamadán. El mundo acababa de dar un giro muy tenebroso.

¿Ahora qué? ¿Respondería Israel? ¿Debería responder su propia administración? La realidad impactante de que no tenía respuestas lo hacía sentirse físicamente enfermo.

Para el mundo, pondría un rostro valiente, particularmente esta noche. En menos de una hora, encabezaría un evento de etiqueta de recaudación de fondos de 1.500 donantes acaudalados, en el lujoso salón de baile del Waldorf-Astoria. Iba a ser una noche excepcionalmente fuera de lo común, y las fotos dominarían las primeras páginas de los periódicos alrededor del mundo. Con él estarían el primer ministro israelí, Aser Neftalí, y el presidente egipcio, Abdel Ramzy. Juntos explicarían la urgencia de lograr un tratado de paz integral entre Israel y los palestinos, de una vez por todas. Juntos harían un llamado a hombres y mujeres de buena voluntad para que se resistieran a las fuerzas del extremismo, particularmente en el Medio Oriente. Juntos recaudarían casi $8 millones en una sola noche para completar la reconstrucción del nuevo Instituto Anwar Sadat para la Paz, en El Cairo. El centro había estado en planificación por casi dos años. El evento había estado en trámite durante once meses. Jackson creía que la ocasión no podría haber sido más apropiada. Tenían que presentar un frente unido. Tenían que creer que la paz era posible, sin importar lo imposible que pareciera. Tenían que llegar por medio de las cámaras de televisión a mil millones de musulmanes y a apelar a lo mejor de su naturaleza.

Sin embargo, ¿sería suficiente? A pesar de su semblante resuelto y optimista, Jackson temía no estar listo para lo que venía. No estaba seguro de que alguien lo estuviera.

Se había graduado primero de su promoción en MIT. Tenía una maestría en relaciones internacionales de Oxford y leía vorazmente, mayormente historia y literatura clásica. Hablaba francés con fluidez y podía conversar en árabe, al haber asistido durante un año a la Universidad Americana del Cairo. Había viajado extensamente por el mundo, particularmente en el mundo musulmán. Ciertamente entendía el islamismo mejor que cualquier otro presidente reciente de Estados Unidos, quizás de toda la historia de la nación. Sin embargo, no era por esto que se había postulado para presidente. Las tareas que ya tenía en sus manos eran lo suficientemente intimidantes. Tenía que restaurar la economía, crear millones de trabajos, equilibrar un presupuesto fuera de control, impulsar sus índices de aprobación, silenciar a un partido de oposición hostil, y aplacar y reconstruir su propio partido. Este no era tiempo para otra guerra. La gente no lo había enviado a Washington a aceptar —mucho menos a lanzar— otra aventura de billones de dólares en el Medio Oriente. La nación no lo toleraría y él tampoco.

Al mismo tiempo, Jackson estaba bastante consciente de que ya no estaba en control de los acontecimientos. La situación del Medio Oriente se tambaleaba hacia el borde del desastre y estaba comenzando a consumir los ya limitados recursos de la Casa Blanca. No podía ignorarla. No podía desear que desapareciera. Apenas esa mañana, había pasado más de cinco horas con su Consejo de Seguridad Nacional, cuando debería haber estado reuniéndose con su Consejo de Asesores Económicos o con el presidente de la Reserva Federal. Jackson estaba cada vez más consciente del amplio rango de graves amenazas que ahora se estaban generando en contra de Estados Unidos y de sus aliados. Una cosa que sabía con seguridad era que todo su programa —toda su razón para postularse para presidente en primer lugar— estaba en peligro, a menos que pudiera encontrar una salida para este último desastre del Medio Oriente y lo más rápidamente.

★ ★ ★ ★ ★

Firouz respondió su teléfono celular al primer timbrazo.

"Acaban de aterrizar," dijo una voz al otro lado.

Firouz agradeció al que llamó, colgó y luego se dio vuelta hacia sus hombres.

—Rahim, Jamshad, vengan conmigo. Navid, ya sabes qué hacer.

—Seis en punto —dijo Navid.

—Ni un minuto después.

—No te preocupes, Firouz. Allí estaré.

Firouz tomó su equipo de la parte de atrás de la camioneta que habían rentado e hizo señas a los otros dos para que lo siguieran afuera del estacionamiento, hacia la fila de ascensores. Se sentía bien estar afuera, estarse moviendo después de esperar en ese estacionamiento durante casi seis horas.

Un momento después, estaban afuera al nivel de la calle y cruzaron la Calle Cincuenta Este, hacia el callejón detrás del edificio de Colgate-Palmolive. Las calles que los rodeaban, bloqueadas por un kilómetro en todas las direcciones, estaban vacías. Desde su posición estratégica, no se veía ni un alma. Había un silencio sobrecogedor, salvo por el ruido de un helicóptero del Departamento de Policía de Nueva York que hacía otro recorrido allá arriba. Hacía un calor anormal para la época y ya no había nieve. La temperatura llegaba a quince grados centígrados. Firouz no podía dejar de sudar.

Usando una llave maestra que le habían robado a un conserje la noche anterior —no la echaría de menos hasta la mañana siguiente—, ingresaron al edificio de Colgate por medio de una entrada de servicio. Se dirigieron directamente a las escaleras y a toda prisa llegaron a la oficina de la esquina en el cuarto piso.

"Permanezcan lejos de las ventanas," les recordó Firouz con un susurro, "y no enciendan las luces."

★ ★ ★ ★ ★

El reluciente 747 azul y blanco recorrió la pista por unos instantes.

Cuando las llantas frontales se detuvieron en la X blanca, colocada en la pista de aterrizaje por el equipo de avanzada de la Casa Blanca, los agentes del Servicio Secreto y un contingente de la fuerza pública de Nueva York se desplazaron para asegurar el perímetro. Las escaleras fueron colocadas. Un comité de bienvenida salió de una terminal cercana y se colocó en su posición. El Marine One echó a andar, apenas a unos noventa metros de distancia.

"Renegado está en marcha," dijo el agente Bruner, evaluando la escena, mientras bajaba la rampa detrás de Jackson.

—Qué gusto verlo de nuevo, señor Presidente. —El alcalde de Nueva York, Roberto Díaz, estrechó vigorosamente la mano de Jackson y gritó para que lo oyeran a pesar del rugido del Sea King VH-3D verde y blanco. Había hostilidad entre los dos. Díaz no había apoyado a Jackson en las primarias, incluso después de haber prometido en privado que lo haría. No obstante, el índice de aprobación de Díaz en la Gran Manzana estaba en alrededor de sesenta, mientras que el de Jackson estaba en alrededor de cuarenta. Si Jackson volvía a postularse, necesitaría a Nueva York, lo cual significaba que necesitaría a Díaz. Lo cual significaba que tenía que hacer enmiendas.

—A usted también, amigo mío. Gracias por todo lo que hizo en este asunto.

—Es un honor, señor Presidente. Anwar Sadat es uno de mis héroes personales. Cualquier cosa que mis buenos oficios puedan hacer para extender su legado de paz y de reconciliación, especialmente en este tiempo, pues cuente conmigo.

—Muy bien. Entonces, ¿lleno completo esta noche? —preguntó Jackson, estrechando ahora la mano de varios concejales de la ciudad y de sus esposas, que se habían unido al alcalde.

—Solo hay espacio para estar de pie, señor.

—¿Y vamos a obtener los $8 millones que prometió?

—No, señor, me temo que no.

Jackson terminó de estrechar las manos y se dio vuelta hacia el alcalde, tratando de disimular su disgusto.

—¿Por qué no? No lo entiendo.

—Pues parece que en lugar de eso conseguiremos $10 millones.

Jackson desplegó su sonrisa característica y después comenzó a reírse.

—Buen trabajo, Roberto —dijo y le dio una palmada en la espalda al alcalde—. Muy bien. Vamos, amigo mío, venga conmigo.

Los dos hombres se dirigieron al helicóptero y subieron a bordo. Un momento después, estaban volando.

★ ★ ★ ★ ★

Cualquier tonto podía usarlas, lo cual hacía que fueran tan mortales.

Incluso la versión no confidencial del manual de entrenamiento del ejército de Estados Unidos estaba en Internet, ¡por favor! Sin embargo, no fue allí donde Firouz y Rahim habían aprendido a usar granadas impulsadas por cohetes. Habían sido entrenados especialmente por el Cuerpo de la Guardia Revolucionaria Iraní en Dasht-e Kavir, el gran desierto de sal al sur central de Irán. De hecho, habían llegado a ser tan hábiles para infligir grave daño y grandes cantidades de víctimas en varias operaciones del CGRI que habían sido enviados a Irak para entrenar a miembros del Ejército del Mahdi en el uso de los RPG en contra de las fuerzas iraquíes y estadounidenses. Ninguno de los dos había imaginado que alguna vez tendría el honor de ser enviado al corazón del Gran Satanás para ejercer su arte en contra del presidente de Estados Unidos. No obstante, estaban listos.

En el piso, frente a ellos, estaban dos lanzadores RPG-7V2 diseñados en Rusia, junto con seis ojivas termobáricas TBG-7V de 105mm. Especialmente diseñadas para operaciones de guerra antipersonal y urbana, las armas termobáricas eran esencialmente explosivos aire-combustible, construidos para extenderse dramáticamente e intensificar la onda expansiva de un RPG convencional. La meta no era solo destruir un auto, camión o tanque con uno de estos lanzadores —aunque también era probable—, sino matar a tanta gente como fuera posible. Firouz pensó que serían afortunados si lanzaban tres disparos antes de que alguien los detuviera, pero había pedido que pasaran seis de contrabando por las fronteras mexicana y canadiense, por varios canales, esperando que por lo menos tres lograran llegar a Estados Unidos. Había quedado atónito al llegar la noche anterior y enterarse de que las seis habían llegado sin ningún rasguño.

Firouz y Rahim se pusieron a trabajar y revisaron cada detalle. Pronto cargaron los lanzadores y revisaron sus relojes. Mientras tanto, Jamshad patrullaba los pasillos con una pistola que tenía silenciador, asegurándose de que nadie entrara por casualidad. Era domingo. Nadie estaba trabajando. Sin embargo, no se aventurarían. Los riesgos eran demasiado altos.

3

"Nighthawk está por llegar. Detengan todo el tráfico de radio."

Tres helicópteros idénticos volaban bajo y rápido sobre el río Este. Cualquiera podría haber sido el Marine One; solo un puñado de altos funcionarios del gobierno sabía en cuál estaba en realidad el presidente en ese momento. Así era precisamente como Mike Bruner lo quería. Nada de sorpresas. Solamente un acontecimiento vespertino, un vuelo tarde en la noche de regreso al DC y en la mañana estaría desayunando con su joven esposa.

Mientras estaba sentado detrás de su comandante en jefe, Bruner miró por la ventana y revisó su listado mental de todo lo que sucedería en tierra en unos cuantos momentos. En una ciudad de ocho millones de personas, sabía que era imposible evitar la posibilidad, aunque sea remota, de que los terroristas adquirieran lanzamisiles tierra-aire para tratar de derribar el helicóptero del presidente. Aunque cada uno de los helicópteros Marine estaba equipado con equipo defensivo, la mejor opción —y era un riesgo, aunque hasta el momento siempre había funcionado— era crear incertidumbre. Bruner y sus colegas creían que sería difícil que al Qaeda u otro grupo terrorista obtuviera y pasara por contrabando a Estados Unidos siquiera un Stinger o su equivalente. Obtener dos era exponencialmente más difícil. Ellos creían que obtener tres o más era virtualmente imposible. Entonces, aunque cada helicóptero valía alrededor de $150 millones y costaba alrededor de $27.000 por hora hacer funcionar los tres, así era como se hacía.

El helipuerto que estaba en la Calle Treinta y Cuatro Este había estado cerrado durante los últimos tres meses por renovaciones y el de la Calle Treinta Oeste había sido la escena de un enorme accidente de tránsito unas cuantas horas antes. Así que, uno por uno, los helicópteros Marine se dirigieron hacia el helipuerto de Wall Street y aterrizaron en la punta del Distrito Financiero. Un instante después, se abrió la puerta lateral de Nighthawk y Jackson y su séquito desembarcaron y se dirigieron a sus vehículos asignados en la caravana presidencial que estaba formada a lo largo del Embarcadero 6. Al alcalde Díaz y a los concejales los llevaron a una camioneta negra que estaba detrás de los vehículos que iban a la cabeza. El jefe del personal de Jackson y el secretario de prensa se unieron a un grupo de los hombres de avanzada de la Casa Blanca en Halfback, la limusina que seguía. Mientras, el presidente entró a Diligencia y Bruner cerró rápidamente la puerta detrás de él.

—Renegado está seguro —dijo el agente principal y entró al asiento del pasajero de adelante.

—¿Verificada la condición de Arquitecto y de Esfinge? —preguntó el director del puesto de comando.

—Están adentro con Renegado.

—Entonces, ¿estamos listos para partir?

—Estamos bien. Adelante.

—Entendido. Todos los puestos, notificados. Tren de Carga en movimiento. Tiempo estimado de llegada a Roadhouse, quince minutos.

La caravana comenzó a moverse y Bruner se relajó, aunque imperceptiblemente. Trasladar al presidente por vía aérea era lo que más lo preocupaba, particularmente sobre una ciudad de esta magnitud. No obstante, en tierra, en una caravana de dieciocho vehículos, dentro de un Cadillac último modelo, construido especialmente según las especificaciones del Servicio Secreto, Bruner se sentía seguro. Prefería tener siempre al presidente asegurado en la Casa Blanca o en Camp David. Sin duda, la ventaja de la base de operaciones era su ideal, pero la limusina en la que estaban ahora era impenetrable para el fuego de armas pequeñas, ametralladoras y hasta de un misil antitanque.

Esfinge no decía nada. Ese era el nombre en clave que Bruner le había dado al presidente egipcio, Abdel Ramzy. Arquitecto era su designación para el primer ministro israelí, Aser Neftalí. Ambos líderes habían llegado en vuelos previos. Ambos estaban gustosos de ir al acontecimiento con el presidente. Sin embargo, aunque mantenía sus ojos en los autos y motocicletas de la policía que los llevaban por la Calle FDR en Lower East Side, Bruner no pudo evitar darse cuenta de que ninguno de los líderes extranjeros deseaba hablar del evento de recaudación de fondos al que se dirigían.

★ ★ ★ ★ ★

—Tiene que atacar duro a los iraníes, rápido y ahora.

Jackson quedó desconcertado. Estaba totalmente preparado para escuchar la frase en este viaje, pero había esperado que fuera Neftalí el que hiciera la petición. Sin embargo, para su sorpresa, las palabras llegaron de Ramzy.

—Abdel —respondió el presidente—. Tenemos que ser pacientes.

—Se acabó el tiempo de ser pacientes, señor Presidente —insistió el octogenario líder egipcio, con su tanque de oxígeno portátil al lado—. Los mulás tienen ahora la Bomba. El Duodécimo Imán ha llegado. Eso significa solo una cosa: van a usarla y van a usarla pronto, y cuando lo hagan, millones de personas van a morir. Señor Presidente, tenemos la obligación moral de prevenir que ocurra esta catástrofe. *Usted* tiene esa obligación.

—Se está adelantando, Abdel. Nuestro trabajo es asegurarnos de que nada ni nadie desestabilice a la región.

—Señor Presidente, con todo el respeto que se merece, los iraníes acaban de probar una bomba atómica; ilegalmente, podría agregar, pues firmaban el Tratado de No Proliferación.

—Sí, la probaron —confirmó Jackson—, pero ni siquiera sabemos si la prueba fue exitosa o no. No sabemos cuántas bombas tienen. Hay mucho que no sabemos, por lo que tenemos que mantener la calma, tratar de disminuir poco a poco la tensión de la región y, desde luego, no hacer nada provocativo. Es por eso que esta noche es tan importante.

—¿Provocativo? —preguntó el presidente Ramzy—. ¿Acaso no vio el reportaje televisivo de la Meca? El rey Jeddawi se *inclinó* ante el Mahdi. Se *inclinó*. El líder sunita de la Casa de Saud se postró ante el así llamado mesías de los chiítas. Un Irán con armas nucleares y los sauditas ricos en petróleo han formado un solo país. Kuwait acaba de unirse al grupo, y mi jefe de inteligencia dice que el primer ministro Azziz de los Emiratos Árabes Unidos anunciará mañana que también se ha unido.

Jackson todavía no se había enterado acerca de los kuwaitíes.

—¿Qué hay de Bahréin? —preguntó.

—Hablé con el rey hace menos de una hora —dijo Ramzy—. Todavía está con nosotros. Yo era allegado a su padre. La familia confía en mí. Ellos permanecerán con nosotros, pero solo si usted emerge fuerte y deja en claro que va a tomar medidas.

—¿Qué clase de medidas? —preguntó Jackson.

—Tiene que eliminar las instalaciones nucleares, señor Presidente. También tiene que atacar al régimen de Teherán. ¿De qué otra manera puede neutralizar la amenaza?

—¿Quiere usted que yo recolecte $10 millones esta noche para terminar de construir el Instituto Sadat para la Paz y que anuncie que voy a lanzar un primer ataque en contra de Irán?

—No le estoy pidiendo que abandone el elemento sorpresa —dijo Ramzy—, pero tiene que hacer la infraestructura y rápidamente. Tiene que dejar en claro lo peligroso que es este momento. Señor Presidente, debo decirle esto (y, Aser, siento mucho si esto lo ofende, pero hay que decirlo): mañana Egipto comenzará un programa de desarrollo de armas nucleares.

Jackson retrocedió.

—No tenemos otra opción —insistió Ramzy—. Egipto no puede ser regido por el Duodécimo Imán o quienquiera que sea este charlatán. Tenemos que ser fuertes. Tenemos que ser capaces de defendernos. Quizás sea demasiado tarde, pero Egipto no será esclavo de nadie, menos de los persas y menos aún de los chiítas.

★ ★ ★ ★ ★

El teléfono celular volvió a sonar.

—¿Dónde están? —preguntó Firouz.

—Están a punto de girar en la Calle Cuarenta y Dos Este —dijo la joven mujer, otro miembro de su equipo.

Firouz colgó. "Cuatro minutos," le susurró a Rahim.

Revisaron sus armas por última vez. Ya era hora.

★ ★ ★ ★ ★

El presidente miró a Neftalí.

—¿Planificaron ustedes dos esta pequeña emboscada? —preguntó medio bromeando.

El primer ministro israelí no sonrió.

—No hay conspiración; no era necesario —respondió Neftalí—. Abdel y yo le hemos estado diciendo por dos años que esto ocurriría. Ambos hemos querido que usted ataque a Irán. Ambos queríamos que su predecesor atacara a Irán. En realidad, Abdel ha presionado más que yo, pero usted no ha estado escuchando.

—He estado escuchando —insistió Jackson—. Simplemente no me ha gustado lo que he escuchado. India tiene armas nucleares. Paquistán tiene armas nucleares. Pyongyang tiene armas nucleares. Eso ocurre. No siempre podemos detenerlo, pero nadie está tan loco como para usarlas. Son puramente defensivas. No podemos comenzar una guerra cada vez que otro país se une al club nuclear.

—Mire, Bill, usted y yo nos hemos conocido por mucho tiempo —argumentó Neftalí—. Siempre he sido sincero y directo con usted. Ahora, escúcheme. En primer lugar, usted ha prometido públicamente, innumerables veces, que Estados Unidos nunca permitiría que Irán adquiriera armas nucleares. Bueno, ahora lo han hecho. Segundo, Muhammad Ibn Hasan Ibn Ali, este "Duodécimo Imán," sí puede estar tan loco como para usar estas armas. No es un comunista. No es un ateo. No es parte del buró soviético ni es un burócrata corrupto de Beijing. Él cree que es el mesías. Hasta podría pensar que es un dios. Acaba de decir que está tratando de construir un gobierno islámico unificado. Si tiene éxito, el califato se extendería desde Marruecos hasta Indonesia. ¿Quién lo va a detener si usted no lo hace? Nadie. Y recuerde: los chiítas piensan que se *espera* que el Duodécimo Imán use armas nucleares. Creen que por eso es que él está aquí: para ponerle fin a la civilización judeocristiana, para dar fin a la era de los infieles, para dar lugar al día final. Ya tiene millones de musulmanes que lo están siguiendo y solo acaba de surgir. La mayoría de ellos cree que está haciendo milagros, sanaciones, y está uniendo a los chiítas y a los sunitas más rápidamente que cualquier otro líder musulmán que hayamos visto.

Jackson miró por la ventana, sin convencerse, pero tratando de guardar la calma.

El agente Bruner se dio vuelta y lo miró. "Dos minutos, señor Presidente."

Jackson asintió con la cabeza. Ya casi estaban en Roadhouse, el Waldorf-Astoria. No obstante, esa no era la conversación que él quería sostener. Había programado una reunión para el día siguiente, al mediodía, con el director de la central de inteligencia y sus mejores expertos en Irán, incluyendo a Zephyr, a quien habían sacado temporalmente de Irán. Iban a revisar la información más reciente y a evaluar sus opciones. Sin embargo, a Jackson no le gustaba que lo acorralaran. No le gustaba que le dictaran su curso de acción. Había llegado a Nueva York a dar un discurso importante en el que expondría un plan de acción para la paz en el Medio Oriente, no un nuevo plan de guerra.

Se dio vuelta otra vez hacia Ramzy.

—Usted es un buen musulmán, Abdel —dijo, mirando al sunita egipcio a los ojos—. ¿En verdad cree que este tipo quiere dar paso al día final?

—No hay dudas en mi mente —respondió Ramzy—. Cualquiera que haya estudiado la teología escatológica de los chiítas (y en años recientes yo lo he hecho porque Hosseini y Darazi están tan obsesionados con eso en Teherán que parece que hablan de eso todo el tiempo) sabe que el Duodécimo Imán va a atacar primero a Israel, el "Pequeño Satanás." Luego va a atacarlo a usted, Estados Unidos, porque usted es el "Gran Satanás," según su perspectiva. Va a atacarlo donde y cuando usted menos lo espere, y va a atacarlo de tal manera que nunca se recuperará, de forma tal que nunca podrá contraatacar, por eso es que usted debe atacar primero a Irán. Tiene una oportunidad muy pequeña, señor Presidente. La historia no nos perdonará si no actuamos ahora mismo. Esta es una convergencia poco usual. Piense en eso. Los líderes árabes, comenzando conmigo, están dispuestos ahora mismo a unirse con Estados Unidos, incluso con Israel, en contra de los chiítas de Persia por un breve lapso. Nunca antes ha ocurrido en toda la historia registrada, pero está sucediendo ahora. Si este momento se escapa, si lo desperdiciamos, si pasamos por alto nuestra oportunidad de evitar que Irán desencadene un apocalipsis genocida, entonces me temo que estamos a punto de precipitarnos en mil años de oscuridad.

4

Firouz podía escuchar que las sirenas se acercaban.

La caravana ya casi estaba allí. Ya era hora. Cuidadosamente levantó la cabeza y miró al otro lado de la calle. A su izquierda estaba la Iglesia St. Bartholomew, en la esquina de Park Avenue y la Calle Cincuenta Este. Directamente enfrente, podía ver la entrada del Waldorf-Astoria en Park Avenue. Usando un telémetro de láser, calculó que las puertas de enfrente estaban precisamente a 110 metros, una distancia casi óptima para el arma que tenía al lado y la que ahora Rahim tenía en sus manos.

Aunque su visión estaba levemente obstruida por varios árboles que crecían en la línea media, los árboles no tenían hojas en esta época del año, lo cual ayudaba. Cuando evaluó el edificio de oficinas de veinticinco pisos, brevemente había considerado una oficina más alta, arriba de los árboles, con una vista más amplia e indiscutiblemente más imponente de la calle allá abajo. No obstante, al final había optado por no sacrificar la distancia en favor de una clara línea de visión. Tenía que estar cerca. Ese era el asunto principal. No podía ver perfectamente, pero funcionaría.

La multitud de los medios de comunicación sobresalía en un área acordonada de la acera, a la derecha de la puerta principal. Reporteros, fotógrafos, camarógrafos de televisión y productores: todos estaban allí, haciendo ajustes finales, cuando se acercó la primera de las motocicletas de la policía. Con luces rojas y azules que destellaban por todos lados, Firouz contó media docena de oficiales uniformados del Departamento de Policía de Nueva York parados con o cerca de la prensa, y otros quince a veinte oficiales en posiciones clave en ambos lados de la calle, que refrenaban una pequeña multitud y se aseguraban de que las calles adyacentes permanecieran bloqueadas. También contó por lo menos una docena de agentes en ropa civil. Asumió que era una mezcla del Servicio Secreto, del Servicio Diplomático de Seguridad del Departamento de Estado y de la unidad protectora VIP de la ciudad, así como del Shin Bet israelí y de un contingente egipcio.

Ni se imaginaban que iban a tener un asiento en primera fila.

★ ★ ★ ★ ★

La caravana se acercó con gran estruendo a la Calle Cuarenta y Siete Este.

Sin embargo, Ramzy no había terminado. Cuando giraron hacia Park Avenue, el líder egipcio explicó que sus servicios de inteligencia tenían dos fuentes dentro del palacio real en Riyadh. Ninguno conocía la identidad del otro, pero esa mañana, cada uno —sin conocimiento del otro— había enviado mensajes urgentes al Cairo indicando que el Ayatolá Hosseini, el Líder Supremo de Irán, había llamado personalmente al rey saudita veinticuatro horas antes y le había dicho que las armas nucleares de Irán estaban operativas y que una de ellas sería detonada en ese mes en suelo saudita, si Su Excelencia no recibía al Duodécimo Imán, no le mostraba la deferencia apropiada y no le preparaba una lujosa ceremonia de bienvenida en la Meca.

Eso fue noticia para Neftalí, pero Jackson no estaba impresionado.

—La Agencia de Seguridad Nacional captó las mismas llamadas —respondió—, pero si me dieran diez centavos por cada mentira que Hosseini ha dicho, Estados Unidos no tendría una deuda nacional.

—Ese no es el asunto, señor Presidente —replicó Ramzy.

—Entonces, ¿cuál es?

—A los sauditas, guardianes de la Meca, guardianes de Medina, comandantes de los fieles, los están chantajeando sus peores enemigos, los persas. ¿Por qué? ¿Debido a que el rey Jeddawi, el musulmán sunita más devoto del planeta, de repente, en secreto, se ha convertido al islam chiíta? No. Es porque está aterrorizado por su vida, por su riqueza, por su reino. Está convencido de que Irán tiene la Bomba y eso lo ha cambiado todo. Ahora las naciones vecinas comenzarán a caer. Primero los sauditas, luego los kuwaitíes y después los Emiratos.

El auto quedó en silencio por un momento, salvo por el agente Bruner, que estaba dando órdenes por la radio que tenía montada en su muñeca. Después, el Cadillac especialmente diseñado se acercó a la famosa entrada Art Decó del Waldorf y se detuvo suavemente. Un equipo de agentes salió de un salto de dos camionetas negras, atrás de la caravana, y comenzó a tomar sus posiciones alrededor de Diligencia y Halfback. Bruner dio más instrucciones, asegurándose de que todos sus hombres estuvieran en sus posiciones, luego se dio vuelta y llamó la atención de Jackson.

—Llegamos, señor Presidente.

—En un momento, Mike —respondió Jackson. Tenía una pregunta que quería respondida antes de ingresar. Se dio vuelta hacia donde estaba Ramzy y le preguntó directamente:

—Abdel, dígame una cosa. ¿Por qué está más obsesionado que Aser con todo este asunto del Duodécimo Imán?

Abdel hizo una pausa, aparentemente sorprendido por la pregunta.

—Yo no lo llamaría una obsesión, señor Presidente. No creo que sea una descripción justa. ¿Estoy preocupado? Sí. Profundamente. Sin embargo, aún más que eso, creo que los faraones me están observando. Creo que todos mis antepasados me están mirando. Pronto estaré con ellos. Eso lo sé muy bien. Cuando los vea frente a frente en la vida venidera, no quiero que me reciban como el hombre que perdió Egipto.

Jackson reflexionó en la respuesta y mientras lo hacía, discernió algo que nunca antes había considerado.

—Usted fue el que ordenó el asesinato del doctor Saddaji en Hamadán el otro día —dijo, mirando a Ramzy a los ojos.

Hasta hacía un momento, Jackson había estado convencido de que Neftalí y el Mossad habían sido los responsables por el coche bomba que había asesinado al científico nuclear más importante de Irán hacía apenas dos semanas.

Ramzy hizo señas por la ventana al agente Bruner, que estaba listo para abrir la puerta de atrás de la limosina y acompañarlos cuando pasaran por la multitud de reporteros hacia el Waldorf para saludar a los 1.500 invitados que ansiosamente anticipaban su llegada.

—Están esperando —dijo suavemente el egipcio.

—Yo también —dijo el presidente.

Ramzy volteó a mirar a los dos con un resplandor en sus ojos.

—En realidad no sé quién lo hizo exactamente —protestó—. Estoy de acuerdo en que fue un golpe excelente, pero quienquiera que lo haya ordenado esperó demasiado. Tenía que haberlo hecho hace seis meses.

Ahí estaba, Jackson se dio cuenta. Una clásica negativa contradictoria. Ramzy no estaba aceptando formalmente el crédito ni la culpa, y sí, lo estaba haciendo. Jackson recordó que hacía seis meses, el egipcio de ochenta y dos años había tenido una cirugía de corazón abierto. Había estado en cama casi desde entonces. Este era su primer viaje al exterior en casi un año, pero solo porque no hubiera estado viajando no significaba que Abdel Mohammad Ramzy no hubiera estado activo.

★ ★ ★ ★ ★

Firouz llamó a Jamshad desde su radio.

—Asegúrate de que la escalera esté despejada.

—Estoy en eso.

—Y asegúrate de que Navid esté en su lugar.

—Por supuesto, entendido.

Firouz entonces se dio vuelta hacia su mejor amigo y asintió con la cabeza. Cada hombre se puso un pasamontañas negro de esquiar en el rostro y gafas protectoras.

—¿Estás listo, Rahim?

—Estoy a las órdenes del Prometido, Firouz. ¿Y tú?

—Sí, amigo mío, y para mí es un honor completar esta misión contigo, entre toda la gente.

★ ★ ★ ★ ★

El agente Bruner vio que Jackson le daba la señal.

Inmediatamente abrió la puerta posterior de la limosina, que con casi veinte centímetros de grosor era tan impenetrable como la puerta de una bóveda.

"Espabílense todos," dijo en su radio y examinó una vez más los rostros en la sección de los medios de comunicación y a la gente que estaba al otro lado de la calle. "Renegado está en movimiento."

El presidente salió del auto y le sonrió a las cámaras. Luego se dio vuelta y ayudó al presidente Ramzy a salir también del auto y cargó su tanque de oxígeno portátil.

Con el fuerte destello de las luces de la televisión, Ramzy se veía aún más viejo de lo que era, pensó Bruner. Se movía lentamente y cojeaba, pero para sorpresa suya, aunque sabía que Ramzy detestaba los medios de comunicación y típicamente eludía a la prensa casi a toda costa, esta noche el presidente egipcio parecía atraído a la tempestad de fotos que se estaban tomando. En efecto, incluso antes de que el destacamento de agentes del Shin Bet pudiera correr desde atrás de la caravana, tomar sus posiciones y ayudar al primer ministro Neftalí a salir de la limosina, Ramzy caminó cojeando hacia la sección de la prensa y, de hecho, aceptó una pregunta que gritó el jefe de la oficina de Al Jazeera en Nueva York.

—¿Qué está haciendo Esfinge? —preguntó por radio un agente.

—No sé —dijo Bruner—, pero pongan dos hombres a su lado *ahora*.

★ ★ ★ ★ ★

Firouz sacó la cabeza una vez más.

Sabía que era un riesgo, pero no tenía opción. Había llevado consigo un televisor Sony portátil y un pequeño receptor satelital. Había esperado ver el reportaje en vivo de la llegada del presidente. Esperaba que eso le permitiera ver precisamente lo que estaba ocurriendo al otro lado de la calle. No obstante, ninguna de las redes —estadounidenses o extranjeras— estaba trasmitiéndolo en vivo, incluso Al Jazeera, y a él se le acababa el tiempo.

A través de un par de potentes binoculares, Firouz pudo ver a Ramzy hablando con la prensa. Era una vista impactante. Firouz había crecido viendo reportajes de televisión de Abdel Ramzy gobernando Egipto con puño de acero, pero no podía recordar ni una sola vez que el hombre hablara de buen gusto con la prensa. Aun así, era un buen desarrollo. Significaba que los tres líderes se quedarían inmóviles por unos instantes, por lo menos, y eso era todo lo que necesitaban.

Firouz escaneó un poco más y pudo ver al presidente Jackson a unos cuantos pasos a la izquierda del egipcio, más cerca de la puerta del hotel, que alguien mantenía abierta. Pudo ver a dos agentes del Servicio Secreto al lado del presidente y a varios más a unos cuantos pasos atrás. Había otros hombres de terno que también estaban parados allí. Uno de ellos parecía el primer ministro Neftalí. Firouz no podía estar seguro por los árboles que obstruían su visión. Desesperadamente quería una confirmación absoluta. Se dio cuenta de que debía haber colocado a alguien en tierra, otro observador que podría haberle dado más información, desde un mejor punto estratégico, pero la hora había llegado. No se atrevía a esperar más. Nunca tendrían una mejor oportunidad que la que ahora tenían enfrente.

"*¡Ahora!*," gritó Firouz.

Los dos hombres gritaron una alabanza a Alá. Entonces, al otro lado de la habitación, Rahim detonó dos paquetes pequeños de explosivos que los dos hombres habían instalado en las ventanas, haciéndolas estallar instantáneamente. Con un movimiento perfecto, Rahim saltó a sus pies. Ignoró el vidrio destrozado, apuntó su RPG-7 a la multitud que estaba al otro lado de la calle y jaló del gatillo.

5

Ramzy oyó algo detrás de él.

Distraído y percibiendo que algo andaba mal, se dio vuelta para ver qué estaba ocurriendo. En ese momento oyó vidrio que se destrozaba en la acera, al otro lado de la calle. Sus ojos nublados fueron atraídos al cuarto piso, a la oficina de la esquina. Vio el destello y el cohete que surgía de la ventana, que pasaba cortando los árboles y que se dirigía directamente a ellos.

★ ★ ★ ★ ★

Bruner oyó el vidrio que se destrozaba a sus espaldas.

Sin embargo, a diferencia de Ramzy, no se dio vuelta. No tenía que ver lo que estaba ocurriendo. Todo en él sabía que era algo malo.

Moviéndose puramente por instinto, que se había refinado con los años de entrenamiento e impulsado por un repentino despliegue de adrenalina, Bruner se dio vuelta con fuerza hacia su izquierda. Agarró al presidente y empujó al hombre hacia la entrada del Waldorf. Entonces se lanzó encima de Jackson, justo cuando una explosión ensordecedora hacía erupción detrás de ellos.

Al mirar hacia atrás, vio con horrorizado asombro cómo una enorme y ardiente bola de fuego y humo envolvía a la multitud de afuera. El tanque de oxígeno de Ramzy explotó. Madera ardiendo, vidrio derretido, pedazos de ladrillo y yeso volaban por todos lados. Enormes llamas —de dos o quizás tres metros de altura— se elevaban en el vestíbulo, lamiendo el techo e incendiando todo lo que se interponía en su camino. Un gran candelabro de vidrio cayó y se destrozó en el suelo, a unos metros de donde estaban ellos.

Bruner podía oír los alaridos de la gente que se quemaba viva afuera. Él, también, estaba en llamas, pero por una fracción de segundo no sintió nada. Solo podía pensar que tenía que llevar al presidente a un lugar seguro.

★ ★ ★ ★ ★

Rahim cayó al suelo instantáneamente y se cubrió.

Sin embargo, ahora Firouz estaba de pie. Dirigió el arma que tenía en sus manos a la ventana destrozada y trató de apuntar a la puerta del Waldorf. Todo se había oscurecido por las llamas ascendentes y el humo espeso, negro y amargo que el viento soplaba en su dirección. Sus ojos comenzaron a arder y a humedecerse, incluso detrás de las gafas, haciéndolo vacilar por un instante, pero solamente por un instante. Entonces, apuntando al centro del caos, jaló del gatillo y disparó de todas maneras.

La granada de cuatro kilos y medio impulsada por cohete explotó desde su lanzador y el tiempo casi se detuvo. Todo parecía desarrollarse en cámara lenta. Firouz vio la estela. Vio que el cohete formaba un arco sobre Park Avenue, en una trayectoria más alta de la que había planificado, pero no estaba preocupado. El impacto todavía tenía su efecto mortal. Vio que la granada golpeó la pared exterior del hotel, precisamente arriba de donde estaba la delegación de reporteros, e hizo erupción con otra espantosa bola de fuego y muerte. Pudo ver que parte de la fachada del histórico edificio comenzaba a desmoronarse. Mejor aún, podía oír que los gritos de los que morían se intensificaban, acumulándose en un crescendo espantoso que envió escalofríos de éxtasis por su espina dorsal.

Por un momento se encontró totalmente hipnotizado por la escena de muerte y destrucción de abajo, pero entonces escuchó a Rahim que le gritaba que se agachara, por lo que recuperó sus sentidos y se inclinó.

Rahim ya había recargado y estaba de pie otra vez. Firouz vio cómo su camarada de armas evaluaba la escena, se daba vuelta a la derecha y tiraba del gatillo. Desesperadamente quería ver a dónde se dirigía el cohete. Deseaba poder ver los resultados, pero por lo menos escuchó la explosión. Escuchó el sonido estremecedor de metal que ardía, se retorcía y colisionaba, y la detonación secundaria de un tanque de gasolina. Inmediatamente supo que Rahim le había disparado a una de las camionetas del Servicio Secreto. Las limosinas, después de todo, eran impenetrables al fuego de los RPG. Por lo que Rahim había elegido la mejor alternativa. Era fiel. Era audaz. Estaba asestándole un golpe al Gran Satanás en el corazón de Manhattan. Pronto el Duodécimo Imán lo sabría, al igual que todo el mundo.

★ ★ ★ ★ ★

Bruner podía oír fuego de armas automáticas afuera.

También pudo escuchar el rechinar de llantas de Diligencia y de Halfback que se alejaban a toda prisa de la escena. No tenía idea de cuál podría ser la condición del presidente Ramzy ni del primer ministro Neftalí. ¿Habrían muerto en los ataques? ¿Los habría puesto alguien a salvo? Dado todo lo que acababa de ocurrir, no podía imaginar cómo podría haber sobrevivido alguno de ellos.

El humo en la entrada del hotel era espeso y bajo. Arriba de él, el sistema de rocío se había activado inmediatamente. El agua rociaba por todos lados, pero todo el vestíbulo estaba todavía envuelto en llamas. Un compañero agente los roció, a él y al presidente, con un extinguidor. El dolor en la espalda, piernas y brazos de Bruner era como nunca antes lo había experimentado, peor aún que la vez en que su Humvee casi había volado en pedazos por una bomba improvisada, en las afueras de Bagdad. No obstante, Bruner rehusó pensar en sí mismo.

"Señor Presidente, ¿está bien?," gritó por encima de la conmoción, mientras cuidadosamente le daba vuelta a Jackson y lo revisaba rápidamente para ver si estaba herido.

El presidente no respondió. Estaba tosiendo y arrojando sangre.

★ ★ ★ ★ ★

La oficina de la esquina hizo erupción con disparos de armas.

Los francotiradores del Servicio Secreto los habían encontrado. Desplegaron una cubierta fulminante de fuego represivo y Firouz sintió por primera vez una ola de miedo. Se tiró al suelo, contra de la pared de enfrente —fuera de vista, o por lo menos eso esperaba— suplicándole misericordia a Alá.

Sin embargo, Rahim no fue tan afortunado. Firouz miró horrorizado cómo el cuerpo de su mejor amigo era destrozado por docenas de las rondas de 7,26mm que entraron rompiendo las ventanas. Vio cómo Rahim cayó al suelo, con sangre que salía por todos lados y con los ojos en blanco en su cabeza. Su primer instinto fue gatear al lado de Rahim para ver si todavía estaba vivo, pero los disparos seguían llegando y desde un ángulo alto, probablemente desde el techo del Waldorf.

Cuando los disparos cesaron —solo por un instante— Firouz se movió. Gateó al otro lado del suelo y se lanzó al pasillo. Casi inmediatamente, los disparos comenzaron otra vez, pero Firouz rodó hacia una esquina, ileso. Respirando con fuerza y con su camisa empapada en sudor, sacó una pistola con silenciador de su chaqueta, se puso de pie y corrió hacia las escaleras.

★ ★ ★ ★ ★

"Vamos a sacarlo de aquí, señor Presidente."

Apretando los dientes, Bruner se obligó a ponerse de pie. Con la ayuda de otros tres agentes, también puso a Jackson de pie. Allí fue cuando vio por primera vez que al presidente le salía sangre de un lado del rostro, pero este no era el lugar para hacer una evaluación adecuada. Partes del techo ya estaban comenzando a derrumbarse. Tenían que movilizarse. Casi ahogándose con el humo, Bruner evaluó sus opciones. Las llamas eran cada vez más gruesas a la izquierda y a la derecha. El único camino a seguir era adentrarse más en el hotel. No tenía idea de quién o qué tenían por delante y no podía descartar la posibilidad de una emboscada de frentes múltiples, pero, por el momento, no tenía otra opción.

Con sus armas desplegadas, los agentes corrían hacia ellos en todo el edificio. Bruner les gritó órdenes a sus hombres para que los rodearan y los cubrieran, y luego comenzaron a desplazar al presidente por el pasillo dándole vuelta a la esquina hacia un ascensor de carga tan pronto como pudieron. Adentro, presionó el botón del sótano y maldijo hasta que las puertas se cerraron y comenzaron a descender.

"Seis-Uno, Seis-Uno, tengo a Renegado," gritó Bruner en su radio. "Repito, tengo a Renegado. Estamos en Alerta Máxima y vamos hacia abajo. Detengan todo el tráfico de radio y prepárense para evacuar inmediatamente."

Cuando se abrió la puerta del ascensor, los recibieron cuatro agentes más que empuñaban Uzis. Juntos, transportaron rápidamente a Jackson por el angosto pasillo, profundamente debajo del Waldorf, hasta que llegaron a la Pista 61. Allí los estaba esperando un tren Metro-North andando al ralentí. Ya estaba encendido y cargado con más agentes armados y un equipo de médicos. Bruner puso al presidente a bordo y dio instrucciones a sus hombres para colocarlo en el suelo, fuera de la vista. Dos médicos comenzaron a tratarlo inmediatamente. Bruner ordenó que el tren partiera, rehusando convertirse en presa fácil.

Las puertas se cerraron. Los agentes que los rodeaban tomaron sus posiciones preasignadas. El Engine One comenzó a moverse. Habían practicado esto por años, comenzando en 2002, cuando el Servicio Secreto había efectuado un ejercicio extenso usando esta ruta de escape como preparativo a la estadía del presidente Bush en el Waldorf durante la sesión inicial de la Asamblea General de la ONU.

Sin embargo, Bruner nunca había imaginado tener que llevar en realidad al presidente de Estados Unidos a un lugar seguro y secreto debajo de Manhattan, vía las pistas que llevaban y salían de Grand Central Station. Ahora estaba sucediendo, y todo estaba ocurriendo muy rápidamente. La gente yacía muerta y moribunda arriba de ellos. Amigos suyos. Quizás líderes mundiales.

Bruner se dio cuenta de que sus manos estaban cubiertas de sangre y que podía sentir más sabor de sangre en su boca. Entonces oyó que uno de los médicos gritaba pidiendo silencio.

"La presión sanguínea del presidente está disminuyendo rápidamente."

6

SYRACUSE, NUEVA YORK

David Shirazi había nacido para este momento.

Con una memoria fotográfica, un 3,9 de nota media y títulos avanzados en informática, el nativo de Syracuse podía haber sido reclutado por la División de Servicios Técnicos de la CIA o por la administración de información de la Agencia, y habría hecho un trabajo excepcional en cualquiera de ellas. En lugar de eso, con fluidez en árabe, alemán y persa —el idioma del Irán nativo de sus padres—, David había sido reclutado y entrenado para trabajar en el Servicio Clandestino Nacional de la Agencia, anteriormente conocido como la dirección general de operaciones.

Durante sus primeros dos años y medio en el campo, había trabajado fielmente en una variedad de puestos dentro de Irak, Egipto y Bahréin. Cada asignación había sido bastante trivial, pero habían demostrado ser buenos terrenos de entrenamiento. Le habían permitido cometer errores y aprender de ellos, le habían permitido aprender de agentes más experimentados en la región y le habían permitido entender la dinámica de la política del Medio Oriente y el ritmo del "día a día árabe."

Dicho esto, su última asignación había sido la más efectiva y personalmente gratificante hasta la fecha. Bajo órdenes de Langley, se había infiltrado en Munich Digital Systems (MDS), y había sido contratado por la compañía alemana de computación, que desarrollaba e instalaba software de vanguardia para compañías de teléfonos celulares y satelitales, y se había establecido como un joven indispensable, buen trabajador y dispuesto a correr riesgos. Había sido asignado por

MDS como asesor técnico para trabajar de cerca con Mobilink, el proveedor de telecomunicaciones más grande de Paquistán.

Una vez en la cuenta Mobilink, David había hecho todo lo necesario para obtener la información que Langley le había solicitado. Había penetrado en la base de datos de Mobilink, había sobornado a empleados clave, había penetrado protocolos avanzados de seguridad y había extraído montañas de información hasta que comenzó a rastrear los números de teléfonos celulares de supuestos miembros de al Qaeda, que operaban en las fronteras de Afganistán y Paquistán, o que vivían en las sombras de Islamabad y Karachi. Uno por uno, comenzó a dirigir los números hacia Langley. Eso le permitió a la Agencia Nacional de Seguridad comenzar a escuchar las llamadas que se hacían desde esos números en particular y a triangular las ubicaciones desde donde se hacían. La meta, al final, había sido rastrear y matar a Osama bin Laden y a sus principales socios, y habían ganado mucho terreno. En menos de seis meses, los esfuerzos de David ayudaron a sus colegas a capturar o a matar a nueve objetivos de mucho valor. En el proceso, hizo que se fijaran en él en el séptimo piso, el santuario íntimo del personal superior de la Agencia.

Sin embargo, durante ese tiempo, las prioridades de la Agencia habían variado de manera significativa. Aunque neutralizar a bin Laden había estado arriba en la lista en ese tiempo, al principio de la lista estaba neutralizar la capacidad de Irán de construir, comprar o robar un arsenal de armas nucleares. Los israelíes estaban cada vez más convencidos de que estaban enfrentando una amenaza existencial de los mulás en Teherán, que una vez que Irán obtuviera la Bomba, la lanzarían contra Tel Aviv para cumplir sus repetidas amenazas de "borrar a Israel del mapa." La administración de Jackson estaba públicamente comprometida en evitar que Irán adquiriera esa capacidad letal. No obstante, David sabía que el presidente, en privado, estaba todavía más preocupado por un primer ataque israelí en contra de Irán.

En enero, Jackson había firmado silenciosamente una directriz altamente confidencial que autorizaba a la CIA a "usar todos los medios necesarios para interrumpir y, de ser necesario, destruir el potencial iraní de armas nucleares para prevenir el surgimiento de otra guerra cataclísmica en el Medio Oriente." El problema era que aunque la Agencia tenía media docena de equipos de operaciones especiales en espera, listos en cualquier momento para sabotear las instalaciones nucleares, para interceptar embarcaciones de maquinaria y repuestos relacionados con lo nuclear, para facilitar la deserción de científicos nucleares, etcétera, lo que no tenía era a alguien adentro que les diera objetivos tangibles.

Por eso es que habían sacado a David de Paquistán y lo habían enviado a Irán con órdenes que eran tan claras como imposibles de lograr: penetrar los altos niveles del régimen iraní, reclutar informantes y entregar información sólida y procesable que pudiera ayudar a hundir o, por lo menos, a desacelerar el programa de armas nucleares de Irán. La buena noticia era que en solo unas cuantas semanas, ya había impresionado a sus superiores en Langley con resultados reales, medibles y demostrables, trabajando con Telecom Irán y distribuyendo teléfonos satelitales especialmente diseñados para varios funcionarios claves del gobierno. La mala noticia, desde la perspectiva de David, era que todo era muy poco y demasiado tarde. Los iraníes acababan de probar una ojiva nuclear en unas instalaciones de investigación en las montañas cerca de la ciudad de Hamadán, instalaciones previamente desconocidas para la CIA. Un personaje que afirmaba ser el Duodécimo Imán, que aparentemente había resucitado del siglo IX, estaba convenciendo rápidamente a una creciente fuerza de musulmanes en todo el Norte de África, en el Medio Oriente y en el Asia Central de que efectivamente era el mesías islámico, pero pocos en la CIA hasta el momento habían tomado en serio la noción de la llegada del Mahdi y mucho menos entendían las implicaciones de su llegada para la región o para los intereses de Estados Unidos allí. A pesar de los deseos del presidente, los líderes israelíes parecían estar dispuestos a lanzar un ataque preventivo en cualquier momento, y David no estaba seguro de que el primer ministro Neftalí estuviera equivocado al moverse en esa dirección. Prefería inmensamente que Estados Unidos tomara la vanguardia para detener a Irán, pero la verdad era que el presidente no lo entendía, e incluso la CIA —con él incluido— había estado rezagada por años. Ahora se les había acabado el tiempo.

David estaba contemplando seriamente la posibilidad de renunciar. Sin embargo, no era simplemente debilidad política e inercia organizacional lo que le pesaba. Su mundo personal se estaba desplomando.

Durante las últimas seis horas y media, David no había estado reportando a sus superiores en la Burbuja, el salón seguro de conferencias del séptimo piso en las instalaciones de la CIA, en el norte de Virginia. Tampoco había estado preparando su presentación en la Sala de Situaciones de la Casa Blanca para el día siguiente. No había estado revisando transcripciones ni grabaciones de las últimas intercepciones de llamadas telefónicas, el fruto de su trabajo en Irán.

En lugar de eso, había estado sentado al lado de la cama de su madre en Upstate University Hospital, en su ciudad natal de Syracuse, Nueva York, no lejos de la casa en la que había crecido. Veía que la mujer que lo había traído al mundo, la mujer que tanto amaba, se deterioraba constante y rápidamente. Ella había estado luchando con cáncer de estómago en la tercera etapa por meses. Sin embargo, en días recientes las cosas habían empeorado. David estaba haciendo todo lo que podía para consolarla. Había sostenido su mano. Le había llevado cubitos de hielo. Había llenado el cuarto aséptico del hospital con las rosas amarillas que tanto le gustaban y le había leído poesía persa de un volumen delgado de versos que era la única posesión personal que su madre todavía tenía de su juventud en Irán.

Al mismo tiempo, David estaba tratando —pero parecía que era en vano— de consolar a su desconsolado padre. Le llevaba café recién preparado cada cierta hora, con un poco de leche y con cuatro cubitos de azúcar, como a él le gustaba. Devolvía todas las llamadas telefónicas de su padre, coordinaba con su oficina para reorganizar sus muchas citas de los días siguientes y le decía a su padre una y otra vez que, de alguna manera, todo estaría bien, cuando sabía muy bien que no era cierto.

Mientras tanto, en silencio, David maldecía a sus dos hermanos mayores, que no estaban allí para nada, a pesar de sus mensajes implorándoles que llegaran rápidamente. Azad era el circunspecto. Cardiólogo exitoso como su padre, Azad era sin duda un hombre ocupado, pero no era como si viviera al otro lado del país, mucho menos del planeta. Azad vivía en los suburbios de Filadelfia. David lo había ubicado por MapQuest. Sabía que la casa de Azad estaba simplemente a 413 kilómetros, de puerta a puerta. Había hablado con Nora, la esposa de su hermano, apenas la noche anterior, logrando solo aumentar su frustración.

"David, sabes que estaríamos allá si pudiéramos. Estamos lamentando esta situación, pero es imposible. Tu hermano está en cirugías continuas hasta mañana por la tarde y yo estoy programada para que me induzcan el parto dentro de dos días. Cuando tenga al bebé, Azad llegará inmediatamente. Él solo quiere conocer a nuestro hijo. ¿Puedes entenderlo, David? Sé que *Pedar* lo entiende. *Maamaan* sabe que la amamos."

¿Cómo podía ser que el sueño más grande de su madre —los nietos— estuviera impidiéndole tener a su hijo primogénito al lado mientras sufría?

Saeed, por otro lado, era el *playboy* de la familia. Probablemente ganaba más dinero que todos ellos juntos, pero parecía gastarlo tan pronto como le llegaba. Poseía un apartamento lujoso en Manhattan, siempre estaba saliendo con una persona nueva y desperdiciaba su dinero en vacaciones extravagantes. Saeed no había llegado a casa en años y solamente se comunicaba si se tomaba en cuenta el mensaje de texto ocasional. David no tenía la mínima idea de por qué Saeed había elegido un estilo de vida tan frenético e inestable. No obstante, hacía mucho tiempo que se había dado por vencido en tratar de entenderlo.

Todo lo que sabía era que, como el más joven de los tres chicos, había hecho un trabajo casi igual de pésimo para ser un hijo amoroso y devoto. Ninguno de ellos conocía la vida que en realidad tenía. Ninguno de ellos sabía que trabajaba para la CIA, ni que estuviera pasando la mayor parte de su tiempo en Irán. Todos pensaban que era un programador de computación que vivía en Munich, que trabajaba de dieciséis a dieciocho horas al día, que viajaba constantemente, que nunca había tenido novia y que tenía pocas probabilidades de casarse y de tener hijos. No tenía importancia para sus hermanos, pero a sus padres sí les importaba muchísimo.

Por lo menos se sentía culpable, se dijo a sí mismo David. Por lo menos había estado en casa los últimos días, tratando desesperadamente de compensar el tiempo perdido.

Sin embargo, estaba palpablemente consciente de no estar en control de los acontecimientos. En el curso de los últimos quince minutos había presenciado cómo su madre se deslizaba en un coma del que, según los médicos, probablemente nunca se recuperaría. Como si eso no fuera lo suficientemente doloroso, estaba claro que simultáneamente estaba presenciando que su padre caía en una depresión profunda.

—¿Perdón, señor Shirazi?

David se sobresaltó con la voz de una enfermera en la puerta.

—¿Mi padre o yo? —preguntó.

—¿Es usted David? —preguntó la mujer mayor que tenía el turno vespertino.

—Lo soy.

—Tiene una llamada telefónica en la estación de enfermería.

Con toda la tristeza que se desarrollaba a su alrededor, David había olvidado por completo que había apagado su teléfono al entrar al hospital, justo antes del mediodía. No se permitían celulares en la Unidad de Cuidados Intensivos. Agradeció a la enfermera principal, le dio una palmada a su padre en la espalda y le susurró que volvería pronto. Su padre, sentado en una silla al lado de su esposa, con el rostro enterrado entre sus manos, apenas respondió.

David salió al pasillo y dobló la esquina. Se sentía bien estirar las piernas, pensó, mientras alcanzaba el teléfono, y era bueno también alejar su mente de los problemas de sus padres, aunque fuera por un momento. Esperaba que fuera Azad, para decirle que iba en camino, que había reprogramado las cirugías y que se dirigía a la 81, hacia Syracuse, para darle un poco de alivio a su hermano menor. Aún más, esperaba que fuera Marseille, diciendo que había vuelto a Portland sana y salva y que quería ponerse al día, o por lo menos preguntar por su madre. Era la voz de ella la que necesitaba escuchar precisamente entonces.

Sin embargo, no fue así.

7

—David, es Jack. Tenemos que hablar.

Escuchar la voz de su mentor y adiestrador lo tomó desprevenido.

—*¿Jack?* ¿Qué pasa? Te oyes terrible.

—En esta línea abierta no. Llámame en la forma segura. Ya sabes el número . . . y vete a algún lugar privado.

—Está bien. Te llamo enseguida.

David le dio el teléfono a la enfermera y se dirigió directamente a la escalera, encendiendo en su camino el teléfono que le habían entregado en la Agencia. Nunca había escuchado a Jack Zalinsky tan afectado. ¿Enojado, frustrado, irritado? Más veces de lo que David deseaba recordar. ¿Pero afectado? No en todos los años desde que Zalinsky lo había reclutado. No se pasa cuatro décadas en la Agencia Central de Inteligencia, ni mucho menos se trepa la escalera desde humilde operativo de campo, recién graduado de la Granja, hasta convertirse en gerente de operaciones clandestinas de la División del Cercano Oriente, sin tener una cabeza fría y hielo en las venas.

David subió al techo por una puerta de salida y se dirigió hacia una de las grandes unidades de aire acondicionado, donde nadie en el pavimento pudiera verlo. Presionó un código de autorización de diez dígitos para hacer su llamada segura, luego presionó un botón de marcado rápido para la oficina de Zalinsky, en el sexto piso de Langley.

—Jack, ¿qué pasa?

—¿Estás solo?

—Sí.

—¿Estás viendo las noticias?

—No, he estado con mi mamá. ¿Por qué? ¿Qué está pasando?

—Tienes que volver a Washington inmediatamente.

—Estaré en el primer vuelo mañana.

—No, esta noche; algo ha ocurrido.

—¿Qué?

—Ha habido un ataque.

—¿Dónde?

—En Manhattan.

David supo inmediatamente que se trataba del evento de recaudación de fondos.

—El presidente . . . ¿está bien?

—No sé —dijo Zalinsky—. Todavía no, pero el presidente Ramzy está muerto.

David pudo sentir que su ira aumentaba.

—¿Cómo? ¿Qué pasó?

—Todavía estamos reconstruyendo los hechos —dijo Zalinsky. Explicó el ataque y la secuencia de acontecimientos que se desencadenaron de la mejor manera que él lo entendía en ese momento.

—¿Qué hay de Neftalí? —preguntó David—. ¿Sobrevivió?

—Milagrosamente, el primer ministro escapó relativamente ileso: quemaduras menores, pero nada serio —respondió Zalinsky.

—Gracias a Dios.

—Lo sé. Es raro, en realidad. El presidente salió primero de la limosina y detrás lo siguió Ramzy, pero por la manera en que ocurrió, los terroristas dispararon los RPG antes de que Neftalí saliera del auto. Uno de sus tipos del Shin Bet estaba parado frente a la puerta abierta de la limosina. Cuando el primer RPG hizo impacto, el agente inmediatamente quedó envuelto en llamas, pero su cuerpo obstruyó la mayor parte de la explosión y de alguna manera él logró cerrar la puerta, probablemente salvándole la vida a Neftalí. El conductor arrancó inmediatamente y salió de la zona de destrucción.

—¿Dónde está el PM ahora?

—En un vuelo de regreso a Tel Aviv.

—¿Qué del agente de Shin Bet?

—Fue declarado muerto en la escena, uno de cuarenta y seis, con otros veintidós heridos; la mayoría de ellos tiene quemaduras severas y probablemente no pasarán la noche.

David apenas podía comprender lo que Zalinsky le estaba diciendo. El número de víctimas era lo suficientemente horroroso, pero igual era el hecho de que la CIA acababa de fallarle a su país otra vez. Otro ataque terrorista acababa de ser desatado en suelo estadounidense —nada menos que en la ciudad de Nueva York— y la Agencia no solo no había hecho nada para detenerlo, sino que ni siquiera se había enterado de que ocurriría. ¿Qué más iba a pasar? ¿Quién más estaba en el país, listo para atacar?

Estos fueron los primeros pensamientos que pasaron por su cabeza, pero hubo más. David se estremeció por las implicaciones de que el líder anciano, enfermo y autoritativo de Egipto hubiera sido asesinado. El gobierno del país árabe más grande, e históricamente más estable del mundo, de repente había sido decapitado. ¿Quién tomaría el control? ¿Habría una transición pacífica de poder? Después de haber pasado casi un año trabajando en El Cairo, reportándose primero al agregado económico y después directamente al jefe de la estación de la CIA en la capital egipcia, sabía muy bien que el presidente Ramzy nunca había desarrollado un plan de transferencia claro, organizado o legal. El anciano siempre había querido que uno de sus hijos asumiera el poder cuando él ya no estuviera. No obstante, muy pocos en el país querían eso: ni la mayoría de la legislatura, ni los líderes de la Hermandad Musulmana, ni la mayoría de los egipcios comunes y corrientes, por cierto. Esto daba lugar al escalofriante prospecto de una transición caótica, hasta violenta, que podría convertirse en una revolución total en un país de ochenta millones, de los cuales 90 por ciento eran musulmanes, cuya vasta mayoría estaba profundamente descontenta. Esa revolución podría ser enormemente desestabilizadora. Podría deshilar el tratado de paz de más de tres décadas con los israelíes. Teóricamente, podría llevar al poder a los líderes de la Hermandad Musulmana, o a otros simpatizantes de los Radicales. Esas fuerzas ciertamente estarían dispuestas e incluso ansiosas de desarrollar alianzas más firmes con Hamas, Hezbolá e Irán, para enfrentar a Israel. Además, una toma de poder por parte de los Radicales abriría una oportunidad para que el Duodécimo Imán tratara de atraer al país —o incluso obligarlo— a unirse a su nuevo califato islámico emergente.

El estallido de Egipto, después de la repentina muerte del hombre que ellos llamaban el Faraón del Nilo, había sido uno de los mayores temores de la Agencia. Ahora estaban a punto de descubrir cómo se desenvolvería, y el momento no podía ser peor.

—¿Algún sospechoso por el momento? —preguntó David, obligándose a concentrarse en reunir los hechos más que en dejar que su mente volara con escenarios hipotéticos.

Zalinsky dijo que Roger Allen, el director de la Agencia, estaba especulando de manera privada que el ataque posiblemente era una venganza de al Qaeda, por el asesinato de tantas figuras de alto nivel en meses recientes. El doctor Ayman al-Zawahiri, que había sido el hombre número dos en la organización de al Qaeda durante años, era egipcio y por mucho tiempo había jurado tumbar el régimen de Ramzy y reemplazarlo con una República Islámica. Sin embargo, Zalinsky observó que su jefe inmediato, Tom Murray, subdirector de operaciones, sospechaba de la Hermandad Musulmana, el grupo islámico radical fundado en Egipto en 1928. La Hermandad, que funcionaba clandestinamente porque estaba legalmente prohibida en Egipto, había odiado a Ramzy por años, en parte porque él continuaba encarcelando a sus altos operativos y, en parte, porque entendía su verdadera misión: el establecimiento de Egipto como el epicentro de un restaurado reino islámico, la imposición de la ley sharía y la exportación de su marca sunita de yihad a toda la región y, finalmente, al mundo. Su lema: "Alá es nuestro objetivo. El Profeta es nuestro líder. El Corán es nuestra ley. El yihad es nuestro camino. Morir en el camino de Alá es nuestra mayor esperanza." David sabía que Al-Zawahiri no solamente había nacido en Egipto, sino que había sido un miembro de la Hermandad antes de formar el grupo aún más radical del Yihad Islámico Egipcio, que entonces se había unido a al Qaeda.

—Murray cree que es posible que esto sea una operación conjunta entre la Hermandad y al Qaeda, y que podría contar incluso con la participación de Hezbolá, aunque uno creería que nos habríamos percatado de la conspiración si hubiera existido tanta coordinación entre los grupos.

—¿Qué piensas tú? —preguntó David.

—No lo sé —respondió Zalinsky—. Es demasiado pronto.

—Sin embargo, tú no crees que en realidad sea al Qaeda o la Hermandad, por lo menos por sí mismos, ¿no es verdad? —David insistió.

—Todavía no tenemos información suficiente.

—Vamos, Jack; se trata de Irán. Esto está siendo dirigido por el Duodécimo Imán. Tiene sus huellas en todos lados. ¿El tiempo? ¿Los objetivos? ¿Las armas? ¿El hecho de que el ataque ocurriera tan pronto después del asesinato del mejor científico nuclear de Irán en Hamadán?

—¿Por qué elegiría Irán luchar contra nosotros ahora? —argumentó Zalinsky—. Con Israel, seguro, pero ¿por qué atacarnos, a nuestra ciudad, a nuestro líder? ¿Por qué tomar ese riesgo cuando al hacerlo empujaría a la Casa Blanca a ir a la guerra en contra de Irán? No tiene sentido. No es racional.

—¿En base a la perspectiva de quién? —preguntó David—. Mira, Jack, ¿en realidad crees que el presidente alguna vez iría a la guerra contra Irán? Has oído lo que le está diciendo al director tras bambalinas. Sabes que no tiene al Pentágono desarrollando un plan formal. Viste el texto previo del discurso del Centro Sadat. Está soñando con la paz. Todavía cree que puede negociar con Irán. Ahora cree que podría hablar con el Duodécimo Imán. Apenas si mencionó a Irán en el discurso del Estado de la Unión. No le está indicando al país que está a punto de ponerse firme con Irán. Mientras tanto, está cortando el presupuesto de defensa por reducción de déficit. Está sacando a las fuerzas de Irak y de Afganistán. Nadie cree que va a lanzar una guerra contra Irán, y mucho menos los iraníes.

—Aunque, después de todo, ¿no crees que un intento de asesinato por parte de Irán podría cambiar esa conjetura, impulsar a un guerrero reacio al pie de guerra?

—No si el ataque funcionó —dijo David—. O incluso si estuvo cerca.

—Mira, David, todo el propósito de que estés en esto es porque el presidente lo entiende. Está escuchando al director. Nos está
escuchando. Ha firmado la orden que autoriza el uso de "todos los
medios necesarios" para detener el programa de armas de Irán. Nos
está dando todo lo que hemos pedido. Tu trabajo no es hacer política.
Tu trabajo es ejecutarla. No lo olvides.

La línea quedó en silencio por unos instantes.

—Ahora bien, tienes que volver aquí esta noche —dijo Zalinsky.

—No puedo —respondió David.

—Tienes que hacerlo.

—Jack, mi mamá se está muriendo.

—Lo sé y lo siento mucho. Sabes lo mucho que conozco a tus
padres, pero . . .

—No, Jack, no lo entiendes —interrumpió David—. Mi mamá
entró en coma hace menos de una hora. Los médicos dicen que no le
queda mucho tiempo. No creen que pase la semana. Y mi papá está
hecho un lío. No puedo dejarlos. Ahora no.

—¿Qué hay de Azad?

—Está ausente sin licencia.

—¿Saeed entonces?

—Dime que estás bromeando.

—Mira, David, tu presidente fue casi asesinado en la última hora
y el Medio Oriente está a punto de explotar.

—Lo entiendo, Jack. Lo entiendo, pero necesito más tiempo.

—No hay más tiempo.

—Dijiste que el presidente quería reunirse con nosotros mañana
al mediodía. ¿Por qué no puedo volar mañana en la mañana? Ya tengo
el boleto. Eso es lo que mi padre espera. Por favor, Jack. Necesito este
favor.

—Lo siento, David. Entiendo tu situación, pero tu país está bajo
ataque. La reunión con el presidente se canceló. Sinceramente, ni
siquiera puedo decirte si el presidente está vivo, mucho menos si está
en capacidad de participar en una sesión informativa. El director
Allen está ordenando que toda la División del Medio Oriente esté
aquí esta noche, sin excepciones. Nos está obligando a que persigamos

fuertemente a al Qaeda y tenemos a un equipo que está delineando nuevas opciones en ese sentido. Sin embargo, también esta aterrado de que los israelíes usen este intento de asesinato en contra de Neftalí para ordenar un primer golpe en contra de Irán. Él quiere opciones. Dijo que quería "quitarse los guantes."

David pudo ver que no tenía sentido discutirlo más, pero la presión que tenía encima era intolerable. Se vio tentado a presentar su renuncia inmediatamente, pero con su país bajo ataque, eso sería como una traición.

—Mira, David —continuó Zalinsky cuando David no contestó—, has estado haciendo un trabajo excelente. Nos has dado un nuevo grupo de objetivos en Irán. Nos has dado un cúmulo de nuevas pistas, pero no tenemos mucho tiempo. Eva y yo tenemos algunas ideas, pero hay vacíos que solo tú puedes llenar.

Zalinsky hizo una pausa y David se preguntó cómo le estaba yendo a su colega, Eva Fischer, en su intenso interrogatorio al doctor Najjar Malik, el destacado científico nuclear iraní a quien David había ayudado a escapar de Irán a Estados Unidos, junto con su familia. Malik era crucial para que la Agencia pudiera entender realmente la capacidad e intenciones de Teherán.

Zalinsky carraspeó.

—Créeme, si hubiera otra manera, cualquier otra manera, no te pediría que hicieras esto, pero por eso es que te recluté en primer lugar. Creo que tus padres lo entenderían.

No convenció a David.

—Estás equivocado, Jack. No hay nada de esto que mi padre pueda entender. Está viendo que el amor de su vida se le escapa para siempre. No come. No está tomando sus medicinas. Me preocupa que se dañe a sí mismo. Mis hermanos no están aquí. Además, no es posible que tome un vuelo esta noche. Estoy en Syracuse, no en Munich.

—Ya hay un avión de la Agencia en camino —dijo Zalinsky—. Aterrizará en menos de una hora. Habrá un auto esperándote cuando llegues allí. Ven a mi oficina en el momento en que llegues. Tengo que irme. Tengo una llamada del director en la otra línea.

Con eso, la llamada terminó.

8

Se asomaban nubes voluminosas y oscuras.

Había truenos a la distancia y los relámpagos se acercaban. El viento aumentaba y David podía sentir que la temperatura descendía rápidamente. Se acercaba otra tormenta y no era seguro permanecer en el techo, pero David no podía soportar el pensamiento de volver adentro y decirle a su padre que se iría.

Sabía que la Agencia había invertido mucho en su entrenamiento. Sabía que Zalinsky, Murray y el director Allen contaban con él para que hiciera todo lo posible por proteger a la gente y los intereses de Estados Unidos de todas las amenazas, extranjeras y domésticas, y particularmente del régimen de Irán. Más aún, había hecho un juramento. Había dado su palabra a su país.

Sin embargo, ahora sus padres necesitaban que se quedara. No quería decepcionarlos —particularmente a su padre— una vez más. Ellos merecían algo mejor.

También estaba Marseille. Ya se sentía como una eternidad, pero había desayunado con ella esa misma mañana, después de tantos años, después de tanta historia, y todavía no podía creerlo. Solo el verla entrar al restaurante, toda abrigada por el frío de la última parte del invierno, con su bufanda roja y suéter de cuello tortuga, había revuelto las emociones que por mucho tiempo había tratado de suprimir. Cuando cerró sus ojos, pudo imaginarla muy vívidamente, más como una estudiante de posgrado que como la maestra de escuela primaria que había llegado a ser. Ella había soportado tanto dolor en los años desde que la había visto por última vez. No obstante, con

JOEL C. ROSENBERG ★ 51

esos grandes ojos verdes y ese pelo café oscuro sujetado hacia atrás en una trenza holgada, Marseille era más bella de lo que recordaba o imaginaba, y ya la extrañaba. Sentía vergüenza de admitir algo así, aunque fuera solo ante sí mismo, pero no podía evitarlo. Quería volver a hablar con ella. Quería escuchar su voz. Ella lo había invitado a Portland y él quería ir. Verla otra vez. Compartir un poco de tiempo real con ella. Ver si algo era posible entre ellos. Había habido un afecto en sus ojos y una ternura en su abrazo que lo habían sorprendido. Nunca se perdonaría si no averiguaba con seguridad quién era ella en realidad ahora y lo que en realidad quería.

Por supuesto que no había tiempo para pensar en nada de esto y menos en el techo de Upstate University Hospital, pero la noción de volver a la habitación de su madre, de hacer a un lado a su padre y decirle que había una "emergencia en el trabajo" y que tenía que irse de la ciudad inmediatamente lo hacía sentirse enfermo. ¿Qué emergencia ficticia podría elaborar en los próximos dos minutos que pudiera convencer a su padre de que en realidad tenía que irse en un momento así?

David sabía que estaba perdiendo el tiempo, pero no estaba seguro de qué hacer. Miró su teléfono y se vio tentado a llamar a Marseille, solo por un instante, solo para asegurarse de que había regresado bien a Portland. Si ella parecía entusiasmada —o incluso simplemente dispuesta— a hablar un poco más, eso también sería bueno, tal vez una señal. Por lo menos ella sabría cómo se sentía él ahora mismo. Sabría qué decirle. Después de todo, no solo había perdido a uno de sus padres; ella había perdido a los dos.

David lo pensó mejor y abruptamente guardó el teléfono. Este no era el tiempo ni el lugar. Tenía que mantenerse enfocado. Miró su reloj y frunció el ceño. Tenía que estar en Hancock Field en menos de una hora y todavía tenía que ir a la casa de sus padres para empacar.

Se dirigió abajo. Mientras se acercaba a la habitación de su madre, pudo ver a su padre sentado en una mecedora, meciéndose de atrás para adelante a un ritmo casi hipnótico. Ya no estaba llorando. Solamente estaba sentado allí, mirando a su amada esposa, quien yacía en su cama inmóvil y conectada a toda clase de máquinas artificiales. Toda la escena era difícil de soportar, pero fue la mirada vacía de los ojos de su padre lo que más le dolió a David.

Sus padres habían estado casados por más de tres décadas y eran inseparables. Parecía que casi cada chico con el que David había crecido tenía padres divorciados. No obstante, a través de todas sus pruebas, errores y decepciones al crecer, siempre había podido contar con el profundo y duradero amor de sus padres. Mohammad Shirazi había nacido en 1952, precisamente un año antes que Nasreen Vali, en pueblos vecinos. Ambos habían crecido en Irán, bajo el sha. Su matrimonio había sido arreglado, pero sus padres los amaban y habían elegido cuidadosa y sabiamente. Mohammad y Nasreen habían pronunciado sus votos a principios de los años setenta y habían escapado juntos de Irán durante la Revolución Islámica de 1979. En el proceso perdieron todas sus posesiones materiales, incluso una próspera clínica médica. Cuando llegaron a Estados Unidos, tuvieron que reconstruir sus vidas desde abajo, pero lo habían hecho sin quejarse. Mohammad había estudiado mucho para obtener su licencia estadounidense y practicar la cardiología. La pareja había hecho amigos, compraron una casa, criaron tres hijos, los pusieron en la universidad y vivieron el sueño americano sin la ayuda de nadie. Estaban orgullosos de eso. Lo habían logrado solos. Lo habían hecho juntos. David estaba seguro de que estaban más enamorados ahora que nunca, y estaba claro que su padre no podía soportar pensar en perderla.

¿La perderían para siempre? ¿La volverían a ver alguna vez? Ninguno de ellos había tomado la religión en serio alguna vez. Aunque habían nacido como musulmanes chiítas, los padres de David siempre se habían enorgullecido de su rechazo al islam. Ahora su madre estaba a punto de encontrar la verdad acerca del cielo y del infierno. David de repente sintió frío y se asustó como nunca. Estaba mirando hacia el abismo, sin una sola respuesta, sin una sola pizca de esperanza.

Abruptamente se dio cuenta de que su decisión había quedado clara. Ya no le iba a mentir a su padre. Sin importar las consecuencias, David iba a decirle la verdad. No toda. No traicionaría los secretos de estado ni la seguridad operacional, pero su padre tenía que saber que su hijo trabajaba para la Agencia. Tenía que saber que David estaba luchando en contra del gran mal que, en primer lugar, los había sacado de su amada tierra de Persia, el mismo mal que les había costado tanto antes y que muy bien les podría costar aún más. Tenía que saber por qué su hijo se iba esa noche. David no estaba seguro de que su padre le creería, pero tenía que intentarlo.

"Oye, papá," le susurró mientras asomaba su cabeza por la puerta, "¿puedo hablarte de algo?"

★ ★ ★ ★ ★

TEHERÁN, IRÁN

Teherán tenía ocho horas y media de adelanto con el centro de Nueva York.

Hamid Hosseini, el Líder Supremo y Gran Ayatolá de Irán, terminó sus oraciones de madrugada. Lo había tomado desprevenido la llamada de Javad Nouri antes del amanecer, informándole de la decisión repentina e inesperada del Duodécimo Imán de visitar Beirut, en lugar de volver directamente a Irán. Pero ¿quién era él para cuestionar al Señor de la Época?

Hosseini le pidió a Alá que bendijera cada detalle del viaje del Mahdi, que le diera seguridad y éxito, y que le diera a él la sabiduría infinita que necesitaba para construir el califato anhelado por mil millones de musulmanes. Entonces se puso de pie, salió de la pequeña mezquita del palacio sin decir una palabra, hizo la corta caminata con sus guardaespaldas hacia su amplia oficina de la esquina y cerró la puerta al entrar. Planeaba quedarse encerrado por las siguientes horas.

Sacó una carpeta sin etiqueta y comenzó a revisar la última evaluación de su jefe de inteligencia. La buena noticia era que los científicos iraníes habían perfeccionado el ciclo de combustible nuclear y ahora tenían una pequeña pero significativa reserva de uranio altamente enriquecido (UAE) que oscilaba entre 95 y 98 por ciento de pureza. Como resultado de esos esfuerzos, los equipos de diseño finalmente habían terminado de construir nueve ojivas nucleares y habían probado una hacía apenas dos semanas.

Hosseini no era físico y pasó rápidamente muchos de los detalles técnicos que contenía el reporte. No obstante, la conclusión era lo suficientemente clara. La ojiva había funcionado a la perfección. El resultado de la explosión había sido extraordinario. Después de todo, el diseño que le habían comprado años antes a A. Q. Khan, el padre del programa nuclear paquistaní, había sido una buena inversión. No estaban listos para conectar cualquiera de las ojivas a los misiles balísticos de alta velocidad que habían construido o que habían comprado a los coreanos del norte. En efecto, el reporte indicaba que al equipo todavía le faltaban muchos meses para perfeccionar un sistema de lanzamiento de misiles, pero estaba bien. Por ahora, concluyó Hosseini, tenía lo que necesitaba. Además, el reporte le prometía que aproximadamente en otras tres semanas, seis ojivas más serían construidas y estarían listas para ser usadas.

Sin embargo, no todas las noticias eran buenas.

Para comenzar, el doctor Mohammed Saddaji, el mejor científico nuclear de Irán, estaba muerto; lo había asesinado un coche bomba en Hamadán, apenas hacía unos días. La muerte de Saddaji era un golpe enorme para el programa de armas. Como pionero del programa clandestino de fabricación de bombas, Saddaji era casi irremplazable. Hosseini todavía no tenía claro cómo quienquiera que lo hubiera asesinado había descubierto las actividades de Saddaji. Había tenido el inocuo título de subdirector de la Agencia de Energía Atómica de Irán y había estado a cargo, aparentemente, de las operaciones diarias en el reactor de Bushehr, la planta nuclear ubicada cerca del Golfo Pérsico que estaba a punto de entrar en servicio esa primavera, después de años de atrasos y complicaciones técnicas.

La mayoría de asesores cercanos de Hosseini estaba convencida de que los israelíes eran los responsables de la muerte de Saddaji. La acusación daba lugar a una buena propaganda y el Líder Supremo los estimulaba a alimentar esos rumores en la blogósfera y en los medios de comunicación occidentales. Sin embargo, Hosseini tenía una fuente en la que él confiaba, que le había dicho que los egipcios habían asesinado a Saddaji. Además, la fuente indicaba que la orden del ataque había llegado directamente del presidente Abdel Ramzy.

¿Sería cierto? Él no tenía idea. ¿Cómo podría Ramzy haberlo averiguado? No importaba. Todo lo que le importaba a Hosseini era la venganza y ahora él la había ejercitado.

No obstante, había más noticias malas. La muerte de Saddaji, la prueba nuclear bajo la montaña Alvand, cerca de Hamadán, y el terremoto siguiente en el área habían generado atención no deseada. Ahora el jefe de inteligencia de Hosseini creía que el Complejo 278, el centro de desarrollo de armas nucleares ultrasecreto, ubicado a cuarenta kilómetros al oeste de Hamadán y construido al costado de una montaña de 3.400 metros, había sido expuesto. Sin duda, el complejo estaba siendo vigilado veinticuatro horas al día por satélites espías de cada país con esa tecnología y definitivamente por los estadounidenses y los sionistas. Este era un enorme problema, observaba el reporte que Hosseini tenía en las manos, porque la mayoría de las ojivas todavía estaba almacenada allí; no todas, pero sí la mayoría. Tenían que trasladarlas pronto y sin ser detectados a nivel internacional. Tenían que ser trasladadas para ser usadas, según las instrucciones explícitas del Mahdi, pero ¿cómo?

★ ★ ★ ★ ★

SYRACUSE, NUEVA YORK

La mirada atónita en el rostro de su padre entristeció a David.

No era su intención lastimar a su padre ni agregarle más cargas. Esperaba haber hecho lo correcto, pero mientras ambos permanecían sentados en silencio, la ansiedad de David comenzó a aumentar. ¿Era ira lo que detectaba en su padre? ¿Decepción? ¿Resentimiento? El hombre era difícil de descifrar.

Algo estaba claro: el doctor Shirazi evidentemente creyó la historia de su hijo, aunque David hubiera omitido algunos elementos clave. David no había compartido con su padre el hecho de que Jack Zalinsky había sido el que lo había reclutado para unirse a la CIA, ni que Zalinsky había sido el responsable de su entrenamiento. No le había revelado ninguno de los detalles operacionales de su vida en la CIA, como el hecho de que su apartamento en Munich era solo una fachada, ni que el nombre con el que la mayoría de la gente lo conocía en estos días era Reza Tabrizi.

—Entonces, ¿cuánto tiempo has estado en la CIA? —preguntó el doctor Shirazi.

—Unos cuantos años —dijo David—. No me es permitido decir exactamente.

—¿Crees tú que Irán está detrás del ataque a Nueva York de hoy?

—No tengo pruebas, papá, pero sí, creo que el rastro de evidencias finalmente llevará allí.

—¿Entonces vas a volver a Irán esta noche?

—Pues, no exactamente. Voy a volar al DC esta noche para reunirme con mis colegas en Langley, comparar notas y desarrollar un plan. Luego veremos.

—¿Ellos probablemente te enviarán de vuelta a Irán?

David asintió con la cabeza, con un nudo en el estómago, y hubo otra larga e incómoda pausa.

—Papá, ni siquiera estoy seguro si debería permanecer en la Agencia.

—¿De qué estás hablando?

—Estoy pensando en retirarme.

—¿Por qué?

—Quiero estar contigo y con mamá. Quiero ayudarlos, no dejarlos solos. Con sinceridad, no estoy seguro si en realidad yo . . .

Su padre lo interrumpió.

—No, no, David; tienes que irte. Tienes que hacerlo. Tu país te necesita, especialmente ahora.

—Papá, hay otros que . . .

Sin embargo, el doctor Shirazi no quiso oír nada del asunto.

—Estoy muy orgulloso de ti, David.

—¿Lo estás?

—Por supuesto, y tu madre también lo estaría.

David se mordió el labio. Esta no era la reacción que él hubiera imaginado.

—Sinceramente, quisiera ser lo suficientemente joven como para hacer lo mismo. —El doctor Shirazi sonrió levemente y puso su brazo sobre el hombro de David.

—¿Unirte a la CIA?

—Por supuesto.

—¿Por qué?

—Porque Estados Unidos salvó mi vida y la de tu madre. La CIA y el Departamento de Estado salvaron nuestras vidas. Nunca olvidaré lo que Jack Zalinsky y Charlie Harper hicieron. Arriesgaron sus vidas para sacarnos de Irán. Nos adoptaron en este país. No me malinterpretes, hijo; amo a Irán por haber nacido allí, pero estoy indignado por lo que los mulás le están haciendo a la gente. Detesto al Ayatolá Hosseini y al presidente Darazi. Desprecio todo lo que ellos representan. Están sofocando la economía de Irán. Están devorando a los niños de Irán. Están estrangulando el futuro de Irán, y no les importa. Son miembros de una secta y asesinos, los dos. Niegan el Holocausto y quieren asesinar a seis millones de judíos israelíes y esa ni siquiera es su meta principal. Israel es solamente el pequeño demonio. Estados Unidos es el gran demonio. Hosseini y Darazi quieren aniquilarnos a todos. Quieren asesinar a los cristianos junto con los judíos, además de cada musulmán que no cree en lo que ellos creen. Quieren que todo el mundo se incline y adore al Duodécimo Imán, todo para dar lugar a su califato y al fin del mundo. Son malvados, David, son el puro mal. Alguien tiene que detenerlos. Alguien tiene que ir allá y derrumbar todas sus mentiras y todas sus defensas, y encontrar la manera de ponerle fin a toda esta locura. Créeme, David, si yo fuera más joven, me uniría a la CIA, volvería a Irán y le pondría una bala a cada una de sus cabezas. Pensé en eso muchas veces con el paso de los años, pero me avergüenzo al decir que nunca tuve las agallas para hacerlo. Sin embargo, moriré feliz, y tu madre morirá feliz, si esa persona eres tú. Por lo menos nuestras vidas habrán significado algo. Por lo menos habremos hecho algo bien.

9

TEHERÁN, IRÁN

Hosseini dejó la carpeta y encendió el televisor.

Pronto se quedó pegado al canal noticioso del estado de Irán, que mostraba de manera alternativa un reportaje del discurso inaugural del Duodécimo Imán en la Meca, de hacía solo cuatro días, y de las noticias de Manhattan. Mientras miraba las imágenes cautivantes y escuchaba el reportaje y el análisis, Hosseini se encontró en un estado de casi incredulidad. Por décadas había orado por este momento; había soñado, había estudiado y se había preparado para esto. No obstante, aunque no se atrevía a decirle esto a ninguno de sus súbditos ni a nadie de su personal, el Líder Supremo de la República Islámica de Irán no estaba seguro si alguna vez había creído totalmente que este momento verdaderamente ocurriría durante su vida, mucho menos que él estaría tan íntimamente involucrado. Una cosa era creer estar viviendo en el final de los tiempos, pero otra muy distinta era estar seguro.

Cuando era niño, sus padres y maestros le habían enseñado que algún día, Muhammad Ibn Hasan Ibn Ali —mejor conocido como el Prometido, el Mahdi, el Señor de la Época, el Duodécimo Imán— volvería de su escondite o de donde estaba "oculto," que traería a Jesús como su segundo al mando, que obligaría a todos los judíos y cristianos, y a otros infieles, a convertirse o perecer, que destruiría a los líderes de naciones enemigas y que luego restablecería el califato islámico de una vez y para siempre. Siete décadas después, todavía podía recordar, palabra por palabra, un pasaje de los libros de su abuelo sobre la escatología chiíta que su padre lo había obligado a memorizar. Las palabras quedaron selladas en su psique para siempre y mientras miraba un montaje de videos cortos, comenzaron a brotar involuntariamente de sus labios.

"'Aparecerá como un joven apuesto, vestido con buena ropa e irradiando la fragancia del paraíso. Su rostro brillará de amor y de bondad por los seres humanos. Tiene una frente radiante, ojos negros penetrantes y un pecho amplio. Se parece mucho a su ancestro, el profeta Mahoma. La luz celestial y la justicia lo acompañan. Vencerá a los enemigos y opresores con la ayuda de Dios, y según la promesa del Todopoderoso, el Mahdi erradicará toda la corrupción e injusticia de la faz de la tierra y establecerá el gobierno global de paz, justicia y equidad.'"

Qué escaso era incluso el bendecido idioma persa al pintar el retrato del hombre que había llegado para salvarlos, pensó Hosseini.

Con un estimado de catorce millones de fieles que sin aliento esperaban su primera aparición formal en público, el Duodécimo Imán había surgido de las sombras y había tomado el centro del escenario. Parecía significativamente más joven y notablemente más apuesto de lo que Hosseini se lo había imaginado cuando estaba creciendo, pero no había duda de que era él, y qué contraste con el antiguo azote de Hosseini, Abdullah Mohammad Jeddawi. El rey saudita sunita se veía verdaderamente anciano cuando se inclinó en su formal túnica blanca ante el mesías chiíta. Además, el hombre se veía pálido, con su rostro demacrado y sus manos temblorosas. Hosseini no podía recordar una sola palabra que Jeddawi hubiera emitido en su breve y patética introducción, pero no había olvidado ni una sílaba del breve y poderoso mensaje del Mahdi . . . ni las olvidaría jamás.

"Llegó la hora," había dicho el Duodécimo Imán con voz fuerte y retumbante que instantáneamente parecía imponer tanto reverencia como respeto. "La época de arrogancia, corrupción y avaricia ha terminado. Una nueva era de justicia, paz y hermandad ha llegado. Es hora de que el islam se una."

La multitud en la Meca había irrumpido con una intensidad que Hosseini nunca antes había presenciado en ningún acontecimiento público, ni siquiera en los sermones de los viernes que daba su propio mentor y guía, cuando la revolución islámica había comenzado en 1979.

"Los musulmanes ya no pueden darse el lujo de luchas y divisiones internas e insignificantes. Los sunitas y los chiítas deben unirse," había continuado el Mahdi. "Es hora de crear un pueblo islámico, una nación islámica, un gobierno islámico. Es hora de mostrarle al mundo que el islam está listo para gobernar. No estaremos limitados a fronteras geográficas, grupos étnicos y naciones. Nuestro mensaje es un mensaje universal, que llevará al mundo a la unidad y a la paz que las naciones, hasta ahora, no han podido lograr."

Los hombres estaban embelesados; las mujeres lloraban. Hosseini sintió una punzada de arrepentimiento porque no había insistido en estar allí para experimentar en persona este acontecimiento histórico y transformador.

"Abundan los cínicos y escépticos, pero a ellos les digo, es hora. Hora de que abran sus ojos, de que abran sus oídos y de que abran sus corazones. Es hora de que vean, oigan y entiendan el poder del islam, la gloria del islam. Y ahora, que comience este proceso de educación. He venido a iniciar un nuevo reino, y les anuncio que los gobiernos de Irán, Arabia Saudita y los Estados del Golfo se están uniendo como una nación. Esto formará el corazón del califato. Mis agentes están realizando negociaciones pacíficas y respetuosas con todos los demás gobiernos de la región, y en poco tiempo estaremos anunciando nuestra expansión. A los que quisieran oponérsenos, simplemente les diría esto: el califato controlará la mitad de la provisión mundial de petróleo y gas natural, así como el Golfo y las líneas de embarque a través del Estrecho de Hormuz. El califato tendrá el ejército más poderoso, dirigido por la mano de Alá. Además, el califato estará cubierto con una sombrilla nuclear que protegerá al pueblo de todo mal. La República Islámica de Irán realizó con éxito una prueba de armas nucleares. Sus armas ahora pueden funcionar. Me acaban de entregar el mando y el control de esas armas. Solamente buscamos la paz. No le deseamos daño a ninguna nación. Pero no se equivoquen: cualquier ataque, de cualquier estado a cualquier porción del califato, desatará la furia de Alá y desencadenará la Guerra de Aniquilación."

★ ★ ★ ★

CAMINO A WASHINGTON, DC

El Citation, de propiedad de la Agencia, ascendió rápidamente y se inclinó hacia el sureste.

David estaba sentado solo en el avión de negocios de ocho asientos, cómodamente instalado en un asiento de cuero, mirando hacia abajo a la ciudad de su juventud, que se encogía en la distancia detrás de ellos. Estaba impactado, pero agradecido, por la bendición inesperada de su padre. Nunca había soñado en hacer nada de esto cuando estaba creciendo. Cuando se había unido a la Agencia, en realidad nunca había imaginado que sus padres lo aprobarían. Precisamente lo opuesto. Había estado seguro de que se pondrían furiosos, y se había alegrado porque legalmente no le permitían decírselo. No obstante, ahora deseaba haber quebrantado la ley antes y habérselo dicho desde el principio. Saber que en realidad tenía todo el apoyo de sus padres habría aliviado mucha tensión.

La conversación con su padre había resultado mucho mejor de lo que había pensado, en muchos niveles. Después de hablar un poco más acerca de la CIA, David incluso le había dicho un poco sobre su desayuno con Marseille y los sentimientos que otra vez tenía hacia ella. Para su sorpresa, su padre, de hecho, lo había animado a mantener la comunicación con ella y a que hiciera lo mejor posible para, por lo menos, renovar la amistad. "Incluso si nada más sale de eso," le había dicho su padre, "te podría ir peor que tener a una Harper como amiga." Su padre incluso había mencionado, no una sino dos veces, lo agradecido que había estado cuando Marseille había enviado flores y una nota al hospital; y cuando David le preguntó si sería apropiado que su padre agregara a Marseille a la lista de los que les estaba enviando correos electrónicos con noticias sobre la condición de su madre, él había estado de acuerdo.

Sin embargo, ya era hora de que David cambiara de tema. Tenía enfrente una carpeta de correos electrónicos y reportes sin procesar de inteligencia de todo el Medio Oriente, incluso de Irán. Cuando alcanzaron altitud de crucero, se sintió totalmente abrumado por el pensamiento de cuán desesperadamente necesitaba actualizarse sobre todo lo que había ocurrido en las últimas horas y la urgencia de desarrollar un plan. ¿Regresaría en realidad a Irán en las siguientes veinticuatro horas? Era una orden que él esperaba y que le preocupaba fuera emitida al momento de llegar a Langley; y si era así, no iría simplemente a "supervisar" al equipo de técnicos de Munich Digital Systems que ya estaba en el terreno y trabajando día y noche en Teherán. Los sucesos se estaban saliendo de control. La guerra se acercaba rápidamente. Necesitaban un enfoque totalmente distinto, pero ¿cuál?

David se obligó a escudriñar el contenido de la carpeta. La decisión del Duodécimo Imán de dirigirse después de Arabia Saudita al Líbano captó primero su atención. David había esperado que el Mahdi regresara a Teherán después de su fiesta de presentación en la Meca, pero se había equivocado y eso lo preocupaba. Había estado distraído durante los últimos días. Tenía problemas para enfocarse. Miró por la ventana por varios minutos y no vio nada más que el cielo oscuro de la noche, entonces cerró sus ojos y trató de reponerse.

¿Qué está haciendo el Mahdi? ¿Qué es lo que quiere? ¿Cómo tratará de obtenerlo? ¿Qué es lo que lo impulsa? ¿Vanidad? ¿Poder? Con tantas naciones y líderes que se han unido al califato tan rápidamente, ¿por qué se está dirigiendo al Líbano, entre todos los lugares? ¿No está ya el Líbano controlado por los chiítas? ¿No es Hezbolá propiedad total y subsidiaria de Irán? ¿No han estado los líderes y la tropa de Hezbolá suspirando por la venida del Duodécimo Imán por décadas? ¿Por qué malgastar valioso tiempo reforzando su base?

David pensó en eso por un momento. Sí, el Mahdi tenía la pasión de las masas en el Líbano, particularmente en el sur, dominado por los chiítas, pero quizás estaba tratando de asegurarse de que Hezbolá estuviera verdaderamente listo para la guerra con Israel y que le fuera leal cuando él le ordenara atacar. Tal vez iba a revisar las tropas. Tal vez iba a asegurarse de que los más de cincuenta mil cohetes y misiles de Hezbolá que apuntaban hacia Israel estuvieran en su lugar, abastecidos, armados y listos para atacar. Tal vez esto no eran relaciones públicas, sino preparativos finales para la guerra.

Si eso fuera cierto, ¿a dónde iría el Mahdi después de Beirut? David revisó rápidamente la carpeta para ver si había alguna información acerca del programa del Mahdi para la semana. Desafortunadamente no había nada. Incluso los detalles del día siguiente eran poco precisos.

Sin embargo, algo más impactó como anómalo a David al enfocarse en la información que tenía enfrente. Observó que ni los satélites espías de Estados Unidos ni la Agencia de Seguridad Nacional estaban captando evidencia alguna de que las Fuerzas de Defensa de Israel se estuvieran movilizando para la guerra. ¿Por qué no? ¿Acaso no habían casi asesinado al primer ministro Neftalí hacía unas cuantas horas? ¿No habían probado los iraníes una bomba atómica hacía unos días? ¿No se dirigía el así llamado mesías chiíta del islam hacia la frontera norte de Israel? ¿Por qué no se estaban desplazando los israelíes a un mayor estado de alerta en anticipación a más ataques? Algo no tenía sentido.

Su teléfono vibró. Estaba entrando un mensaje de texto. Lo revisó inmediatamente, esperando que fuera de Marseille o de su padre, pero era de Eva Fischer, haciéndole saber que sería ella quien lo recogería del Aeropuerto Nacional Reagan cuando aterrizara. Le decía que esperaba que estuviera bien y que tenía noticias, aunque no las especificó.

David dejó el teléfono y miró por la ventana. Todavía estaba luchando por quitarse de la cabeza el cáncer que estaba consumiendo a su madre, el pesar devastador de su padre por su muerte inminente y también su propio dolor, sin mencionar sus pensamientos sobre Marseille. Se dijo a sí mismo que era un profesional. No podía permitirse estar agobiado ni estancado. Tenía que agudizar su enfoque para la misión que tenía por delante. Fue por Marseille y por sus padres que él se había unido a la Agencia Central de Inteligencia en primer lugar, ¿o no? Para vengarlos. Para defenderlos. Fue por ellos, no por sí mismo, que había dejado las comodidades de su hogar y que había estado dispuesto a entrar al corazón de la oscuridad. Él jamás habría elegido esta vida para sí mismo. No era tan valiente. No era tan aventurero.

Sin control, David sabía que su amor por sus padres y por Marseille podría amenazar con desviarlo de su destino, tentarlo a faltar a su deber, todo por el deseo de permanecer con los que amaba tan profundamente. No obstante, ahora, debido en gran parte a la plática que había sostenido con su padre, se daba cuenta de que precisamente por amarlos era que tenía que dejarlos. Ese amor tenía que impulsarlo a mantener su palabra y a regresar a la batalla para luchar por los que amaba, para protegerlos, honrarlos y darles la libertad de vivir sus vidas sin temor ni arrepentimiento, sacrificando incluso su propia vida de ser necesario.

Era hora. Estaba listo. Ahora había solamente un asunto inconcluso: tenía que decidir si le decía a Marseille lo que estaba haciendo y por qué.

10

WASHINGTON, DC

Eva Fischer lo estaba esperando, como lo había prometido.

Cuando David salió del avión hacia el aire frío de la noche, en el Aeropuerto Nacional Reagan de Washington, Eva le dio un fuerte abrazo y le preguntó por su madre. David le agradeció el gesto y la puso al corriente lo mejor que pudo mientras ingresaban al auto de ella y se dirigían a Langley. Sentía que debía corresponder, pero David se dio cuenta de que no sabía nada de la vida personal de Eva y en ese momento, de alguna manera, se sentía algo torpe para preguntar. Estaba seguro de que no estaba casada. No llevaba puesto un anillo, y en todo el tiempo que habían trabajado juntos, ella nunca había hablado de un novio, mucho menos de un prometido. Se preguntó por qué. Rubia, de ojos azules, con buena figura y atractiva, seguramente era una de las mujeres solteras más elegibles en su división, tal vez de toda la Agencia. Había estado interesado en ella desde el día en que se conocieron, y si Marseille no estuviera repentinamente de vuelta en su vida . . .

No era un pensamiento que deseara terminar. Se dio cuenta de que el trabajo típicamente dominaba todas sus conversaciones. Decidió que así debería ser otra vez.

"Entonces, ¿cuáles son tus noticias?," preguntó él y se pasó la mano entre el cabello mientras cambiaba de tema. "¿Se trata del presidente?"

No era así. Ella no tenía nada nuevo que reportar acerca de la condición del presidente, más allá de lo que los medios estaban informando. Estaba vivo y todavía en cirugía. Además de eso, los médicos permanecían herméticos. Eva dijo que el secretario de prensa de la Casa Blanca había anunciado que daría un reporte en la hora siguiente. El Consejo de Seguridad Nacional acababa de terminar una reunión con el vicepresidente, pero aparentemente, no estaban apelando a la vigésimoquinta enmienda. Por lo menos, todavía no.

—Esperemos que sea una buena señal —dijo David.

Eva coincidió, luego compartió las noticias que le había mencionado en el texto.

—Acabo de hablar con uno de mis amigos del Servicio Secreto. Todos tienen órdenes estrictas de no decir nada. Todavía no quieren que se filtre a los medios de comunicación, pero mataron a uno de los terroristas en Manhattan durante el ataque, capturaron a otro y un tercero escapó. De momento están buscándolo en una enorme cacería humana.

—¿En serio?

—Jack quiere que vaya a Nueva York, después de nuestra reunión esta noche, para ser parte del equipo de interrogación.

—Eso es fenomenal.

—Gracias. Lo sé. Estoy emocionada. Quienquiera que este tipo sea, tenemos que exprimirlo duro. ¿Habrá otros ataques? ¿Quién los envió? ¿Dónde consiguieron sus armas? ¿Cómo llegaron al país? ¿Hay alguien más involucrado en la célula? Todo eso.

—¿Cuál es tu percepción de esto?

—Tiene que haber más gente involucrada —dijo ella—. Los tipos del Servicio y del FBI también piensan lo mismo. Encontraron un teléfono celular con el tipo que capturaron. Ahora están revisando los pormenores de uso local y están viendo quién llamó y cuándo.

—¿Ya saben sus nacionalidades?

—Nada definitivo. Solamente "de origen del Medio Oriente." Eso es todo hasta aquí.

★ ★ ★ ★ ★

—Disculpe, señorita, ¿tiene alguna actualización sobre el vuelo de Portland?

El vuelo de Marseille Harper de Syracuse había sido postergado varias veces y no había aterrizado en Washington Dulles sino hasta después de las 6 p.m. Había perdido su conexión de las 5:35 p.m. a Oregón, aunque había sido cancelada, de todas formas. Ella había estado en la cola de servicio al cliente de United desde entonces.

Tormentas masivas de nieve y hielo en el Medio Oeste y en el Noroeste, algunas de ellas muy severas, habían ocasionado el cierre de docenas de aeropuertos principales y que cientos de vuelos fueran cancelados. United no era la única que estaba enviando vuelos a su centro de operaciones de Dulles, y ahora miles de pasajeros estaban varados, frustrados y tratando de buscar otra manera de llegar a sus hogares, negocios u otros destinos.

—¿Portland? —la agobiada representante de servicio al cliente preguntó por encima del alboroto.

—Sí, en realidad necesito llegar a casa esta noche —dijo Marseille, tratando de imaginar las veintitrés caritas que llegarían a su clase a la mañana siguiente sin que ella estuviera allí para recibirlas.

—Buena suerte, querida. Nada se moverá hacia el Noroeste hoy. Probablemente ni siquiera mañana. ¿No ha visto las noticias?

La mujer se refería a las tormentas del Medio Oeste y del Noroeste, pero lo cierto era que Marseille no le había puesto mucha atención a las tormentas. Había estado absorta con la transmisión del ataque al presidente y eso la había acongojado. Hasta ahora, había sido un fin de semana extraordinario. Participar en la boda de su mejor amiga, Lexi, compartir tiempo con tantos amigos de la universidad que no había visto en mucho tiempo. Ver a David Shirazi por primera vez desde que tenía quince años. Ahora su país estaba bajo ataque y se sentía desorientada e insegura de adónde ir.

—¿Qué tan cerca puede llevarme?

—¿En este momento? —preguntó la robusta mujer, tecleando furiosamente en su computadora—. A Phoenix.

—Está bromeando.

—Eso quisiera, querida, pero créame, no tengo ni el tiempo ni la energía.

—¿Qué tal San Francisco? —preguntó Marseille, pensando que tal vez podría rentar un auto allí y conducir a Portland.

—Todo está lleno. Mire, querida, puedo darle cupones para que se quede en un hotel esta noche. Puedo darle un vuelo gratis a cualquier parte del país que quiera ir en los próximos doce meses, pero no puedo reservarle nada ahora mismo, a menos que quiera ir al sur.

—Señora, usted no lo entiende. Soy maestra. Tengo niños que me están esperando. En realidad tengo que llegar a casa.

—Usted y diez mil personas más, señorita. Mire, eso no va a pasar. Esta noche no, pero tome sus cupones. Recoja su equipaje abajo en la terminal principal, carrusel dos. Después, tenemos un transporte de bus gratuito que la llevará a un hotel.

—¿Luego qué?

—Llame a este número 800 mañana y trataremos de llevarla a casa tan pronto como podamos, pero yo esperaría sentada. Estas tormentas son asesinas. Si me lo pregunta, estará aquí por algunos días.

Las palabras tuvieron un fuerte impacto en Marseille. No tenía ganas de estar atascada en Washington. No conocía a nadie aquí. No había estado aquí desde un viaje de estudios sociales del octavo grado, y debido a los ataques terroristas en Manhattan unas horas antes, se preguntaba si el DC sería el próximo objetivo. Ella quería estar en casa, en su propia cama, segura y a salvo, aunque estuviera sola.

Sin ninguna opción en el asunto, agradeció a la representante de United, tomó sus cupones y se dirigió al área de reclamo de equipaje. Mientras lo hacía, se encontró pensando en David. Había estado muy ansiosa durante las semanas previas a ese día, inquieta por verlo otra vez después de tanto tiempo, preocupada por todo lo que tenía que decirle y por cómo respondería él. Temía que él se enojara con ella, o peor, que se decepcionara. Temía que él no quisiera verla nunca más, pero su reunión había salido mejor de lo que ella había esperado. En realidad él parecía contento de verla. Él había sido un buen oyente. Había sido amable y dulce cuando ella le habló del aborto espontáneo, de la reciente muerte de su padre, de todo lo que había enfrentado desde la última vez que lo había visto.

Lo que más significaba para ella era lo que David había dicho justo antes de separarse. Había dicho que quería que ella supiera que "nada me gustaría más que sentarme aquí contigo por horas, dar una larga caminata contigo, e incluso volver a Oregón contigo." Había dicho que no quería volver a estar incomunicado con ella, que iba a arreglar este asunto en Europa y entonces, si ella estaba de acuerdo, "iré a donde tú estés," porque habían muchas cosas más de qué hablar. Era cierto. Había tanto más que decir. Ella le había dicho la verdad: sí, a ella le gustaría que él llegara a verla cuando pudiera. No había querido parecer atrevida, pero tampoco tenía el deseo de andar con remilgos.

Marseille aligeró el paso para no perder el transporte que la llevaría de las puertas de United a la terminal principal y mientras lo hacía, pasó por un anuncio en la pared que le llamó la atención. Era de una firma consultora con base en el DC. "¿A dónde se dirigirá después?," señalaba el rótulo en grandes letras azules. Subió al atestado bus justo antes de que el conductor cerrara las puertas, entonces avanzó lentamente y se paró en la esquina, ya que no había lugar para sentarse, reflexionando en esa pregunta.

¿Qué quería con David? Por meses, desde que le escribió para decirle que llegaría a Syracuse para la boda de su amiga de la universidad, simplemente había querido que David aceptara tomar un café con ella y que su primera reunión en ocho años no fuera un desastre. Sin embargo, entonces cayó en la cuenta de que en realidad nunca había pensado mucho más allá de eso. No tenía idea de a dónde quería que fuera su relación. No había visto a David en tanto tiempo que en realidad ya no sabía quién era él, pero quería conocerlo otra vez y descubrir en quién se había convertido. Esperaba que pudieran ser amigos. Percibía en él un alma gemela. Quería pasar tiempo con él otra vez, estar con él y dejar que la hiciera reír. Quería a un amigo que la hubiera conocido antes del 11 de septiembre, antes de perder a su mamá, antes de que su padre se desmoronara, antes de que su mundo se derrumbara. Había algo seguro en cuanto a ser amiga de David, algo nostálgico, no necesariamente algo más que eso. Por ahora eso parecía suficiente.

Tomó un momento para orar por David. Le pidió al Señor que

lo mantuviera a salvo y que le diera gracia con su jefe y en su trabajo, pero más que nada, oró por lo que había orado cada noche antes de dormirse, que el Señor abriera los ojos de David y que lo atrajera a su Hijo, y mientras lo hacía, sintió una punzada de culpabilidad. Durante el desayuno habían hablado de tantas cosas. ¿Por qué no le había hablado del Señor? ¿Por qué no le había compartido por lo menos los muchos cambios que estaban ocurriendo en su vida, lo que le había pasado en la universidad y desde entonces? ¿Temía lo que él fuera a pensar? ¿Temía que él pudiera considerarla demasiado religiosa? Recordó que David se había enorgullecido de ser agnóstico. No obstante, ¿qué era lo que su pastor y su esposa le decían constantemente? *"Si amas a alguien, tienes que compartir a Cristo con esa persona."* Ella lo creía. ¿Por qué era tan difícil hacerlo? Así que, sin ninguna razón en particular, tomó su teléfono celular y marcó el número del teléfono celular de David, solo para decirle hola, y se sorprendió por lo triste que se sintió al escuchar su mensaje de voz y no a él.

★ ★ ★ ★ ★

BROOKLYN, NUEVA YORK

Sean Taylor estaba ansioso de tener su turno con él.

En doce años con el FBI había interrogado a cientos de sospechosos de toda índole criminal, pero nunca había tenido la oportunidad de interrogar a un sospechoso terrorista, en una investigación actual sobre un ataque en suelo estadounidense. Era la razón por la que se había unido al FBI. Ahora tenía su oportunidad. Tenía órdenes —y estaba bajo enorme presión— de extraer tanta información como pudiera y tan rápido como fuera posible. El Departamento tenía ahora razones para creer que la célula que había atacado al presidente constaba de por lo menos cuatro miembros, posiblemente de tantos como seis, pero solo uno había muerto a disparos y solo otro estaba bajo custodia, lo que significaba que todavía había un alto riesgo de que hubiera más ataques, a menos que pudiera hacer hablar a este tipo.

Taylor pudo oír el rugido de los rotores cuando el helicóptero del Departamento aterrizó en el techo de sus instalaciones de Brooklyn. Sintió que una sacudida de adrenalina se desplazaba en su personal, mientras se abría la puerta de la escalera y tres fornidos agentes arrastraban a su prisionero —con el rostro cubierto por una capucha negra— hacia la maraña de cubículos, escritorios y secretarias en teléfonos para encerrarlo en el Salón de Interrogación D. Taylor firmó el papeleo reconociendo que él tenía ahora la custodia, después revisó rápidamente las notas de los agentes que lo habían arrestado.

El sospechoso había sido capturado con una pistola Glock de 9mm, pero no la había usado y ni siquiera la tenía en sus manos en ese momento. El Plymouth 1982, modelo Gran Fury, en el que lo capturaron era robado. El sospechoso no tenía identificación en el momento del arresto. Habían tomado sus huellas digitales en la escena y las habían transmitido digitalmente a la oficina central del FBI en Washington, donde las estaban procesando en la base de datos de criminales y terroristas del Departamento. Sin embargo, eso tardaría, y tiempo era algo de lo que ya no disponían.

Taylor pidió que los agentes se retiraran de la habitación, luego cerró la puerta cuando salieron. Calculó que el sospechoso medía 1,88 metros y que pesaba entre 70 y 80 kilos. Sus manos estaban atadas a la silla detrás de él. Sus pies estaban encadenados al piso.

"Voy a darle una oportunidad para cooperar y eso es todo," dijo tranquilamente, observando la respiración laboriosa y acelerada del hombre. "Comencemos con algo simple. ¿Cómo se llama?"

No respondió.

"¿De dónde es?"

De nuevo, no respondió.

"¿Cuántos formaban parte de esta misión para matar a nuestro presidente?"

Silencio.

"¿A dónde se dirige el resto de su equipo ahora? ¿Hay otro equipo? ¿A quién van a atacar después?"

Todavía nada.

Así que Sean Taylor terminó de hablar. Primero, comenzó a

golpear al sospechoso con sus puños, hasta que la sangre corrió por la capucha y por toda la camisa del sospechoso. Como eso no funcionó, abrió una pequeña caja en la pared, como del tamaño de una guía telefónica, y sacó dos alambres largos que procedió a colocar en varias partes del cuerpo del sospechoso. De una manera o de otra, este sospechoso iba a hablar.

11

LANGLEY, VIRGINIA

David sintió que su teléfono vibraba, pero no podía contestar la llamada.

Se detuvieron en la puerta de la oficina central de la CIA en Langley, Virginia. Tanto él como Eva mostraron sus placas fotográficas de identificación, respondieron algunas preguntas y luego fueron admitidos.

—¿Cómo les va con Najjar Malik? —preguntó David al encontrar un espacio para estacionar. Esperaba ver al hombre otra vez, bajo circunstancias muy distintas a las de la última vez en que habían estado juntos. Recordaba la agradable naturaleza del científico y su tranquila valentía. Había permanecido casi sereno en medio de la incertidumbre y del peligro. Najjar lo intrigaba, no solo por la información valiosa que poseía, sino por el carácter y la convicción que había demostrado durante el caos al escapar de Irán.

—Fantástico —dijo Eva—. Se supone que debo informar al director sobre eso en unos minutos.

—Bien.

Cerraron el auto y se apresuraron a entrar. Pasaron por un control de seguridad completo, chequeo de identidad al 100 por ciento, escaneo de retina y de huellas digitales, examen de sus pertenencias por rayos X y de ellos mismos por un magnetómetro. Cuando David recuperó su teléfono, lo revisó y vio que habían ingresado dos llamadas. Una era de Zalinsky, supuestamente para revisar su progreso. La otra era de Marseille. El problema era que ahora estaban en un área restringida, donde todas las frecuencias de radio estaban bloqueadas y no se podía enviar ni recibir mensajes de texto, o llamadas celulares. David sintió una punzada de pena. Habría querido tener tiempo para escuchar la voz de Marseille y asegurarse de que estaba bien, pero ahora pasarían horas antes de que eso fuera posible.

—¡Oye! Más noticias buenas: la NSA acaba de captar una intercepción interesante de uno de los teléfonos satelitales que tu amigo Esfahani pidió —dijo Eva cuando finalmente subieron a un ascensor y presionaron el botón para el séptimo piso—. De alguien verdaderamente superior.

—¿De veras? —preguntó David—. ¿De quién?

Estaba sorprendido pero agradecido de escuchar que estaban usando los teléfonos. Apenas unas semanas antes se había puesto en contacto con él Abdol Esfahani, el subdirector de operaciones técnicas de Telecom Irán, la compañía de telecomunicaciones del gobierno de Irán, para tratar de obtener veinte teléfonos satelitales codificados y totalmente seguros para los altos miembros del régimen iraní. Era un avance clave. Previamente, los iraníes habían comprado teléfonos satelitales a Rusia, pero descubrieron que todos estaban intervenidos. Ahora querían teléfonos de vanguardia que Nokia, el gigante finlandés de las comunicaciones, y Thuraya, una compañía telefónica árabe, producían conjuntamente. Por supuesto que Esfahani creía que David en realidad era Reza Tabrizi y que trabajaba para Munich Digital Systems como un subcontratista de Nokia. Los altos oficiales iraníes querían los mismos teléfonos "limpios" que usaban los miembros de la Unión Europea, primeros ministros y parlamentarios, y estaban dispuestos a pagar una fortuna. Con la ayuda de Langley, David había entregado teléfonos satelitales que no estaban intervenidos, pero cuyos números podían ser interceptados por la Agencia de Seguridad Nacional. Había dudado de que los teléfonos fueran en realidad a ser usados tan pronto, pero se alegraba de haberse equivocado.

Eva se dio vuelta y lo miró a los ojos.

—De Ali Faridzadeh.

—Estás bromeando.

—No lo estoy.

—¿El ministro de defensa iraní?

—El mismo.

—¿A quién llamó?

—Al ministro de defensa francés. Aparentemente los dos estuvieron juntos en una escuela secundaria privada en Suiza y han permanecido amigos —dijo Eva.

—¿De qué hablaron?

—Bueno, ese es precisamente el asunto. Lo interesante es que Faridzadeh dijo que tenía que transmitir un mensaje privado del Duodécimo Imán al presidente Jackson.

Las puertas se abrieron. Ellos salieron del ascensor y giraron hacia la izquierda.

—El Mahdi quería enviar sus condolencias personales al presidente por esta "terrible tragedia" y dijo que llegaría al fondo para averiguar quién era el responsable. Cuando leí la transcripción de la llamada, sinceramente no lo creí al principio. Hice que los tipos de la NSA me enviaran el audio de la llamada, pero cuando finalmente la escuché personalmente, tenían razón. Su traducción era precisa; y había más. El Mahdi quería que el presidente supiera que "ahora es el tiempo de la paz, no de más derramamiento de sangre." Pedía una llamada con el presidente y dijo que ahora que los iraníes tenían la Bomba, sentían que finalmente estaban en una posición de volver a la mesa y hablar sobre un acuerdo de paz regional. Terminó con lo que parece ser un antiguo dicho persa: "Una promesa es una nube; el cumplimiento es la lluvia."

—¿Qué quiere decir?

—Eso es lo que el ministro de defensa francés preguntó —dijo Eva—. Faridzadeh le dijo que significaba: "El cielo está lleno de nubes oscuras ahora, pero tienen la promesa de paz. El Prometido ha venido a dar paz y su paz pronto cubrirá la tierra."

★ ★ ★ ★ ★

ARLINGTON, VIRGINIA

Todos los hoteles cerca del Aeropuerto Dulles estaban llenos.

De hecho, debido a las tormentas en el Medio Oeste, había tantos miles de pasajeros varados en el DC que Marseille había tenido problemas para encontrar algo disponible en alguna parte. Cuando ella finalmente encontró una habitación vacante en el DoubleTree en Crystal City, la reservó inmediatamente. No tenía ni idea de que quedaba a cuarenta minutos de distancia de Dulles en taxi y había palidecido con la tarifa del contador cuando se detuvieron. No obstante, había pagado sin quejarse, se había registrado y se había derrumbado en la cama extragrande de su habitación.

¿Qué iba a hacer ahora? Había logrado comunicarse con su director en Portland por su celular y él había sido comprensivo. Se aseguraría de que hubiera un sustituto en su salón de clase a la mañana siguiente y le pidió simplemente que se mantuviera en contacto. Si tardaba unos cuantos días en volver, estaría bien.

"Te caería bien el descanso," dijo. "Trata de disfrutarlo. Solo mantente a salvo."

Agradecida de tener un jefe que no fuera un tirano, dio unos cuantos suspiros profundos y trató de relajarse. No quería ver una película, ni siquiera encender el televisor. Las noticias de Nueva York eran demasiado deprimentes y había visto tanto del reportaje durante las últimas horas que estaba exhausta de todo eso. Deseaba poder llamar a Lexi y hacerle preguntas de la boda y de los viejos amigos que habían llegado, pero la chica estaba en su luna de miel.

¡Qué maravilloso sería viajar a Jerusalén, a Nazaret, a Belén y a Jericó!, pensó Marseille. Conocía el itinerario de Lexi y no podía evitar sentir envidia.

Lexi, que se había criado católica, no había sido particularmente religiosa al crecer, pero había hecho una especialización en estudios del Cercano Oriente y siempre había soñado con viajar por Israel. Después de haber orado para recibir a Cristo con Marseille durante su primer año de universidad, Lexi había desarrollado un hambre insaciable por estudiar la Biblia y visitar la tierra donde Jesús y Pablo habían caminado. Ahora, con su nuevo esposo, Chris, que acababa de graduarse del seminario y se estaba preparando para ser pastor, ella estaba viendo que sus sueños se hacían realidad.

Marseille se preguntaba si alguna vez se casaría. Se preguntaba si alguna vez tendría la alegría de irse de luna de miel con un hombre que en verdad amara, si alguna vez viajaría por el mundo como sus padres solían hacerlo, pero la interrogante en sí la hacía sentirse peor.

Tratando de sacudirse de los sentimientos de celos y de soledad que la invadían, Marseille se levantó y caminó hacia las ventanas. Casi esperaba ver otro edificio de oficinas o un conducto de aire, pero se sintió agradablemente sorprendida con la vista del Pentágono, un símbolo tan impactante de poder y de misterio, a lo largo del río Potomac. Inmediatamente, sus pensamientos giraron hacia su padre y la información que había descubierto a su muerte, de que alguna vez había trabajado en realidad para la agencia de espionaje de Estados Unidos.

Era un enigma que ella quería resolver. Se preguntaba dónde estaban ubicadas las oficinas centrales de la CIA. ¿Estaban en el centro de la ciudad o aquí, cerca del Pentágono? Sinceramente no tenía idea y estaba demasiado cansada en ese momento como para buscar la información, pero concluyó que tenían que estar cerca.

Fue entonces que el nombre de Jack Zalinsky apareció en su mente. Él era el agente de la CIA que había organizado el rescate de sus padres fuera de Teherán durante la Revolución Iraní de 1979. David había sido el primero en mencionarle el nombre de Zalinsky hacía años, cuando ella prácticamente le suplicó que le hablara más de cómo sus padres se habían conocido y escapado juntos de Irán. Podía recordar vívidamente haberle mencionado el nombre a su padre y haberlo visto estremecerse, casi sobresaltarse. Él había rehusado discutir el asunto, pero su reacción había confirmado la historia de David.

Marseille cavilaba. No era posible, ¿o sí? ¿Podría estar Zalinsky todavía en la CIA? No parecía probable. Habían pasado más de tres décadas. El tipo probablemente estaba viviendo en una playa cerca de Miami o en un hogar para jubilados en Phoenix o en Sun City. Tal vez había muerto, pero decidió que valía la pena intentarlo. No tenía nada que hacer en los siguientes días.

Con un nuevo enfoque, ahora se sentía un poco mejor. Se puso su camisón, se lavó el rostro y se metió a la cama. Oró por sus estudiantes y por su abuela, que padecía de Alzheimer. Oró por el presidente y por todos los heridos en Nueva York. Oró por la mamá de David, para que el Señor la sanara, y por el señor Shirazi, para que el Señor lo consolara en su dolor.

Después oró nuevamente por David y mientras lo hacía, se preguntaba si él era el indicado, pero ¿cómo podía serlo? Él mismo había admitido ser un musulmán chiíta agnóstico. Ella era una chica que había cometido muchos errores, pero era una seguidora de Jesús y estaba decidida a ir a donde él la guiara. ¿Cómo podría él guiarla hacia David? Esa no podía ser su voluntad. ¿Amigos? Sí, pero nada más. Ella sentía que en muchas formas ellos eran almas gemelas, pero no en el aspecto más importante. Así que oró otra vez para que el Señor lo protegiera y abriera sus ojos a la verdad del evangelio, y se preguntó si en realidad estaba orando por el bien de David . . . o por el de ella. Un poquito para ambos, admitió ante el Señor; un poquito para ambos.

Marseille se recostó sobre su almohada y miró la luna llena que iluminaba a Washington con su resplandor. Tenía que sacarse a David de la mente, o nunca se podría dormir. Decidió que lo primero que haría en la mañana sería llamar a la CIA. En su búsqueda por entender verdaderamente el pasado de su padre, vería si el nombre de Jack Zalinsky todavía estaba en el sistema de ellos.

Lo que no podía saber, lo que nunca podría haberse imaginado, era que Jack Zalinsky y David Shirazi estaban sentados juntos, en la misma habitación, en ese mismo momento.

★ ★ ★ ★ ★

LUNES,
7 DE MARZO

(HORA DE IRÁN)

12

BEIRUT, LÍBANO

El vuelo 001 de IranAir procedente de la Meca estaba retrasado.

No obstante, cuando el *jumbo jet* Airbus finalmente aterrizó en el Aeropuerto Internacional de Beirut, fue recibido por multitudes que vitoreaban, una falange de soldados y policías libaneses y cientos de periodistas locales e internacionales, todos reportando el acontecimiento en vivo. Algunos comentaristas especulaban si la tardanza tenía el propósito de generar drama. Fuera cierto o no, los índices de audiencia televisiva se habían disparado en todo el mundo islámico.

Aunque no era claro dónde había comenzado el rumor, mucho se anticipaba que el Duodécimo Imán formularía un sermón o algunos comentarios extensos en o cerca de las instalaciones del aeropuerto. Sin embargo, eso no resultó ser cierto. Con la ayuda de un destacamento de seguridad, Javad hizo lo mejor que pudo para facilitar el paso del Mahdi por la multitud de reporteros y de camarógrafos que estaban esperándolos en la pista. Javad era un hombre pequeño y delgado, nervioso por naturaleza, pero el pecho se le expandía considerablemente por ser la mano derecha del Señor de la Época y por estar al centro del espectáculo. Miró de reojo al Mahdi y se encontró nuevamente impresionado por el carisma y la autoridad del hombre. Sus ojos oscuros estaban llenos de intensidad y de planes.

Entonces, para sorpresa de todos, el Mahdi se detuvo abruptamente y se dio vuelta para responder a la pregunta de un reportero francés.

—Su excelencia, el Ministerio del Exterior de Egipto acaba de confirmar que el presidente Abdel Ramzy murió ayer en los ataques a Nueva York —gritó el principal corresponsal diplomático de la Agence France-Presse—. ¿Tiene algún comentario sobre este acontecimiento, y sobre el intento de asesinar al presidente estadounidense y al primer ministro israelí?

—Lo siento, no hay tiempo para preguntas —dijo Javad.

Sin embargo, el Mahdi lo ignoró y respondió de todos modos.

—El islam se está desplazando por toda la tierra. Un nuevo califato está surgiendo. Este es el destino de la humanidad. Es la voluntad de Alá y ningún simple mortal puede detenerlo.

—¿Está diciendo que se alegra por la muerte del líder egipcio? —prosiguió el reportero.

—Hemos llegado al fin de los tiempos —respondió el Mahdi—. Los presidentes, primeros ministros y reyes del mundo son reliquias innobles de una época antigua y pasajera. No se interesan por el hombre pobre y común. Sus sociedades son corruptas. Sus deudas son agobiantes. Sus monedas están devaluándose. Sus ejércitos están castrados. Sus malvados sistemas están agonizando, y es bueno que lo estén. Solo el islam puede darnos esperanza.

—¿Qué mensaje tiene para el pueblo de Egipto? —preguntó el reportero de Al Jazeera—. Cientos de miles están saliendo a las calles del Cairo, Alejandría, Suez y Aswân, vitoreando la muerte del presidente Ramzy, pero ahora el ejército se está movilizando en contra de ellos, desplegando tanques y transportes de personal armados.

—Alá es nuestro objetivo —dijo el Mahdi—. El Profeta es nuestro líder. El Corán es nuestra ley. El yihad es nuestro camino. Morir en el camino de Alá es nuestra mayor esperanza.

—¿Significa esto que quiere ver que el pueblo egipcio se involucre en el yihad para unirse a usted, para unirse al nuevo califato que usted está construyendo? ¿Está haciendo un llamado a la Hermandad Musulmana para que se una a su causa?

—Si los estados y pueblos árabes hubieran confiado en el islam en lugar de confiar en los estadounidenses y en los sionistas, si hubieran colocado sus ojos en las enseñanzas radiantes y liberadoras del noble Corán, si hubieran memorizado esas enseñanzas, adoptado esas enseñanzas y las hubieran practicado con una convicción genuina, ahora no serían esclavos. No serían pobres. No serían mendigos. No estarían avergonzados ante los ojos de la *umma*, la comunidad islámica más grande. El gran abismo que hay entre los que se llaman musulmanes y las enseñanzas del Corán es lo que ha hecho que tantos millones de árabes se hundan en esta situación oscura y catastrófica. Es tiempo de despertar a la gente, de llamarla a un propósito más grande, de mostrarles un sendero más puro.

—De nuevo, solo para que quede claro —insistió el reportero de Al Jazeera—, ¿está haciendo un llamado al pueblo de Egipto para que se una a este nuevo califato?

El Mahdi permaneció quieto por un momento y se mantuvo en silencio, con una sonrisa pacífica en sus labios. Esperó un latido extra; miró a las multitudes y a las cámaras antes de fijar sus ojos en el joven reportero.

—Estoy haciendo un llamado a *todos* los países del mundo para que se unan al califato. Por eso es que he venido. Para liberar a los pueblos oprimidos de la tierra y para guiarlos por un camino de victoria y de unidad. He venido para declarar que el islam es la respuesta a todos los males del mundo. El islam les traerá paz. El islam les traerá liberación del temor, liberación de la necesidad, liberación para conocer a Alá y para someterse a su voluntad. No simplemente a decir que es musulmán. No simplemente a hacer las cosas mecánicamente. A ejercitar la sumisión. Esta es la esencia del asunto. ¿Se someterán verdaderamente a la voluntad de Alá? ¿Vivirán para él? ¿Morirán a su servicio? Ha llegado el tiempo para nada menos. Mi gobierno, por lo tanto, no será un gobierno ordinario. Será un gobierno puramente islámico. Se basará en la ley sharía. Le dará honra y dignidad a todo el que se someta, pero no se equivoquen: oponerse a este gobierno significa oponerse a la sharía del islam y eso no será tolerado. Rebelarse en contra del gobierno de Alá es rebelarse en contra de Alá, y rebelarse en contra de Alá tiene su castigo en nuestra ley: y que no haya malentendidos; es un castigo serio.

—Todavía no conocemos el destino del presidente estadounidense —dijo un reportero de la BBC—, pero ¿se sintió decepcionado al saber que el primer ministro israelí escapó del ataque relativamente ileso?

—El régimen sionista se dirige hacia la aniquilación, de una manera o de otra.

★ ★ ★ ★ ★

LANGLEY, VIRGINIA

David no había conocido hasta ahora al director de la CIA, Roger Allen.

Ni en persona, ni tampoco por teléfono, pero al ingresar a la protegida sala de conferencias del director en el séptimo piso, adonde Tom Murray y Jack Zalinsky habían llegado un poco antes, inmediatamente reconoció al canoso, un tanto aristocrático, ex senador de Connecticut de sesenta y cuatro años, que por mucho tiempo había sido presidente del Comité Selecto de Inteligencia en el Senado, antes de que el presidente Jackson lo nombrara para dirigir la Agencia. Las presentaciones se hicieron rápidamente y después David se sentó con Eva a un lado y Zalinsky al otro.

—Quiero comenzar con las buenas noticias —dijo el director—. El presidente salió de cirugía y su condición es estable en el George Washington University Hospital. Acabo de hablar con la Primera Dama y con el médico del presidente. Ambos dicen que parece que él va a estar bien.

David dio un suspiro de alivio, junto con los demás. Discrepaba profundamente con Jackson en asuntos de política, especialmente aquellos relacionados con el Medio Oriente, pero de igual manera respetaba profundamente el cargo del presidente y no le deseaba ningún mal personal a su comandante en jefe. Precisamente lo contrario: estaba dispuesto a sacrificar su vida, si era necesario, para proteger al presidente y al país.

—¿Cómo se siente? —preguntó Murray.

—Tiene una mezcla de sentimientos —admitió Allen—. La Primera Dama me dijo que la muerte del presidente Ramzy lo había afectado mucho, aunque obviamente está muy contento de que el primer ministro Neftalí esté bien. En cuanto a sí mismo, sufrió una combinación de quemaduras de segundo y tercer grado. También se

fracturó una costilla cuando los agentes del Servicio Secreto le cayeron encima, pero en última instancia, es afortunado de estar vivo.

—¿Qué hay del agente Bruner? —preguntó Eva—. ¿Cómo está?
Allen bajó sus ojos.

—La Casa Blanca no está lista para dar esa información al público
todavía. Aún están buscando a su esposa para informarle, pero me
temo que Mike falleció hace como treinta minutos. El presidente
quiere que todos ustedes sepan que su prioridad número uno es asegurarse de que no estalle otra guerra en el Medio Oriente —dijo
Allen—. Él sabe que habrá toda clase de llamadas, especialmente de
los Republicanos en el Capitolio, por venganza, por reciprocidad. No
obstante, él quiere que todos sepamos que nuestro trabajo es mantener la cabeza fría, trabajar cuidadosa y metódicamente, identificar al
responsable y desarrollar opciones para él, pero hizo énfasis en que
la guerra no es una de ellas. Además, el presidente quiere mantener
controlados a los israelíes. Neftalí va a tomar esto personalmente y va
a estar inclinado a atacar a Irán. El presidente insistió en que hagamos
todo lo posible para no permitir que eso suceda.

David estaba atónito. ¿No declarar la guerra? ¿De qué estaban
hablando? Claro que iban a declarar la guerra. Alguien —probablemente los iraníes— había tratado de asesinar al presidente estadounidense y a los líderes de los dos aliados clave del país en la región.
Tenían que atacar a alguien, fuerte e implacablemente.

—Señor, con todo el respeto que se merece, docenas de estadounidenses acaban de morir en el peor ataque terrorista en suelo estadounidense desde que este presidente asumió el cargo —dijo David—.
¿Cómo puede la Agencia, y todo el gobierno de Estados Unidos, en
todo caso, no asumir una postura de planificación de guerra?

—Agente Shirazi, eso es inapropiado —dijo Murray.

—No, no, está bien —dijo el director—. Mire, David, entiendo
su punto, pero nosotros no formulamos política aquí. Seguimos las
órdenes del comandante en jefe, y nuestras órdenes son detener la
próxima guerra.

—Director Allen —respondió David—, si no nos movilizamos
rápida y firmemente, la próxima guerra bien podría terminar con

hongos nucleares sobre Nueva York, Washington y Tel Aviv. Este fuego ya está quemando y se está esparciendo rápidamente. Todos en esta sala nos sentimos terriblemente por los ataques que ocurrieron hoy en Nueva York, pero lo que viene es diez mil veces peor si no usamos este momento para atacar el programa de armas nucleares de Irán con todo lo que tenemos.

—No hemos confirmado quién es el responsable del ataque a Nueva York —dijo el director.

David no podía creerlo.

—¿Acaso importa? Señor, este fue un ataque de decapitación, diseñado para cortar las cabezas de los únicos tres países del planeta con la voluntad para evitar que los mulás de Teherán, y ahora el Duodécimo Imán, construyan su califato y aniquilen la civilización judeocristiana para siempre. Por supuesto que deberíamos perseguir a las células terroristas específicas responsables de este ataque cuando las encontremos, pero no tenemos que esperar para atacar a Irán. Ya sabemos que Irán ha probado armas nucleares, y el hecho es que, si no atacamos a los iraníes en los próximos días, es posible que nunca más volvamos a tener la oportunidad.

Tom Murray estaba lívido.

—David, ya es suficiente —dijo, luchando para mantener su voz baja—. No se te invitó a este salón para sermonear al director de la Agencia Central de Inteligencia, ni para tratar de incitarlo, o al presidente, a una guerra con Irán, o con alguien más, en cualquier caso.

—Tom, ya estamos en guerra —dijo David—. El presidente autorizó a esta Agencia a usar todos los medios necesarios para evitar que Irán obtuviera armas nucleares. Ahora tienen por lo menos ocho, después de su prueba. ¿Acaso la misma directiva de seguridad nacional no solo nos autoriza sino que nos ordena, a los que estamos en esta sala, a encontrar esas armas y a la gente que las construyó, y a neutralizarlas antes de que sea demasiado tarde?

13

BEIRUT, LÍBANO

Jacques Miroux era el corresponsal de Reuters en el Medio Oriente.

—Su Excelencia, el jueves en la Meca usted dijo: "Solamente buscamos la paz. No le deseamos daño a ninguna nación" —gritó Miroux—, pero también dijo que Irán tiene ahora ojivas nucleares de las que usted tiene control total. Acaba de hablar de la aniquilación de Israel, diciendo que está por venir e implicando que es inevitable. Hace un momento usted habló del yihad como su meta. ¿Es su intención amenazar con una guerra termonuclear en contra del estado judío?

—Traigo un mensaje de paz. Ese es mi mensaje y eso es todo. Para los que quieran paz, los recibo con los brazos abiertos.

—Bueno, como mínimo, Su Excelencia —continuó Miroux—, ¿acaso no son este tipo de declaraciones una provocación a los israelíes para iniciar un primer ataque masivo por su parte?

—El islam no puede ser derrotado. Punto. El islam será victorioso en todos los países del mundo. Las enseñanzas del Corán prevalecerán en todo el mundo. Incluso en Palestina. Especialmente en Palestina y en la ciudad santa de al-Quds. ¿Por qué debería el león temerle al mosquito, tan pequeño, tan molesto, pero tan insignificante?

Con eso, el Mahdi exhibió una sonrisa y se dio vuelta para saludar a las masas. Entonces Javad lo llevó a una camioneta blanca y blindada para el corto recorrido al norte del aeropuerto, al Estadio Camille Chamoun Sports City, donde aproximadamente 160.000 miembros de Hezbolá estaban esperando ansiosamente el discurso del

Duodécimo Imán en unas instalaciones construidas para un tercio de esa cantidad, en el mejor de los casos.

★ ★ ★ ★ ★

LANGLEY, VIRGINIA

David podía sentir que la tensión aumentaba en la sala.

Sin embargo, no le importó. Su país había sido atacado. El presidente era demasiado débil para responder. El director de la central de inteligencia se estaba cubriendo las espaldas. Alguien tenía que hablar. ¿Por qué no lo hacía Murray? ¿Por qué no lo hacía Zalinsky?

—Director Allen, ¿me permite? —preguntó Eva repentinamente.

—Por supuesto, Eva; ¿de qué se trata?

—Bueno, señor, he conocido al agente Shirazi por algún tiempo. Sabe muy bien que Jack y yo trabajamos juntos para crear su historia ficticia. Trabajamos mucho tras bambalinas para que lo contrataran en Munich Digital Systems junto conmigo, con una identidad ficticia. Diseñamos y supervisamos sus operaciones en Paquistán. Jack y yo configuramos esta misión para él en Irán y la estamos dirigiendo juntos. Usted sabe que he viajado a Irán con David y sabe que si no fuera por él, toda la operación se habría echado a perder el primer día.

—¿Cuál es su punto, agente Fischer?

—Mi punto, señor, es que conozco los riesgos extraordinarios que David está corriendo. Cada momento de cada día que estuvo en Irán, él estuvo poniendo en riesgo su vida por su país, por esta Agencia, por cada uno de nosotros. Debido a que él cree en este asunto. Su familia no estaría aquí en Estados Unidos, posiblemente ni siquiera estaría viva, si no fuera por esta Agencia y por Jack en particular. Así que esto es muy real y muy personal para él. David toma su trabajo muy en serio y estoy muy impresionada por lo bien que lo está haciendo. Mis expectativas eran muy altas desde el principio, pero han sido íntegramente superadas, y creo que ninguno de nosotros, ni uno solo, podría estar haciendo lo que él hace. Nos ha metido dentro de las operaciones de Esfahani. Nos ha metido dentro de la oficina del ministro de defensa. Dentro del Cuerpo de la

Guardia Revolucionaria. Dentro de la oficina del Líder Supremo . . . y posiblemente dentro del círculo íntimo del Duodécimo Imán. Nos encontró al doctor Najjar Malik y lo sacó vivo. Nos consiguió la computadora del doctor Saddaji y todos sus discos de reserva, intactos; y mucho de lo que sabemos en cuanto a lo serio de esta situación, lo sabemos por lo que David ha hecho. No fue su plan. Lo reconozco. Fue el plan de Jack y el mío. Ha cometido algunos errores, pero nosotros también. David todavía no es un estratega con experiencia, pero en mi opinión, es un agente táctico increíble . . . y la mejor oportunidad que tenemos ahora para volver a entrar a Irán y detener este programa nuclear, mientras tenemos tiempo. Sin embargo, no podemos enviarlo de vuelta . . . y ese es nuestro plan, ¿o no? Eso es lo que estamos a punto de hacer, ¿verdad? Bueno, no podemos enviarlo de vuelta y pedirle que arriesgue su vida, día tras día, si no tiene una expectativa razonable de que su país y esta Agencia van a apoyarlo en cada paso del camino. Director, mi punto es el siguiente: si el presidente no está decidido a que ejecutemos su propia directiva de seguridad nacional, entonces usted debe decírnoslo ahora mismo para reajustar nuestras metas y reprogramar a nuestro equipo, y eso comenzaría con no enviar de regreso a David.

La sala quedó en silencio. Murray estaba furioso. Zalinsky mantenía un rostro imperturbable. David estaba a punto de hablar por sí mismo, pero el director lo interrumpió.

—Agente Fischer, aprecio enormemente lo que usted y sus colegas han hecho, incluso el agente Shirazi. Todos ustedes tienen el profundo agradecimiento de esta Agencia, y particularmente el mío. Sé los riesgos que todos ustedes están corriendo y le aseguro que no los tomo a la ligera. Lo que es más, puedo prometerle que si tomo la decisión de pedirle a cualquiera de ustedes que ponga en riesgo su vida, se le dará apoyo total con todos los recursos que esta Agencia tiene a disposición.

Allen dejó que captaran eso por un momento.

—Dicho eso —continuó—, tal vez es un poco prematuro hablar de enviar a alguien a Irán en este momento. Hay un rango de interrogantes que tenemos que responder primero. Comenzando con dos:

¿Tuvo éxito la prueba de armas nucleares de Irán cerca de Hamadán? Si así es, ¿cómo estamos definiendo el *éxito*? Las respuestas determinarán la manera en que procederemos. El presidente está preguntando específicamente en cuanto a esto. ¿Qué sabemos hasta aquí?

—Bueno, señor, de todo lo que podemos reunir —respondió Murray—, por la magnitud de la explosión como se determinó con la escala Richter, la intensidad del terremoto que ocasionó la explosión, el daño que produjo el terremoto y los resultados del vuelo del Constant Phoenix sobre Hamadán, la gente de la división de análisis estima que la prueba fue exitosa. Se considera que la ojiva probablemente está diseñada según el modelo paquistaní que A. Q. Khan le vendió a Irán.

—¿No estaban experimentando también con diseños norcoreanos? —preguntó el director.

—Lo estaban haciendo, pero en base a un cúmulo de lecturas técnicas con las que no voy a aburrirlos ahora, la gente de análisis dice que la ojiva que probaron fue la versión paquistaní —explicó Murray—. Ahora, al decir *exitoso* se refieren a que creen que la bomba fue construida apropiadamente, detonada como se esperaba y que tuvo un rendimiento de doscientos kilotones. Aquí no estamos hablando de un arma nuclear de maletín. Esta es una ojiva bastante pesada. Si fuera detonada en el centro de Tel Aviv, Londres o Manhattan, o aquí en el DC, aniquilaría completamente cada estructura en un radio de kilómetro y medio de la explosión. Destruiría la mayoría de edificios civiles y mataría a cada persona en un radio de cuatro kilómetros y medio. También incendiaría cada estructura en otro kilómetro y medio de distancia adicional, y cualquiera que estuviera de ocho a quince kilómetros de distancia, posiblemente a más, dependiendo de los vientos prevalecientes y de otros factores en ese momento, recibiría dosis masivas de radiación. Muchos de ellos morirían en días o semanas.

—Entonces fue bastante exitosa —dijo Allen.

—Me temo que sí.

—El presidente también quiere saber si los iraníes pueden lanzar una de estas ojivas por misil en este momento —dijo Allen.

Zalinsky respondió a eso.

—No lo creemos, señor, todavía no.

—¿Qué tan seguro está con esa evaluación?

—Noventa y cinco por ciento.

—Entonces todavía hay una posibilidad.

—Es factible, señor; mínima, pero concuerdo en que es algo en lo que tenemos que insistir y averiguar con seguridad.

—Director Allen, ¿me permite? —preguntó Eva.

—Por favor.

—La razón por la que estamos tan seguros como lo estamos en el asunto de los misiles es por el material que David pudo extraer de la computadora del doctor Saddaji, el jefe del programa de armas nucleares de Irán.

—El que fue asesinado hace dos semanas.

—Correcto. Además, nos hemos enterado por nuestros subsecuentes interrogatorios al yerno del Saddaji, el doctor Najjar Malik . . .

—El científico que David sacó clandestinamente del país.

—Sí, señor.

—¿Era él la mano derecha de Saddaji?

—Correcto.

—Bien, proceda.

—Bueno, señor, aunque es cierto que Saddaji no dirigía el programa balístico de misiles de Irán, el hecho es que ahora tenemos volúmenes de correos electrónicos altamente confidenciales entre Saddaji y el jefe del programa de misiles. Al revisar todo, queda claro que a Saddaji se le había dicho que a sus colegas todavía les faltaban varios meses, posiblemente incluso un año o más, para perfeccionar la detonación de una ojiva en un misil balístico ascendente.

—Unos meses no es mucho tiempo —observó Allen.

—Es cierto, señor —admitió Eva—. Mi punto es solamente que estamos bastante seguros de que los iraníes todavía no han llegado a esa fase, aunque tiene razón, no están lejos. Lo que también nos preocupa es que tenemos correos electrónicos entre Saddaji y altos oficiales militares con planes y memorandos sobre cómo transportar las ojivas por camión, qué clase de seguridad se necesita, cuántos hombres formarían parte del equipo de transporte, si el control de detonación estaría en manos del comandante local o podría tenerlo alguien superior en Teherán, etcétera.

—Bien. Entonces, lo que el presidente necesita saber ahora, y esto es su prioridad número uno, es la ubicación exacta de las ocho ojivas en este momento.

—Exacto. Jack, ¿quieres hablar de eso? —preguntó Murray.

Zalinsky asintió con la cabeza y se inclinó hacia delante en su asiento.

—Señor, hemos reprogramado un satélite Keyhole sobre Hamadán —comenzó—. Estamos observando todo el movimiento dentro y alrededor de esas instalaciones nucleares y lo hemos estado haciendo desde el terremoto. Si todas las ojivas fueron construidas allí, y en base a toda la documentación que tenemos de las computadoras del doctor Saddaji, creemos que ese es el caso, entonces algunas, si no todas, todavía podrían estar allí.

El director interrumpió.

—Pensé que David tenía una fuente bien colocada que le dijo que todas las ojivas habían sido trasladadas.

—Sí —admitió Zalinsky—. Usted se refiere a la fuente que llamamos con el código de Camaleón. Es amigo personal de muchos años y asesor del presidente Darazi y del ayatolá Hosseini. Los tres almorzaron juntos recientemente, no tenemos la fecha exacta, pero fue hace como tres semanas, y Camaleón obtuvo información directa de que las "grandes bombas nucleares" habían sido diseminadas a lugares seguros por todo el país.

—¿Qué tan confiable es la fuente? —preguntó el director.

Zalinsky miró a David.

—Bastante —dijo David—. Camaleón es el que dijo que teníamos que encontrar al doctor Malik, porque Malik era la clave para entender exactamente lo que Irán tenía.

—Él estaba en lo cierto.

—Sí.

—Sin embargo, ustedes no le creen cuando dice que las armas ya no están en Hamadán. ¿Por qué no?

Zalinsky respondió a eso.

—Eso no es exactamente lo que estamos diciendo, señor. Camaleón podría tener razón. Efectivamente creemos que Darazi y Hosseini le dijeron que las ojivas ya no estaban en Hamadán, pero todavía tenemos preguntas.

—¿Cómo cuáles?

—¿Le decían Saddaji y su equipo toda la verdad al presidente? ¿Estaban planificando movilizar las armas, pero aún no lo habían hecho? Si en realidad iban a trasladar las ojivas, ¿estaban totalmente ensambladas o las trasladarían por piezas? Es peligroso trasladar ojivas nucleares totalmente ensambladas, no tanto porque pudieran activarse, sino porque alguien podría secuestrar el convoy y de repente una ojiva totalmente ensamblada estaría en manos de una facción traidora del ejército, de un grupo terrorista o de lo que sea.

—¿En definitiva? —preguntó Allen.

—En definitiva, señor, tal vez todas las armas estén diseminadas. Tal vez no. Simplemente no lo sabemos, lo que significa que Irán tiene ocho ojivas nucleares de doscientos kilotones en condiciones de funcionar y no tenemos idea de dónde están.

14

La caravana de autos finalmente salió de las instalaciones del aeropuerto.

Jacques Miroux, que seguía al Mahdi en un Renault compacto alquilado, esperaba que el cortejo se dirigiera directamente a la Calle Hafez El Asad, donde cientos de miles de libaneses, alineados en ambos lados de la calle, esperaban darle un vistazo a su amado Duodécimo Imán, mientras este se dirigía al estadio más grande de Beirut para dar un importante discurso. Sin embargo, en el último momento, para su sorpresa, la camioneta del Mahdi y los otros seis vehículos llenos de guardaespaldas fuertemente armados se desviaron del camino esperado, en dirección al Bulevar Al Imam El Jomeini. Unos minutos después, giraron hacia el noroeste e hicieron un desvío no programado para detenerse en el campo de refugiados Shatila.

Instantáneamente, Miroux se dio cuenta de que era una maniobra brillante: audaz, arriesgada, insólita y populista en esencia. Era exactamente lo que un típico jefe de estado no haría. En efecto, no podía pensar en ningún líder mundial —especialmente en algún líder árabe— que alguna vez hubiera visitado a las doce mil almas empobrecidas, atiborradas en el kilómetro cuadrado que era el campo de refugiados de Shatila. El Mahdi iba a identificarse directamente con la causa palestina. Iba a ver, a sentir, a tocar y a oler la miseria de estos refugiados y, al hacerlo, probablemente iba a ganarse no solo los corazones de los cerca de cuatrocientos mil palestinos que vivían en el Líbano, sino de los casi cuatro millones de palestinos de Cisjordania y de Gaza, de los casi tres millones de Jordania, del millón y medio que vivía en el mismo Israel, del millón que vivía en Siria y de los grupos de palestinos que vivían en casi cualquier otro país del Medio Oriente y del Norte de África.

Como era de esperar, cuando se corrió la voz en el campamento de lo que estaba ocurriendo, Miroux vio que el lugar se llenó de entusiasmo. Miles de niñas y niños palestinos, muy pobres pero sonrientes y animados, llegaron corriendo a la caravana gritando: *"¡Ha llegado el Santo! ¡Ha llegado el Santo!"*

Los guardaespaldas asignados por el gobierno libanés para proteger al Mahdi corrieron a tomar sus puestos e intentaron formar un corredor de protección alrededor de él, pero cuando el Mahdi salió de la camioneta ignoró sus movimientos y sus advertencias e inmediatamente se metió entre el gentío. La multitud se volvió loca. Las madres, vestidas de pies a cabeza con chadores negros y con bebés en sus brazos, llegaron corriendo, al igual que los padres y los hijos, todos ellos desempleados; pocos de ellos tenían algo más importante por hacer.

La multitud empujaba cada vez más cerca. Trataban de tocar al Mahdi. Trataban de besarle las manos y los pies. Los ancianos y los achacosos trataban de acercarse, esperando tocar el ruedo de su vestimenta para que sanaran sus dolencias, y Miroux escribía afanosamente en su libreta de notas para registrarlo todo.

Observó que el Mahdi no trató de hablar más que unas cuantas palabras de agradecimiento y apreciación a los que estaban cerca de él. Las multitudes no lo habrían podido escuchar, de todas formas, pero lo amaban.

★ ★ ★ ★ ★

Ahmed tenía apenas once años.

Estaba jugando fútbol con sus amigos cerca del basurero cuando oyó el rumor que circulaba en todo el campamento. *¿Podría ser realmente?*, se preguntó. *¿Podría el Señor de la Época estar cerca de nosotros? ¿Podría estar realmente caminando entre nosotros?* Parecía imposible.

Ahmed no tenía acceso a un televisor. Sus padres no podían

comprar libros. Todo lo que tenían era un Corán, y él lo estudiaba mañana y noche. Sabía que no era muy inteligente; su padre se lo decía constantemente. Aun así, estaba tratando de memorizarlo todo. Su memoria era terrible, especialmente cuando se la comparaba con la de sus hermanos mayores, pero él quería aprender. Quería ser fiel. ¿Qué más podía hacer? Oraba constantemente para que Alá tuviera misericordia de él. Parecía imposible. Era solamente un pobre refugiado palestino. Olvidado por el mundo. Solo y asustado. ¿Qué podía hacer por Alá sino quizá algún día unirse a Hezbolá y convertirse en un mártir llevando a cabo el yihad en contra de los sionistas?

Recogió su pelota de fútbol y se fue corriendo, dejando a sus menos devotos amigos desconcertados y gritándole que regresara o que por lo menos les dejara la pelota. No obstante, la pelota era su única posesión mundana y sabía lo que tenía que hacer. Corrió por callejones lodosos llenos de basura, uno tras otro, tan rápido como sus pequeñas piernas se lo permitían. Era más pequeño que la mayoría de los niños de su edad y cuando vio a la enorme multitud cerca del centro del campamento, su primer instinto fue llorar. Nunca se acercaría lo suficiente para ver al Mahdi.

Tratando de contener las lágrimas, y determinado a no rendirse, Ahmed amontó varias cajas vacías de madera que había por ahí y las usó para subirse al tejado de zinc de una clínica médica improvisada. Trepó a la parte superior, se paró de puntillas y se quedó pasmado por lo que tenía enfrente. Había multitudes de gente hasta donde alcanzaba a ver, y más que llegaban de todos lados. La gente estaba cantando alabanzas a Alá a todo pulmón. Contó seis —no, siete— vehículos blancos en el centro, casi tragados por la multitud, e imaginó que era allí donde se encontraba el Mahdi. Sin embargo, por más que lo intentaba no era capaz de verlo. Tampoco podía imaginar una manera de acercarse.

De repente, en el remolino de polvo vio algo que revoloteaba en el cielo sobre el centro de la muchedumbre, algo casi brillante, justo donde estaba seguro que el Mahdi debía estar parado. Ahmed se dio cuenta de que era una clase de figura, en una luz blanco-amarillenta. Nunca había visto algo más bello. Entonces, para su sorpresa, la aparición pareció girar y lo miró directamente. Entonces comenzó a hablar.

—*Ahmed, ¿sabes quién soy?*

—No lo sé, mi Señor —respondió el niño, temblando.

—*Yo soy el ángel Gabriel, Ahmed. He venido a proclamarte que el que buscas, el que está abajo de donde yo estoy parado ahora, es el Prometido y tú serás su siervo, el siervo del gobernador del califato que ahora está surgiendo. Sométete a él, Ahmed, y vivirás.*

★ ★ ★ ★ ★

Miroux lo vio y quedó hipnotizado.

No que quisiera estarlo. No lo quería. No era religioso. Lejos de eso. Había sido criado cerca de Lyon por padres ateos que le enseñaron desde su niñez que la religión era peligrosa, antiintelectual, una muleta para las masas y un juego para los tontos, los pobres y los hipócritas. Para él, reportar sobre el Duodécimo Imán era una distracción fascinante de las historias típicas sobre guerras, rumores de guerras y conversaciones de paz que nunca iban a ninguna parte. Creía que esta historia era acerca del surgimiento de un nuevo líder político en un ambiente político turbulento. El hombre estaba construyendo un nuevo califato, un reino islámico, o eso afirmaba. Poca gente del mundo occidental había escuchado alguna vez de Muhammad Ibn Hasan Ibn Ali incluso un mes antes. Ahora era una celebridad.

Sin embargo, esto era distinto. Esto era extraño. Esto era noticia, pero ¿en realidad le creería alguien, incluso sus editores? Asió su cámara digital y comenzó a tomar fotos, y para su conmoción, cuando revisó el resultado en el visor, la imagen fantasmal que sobrevolaba sobre el Mahdi estaba tan clara como el agua.

★ ★ ★ ★ ★

LANGLEY, VIRGINIA

El director Allen se dirigió a Eva.

—Ahora bien, volvamos al doctor Najjar Malik, a quien mencionó antes. ¿Entiendo que su interrogatorio con el buen doctor está dando fruto, agente Fischer?

—Sí, señor. Bastante.

—¿Está cooperando?

—Absolutamente.

—¿Qué puedo transmitirle al presidente y al Consejo de Seguridad Nacional?

Eva se levantó y le entregó una carpeta negra marcada *CONFIDENCIAL*, que contenía un resumen de cinco páginas de sus conclusiones clave como resultado de sus varios días de interrogatorio.

—El doctor Malik, como ya lo hemos establecido, es el científico nuclear iraní más destacado del momento, y gracias a David, está a salvo ahora en un refugio de la CIA en Oakton, Virginia. Hemos cubierto mucho terreno en los últimos días. Tiene los aspectos más relevantes allí, pero en resumen: el doctor Malik nos ha ayudado a identificar dos objetivos nuevos de alta prioridad, quienes eran los dos subdirectores del doctor Saddaji en el programa iraní de desarrollo de armas. La evidencia que tenemos sugiere que estos dos científicos estaban haciendo la mayor parte del trabajo técnico diario para construir las ojivas.

—¿Tiene los nombres? —preguntó Allen.

—Sí, señor. El primero es Jalal Zandi. Tiene cuarenta y siete años. Es originario de Irán y nació en Teherán. Tiene un doctorado en física de la Universidad de Teherán y otro doctorado en física nuclear de la Universidad de Manchester en el Reino Unido.

—¿Y el segundo?

—El segundo es Tariq Khan. De cincuenta y un años, originario de Paquistán. No tenemos su biografía todavía, pero sabemos que es sobrino de A. Q. Khan y que trabajó estrechamente con su tío en el programa nuclear paquistaní, durante los años noventa. Estos son los tipos que saben dónde están enterrados los cuerpos. Si los encontramos creo que encontraremos las ojivas.

—¿Cómo los encontramos? —preguntó el director.

—No creo que tengamos otra opción —dijo Eva—. Tenemos que enviar de inmediato a David nuevamente a Irán.

15

Ahmed se quedó mirando sin poder apartar sus ojos.

Intentó hablar, pero no pudo. Trató de tragar, pero tenía la garganta seca. Sin embargo, después de unos instantes se dio cuenta de que él no era el único que había visto a este ángel de luz. De repente, todos estaban señalando al aire y un silencio cayó sobre la multitud, y en ese momento, Ahmed salió del estado como de trance en el que acababa de estar. Se dio cuenta de que la caravana de autos se estaba alistando para partir y que con todos los demás enfocados en el ángel, tenía una oportunidad.

Bajó del techo de la clínica, con cuidado de no soltar la pelota de fútbol que sostenía firmemente, y comenzó a correr una vez más tan rápido como pudo. Ahmed pasó en forma zigzagueante por callejones llenos de basura, con un hedor al que nunca se había acostumbrado, e hizo lo mejor posible para flanquear a la multitud y llegar a la salida noroeste del campo de refugiados de Shatila. Su corazón latía aceleradamente. Sus pequeños pulmones succionaban tanto aire como podían, pero parecía no ser suficiente. El sudor le corría por el rostro y la espalda. Sus pies descalzos y encallecidos le dolían terriblemente, pero finalmente llegó al puesto de control precisamente cuando las multitudes se alejaban con reticencia y la camioneta blanca del Mahdi comenzaba a serpentear cuidadosamente por las calles estrechas hacia Tarik Jdideh, el camino que llevaba al complejo deportivo.

Jadeando intensamente y tratando con desesperación de recuperar el aliento, Ahmed corrió delante de la multitud hacia un paso elevado de la carretera, precisamente enfrente de la entrada al campamento. De pie bajo la sombra, escuchando a los autos y camiones que rugían por encima, esperó a que la caravana de autos se acercara. Agitó su mano ante las lunas polarizadas, sin saber quién —si es que había alguien— estaba mirando o se interesaba. Entonces, de pronto, uno de los vehículos se detuvo justo enfrente de él. Una de las lunas polarizadas del lado del pasajero de atrás descendió y allí estaba el Duodécimo Imán, mirando a Ahmed, directamente a los ojos.

"La paz sea contigo, hijo mío."

Ahmed cayó de rodillas y se inclinó.

—¿Vienes a escuchar mi sermón? —preguntó el Mahdi.

—No, mi Señor.

—¿Por qué no?

—No tengo boleto, mi Maestro. Hice cola toda la noche, pero cuando amaneció, me dijeron que ya no había boletos.

—Ven a ver —dijo el Mahdi.

—¿Y cómo, mi Señor?

—Ven conmigo, pequeño Ahmed, y yo te mostraré cosas grandes y poderosas que tú no conoces.

Se abrió la puerta del asiento de pasajero de atrás. El Mahdi le dijo a un asistente que saliera y buscara un asiento en la última camioneta de la caravana. Ahmed no podía creerlo: el Mahdi sabía su nombre y lo estaba invitando a unirse a él para el acontecimiento más importante en la historia del Líbano, quizás en la historia del mundo. Aun así, vaciló.

—¿No quieres venir? —preguntó el Mahdi.

—Sí quiero, mi Señor, más que cualquier cosa. Es que mis padres. No quiero que me extrañen. No siempre soy un buen niño, pero yo . . .

Ahmed se detuvo a la mitad de la oración. Sus ojos se agrandaron y se puso tan pálido como una hoja de papel, porque al mirar dentro de la camioneta, vio sentados a su padre y a su madre, esperándolo en el asiento de atrás, con lágrimas que corrían por sus mejillas. ¿Cómo era esto posible?, Ahmed se preguntaba. Era simple, pensó. El Prometido podía hacerlo todo. Lo único que tenía que hacer, determinó Ahmed, era creer y someterse, sin hacer preguntas. Temía que las preguntas pudieran significar que en realidad no creía, o quizás que no creía tan profundamente como debía hacerlo.

Asintió con la cabeza sin decir una palabra y, agradecido, subió al vehículo, besó a su madre y se sentó al lado del Duodécimo Imán, mientras sus manos y sus labios le temblaban.

—No tengas miedo, pequeño —dijo el Mahdi—. Yo cuidaré de ti y cuando estemos adentro, tengo una sorpresa para ti, jovencito, algo que creo que disfrutarás mucho.

—¿Qué es? —preguntó Ahmed, con mucha ilusión.

—Ten paciencia, ya verás.

★ ★ ★ ★ ★

Miroux vio que Javad salía del vehículo del Mahdi.

Vio que el asistente caminaba hacia la parte de atrás de la caravana y que se subía a la última camioneta, que ya estaba llena de agentes de la inteligencia iraní. No obstante, desde su punto estratégico, Miroux no podía ver por qué estaba sucediendo todo esto. El paso elevado de la carretera lanzaba unas sombras tan profundas y oscuras que era prácticamente imposible obtener una buena visión de lo que ocasionaba el retraso.

No era que en realidad importara. Su trabajo principal del momento era no perder la caravana. Sus editores habían sido explícitos. Querían un reportaje completo del Mahdi y de sus movimientos. El interés en el Reino Unido era fuera de lo común y estaba aumentando en todo el resto del mundo también. Los editores de periódicos y sitios Internet noticiosos alrededor del mundo estaban percatándose de que los lectores de los artículos relacionados con el Duodécimo Imán aumentaban más allá de lo que hubieran presenciado alguna vez en toda su vida. Miroux tenía la obligación de publicar tres historias cada día, por lo menos.

Así que hizo rugir la bocina, trató de maniobrar su pequeño Renault a través de la multitud y oró desesperadamente a un Dios en el que no creía para no atropellar a nadie.

★ ★ ★ ★ ★

Ahmed sonrió, porque no sabía de los peligros que le esperaban.

Diligentemente se abrochó el cinturón de seguridad y alguien cerró la puerta. La caravana comenzó a movilizarse otra vez. Cuando salieron del campamento, giraron a la derecha y luego rápidamente a la izquierda, y pronto pudo ver el gigantesco estadio de acero y vidrio que se elevaba enfrente de ellos. Ahmed presionó su rostro en la ventanilla, fascinado por las imágenes y los sonidos de los helicópteros que sobrevolaban y de las motocicletas de la policía —luces destellando y sirenas ululando— que guiaban la caravana por las filas de policías armados de Beirut y miembros de la milicia de Hezbolá que habían bloqueado las calles formando un corredor de seguridad. Ya no estaban rodeados de gente común. El Prometido ya no era asediado por plebeyos ni refugiados. Ahora se le trataba como a un presidente, como a un príncipe, como a realeza, pensó Ahmed, y nunca antes había estado tan emocionado.

La calle lateral en la que estaban ahora era estrecha y estaba rodeada a ambos lados de pequeñas casas, de autos y de camiones estacionados. Ahmed se dio cuenta de que nunca antes había estado así de lejos del campamento y comenzó a preguntarse cómo sería el resto de Beirut. Había escuchado de playas. Había oído que el Mediterráneo lamía suavemente la costa, que las aguas eran cálidas y que sabían a salado, y se preguntaba cómo sería eso.

Un auto Mercedes plateado, viejo y algo oxidado, atrajo la atención de Ahmed; estaba estacionado precisamente a unos cuantos metros de ellos sobre la izquierda. No sabía por qué le había llamado la atención. Simplemente lo hizo. En ese momento, el Mercedes explotó en una gigantesca bola de fuego. Las llamas fueron lanzadas alto en el aire. Fragmentos de vidrio y de metal retorcido y derretido volaron por todos lados. Los brazos de Ahmed instintivamente cubrieron su cabeza y él se inclinó hacia la derecha, lejos de la explosión, pero precisamente entonces, un Volkswagen que estaban pasando a la derecha también explotó. Luego la camioneta que iba delante de ellos y la que estaba inmediatamente atrás también explotaron.

La enorme fuerza de las cuatro explosiones en rápida sucesión hizo tambalear su propia camioneta, la levantó enviándola hacia arriba en el aire y le dio vuelta completamente. Aterrizaron con fuerza. Cada una de las lunas a prueba de balas estalló y el techo raspó el pavimento, con chispas y lenguas de fuego que volaban por todos lados.

Humo denso, negro y ácrido llenó el interior. Cubierto de sangre, propia y de los demás, y ahogándose incontroladamente —jadeando frenéticamente por oxígeno—, Ahmed quería llamar a gritos a su madre, pero no podía. Trató de voltearse para verla y para ver a su padre, pero no podía moverse. Trató de oírlos, pero el crujido de las llamas y de los gritos y gemidos de la gente en las calles aledañas lo hacían imposible. Él estaba colgado de cabeza, sujeto por su cinturón de seguridad, que no podía desabrochar. Podía sentir el calor abrasador. A través de sus lágrimas podía ver las llamas que lamían las orillas del vehículo. Podía ver al conductor que colgaba flácido, con sangre que le brotaba de la cabeza. Podía ver al guardaespaldas en el asiento del pasajero de adelante que temblaba violentamente, con una pieza del motor incrustada profundamente en su pecho. Sabía que tenía que salir de este auto tan pronto como fuera posible o iba a morir. Así que trató de voltearse y de ver si el Duodécimo Imán podía ayudarlo, pero al hacerlo, un dolor más intenso que cualquier otra cosa que jamás hubiera sentido antes se le disparó desde el cuello hasta su columna como con mil voltios de electricidad. Luego, todo quedó en silencio y en oscuridad, y el pequeño Ahmed perdió el conocimiento.

★ ★ ★ ★ ★

Miroux frenó bruscamente y salió rápidamente del auto.

Con su cámara y libreta en la mano, comenzó a correr hacia la camioneta del Duodécimo Imán. Lo que encontró cuando llegó allí y que transmitiría al mundo unos minutos después fue un espectáculo de horror, algo que jamás antes había presenciado.

El hedor de carne humana que se quemaba era abrumador. Toda la calle parecía estar cubierta de sangre, pero curiosamente, también observó que parecía como si fuera otoño. La mayoría de los árboles que rodeaban la angosta calle estaba ahora en llamas, pero la fuerza de las explosiones los habían dejado pelados y las hojas yacían esparcidas por todos lados, como si fuera octubre o noviembre y tuvieran que ser rastrilladas.

Policías, miembros de la milicia y ciudadanos comunes llegaron corriendo de todas partes. Una multitud comenzó a formarse, haciendo difícil que los camiones de bomberos y las ambulancias llegaran a la escena. Las mujeres estaban llorando. Varios de los hombres parados en los alrededores miraban aturdidos y confundidos. Miroux trató de preguntarle a la gente sobre lo que acababan de ver y de oír, pero pocos podían hablar siquiera. Comenzó a tomar fotos hasta que un soldado le arrancó la cámara del cuello y la destrozó en el suelo. Entonces, de repente, hubo un grito ahogado de la multitud, casi al unísono.

Miroux se dio vuelta rápidamente para ver lo que todos estaban mirando. No podía creerlo. De hecho, alguien estaba saliendo de los escombros. Para su asombro, se dio cuenta de que era Muhammad Ibn Hasan Ibn Ali, cubierto de hollín, pero aparentemente ileso. En sus brazos tenía a un niñito, de no más de diez u once años, pensó Miroux. El niño también estaba vivo aunque muy ensangrentado. Aparentemente, nadie más del vehículo del Mahdi había sobrevivido. Tampoco en los otros vehículos que iban adelante y detrás del suyo.

Al principio, la multitud irrumpió con un aplauso y ovaciones que parecía que iban a seguir una y otra vez, pero entonces, sin advertencia, todos se quedaron callados. Uno por uno, cayeron de rodillas y se inclinaron ante el Mahdi. Miroux trató de registrar todo, pero sintió un escalofrío que le recorrió toda la columna. Se le erizaron los vellos detrás del cuello. Algo extraño estaba en movimiento, se dijo a sí mismo. Finalmente cayó en la cuenta: esta no era una historia política.

16

OAKTON, VIRGINIA

Najjar Malik daba vueltas continuamente.

Trataba de dormir en la habitación del segundo piso de una bella casa de dos niveles, en un tranquilo barrio exclusivo en alguna parte del norte de Virginia, pero extrañaba con desesperación la compañía de su esposa, Sheyda, de su bebé y de la madre de Sheyda, Farah, que habían desertado junto con él. Lo único que sabía era que estaban en otro refugio de la CIA, aparentemente en alguna parte de Maryland. No le habían dicho cuándo se reunirían. Por ahora, era casi como que lo hubieran sentenciado a estar incomunicado. Se le había dicho que tratara de permanecer arriba y en su habitación tanto como fuera posible. La habitación era más espaciosa que el departamento que había compartido con su pequeña familia en Irán. Había una sala de estar con dos sillones grandes acolchonados, un cesto lleno de colchas de lana y un gran baño tipo *spa* que él no podía creer que fuera para la gente común. Aun así, no podía decir que estuviera disfrutándolo. Si tan solo Sheyda estuviera sentada en uno de los sillones, con la bebé en sus brazos y compartiendo su corazón con él.

Había pedido una Biblia y le dieron una. Así que por ahora, todo lo que podía hacer era leer, orar, pensar y tratar de no preocuparse por el futuro —su futuro, el de su familia o el de su país—, pero no era fácil. No había televisión, radio, computadora, ni un periódico o revista en su habitación o en alguna otra parte de la casa. Había un teléfono en la cocina, pero requería de un código que sus guardianes no podían darle.

Salir a la calle era imposible. Eva Fischer no quería que tuviera nada de contacto con el mundo exterior hasta que su interrogatorio —ella lo llamaba "conversaciones"— hubiera terminado, aunque no podía imaginar qué más podría preguntarle. Habían cubierto todos los temas posibles y él había hecho lo mejor que pudo para ser comunicativo. Había estudiado a fondo y explicado detalladamente toda la información que pudo encontrar en los archivos de la computadora de su suegro fallecido. Les había entregado a Zandi y a Khan. Les había dado planos detallados de las instalaciones nucleares, no solamente en Hamadán, sino también en Bushehr, Natanz, Arak y Esfahān, donde él había estado muchas veces y que conocía de memoria. Había descrito incluso la ejecución del experto nuclear árabe de la Universidad de Bagdad y había explicado su teoría de por qué un experto en UD3, o deuteruro de uranio, estaba en Irán.

Sin embargo, no eran las armas nucleares lo que hacía que el corazón de Najjar Malik ardiera. La amenaza de su uso contra Estados Unidos o Israel sin duda era real y seria, y estaba genuinamente agradecido por la oportunidad de ayudar a los estadounidenses a desentrañar el programa de armas de Teherán, de cualquier manera que él pudiera. No obstante, lo que lo tenía despierto noche tras noche en este refugio de la ciudad de Oakton, lo que lo obligaba a estar de rodillas en oración hora tras hora —por lo menos cuando la agente Fischer no estaba allí para hacerle tantas preguntas—, era la agobiante realidad de que, una vez más, la guerra llegaría al Medio Oriente y que millones de sus paisanos bien podrían morir y pasar la eternidad ardiendo en el fuego del infierno, sin esperanza de escape.

Najjar oraba desesperadamente por paz, pero mientras más oraba, más sentía en alguna parte profunda de su alma que la respuesta del Señor al clamor de su corazón era "no." No, el Señor no iba a dar paz, seguridad ni calma al Medio Oriente. No, no iba a reprimir a los que estaban determinados a ocasionar derramamiento de sangre. No, todavía no.

Najjar había sido criado como un devoto musulmán chiíta e imanista. Durante toda su vida había orado por guerra. Había creído lo mismo que sus compañeros imanistas creían, que mientras más caos, matanza y derramamiento de sangre ocurrieran en el Medio Oriente, más probable sería que el Mahdi llegara y estableciera justicia y paz. Orar por guerra y hasta genocidio, especialmente en contra de judíos y de cristianos, había sido su deber religioso, siempre lo había creído, porque eso aceleraría la llegada del Prometido. Sin embargo, ahora Najjar era una persona totalmente distinta. Jesucristo se le había aparecido personalmente, en una visión en las montañas de Hamadán. "Ven y sígueme," le había dicho Jesús. Le había mostrado a Najjar las cicatrices de sus manos y de sus pies donde le habían metido los clavos durante su crucifixión, y en ese momento, Najjar había sabido, sin duda alguna, que todo lo que le habían enseñado los mulás y ayatolás era mentira. Creyó en ese momento que Jesús verdaderamente era el Rey de reyes y Señor de señores, que Jesús era el Alfa y la Omega, y que volvería pronto. En ese momento, en ese mismo instante en que sus ojos habían sido abiertos a la realidad del amor, compasión y perdón de Jesús para él, Najjar se había inclinado, lo había adorado y había jurado seguirlo para siempre.

Desde entonces, él había estado devorando la Biblia. La había leído por horas cada día, comenzando al abrir los ojos en la mañana y asegurándose de no dormir sin antes meditar más en la Palabra de Dios, hasta memorizar inclusive grandes pasajes. No se cansaba de las Escrituras. Era como un hombre que había estado andando a tientas en el desierto, increíblemente reseco, que se había tropezado con un oasis de palmeras que rodeaban un manantial y que ahora estaba bebiendo agua fresca, limpia y dulce, tan rápido como su sistema se lo permitía.

Najjar sentía que su perspectiva de la vida, del mundo y del futuro cambiaba dramáticamente hora tras hora. Ahora sabía que el profeta Isaías había enseñado que el Mesías sería el Príncipe de Paz. Ahora sabía que Jesús había enseñado a sus discípulos: "Dios bendice a los que procuran la paz, porque serán llamados hijos de Dios." Ahora sabía que David había escrito en los Salmos: "Oren por la paz de Jerusalén." Por lo que pasaba horas con su rostro ante el Señor, frecuentemente con lágrimas, orando para que la guerra, el caos y el genocidio *no* ocurrieran, pero ciertamente sentía que de todas maneras ocurrirían.

No podía ver cómo los eventos podrían resultar de otra manera. El Duodécimo Imán iba a lanzar ataques nucleares simultáneos a Tel Aviv, a Nueva York y tal vez también a Londres y a París. O Washington iba a atacar primero a Irán, usando toda la inteligencia que él mismo les estaba proporcionando. O los israelíes iban a atacar primero porque sentían que el presidente Jackson y sus asesores eran demasiado cobardes o que le estaban dando demasiadas largas al asunto.

Najjar creía que la interrogante ya no era *si* la guerra ocurriría, sino *cuándo*. Lo cual daba lugar a una segunda pregunta más apremiante: *¿Por qué?* Por otro lado, mientras Najar más estudiaba la Escrituras, particularmente la profecía bíblica, más veía que Jesús, los profetas y los apóstoles, todos habían dicho que las guerras y los rumores de guerras prevalecerían en los últimos días antes de su regreso. Las naciones se levantarían en contra de naciones, los reinos se levantarían en contra de reinos. Las Escrituras predecían que habría revoluciones, anarquía, muerte y destrucción como dolores de parto. Se suponía que los seguidores de Cristo no deberían ocasionar, fomentar ni desear esos daños, pero se suponía que no deberían sorprenderse por las feroces pruebas que sobrevendrían. Al contrario, se suponía que deberían estar listos y preparados, porque el Día del Señor tomaría al mundo por sorpresa. En efecto, si Najjar estaba leyendo las Escrituras correctamente, le parecía que en los últimos días el Señor iba a permitir que ocurrieran grandes pruebas y tribulaciones para despojar a la gente de la noción de que cualquier cosa salvo la fe en Jesucristo podría salvarlos.

Antes de su escape de Irán, Sheyda le había dicho que estaba convencida de que Dios había elegido a Najjar no solamente para que conociera la salvación y redención total a través de Cristo Jesús, sino para que proclamara esa verdad a todo Irán. Había insistido en que su pueblo tenía que conocer la Buena Noticia del amor de Dios y el regalo del perdón. Cada uno de los setenta millones de individuos en su amado país tenía que escuchar —en persa— que Jesucristo era el Camino, la Verdad y la Vida y que ningún hombre ni mujer podría llegar al Padre si no era a través de la fe en Jesucristo. Quedaba poco tiempo, había dicho ella, pero el mensaje tenía que seguir adelante, y aunque iba en contra de cualquier instinto natural dentro de él, Najjar Malik había comenzado a preguntarse si Sheyda tendría razón.

¿Estaba en realidad llamándolo su Señor a predicar el evangelio sin temor? Si así era, ¿cómo? Era un extranjero en una tierra extranjera. Era prisionero del gobierno de Estados Unidos. ¿Cómo sería posible que saliera? ¿A dónde iría? Y ¿cómo podría esparcir la Palabra antes de que fuera demasiado tarde?

★ ★ ★ ★ ★

Las noticias de los acontecimientos en Beirut rebotaban en todo el mundo.

Reuters había publicado primero la historia, sin autor, apenas nueve minutos después de la primera explosión, indicando simplemente que "la caravana que llevaba al Duodécimo Imán y a su séquito fue atacada por una serie de coches bomba en Beirut" y que el número de víctimas y el estado del Mahdi "al momento es desconocido." La intención de Miroux no era engañar, ni siquiera aumentar el suspenso de un drama global ya extraordinario, aunque posteriormente algunos críticos de los medios lo acusarían de eso. La verdad era que simplemente no sabía cómo escribir lo que había visto. El mundo tenía que enterarse del ataque antes que nada, se dijo, así que dictó una historia de cuatrocientas palabras por teléfono satelital a su editor en las oficinas centrales de Reuters en Canary Wharf, Londres.

Doce minutos después, Reuters publicó la primera de lo que llegarían a ser actualizaciones múltiples. Esta vez, la historia tenía autor —*Jacques Miroux en Beirut*— y esta fue la historia que cautivó al mundo. Diecisiete personas habían muerto. Veintitrés estaban heridas. "Sin embargo, el Duodécimo Imán surgió de los escombros desintegrados y en llamas, con apenas un rasguño, sosteniendo en sus brazos a un niño cubierto de sangre, pero según dos oficiales de policía entrevistados por Reuters, el niño estaba 'ileso' o había sido 'sanado.'" El artículo citaba no menos de seis transeúntes que decían que estaban seguros de que acababan de presenciar "un milagro." Sin embargo, no había mención del "ángel" que había sido visto en el campo de refugiados de Shatila, no porque sus editores de Londres no lo incluyeran, sino porque Miroux todavía no se los había dicho.

La Associated Press fue la primera en publicar grotescas fotografías instantáneas de la escena, así como fotos exclusivas del Mahdi con el pequeño Ahmed en los brazos —fotos tomadas por un transeúnte con su teléfono celular—, dieciséis minutos después de la primera explosión. A los treinta minutos, Al Jazeera fue la primera red en transmitir imágenes vivas desde el lugar del ataque, además de videos exclusivos de las mismas explosiones y hasta del Mahdi mientras surgía de los escombros de su camioneta, con el niño en los brazos. Estas tomas, también, habían sido captadas por varios testigos y residentes del vecindario cerca del estadio; Al Jazeera las había comprado por una suma de seis dígitos en dólares estadounidenses, según se rumoraba.

Una hora más tarde, Agence France-Presse se convirtió en el primer servicio de noticias internacional en reportar sobre la aparición del "ángel," en una historia titulada "Miles afirman oír y ver a un 'ser angelical' que sobrevoló al Mahdi en el campo de refugiados de Beirut." El reporte citaba a más de dos docenas de personas que no estaban relacionadas ni se conocían entre sí, que dijeron haber estado entre la multitud en Shatila, que vieron personalmente a la figura angelical, y que la oyeron llamarlos por sus nombres diciéndoles que siguieran "al Prometido." La historia por cable se desplazaba con fotografías de la "aparición divina," una tomada por un reportero de AFP y las otras dos tomadas con teléfonos celulares por testigos.

★ ★ ★ ★ ★

CAMINO A TEHERÁN

David estaba ahora a unos 12.500 metros sobre el Atlántico.

Bajo las órdenes del director Allen, se dirigía de regreso a Irán a bordo del Citation de la Agencia, pero para llegar allí, tenía que asegurarse de que no pareciera que acababa de estar en Estados Unidos, mucho menos charlando en las oficinas centrales de la CIA. Por lo tanto, tenía que volver primero a Munich, reasumir su identidad como Reza Tabrizi, y entonces tomar dos vuelos de Lufthansa, primero a Frankfurt y luego a Teherán.

Durante las últimas horas, David había estado absorbiendo los interrogatorios que Eva había hecho al doctor Najjar Malik. Obedientemente leyó el resumen de cinco páginas que Eva había escrito para Allen y el Consejo de Seguridad Nacional. No obstante, aunque respetaba a Eva, no estaba interesado en su análisis. Quería estudiar cada página de la transcripción por sí mismo para poder sacar sus propias conclusiones. A David le parecía fascinante cada palabra de la transcripción y le habría gustado estar allí con Eva en una o en todas las sesiones.

A Malik no lo habían capturado. No se le estaba obligando ni presionando para que le dijera al gobierno estadounidense lo que sabía. Era un desertor. Había estado dispuesto a irse de Irán. Se sentía traicionado y profundamente herido por el doctor Saddaji y el gobierno iraní, y quería que quedaran al descubierto. Mientras más leía, más convencido se sentía David de que Malik había respondido cada una de las preguntas de Eva tan honesta y concienzudamente como le había sido posible. Estaba impresionado por el hecho de que cuando Malik no sabía la respuesta de algo, simplemente lo decía. No parecía estar tratando de impresionar a alguien con su conocimiento. No parecía estar tratando de decir que sabía más de lo que en realidad sabía. A menos que fuera un mentiroso de primera clase, Malik parecía estar diciéndoles la verdad, y algo estaba clarísimo: tenían que capturar a Jalal Zandi y a Tariq Khan tan rápidamente como fuera posible, porque de momento ellos tenían las respuestas que necesitaban.

Aunque la información era muy útil —y, efectivamente, era muy útil—, David estaba aún más impactado por la historia personal de Malik. El científico había sido extraordinariamente franco en cuanto a su conversión de imanista a seguidor de Jesucristo. Eva, acertadamente, había ejercido presión sobre esta conversión, había hecho muchas preguntas y había obtenido muchos detalles.

Las reacciones de la CIA eran variadas. Zalinsky y Murray claramente estaban disgustados con todo este discurso espiritual. Para ellos, la descripción de Malik de su encuentro en el camino a Hamadán ponía en entredicho la validez de todo lo demás que había dicho. Murray fue tan lejos como para burlarse de la afirmación de Malik de haber tenido una visión de Jesús, pero para David, lo opuesto era cierto. Todo lo demás que Malik había dicho había demostrado ser cierto. En efecto, estaban basando mucha de su estrategia actual en lo que acababan de saber por él y de su interpretación de los archivos de la computadora de Saddaji. ¿No realzaba eso la credibilidad de las afirmaciones espirituales de Malik? Sin duda eran extrañas. No era frecuente que uno conociera a alguien que afirmara haberse reunido con Dios frente a frente; y en privado, David admitía que en otro contexto podría haber desestimado también a Malik, pero ¿qué de Sheyda? Ella también afirmaba haber visto a Jesús, lo mismo que Farah Saddaji, la madre de Sheyda. ¿Qué del doctor Birjandi en Irán? Sin duda era la autoridad más respetada en cuanto al Duodécimo Imán en todo Irán, posiblemente en el mundo, pero él le había dicho a David sin ambages que él y su esposa, antes de que ella muriera, habían renunciado al islam y se habían convertido en seguidores de Jesús. ¿Podrían estar locos *todos* ellos?

David necesitaba un descanso. Se levantó, fue a la parte de atrás del avión y se preparó una taza de café. Después volvió a su asiento, se volvió a ajustar el cinturón de seguridad, se recostó y cambió de tema. Sus pensamientos se dirigieron a Marseille y volvió a oír el mensaje telefónico en su mente.

"Hola, David, habla Marseille. Espero que estés bien. Me gustó mucho desayunar contigo. Fue genial verte otra vez, hablar contigo y darte un abrazo. Sabía que te extrañaba. Creo que no me había dado cuenta completamente de cuánto, hasta que estuve sentada contigo otra vez después de todos estos años. De todas maneras, espero que la emergencia de tu trabajo se arregle. Estaré orando para que te vaya mejor a ti que a mí ahora. Estoy atascada aquí en el DC. Todos los vuelos a Portland fueron cancelados por la tormenta. Así que estoy en un hotel por unos días, sin nada que hacer. Me encantaría hablar contigo otra vez. Llámame cuando puedas y dime cómo está tu mamá. Estoy orando por ella. Hasta la próxima. Adiós."

David había querido llamarla antes de despegar, pero era la medianoche y no quiso despertarla. Tampoco quería que su llamada fuera captada por la Agencia de Seguridad Nacional. Estaba muy sensible en cuanto a esta relación. Lo último que quería era que la red de inteligencia de Estados Unidos fisgoneara en su vida personal. En este momento, pensó que lo mejor que podía hacer era llamarla de un teléfono público en Alemania, antes de volver al abismo que era Irán.

17

CAMINO A NUEVA YORK

Eva Fischer iba en un avión de la CIA a Nueva York.

Su misión para las próximas veinticuatro horas era enlazarse con el equipo del FBI que interrogaba al único sospechoso que tenían del intento de asesinato al presidente, y ayudar a la Agencia a determinar quién exactamente era el responsable del ataque y qué podrían estar tramando después.

A medio vuelo, Eva recibió un mensaje urgente de Zalinsky y se enteró por primera vez del ataque en contra del Duodécimo Imán en Beirut. Zalinsky también le envió vínculos de las últimas historias por cable y le dio órdenes de conectarse a una conferencia telefónica segura con él en Langley. El mensaje indicaba que David, en camino a Irán, también había recibido dichas instrucciones. Los dos cumplieron la orden inmediatamente.

Zalinsky les informó lo que sabía, que hasta aquí era solo un poco más de lo que los medios estaban reportando.

—La parada que hicieron en el campo de refugiados —dijo Eva—: ¿estás diciendo que no estaba programada?

—Correcto —dijo Zalinsky.

—¿Entonces no estaba programado que estuvieran en la calle en la que transitaban cuando sucedió el ataque?

—Que nosotros sepamos, no.

—Entonces, ¿cómo podría alguien haberlo sabido como para colocar todos esos coches bomba y bombas improvisadas en ese lugar en particular, para que explotaran a esa hora en particular?

—No tengo idea —admitió Zalinsky—. A ninguno de nosotros se nos ha ocurrido alguna explicación posible.

—¿Y si no eran coches bombas ni bombas improvisadas? —dijo David.

—¿A qué te refieres? —preguntó Eva.

—¿Y si el ataque estuvo diseñado para imitar el ataque de Manhattan? —continuó David.

—No es posible —dijo Zalinsky—. Hemos estado monitoreando todo el tráfico de radio de la policía y del ejército en Beirut. No hay indicación de granadas ni RPG, nada de eso. Los servicios de inteligencia libanesa han examinado todo el vecindario. Han hablado con cientos de testigos. Nadie vio nada fuera de lo normal y créanme, la policía estaba aplicando toda su fuerza. Si alguien le hubiera disparado a la caravana, alguien habría visto algo. Además, estoy mirando las imágenes de satélite Keyhole de la escena. Estos eran coches bomba, David. Deberías ver los cráteres que dejaron. Los RPG y las granadas no dejan cráteres así.

—¿Y si fue un ataque teledirigido? —dijo David.

Eva no había pensado en eso antes, pero estaba intrigada.

—Piénsenlo —continuó David—. ¿Y si alguien estaba usando un avión teledirigido para rastrear los movimientos del Duodécimo Imán en tiempo real?

—Continúa —dijo Zalinsky.

—Lo habrían visto entrar al campamento. Si fuera un grupo terrorista, probablemente habrían atacado allí mismo, pero si era alguna agencia de inteligencia extranjera . . .

—No habrían querido asumir todo el daño colateral —dijo Eva.

—Exactamente. Demasiados civiles. Entonces, ¿y si esperaron a que la caravana saliera del campamento y luego la vieron dirigirse a un área residencial? También había riesgos allí, pero muchos más si esperaban a que llegara al estadio.

—Entonces dispararon los misiles desde los teledirigidos —dijo Eva.

—Correcto.

—Los autos estacionados a lo largo del camino habrían provisto una cobertura perfecta —agregó Zalinsky—. Para el mundo parece como una serie de coches bomba y de bombas improvisadas, pero atacar desde un teledirigido es mucho menos complicado de planificar y mucho más preciso.

—Es solo una teoría —dijo David.

—Una muy buena —dijo Eva, cada vez más impresionada por la agilidad mental e instintiva de David.

—¿Puedes hacer que los analistas revisen todos los videos de la primera explosión? —preguntó David—. Si disminuyen la velocidad lo suficiente, podrían ver efectivamente el ingreso del misil y su impacto inicial.

—Nos encargaremos de eso ahora mismo —dijo Zalinsky—, pero digamos que tienes razón. No fuimos nosotros, entonces ¿quién fue?

¿En realidad tiene que preguntarlo?, se preguntó Eva. Ella sabía exactamente lo que David iba a decir: los israelíes.

—Fueron los israelíes —dijo David sin indicio de duda en su voz.

—Espero que te equivoques —dijo Zalinsky—. El presidente se va a poner furioso.

—¿Por qué? —preguntó David—. El Mossad está tratando de vengar el ataque a su primer ministro. Están tratando de cortarle la cabeza a la serpiente. Personalmente, estoy sorprendido de que contraatacaran tan rápidamente, pero no los culpo en absoluto.

—El presidente está haciendo todo lo que puede para evitar que surja otra guerra en el Medio Oriente —dijo Zalinsky—. Esto ahora casi garantiza que habrá guerra de todas formas.

Eva estuvo en total desacuerdo.

—Vamos, Jack; si se acerca una guerra, y reconozco que probablemente así es, la prueba de la bomba nuclear de Irán es la gota que derramó el vaso y no esto.

Trató de imaginar a David en el Citation, mirando por la ventana del avión la oscuridad de abajo, sonriendo, pensando que no podía haberlo dicho mejor. Pensaba que formaban un buen equipo. Solamente deseaba estar viajando a Irán con él.

Sin embargo, Zalinsky tenía una perspectiva distinta.

—Si atacas a un hombre que tiene el control de ocho ojivas, sería mejor que no lograra levantarse del pavimento —dijo su jefe con una intensidad que ella no había anticipado—. Si fueron los israelíes, fue un enorme riesgo . . . y fracasó.

★ ★ ★ ★ ★

ALEXANDRIA, VIRGINIA

El teléfono sonó en la oscuridad.

Roger Allen buscó a tientas la luz y sus gafas. Había estado en casa menos de una hora y no hacía más de treinta minutos que se había dormido, pero con solo ver la identificación de quien lo llamaba tuvo una sacudida de adrenalina. Era la Sala de Situaciones de la Casa Blanca.

"Habla Allen. . . . Sí. . . . ¿Ahora mismo? . . . Entiendo. . . . Por supuesto. . . . Voy en camino."

Su esposa se dio vuelta y se restregó los ojos.

—¿Quién era? —preguntó.

—El jefe del Estado Mayor —dijo Allen—. Enviaron un avión que me está esperando en Andrews.

—¿Adónde vas?

—A Israel.

—Pero acabas de regresar.

—El presidente está aterrorizado de que Neftalí vaya a lanzar un ataque preventivo sobre Irán en los próximos días.

—¿Acaso puedes culparlos?

—No del todo, pero quiere que los convenza de no hacer algo drástico.

—¿Podrás hacerlo?

—Mi trabajo es complacer al presidente.

—No, no, obviamente vas a ir, pero ¿podrás persuadir a Aser de que no vaya a la guerra después de todo lo que ha sucedido?

—Lo conozco desde la universidad, pero honestamente, cariño, no tengo idea.

—¿Te dieron instrucciones nuevas sobre qué decir?

—No. Solo me dieron instrucciones de que me fuera. Tenemos todo el vuelo para resolverlo.

★ ★ ★ ★ ★

ARLINGTON, VIRGINIA

Marseille se despertó al amanecer.

Se puso de rodillas, oró un momento y comenzó su devocional de la mañana. Estaba tratando de seguir un plan que su pastor le había pedido a todos en su iglesia que hicieran: leer toda la Biblia en un año. Sin embargo, estaba muy atrasada. Se suponía que tenía que haber leído la segunda carta de Pablo a los Tesalonicenses el pasado octubre, junto con todos los demás, pero ya era marzo y apenas estaba en el capítulo dos.

Había muchas razones. A veces simplemente había sido haragana. Era difícil levantarse tan temprano y estudiar la Palabra antes de irse a enseñar y, frecuentemente, en la noche estaba demasiado cansada o solamente quería acurrucarse y ver una película o leer una novela. Otras veces, estaba tan embelesada en algún pasaje en particular que se quedaba con él por varios días en lugar de seguir el plan. Ese había el caso en todo el trayecto de 1 Tesalonicenses y con el primer capítulo de la segunda carta también.

¿Quién no podría estar encantado con —y profundamente preocupado por— los versículos como: "El Señor Jesús [aparecerá] desde el cielo. Él vendrá con sus ángeles poderosos, en llamas de fuego, y traerá juicio sobre los que no conocen a Dios y sobre los que se niegan a obedecer la buena noticia de nuestro Señor Jesús. Serán castigados con destrucción eterna, separados para siempre del Señor y de su glorioso poder"?

Sin embargo, cuando Marseille comenzó el capítulo 2, ingresó a un campo que nunca antes había estudiado.

Ahora, amados hermanos, aclaremos algunos aspectos sobre la venida de nuestro Señor Jesucristo y cómo seremos reunidos para encontrarnos con él. No se dejen perturbar ni se alarmen tan fácilmente por los que dicen que el día del Señor ya ha comenzado. No les crean, ni siquiera si afirman haber tenido una visión espiritual, una revelación o haber recibido una carta supuestamente de nosotros. No se dejen engañar por lo que dicen. Pues aquel día no vendrá hasta que haya una gran rebelión contra Dios y se dé a conocer el hombre de anarquía, aquél que trae destrucción. Se exaltará a sí mismo y se opondrá a todo lo que la gente llame "dios" y a cada objeto de culto. Incluso se sentará en el templo de Dios y afirmará que él mismo es Dios. ¿No se acuerdan de que les mencioné todo esto cuando estuve con ustedes?

Y ustedes saben qué es lo que lo detiene, porque solo puede darse a conocer cuando le llegue su momento. Pues esa anarquía ya está en marcha en forma secreta, y permanecerá secreta hasta que el que la detiene se quite de en medio. Entonces el hombre de anarquía será dado a conocer, pero el Señor Jesús lo matará con el soplo de su boca y lo destruirá con el esplendor de su venida. Ese hombre vendrá a hacer la obra de Satanás con poder, señales y milagros falsos. Se valdrá de toda clase de mentiras malignas para engañar a los que van rumbo a la destrucción, porque se niegan a amar y a aceptar la verdad que los salvaría.

Por lo tanto, Dios hará que ellos sean engañados en gran manera y creerán esas mentiras. Entonces serán condenados por deleitarse en la maldad en lugar de creer en la verdad.

Lo mejor que podía decir es que eran profecías del Anticristo venidero, pero mientras leía se dio cuenta de que la descripción la había hecho recordar cosas que había visto y oído acerca del hombre que se hacía llamar el Duodécimo Imán.

Se dio cuenta de que en realidad nunca había hecho un estudio acerca del Anticristo. Había oído el término muchas veces en sermones y con otros cristianos, pero nunca se había molestado en pensar en el término cuidadosamente, ni en averiguar lo que en realidad significaba. En cuanto al Duodécimo Imán, tampoco sabía mucho de él, excepto lo que había estado leyendo en los periódicos y viendo por televisión en días recientes, pero tenía curiosidad acerca de los dos, y por primera vez en mucho tiempo, en realidad le sobraba un poco de tiempo. No estaba enseñando. No estaba en casa. Estaba atrapada en la habitación de un hotel indefinidamente. Tal vez el Señor le estaba dando un regalo, la libertad de pasar tiempo hoy con su Palabra.

Gustosamente sacó su libreta de notas y escribió arriba de una página en limpio: "Lo que la Biblia dice del Anticristo." Luego escribió unas cuantas observaciones en base al texto.

1. El Anticristo vendrá antes de que venga el Día del Señor.
2. Un período de rebelión precederá a la venida del Anticristo y al Día del Señor.
3. El Anticristo será considerado un hombre de anarquía y sin ley y, de alguna manera, estará vinculado con esa anarquía secreta.
4. También traerá destrucción.
5. Se opondrá a los otros dioses y religiones.
6. Se "exaltará a sí mismo y se opondrá a todo lo que la gente llame 'dios' y a cada objeto de culto."
7. Se "sentará en el templo de Dios y afirmará que él mismo es Dios."
8. Se dará a conocer; esto se menciona tres veces (2:3, 2:6 y 2:8).
9. Vendrá "a hacer la obra de Satanás."
10. Vendrá con "con poder, señales y milagros falsos" y se valdrá de toda clase de mentiras malignas.

Marseille sintió escalofríos. Solamente había comenzado a desarrollar su lista. Había tanto más que aprender, tantos pasajes más que explorar, pero estaba claro de que surgiría un gran mal, y ella estaba comenzando a preguntarse si ya estaba aquí.

18

BROOKLYN, NUEVA YORK

Eva no tenía que haber estado pensando en David en ese momento.

Tenía asuntos mucho más importantes enfrente, pero no podía evitarlo. El reporte del arresto que estaba revisando rápidamente decía que el sospechoso medía 1,88 metros de altura, pesaba alrededor de 82 kilos, tenía pelo negro rizado, ojos cafés, piel bronceada, constitución atlética y aparente ascendencia del Medio Oriente. Eso la hizo pensar en David, a quien ella se encontraba cada vez más atraída. Se preguntaba qué pensaba David de ella y por qué, según lo que ella sabía, él no salía con nadie.

"¿Estás lista?," preguntó Sean Taylor, el agente del FBI a cargo.

Eva no lo estaba, pero dijo que sí. Se había dejado distraer por un tipo; se maldijo por eso y se reenfocó. Entonces, la enorme puerta parecida a la de una bóveda se abrió electrónicamente y ella entró sola al pequeño salón, frío y vacío.

La puerta se cerró con seguro al entrar y ella sintió que los latidos de su corazón se aceleraron. Había dirigido muchos interrogatorios a través de los años, en Bagdad y en Faluya, en Kabul y en Marraquech, en Guantánamo y en refugios de la CIA alrededor del mundo. No obstante, cada encuentro era único. Ella nunca sabía lo que se avecinaba, y aunque nunca lo admitiría, ni siquiera ante sus colegas más cercanos, siempre se sentía nerviosa. No sabía por qué exactamente. No estaba en peligro alguno. Los sospechosos siempre estaban encadenados. Esta mañana había una docena de agentes armados afuera de la puerta, listos para irrumpir en el lugar y ayudarla en cualquier momento. Solo que había algo en cuanto a estar sola en una habitación con la pura maldad, algo a lo que ella nunca se acostumbraría. No era una persona religiosa, pero a veces se preguntaba por qué no.

El piso de esta celda en particular, ubicada en una oficina anónima del FBI en una sección abandonada de Brooklyn, era de losa blanca, al igual que las paredes. Una caja como del tamaño de una guía telefónica colgaba de la pared al otro extremo de la puerta. El techo estaba más alto que otros que ella hubiera visto, como a 3,5 metros, con luces fluorescentes y una pequeña cámara de video que registraba cada sonido y movimiento. Eso, se recordó a sí misma, tenía sus ventajas y desventajas.

El sospechoso estaba apropiadamente engrilletado y tenía una capucha negra y un overol anaranjado nuevo, como si ya estuviera en la cárcel. Sin perder tiempo, Eva se paró detrás del hombre, le quitó la capucha y retrocedió al ver el grotesco desastre. Había visto palizas en sus años de experiencia, pero nada como esto. El rostro del hombre estaba severamente ensangrentado e hinchado, lo mismo que sus brazos y manos. Sus ojos estaban casi cerrados por la hinchazón. Su pelo estaba apelmazado por la sangre. Había estado con la capucha puesta desde su captura, hacía casi doce horas. No le habían ofrecido comida ni agua. No se le había permitido usar el baño. ¿Para qué? Taylor no había obtenido ni una pizca de información de él y le había dicho a Eva en su cara que ella tampoco iba a obtener nada. Tal vez tenía razón, pero ella no iba a seguir su ejemplo. No había logrado nada.

"Siento lo de su hermano," comenzó Eva, permaneciendo detrás del sospechoso y sin dejar que le viera el rostro. "Nos aseguraremos de que tenga un funeral apropiado."

El joven dio un respingo. Eva esperó unos cuantos instantes y dejó que las palabras y su significado penetraran. Finalmente, volvió a hablar otra vez, pero solamente en un susurro, detrás de su oído derecho.

"Su hermano Rahim apenas tenía treinta y dos años. Eso es muy joven, ¿verdad?"

No hubo respuesta.

"Veo que Rahim tenía pasaporte iraní. Era empleado del Cuerpo de la Guardia Revolucionaria Iraní. Se le buscaba en seis países: Gran Bretaña, Holanda, Dinamarca, España, Tailandia y Venezuela. Sabemos todo acerca de él. Sabemos que era su hermano mayor. Sabemos que lo reclutó en la Guardia Revolucionaria; y ahora usted sabe que fue asesinado a tiros por el Servicio Secreto de Estados Unidos, antes de que hiciera un tercer disparo."

Las manos hinchadas del joven moreno sin afeitar, de pelo negro y rasgos angulares, estaban temblando. Eva todavía no estaba segura si era de aflicción o de ira, pero decidió averiguarlo.

"Ahora bien, ¿qué hay de usted? Pasamos sus huellas digitales por nuestro sistema y nos enteramos de muchas cosas. Sabemos que su nombre es Navid Yazidi. Sabemos que tiene veintiocho años. Sabemos que creció en Teherán. Usted vivió en un departamento en la Calle Ghazaeri, a la salida de Piruzi, alrededor de la esquina del Hospital Fajr."

Eva se detuvo por un momento, luego escuchó al agente Taylor —que veía y oía los procedimientos por video desde la sala que estaba directamente adyacente a la suya— que le hablaba a su audífono. "Su presión sanguínea está aumentando," dijo Taylor. "Está sorprendido de que sepa todo esto. Continúe."

"En este mismo momento, Navid, estamos enviando gente al departamento de sus padres para darles la noticia de la muerte de su hermano," dijo Eva, ignorando a Taylor, a quien ella consideraba un sádico. "No queremos que tengan que saberlo por Al Jazeera."

★ ★ ★ ★ ★

ARLINGTON, VIRGINIA

Marseille buscó el libro de Daniel.

Las notas del editor en el margen de su Biblia de estudio daban comparaciones de 2 Tesalonicenses 2 con varios pasajes relacionados del Antiguo Testamento. La primera era de Daniel 7:25.

Desafiará al Altísimo y oprimirá al pueblo santo del Altísimo. Procurará cambiar las leyes de los santos y sus festivales sagrados y ellos quedarán bajo el dominio de ese rey por un tiempo, tiempos y medio tiempo.

La segunda era Daniel 8:23-25.

Al final de sus reinados, cuando el pecado llegue al colmo de su maldad, subirá al poder un rey brutal, un maestro de la intriga. Se volverá muy fuerte, pero no por su propio poder. Provocará una tremenda cantidad de destrucción y tendrá éxito en todo lo que emprenda. Destruirá a líderes poderosos y arrasará al pueblo santo.

Será un maestro del engaño y se volverá arrogante; destruirá a muchos de golpe. Hasta entrará en batalla con el Príncipe de príncipes.

La tercera era Daniel 11:36-37.

El rey hará lo que le venga en gana, se exaltará a sí mismo y afirmará ser más grande que todos los dioses, incluso blasfemará contra el Dios de dioses. El éxito lo acompañará, pero solo hasta que se cumpla el tiempo de la ira, pues lo que se ha establecido, sin lugar a dudas ocurrirá.

No tendrá ningún respeto por los dioses de sus antepasados, ni por el dios querido por las mujeres, ni por ningún otro dios, porque se jactará de ser más grande que todos ellos.

Marseille tomaba notas lo más rápido que podía. Mientras lo hacía, se encontró leyendo todo el libro de Daniel hasta el capítulo 11 y se dio cuenta de que el profeta describe a este futuro rey como una persona despreciable que surgirá durante una época de tranquilidad y que asumirá el poder mundial con intriga y con fuerzas desbordantes en los últimos tiempos. Lo que más horrorizó a Marseille fue que Daniel indicó que este futuro tirano finalmente "entrará en la gloriosa tierra." Pensó que tenía que ser Israel. Daniel incluso escribió que este tirano futuro "se detendrá entre el glorioso monte santo y el mar y allí instalará sus carpas reales." ¿Significaba eso que establecería su base mundial entre el monte del Templo en Jerusalén y el Mediterráneo? A primera vista parecía que así sería, pero ¿por qué permitiría Dios que eso ocurriera? Marseille no tenía idea. Había sido creyente solamente por unos cuantos años. Nunca se había tomado el tiempo para estudiar la profecía bíblica y se sentía abrumada. Sin embargo, una cosa era indiscutiblemente clara: este malvado dictador, quienquiera que fuera, "saldrá con furia a destruir y a aniquilar a muchos." La única buena noticia que Marseille puedo encontrar estaba en el versículo 45: "terminará su tiempo de repente y no habrá quien lo ayude." No obstante, en ese momento tal promesa parecía ofrecer poco consuelo.

Al volver a revisar las notas relacionadas, buscó Apocalipsis 6:1-4.

Mientras miraba, el Cordero rompió el primero de los siete sellos que había en el rollo. Entonces oí que uno de los cuatro seres vivientes decía con voz de trueno: "¡Ven!". Levanté la vista y vi que había un caballo blanco, y su jinete llevaba un arco, y se le colocó una corona sobre la cabeza. Salió cabalgando para ganar muchas batallas y obtener la victoria.

Cuando el Cordero rompió el segundo sello, oí que el segundo ser viviente decía: "¡Ven!". Entonces apareció otro caballo, de color rojo. Al jinete se le dio una gran espada y la autoridad para quitar la paz de la tierra. Y hubo guerra y masacre por todas partes.

Mientras más leía Marseille acerca de los cuatro jinetes del Apocalipsis, más temor sentía. Porque después del caballo blanco que lleva a un conquistador y el caballo rojo que trae una guerra global, llegaron un caballo negro que desata una hambruna global y un caballo pálido con la muerte por tantas maneras que el texto decía que un cuarto de la tierra moriría. Marseille rápidamente hizo los cálculos. Si había casi siete mil millones de gente viva ahora, eso significaba que alrededor de 1.750 millones de gente podrían morir en los primeros años de la Tribulación de la que hablaban las profecías. ¿Habría llegado ya ese tiempo? ¿Iba a desencadenar la liberación de los cuatro jinetes la llegada del Duodécimo Imán?

Hizo a un lado su Biblia y la libreta de notas y decidió tomar un descanso. Pidió que le llevaran avena con azúcar rubia y un vaso de jugo de naranja a su habitación, y luego abrió su puerta para recoger del pasillo su ejemplar de cortesía de *USA Today*. Al revisar los titulares de la primera página, debajo del doblez, se sintió aliviada al ver que el presidente estaba mejorando y que podría salir del hospital en uno o dos días, aunque se lamentó por las familias del asesinado presidente egipcio y de los demás que habían fallecido en el ataque a Nueva York.

Al darle vuelta al periódico, se sobresaltó al ver el titular: "El Duodécimo Imán sobrevive milagrosamente intento de asesinato, dice que nada detendrá el surgimiento del califato mundial." Marseille se quedó mirando la gran foto a colores del ileso Mahdi, con un niñito muy quemado en los brazos. Leyó cómo todos los demás que iban en el vehículo del Mahdi y en las camionetas adelante y atrás de él habían muerto en el ataque; solamente el Duodécimo Imán y el niño de once años habían salido de los llameantes escombros. ¿Cómo había sido posible? ¿Cómo habían sobrevivido? No tenía sentido, pensó Marseille.

Sin embargo, lo que más la impactó fueron las citas del Duodécimo Imán al final del artículo, de la improvisada conferencia de prensa que había dado en Beirut justo antes del ataque. "Estoy haciendo un llamado a todos los países del mundo para que se unan al califato. . . . He venido para declarar que el islam es la respuesta a todos los males del mundo. . . . ¿Se someterán verdaderamente a la voluntad de Alá? ¿Vivirán para él? ¿Morirán a su servicio?"

Agregó que su gobierno sería puramente islámico, basado en la ley sharía. Advirtió que la oposición no sería tolerada y que "rebelarse en contra del gobierno de Alá es rebelarse en contra de Alá, y rebelarse en contra de Alá tiene su castigo en nuestra ley . . . es un castigo serio."

Marseille pensó que la línea más escalofriante del artículo era la última. Cuando se le preguntó si estaba decepcionado porque el primer ministro israelí había sobrevivido al ataque, el Duodécimo Imán simplemente respondió: "El régimen sionista se dirige hacia la

JOEL C. ROSENBERG ★ 127

aniquilación, de una manera o de otra." La palabra *aniquilación* la sobresaltó y la impulsó a volver a arrodillarse para orar.

"¿Qué significa todo esto, Señor?," clamó. "¿Qué significa para mí? Apenas soy una maestra de escuela y difícilmente una buena maestra. Me siento sola en el mundo, Señor, y temo que un gran mal está surgiendo, pero yo te amo y sé que tú me amas. Muéstrame qué es lo que quieres que haga. Por favor, muéstrame lo que te agradaría. Eso es lo que quiero, Padre, hasta que me lleves a casa . . . o envíes a tu Hijo por mí."

19

Eva estaba parada detrás de Navid.

Todavía no estaba lista para que él le viera el rostro. Eso sucedería a su debido tiempo. Él estaba conectado a toda clase de sensores fisiológicos que transmitían información a los analistas del salón de al lado. Le enviaban actualizaciones periódicas por el audífono, lo cual permitía que ella mantuviera el control y que él especulara.

"Recuperamos su teléfono celular, Navid. Prepago. Desechable. Que no se puede rastrear. Una elección inteligente. Muy inteligente. Solo que cometió un pequeño error, Navid, solo uno. Sin embargo, solo se requiere de un error."

"Su presión sanguínea acaba de aumentar otra vez," le dijo el agente Taylor al oído.

Ella asintió con la cabeza y continuó. "Ahora bien, Navid, sé que usted quiere convertirse en mártir," dijo ella tranquilamente. "Como su hermano. Estoy segura de que está muy orgulloso de él. Estoy segura de que usted siempre lo admiró, pero él murió en acción. Me opongo a todo lo que él creía y a todo lo que hizo, obviamente. Dio su vida por algo en lo que él creía. Le concedo eso. Usted, por otro lado . . . tengo curiosidad por usted. El FBI lo atrapó sentado en un auto sin hacer nada. Es decir, supuestamente usted estaba esperando a los demás. Se suponía que usted conduciría el auto de la fuga. Sin embargo, usted simplemente estaba sentado allí. No ofreció resistencia. No trató de escapar. Por supuesto, estaba rodeado de dos docenas de tipos con armas automáticas, pero entonces, podría haber caído en una tormenta de disparos, como su hermano, gritando: *¡Allahu*

Akbar!' Supongo que simplemente tengo curiosidad de saber por qué no lo hizo."

Se detuvo un momento, luego cambió el curso. "Está bien. No responda a eso. Dentro de unos instantes vamos a volver a por qué se rindió tan fácilmente. Enfoquémonos en su ejecución."

"Su presión sanguínea se disparó ahora," dijo Taylor.

"Supongo que en este momento usted quiere ir a la silla eléctrica. Vaya, probablemente está ansiándola, lo cual es bueno, porque irá. Créame, morirá. Este es un caso fácil. Usted fue parte de un equipo terrorista que mató a docenas de personas, entre las que estaba el presidente de Egipto. Dudo que siquiera haya una apelación. Le doy dos semanas, tal vez tres, antes de que lo ejecuten."

Por supuesto que ella estaba mintiendo. No podía recordar la última vez que el gobierno hubiera ejecutado a alguien en la silla eléctrica. Lo que es más, pensaba que serían afortunados si pudieran darle cualquier clase de sentencia de muerte a Navid Yazidi en menos de una década. Probablemente le ofrecerían alguna clase de trato ridículo a cambio de información, pero sus reacciones eran prueba de que no sabía nada de eso. Ella pensó que el hecho de que estuviera tan nervioso sugería firmemente que nunca había considerado en serio la posibilidad de que lo atraparan. Especulaba que él había pensado que probablemente sería asesinado en acción, o consideraba que lo más probable era que de alguna manera se escurriría en la redada estadounidense y se libraría de que lo capturaran, o del castigo, porque era un siervo de Alá y Alá cuidaba de los suyos.

La incertidumbre claramente lo inquietaba, como también el prospecto de morir. Eso era bueno. Esos eran sus talones de Aquiles. Ella tenía que explotarlos.

"Sin embargo, me temo que yo no estaré allí, Navid. Puedo soportar muchas cosas, pero ver que un hombre muera electrocutado no es una de ellas. Usted estará bien. Quiere ser un mártir como Rahim, ¿no es cierto? Seguramente estará sonriendo de oreja a oreja cuando lo aten a la silla." Dejó de hablar y todo quedó en silencio, excepto el zumbido de las luces fluorescentes. Ella esperó un poco para que él se diera cuenta de todo, luego continuó.

"Lo atraparon, Navid. No se resistió. No trató de escapar. Tal vez en realidad no estaba tan comprometido con esta misión como lo estaba Rahim. Usted estuvo bebiendo alcohol —mucho alcohol— la noche anterior al ataque. Sí, Navid. En cierto momento usted llamó a su hotel con su teléfono desechable. Ese fue su error; encontramos el número, fuimos al hotel y vimos su habitación. Yo misma estuve allí y personalmente vi los videos de seguridad del hotel. Sé que usted se registró en ese Sheraton. Lo vi entrar al elevador y presionar el botón para el noveno piso. Lo vi introducir su llave en la habitación 919. Fui a la habitación 919, Navid; vi que se comió y se bebió todo lo del minibar. ¿Alguna vez lo habían dejado estar en una habitación solo con un minibar? Creo que no. Porque en realidad tiró la casa por la ventana. Está bien. No me malinterprete. Es decir, todos pagaron sus facturas con dinero en efectivo. Solo estoy pensando que quizá Alá no estaba tan complacido, y estoy especulando que lo estaba mirando. Creo que si fuera a estar sentada pronto en la silla eléctrica, esperando pasar de un mundo al otro, me preguntaría a dónde iría. Porque una cosa es ser ejecutado de una de las maneras más dolorosas imaginables —¿mencioné que toda su cabeza va a explotar en llamas?—, pero quizás eso sería nada comparado con lo que le llegará al momento en que deje este mundo y entre al otro."

De nuevo se detuvo para esperar el efecto. Sacudió su cabeza para que Taylor mantuviera la boca cerrada. No necesitaba una actualización. Ella sabía exactamente lo que estaba haciendo. Se desabotonó la blusa un botón más y se alisó las arrugas de la falda que tenía puesta, luego caminó alrededor de la silla y enfrentó la mirada nerviosa de Navid Yazidi con una sonrisa amable, mientras se arreglaba el pelo rubio en una cola.

"Quiero ser su amiga, Navid," dijo suavemente. "Hay gente en este edificio que quiere ponerlo en esa silla, pero yo quiero que sepa que no soy una de ellos. Quiero ayudarlo, pero primero usted tiene que ayudarme. No quiero que muera nadie más. No quiero que nadie más salga lastimado, especialmente usted, pero solamente me darán unos cuantos minutos más con usted, Navid, y si usted no me ayuda, yo no puedo ayudarlo. Entonces esos hombres que lo golpearon volverán a entrar y harán lo que saben hacer mejor. Así que dígame lo que sabe de Firouz. Dígame lo que sabe de su conductor, Jamshad. Sí, sabemos los nombres de sus cómplices; ese es otro error que cometió. A los dos les dejó mensajes de voz en sus habitaciones del hotel y usó sus verdaderos nombres."

★ ★ ★ ★ ★

OAKTON, VIRGINIA

Najjar miraba por las ventanas de su habitación.

Vio a una pareja anónima con sus dos hijos, que vivían en la casa justo atrás del refugio, llenando su camioneta con maletas, toallas de playa y muchos juguetes, y que se fueron en alguna clase de vacaciones. La imagen lo hizo extrañar a su familia mucho más. Quería jugar con su hija. ¡Qué no daría por irse con ellas de vacaciones! No podía recordar la última vez que había tomado un descanso y se había alejado de todas las preocupaciones de la vida. Su suegro lo había hecho trabajar como un esclavo y él estaba constantemente exhausto.

Se dio vuelta, se volvió a tirar en la cama y miró al techo. No podía hablar con su familia ni abrazarlas, mucho menos salir de vacaciones con ellas. Por lo que empezó a orar por ellas. Oró para que no se preocuparan mucho por él ni por su futuro. Oró para que la bebé estuviera tranquila con Sheyda, que ella y su madre pudieran reír juntas y no sentirse muy solas sin él. Finalmente se quedó dormido pensando en ellas y con una oración en sus labios.

Mientras dormía, tuvo un sueño.

"Najjar, no tengas miedo," dijo una voz. "Yo, Jesús, he enviado a mi ángel con el fin de darte este mensaje. Yo soy tanto la fuente de David como el heredero de su trono. Yo soy la estrella brillante de la mañana. Mira, yo vengo pronto, y traigo la recompensa conmigo para pagarle a cada uno según lo que haya hecho. Sí, vendré pronto. Da este mensaje a tu pueblo: 'Cuando yo envío a un ejército contra un país, los habitantes de ese país escogen a uno de los suyos para que sea el centinela. Cuando el centinela ve acercarse al enemigo, toca la alarma para advertir a los habitantes. Entonces, si los que oyen la alarma se niegan a actuar y resulta que los matan, ellos mismos tendrán la culpa de su muerte. Oyeron la alarma pero no le hicieron caso, así que la responsabilidad es de ellos. Si hubieran prestado atención a la advertencia, podrían haber salvado sus vidas. Ahora bien, si el centinela ve acercarse al enemigo y no toca la alarma para advertir a la gente, él será responsable de la cautividad del pueblo. Todos morirán en sus pecados, pero haré responsable al centinela por la muerte de ellos.'"

Aún soñando, Najjar tuvo el cuidado de recordar las palabras, así como habían sido pronunciadas. De alguna manera sabía que esto era más que solamente un sueño y que recordaría estas palabras, incluso cuando se despertara. También se dio cuenta de que el enemigo vendría pronto, y su corazón se aceleró por lo que sentía que estaba por venir.

"Ahora, en cuanto a ti, Najjar, te he puesto como centinela para Persia. Cada vez que recibas un mensaje mío, adviértele a la gente de inmediato. Si les aviso a los perversos: 'Ustedes están bajo pena de muerte,' pero tú no les das la advertencia, ellos morirán en sus pecados; y yo te haré responsable de su muerte. Si tú les adviertes, pero ellos se niegan a arrepentirse y siguen pecando, morirán en sus pecados; pero tú te habrás salvado."

20

BROOKLYN, NUEVA YORK

—¿En realidad está muerto Rahim?

Eva levantó la mirada de la revista que estaba leyendo sentada pacientemente en una silla de madera, al otro lado de la celda. Había estado en silencio por demasiado tiempo. Estaba comenzando a pensar que Navid Yazidi no iba a morder el anzuelo, pero ahora estaba mordisqueando, y Eva estaba decidida a engancharlo y enrollarlo hasta el final.

—¿Cómo dice? —preguntó, aunque había escuchado cada palabra.

—¿Rahim? ¿Está . . . está verdaderamente muerto?

Eva asintió con la cabeza.

—Me temo que sí. ¿No te lo dijo nadie cuando te trajeron aquí?

—No.

—Pensé que lo habían hecho.

—No lo hicieron.

—Lo siento mucho, Navid —dijo Eva con delicadeza—. Sé que es muy duro perder a un hermano. Mi hermano mayor murió hace cuatro años. Por un conductor ebrio. Nunca lo vio venir.

Era una mentira. Eva tenía tres hermanas, menores, pero ningún hermano. No obstante, en realidad se oía convincente y con empatía. Navid asintió con la cabeza y luego la bajó. Estaba funcionando. El hielo estaba comenzando a agrietarse.

—¿Me puede dar un poco de agua? —preguntó, en tono apagado, pero suplicando misericordia con sus ojos.

—Por supuesto, Navid. ¿Le gustaría algo de comer también? ¿No le han dado comida? Debe estar muerto de hambre.

—No, no, solo un poco de agua, por favor.

Era una buena señal. Se levantó, dio tres golpes en la puerta de acero y salió por unos minutos. Mientras estuvo ausente, los guardias le dieron al prisionero varios sorbos de agua y unos cuantos bocados de pan pita caliente, remojado en *hummus* recién hecho, luego llevaron al hombre al baño para permitirle orinar. Solo cuando Navid estuvo encadenado otra vez y se le proporcionó un poco más de agua y de pan pita, regresó Eva.

—¿Cómo se siente? —preguntó ella.

—Un poco mejor —dijo él suavemente, con la voz ronca y con su espíritu casi quebrantado.

—Bien —dijo ella y luego volvió a su lectura, consciente todo el tiempo de que él la estaba mirando, examinándola, tratando de entender quién era ella y si en realidad podía confiar en ella.

Después de varios minutos, ella bajó su revista, lo miró a los ojos y le preguntó:

—¿Qué era lo que más le gustaba de Rahim?

La pregunta pareció haber tomado a Navid totalmente por sorpresa. Rápidamente se dio vuelta y cerró los ojos. Entonces Eva volvió a su lectura, pero después de otros minutos, pareció que Navid no podía contenerse.

—Rahim fue siempre más devoto que yo.

"Hijo de . . . ," dijo Taylor en el audífono de Eva. "Está desesperado por tener contacto humano, tal como lo dijiste."

Eva resistió la tentación de asentir con la cabeza y de mirar hacia la cámara de video, pero se alegró de que Taylor y sus colegas estuvieran observando.

—¿Qué quiere decir? —le preguntó Eva a Navid.

—Rahim fue siempre el más fuerte, el que siempre se sometía a Alá más rápido y más fielmente que yo. Ya había memorizado todo el Corán a la edad de diez años. Yo todavía no lo he hecho. Siempre sacaba mejores notas que yo en la madraza. Cuando era hora de levantarse para las oraciones de la mañana, Rahim oía el llamado del muecín y saltaba de la cama. La mayor parte del tiempo, yo me quedaba dormido . . . o quería hacerlo.

—¿Cuál era su pasaje favorito?

—¿Del Corán?

Eva asintió con la cabeza.

Navid vaciló por un momento como si estuviera tratando de determinar si ella era sincera o no. Finalmente tuvo que haber llegado a la conclusión de que lo era, porque repentinamente dijo:

—Le encantaba Sura 3, versículos 185 y 186.

—¿Qué dicen?

—"Cada uno gustará la muerte, pero no recibiréis vuestra recompensa íntegra hasta el día de la Resurrección. Habrá triunfado quien sea preservado del Fuego e introducido en el Jardín. La vida de acá no es más que falaz disfrute . . . pero, si sois pacientes y teméis a Alá, eso sí que es dar muestras de resolución."

—¿Está su hermano en el jardín del paraíso ahora, Navid?

—Espero que sí.

—¿Qué hay de usted? —preguntó Eva, presionándolo—. ¿Lo verá cuando sea su hora?

Hubo una pausa larga.

—No sé. —Otra pausa larga—. Espero que sí. Lo extraño.

—Estoy segura que sí —dijo Eva—. ¿Estuvieron unidos siempre?

—No —dijo Navid con la mirada perdida.

—¿Por qué no? —preguntó, tratando de hacer que volviera.

Él se encogió de hombros y miró al suelo.

—Rahim era cuatro años mayor que yo. Así que cuando yo inicié la escuela intermedia, él ya estaba en la secundaria. Cuando yo cursaba el primer año de secundaria, él ya había terminado y estaba en el ejército. Cuando me reclutaron, él estaba en la universidad. Hace apenas seis meses que comenzamos a relacionarnos otra vez, después de tanto tiempo.

—¿Qué pasó?

—Yo . . .

—¿Qué?

—No debería estar diciéndole esto.

—¿Por qué no?

—Me dijeron que no dijera nada.

—¿Quién se lo dijo?

—El comandante. Dijo que si nos atrapaban, no debíamos decir nada, solo mantener la boca cerrada.

—¿En realidad importa ahora lo que le dijo, Navid? —preguntó Eva—. Nunca más va a volver a ver al comandante. Él no puede hacerle daño. Está al otro lado del mundo.

—Matará a mi familia.

—¿Se refiere a sus padres?

Navid asintió con la cabeza; sus ojos estaban vidriosos y cansados.

—Todavía viven en Teherán, en el apartamento de la Calle Ghazaeri, ¿verdad? —preguntó Eva.

Navid volvió a asentir con la cabeza.

—Está bien, Navid. Se lo dije. Ya hemos enviado gente que se asegure de que estén bien y que les digan que usted está a salvo. Nadie puede hacerles daño ahora. Nadie.

Era otra mentira, pero parecía que funcionaba.

—¿De veras? —preguntó Navid.

—Se lo prometo —dijo Eva.

Navid cerró sus ojos por varios minutos. Su respiración era ligera y poco profunda. Ella se preguntaba si en realidad había cabeceado, pero entonces abrió los ojos otra vez y volvió a mirarla.

—Usted se parece mucho a ella.

—¿A quién?

—A su hermana.

—¿De quién?

—A la hermana de Firouz.

—¿De veras?

—Solo que el pelo de ella es café oscuro, casi negro, no rubio. Y sus ojos son color café, no azules; pero su rostro, sus manos, su sonrisa, sus gestos . . . se parece mucho a Shirin. Ella es muy bella.

Eva no sabía qué decir. Después de todo, él era un prisionero, un terrorista, un asesino.

—¿Es como de mi edad?

—No.

—¿Menor o mayor?

—Menor, mucho menor.

—¿Menor que Firouz también?

Asintió con la cabeza.

—¿Cuántos años más joven?

—Por lo menos diez años.

—¿Entonces cuántos años tiene?

—Va a cumplir dieciocho años en julio.

"¡Bingo!," exclamó el agente Taylor. "Ahora necesitamos un apellido."

Eva ignoró la petición. Era una distracción. Sabía lo que tenía que hacer y sabía cómo hacerlo. No estaba interesada en ser adiestrada por novatos.

—¿Está casada? —preguntó.

—¿Shirin?

—Sí.

—Todavía no.

—Entonces hay esperanza.

—¿Qué quiere decir? —preguntó Navid.

—Para usted —dijo Eva—. Hay esperanza para usted, ¿verdad?

Él sacudió la cabeza y volvió a mirar sus pies.

—No.

—¿Por qué no?

—Nunca podría ganarme el corazón de una chica como ella. Ahora no.

—¿Por qué no? —dijo Eva—. ¿Lo conoce ella?

—Un poco.

—¿Cómo es que lo conoce?

—Rahim estaba comprometido con su hermana.

—¿De veras?

—Si él hubiera vuelto de esta misión, iban a casarse.

—¿Y ahora?

—Habrá mucha alegría en esa familia, y en la nuestra, por Rahim. Él es un mártir. Su nombre será alabado para siempre. Todos estarán muy orgullosos de él.

—¿Qué hay de usted?

—Yo seré maldecido.

—¿Por qué?

—Yo soy un fracaso. Usted misma lo dijo, y el señor Nouri estará de acuerdo con usted. Él dirá: "A Rahim lo mataron, pero a ti te atraparon. Rahim dio su vida por Alá, pero tú traicionaste al régimen, traicionaste al Mahdi."

—¿Quién es el señor Nouri?

—Mohammed Nouri, el padre de Shirin. Nunca me dejará ver a su hija otra vez, ni siquiera poner un pie en su casa. Él es un mulá en Qom. Es un hombre muy estricto. Es devoto del Mahdi. Solo en eso puede pensar y hablar. No permitirá que un infiel como yo se case con su hija.

Firouz Nouri.

Listo. Ya tenía el nombre del sospechoso, el de su padre, la profesión de su padre y la ciudad de su nacimiento. Ella tenía algo que investigar, datos que revisar, pistas que seguir. Todo era bueno y era mucho más de lo que tenían antes de que ella llegara, pero algo no estaba bien. Algo acerca del nombre la molestaba y no podía descifrar qué era.

★　★　★　★　★

ARLINGTON, VIRGINIA

Marseille se levantó de estar arrodillada y miró por la ventana.

Miró hacia Washington y se preguntó qué estaría pensando el presidente. Se preguntó qué estarían pensando sus asesores. ¿Qué iban a hacer? Muchos de sus amigos estaban encantados con el presidente Jackson. Habían votado por él. Lo apoyaban con entusiasmo. No podían estar más emocionados en cuanto a dónde estaba dirigiendo a su país. Sin embargo, Marseille no era una de ellos.

No estaba realmente involucrada en la política, pero no confiaba en Jackson. Sentía que él era débil o, más precisamente, que había en él una extraña combinación de arrogancia e indecisión. Actuaba como si entendiera el mundo musulmán, pero ¿en realidad lo entendía? Decía que nunca dejaría que los intereses de seguridad nacional de Estados Unidos en el Medio Oriente fueran amenazados, pero ¿en realidad era cierto? ¿Por qué no estaba haciendo algo para detener el surgimiento del Duodécimo Imán? ¿Por qué no estaba haciendo algo decisivo para detener el surgimiento de este nuevo califato? ¿Por qué no había hecho más para evitar que Irán obtuviera la Bomba? Ahora que ellos la tenían, ¿iba a hacer algo? ¿Cualquier cosa? Ahora que casi lo habían asesinado —supuestamente por terroristas del Medio Oriente, si los primeros reportes de los medios eran acertados—, ¿iba a tomar represalias?

Ella no quería otra guerra en el Medio Oriente. Nadie que ella conociera lo quería. No obstante, Estados Unidos estaba bajo ataque y lo estaban sacando de la región. Los líderes estadounidenses se veían débiles y apáticos. Eso no le parecía a Marseille como una fórmula para la paz. Le parecía como si los enemigos de Estados Unidos pudieran oler la debilidad de sus líderes y que estaban preparándose para volver a atacar. ¿Había duda alguna de que los iraníes fueran a usar la Bomba ahora que ya la tenían? Ninguna en su mente. Imaginó que por lo menos le darían algunas de sus armas nucleares a Hamas, a Hezbolá o al Qaeda, o a algún otro grupo terrorista, para atacar a Israel y a Estados Unidos. Solo era una cuestión de tiempo. ¿Por qué el presidente no hacía algo para detener eso?

De repente se dio cuenta de que estaba pensando como su padre . . . como sus padres, en realidad. Recordó que así era como ellos solían hablar en la mesa durante la cena, cuando ella estaba creciendo. Siempre estaban interesados en sus clases, en sus obras teatrales y comedias musicales, y en los chicos que a ella le gustaban. Siempre parecía que tenían tiempo para escucharla, les encantaba estimularla y asistían a todos los acontecimientos o actividades escolares a los que ella los invitaba, pero su mundo era la geopolítica y la economía. Siempre le preguntaban los nombres de los países, los nombres de sus líderes, los nombres de sus monedas. Siempre le estaban enseñando pequeños trozos desconocidos de la historia. *¿Quién era el jefe de la KGB durante el gobierno de Brezhnev?* Yuri Andropov. *Yasser Arafat afirmaba haber nacido en Jerusalén, pero no fue así. ¿Dónde había nacido realmente?* En El Cairo. *¿Cuál era el otro* *nombre por el que se le conocía a Arafat?* Abu Ammar. *¿A qué líder mundial se le registró en el* Libro Guinness de récords mundiales *por haber tenido el funeral más grande del mundo?* Al Ayatolá Jomeini, con casi doce millones de asistentes. *¿En dónde lo enterraron?* En Qom, la capital religiosa de Irán. *¿Cómo se llama la moneda turca?* Lira. *¿Cómo se llama la moneda iraquí?* Dinar. *¿Cuál es el país más grande de África?* Sudán. *¿Cuál es la ciudad más bella de Francia?* París, diría ella siempre, pero sus padres siempre decían Marseille.

Ella se preguntaba qué estaría pensando su padre si estuviera vivo, y sintió que se le formaba un nudo en la garganta. ¿Qué le habría aconsejado al presidente que hiciera en cuanto al Duodécimo Imán? ¿Qué le habría aconsejado al presidente que le dijera a Israel? ¿Habría tenido alguna vez esa oportunidad?, se preguntaba. ¿Había conocido a algún presidente de Estados Unidos cuando trabajaba en la CIA bajo la apariencia de que trabajaba para el Departamento de Estado?

Cambió de tema y miró su reloj, luego encendió su computadora portátil, se conectó con la red inalámbrica del hotel e hizo clic en el sitio Internet del clima. El titular principal no auguraba nada bueno: "Enorme tormenta arrasa el Medio Oeste y el Noroeste: 125 millones de estadounidenses afectados, 10.000 vuelos domésticos cancelados, gobernadores de 16 estados declaran emergencia." Leyó que Portland había sido azotada con más de cuarenta y cinco centímetros de nieve durante la noche. Los vientos habían formado ráfagas de ochenta y noventa y cinco kilómetros por hora, haciendo que las temperaturas se sintieran bajo cero Farenheit y que la ciudad quedara paralizada totalmente. Denver tenía más de sesenta centímetros de nieve, al igual que Chicago. Los pronósticos del tiempo indicaban que habría más nieve durante las próximas veinticuatro a cuarenta y ocho horas. No llegaría a casa. Eso estaba claro.

También lo estaba su próximo paso. Habían pasado unos minutos después de las 9:00 a.m., por lo que levantó el teléfono de su habitación, marcó el nueve y luego el número de Langley.

—Central Telefónica de la CIA. ¿A dónde dirijo su llamada?

—Sí. Estoy tratando de localizar a un caballero que trabaja allí con el nombre de Jack Zalinsky.

—Un momento, por favor.

El pulso de Marseille se aceleró. ¿Hablaría realmente con el hombre que salvó las vidas a sus padres? Tenía tantas preguntas que hacerle. ¿Estaría dispuesto a darle respuestas? ¿Le estaría permitido?

La recepcionista volvió a la línea.

—Lo siento, pero no tenemos a nadie con ese nombre.

Tomada de sorpresa, Marseille trató de mantener a la mujer en la línea.

—¿Quizás es John Zalinsky, o posiblemente James?

—Lo siento, nada.

—¿Puede comúnicarme con el departamento de personal?

—Seguro. En un momento transfiero su llamada.

Sin embargo, eso también fue un callejón sin salida. Explicó quién era y cómo su familia conocía al señor Zalinsky, pero el joven de la oficina de personal dijo que estaba buscando en la base de datos de la Agencia y que nunca había habido alguien con ese nombre.

21

OAKTON, VIRGINIA

Era cierto, pensó Najjar.

Se avecinaba la guerra. No sabía cómo. No sabía cuándo, pero el Señor lo estaba llamando para que advirtiera a su pueblo y les dijera la verdad. Eso era lo que sabía. También sabía que el Señor Jesús volvería pronto, lo que significaba que tenía que movilizarse rápido.

Najjar estaba bien despierto ahora. Todo el temor se le había quitado, así como todo el cansancio. Estaba caminando por la habitación otra vez, tratando de idearse un plan. ¿Se suponía que debía volver a Irán? ¿Era eso lo que el Señor quería? Lo arrestarían inmediatamente a su llegada al Aeropuerto Internacional Imán Jomeini. Tal vez el Señor quería usar su juicio para que él le hablara a su nación, pero ¿y si el juicio no era televisado? ¿Qué si la guerra comenzaba antes del juicio? ¿Era fe o tontería poner su destino en las manos de los servicios de inteligencia iraní? ¿Qué de su familia? ¿Las iba a dejar detrás realmente? Amaba a Sheyda más que a la misma vida. Estaba dispuesto a obedecer a Jesús sin importar nada. Aun así, algo en su espíritu no se sentía bien. En realidad no creía que el Señor le estuviera pidiendo que las dejara. Entonces ¿qué? ¿Cómo se suponía que debía proceder?

★ ★ ★ ★ ★

ARLINGTON, VIRGINIA

Frustrada, Marseille buscó *Jack Zalinsky CIA* en Google.

Nada.

Intentó con *John Zalinsky* y *James Zalinsky*. Aun nada. Intentó con *J. Zalinsky* y otras posibles formas de deletrear *Zalinsky*, pero aun así no encontró nada. Algo no encajaba. Ella estaba completamente segura de que tenía el nombre correcto. Lo había escrito en su diario el mismo día que David le contó la historia hacía mucho tiempo, cuando eran adolescentes.

Levantó la vista de su computadora portátil y miró hacia la ventana; una fila de aviones se acercaban al Aeropuerto Nacional Reagan. La mañana estaba oscura y gris. Una lluvia menuda muy fría caía con fuerza en la capital y se estaba formando una delgada capa de hielo en los caminos y en su ventana.

Todavía podía recordar estar suplicándole a David que le contara la historia de cómo los padres de ambos se habían conocido en el Irán revolucionario de 1979, cómo se habían ayudado mutuamente para escapar cuando el sha fue destronado, el Ayatolá Jomeini tomó el poder, la Embajada de Estados Unidos fue capturada y su personal fue tomado prisionero. Sus padres se habían resistido de manera enojosa a mencionar ese período de sus vidas, a pesar de que ella les había pedido detalles una y otra vez. En ese momento, ella solo sabía lo esencial: que a la edad de veintiséis años, su padre, Charlie Harper, había sido un funcionario político subalterno del Departamento de Estado, que hablaba persa fluido y que acababa de ser asignado a la Embajada de Estados Unidos en Teherán en septiembre de 1979. Sabía que su mamá, Claire, había sido asistente del agregado económico de la embajada. También sabía que sus padres estaban recién casados en un país nuevo, llenos de aventuras, sin hijos, ni deudas y mucha libertad. En los primeros meses en Teherán habían establecido amistad con sus vecinos, Mohammad y Nasreen Shirazi. Él era un cardiólogo prometedor con su propia clínica. Nasreen había trabajado como traductora en el Ministerio del Exterior Iraní, en el gobierno del sha, y después había llegado a ser traductora en la Embajada de Canadá en Teherán, pero eso era todo. Esa era toda la información que daban.

Ella se había entusiasmado cuando descubrió que el hijo menor de los Shirazi sabía el resto de la historia y hasta ese día —a pesar de todo lo que habían pasado— todavía recordaba vívidamente la amabilidad de David al contarle finalmente la historia que sus padres nunca habían compartido.

Él había comenzado explicándole cómo la madre de Marseille había descartado por lo menos tres planes distintos que la CIA y el Departamento de Estado habían elaborado, planes que en su opinión oscilaban entre lo imposible y lo suicida, y para el asombro de Marseille, le explicó que era su padre quien había diseñado en realidad el plan que fue finalmente aceptado y ejecutado. A los Harper, los Shirazi y a otros funcionarios del Servicio Exterior estadounidense les darían pasaportes canadienses falsos. Eso requería una acción secreta especial del parlamento en Ottawa, ya que el uso de pasaportes falsos para espionaje estaba expresamente prohibido por la ley canadiense. También les proporcionarían papeles falsos identificándolos como productores de películas de Toronto que trabajaban en una película cinematográfica de gran presupuesto titulada *Argo*, ambientada en el Medio Oriente, junto con un estudio importante de Hollywood. Su historia ficticia sería que estaban en Irán explorando exteriores. La CIA establecería una compañía de fachada en Los Ángeles, que se llamaría Studio Six, completa con oficinas totalmente operacionales, líneas telefónicas activas y anuncios en los periódicos comerciales con avisos para pruebas y otros elementos previos a la producción. Los estadounidenses y los Shirazi desarrollarían y afinarían más los detalles de sus historias ficticias, las memorizarían y las ensayarían continuamente. Finalmente, la CIA enviaría a un agente llamado Jack Zalinsky para revisar los detalles finales y ver si estaban listos para cualquier interrogatorio que pudieran enfrentar. Cuando fuera el tiempo apropiado, Zalinsky llevaría al equipo al aeropuerto y trataría de pasarlos por el control de pasaporte sin que los atraparan . . . y los colgaran.

—¿Estás diciendo que a mi padre se le ocurrió esta idea? —recordó Marseille que le preguntó a David cuando terminó.

—En realidad, tu madre ayudó bastante —había contestado él.

—Eso no tiene sentido —protestó ella—. ¿Cómo sabrían mis padres . . . ?

Cerró sus ojos y fue como si tuviera quince años otra vez. Podía oír el viento susurrando entre los pinos y ver las oscuras nubes de tormenta que se acumulaban arriba. Todavía podía sentir cómo descendía la temperatura a medida que se acercaba la próxima tormenta y nunca olvidaría ningún detalle de la cabaña abandonada, con techo a dos aguas, que habían encontrado en el bosque; su propio escondite lejos de sus padres, de los hermanos de David y de los demás, durante los días que estuvieron en el norte.

David había explicado que el día señalado había sido programado para el 28 de enero de 1980.

"Zalinsky llevó al equipo al aeropuerto principal de Teherán. Pasaron por el control de pasaportes y mis padres estaban totalmente aterrorizados. No estaban convencidos de que el plan de tus padres fuera a funcionar, pero tu padre y el señor Zalinsky insistieron en que si los boletos y los pasaportes decían que eran canadienses, los guardias del aeropuerto lo aceptarían y así lo hicieron. Así que antes de que los secuaces de Jomeini se enteraran de lo que estaba ocurriendo, tus padres, los míos y los demás estaban tomando sus asientos a bordo del vuelo 363 de Swissair, con destino a Toronto, vía Ginebra."

Marseille sintió que se le empañaban los ojos. Finalmente había obtenido la historia que siempre había querido oír, pero de la que nunca había podido hablar con su mamá. Ese mismo martes en la mañana, cuando se suponía que recogerían a su grupo de pesca de la isla ubicada en medio de la desolada Reserva Gouin, en el interior profundo de la provincia de Quebec, había sido el día martes 11 de septiembre de 2001. Bajo órdenes de Osama bin Laden, diecinueve terroristas del Medio Oriente habían secuestrado cuatro aviones civiles estadounidenses. Ellos habían dirigido dos de esos aviones hacia las torres gemelas del World Trade Center de Manhattan. La madre de Marseille trabajaba en la Torre Sur y había muerto en el ataque.

Nunca había podido hablar de eso con su padre. Después de la muerte de su esposa se había desmoronado emocionalmente, había renunciado a su trabajo, había vendido su casa en Spring Lake, Nueva Jersey, y se había trasladado junto con ella a la granja de sus padres en las afueras de Portland. Ella nunca volvió a ver a sus amigos. Se le había prohibido tener cualquier relación con David. No solo había perdido a su madre sino su niñez y su pasado, y eso le había dejado una herida profunda de la que Marseille nunca se había recobrado. Luego, su padre se había suicidado —el 11 de septiembre, apenas el año anterior— y ella estaba básicamente sola en el mundo. Libre del dolor consumidor y debilitante de su padre, pero sola de todas maneras.

Ahora estaba en una búsqueda personal, tratando de encontrar sentido, de obtener respuestas, de conseguir un desenlace satisfactorio y de resolver qué haría después. Comunicarse nuevamente con David era parte del peregrinaje. No pensaba tener el valor de buscarlo por sí sola, pero el destino había intervenido. Había una boda planificada. Su mejor amiga de la universidad quería que fuera su dama de honor. En Syracuse, precisamente. Eso le dio una razón para ver a David otra vez después de todos estos años, y para su asombro y alivio, él había aceptado amablemente su invitación. Era un paso y uno bueno, pero eso no era todo.

Desentrañar el misterio del pasado oculto de su padre tenía que ser también parte de la búsqueda. Después de su muerte, ella se había encargado de su propiedad y había revisado sus papeles personales. Al hacerlo, había encontrado la llave de una caja de seguridad que ella no sabía que él tenía en un banco del centro de Portland. Al abrir la caja, se había sorprendido al encontrarla vacía, excepto por una amarillenta hoja de papel. Escrita en papel membretado de la CIA, la carta de recomendación para Charles Harper, por su valor bajo fuego en Irán, mencionaba la crisis de 1979, le agradecía por su trabajo crucial para la Agencia y estaba firmada por *Tom Murray, director de la División del Cercano Oriente.* Ella se la había mostrado a David en el desayuno esa mañana. Había querido oír sus pensamientos, su consejo, pero una llamada de emergencia de su jefe los había interrumpido y él había tenido que irse de inmediato.

Marseille metió la mano en su cartera y volvió a sacar el papel. Para entonces ya lo había memorizado, pero volvió a leerlo varias veces. Luego regresó a su computadora y buscó *Tom Murray CIA* en

Google y quedó asombrada con lo que encontró: Thomas A. Murray no solo estaba vivo y en Washington, sino que todavía estaba en servicio activo en la CIA y ahora era el subdirector de operaciones.

Tomó el teléfono y pulsó el botón de volver a marcar.

"Central Telefónica de la CIA. ¿A dónde dirijo su llamada?"

22

"¿Señor Murray?"

De reojo, Tom Murray —con sus audífonos puestos, recorriendo su oficina que daba al Centro de Operaciones Globales de la CIA— pudo ver a su secretaria que introducía la cabeza por su puerta, tratando de llamar su atención, pero rápidamente levantó una mano e hizo que esperara. Cualquier cosa que quisiera, él no tenía dudas de que la llamada de Zalinsky era mucho más importante.

—¿A qué hora ocurrió?

—El domingo en la mañana, hora de Islamabad —dijo Zalinsky.

—¿El sábado en la noche a nuestra hora? —dijo Zalinsky.

—Correcto.

—¿Por qué me estoy enterando hasta ahora?

—La Agencia de Seguridad Nacional dice que están muy atrasados. Interceptaron la llamada, la grabaron, pero nadie tuvo tiempo de traducirla hasta hace como una hora.

Murray maldijo entre dientes. Los contribuyentes estadounidenses estaban gastando $80.000 millones al año en inteligencia. Tenían derecho a algo mejor que esto.

—¿Estás seguro de que fue a Farooq?

—Rotundamente. La ASN confirma que era su teléfono celular personal. Mi equipo dice que el análisis de voz confirma que definitivamente era su voz.

—Entonces, para que quede claro, Jack, ¿me estás diciendo que Iskander Farooq, el presidente de la República Islámica de Paquistán, la República Islámica *Sunita* de Paquistán, recibió una llamada telefónica directa del Duodécimo Imán?

—Sí, señor.

—¿Me estás diciendo que Farooq está considerando seriamente la "invitación" del Mahdi para que Paquistán se una al califato?

—Correcto.

—¿Además de que Farooq parecía estar inclinado a acceder, pero que tiene unas cuantas preguntas que le gustaría discutir personalmente, frente a frente, no por teléfono?

—Esa fue mi impresión.

—¿Me estás diciendo que toda la llamada fue en urdu, no en árabe?

—Bueno, la mayoría. Un poco fue en punjabí.

—¿Sabíamos siquiera que el Duodécimo Imán hablaba con fluidez el urdu o el punjabí?

—No, señor, no lo sabíamos.

—¿Es correcta nuestra traducción?

—La traducción original viene de la ASN —dijo Zalinsky—. Yo no hablo ninguno de esos idiomas, pero hice que mi equipo revisara todo y parece correcta.

Murray se pasó la mano por el escaso pelo gris.

—¿Cuál es tu mejor especulación?

—Si tuviera que apostar —dijo Zalinsky—, Farooq está asustado. Es un musulmán sunita. Su país es sunita, pero tiene millones de paquistaníes en las calles que están adorando al Mahdi. Él ve a millones más que están haciendo lo mismo en todo el mundo musulmán. Todos exigen que sus gobiernos sigan al Mahdi y que se unan al califato o sus días están contados. Él ve que un gobierno musulmán tras otro se inclina y le besa los pies al Mahdi. Por un lado, está pensando que si no hace lo mismo, tendrá una sangrienta revolución entre manos. No obstante, si se rinde, estaría entregándole el arsenal nuclear de Paquistán al Duodécimo Imán. Eso fue ayer. Ahora Farooq ve que el Mahdi sobrevivió a un sofisticado intento de asesinato en contra de todas las probabilidades, un ataque que mató a todos los demás . . .

—Excepto al niñito —dijo Murray—. No te olvides del niñito.

—Correcto, el niñito —dijo Zalinsky—. Prácticamente, cada musulmán del mundo lo está calificando como un milagro. Están especulando abiertamente en cuanto a si el Mahdi fue enviado por Alá o si es Alá encarnado. Farooq no sabe qué hacer. Está tratando de ganar tiempo. De hecho, durante la llamada, el Mahdi le preguntó al presidente por qué está indeciso.

—¿Qué dijo Farooq?

—"Tal vez solamente es que esto ha ocurrido tan de repente y yo no lo conozco" —dijo Zalinsky, leyendo de la transcripción—, "no sé de sus intenciones, no he discutido su visión para nuestra región ni la función que usted considera que Paquistán llevará a cabo." Entonces el Mahdi responde: "La historia es un río, hijo mío, y la corriente se mueve rápidamente." Y Farooq dice: "Razón de más por la que deberíamos ser cautelosos, para no ser arrastrados por los acontecimientos fuera de nuestro control."

—¿Va a ir el Mahdi a Islamabad? —preguntó Murray.

—No —dijo Zalinsky—. Farooq quiere reunirse en privado, discretamente, solo con él. Está programado que se reúnan en Dubai, el jueves en la noche a las diez.

—¿Dónde?

—Está por determinarse.

—Pensé que los sunitas ni siquiera creían en el Duodécimo Imán —dijo Murray—. Pensé que el memo de Zephyr decía que era un asunto chiíta.

—Por los últimos diez siglos lo era —dijo Zalinsky—. Algo cambió. Algo es distinto. Quisiera poder decirte a dónde se dirigen ahora, pero no puedo. Mira Egipto. Ramzy ya no está y ahora tienes a un millón de egipcios en las calles, exigiendo al vicepresidente que renuncie y que el ejército le entregue las riendas del país al Mahdi. Nada de eso tiene sentido, pero una cosa es clara.

—¿Qué cosa?

—El Duodécimo Imán tiene la iniciativa. Todos los demás en la región, incluso nosotros, están reaccionando a él.

—Bueno, escríbelo; envíamelo. Yo se lo enviaré al director y al presidente. Mantenme informado, Jack.

—Está bien.

Murray colgó el teléfono y se dio vuelta para mirar a su secretaria.

—Señor Murray, tiene una extraña llamada telefónica y no estoy segura de cómo responderla.

—En realidad no tengo tiempo para nada nuevo, Laura.

—Lo sé, pero . . .

—¿Pero qué?

—Es una mujer llamada Marseille Harper. Dice que es la hija de Charles D. Harper.

Murray se quedó atónito. No había oído ese nombre en décadas.

—¿Charlie Harper?

—Lo busqué en la base de datos, señor. Fue un agente secreto extraoficial de 1979 a 1985, luego se cambió a la división de análisis.

—Sé quién es.

—Bien, señor, el señor Harper se suicidó en septiembre.

Murray retrocedió.

—¿Charlie Harper? No lo creo.

—Le enviaré el obituario por correo electrónico. De todas maneras, su hija dice que tiene una carta de usted a su padre con el membrete de la CIA, algún tipo de recomendación por su trabajo en Irán durante la Revolución. Acaba de descubrirla entre sus papeles. Está en la ciudad y le gustaría venir a discutirla con usted.

Murray se quedó mirando por su ventana el hielo que se estaba formando en los pinos del campo de Virginia.

—Charlie Harper —dijo, sacudiendo la cabeza.

—Le dije que no hay manera de que usted se reúna con ella dada la situación actual, pero tomé su número y le pedí que llame de vuelta en unos meses.

—No, me reuniré con ella.

—Pero, señor . . .

—¿Por cuánto tiempo estará en la ciudad?

—Unos días.

—El miércoles en la mañana, a las 9:00 a.m. Dígale que traiga la carta.

—Por supuesto, señor.

—Repítame su nombre, por favor.

—Marseille —dijo la secretaria—. Como la ciudad.

★ ★ ★ ★ ★

FRANKFURT, ALEMANIA

Llamar a Marseille.

Ese era el objetivo principal de David en esta parada corta. Eso y no perder el próximo avión. Su vuelo a Frankfurt desde Munich había aterrizado más de una hora tarde. Ahora tenía menos de quince minutos para llegar a la siguiente puerta de embarque y tomar su conexión a Teherán. Sabía bien que Zalinsky casi lo mataría si perdía este vuelo y estaba decidido a no permitir que eso ocurriera, pero eso eran negocios y aunque importantes, había otras cosas que también lo eran.

El avión tardó varios minutos en llegar a la terminal y varios minutos más para que la tripulación de tierra lo conectara con el pasillo del avión. Cuando se apagó la señal del cinturón de seguridad, David saltó, tomó su equipaje de mano, suplicó, empujó e imploró que lo dejaran pasar en la clase turista y luego por la clase ejecutiva para ser la tercera persona en salir del avión. Correr a toda velocidad era imposible por las grandes multitudes que había en el aeropuerto ese día, pero abriéndose camino entre ancianitas, hombres de negocios y familias jóvenes que se dirigían al sur para sus vacaciones, David finalmente logró llegar a su puerta de embarque con cuatro minutos adicionales y encontró un teléfono público.

Los primeros tres timbrazos le dieron la oportunidad de recuperar el aliento. Los siguientes tres lo hicieron preocuparse otra vez. ¿Dónde estaba? ¿Por qué no contestaba? David no tenía idea de cuándo tendría otra oportunidad para llamarla. Sería imposible desde Irán y muy bien podría estar allí por semanas, si no meses.

—¿Aló?

David se sorprendió. Ya casi se había resignado a dejarle un mensaje telefónico.

—¿Marseille? Soy David.

—David, ¿cómo estás?

—Ahora estoy bien. Qué bueno oír tu voz.

—También la tuya. ¿Imagino que recibiste mi mensaje?

—Lo recibí. Siento mucho que estés atascada en el DC. Es posiblemente el último lugar en el que te gustaría estar.

—Bueno, sí . . . pero en realidad . . .

Un representante de Lufthansa estaba llamando ahora a los pasajeros de primera clase para que comenzaran a abordar y dando otras instrucciones. No era nada que David necesitara escuchar en ese momento, pero la mujer hablaba tan fuerte que era casi imposible oír lo que Marseille estaba tratando de decirle.

—Perdón, no oí lo último —dijo él.

—Está bien. Solo dije que no fue mi primera opción, pero ahora estoy pensando que podría ser un regalo.

—¿Por qué?

—Decidí llamar a la CIA y localizar a Jack Zalinsky.

El corazón de David casi se detuvo. ¿La había escuchado bien?

—¿Jack qué? —preguntó.

—Zalinsky —respondió ella—. Ya sabes, el tipo que ayudó a rescatar a nuestros padres de Irán en 1980. ¿No era ese su nombre?

—Ah, sí, creo que ese era.

—Pensé que lo era. Lo escribí en mi diario aquella noche que me lo dijiste. ¿Te acuerdas, en Canadá?

—¿Cómo podría olvidarlo?

—Entonces llamé al departamento de personal de la CIA.

David no podía creer lo que estaba escuchando.

—¿Ah, sí?

—Ellos me dijeron que nunca habían oído de él; dijeron que nadie con ese nombre había trabajado nunca allí.

—¿De veras?

—Pero no me desanimé. Les pregunté por Tom Murray.

—¿Quién es él? —preguntó David, sin querer mentir, pero lo tomó tan de sorpresa que simplemente estaba retomando su entrenamiento de la Granja cuando se unió a la Agencia.

—Thomas A. Murray: fue la persona que firmó la carta de reco-mendación para mi papá, la que te mostré en el desayuno.

—Claro, claro. ¿Lo encontraste?

—No lo creerías —dijo Marseille—. Todavía trabaja allí.

—¡Vaya!

—De hecho, ha sido ascendido varias veces. ¿Adivina qué hace ahora?

Subdirector de operaciones, quería decir David, pero no lo hizo.

—Me rindo —dijo en lugar de eso.

—Es el subdirector de operaciones.

—¿Quién lo diría?

—¿Adivina qué más?

David ni siquiera podía comenzar a imaginarlo.

—¿Qué?

—Voy a reunirme con él en Langley, sabes que así es como le dicen a las oficinas centrales de la CIA; en todo caso, voy a reunirme con él mañana a las nueve de la mañana. Le dije a su secretaria que quiero saber tanto como pueda de lo que mi papá hizo cuando trabajó con ellos. Ella me dijo que llevara la carta. David, estoy tan emo-cionada. No sé a dónde llevará todo esto, pero he estado buscando respuestas sobre mis padres desde que tengo memoria y desde que mi padre se quitó la vida . . .

David oyó que se le entrecortó la voz y deseó estar allí para con-solarla. En cambio, la señora de Lufthansa llamaba a todos los pasa-jeros para abordar. Solo le quedaban unos momentos para hablar con Marseille y en realidad no tenía idea de qué decir. No quería seguir mintiéndole. Quería decírselo todo, como se lo había dicho a su padre. Quería que ella supiera que conocía a Zalinsky y a Murray, que le encantaría ayudarla a saber todo lo que pudiera de su padre, pero eso era imposible en ese lugar y en ese momento. Lo que significaba que tal vez nunca. No había garantías de que iba a salir vivo de Irán y mucho menos de que lograría llegar hasta Portland. Eso era lo que más le dolía, no arriesgar su vida por ella, sino ser incapaz de decirle que la amaba.

—¿Marseille?

—¿Sí, David?

—Me temo que tengo que tomar este avión.

—Lo sé, lo siento. No debería haber estado cotorreando todo este tiempo.

—No, no, está bien. Me gustaría poder oírte todo el día. Me encanta escuchar tu voz. Me gusta que estés tratando de averiguar el pasado de tu papá. Eso es bueno. Debes hacerlo. Es lo correcto. Yo solo . . .

—¿Qué, David?

Tenía la lengua trabada. Su corazón latía rápidamente, pero no podía encontrar las palabras y no se atrevía a perder este vuelo. La representante de Lufthansa estaba dando la llamada final, diciendo que todos los pasajeros con boleto tenían que abordar porque la puerta del pasillo iba a cerrarse en un minuto.

—¿Está todo bien, David?

—Sí, solo quisiera que tuviéramos más tiempo para hablar.

—Está bien. Solo llámame cuando aterrices.

Si tan solo fuera así de fácil. David suspiró.

—¿Marseille?

—¿Sí?

—Tal vez tarde un poco en llamarte otra vez. No porque no quiera hacerlo. Es simplemente la manera en que funciona mi negocio. Sin embargo, quiero que sepas cuánto disfruté verte ayer. En realidad significó mucho para mí y todo lo que dije fue cierto. No puedo explicarte cuánto me gustaría dejar todo, renunciar a mi trabajo o tomar unas semanas de vacaciones para pasar tiempo contigo y ponernos al día. Es difícil para mí decirlo porque . . . bueno . . . es un poco vergonzoso, pero . . . te extraño. Tengo que irme, pero . . . bueno, solo quería que supieras eso.

★ ★ ★ ★ ★

MARTES, 8 DE MARZO

(HORA DE IRÁN)

23

TEHERÁN, IRÁN

El Airbus A310-200 aterrizó en Teherán sin trascendencia.

Para el observador casual, era un vuelo típico de IranAir, pero mientras que el avión de dos motores y ancho fuselaje normalmente transportaba más de 230 pasajeros, este vuelo en particular que venía de Beirut solamente trasladaba a ocho: el Duodécimo Imán, su asistente personal y seis agentes de inteligencia iraní, que ahora servían como un destacamento de seguridad personal después de la muerte de todos los guardaespaldas del Mahdi.

No había multitudes para saludar al Mahdi. No había prensa ni delegación oficial de recepción. De hecho, la oficina del Ayatolá había emitido un comunicado de que el Mahdi iba a quedarse en Beirut por lo menos otro día, y que tendría una serie de reuniones privadas y confidenciales con líderes del partido Hezbolá y altos comandantes militares. Era mentira, pero el comunicado se había emitido bajo órdenes directas del Mahdi, lo que les permitía ganar tiempo para trasladarlo a salvo y discretamente a Irán, donde él podría reunirse con sus siervos más confiables.

Desde el Aeropuerto Internacional Imán Jomeini, el Duodécimo Imán y Javad fueron trasladados por un helicóptero militar Bell 214 Huey al Qaleh, el complejo altamente resguardado de retiro del Líder Supremo en el monte Tochal, uno de los picos más altos de la cordillera de Alborz, muy lejos del humo, del ruido y de la congestión de la capital. Sus asesores más cercanos estaban esperándolo: el Ayatolá Hosseini, el presidente Ahmed Darazi, el ministro de defensa

Faridzadeh y el general Mohsen Jazini, comandante del Cuerpo de la Guardia Revolucionaria Iraní.

Todos se postraron en el momento en que el Mahdi entró al comedor principal. Cada uno lo alabó profusamente y agradeció a Alá porque no había sufrido en el ataque.

El Duodécimo Imán recibió sus alabanzas muy cálidamente. En efecto, a Hosseini le parecía que se deleitaba en ellas, que se fortalecía con ellas. Luego, el Mahdi los instruyó a que una vez más tomaran sus asientos y procedieran con el reporte para el que había llegado. Mientras tanto, Javad se sentó contra la pared al fondo de la habitación y tomó notas.

El Ayatolá carraspeó y asumió el control de la reunión. "Primero, como lo instruyó, estamos seleccionando delegados para formar un grupo de veinte. Usted dijo que deben ser hombres de honor y de valor, hombres dispuestos a morir por usted y por Alá. Esto está casi terminado. Ahora tenemos diecisiete de los veinte. Una copia con los nombres y las biografías de cada uno de ellos está en la carpeta que tiene enfrente. Esperamos tener a los otros tres a bordo en los próximos días."

El Mahdi asintió con la cabeza, pero no dijo nada. No se veía complacido ni decepcionado.

"*Inshallah*, tendremos nuestra primera reunión —tranquila, discreta, sin participación de la prensa— con este alto comando el próximo lunes. Por supuesto, para nosotros sería un honor si usted decide unírsenos. Mientras tanto, hemos instruido a los diecisiete para que comiencen a reclutar su cuota asignada de un total de 313 discípulos. Algunos son mulás en los que confiamos implícitamente. Muchos son comandantes militares y líderes de negocios e industria, y la mayoría es iraní, aunque tenemos algunos miembros árabes, unos cuantos turcos y un puñado de paquistaníes muy confiables. Según lo pidió, son extraordinariamente hábiles en las áreas de organización, administración y conflicto armado. Tendremos mucho cuidado de no reunir jamás a este Grupo de 313 en un solo lugar, mediante la creación de una estructura de células. Ninguno de los miembros sabrá que hay 313 miembros en total. Ninguno de ellos tendrá conocimiento de detalle alguno, excepto de los que sean necesarios para completar sus propias operaciones. Todo esto estará listo a fines de la próxima semana."

Nuevamente, el Mahdi asintió con la cabeza. Hosseini esperó un momento; esperaba algo más claro, más demostrativo, pero no hubo nada más, así que procedió con su reporte.

"Ahora bien, con esos detalles básicos fuera del camino, me complace informarle que nuestra primera operación —la de asesinar al presidente egipcio Ramzy— fue muy exitosa," continuó Hosseini. "Aunque me gustaría poder decir que el presidente estadounidense y el líder de la entidad sionista también fueron asesinados en el ataque, algunos de los acontecimientos estuvieron fuera de nuestro control. Aun así, demostramos lo vulnerable que son los estadounidenses y los sionistas, y los hemos puesto a la defensiva, sin que puedan seguir la pista del ataque hacia nosotros."

"*¡Qué tontería!,*" gritó el Mahdi. "*¡Patético e infantil!*"

Todos en el salón se quedaron atónitos, Hosseini más que todos.

—¿Cómo se atreven a iniciar cualquier acción en contra de nuestros enemigos sin tener mi autorización? —dijo el Mahdi furioso—. Esta no es una democracia. Usted ya no es el Líder Supremo. *Yo lo soy.* Yo le diré cuándo vamos a atacar. ¿Le quedó claro?

—Sí, mi Señor —dijo Hosseini medio susurrando.

—¿Que, qué? —exigió el Mahdi.

—¡Sí, mi Señor! —repitió Hosseini, esta vez más fuerte, aunque todavía con voz temblorosa.

El resto del grupo siguió el ejemplo de Hosseini.

—Pensé que había quedado claro —continuó el Mahdi—. Procederemos a aniquilar al Pequeño Satanás primero y a todos los sionistas. Este objetivo y solo este es el primero. Se los dije: tienen que traerme la sangre de los judíos al altar del islam. Tienen que limpiar la mancha fea y cancerosa de Israel del mapa y del corazón del califato islámico. Les dije que este era solamente el primer paso. Les dije que no se distrajeran ni se confundieran. Este no es el objetivo final. Destruir solo al Pequeño Satanás es una cosa demasiado pequeña. El objetivo principal es destruir al Gran Satanás.

No obstante, tenemos que hacerlo metódicamente. Tenemos que movernos sistemáticamente. No me interesa simplemente asesinar a sus líderes insignificantes. Vamos a aniquilar a los estadounidenses. Extinguirlos. Arrasarlos. Vaporizarlos. En un abrir y cerrar de ojos. Antes de que sepan qué los atacó. Los estadounidenses son un imperio moribundo. Un barco que se hunde. Su hora llegará pronto, pero primero tenemos que atacar a los sionistas y arrancarlos del corazón palpitante del califato. Ustedes tienen que atacar antes de que ellos lo hagan, pero con su acción de cobardía han puesto en peligro todo mi plan. Han empujado a los sionistas a atacarme personalmente y les garantizo que es solo cuestión de tiempo antes de que lancen un primer ataque masivo a este país. Esto pudo haberse evitado si me hubieran escuchado, si me hubieran obedecido. Ahora debemos cambiar el rumbo rápidamente.

Hosseini y sus colegas se postraron en el suelo otra vez, implorándole al Duodécimo Imán que los perdonara y les diera una segunda oportunidad. El Ayatolá, para empezar, temía que su vida estuviera en peligro. Él había asesinado a sirvientes por crímenes menores que este.

★ ★ ★ ★ ★

TEL AVIV, ISRAEL

Roger Allen todavía no tenía idea de lo que iba a decir.

Cuando su avión aterrizó en el Aeropuerto Internacional Ben Gurion en Tel Aviv, todavía no había oído nada de la Sala de Situaciones de la Casa Blanca ni de los secretarios de estado o de defensa. No los culpaba. Tenían múltiples crisis en múltiples frentes y pensó que por eso era que le pagaban grandes cantidades de dólares, antes de recordar que, en realidad, en el sector privado había ganado nueve veces más que su salario actual y que todos los días solía salir de su oficina en Naples, Florida, no más tarde de las tres, para jugar frecuentemente un partido de golf antes de irse a casa con su señora. Sentía como si hubieran pasado un millón de años.

Todavía les faltaba conducir una hora en la Autopista 1 para llegar a Jerusalén, por lo que el director, dos de sus asistentes más antiguos y su equipo de seguridad se reunieron con el jefe de la estación de la CIA en Tel Aviv y subieron a un convoy de tres camionetas blindadas.

—Dos cosas clave antes de que lleguemos —comenzó el jefe de la estación cuando salieron de las instalaciones del aeropuerto—. Primero, los medios de comunicación israelí están reportando que Neftalí no salió herido en el ataque.

—¿Acaso no es cierto? —preguntó Allen.

—No exactamente.

—¿A qué se refiere?

—En realidad, el primer ministro sufrió quemaduras de segundo y tercer grado en su espalda y en la parte posterior de sus piernas. Por lo que sabemos, escuchó el disparo de la granada impulsada por cohete, instantáneamente reconoció el sonido y se tiró al piso de la limosina. Su agente principal del Shin Bet estaba parado delante de la puerta abierta. Según se reportó, sí interceptó la mayor parte de la explosión y claramente le salvó la vida a su jefe, pero la bola de fuego penetró al interior del auto y quemó al PM más de lo que cualquiera de nosotros suponía.

Allen se puso tenso, sabiendo que esto iba a hacer que una conversación ya de por sí delicada fuera todavía más difícil.

—¿Cómo te enteraste? —preguntó.

El jefe de la estación no dijo nada.

—Pensándolo bien, no importa —dijo Allen—. ¿Cuál es la segunda cosa?

—La corazonada de Zephyr acerca del ataque al Duodécimo Imán.

—¿Un ataque con avión teledirigido?

El jefe de la estación asintió con la cabeza.

—Cuando uno mira el video, recuadro por recuadro, en realidad puede ver la estela difusa de uno de los misiles.

Allen exhaló.

—Eso no está bien.

—No, señor.

—¿Cuántos países tienen aviones teledirigidos?

—Más o menos cuarenta y cinco.

—¿Cuántos de esos tenían motivos para atacar a este tipo el Mahdi?

—Tres.

—¿Los israelíes, los egipcios y nosotros?

—Correcto.

—Nosotros no lo hicimos.

—Correcto.

—Entonces fueron los egipcios o los israelíes.

—Es poco probable, señor, que el alto mando egipcio decidiera tomar represalias militares tan rápidamente después del ataque demoledor en contra del presidente Ramzy. Todavía están tratando de resolver quién está a cargo en El Cairo. El vicepresidente es quien está hablando en televisión a nombre del gobierno, pero bajo la constitución egipcia, la línea de sucesión en realidad va al presidente de la Asamblea del Pueblo, quien no ha sido visto en público desde que comenzó esta crisis.

Allen asintió con la cabeza y miró por la ventana cuando comenzaron a subir las colinas de Judea, hacia la Ciudad Santa. No tenía pruebas de que los israelíes fueran los responsables del ataque con vehículos aéreos teledirigidos, pero contaba ciertamente con sólida evidencia circunstancial. El problema era que se dirigía a esta reunión con el primer ministro israelí sin nada. No podía decirle simplemente a Neftalí que no lanzara un masivo ataque preventivo en contra de las instalaciones nucleares de Irán. Necesitaba ejercer presión. Tenía que haber consecuencias, pero para eso necesitaba una directiva presidencial.

El teléfono seguro del asiento medio posterior del vehículo sonó. El jefe de la estación lo respondió y se lo entregó a Allen. "Es para usted," dijo.

Allen tomó el teléfono.

"Director Allen, es el operador de la Casa Blanca. Por favor espere al presidente."

★ ★ ★ ★ ★

OAKTON, VIRGINIA

Najjar divisó una antena parabólica en el techo de su vecino.

Su primer pensamiento fue qué no daría por entrar a hurtadillas a esa casa para ver un poco de televisión y averiguar qué estaba pasando en el mundo exterior. Sin embargo, eso fue reemplazado rápidamente por un segundo pensamiento mucho más útil. Se acordó de un programa de televisión por satélite con el que se había topado una noche en Hamadán, cuando Sheyda y la bebé habían estado visitando a sus padres. Todavía podía ver al hombre del programa que hablaba tan audazmente, tan poderosamente. El mensaje lo había impactado, lo había asustado. Incluso ahora podía recordar claramente lo avergonzado que se había sentido por detenerse en ese canal y escuchar. No obstante, ahora que recordaba el mensaje, su corazón comenzó a acelerarse.

"Es hora," había dicho el hombre, una clase de sacerdote, "de que la iglesia se levante con valor y convicción y diga en el poder del Espíritu Santo: 'El islam no es la respuesta; el yihad no es el camino. Jesús es el camino. Jesús es la verdad. Jesús es la vida. Y ningún hombre, ni mujer, puede venir al Padre si no es por la fe en Jesucristo.' Este es el mensaje de Juan 14:6. Este es el mensaje de todo el Nuevo Testamento y este mensaje de fe está lleno de amor, no de espadas."

Al recordarlo, Najjar se sintió electrizado, tal como se había sentido cuando oyó las palabras.

"Ahora no es momento de esconderse por miedo al mundo musulmán," había declarado el sacerdote sin vacilación. "Es hora de llevar el evangelio de Jesucristo a cada hombre, mujer y niño en el planeta y de proclamarlo como la esperanza de la humanidad, la única esperanza para el mundo atribulado."

Najjar nunca antes, ni desde entonces, había oído a alguien hablar así.

"El Dios de la Biblia se está moviendo poderosamente en el mundo musulmán ahora," había continuado el hombre. "Está sacando a los musulmanes del islam y los está llevando a la fe en Jesucristo en cantidades récord. Sí, hay muchas noticias malas en el mundo musulmán ahora, pero también hay muchas buenas noticias; más musulmanes se han acercado a la fe en Jesucristo en las últimas tres décadas que en los últimos catorce siglos del islam juntos. Esta es la grandeza de nuestro gran Dios."

En ese entonces, Najjar había cuestionado cada palabra. Ahora no tenía duda de que todo esto fuera cierto. Un número sin precedentes de musulmanes, en realidad, estaban dejando el islam, y se estaban convirtiendo en seguidores de Jesucristo. Él mismo lo había hecho. Ahora todo era distinto. Aun así, una frase hacía eco en su corazón una y otra vez: *"Jesús es el camino. Jesús es la verdad. Jesús es la vida. Y ningún hombre, ni mujer, puede llegar al Padre si no es por la fe en Jesucristo."*

La televisión por satélite. Najjar se dio cuenta de que esa era la respuesta. Tenía que llegar a un estudio de televisión que pudiera transmitir su mensaje a Irán. Sin embargo, primero tenía que escapar de la "hospitalidad" de la Agencia Central de Inteligencia.

24

Zalinsky respondió la llamada al primer timbrazo.

—Jack, es Eva.

—¿Qué tienes?

—David tenía razón: la célula es iraní.

—¿Estás segura?

—Cien por ciento. El tipo muerto es Rahim Yazidi, iraní y miembro del Cuerpo de la Guardia Revolucionaria. El tipo que tenemos en custodia es Navid Yazidi, su hermano menor. También iraní. También parte de la Guardia Revolucionaria. El tipo que estamos buscando, el jefe de la célula, se llama Firouz Nouri. Su padre es Mohammed Nouri, un destacado mulá imanista de Qom, Irán, autor de varios libros sobre el Duodécimo Imán. Te estoy enviando todos los papeles por correo electrónico seguro en este momento, pero hay más.

—¿Qué?

—El apellido Nouri . . . ¿no te suena conocido?

—Vagamente. ¿Por qué?

—Estoy muy segura de que este tipo Firouz está relacionado con un tipo que se llama Javad Nouri.

—Todavía es vago. Sigue hablando.

—¿Te acuerdas que David le entregó una serie de teléfonos satelitales a un tipo que sospechábamos estaba relacionado con el Líder Supremo?

—¿No era Javad Nouri?

—Sí.

—¿Estás segura? —preguntó Zalinsky.

—Estoy segura de que su nombre era Javad Nouri —dijo Eva—. ¿Era el mismo Javad Nouri? ¿Está relacionado con Firouz? Voy a necesitar un poco más de tiempo para confirmar todo esto con seguridad, pero encaja: el padre es un verdadero creyente, su hijo mayor es un alto asistente del gobierno, su hijo menor está en una misión del Líder Supremo. Todo es circunstancial todavía, pero definitivamente no hay señales de que al Qaeda o la Hermandad hayan dirigido este ataque. Esto llegó de Teherán, Jack. David tenía razón.

Zalinsky se dio cuenta de que parecía que sí tenía razón. Agradeció a Eva por su trabajo y le dio órdenes de que tomara el siguiente vuelo al DC. La necesitaba de vuelta en Langley porque las cosas estaban a punto de ponerse muy difíciles. Entonces presionó el botón de marcado rápido para la oficina de Murray.

"Tengo algo para ti, Tom, y tenemos que llevarlo inmediatamente ante el director y el presidente."

★ ★ ★ ★ ★

OAKTON, VIRGINIA

"¿Doctor Malik?"

El agente que cada hora vigilaba al doctor dejó de tocar la puerta del dormitorio principal por un momento. Podía oír el agua de la ducha, pero no había respuesta.

"¿Doctor Malik? ¿Puede oírme?"

Todavía nada.

Se comunicó por radio con el comandante de vigilancia del primer piso y le explicó la situación.

—Entra —le dijo el comandante.

—¿Está seguro?

—Rotundamente.

—Muy bien. —El agente intentó abrir con la manija, pero estaba con seguro. Así que sacó su pistola, puso su hombro contra la puerta y la forzó. Luego golpeó la puerta del baño y volvió a llamar unas cuantas veces más. Como todavía no había ninguna respuesta, dio una última advertencia y luego derribó esa puerta también.

Para sorpresa suya, Najjar Malik no estaba por ninguna parte.

★ ★ ★ ★ ★

JERUSALÉN, ISRAEL

Roger Allen llegó temprano al edificio del Knesset.

Pasó por seguridad y fue llevado directamente a la oficina del primer ministro, únicamente para enterarse de que Neftalí no iba a estar disponible sino hasta una hora después. No hubo más explicación del jefe del Estado Mayor del PM salvo que esa cena ya no se iba a llevar a cabo, que Neftalí estaba "inevitablemente retrasado" y que "apreciaría la paciencia del señor Allen." También mencionó que cuando la reunión ocurriera, se llevaría a cabo solamente con directores. El personal, incluso los asistentes principales, no estaba invitado.

Allen estaba furioso, pero hizo lo mejor que pudo para mantener su legendario temperamento bajo control. Sabía exactamente lo que estaba ocurriendo. Neftalí estaba tratando de enviarle el mensaje de que no aceptaba órdenes de Estados Unidos, menos de un hombre que dirigía la misma Agencia que había fracasado en detectar o prevenir el atentado en contra de su vida y que estaba haciendo muy poco, en su opinión, para escarmentar al país que consideraba como el responsable directo. Allen se sintió tentado a darle las gracias al jefe del Estado Mayor del PM, decirle que tenía otros asuntos que atender, ir a registrarse en el hotel Rey David y avanzar con su trabajo hasta que el líder del Estado Judío se dignara reunirse con un alto representante del único amigo formal que le quedaba a Israel en el planeta.

Sin embargo, no era hora para una rabieta diplomática. Eso seguramente se filtraría en los medios de comunicación israelí —y en los medios de comunicación árabe e iraní— y ocasionaría más mal que bien. Así que se quedó sentado solo, en una antesala sin electrónicos, a un pasillo de distancia de Neftalí, sin poder hacer llamadas, sin poder usar el correo electrónico y sin nadie de su personal.

★ ★ ★ ★ ★

OAKTON, VIRGINIA

Najjar sabía que no tenía mucho tiempo.

Se subió a la ventana del baño del refugio, luego descendió al techo del garaje y saltó al suelo. Después salió corriendo por el patio posterior del refugio hacia el patio lateral de los vecinos que acababan de salir de vacaciones, agachándose detrás de una fila de arbustos y orando para que no lo vieran. Indudablemente había esperado que lo atraparan. Pensaba que el hecho de que no lo hubieran logrado tenía que ser la mano de la Providencia.

Miró a su alrededor para asegurarse de que nadie estuviera observando ni oyendo, se cubrió un puño con una toalla que se había llevado del baño principal y rompió una ventana del sótano de la casa de los vecinos. Luego quitó el vidrio que quedaba y se metió por ahí.

Najjar aterrizó en un mar de muñecas Barbie y carros de juguete. Hizo una pausa, preguntándose si alguna alarma de seguridad estaría a punto de activarse. Como no fue así, comenzó a respirar otra vez y apresuradamente procedió hacia el piso principal.

Permaneció agachado y lejos de las ventanas, a lo largo de la parte posterior de la casa, se orientó hacia la lavandería y hacia el garaje. Efectivamente, el automóvil que había visto salir y entrar cada día todavía estaba allí, justo al lado del espacio vacío de la camioneta. Ahora bien, todo lo que necesitaba era la llave. Revisó la pared cercana a la puerta, pero solo encontró rastrillos y herramientas, por lo que regresó a la lavandería y se dirigió a la cocina, revisando furiosamente en las gavetas y gabinetes, pero no encontró nada. Luego se dirigió al vestíbulo principal. Desafortunadamente, aunque había una mesa pequeña con un florero con rosas cerca de la puerta principal, no había llaves. Tampoco estaban colgando cerca de la puerta.

El corazón de Najjar estaba acelerado. Nunca antes había allanado la casa de alguien. Ciertamente nunca había tomado prestado el auto de alguien sin su permiso. Estaba aterrorizado de que lo atraparan.

Corrió hacia arriba, pasó las habitaciones de los niños hacia la habitación principal al final de pasillo, agradecido de que la disposición de la casa fuera exactamente igual a la de la casa que acababa de dejar. Allí, para su tranquilidad, sobre la mesa de noche al lado de la cama, encontró un juego de llaves de repuesto, junto con un teléfono celular. Tomó las dos cosas, encontró un bloc de papel y un lapicero en el tocador y garabateó un mensaje corto —un "gracias"— y su nombre. Estaba listo para ir a la cárcel por eso, si era necesario. No iba a esconder lo que había hecho. Solo esperaba poder adelantarse lo suficiente a la CIA y a la policía como para hacer lo que tenía que hacer.

Najjar bajó corriendo, pasó por la lavandería hacia el garaje. Quitó el seguro del lado del piloto del Toyota Corolla rojo, entró y rápidamente se familiarizó con el tablero. Luego ajustó los espejos, encendió el motor, presionó el botón de la puerta automatizada que estaba enganchado en el retrovisor y retrocedió tan cuidadosamente como pudo, esperando que la casa ya estuviera totalmente rodeada de agentes estadounidenses. Sin embargo, no fue así. Pudo escuchar una sirena a la distancia, lo cual hizo que su corazón latiera aún más fuerte. Después volvió a bajar la puerta del garaje y salió del vecindario, sin saber exactamente a dónde se dirigía, pero decidido a no mirar hacia atrás.

★ ★ ★ ★ ★

CAMINO A TEHERÁN

David estaba ansioso por estar en tierra en Teherán.

Después de haber estado encerrado en un vuelo tras otro, por casi veinticuatro horas, estaba inquieto por llegar a su hotel para ducharse y comenzar temprano el día. Mientras tanto, hizo una revisión mental de sus próximos movimientos.

Su prioridad número uno era buscar hasta dar con Jalal Zandi y Tariq Khan. Entendía que su mejor oportunidad era volver a comunicarse con el doctor Alireza Birjandi, cuyo nombre secreto era Camaleón. Camaleón, que hasta ahora era su fuente de información más valiosa, era básicamente un topo dentro de los escalones más altos del régimen iraní. Por Birjandi se había enterado de que Irán tenía ahora ocho ojivas listas para funcionar y había sido Birjandi quien le había señalado a Najjar Malik, un tesoro de información vital para Langley. Tal vez el catedrático, erudito, autor y destacado experto en escatología chiíta de ochenta y tres años —ampliamente descrito en los medios de comunicación iraní como mentor o asesor espiritual de varios de los líderes principales del régimen iraní, incluso del Ayatolá Hosseini y del presidente Darazi— podría ayudarlo a rastrear a Zandi y a Khan también.

Birjandi se reunía frecuentemente con Hosseini y Darazi y había estado dispuesto a compartir información con David sobre estas reuniones, información que había demostrado ser muy valiosa. Si David recordaba correctamente, Birjandi tenía programado almorzar con uno de los líderes al día siguiente. Estaba decidido a ser la última persona con la que Birjandi hablara antes de ir a ese almuerzo y la primera persona con la que Birjandi conversara cuando el almuerzo hubiera terminado. Por lo menos, esperaba poder obtener su perspectiva crítica sobre las últimas impresiones del régimen, especialmente después del intento de asesinato del Duodécimo Imán. ¿A quién consideraban responsable, a Estados Unidos, a Israel o a alguien más? ¿Cómo estaban planificando responder? ¿Qué tan rápido planeaban usar los iraníes —o el Mahdi— las ocho ojivas que tenían en su poder? ¿Era Israel el primer objetivo? ¿Sería cierto que todavía no habían sido capaces de conectar las ojivas a misiles balísticos? ¿Llevarían ojivas nucleares los barcos iraníes de misiles que se dirigirían al canal de Suez en los próximos días? La lista de preguntas a las que David necesitaba dar respuestas crecía a cada hora.

25

JERUSALÉN, ISRAEL

Eran las 8:12 p.m., hora de Jerusalén.

Roger Allen fue finalmente escoltado a la oficina espaciosa y revestida de madera del primer ministro. Estaba de mal humor y listo para tener una conversación muy franca en cuanto a la importancia de mantener buenas relaciones profesionales entre los dos aliados. No obstante, en el momento en que vio a Neftalí, un hombre al que había conocido personalmente por más de cuatro décadas, el malestar de Allen cambió totalmente. De repente se dio cuenta de que ni una sola fotografía del PM había sido publicada desde el ataque y ahora supo por qué. El vocero oficial del gobierno había informado al cuerpo de prensa internacional que Neftalí "milagrosamente" había sufrido solamente "heridas menores." Ahora quedaba claro que nada podía estar más lejos de la verdad. Todo el rostro del hombre estaba vendado, al igual que sus manos. No llevaba puesto traje de calle sino ropa de quirófano, azul claro, como la de un cirujano. Al fondo, su médico personal rondaba, y una cama diseñada especialmente para víctimas de quemaduras estaba colocada en la esquina, junto con una serie de monitores, bandejas médicas y varias clases de equipo adicional.

—Aser, supe que había sufrido más de lo que se sabía públicamente —dijo Allen abruptamente, deshaciéndose de las formalidades—, pero no tenía idea de lo serio que era. ¿Por qué no nos lo dijo?

—Sabe muy bien por qué —dijo Neftalí, claramente incapaz de estrecharle la mano, pero haciéndole un gesto hacia un sofá para que se sentara.

—Los iraníes.

—Ellos pensarían que iríamos tras ellos esta noche.

—¿Y no acaba de hacerlo? —dijo Allen y decidió quedarse parado cuando se dio cuenta de que Neftalí no podía sentarse.

—¿El ataque al Duodécimo Imán?

—Eso fue un error, Aser.

—No lo fue. Mató a Abdel. Trató de asesinar a su presidente. Trató de matarme. No teníamos opción.

—Casi mata a un niño de once años.

—No sabíamos que estaba allí.

—Mató a sus padres.

—Tampoco sabíamos que estaban en el auto.

—Entonces no debió haber ordenado el ataque.

—Nosotros no iniciamos esta guerra, Roger. Míreme.

—Lo sé, pero fue una maniobra tonta. Lo ha convertido en un héroe.

—Roger, los musulmanes creen que él es el Mesías. Fue un héroe en el momento que se paró en el escenario de la Meca y el rey Jeddawi se inclinó ante él.

—Ahora usted lo ha hecho parecer invencible.

—Me aseguraron que no sobreviviría. Sin Mahdi, no hay califato. Las Fuerzas de Defensa de Israel me dijeron que iba a ser un ataque quirúrgico.

—Nunca lo son.

—No, no siempre —dijo Neftalí y le pidió a su médico que les diera privacidad por unos minutos antes de seguir—. Siento haberlo hecho esperar.

Allen se mordió la lengua.

—Estoy seguro de que usted piensa que fue algo personal —dijo el primer ministro.

—En absoluto —dijo Allen.

—No me mienta, Roger. Nos conocemos desde hace cuarenta años. Usted cree que estoy enojado con usted, pero no lo estoy. Bueno, está bien, lo estoy, pero esa no es la razón por la que lo hice esperar afuera por tanto tiempo.

—¿Entonces por qué?

—Acabamos de tener una reunión de emergencia con el Gabinete de Seguridad. El Mossad dice que los iraníes están movilizando cinco buques de guerra al Mediterráneo. Se dirigen al norte por el mar Rojo ahora mismo y están programados para pasar por el canal de Suez mañana. Creemos que dos se dirigen a Turquía y que los otros tres irán a Siria. Son buques destructores y de misiles, y no tengo que decirle lo provocativa que resulta esta acción en este momento.

—No he tenido información definitiva en cuanto a esto todavía.

—Dadas las últimas veinticuatro horas, usted no me está infundiendo confianza precisamente de que Estados Unidos esté al tanto de las cosas.

—Voy a investigarlo —dijo Allen.

—Hará algo mejor que eso —dijo Neftalí—. Quiero que el presidente bloquee el canal de Suez e impida la entrada al Mediterráneo de los buques de guerra de Irán.

—Aser, por favor, no podemos hacer eso. Es equivalente a un acto de guerra.

—¿Acaso los buques de misiles de Irán frente a las costas de Tel Aviv y de Haifa no lo son?

—Esta no es la primera vez que los iraníes envían buques de guerra al Mediterráneo.

—Esta es la primera vez que esos buques podrían tener ojivas nucleares a bordo.

—Usted no sabe que las tienen.

—No puedo correr el riesgo, Roger. Esta es la línea límite para mí y para mi gobierno.

Allen sintió como si lo estuvieran poniendo entre la espada y la pared, y eso no le gustó.

—Usted se está preparando para la guerra, Aser.

—Yo no quiero la guerra. Esa no es mi intención.

—Sin embargo, está viendo venir una.

—¿Usted no?

—No tiene que llegar a eso. En realidad estamos iniciando negociaciones extraoficiales con el Mahdi. Tenemos razón para creer que él quiere comunicarse con el presidente directamente, hablar de paz y encontrar la manera de disminuir la intensidad de la situación.

—Los asesinatos y buques de guerra no son señal de una desaceleración.

—Mire, Aser, no sabemos con seguridad quién es el responsable de los ataques de Nueva York. No sabemos con certeza que haya sido Irán.

Allen sabía muy bien que eso no era cierto. Hacía menos de una hora que había hablado por teléfono con Murray. Sabía todo lo de los hermanos Yazidi y su relación con la familia Nouri. No obstante, tenía órdenes estrictas del presidente de evitar que los israelíes lanzaran un ataque preventivo. No había tenido tiempo de discutir la última información con el presidente, pero no tenía dudas de que Jackson no le permitiría revelar esa información a los israelíes, por temor de que dicha prueba proporcionara el *casus belli* para un ataque israelí.

★ ★ ★ ★ ★

LANGLEY, VIRGINIA

"¿Qué quiere decir con que no puede encontrarlo?"

Mientras más oía Eva del comandante de guardia en el refugio, más furiosa se ponía. "¿Cómo pudiera perder al desertor más importante de una generación?"

No había nada que el comandante pudiera decir para tranquilizarla. Por lo que lo interrumpió y le dijo exactamente qué hacer.

—Llame a la policía del Condado de Fairfax. Proporcióneles su nombre y una foto y dígales que es buscado por las autoridades federales. No les diga que es un desertor ni que es ciudadano de Irán. ¿Entendido?

—Sí, señora.

—Acordonen el vecindario. Nadie entra ni sale sin una revisión total. No puede haber llegado lejos. Nunca ha estado en Estados Unidos. Obviamente no está familiarizado con el área, anda a pie y no es peligroso. No es una amenaza para los vecinos, pero es inteligente y ha tenido una ventaja de por lo menos cuarenta y cinco minutos. Así que haga que los policías pongan puntos de revisión en cada intersección principal, en cada dirección, en quince kilómetros a la redonda y será mejor que lo atrape pronto, comandante, o su carrera habrá terminado.

★ ★ ★ ★ ★

JERUSALÉN, ISRAEL

Allen continuó su argumento con el primer ministro.

—Estamos haciendo todo lo posible para investigar lo que ocurrió en Manhattan, Aser, pero en este momento no sabemos exactamente quién es el responsable y los riesgos son muy altos como para especular. No podemos equivocarnos, errar, titubear o lanzarnos a una guerra con Irán o con el Duodécimo Imán basados en especulaciones y corazonadas, y usted tampoco.

—¿Está bromeando, verdad?

—¿Qué quiere decir?

—Roger, por favor, dígame que está bromeando.

—No estoy bromeando.

—¿Usted cree que tengo que saber quién trató de asesinarme para llevar a la guerra al Estado de Israel? Eso sería sencillamente la gota que colmó el vaso. Por favor dígame que no está olvidando la prueba de armas nucleares en Hamadán. Por favor dígame que no está olvidando la afirmación del Duodécimo Imán en la Meca de que Irán tiene armas nucleares y que el control y dominio de esas armas está bajo su autoridad. Por favor dígame que usted no pasó por alto la conferencia de prensa del Mahdi en Beirut, en la que le dijo a la BBC: "El régimen sionista se dirige a la aniquilación," ya sea que yo esté muerto o no.

—El presidente me llamó cuando venía a verlo —dijo Allen.

—¿Cómo está él?

—Casi igual que usted.

—Me gustaría llamarlo y decirle que le he pedido a todo el pueblo de Israel que ore por su pronta recuperación.

—Es muy amable. Se lo haré saber. Mientras tanto, él quería que le transmitiera un mensaje muy específico, en persona, frente a frente.

—Lo escucho.

—Usted sabe que el pueblo de Israel no tiene mejor amigo que el gobierno estadounidense.

—¿Pero . . . ?

—Pero el presidente no puede tolerar bajo ninguna circunstancia un primer ataque israelí contra Irán.

Las palabras quedaron en el aire, tan incendiarias como directas.

—Yo no quiero una guerra con Irán, Roger. Pensé que había dejado eso claro.

—Usted no quiere una guerra, señor Primer Ministro, pero quizá se vea tentado a ordenar una, de cualquier manera. Estoy aquí como representante personal del presidente de Estados Unidos para dejar inequívocamente claro que nuestro gobierno se opone completa, total y absolutamente a un ataque preventivo del Estado de Israel a la República Islámica de Irán.

—¿Bajo cualquier circunstancia?

—El presidente se opone a un ataque preventivo bajo cualquier circunstancia.

—¿Él quiere imponerle a una nación soberana la manera de defender a su pueblo y de prevenir un segundo Holocausto?

—El presidente está listo para compensarlo.

—¿Qué significa eso?

Allen sacó de su bolsillo una página de notas escritas a mano con una oferta dictada telefónicamente por el presidente, hacía menos de noventa minutos. Se la ofreció a Neftalí, pero el PM no podía sostenerla con sus manos, así que Allen la leyó de principio a fin. Era una oferta extraordinaria, la más significativa y lucrativa ofrecida alguna vez por Estados Unidos.

1. $250.000 millones en nuevos aviones de combate superiores, sistemas de defensa antimisil y dos submarinos de ataque clase Los Ángeles para ayudar a Israel a mantener su "margen cualitativo" por encima de sus enemigos

2. Un compromiso de apoyo contundente de Estados Unidos para que Israel se una a la OTAN como miembro pleno en los próximos seis meses

3. Un compromiso de que Estados Unidos firmará un tratado de alianza total con Israel si la aceptación de la OTAN demora o es denegada, prometiendo ir a la guerra junto con Israel si el Estado Judío alguna vez fuera atacado por Irán

4. Un compromiso de que Estados Unidos construirá una nueva embajada estadounidense en Jerusalén en los próximos dieciocho meses de aceptación de este acuerdo y para que el presidente públicamente declare a Jerusalén la "capital eterna, no dividida, del Estado Judío de Israel"

Por supuesto que había un precio: Israel tenía que renunciar a cualquier ataque preventivo contra la República Islámica de Irán por lo menos durante los cinco años siguientes.

—Es una oferta muy generosa —dijo el primer ministro—, pero no resuelve el problema. Irán ya tiene varias ojivas nucleares. El próximo mes, tendrá más. Al mes siguiente tendrá más aún. Este creciente arsenal de aniquilación está controlado por dementes que específica, repetida y públicamente han amenazado con atacarnos . . . y a ustedes, podría agregar. Ahora bien, el presidente nos está pidiendo que aceptemos esta generosidad con la esperanza, algunos en mi gobierno dirían la falsa esperanza, de contener o disuadir a Irán o al Mahdi durante los próximos cinco años. Yo no estoy seguro de que esto sea posible.

—Bueno, esa es la oferta del presidente —dijo Allen—. Me temo que no está abierta a negociación.

—¿Qué si declinamos? —preguntó Neftalí.

Allen había esperado que no le preguntara. No estaba cómodo con la respuesta, pero él trabajaba a discreción del presidente.

—Aser, como amigo, no puedo dejar de insistir en lo mucho que el presidente se opone a un primer ataque israelí.

—Lo entiendo —respondió Neftalí—. ¿No obstante, si nos encontramos sin otra opción?

—Siempre hay otra opción.

—Si nos encontramos en el punto en que no lo vemos de esa manera, ¿qué pasará entonces?

—Por favor, no me pregunte eso.

—Roger, aquí hay un ultimátum. Puedo sentirlo. Solamente dígame qué es.

Allen apartó la mirada y respiró profundamente, luego volvió a mirar a su amigo a los ojos.

—Si el gobierno del Estado de Israel desafía los deseos del presidente y por lo tanto pone en peligro la seguridad nacional de Estados Unidos y la seguridad de toda la región al lanzar un ataque, o una serie de ataques preventivos contra Irán, entonces mi gobierno no tendrá más opción que detener y cancelar toda la ayuda militar, de manera indefinida.

TEHERÁN, IRÁN

David aterrizó tarde en Teherán el martes por la noche, hora local.

Encendió su teléfono y encontró un correo electrónico de su hermano Azad, algo que no ocurría con frecuencia.

> Hola, David: No estoy seguro de dónde estás ahora, pero pensé que te gustaría saber que ya eres tío. Nora dio a luz esta mañana a un bebé bello, saludable y robusto. Lo hemos llamado Peter Alexander Shirazi, por el abuelo de Nora. Pesa 3,175 kilos y tiene pequeños mechones de pelo negro. El parto de Nora fue difícil, pero en general está bien. La llevaré a casa mañana. Su mamá vino desde Ohio anoche y estará aquí por todo el tiempo que la necesitemos para ayudar. Acabo de hablar con papá para darle la buena noticia. Estoy seguro de que está contento de ser abuelo, pero creo que no puede enfocarse mucho ahora. Dijo que parece que la condición de mamá está empeorando y los médicos no están seguros de poder hacer más por ella. Pensé que te gustaría saber que voy a conducir hoy en la noche hasta allá para estar con él, para ver a mamá y llevarles algunas fotos antes de volver para recoger a Nora en la mañana. De cualquier manera, llámame cuando puedas. Gracias. —Azad

David sonrió. Necesitaba buenas noticias. Habían habido muy pocas en las últimas semanas. Parte de él deseaba que Azad hubiera llamado a su primogénito con el nombre de su padre o de su abuelo, pero ¿en realidad necesitaba el mundo otro Mohammad Shirazi? Aunque amaba mucho a su padre, David no podía imaginar llamar a su propio hijo Mohammad, si alguna vez se casaba y tenía un hijo, por lo que difícilmente podía culpar a Azad de no hacerlo.

Era hora de movilizarse. David tomó su chaqueta y su maletín del compartimento de arriba y siguió a la multitud para salir del avión hacia una fila larga de control de pasaporte. Sin embargo, justo allí, alguien le dio una palmada en el hombro.

—Perdone; ¿es usted Reza Tabrizi? —preguntó un oficial del aeropuerto con traje oscuro, camisa blanca almidonada, corbata negra e insignia de seguridad.

—Sí, lo soy. ¿En qué puedo ayudarlo?

—Por favor, señor Tabrizi, venga conmigo.

—¿Qué hay del control de pasaporte?

—Yo me encargaré de eso.

—¿Y mi equipaje?

—Uno de mis colegas recogerá sus maletas y me las traerá.

—¿A dónde vamos?

—Solo tenemos algunas preguntas. Nada más tardaremos un momento.

David accedió. No tenía opción. Sin embargo, no tenía una buena sensación de lo que iba a pasar después. Se alejaron de la multitud —muchas cabezas se voltearon en el proceso— y pasaron por muchas puertas de seguridad, a lo largo de varios pasillos sin identificación, bajaron una escalera y se dirigieron a un pequeño salón de bloques grises de hormigón, sin ventanas. No había muebles, excepto dos sillas de madera a cada lado de una simple mesa de madera.

—Por favor, siéntese —dijo el hombre, que por su calvicie incipiente y pequeña barriga, David especuló que tenía alrededor de cincuenta y tantos años—. ¿Me puede dar su pasaporte, por favor?

David se lo entregó.

—¿Tiene veinticinco años?

—Sí.

—¿Es ciudadano alemán?

—Sí.

—Pero aquí dice que nació en Edmonton, Canadá.

—Mis padres eran iraníes, nacieron en Teherán. Emigraron a Alemania, donde llegaron a ser ciudadanos. Mi padre trabajaba para una compañía petrolera. Lo asignaron para trabajar en la industria de arenas bituminosas de Canadá. Allí fue donde nací.

—¿En Edmonton?

—Sí.

—¿Entonces creció allí?

—Sí, mayormente, pero justo antes de graduarme de la secundaria, mis padres murieron en un accidente aéreo. Después de eso, regresé a Alemania para ir a la universidad.

Eran preguntas sencillas, pero David se preguntaba por qué se las hacían y hacia dónde llevaban.

—¿Para quién trabaja ahora?

—Para Munich Digital Systems.

—¿Qué es eso?

—Desarrollamos e instalamos software para compañías de teléfonos satelitales y celulares.

—¿Y qué hace usted para ellos?

—Un poco de todo. Soy asesor técnico, pero ahora mismo soy el gerente de proyecto de un nuevo contrato que se firmó recientemente con Telecom Irán. Tengo una carta en mi maletín, si la necesita, que describe . . .

El oficial de seguridad lo interrumpió.

—No será necesario. Solo dígame qué es lo que hace.

—Esa es en realidad una larga historia, pero básicamente estamos ayudando a su país a extender dramáticamente su capacidad de telecomunicaciones.

—¿Qué significa eso?

David no detectó ninguna hostilidad ni sospecha en la voz del hombre. Todavía no, en cualquier caso. Se recordó a sí mismo que revisiones rápidas de esta clase ocurrían todo el tiempo, no solo para entrar en Irán, sino en muchos países a los que había viajado durante esos años. Era difícil creer que él, de entre toda la gente, hubiera sido elegido al azar entre más de 250 personas en ese avión, pero era posible, se dijo a sí mismo y trató de permanecer tranquilo.

—Pues, verá, el sector de telecomunicaciones en su país está proliferando. Por ejemplo, en el año 2000, Irán solamente tenía 8.000 kilómetros de redes de cable de fibra óptica. Ahora hay más de 77.000 kilómetros de redes de cable de fibra óptica que se entrecruzan en Irán. En 2000 había menos de cuatro millones de teléfonos celulares en Irán. Ahora hay cincuenta y cuatro millones. Sus sistemas no están diseñados para manejar tanto tráfico. Su gobierno está invirtiendo mucho ahora para modernizar y expandir sus redes de comunicaciones civiles. Por eso es que estoy aquí.

Este no parecía ser el tiempo apropiado para agregar que el régimen iraní también estaba invirtiendo agresivamente en una ruta paralela para crear un sistema de comunicaciones militares más seguro y mucho más sólido. Tampoco parecía sabio mencionar que el régimen quería crear un centro de operaciones de alta tecnología que permitiera a sus servicios de inteligencia monitorear las llamadas y mensajes de texto que usaran ciertas palabras clave. Hosseini quería manejar a su pueblo con mano de hierro y doblegar cualquier disidencia con velocidad y letalidad, y por el precio adecuado, las compañías europeas de tecnología como MDS, aparentemente, estaban gustosas de hacerlo.

—¿Cuánta gente está trabajando en su proyecto? —preguntó el oficial.

—Eso depende.

—¿De qué?

—De lo amplio que usted defina mi "proyecto."

Los dos hombres solo se miraron mutuamente por un momento.

—Permítame decirlo de esa manera —explicó David—. Telecom Irán recientemente adjudicó un enorme contrato a Nokia Siemens Networks, que es una operación conjunta entre el gigante de teléfonos celulares de Finlandia y el conglomerado de ingeniería alemán. El contrato estipula que varios cientos de miembros del personal técnico de Nokia vengan, que en realidad vivan aquí, de un año a dieciocho

JOEL C. ROSENBERG ★ 185

meses para realizar actualizaciones específicas de telecomunicación y entrenar a sus colegas iraníes. Hace dos meses, mi compañía, MDS, ganó un subcontrato de NSN. En este momento, tenemos cuarenta y dos técnicos en Teherán, que yo superviso.

—¿Por qué, entonces, usted continúa saliendo de Irán y regresando unos días después?

—Los ejecutivos de Telecom Irán siguen expandiendo el alcance del trabajo —respondió David—. Yo voy a hablar con mis superiores para ver si podemos cumplir con los requerimientos y para ver cuán rápidamente podemos traer más personal técnico aquí.

Afortunadamente, pensó David, todo lo que había dicho hasta aquí era cierto. No era toda la verdad, por supuesto, pero no tenía que serlo. Sabía que la mejor historia ficticia era la que contenía menos mentiras.

Sin embargo, precisamente entonces, el tono de la conversación comenzó a cambiar.

★ ★ ★ ★ ★

JERUSALÉN, ISRAEL

Aser Neftalí estaba solo en su oficina.

El director de la CIA acababa de irse. Ahora necesitaba tiempo a solas, tiempo para pensar, tiempo para procesar el giro inusitado de los acontecimientos. Ordenó a su secretaria que no le pasara ninguna llamada y que no permitiera que nadie entrara a verlo.

Ahora que Israel enfrentaba un inminente segundo Holocausto, a la luz de un nuevo ataque terrorista y de toda la inestabilidad y convulsión que se estaba propagando en todo el Norte de África, el Medio Oriente y el Asia Central, ¿estaba amenazando realmente el presidente de Estados Unidos con recortar los $3.090 millones anuales de ayuda militar al único aliado verdaderamente democrático y seguro de Estados Unidos en toda la región? ¿Cómo era posible?

El primer instinto de Neftalí fue llamar al presidente de la Cámara de Representantes y al líder mayoritario del Senado. Seguramente el Congreso apoyaría a Israel en una guerra con Irán. Seguramente el pueblo estadounidense lo haría también. La última encuesta que el primer ministro había visto, hacía apenas dos meses, mostraba que 58 por ciento de estadounidenses aprobaría un ataque militar israelí en contra de Irán, si fracasaban las sanciones y la diplomacia. Solo 27 por ciento no lo aprobaba.

Además, la encuesta había descubierto que un abrumador ocho de diez votantes estadounidenses dijo no creer que las políticas del presidente Jackson de ejercer sanciones económicas y redoblar esfuerzos para tratar de comprometer diplomáticamente a los mulás evitarían que Irán obtuviera armas nucleares. Habían acertado. Exactamente el mismo número de votantes estadounidenses dijo creer que una vez que Irán obtuviera armas nucleares, Teherán lanzaría ataques aniquilantes de misiles nucleares contra el Estado de Israel. Un 85 por ciento de votantes estadounidenses dijo estar preocupado de que Irán facilitara armas nucleares a grupos terroristas una vez que tuviera la Bomba.

Neftalí no había visto encuestas recientes desde que Irán había probado su primera ojiva nuclear. Sin embargo, sospechaba que el apoyo estadounidense a un primer ataque israelí en vista de todo lo que estaba sucediendo aumentaría en lugar de disminuir.

Aun así, aunque el Congreso siguiera aprobando una considerable suma de ayuda militar para Israel, si el presidente decidía vetar esa partida, la pregunta era si los líderes del Congreso tendrían la determinación para desestimar el veto; y continuar haciéndolo año tras año. ¿Lo harían si el Medio Oriente estallara en llamas y una nueva ola de terrorismo surgiera alrededor del mundo? ¿Lo harían si los precios del petróleo se dispararan sin control perjudicando aún más la economía estadounidense como resultado del incremento en los precios de la gasolina y de la calefacción para los hogares?

★ ★ ★ ★ ★

TEHERÁN, IRÁN

—¿Para quién son los teléfonos satelitales?

—Para los ejecutivos de Telecom Irán —respondió David.

—¿Por qué tantos? —preguntó el oficial de seguridad.

—Solo hay veinte.

—Pero usted trajo veinte la última vez y cinco antes de eso.

—Ustedes tienen toda la papelería. Todo es legítimo.

—Eso no es lo que pregunté.

—Entonces, no entiendo la pregunta.

—¿Por qué está trayendo tantos?

—Yo traigo lo que se me pide —dijo David—. No tengo idea para qué sean los teléfonos y tampoco me importa.

—¿Sabía que Abdol Esfahani ha sido arrestado?

David estaba sinceramente asombrado. No se había enterado de eso.

—No —respondió—. ¿Por qué?

—Fue arrestado cuando usted no estaba, señor Tabrizi, acusado de espionaje.

—¿Espionaje? Eso es imposible. Él no es un espía.

—En realidad, lo es. Tenemos pruebas de que ha estado trabajando con la Agencia Central de Inteligencia y ahora sospechamos que usted también.

David sintió que una ola de temor se disparaba en su sistema. ¿Cómo podían saberlo? ¿Había cometido algún error?

—No sé de qué está hablando.

—¿Por qué estaba Esfahani tratando de comprar más de trescientos teléfonos satelitales? —preguntó el oficial—. ¿Qué uso podría tener para tantos?

La mente de David luchaba por una respuesta. Había jurado confidencialidad a Esfahani para no mencionar la conexión con el Duodécimo Imán, ni el Grupo de 313.

—No tengo idea. Tendrá que preguntárselo a él.

—Lo hicimos. Dijo que era idea suya.

—¿Mía?

—Dijo que usted también trabajaba para la CIA, que le estaba pagando un cuarto de millón de dólares para poner estos teléfonos satelitales en manos de todos los altos oficiales en Teherán. Bajo tortura, tortura severa, nos mostró que los teléfonos están intervenidos, lo que permite que sean interceptados por el sistema de inteligencia de la Agencia de Seguridad Nacional.

—¡*Eso es una locura!* —respondió gritando David; se puso de pie de un salto y puso su dedo en el pecho del hombre—. Yo no le estoy pagando por estos teléfonos. Él me está pagando a mí, y ninguno de estos teléfonos satelitales está intervenido. Yo mismo he revisado cada uno de ellos. Yo soy alemán, estúpido, no estadounidense. ¡No trabajaría para los secuaces e imbéciles que dirigen la CIA por todo el dinero del mundo!

—Siéntese, señor Tabrizi.

—No me voy a sentar.

—Dije que se siente, señor Tabrizi.

—Mire, tonto, yo no soy uno de sus títeres. No voy a ser acusado de espiar, de sobornar, ni de ninguna otra cosa. Ahora bien, me contrataron para hacer un trabajo para su gobierno y espero que se me trate con respeto. *Así que, déjeme ir, o exijo ver a alguien de la Embajada Alemana inmediatamente.*

27

Dos hombres enormes entraron inmediatamente a la sala.

Antes de que David se diera cuenta de lo que estaba ocurriendo, se movilizaron rápidamente alrededor de la mesa de madera en el centro del salón, lo golpearon en el estómago, lo arrastraron al suelo, lo amordazaron y lo ataron. Luchó lo más que pudo, pero lo patearon repetidas veces y finalmente uno de ellos puso su bota sobre el rostro de David para evitar que siguiera dando golpes.

Después hicieron a un lado las sillas de una patada y arrastraron una tabla de madera grande, que parecía como una camilla, de aproximadamente dos metros y medio de largo y varios centímetros de ancho. Pusieron un extremo en el escritorio para que la tabla estuviera inclinada, como el tobogán de un niño. Luego agarraron a David y lo ataron a la tabla con sogas gruesas, con los pies en el extremo elevado, la cabeza hacia el suelo y los brazos extendidos sobre su cabeza.

Fue entonces cuando David supo exactamente lo que iban a hacer. Estaba a punto de que le aplicaran la tortura del ahogamiento con agua. Luchó aún más para liberarse, pero fue imposible. Todo estaba ocurriendo demasiado rápido. Sabían que era de la CIA. No tenía idea de cómo, pero iban a torturarlo hasta que les dijera todo. El temor se apoderó de él. El sudor le corría por el rostro y por la espalda. Apretó los dientes y se preparó para no quebrantarse. Prefería morir que traicionar a su familia o a su país.

Le colocaron una toalla sucia sobre el rostro. La habían humedecido con algo, alcohol o quizás gasolina. De cualquier manera, sus ojos comenzaron a arder y a humedecerse. También comenzó a atragantarse. Sabía lo que venía. Llenó sus pulmones de aire y cerró los ojos y la boca. Sin advertencia, levantaron un gran balde de metal sobre su cabeza y comenzaron a vaciarle agua en el rostro de manera persistente y controlada. El agua empapó la toalla, haciéndola pesada y flácida. Conforme vaciaban más agua, la toalla se emplazaba en los contornos del rostro de David obstruyendo su nariz y su boca. Ahora, aunque él quisiera respirar, no podía hacerlo. Sus brazos trataban de dar golpes, pero no podía moverlos. Sus piernas batallaban para liberarse, pero no podían. David sabía que no debía gastar su energía adicional. Tenía que guardar cada onza de fortaleza, cada partícula de oxígeno, para seguir con vida. Sin embargo, no podía evitarlo. Sus movimientos eran involuntarios.

Desde el momento en que el agua comenzó a caer, él estaba contando.

Quince, dieciséis, diecisiete, dieciocho . . .

El agua seguía cayendo.

Veintiocho, veintinueve, treinta, treinta y uno . . .

No iba a lograrlo. Sus pulmones iban a explotar. No quería morir. No tenía idea de a dónde iría y eso lo asustaba más que cualquier otra cosa que alguna vez hubiera enfrentado. *Treinta y cinco, treinta y seis, treinta y siete . . .*

De repente, el agua se detuvo. La toalla desapareció. David exhaló. Las luces de arriba eran tan fuertes que no podía ver a sus captores. Sabía que solamente tenía un momento. Inhaló y exhaló, inhaló y exhaló, e inhaló una vez más.

Entonces le estamparon otra vez la toalla en el rostro y volvieron a vaciarle baldes de agua.

Uno, dos, tres, cuatro, cinco, seis, siete, ocho . . .

Le ardían los pulmones. Le temblaban las manos y los pies. ¿Estaba a punto de irse al infierno? ¿Era real el infierno? ¿Iba a pasar la eternidad quemándose y retorciéndose sin manera de escapar?

Diecinueve, veinte, veintiuno, veintidós, veintitrés, veinticuatro, veinticinco, veintiséis . . .

Mientras más se retorcía, más podía sentir la quemadura de las sogas que le cortaban las muñecas y los tobillos. Debido a que su

cuerpo estaba atado a la tabla en ángulo descendiente, el agua finalmente comenzó a filtrarse hacia sus fosas nasales. Esto instantáneamente desencadenó una arcada como reflejo para evitar que se ahogara.

Treinta y dos, treinta y tres, treinta y cuatro, treinta y cinco . . .

"Está bien, ya está listo," dijo uno de ellos.

El agua se detuvo. Le quitaron la toalla.

—¿Por cuánto tiempo ha trabajado para la CIA?

David sacudió la cabeza.

—No trabajo para la CIA.

—*¡Deje de mentir! Sabemos que sí. Hemos estado espiando sus llamadas. Lo hemos estado siguiendo. Solo queremos saber por cuánto tiempo
ha estado con ellos.*

—Soy un hombre de negocios. Trabajo para MDS. Ustedes tienen
mis papeles.

"Olvídenlo," dijo el líder. "Háganlo otra vez."

De nuevo le cubrieron el rostro y volvieron a derramar galones de
agua sobre su boca y sobre su nariz. David no podía soportarlo. Se
estaba asfixiando. Se estaba ahogando. Nunca había experimentado
tanto terror. Sabía que iba a morir en cualquier momento y si no era
ahora, entonces lo colgarían o un pelotón lo fusilaría más tarde hoy
o al día siguiente.

Trató de fijar su mente en una imagen de su madre o de su padre,
pero no podía hacerlo. Trató de imaginar a Marseille, trató de lograr
un último momento de dulzura antes de atravesar a la eternidad, pero
tampoco pudo hacerlo. Todo era negro.

Entonces vio un túnel. Caminaba por ese túnel y lo único que
podía escuchar eran gritos, alaridos como nada que hubiera escuchado antes. Ya no podía sentir el agua que se derramaba sobre su
rostro. Todo lo que sentía era calor, que subía por el túnel mientras
descendía. Calor intenso, hirviente, abrasador. Era real. Estaba ocurriendo. Tenía que hacer que se detuviera, pero no sabía cómo.

De pronto el agua se detuvo. Le retiraron la toalla y la luz cegadora
estaba otra vez en sus ojos.

—Tenemos a Fischer en custodia. Íbamos a torturarla. Íbamos a
hacerla sufrir también, pero ella cantó, casi desde el principio. Nos ha

dicho todo. Admitió que era de la CIA. Nos dijo que usted también. Nos dijo que MDS era una organización fachada. Nos dijo que usted fue enviado para penetrar en el Cuerpo de la Guardia Revolucionaria. Así que deje de mentir. Díganos lo que queremos saber. ¿Cuánto tiempo tiene de trabajar para la CIA?

Cada molécula de su cuerpo gritaba para decirles lo que ellos querían oír. Ellos ya lo sabían. ¿Por qué prolongar la agonía?

—*No trabajo para la CIA. Mis padres eran iraníes. Soy alemán. Ustedes lo saben. Nunca traicionaría a Irán. No soy un traidor.*

David había pasado por el entrenamiento SERE —Supervivencia, Evasión, Resistencia y Escape—, pero no había sido nada como esto. Estaba aterrorizado. Estaba listo para decirles cualquier cosa que los hiciera detenerse.

El rostro del doctor Birjandi de repente se le cruzó por la mente. Podía oír al hombre que decía: "David, tienes que recibir a Cristo como tu Salvador. Tienes que ser perdonado. No esperes. Dale tu vida al Señor, antes de que sea demasiado tarde. Solo él puede salvarte."

No obstante, ellos le estaban gritando otra vez. Estaban disparándole pregunta tras pregunta. No podía pensar, no podía reaccionar. David sintió un golpe duro en el estómago y luego otro en el riñón. La combinación le sacó el poco aire que tenía en sus pulmones. Hizo una mueca de aflicción por el dolor insoportable, se obligó a inhalar y a exhalar, cada vez más profundamente, y luego succionó una última bocanada antes de que la toalla le cayera otra vez y el agua comenzara a golpear sobre su rostro, su cabeza y su cuerpo.

Uno, dos, tres, cuatro, cinco, seis, siete . . .

David se obligó a dejar de moverse, a dejar de revolcarse. ¿Cómo podían haber capturado a Eva? ¿Cómo podían haberla interrogado? Ella estaba en Nueva York. Estaba interrogando a uno de ellos. No era posible que la hubieran capturado. No había manera de que la tuvieran. Así que estaban mintiendo. Sin embargo, ¿cómo sabían de los trescientos teléfonos?

Trece, catorce, quince, dieciséis . . .

El dolor era intenso, pero usando cada onza de energía, se enfocó en contar, no en resistirse.

Veinte, veintiuno, veintidós . . .

¿Por qué no le habían golpeado el rostro? ¿Por qué lo estaban golpeando en el estómago y en los costados?

Veinticinco, veintiséis, veintisiete, veintiocho . . .

No querían que su rostro estuviera ensangrentado ni lesionado. Eran profesionales. Estaban haciendo todo lo posible para quebrantarlo, sin dejar huellas de que lo habían torturado. Tal vez estaban mintiendo. Tal vez estaban sondeando.

Treinta y ocho, treinta y nueve, cuarenta, cuarenta y uno . . .

Le ardían los pulmones otra vez. Estaba a punto de explotar.

Cuarenta y dos, cuarenta y tres, cuarenta y cuatro, cuarenta y cinco . . .

David no podía aguantar mucho más. Tal vez estaba equivocado. Tal vez sí sabían. Tal vez sí iban a matarlo, después de todo. Entonces, una vez más, sin advertencia, el agua se detuvo. Alguien le quitó la toalla.

—¿Por qué está haciendo tantas preguntas acerca del Mahdi? —preguntó uno de ellos—. ¿Por qué le importa quién es y qué está haciendo?

—*Amo al Mahdi* —gritó David medio ahogándose en el proceso—. *Todos quieren conocer quién es el mesías. Yo también. ¿Cómo puede ser esto malo? ¿Cómo puede ser malo?*

—¿Fue parte del complot para matarlo? ¿Por qué estaba usted fuera del país cuando alguien trató de matarlo?

—*Yo nunca lo traicionaría* —respondió David, dispuesto ahora a decir cualquier cosa que pensaba que ellos querían oír—. *Lo seguiría a cualquier parte. ¡Comprometería mi vida para servirlo!*

28

BROOKLYN, NUEVA YORK

Firouz Nouri ya no podía esperar.

Le habían dado un número para llamar si todo lo demás fracasaba. Había esperado varios días, pero el tiempo se estaba acabando.

"Código adelante," dijo la voz al otro extremo.

Firouz recitó dos líneas de un famoso poema persa y luego esperó.

—Primo, ¿en realidad eres tú?

—Soy yo, Javad —dijo Firouz.

—¿Estás bien?

—Sí, sí, gracias a Alá estoy a salvo . . . por lo menos por ahora.

—¿Estás solo?

—No, Jamshad está conmigo.

—¿Y qué de Rahim y Navid? ¿Están a salvo también?

—No, me temo que tengo malas noticias para ti.

—¿Qué?

—Rahim murió como un mártir en la operación —dijo Firouz—. Creemos que Navid fue capturado.

—No han dicho nada de eso en las noticias.

—Lo sé, pero vi morir a Rahim. No estoy seguro en cuanto a Navid.

—Nunca confié en él.

—Lo sé. Tenías razón.

—Era demasiado joven, demasiado inmaduro.

—Tendríamos que haber escuchado.

—¿Dónde estás ahora?

—En el departamento.

—¿En Queens?

—Sí.

—¿Por qué estás tardando tanto? Te necesitamos. Tienes que movilizarte.

—No podemos, Javad. La policía ha colocado puestos de control y revisión en todas las rutas dentro y fuera de la ciudad. Es más seguro solo tratar de pasar desapercibido hasta que las cosas se calmen un poco.

—Muy bien, haz lo que tengas que hacer.

—¿Puedo hablar con Shirin?

—No estoy en casa en este momento. Estoy con el Mahdi.

—¿De veras? ¿Está bien él?

—Por supuesto. Tengo muchas historias que contarte. Historias milagrosas. El favor de Alá en él es palpable, mi pequeño.

—Estoy ansioso por conocerlo.

—Estoy ansioso por presentártelo, así que vuelve a salvo y cuídate las espaldas.

—Lo haré, Javad. Por favor, dale mis saludos al tío y dile a Shirin que la extraño.

—Por supuesto.

—No crees que ella extrañará mucho a Navid, ¿verdad?

Javad irrumpió con risa.

—Creo que no lo extrañará en absoluto.

★ ★ ★ ★ ★

JERUSALÉN, ISRAEL

—Haz que Shimon venga rápida y discretamente.

—Sí, señor —dijo la secretaria personal del primer ministro—. Ahora mismo, señor.

Neftalí no tenía muchos hombres en su gobierno en los cuales confiara implícitamente, pero Leví Shimon, su ministro de defensa, era uno de ellos. Neftalí no se atrevió a comentar el ultimátum estadounidense con todo su gabinete, ni con su gabinete de seguridad. Todos ellos se pondrían furiosos, incluso los más pacíficos de ellos no tomarían cordialmente esa presión de Washington. Alguien filtraría la historia a los medios de comunicación israelí en menos de una hora. No podía correr ese riesgo. Él también estaba furioso, pero Shimon tenía una mente serena y estratégica. Él no permitiría que sus emociones lo abrumaran, por eso es que Neftalí valoraba su opinión.

Menos de una hora después, el ministro de defensa llegó solo y en un auto sin distintivos, con un solo guardaespaldas y sin asistentes. Inmediatamente fue conducido a la oficina del primer ministro, donde Neftalí informó acerca de la situación.

—Inaceptable —dijo Simón—. Absolutamente inaceptable.

—Claro que es inaceptable —respondió el PM—. La pregunta es, ¿qué hacemos en cuanto a eso?

—Jackson es débil. Va a dejar que nos maten a todos. Tenemos que atacar rápidamente, antes de que los estadounidenses encuentren la manera de detenernos.

—Es posible que usted tenga razón, pero ¿cómo?

—Tiene que llamarlo inmediatamente —dijo Shimon.

—¿Al presidente?

—No, a Allen. Tiene que llamar a Roger Allen ahora mismo.

—¿Para decirle qué?

—Dígale que ha hablado conmigo . . . tienen que estar vigilando; saben que estoy aquí; dígale que ha hablado conmigo y que es posible que el presidente tenga razón.

—¿Qué? —preguntó Neftalí —. Él no tiene la razón.

—Claro que no la tiene, pero el presidente tiene que creer que usted cree que él *podría* tenerla.

—Siga.

—Dígale que necesitamos veinticuatro horas para discutirlo entre nosotros. Dígale que si va a funcionar, necesitamos dos cosas. Primero, necesitamos una alianza absoluta con Estados Unidos. Cualquier ataque del Estado de Irán, o de cualquier otro estado o entidad del Medio Oriente, tiene que ser considerado como un ataque al pueblo estadounidense y que Estados Unidos debe responder inmediatamente con nosotros en una operación militar conjunta. Necesitaremos muchas palabras para explicar cómo funcionaría eso, un mecanismo viable para activar la ayuda específica estadounidense en caso de ataques terroristas o de una guerra.

—¿Y lo segundo?

—Segundo, necesitamos silencio absoluto en cuanto a todo esto, antes de un anuncio formal. Dígale que cualquier filtración destruiría el trato. Necesitamos tiempo para desarrollar completamente el lenguaje con su equipo en privado, por lo menos una semana, y tiempo para discutir individualmente con miembros del gabinete para obtener sus ideas y aprobación. Dígale que tendremos que movernos rápidamente, o todo Israel estará exigiendo que ataquemos. Sin embargo, también necesitamos cosas para estar tranquilos con el fin de obtener apoyo interno antes de que se filtre. Ah, y una última cosa.

—¿Qué cosa?

—Necesitamos que el presidente visite Jerusalén y se dirija al Knesset dentro de una semana, o no hay trato.

—¿Para qué? —preguntó Neftalí.

—Dígale a Allen que necesitamos una exhibición de apoyo estadounidense. Necesitamos que Irán sepa que somos inseparables. Necesitamos que la región sepa que Estados Unidos nunca nos decepcionará. Dígale a Allen que mientras el presidente de Estados Unidos esté en suelo israelí, nosotros no podremos lanzar un ataque. Averigüe si el presidente puede estar aquí el próximo lunes.

—¿Usted cree que podemos lanzar el ataque antes de eso?

—Todo lo que necesito es su palabra, señor Primer Ministro, y cuarenta y ocho horas.

Neftalí lo pensó por un momento, luego desechó la idea totalmente.

—No, no podemos hacer eso.

—¿Qué quiere decir? —preguntó Shimon—. Tenemos que hacerlo.

—No vamos a engañar al presidente —dijo Neftalí—. Somos israelíes. Así no es como se hace.

—¿Acaso importa? ¿Simplemente va a decirle al presidente que vamos a atacar este fin de semana? ¿Va a poner en peligro la vida de todos nuestros pilotos, ya no digamos la vida de seis millones de judíos a quienes usted ha jurado proteger?

—Claro que no, Leví —respondió Neftalí, batallando mucho para mantener sus emociones bajo control—. No obstante, tenemos que mantener dos metas en mente. Vamos a emplear todos los medios necesarios para evitar que el Duodécimo Imán y el régimen iraní nos aniquilen o que tengan la capacidad de hacerlo en el futuro; eso se lo aseguro. Sin embargo, al mismo tiempo, tenemos que hacer todo lo posible para mantener una fuerte alianza estratégica con Estados Unidos. Ciertamente no podemos comenzar mintiéndoles.

—¿Aunque los dos objetivos sean incompatibles? —preguntó el ministro de defensa.

Neftalí se dio vuelta y miró desde la ventana de su oficina la línea del horizonte de Jerusalén.

—Esperemos en Dios que no lo sean.

★ ★ ★ ★ ★

WASHINGTON, DC

El precio del petróleo se estaba disparando.

El presidente examinó la última información de su secretario de energía, mientras cojeaba alrededor del Despacho Oval; todavía tenía mucho dolor y estaba envuelto en gasas impregnadas con varias cremas y ungüentos medicinales. El barril de petróleo crudo se comercializaba ahora a $143,74, en lugar de $69,41, que era el precio de cotización antes de los ataques en Nueva York. Era un aumento de 107 por ciento en solamente dos días. Si los israelíes lanzaban un primer ataque en contra de Irán, no había duda de que los precios del petróleo se dispararían aún más, seguidos de los precios de la gasolina, del combustible para las aerolíneas y de la calefacción para los hogares; y luego llegaría la inflación, a medida que el aumento del costo de energía se extendiera a la ya frágil economía.

La campaña de reelección estaba solamente a un año de distancia. Tenía suficientes desafíos para ser reelegido. No necesitaba que los israelíes presentaran más. La economía estadounidense se había estancado. El crecimiento en el último trimestre apenas estaba por encima del uno por ciento. Los mercados de valores se estaban hundiendo alrededor del mundo. Uno de cada diez estadounidenses no tenía trabajo. Los trabajadores de los sindicatos no tenían trabajo. Los hispanos no tenían trabajo. Los afroamericanos no tenían trabajo. Las mujeres no tenían trabajo. Su base estaba gritándole que hiciera algo, pero ¿qué se suponía que tenía que hacer? Su director de la Oficina de Administración y Presupuesto estaba proyectando otro déficit en el presupuesto de otro billón y medio de dólares. Si no podía darle un giro a las cosas y hacer que la economía se pusiera en movimiento otra vez, la deuda del país llegaría a los $25 billones al final de la década. No obstante, ¿cómo podía hacer que la economía se movilizara nuevamente, si estaba paralizada por el costo creciente del precio de petróleo?

"Señor Presidente, tengo al director Allen de la CIA en la línea tres."

Jackson agradeció a su secretaria y extendió la mano para tomar el teléfono detrás del escritorio. No se suponía que estuviera en su oficina. Se suponía que debía estar arriba, descansando en la residencia. Al médico de la Casa Blanca le iba a dar un ataque cuando se enterara, pero el mundo estaba al borde de una guerra y él no tenía ganas de dormir. Tomó la línea tres y cruzó sus dedos esperando buenas noticias.

—Roger, ¿cómo fue todo?

—Difícil de decir, señor Presidente.

—¿Qué significa eso?

—Digamos simplemente que Neftalí estuvo evasivo.

—¿Le dio mi ofrecimiento?

—Sí, señor.

—¿Con todos los detalles?

—Sí, señor.

—¿Incluso los submarinos clase Los Ángeles?

—Con todos los detalles, señor.

—¿Y qué dijo?

—Sinceramente, señor, la primera pregunta que hizo fue qué hará usted si él respetuosamente no acepta y siente que no tiene más opción que tratar directamente con Irán.

—¿Le dijo usted que yo firmaría una alianza formal?

—Por supuesto y, para ser honesto, señor Presidente, creo que si le hubiéramos ofrecido este paquete hace seis meses, muy bien podría haberlo aceptado.

—¿Entonces nos rechazó?

—No, señor, yo no diría eso. Diría que todavía está evaluando la oferta muy en serio.

—Está seguro.

—Absolutamente —dijo Allen—. Conozco a Aser Neftalí desde hace mucho tiempo, señor Presidente. Es un tipo muy inteligente y un político muy astuto. Créame, él no quiere atacar a Irán solo, si no tiene que hacerlo. Ahora sabe con seguridad, sin duda alguna, que usted se opone cien por ciento a un primer ataque israelí. Seguramente tenía que saberlo desde antes. Usted lo dejó bien claro en Manhattan, camino al Waldorf, como lo dijo, pero ahora él conoce el precio a pagar. Sabe que fundamentalmente se arriesga a romper la relación especial entre Estados Unidos e Israel. Así que no creo que esté dispuesto a ir a la guerra.

—¿Pero . . . ?

—Pero obviamente los últimos días han cambiado dramáticamente la hipótesis para él y para su gobierno.

Allen tomó unos momentos para informar al presidente sobre la seriedad de las heridas sufridas por Neftalí en el ataque. Jackson quedó atónito con la noticia. Se angustió por las implicaciones físicas y personales para Neftalí, pero también por el creciente y potencial costo político de obligar a un aliado a no defenderse, cuando su líder había sido casi asesinado en suelo estadounidense.

—Me siento terrible por Aser y no quiero que parezca que me estoy poniendo en contra de los israelíes —dijo el presidente después de una pausa larga—, pero sencillamente no podemos tener una guerra. Dominaría el programa internacional y doméstico por el resto de mi presidencia y eso es inaceptable.

Hubo otra pausa larga. Allen aparentemente no estaba seguro de cómo responder.

—¿Hay algo más que pueda hacer para evitar que Neftalí vaya

a la guerra, sin hacerlo parecer un mártir ante su propio pueblo, ni desencadenar repercusiones en el Congreso aquí en Washington? —preguntó Jackson.

Allen lo pensó por un momento.

—Usted tiene muchas prerrogativas, señor Presidente —respondió finalmente—. No obstante, dejemos que el PM reflexione en su propuesta durante la noche y veamos qué dice en la mañana. Mientras tanto, me aseguraré de que mi equipo esté vigilando de cerca a los israelíes, para ver si detectan alguna señal de que se estén dirigiendo hacia un ataque preventivo.

★ ★ ★ ★ ★

TEHERÁN, IRÁN

A David le vendaron los ojos y le metieron un trapo hasta la garganta.

Luego lo arrastraron por varios pasillos y lo hicieron subir por unas escaleras antes de arrojarlo en la maletera de un automóvil. Podía oír voces, pero no podía descifrar lo que decían.

Todavía atado, apenas podía moverse, y apenas podía respirar. Obviamente lo estaban sacando del aeropuerto, pero no tenía idea de a dónde lo llevaban. Entonces sintió que le introducían una aguja en el brazo. Lo último que escuchó fue que cerraron la tapa de la maletera.

29

Cuando despertó, David se encontró vestido con un terno limpio.

Uno de sus ternos.

Estaba afeitado. Tenía el pelo húmedo y peinado. Estaba sentado frente a Abdol Esfahani en una gran mesa de conferencias. *Qué listo*, pensó, tratando de recuperar la compostura. La mesa era demasiado larga como para que David se abalanzara, e incluso si lo intentaba, había dos guardias armados parados detrás de Esfahani.

David trató de sacudirse los sedantes. Podía oír que Esfahani hablaba, pero las primeras oraciones tuvieron poco sentido para él. Tenían que ser las drogas, pero dos cosas eran claras: Esfahani era el responsable de todo este fiasco y no se estaba disculpando.

"Todo el planeta está a punto de cambiar."

Era la primera oración que tenía un poco de sentido para David. Su mente estaba comenzando a aclararse, pero no le gustaba lo que oía.

—Estamos a punto de vivir en un mundo sin Estados Unidos y sin el sionismo —continuó Esfahani—. Todo nuestro odio santo está a punto de atacar como una ola en contra de los infieles. No confiamos en nadie. No podemos confiar en nadie. El enemigo se está movilizando. Está entre nosotros. Tenemos que ser cuidadosos.

—¿Eso es todo? —preguntó David; una explosión de ira y de adrenalina lo ayudaban ahora a tener más claridad.

—¿Qué quiere decir? —preguntó Esfahani.

—¿Es eso todo lo que va a decir?

—¿Acerca de qué?

—Hizo que me torturaran. Hizo que me sometieran al ahogamiento por agua.

—No podíamos arriesgarnos a que trabajara para la CIA o el Mossad. Ahora que estamos convencidos de que no es así, podemos volver a trabajar.

—¿*Volver a trabajar?* —respondió David gritando—. *¿Está loco? ¿Por qué querría yo hacer algo para usted en estas circunstancias? Lo que pasó hoy es totalmente inaceptable.*

—Señor Tabrizi, usted no se irá de este país hasta que recibamos todos los teléfonos.

—¿Cómo se supone que debo conseguir los teléfonos si no me deja ir por ellos?

—Creemos que usted no volverá nunca.

—¿De veras? ¿Qué le hizo tener esa idea?

—Usted dijo que quería trabajar con nosotros, señor Tabrizi. Dijo que quería servir al Imán al-Mahdi. ¿Acaso estaba mintiendo?

—Claro que no. He estado haciendo todo lo que usted pidió.

—No lo suficientemente rápido.

—Lo más pronto posible.

—Allí es donde discrepamos.

—¿Entonces su idea para motivarme de la mejor manera es torturarme?

—Lo estábamos probando.

—¿Probando?

—Sí.

—¿Para qué?

—Usted quería ser parte del Grupo de los 313, ¿no es cierto? David estaba atónito. ¿Estaba escuchando correctamente?

—Sí, por supuesto —dijo cautelosamente—, pero yo . . .

—¿Cómo se supone que podíamos saber que en realidad podíamos confiar en usted? Teníamos que averiguarlo con seguridad.

—Entonces ¿qué es lo que está diciendo? —preguntó David.

—Es sencillo, Reza: usted nos consigue el resto de los teléfonos en las siguientes setenta y dos horas y estará en el equipo.

David no sabía en realidad a qué se refería, pero sabía bien que no debía hacer demasiadas preguntas ahora.

—Haré lo mejor que pueda.

—Estoy seguro que lo hará.

—Ahora bien, usted tiene que entender que no va a ser fácil hacer que estos teléfonos sean enviados. Podría costar más dinero.

—Entonces eso vendrá de su bolsillo. No del nuestro. Ya le hemos pagado magníficamente.

—Lo sé, pero estoy corriendo riesgos enormes aquí, señor Esfahani. Es decir, no tengo que recordarle que Irán no puede comprar estos teléfonos satelitales legalmente, bajo las sanciones de la ONU.

—Técnicamente no los estamos comprando nosotros. Usted los está comprando.

—Lo cual demuestra más mis razones. Estoy corriendo riesgos enormes.

—Todos estamos corriendo riesgos enormes —respondió Esfahani—, pero el hecho es el siguiente: no podemos construir el califato si el Prometido no se puede comunicar con sus comandantes superiores y esto no sucederá hasta que tengamos todos los teléfonos. Ese es el final del asunto.

Con eso, Esfahani se levantó y salió de la sala. Sus guardaespaldas lo siguieron, después de deslizar una pequeña caja al otro lado de la mesa y dejar solo a David.

Con curiosidad, él abrió la caja. Era uno de los teléfonos satelitales que acababa de traer consigo. Estaba claro lo que tenía que hacer; y cuáles serían las consecuencias si no lo hacía.

★ ★ ★ ★ ★

OAKTON, VIRGINIA

El corazón de Najjar Malik latía frenéticamente.

Nunca antes había conducido en Estados Unidos. Nunca antes había estado en Estados Unidos. No tenía idea de dónde estaba ni a dónde iba. Solo sabía que tenía que alejarse del refugio tan rápido como le fuera posible, sin que lo atraparan.

Echó un vistazo al medidor de gasolina. Tenía medio tanque. Pensó que en un Corolla eso lo mantendría avanzando por buen tiempo. Lo que necesitaba era dinero y un mapa. En la luz roja de un semáforo revisó la guantera, pero solo encontró un grupo de manuales, el registro del auto, un fajo de servilletas y algunos carritos de juguete. Miró el asiento de atrás: nada más que envolturas de comida, dos asientos para niños y algunas monedas en el piso. Sin embargo, en el compartimiento entre los dos asientos de adelante encontró un GPS. No era exactamente como el que él tenía en Hamadán, pero era similar. Lo encendió rápidamente, se desplazó por varios puntos de interés y eligió la biblioteca pública más cercana, apenas a unos cuantos kilómetros de distancia.

Una vez allí, lo recibió una joven bibliotecaria que con gusto lo llevó a una fila de terminales de computadora y hasta le mostró cómo conectarse a Internet. Él le agradeció, esperó que se fuera a ayudar a alguien más, luego entró a Google y tecleó: "Estaciones de Televisión en persa en Washington, DC." No funcionó. Luego tecleó distintas alternativas y pronto surgieron tres posibles opciones para hacer llegar su mensaje al Medio Oriente. La primera era la BBC persa. Inaugurada el 14 de enero de 2002, la BBC persa le pareció a Najjar como la mejor elección. No estaba dirigida por musulmanes, era accesible desde Washington, tenía una gran audiencia de personas que hablaban persa y tenía mucha credibilidad en Irán. Nunca había visto la red por temor a que su suegro o sus colegas del programa nuclear lo señalaran como traidor, pero pensó que él era un caso único. Sabía que el régimen de Hosseini constantemente denunciaba a la BBC persa, lo que significaba que la veían y le ponían atención, no solamente la élite sino las masas, quienes siempre tendían a hacer exactamente lo opuesto de lo que sus líderes les decían que hicieran.

La segunda opción era Al Jazeera. Cierto, solamente estaba disponible para la región en árabe, pero muchos iraníes hablaban árabe y miraban la red. Además, la red era bien vista y respetada en todo el mundo islámico, también estaría monitoreada por periodistas iraníes y blogueros que él esperaba pudieran captar su historia.

La tercera opción era la Red Satelital Cristiana Persa (PCSN), una compañía de televisión cristiana en idioma persa con base en las afueras de Los Ángeles, pero con estudios en Nueva York y Washington. Esta era una red pirata, si es que había una, que transmitía el evangelio a Irán en persa a través de la enseñanza y de dramas bíblicos, veinticuatro horas al día, siete días a la semana. Ciertamente no tenía el índice de audiencia de las otras dos, pero según el sitio Internet, era respetada por un amplio rango de iraníes que buscaban una alternativa a la enseñanza islámica y a las noticias del estado. Más importante aún, Najjar pensó que PCSN comprendería mejor su historia y, por lo tanto, quizás estaría dispuesta a darle más tiempo de transmisión que las demás.

Decidió apuntar alto. Volvió al auto y usó el teléfono celular que había tomado de la casa de los vecinos para llamar a las oficinas centrales de la BBC en Londres, donde lo comunicaron con una productora que hablaba en persa. Le explicó que era un científico nuclear iraní que había desertado a Estados Unidos. Brevemente describió sus antecedentes y dijo que quería darle a alguien una historia exclusiva acerca del programa nuclear iraní y de los esfuerzos de la CIA para detenerlo. ¿Estaría interesada la BBC?

La conversación no resultó como Najjar había esperado. La productora le hizo muchas preguntas, pero según Najjar, se oía escéptica, aunque le prometió hablar con su editor y responderle.

Najjar colgó el teléfono y miró el tráfico que circulaba. Entonces cerró los ojos e inclinó la cabeza. "Oh Padre, gracias por salvarme y hacerme tu hijo," oró. "Por favor, ayúdame ahora. Por favor, guíame. ¿Estoy haciendo lo correcto? ¿Estoy siguiendo el método correcto? Como lo prometiste en el Salmo 32, por favor guíame y enséñame el camino que debo tomar, y por favor dirígeme con tu mirada sobre mí, oh Señor. Gracias, de nuevo, Padre. Confío en ti. Por favor, bendice a Sheyda, a Farah y a mi pequeña. Sabes dónde están. Solo tú puedes protegerlas, consolarlas y animarlas. Te las entrego y me entrego totalmente a ti. Oro en el santo y poderoso nombre de Jesús. Amén."

Najjar abrió sus ojos otra vez. No tuvo una visión. No escuchó ninguna voz audible. Sin embargo, sintió una paz que no podía explicar y eso era suficiente para él. El Señor le había dicho que le hablara a su país, que fuera un vigilante y que alertara a su pueblo. La televisión satelital parecía el camino correcto. Estaba abierto a otros caminos, pero por ahora percibió que tenía que seguir intentándolo.

Abrió otra vez el teléfono celular, marcó a la oficina de PCSN en Washington, y otra vez lo comunicaron con un productor. Una vez más, compartió brevemente su historia, pero esta vez también compartió un poco de su peregrinaje espiritual.

La reacción fue totalmente distinta. El productor estaba extático. Le hizo unas cuantas preguntas más y perecía estar cada vez más interesado con cada respuesta de Najjar.

—¿En dónde está? —preguntó el productor.

—En Oakton.

—¿Qué tan pronto puede llegar a la ciudad?

—Puedo llegar ahora mismo.

—¿En treinta minutos?

—En realidad no sé —admitió Najjar—. Nunca antes he conducido aquí.

—Está bien, digamos una hora. Póngase en camino inmediatamente y lo llamaré en unos cuantos minutos con varios de mis colegas para hacerle más preguntas.

Emocionado, Najjar accedió. Introdujo la dirección de PCSN en el GPS y pronto se encontró en la carretera interestatal 66 hacia la capital de la nación, cantando al Señor en persa mientras conducía.

Hasta que un pensamiento terrible hizo impacto en él: ¿qué si la CIA estaba monitoreando la llamada?

★ ★ ★ ★ ★

JERUSALÉN, ISRAEL

El recorrido para volver al Ministerio de Defensa tomaba una hora.

Sin embargo, Leví Shimon no perdió el tiempo. Sentado en el asiento de atrás del sedán blindado, abrió un pequeño diario de cuero que él llamaba el Libro de la Muerte. Allí era donde garabateaba notas, soñaba con nuevos proyectos, trazaba planes de guerra preliminares y anotaba página tras página de preguntas operacionales que necesitaba responder o que otros miembros de su personal le respondieran. Sacó una pluma fuente, anotó la fecha y la hora, e hizo una nueva anotación.

- PM: no hay otra manera de proteger a Israel; tenemos que atacar a Irán.
- El tiempo es corto: quiere que la operación esté lista de cuarenta y ocho a setenta y dos horas.
- Objetivos:
  1. Destruir todas las armas nucleares de Irán
  2. Destruir las instalaciones nucleares estratégicas
  3. Destruir las instalaciones de producción de misiles
  4. Destruir los activos navales de Irán en el Mediterráneo y en el Golfo
  5. Asesinar a los científicos nucleares destacados
  6. Atacar los objetivos clave en Teherán: Ministerio de Defensa, instalaciones del Cuerpo de la Guardia Revolucionaria Iraní, instalaciones de inteligencia
  7. Prepararse para ataques relámpago con misiles
  8. Prepararse para neutralizar ataques en represalia de Líbano, Siria, Gaza; prepararse con fuerzas terrestres, de ser necesario
  9. Minimizar número de víctimas y pérdida de equipo de las Fuerzas de Defensa de Israel y de víctimas civiles israelíes
- ¿Cómo mantenemos el elemento sorpresa?
- ¿Cómo mantenemos a Estados Unidos de nuestro lado?
- ¿Qué probabilidades hay de que Egipto o Jordania entren al combate? ¿Qué nivel de influencia tiene allí el Duodécimo Imán?

De vuelta en el Ministerio de Defensa, él tenía un plan de guerra total en su caja de seguridad. Sus generales y él habían estado trabajando en él por años. Habían estado perfeccionándolo durante meses y Leví Shimon apenas comenzaba a darse cuenta de que este era finalmente el momento para el que se habían estado preparando por tanto tiempo. A menos que algo dramático ocurriera para cambiar la dinámica estratégica, el líder electo del Estado de Israel iba a autorizarlo a usar todos los medios necesarios para neutralizar la amenaza nuclear iraní en los próximos días. Iba a ser la operación más peligrosa y difícil de la historia de las Fuerzas de Defensa de Israel y los riesgos no podían ser más altos. Iban a perder su país o a transformar el Medio Oriente para siempre.

Tenían que finalizar muchos detalles. Había tantas maneras en que esta operación podría salir terriblemente mal. Sin embargo, lo que más le preocupaba a Shimon era que su éxito o fracaso total dependía de un hombre. En realidad, no dependía de él, del primer ministro, ni de cualquier ciudadano israelí. Su destino estaba ahora en las manos del único agente que el Mossad había reclutado hacía años, muy a fondo en las líneas enemigas. Era un agente que había proporcionado información extraordinariamente exacta en el pasado, que había ayudado a plantar el virus Stuxnet, que había apagado más de treinta mil computadoras en todo Irán, particularmente las que funcionaban en las instalaciones nucleares clave de Irán, y su participación nunca había sido detectada. Él había planificado el asesinato del doctor Mohammed Saddaji, el líder clandestino del programa de armas nucleares de Irán, y no había sido atrapado. Él había proporcionado al Mossad lecturas detalladas de la prueba iraní de armas nucleares apenas hacía una semana, lecturas que demostraban sin lugar a dudas que la prueba no solamente había salido bien; había salido mucho mejor de lo esperado.

No obstante, ahora, el agente había desaparecido.

Le habían preguntado por la ubicación exacta de todas y cada una de las ojivas nucleares en Irán. Estaba en una ubicación ideal como para conocer esta información, o por lo menos para averiguarla, pero desde entonces no sabían nada de él y no se atrevían a comunicarse nuevamente con él. ¿Qué había salido mal? ¿Estaba en alguna situación comprometedora? ¿Lo habían arrestado o ejecutado? Shimon no tenía idea. Lo único que sabía era que su agente más importante había desaparecido y se les estaba acabando el tiempo.

MIÉRCOLES, 9 DE MARZO

9 DE MARZO

(HORA DE IRÁN)

30

El Mahdi estaba llamando.

Era muy temprano, de madrugada, hora de Irán, pero Javad Nouri fielmente corrió a las habitaciones de su maestro.

—¿Sí, mi Señor? —dijo Javad, inclinándose.

—Llama a tu primo.

—¿Ahora?

—Por supuesto. Dile que vaya al banco. Llámalo a su casa.

Era su estrategia de salida, una caja de seguridad en un Citibank de Queens. Javad sabía dónde obtener la llave. Adentro había nuevos pasaportes, tarjetas de crédito y dinero en efectivo.

—Sí, mi Señor.

—Dile que tome a Jamshad y que salgan de Nueva York hacia Canadá, que vuelvan aquí tan pronto como sea posible. Dile que se encamine por Venezuela, de ser necesario. Él sabrá por qué.

—Mi Señor, haré todo lo que pida, por supuesto, pero . . .

—¿Pero qué?

—Bueno, yo . . . Usted tiene toda la sabiduría, por supuesto, mi Señor . . . pero solamente tengo curiosidad, ¿no es demasiado arriesgado, por lo menos ahora? ¿Por qué no dejamos que siga escondido hasta que pase la tormenta? Después de todo, en realidad no lo necesitamos aquí ahora mismo, ¿verdad?

—Estás pasando por alto el punto —dijo el Mahdi—. Quiero que llames por tu teléfono satelital. Quiero saber si en realidad estos teléfonos están limpios. Si lo están, Jamshad y tu primo no tendrán problemas. Los verás de regreso en Teherán en unos cuantos días,

antes de que comience la guerra, pero si los teléfonos están intervenidos, lo sabremos con seguridad antes de que ataquemos.

★ ★ ★ ★ ★

David pidió un taxi para que lo llevara a un hotel cercano.

En lugar de eso, Esfahani le envió un mensaje de que él le daría
un auto con chofer. David tomó el teléfono satelital, su maletín y su
equipaje, y salió escoltado de la sala de conferencias y del edificio.
Únicamente entonces se dio cuenta de dónde estaba. Se detuvo por
un momento y se maravilló al ver los edificios y el campus iluminados con reflectores en medio de la noche. Arquitectónicamente, no
tenían valor ni eran atractivos, pero los había visto antes. De hecho,
conocía cada centímetro de su diseño y mucho de su historia. Ahora
estaba parado afuera de las instalaciones de la Fuerza Quds, una de las
unidades de inteligencia y fuerzas especiales más temidas del Cuerpo
de la Guardia Revolucionaria Iraní. Por lo tanto, estaba parado afuera
de la antigua Embajada de Estados Unidos en Teherán, que la Fuerza
Quds se había apropiado después de la Revolución Islámica.

David miró a su alrededor y vio la antigua cancillería, luego vio
el lugar donde el embajador estadounidense vivió alguna vez, la casa
donde el subcomandante de la misión solía vivir, junto con el antiguo
consulado y la bodega (más conocida como "Mushroom Inn"). Trató
de imaginar cómo se habrían visto en aquel fatídico día —el 4 de
noviembre de 1979— cuando el padre de Marseille, Charlie Harper,
había estado parado justo allí, en ese mismo lugar. ¿Cómo habría sido
estar allí, observando a miles de enfurecidos estudiantes combatien-
tes y armados abalanzarse por las puertas de la embajada, escalar sus
paredes, asaltar sus instalaciones, atrapar a su gente? ¿Cómo habría
sido trabajar de incógnito para la Agencia Central de Inteligencia en
Irán durante esos caóticos días históricos?

Todo estaba muy tranquilo ahora.

Los guardaespaldas de David lo introdujeron en un sedán
negro que se estacionó frente a las puertas de ingreso, conducido
posiblemente por un agente de la Fuerza Quds. No obstante, en

ese momento, lo único que David podía hacer era mirar fijamente las instalaciones de "Henderson High," como había sido apodada alguna vez la ex embajada, y pensar en cómo el destino de su familia y el de los Harper habían quedado entrelazados para siempre en ese mismo lugar. David se dio cuenta de que si la embajada no hubiera sido asaltada y el cuerpo diplomático estadounidense no hubiera sido capturado, entonces Charlie y Claire Harper nunca hubieran estado en tanto peligro ni habrían tenido que huir de Irán o pedirle ayuda a los padres de David, una solicitud que finalmente puso en marcha la operación de la CIA para sacar de Irán no solamente a los Harper sino también a los Shirazi. ¿Y quién había sido el autor intelectual del plan de rescate? Nada menos que Jack Zalinsky.

¿Cuáles eran las probabilidades, se preguntaba, de que el hijo menor de Mohammad y Nasreen Shirazi estuviera ahora de vuelta en Teherán, trabajando secretamente para la CIA, con Jack Zalinsky, y enamorado de la única hija de los Harper, aun si la posibilidad de volver a verla menguaba rápidamente? ¿Cuáles eran las probabilidades? ¿Una en un millón? ¿Una en un billón? No podía ser el azar. No parecía una coincidencia o un evento fortuito. Parecía providencia. Predestinación. ¿Sería posible que existiera en realidad un Dios, un Dios amoroso, un Dios que tenía un plan para él? Por primera vez en su vida, comenzó a pensar en que la respuesta podría ser sí.

★ ★ ★ ★ ★

WASHINGTON, DC

Finalmente había llegado.

Después de ser alertado sobre la intercepción telefónica, el presidente había estado esperando desde el domingo y finalmente había llegado: un mensaje personal del Mahdi, enviado a la Casa Blanca por medio del ministro de defensa francés y del secretario de defensa de Estados Unidos.

Solo en el Despacho Oval, Jackson no podía evitar preguntarse por qué el Mahdi había eludido al secretario de estado y a todo el sistema diplomático estadounidense. ¿Era para asegurar la entrega segura del mensaje o para poder negar su existencia si era expuesto públicamente?

Abrió el sobre sellado y vio que el mensaje era tan breve como lo había descrito la CIA. Como lo esperaba, el Mahdi expresaba sus condolencias personales al presidente por esa "tragedia terrible." Prometía una investigación exhaustiva para determinar quién había sido el responsable. Sin embargo, su mensaje principal señalaba que quería que el presidente supiera que "ahora es el tiempo para la paz y no para derramar más sangre." Como se anticipaba, pedía una reunión telefónica con el presidente el martes siguiente, después de terminar su viaje inagural del Medio Oriente.

"No considero sabio reanudar relaciones formales entre la República Islámica de Irán y su país en un futuro próximo bajo las condiciones actuales," escribió sin rodeos el Mahdi. "Usted no ha hablado favorablemente del nuevo califato que estoy construyendo. No demuestra una comprensión del poder ni del rol emergente del islam en el mundo y su gobierno tampoco ha expresado el arrepentimiento necesario por previos agravios. Aun así, hemos atravesado un umbral. Hemos entrado en una nueva época y parece más sabio hablar pronto. Quizá nuestros representantes deberían reunirse para discutir asuntos de interés mutuo, como su propuesta para un acuerdo de paz regional. Queda por ver si ese acuerdo es posible, dada su política hacia los pueblos oprimidos de nuestra región y a su apoyo financiero, militar y político a los que más los oprimen. No obstante, ya que usted ha solicitado una reunión, no me opondré a una. Yo he venido a proporcionar paz. Esa es mi misión. Si usted en realidad busca la paz, entonces movámonos rápidamente, antes de que el momento pase para siempre. Como dice el antiguo proverbio persa: 'Una promesa es una nube; el cumplimiento es la lluvia.'"

¿Era una amenaza o una puerta abierta?, se preguntó Jackson. Ciertamente no era el comunicado más afectuoso que hubiera recibido desde que asumió el cargo, pero, después de todo, era de un enemigo, no de un amigo. El Mahdi había ofrecido una visión clara de la relación de Estados Unidos con Israel (alias, los opresores) y una alusión clara a las armas nucleares que él controlaba ahora ("hemos atravesado un umbral"). Aun así, el Mahdi parecía querer un canal de respaldo. Estaba tratando de alcanzarlo. Quería comunicarse, aunque fuera solo por teléfono.

Jackson abrió la primera gaveta a la derecha del escritorio Resolute, sacó una pluma fuente y una hoja de papel grueso con membrete de la Casa Blanca y comenzó a preparar un borrador de su respuesta.

★ ★ ★ ★ ★

Najjar se limpió el sudor de sus manos y de su frente.

Se sintió aliviado de haber llegado finalmente a la oficina de la Red Satelital Cristiana Persa (PCSN) en Washington. No se había perdido. Había encontrado estacionamiento rápidamente. El personal lo había recibido calurosamente. Sentía que el Señor estaba con él y que estaba haciendo lo correcto. No obstante, entre el calor de los reflectores de televisión y los calambres de su estómago, estaba luchando por mantenerse enfocado.

Un joven le sujetó un micrófono en su camisa mientras una joven le aplicaba un poco de maquillaje en el rostro, y entonces llegó la hora.

"Ahora bien, recuerde que esto no es en vivo," dijo el productor. "Es demasiado temprano en Irán como para transmitirlo en vivo. Así que vamos a grabarlo por el momento. De esa manera, si siente que se ha confundido, siempre puede volver a comenzar una respuesta y nosotros nos encargaremos de eso al editarlo. ¿Le parece bien?"

Najjar asintió con la cabeza. Nunca antes había querido estar en la televisión. Jamás se imaginó aparecer en ella, pero allí estaba, preguntándose exactamente qué iba a decir y qué diría Sheyda si pudiera verlo en este momento.

"Por ahora," agregó el productor, "estamos planificando transmitirlo mañana en la noche como un especial de una hora, en el momento de mayor audiencia, posiblemente en el espacio de las siete de la noche, hora de Teherán, y de las 10:30 a.m., hora de aquí. ¿Le parece bien?"

Najjar asintió con la cabeza y pidió un vaso de agua.

—Excelente —dijo el productor—. Ahora bien, ¿tiene algún sitio Internet adonde quiere que la gente se dirija?

—No, por supuesto que no. ¿Por qué lo pregunta?

—La gente va a quedar totalmente fascinada con su historia, doctor Malik. Créame. Esto es lo que yo hago. Ayudo a los cristianos iraníes a contar sus historias a la gente que habla persa en todo el mundo . . . en Irán, por supuesto, pero a través de Europa, Norteamérica, en todas partes. Nuestra red tiene una teleaudiencia muy numerosa, y siempre aconsejo a nuestros invitados que tengan un sitio Internet donde la gente pueda ir para saber más.

Najjar no sabía qué responder.

—Todo ha ocurrido tan rápidamente. No tengo nada como eso.

—¿Qué tal una página de Facebook?

—Lo siento, no.

—¿Myspace?

Najjar sacudió la cabeza.

—Está bien, espere aquí —dijo el productor—. Tengo una idea.

Corrió a su oficina y volvió un minuto después con su computador portátil.

—¿Ha usado Twitter alguna vez?

Najjar fijó su mirada en el joven.

—He estado construyendo reactores y armas nucleares toda mi vida. Ni siquiera he aprendido a usar un teléfono celular más que para hacer llamadas y correo electrónico —respondió Najjar.

—¿Así que nada de *tweeting*? —dijo el productor.

—Lo siento —dijo Najjar—. Ni siquiera sé lo que significa eso.

—No hay problema. Voy a prepararle una cuenta ahora mismo y vamos a decirle a la gente durante todo el programa que se registre para que le dé seguimiento a usted. No se preocupe. Se lo explicaré todo cuando terminemos.

Un asistente de producción le llevó a Najjar una botella de agua mientras el equipo hacía los ajustes finales. Pronto todos estuvieron listos y la luz roja de la cámara principal se encendió. Najjar trató de relajarse, trató de verse tranquilo, pero estaba tan aferrado a los brazos de su silla que tenía los nudillos muy blancos.

"Comencemos por el principio," dijo el productor. "Por favor, díganos su nombre, háblenos de su trayectoria en Irán como un científico nuclear destacado y por qué alguna vez fue seguidor del Duodécimo Imán, aunque ahora se ha convertido en un seguidor de Jesucristo."

31

David encontró un hotel y se registró.

Cuando su "guardián" se fue, subió a su habitación, cerró la puerta con seguro al entrar, cerró las cortinas y se sentó en la cama. Abrió la caja que tenía el teléfono satelital y desarmó el teléfono, pieza por pieza. No podía arriesgarse a que estuviera interceptado.

Cuando se convenció de que estaba limpio, volvió a armar el teléfono y marcó a la oficina sucursal de Munich Digital Systems en Dubai. Nadie respondió, por lo que dejó un mensaje a su gerente, haciéndole saber que estaba a salvo en Teherán y que se reportaría con el equipo técnico a la mañana siguiente. Después llamó a las oficinas centrales de MDS en Munich y dejó un mensaje difícil de descifrar en la línea de Eva, diciendo que necesitaba "acelerar" la llegada del "envío que discutieron" y ver si podía enviarlo a su oficina en Teherán. Su meta era hacer lo que Abdol Esfahani le había solicitado, en el teléfono que Esfahani le había dado para tal propósito. Si, de alguna manera, alguien estaba escuchando, David quería que escucharan lo que esperaban oír. Nada más y nada menos.

Sin embargo, después de hacerlo, David sacó su Nokia N95 modificado por la Agencia, el teléfono inteligente de última generación, que funcionaba más como un iPhone que como un BlackBerry. También lo desarmó, ya que desde el momento en que había estado sujeto a interrogatorio había estado fuera de sus manos. ¿Había sido intervenido de alguna manera? Tardó como una hora en desarmarlo y en revisar cada microchip y alambre, y por primera vez se sintió agradecido por todo el entrenamiento que los técnicos de Langley le habían facilitado, y porque estaba recordándolo todo.

Convencido de que todo estaba bien, tenía que volver a armarlo sin arruinar algo de las mejoras especiales que la división técnica le había hecho. El teléfono tenía una función especial de GPS que le permitía a Zalinsky y a la Agencia rastrear su ubicación en tiempo real sin que nadie detectara que ese rastreo se estaba llevando a cabo. También contenía los nombres e información de contacto de la gente que se esperaría que David conociera en su trabajo como asesor técnico de MDS. Además, un software especial cargaba de un modo seguro cualquier nombre, número de teléfono y dirección de correo electrónico que él agregaba a su directorio de contacto a las computadoras centrales de Langley y de la Agencia de Seguridad Nacional, y alertaba a ambas agencias para que piratearan y comenzaran a monitorear esos números telefónicos y direcciones de correo electrónico como nuevos objetivos de alta prioridad. Más importante aún, aunque el teléfono típicamente operaba en frecuencias normales, permitiendo a las agencias extranjeras de inteligencia que escucharan sus llamadas y de esta manera se alimentaran con desinformación de ser necesario, él podía activar un sistema de codificación exclusivo que le permitía hacer llamadas satelitales seguras a Langley, o a otros agentes de campo. Esto era solo para casos excepcionales y para emergencias, porque cuando el software era activado, los que monitoreaban las llamadas de David inmediatamente sabían que se había puesto en modo seguro, arriesgando potencialmente su identidad ficticia como asesor de Munich Digital Systems.

Sin embargo, este era uno de esos casos excepcionales. Tenía que hablar con Zalinsky y decirle lo que había ocurrido: la tortura, la invitación a unirse al Grupo de 313 y la solicitud perentoria del resto de los teléfonos, pero no se sentía cómodo de hacer la llamada desde su habitación. Todavía no había revisado todo lo que había en su portafolio y en su equipaje, para asegurarse de que no hubieran plantado micrófonos. Esfahani había dicho que estaba limpio, pero era obvio que estaban lo suficientemente preocupados de que pudiera ser un espía como para estar aplicando medidas extraordinarias. A estas alturas, no podía dejar de ser sumamente cuidadoso.

Salió agachado por el pasillo. Luego encontró la escalera, se dirigió al techo e hizo la llamada.

—No lo sé —respondió Zalinsky después de escuchar la exigencia de Esfahani por el resto de los teléfonos—. No estoy seguro de sentirme cómodo con darle al Mahdi y a su equipo una red completa de comunicaciones en este momento. Estamos muy cerca de la guerra y no tenemos suficiente personal para rastrear todas esas llamadas en tiempo real.

—¿Qué si mandas más o menos cien ahora —sugirió David—, pero haces que la mayoría de ellos se "dañe" en el envío? Eso parecería como que yo estoy esforzándome mucho y también nos daría más tiempo.

—Es una buena idea —dijo Zalinsky—, pero es muy arriesgada. ¿Qué si Esfahani explota?

—Le diré que es su culpa —respondió David—. Debería haberme dejado ir por ellos personalmente.

Zalinsky accedió, después le preguntó a David si todavía estaba bien, considerando todas las cosas.

—Tengo un poco de dolor —respondió David—, pero eso no es lo que me preocupa.

—¿Qué es lo que te preocupa?

—No tengo ni una sola pista de esas ojivas y los acontecimientos se están desencadenando demasiado rápido. Jack, no sé cómo voy a encontrarlas a tiempo y aunque fuera así, el presidente no tomará ninguna acción para destruirlas.

—No te preocupes por el presidente —respondió Zalinsky—. Solo encuentra esas ojivas y, cuando lo hagas, créeme, encontraré la manera de destruirlas. En eso te doy mi palabra.

—Gracias, Jack.

—Lo que estás haciendo no es en vano. Ahora bien, escucha; ¿recuerdas a un tipo que se llama Javad Nouri?

—Por supuesto. Es el tipo al que le entregué un grupo de teléfonos. Trabaja para el Líder Supremo, creo.

—De hecho, hemos establecido que es el asistente personal del Duodécimo Imán.

—¡Vaya! Eso es grande.

—Aparece constantemente en las llamadas interceptadas y ahora tenemos un video de él, viajando con el Mahdi en la Meca y en Beirut. Ahora bien, este es el asunto: ¿sabes algo de esta familia?

—No, ¿por qué?

—Creemos que tiene un primo, Firouz, quien fue el líder de la célula del ataque al presidente en el Waldorf el domingo por la noche. Creemos que todavía está en Estados Unidos, quizá aún en Nueva York. Tenemos una gran cacería humana en curso ahora mismo. El problema es que no tenemos una foto. Si puedes conseguir una, la necesitamos.

David tuvo que sacudir la cabeza.

—Entonces yo tenía razón.

—La tenías.

—La célula era iraní, no de al Qaeda ni de la Hermandad.

—Es cierto —confirmó Zalinsky—. El tipo al que el Servicio Secreto le disparó y mató es Rahim Yazidi, miembro del Cuerpo de la Guardia Revolucionaria. El tipo que tenemos en custodia es Navid Yazidi, hermano menor de Rahim, también parte de la Guardia. Eva hizo que Navid le revelara la identidad de Firouz Nouri. Su padre es Mohammed Nouri. Es un mulá de Qom, aparentemente importante en la comunidad de los imanistas. Ha escrito varios libros sobre el Duodécimo Imán. De todas formas, mira qué te puede decir tu amigo Birjandi de esta familia. Necesitamos todo lo que podamos conseguir. No tengo que decirte bajo cuánta presión está la Agencia para atrapar a este tipo, Firouz. El presidente está fuera de sus casillas porque nosotros no vimos venir el ataque en Manhattan. Necesitamos éxito y lo necesitamos pronto.

★ ★ ★ ★ ★

LANGLEY, VIRGINIA

Eva Fischer asomó la cabeza en la oficina de Zalinsky.

—Tengo algo que tienes que ver.

Zalinsky estaba tecleando furiosamente en su computadora portátil.

—Cierra la puerta —respondió sin levantar la mirada.

Eva obedeció y se sentó.

—¿Se trata de Malik?

—No, pero estamos haciendo todo lo posible para encontrarlo.

—¿Entonces por qué no lo hemos encontrado? —preguntó Zalinsky—. Murray está manejando esto razonablemente bien, bajo las circunstancias, pero el director, que todavía está en Israel, está furioso. Todavía no se lo han dicho a la Casa Blanca, pero van a tener que hacerlo pronto y eso no es lo peor.

—¿Qué es lo peor?

—El director está preguntando si hay alguna posibilidad de que Malik sea un doble.

—Rotundamente no —dijo Eva categóricamente.

—¿Estás segura de eso?

—Ya leíste la transcripción —respondió Eva—. ¿Te parece un doble? Es decir, ¡el tipo renuncia al islam y afirma que tuvo una visión de Jesucristo! No es precisamente acción típica de un espía iraní.

—¿No nos despistaría eso más?

—Él no es un doble, Jack. Está asustado. Está solo. Extraña a su esposa. Extraña a su hija y lo tuvimos encerrado en una casa totalmente solo, excepto por los guardias armados.

—Y ve lo bien que nos fue.

—Mira, Jack, todo lo que nos ha dicho se ha confirmado. Todo. Estamos haciendo hasta lo imposible por encontrarlo. ¿Qué más podemos hacer? Mientras tanto, tengo una nueva conversación interceptada.

Zalinsky suspiró y se puso sus lentes de leer cuando Eva le entregó la traducción de una llamada reciente.

VOZ 1: Código adelante.

VOZ 2: "Esta enfermedad no se puede sanar, ni las serpientes se pueden arrancar. Por lo tanto, prepara comida para ellas, para que puedan alimentarse, y dales como alimento los cerebros de los hombres, porque es posible que esto las destruya."

VOZ 1: Primo, ¿en realidad eres tú?

VOZ 2: Soy yo, Javad.

VOZ 1: ¿Estás bien?

VOZ 2: Sí, sí, gracias a Alá. Estoy a salvo . . . por lo menos por ahora.

VOZ 1: ¿Estás solo?

VOZ 2: No, Jamshad está conmigo.

VOZ 1: ¿Qué hay de Rahim y de Navid? ¿Están a salvo también?

Zalinsky levantó la mirada de la transcripción.
—¿De veras es este Firouz Nouri?
—Sí.
—Entonces es cierto que son primos.
—Aparentemente.
—¿Cuál es el código que usa?
—Son unas cuantas líneas de un poema persa.
—¿Cuál?
—*La épica de Shahnameh* de Ferdowsi.
—¿Qué significa?
—Todavía no lo sé.
Zalinsky siguió leyendo.
—¿Están en Queens?
—Así parece.
—¿Quién es Shirin?

—La hermana de Firouz. Estamos trabajando en todas las conexiones. El punto es que acabo de llevar esto al FBI, e hice que intensificaran su búsqueda en Queens.

—Está bien, buen trabajo, y Eva, déjaselo claro al FBI: necesitamos a este tipo y a Jamshad rápido y los necesitamos vivos.

★ ★ ★ ★ ★

TEHERÁN, IRÁN

David durmió unas cuantas horas y se despertó temprano el miércoles en la mañana.

Se duchó, se vistió, tomó su teléfono y se dirigió hacia el vestíbulo, medio esperando ver a un matón de inteligencia esperándolo, pero el vestíbulo estaba vacío. El restaurante todavía estaba cerrado y todo estaba tranquilo.

Se dirigió a la calle y tomó un taxi al centro de operaciones de Telecom Irán en el lado sur. Dada la típica e insoportable hora punta de tráfico en Teherán, el trayecto de nueve kilómetros y medio tardó casi una hora. Una vez allí, pasó las horas siguientes poniéndose al día con su equipo técnico de MDS, averiguando cómo se estaba desarrollando el trabajo y respondiendo a sus muchas preguntas. De ninguna forma era lo que él deseaba hacer, pues sentía que no era el mejor uso de su tiempo, pero no tenía otra opción. Sabía que lo estaban vigilando. Tenía que mantener su identidad ficticia. Además, los altos ejecutivos en Munich, los que le pagaban un sueldo y generosos beneficios cada mes, no tenían idea de que trabajaba para la CIA. Lo habían contratado para que ayudara a reconstruir la anticuada red de teléfonos celulares de Irán y esperaban que él cumpliera.

HAMADÁN, IRÁN

El helicóptero militar tocó tierra al mediodía.

Aterrizó en un campo abierto al otro lado de la calle del hogar del doctor Alireza Birjandi, como lo hacía una vez al mes. A los vecinos no les gustaba el ruido, ni la vista de hombres armados tomando posiciones en su calle, pero desde luego que no se quejaban. Vivían en la República Islámica de Irán y eran sensatos.

Dos soldados llamaron a la puerta de Birjandi. El anciano estaba listo y esperando, como siempre, con su bastón blanco en la mano. Ayudaron al clérigo ciego de ochenta y tres años a bajar sus gradas, a cruzar la calle y a entrar en el helicóptero que todavía estaba encendido, sin decir ni una palabra. Ya era una rutina. Cada hombre conocía su lugar, hacían lo que tenían que hacer y pronto estaban en el aire de nuevo, ganando altitud y velocidad aérea, camino al Qaleh.

A Birjandi en realidad no le importaba dónde se reunía con el Líder Supremo y el presidente. Sus almuerzos mensuales no habían comenzado, en los primeros años, en el centro privado de retiro del Líder Supremo en la montaña. Originalmente se habían realizado en la residencia de Hosseini en la Calle Pasteur, no lejos de las embajadas alemana y británica. Sin embargo, seis meses antes, Hosseini había invitado a Birjandi a su complejo en las montañas y desde entonces se habían estado reuniendo allí. Según lo que Birjandi había oído, Hosseini pasaba cada vez menos tiempo ocupado en funciones oficiales en Teherán y mucho más en las montañas. ¿Era por razones de seguridad? ¿O solamente por la paz y tranquilidad que ofrecía el monte Tochal? Birjandi no estaba totalmente seguro, pero tenía sus sospechas.

Hosseini ya tenía setenta y seis años. Estaba solo en el mundo, después de haber asesinado a su esposa en 2002, y después de haber enviado a sus tres hijos a los campos minados para que se convirtieran en mártires durante la guerra de Irán e Irak en los años ochenta. Había sido un discípulo leal y el segundo al mando del Ayatolá Jomeini, y había estado a su lado cuando el líder de la Revolución Islámica había fallecido. Aunque él no había sido la primera opción de la Asamblea de Expertos para reemplazar a Jomeini, Hosseini finalmente se había ganado su favor y ahora había ejercido como Líder Supremo de la nación por más de una década. Durante ese tiempo, había trabajado diligentemente para reforzar su base de poder y solidificar su control del ejército, del Cuerpo de la Guardia Revolucionaria, de la milicia Basij y de la mayoría de la clase gobernante, incluso de los líderes religiosos de Qom y de la élite de negocios de Teherán. Ahora estaba firmemente convencido de que tanto el fin de sus días como el fin de los tiempos se acercaban rápidamente. No parecía querer molestarse con las aficiones triviales de los simples mortales que vivían abajo. Sus ojos estaban firmemente fijos en la llegada del Duodécimo Imán y, ahora que ya estaba aquí, el Líder Supremo estaba dedicado a agradar al así llamado Prometido. Hosseini parecía pensar que era más espiritual permanecer en las montañas e indigno atender las necesidades de su pueblo.

Cuando el helicóptero hizo su acercamiento final a la plataforma de aterrizaje en el Qaleh y finalmente tocó tierra, la tristeza se posesionó del corazón de Birjandi. Amaba verdaderamente a Hamid Hosseini. Aborrecía las preferencias del hombre. Aborrecía su religión, pero el hombre estaba perdido, totalmente perdido, y eso le dolía a Birjandi. *Imagina*, pensó, *si un hombre así llegara a ser seguidor de Jesucristo. Imagina qué gozo y perdón podría experimentar. Imagina la influencia que podría tener en los musulmanes alrededor del mundo.* De rodillas por horas cada vez, Birjandi le había suplicado al Señor que abriera los ojos del hombre a la verdad del amor incondicional de Cristo y al regalo gratuito de salvación. Birjandi había decidido reunirse con Hosseini, así como con el presidente Darazi, porque no estaba seguro de que hubiera otra persona en sus vidas que fuera seguidor de Jesucristo, que supiera que el Duodécimo Imán era un mesías falso y que estuviera dispuesto a arriesgar su vida para dar testimonio de esas verdades.

Cuando escuchó que el motor del helicóptero se apagó y que los rotores disminuyeron velocidad, Birjandi le hizo al Señor la misma pregunta que le hacía antes de cada reunión: *¿Es hoy el día en que debería decirles que sigo al verdadero Rey de reyes?* Había sentido el freno innegable del Espíritu Santo cada vez que se reunían. No estaba seguro por qué. Siempre escuchaba cuidadosa y sinceramente a los hombres. Siempre respondía a sus preguntas con sinceridad. Sin embargo, ellos creían que ellos y él eran espíritus afines, igualmente emocionados por el Duodécimo Imán e igualmente dedicados a servirlo como el Señor de la Época. Eso había sido cierto cuando recién habían comenzado a reunirse, pero no lo había sido ya durante algún tiempo y Birjandi oraba para que hoy Dios le diera una puerta abierta y luz verde para decirles a estos hombres la verdad, porque él no tenía idea de cuántas oportunidades más tendría para reunirse con ellos frente a frente.

★ ★ ★ ★ ★

TEHERÁN, IRÁN

Después de una mañana productiva, David llevó a almorzar al equipo de MDS.

Ante su enérgica solicitud, aceptó, a regañadientes, reunirse con varios de ellos al día siguiente en una de las estaciones alternas de Telecom Irán, cerca de la ciudad de Qom, para resolver algunos problemas de software que parecía que ellos no podían solucionar. Nunca antes había estado en Qom y tampoco estaba en el plan estratégico de la Agencia, pero en ese momento no pudo encontrar otra solución, por lo que accedió y después se despidió.

Prometió reunirse con ellos en la mañana para finalizar los arreglos, salió del lujoso restaurante donde los había agasajado y caminó unas cuantas cuadras, deteniéndose ocasionalmente para mirar las vitrinas de varias tiendas, aunque en realidad era para ver si alguien lo estaba siguiendo. Como no estaba seguro, caminó otras dos cuadras, luego se metió en una cafetería llena de gente, pidió una taza para llevar y esperó a ver quién venía detrás de él. Nadie se veía sospechoso, pero no se arriesgó. Después de otros diez minutos, se abrió camino hacia la parte posterior de la tienda, hacia los baños, luego salió agachado por la puerta posterior hacia un callejón, caminó rápidamente por la esquina y se agachó para atarse el zapato. Miró la calle hacia el norte, luego atrás hacia el sur. Nadie parecía estar siguiéndolo. Finalmente, convencido, llamó un taxi.

"Tengo que llegar al aeropuerto lo más pronto posible," le dijo al conductor. "¿Cuánto tardará?"

★ ★ ★ ★ ★

EL QALEH, IRÁN

Los tres hombres se reunieron en el comedor.

Hosseini y Darazi estaban optimistas, explicando que el califato estaba surgiendo, los precios del petróleo seguían subiendo —otros nueve dólares más por barril de la noche a la mañana— y la aniquilación de la entidad sionista era inminente. Evidentemente, no era la primera vez que habían dicho tales cosas, pero Birjandi, interiormente, advertía la manera en que las decían. Hablaban con tanta convicción, con tanta certeza, que a Birjandi se le erizó el vello de la nuca y sintió que todo el cuerpo se le congelaba.

—En este momento, el Imán al-Mahdi se dirige al Cairo —dijo Hosseini—. Aterrizará en cualquier momento. Va a reunirse con el vicepresidente y el consejo supremo de líderes militares. Mañana a esta hora, Egipto será parte del califato.

—Eso significa que tendremos a los sionistas casi totalmente rodeados —agregó Darazi—. Ya tenemos al Líbano y a Siria, a los sauditas y a varios de los estados del Golfo. También a Sudán, Libia y Argelia. Con Egipto, el cerco está casi completo. Todavía necesitamos a Jordania y la obtendremos. El rey es obstinado y se ha puesto del lado de los estadounidenses. Sin duda el director Allen de la CIA se dirigirá a Amán en algún momento, pero Jordania pronto será nuestra. Si el rey se opone al Mahdi, lo lamentará.

Birjandi no había oído nada del viaje al Cairo. Se preguntaba si David Shirazi lo sabría, aunque no tenía manera de contactarlo.

—¿Irá el Mahdi a Amán? —preguntó.

—No lo sé —dijo Darazi—. Cuando el rey vea lo que le ocurre a los judíos, creo que vendrá a suplicarnos misericordia.

—Cómo me encantará ese día —dijo Hosseini.

—¿Qué tan pronto comenzará el ataque a los sionistas? —preguntó Birjandi.

—Cualquier día de estos —dijo Hosseini—. Depende de él, claro, pero sospecho que todo estará listo para el lunes, a más tardar.

—Eso es muy pronto. ¿Hay algo que pueda hacer mientras esperamos?

—El Imán al-Mahdi quiere reunirse con usted cuando vuelva del Cairo. Ahmed y yo hemos estado hablándole de usted, de lo útil que ha sido y de lo devoto que usted es.

Birjandi se encogió por dentro. No le interesaba estar en el mismo país con el Duodécimo Imán, mucho menos en la misma habitación. Sin embargo, no se sintió en libertad de decirlo, por lo que asintió cortésmente con la cabeza y dijo que servía "para complacer a mi Señor." Él se refería al Señor Jesús, pero por el momento, podía aceptar ser malinterpretado.

—Se habla mucho de que los israelíes lanzarán un ataque aéreo descomunal antes de que ustedes puedan atacar —dijo.

—Solo son habladurías —dijo Darazi—. Los estadounidenses no les permitirán hacerlo. El Mahdi le ha enviado al presidente un mensaje privado en los últimos días. Le pide una llamada telefónica a Jackson para el próximo martes.

—¿Ha aceptado el presidente?

—Todavía no, pero creemos que solamente es un asunto de tiempo. Ha enviado al director de la CIA a Jerusalén para reunirse con Neftalí. Por lo que hemos podido saber, el presidente le está haciendo al primer ministro una oferta que él no puede rechazar.

Birjandi no estaba convencido. Se dio vuelta hacia donde estaba Hosseini, deseando poder hacer contacto visual o por lo menos lograr que hiciera una pausa.

—Hamid, amigo mío, no subestime a Aser Neftalí. Puede ser amigo del presidente, pero no es su lacayo. Vio la prueba que usted hizo. Escucha su retórica. Escucha lo que el Mahdi está diciendo. No es tonto. Sabe que se le está acabando el tiempo. Va a atacar pronto y millones de nuestra gente sufrirán.

—Por eso es que los confundiremos y los detendremos hasta poder atacar primero con las ojivas que acabamos de construir —respondió Hosseini.

—¿Y si los israelíes sí atacan primero? —insistió Birjandi—. ¿Y si destruyen todas nuestras ojivas antes de que podamos usar una sola?

—No hay de qué preocuparse, Alireza. En serio. Estamos bien. El Mahdi tiene todo bajo control. Todo está saliendo de acuerdo con su plan.

—¿Qué significa eso? —preguntó Birjandi—. No debemos atrevernos a subestimar el alcance de los sionistas. Ellos tienen espías en todas partes. Mataron a Saddaji. Según lo que sabemos, secuestraron a Malik. Casi mataron al Mahdi. ¿Cómo sabe que no vendrán por usted?

—Ali, amigo mío, nos hemos encargado de todo —dijo Hosseini—. En primer lugar, estamos a salvo aquí arriba. Incluso, nadie sabe que estamos aquí. En segundo lugar, las ojivas están todas esparcidas. Ni siquiera Ahmed ni yo sabemos exactamente dónde están todas. En general lo sabemos, pero francamente, no queremos que los científicos que las construyeron, ni los generales que las controlan, compartan cada detalle con nosotros, por la misma razón que usted menciona. No queremos que los sionistas, ni los estadounidenses, no lo quiera Alá, se enteren de lo que nosotros nos enteramos, pero puedo decirle esto. ¿Sabía usted que cinco de nuestros buques de guerra estarán pasando por el canal de Suez hoy, más tarde, precisamente cuando el Mahdi aterrice en El Cairo?

—Sí, me he enterado en las noticias —dijo Birjandi.

—No le he dicho estas cosas ni a mis asesores más cercanos, pero se lo digo, amigo mío, dos de nuestras ocho ojivas están a bordo de esos buques de guerra mientras se dirigen al Mediterráneo. Están conectadas a misiles que apuntan hacia Tel Aviv y a Haifa.

Birjandi oró para que su rostro no reflejara su terror.

—Pensé que no teníamos la capacidad de conectar las ojivas a los misiles —dijo—. Eso fue lo que usted me dijo el mes pasado.

—El mes pasado no la teníamos —respondió Hosseini—, pero ahora sí.

33

TEHERÁN, IRÁN

David llegó al aeropuerto y le pagó en efectivo al conductor del taxi.

Dentro de la terminal principal sacó la cantidad máxima permitida por día de la cuenta de su Eurocard y la cambió por riales iraníes. Luego eligió una de las agencias para alquilar autos y llenó los papeles para un Peugeot 407 marrón, un sedán de cuatro puertas.

★ ★ ★ ★ ★

LANGLEY, VIRGINIA

El teléfono celular de Zalinsky sonó.

Desorientado, se sentó en la cama, revisó su reloj y rezongó. Eran solo las cuatro y media de la mañana del día miércoles, hora de Washington. Tres décadas de experiencia le permitieron deducir que esto no podía ser bueno. Buscó a tientas en la oscuridad el teléfono sobre su mesa de noche y contestó en el sexto timbrazo.

—Jack, es Eva. Disculpa por llamarte tan temprano.

—¿Quién se murió?

—Nadie.

—¿Qué pasa entonces?

—Acabo de recibir una llamada del tipo que tengo en la Agencia de Seguridad Nacional.

—¿Dónde estás?

—En mi escritorio.

—¿No te fuiste a casa para nada?

—No.

—¿Estás durmiendo en el suelo?

—No, no estoy durmiendo mucho, pero Jack, escucha. La Agencia de Seguridad Nacional acaba de enviarme la transcripción de una llamada muy interesante.

—Adelante.

—Interceptaron una llamada de Javad a Firouz. Ocurrió hace como una hora.

—Qué rápido. ¿Qué pasó?

—Javad describió una caja de seguridad en una agencia del Citibank en Queens. Dijo que contenía dos pasaportes falsificados, uno con identidad falsa para Firouz y otro para Jamshad. Dijo que también había pasaportes para los otros dos terroristas. Que fueron colocados allí con anticipación, por si acaso. Dijo que también había tarjetas de crédito, dinero en efectivo, certificados de nacimiento falsificados y qué se yo qué más. También hay cuatro pistolas automáticas y suficiente munición. Le dio a Firouz la dirección del banco y le dijo que estuviera allí, precisamente a las diez en punto, cuando la oficina abriera. Se supone que deben retirarlo todo, usar los documentos para salir de Nueva York, luego dirigirse a Toronto y volver a Teherán, tan pronto como sea posible. Sugirió que se desviaran a Venezuela, de ser necesario, y que Firouz sabría por qué. Los tenemos, Jack. En realidad creo que los tenemos. Estoy a punto de llamar a los chicos del FBI para que puedan establecer vigilancia en el banco, pero quería que tú fueras el primero en saberlo, o más bien, el tercero.

—¿Tú y el traductor?

—Correcto.

—¿No se lo has dicho a Murray?

—No, pensé que te gustaría hacerlo.

—No —dijo Zalinsky—. No se lo decimos a nadie. A nadie.

—¿Qué estás diciendo, Jack? Podemos capturarlos. Ahora mismo. Podemos arrestar a dos terroristas. Será una gran hazaña para la Agencia . . . bueno, para el FBI, para el presidente.

—No, no, eso es precisamente lo que no queremos. Esto no puede ir más allá de nosotros tres ahora mismo . . . y, definitivamente, no a Tom.

—¿Por qué no? Es una locura.

—Detente, Eva. Piensa. No podemos arrestarlos. Por ahora no. Es demasiado obvio. Si capturamos a estos tipos, Javad Nouri sabrá que podemos escuchar sus llamadas. Entonces van a sospechar de todos los teléfonos celulares, y todo lo que hemos tratado de poner en marcha no servirá de nada. No, tenemos que seguir la pista y ver adónde nos lleva.

Eva protestó por unos cuantos minutos, pero finalmente se retractó cuando Zalinsky le recordó el peligro en que estaría David si el régimen iraní descubriría la capacidad del gobierno de Estados Unidos para interceptar los teléfonos satelitales.

—Ya sospechan de él —dijo Zalinsky—. No podemos correr el riesgo de que lo vuelvan a torturar. La próxima vez no será el ahogamiento. Lo matarán.

—¿Entonces qué hacemos? —preguntó Eva.

—No le digas nada al FBI. Pon a uno de nuestros equipos en el banco. Haz que sigan a Firouz y a Jamshad en los próximos días y espera más órdenes.

★ ★ ★ ★ ★

EL QALEH, IRÁN

—Ali, no se ve contento —dijo Hosseini después de un rato.

Ellos habían terminado sus ensaladas y su plato principal de salmón y les estaban sirviendo tazas de *chai* humeante. Su conversación había sido amplia; había oscilado entre las posibles respuestas de Estados Unidos e Israel frente a un primer ataque iraní, la creencia de Darazi de que el presidente estadounidense no tenía la voluntad de iniciar otra guerra en el Medio Oriente —mucho menos para salvar a Israel— y la creencia de Hosseini de que Jackson podría ordenar ataques aéreos, pero no se permitiría ser arrastrado a una guerra terrestre como la de Operación Libertad Iraquí. Hosseini dijo que la clave estaba en no provocar específicamente a los estadounidenses cerrando el Estrecho de Ormuz, atacando los campos de petróleo iraquí o confrontando directamente a la marina de Estados Unidos.

Birjandi no podía creer lo que estaba oyendo. Pensó que estaban locos. No discrepaba en que este presidente estadounidense en particular, en este tiempo singular, probablemente carecía de fortaleza y de determinación para emprenderla militarmente en contra de la República Islámica. No obstante, estaba atónito por lo que consideraba una tontería por parte de Hosseini y de Darazi de desestimar la capacidad de Israel, tanto de absorber un primer ataque como de lanzar un segundo ataque absolutamente devastador.

Sin embargo, Birjandi fue sensato y no trató de debatir con ellos sobre geopolítica. No iban a escucharlo. No era para eso que estaba allí y ellos no lo consideraban un experto en esos temas. Su valor, a los ojos de ellos, era su conocimiento de la profecía islámica, de la perspectiva chiíta en cuanto al tiempo final y cómo todos los acontecimientos que estaban presenciando y dirigiendo ocurrirían juntos para restablecer el califato. Ya había estado escuchándolos por casi noventa minutos y solamente había hecho una que otra pregunta para despejar dudas. Entonces sintió que era tiempo de iniciar aquello para lo que el Señor lo había enviado. Estaba claro que Hosseini y Darazi no tenían oídos para oír, ojos para ver, ni corazones para entender el evangelio de Jesucristo, ni una presentación directa de las verdades bíblicas, por mucho que hubiera orado para que ellos lo hicieran, pero sintió que el Señor le decía que sembrara semillas de duda en sus mentes en cuanto a su propia escatología, dudas que quizás el Espíritu reforzaría en las horas y días futuros.

—Sinceramente me disculpo por mi semblante. No quiero ser una carga para ustedes.

—No es una carga —dijo Hosseini.

—Aun así, rehúso molestar a dos hombres tan importantes como ustedes con mis propios problemas, tan triviales como pudieran serlo. —Birjandi habló con mucha discreción y discernimiento, apelando al ego de los que estaban sentados con él.

—Tonterías —dijo Hosseini—. Lo consideramos nuestro amigo. ¿Qué es lo que le molesta?

—Probablemente no es nada —respondió Birjandi—. Es solo que

me encuentro batallando con unas cuantas interrogantes en privado para las que no encuentro respuesta.

—¿Cómo cuáles? —preguntó Darazi.

—En realidad, no tengo que molestarlos. Ustedes dos tienen mucho en sus mentes.

—No sea ridículo, Ali. Díganoslo francamente.

—Bueno, y por favor tomen esto con el espíritu que se propone, una simple pregunta, aunque es una pregunta irritante que . . .

—Por supuesto, por supuesto —dijeron.

—Es que me encuentro preguntándome, ¿dónde está Jesús, la paz sea con él?

Hubo un silencio absoluto. No era un nombre que se mencionara frecuentemente en presencia del Gran Ayatolá y del presidente de la República Islámica de Irán.

—¿A qué se refiere? —preguntó finalmente Hosseini, bebiendo su *chai* ruidosamente.

—Me refiero simplemente a que, ¿no se suponía que Jesús volvería antes que el Mahdi? ¿No es eso lo que decían las profecías? ¿No se suponía que sería una de las señales?

—Supongo que sí.

—Entonces, ¿dónde está?

Ni Hosseini ni Darazi tenían una respuesta.

—Ustedes dos han dado sermones de que Jesús volvería como teniente del Imán al-Mahdi, ¿verdad?

—Es cierto.

—Entonces, como les dije, me encuentro preguntándome, ¿dónde está?

Darazi se movió incómodamente en su asiento y preguntó:

—¿Qué está implicando exactamente, Ali?

—No estoy implicando nada —respondió Birjandi con calma—. Simplemente me estoy preguntando en dónde me equivoqué. Por favor, no me malinterpreten. Usted predijo que una de las señales que precederían el regreso del Mahdi sería la venida de Jesús requiriendo que todos los infieles se convirtieran al islam o si no morirían bajo la espada. Usted lo hizo porque yo se lo enseñé. Se lo enseñé después de estudiar durante toda mi vida los textos antiguos y muchos comentarios sobre lo mismo. Sin embargo, Jesús no está en ninguna parte. No se ha advertido a los infieles. Eso me tiene incómodo. Porque eso no es todo. Hay otras profecías que no he visto cumplidas y me pregunto por qué.

—¿Otras profecías? —dijo Darazi presionando—. ¿Cuáles?

—Tengo dudas para continuar —dijo Birjandi—. No quiero que me malinterpreten. Solamente estoy tratando de ser fiel con los textos antiguos.

—No, continúe —dijo Hosseini—. Ahmed y yo siempre hemos valorado sus perspectivas. Ahora valoramos también sus interrogantes.

—¿Está seguro, amigo mío?

—Muy seguro —respondió Hosseini.

—Muy bien —dijo Birjandi—, si insiste. —Se detuvo por un momento, luego comenzó otra vez—. En el trabajo que he hecho a través del Bright Future Institute, identifiqué y bosquejé cinco señales distintas que precederían a la llegada o a la aparición del Imán Escondido. La primera señal se suponía que sería el surgimiento de un luchador de Yemén llamado el Yamani, que ataca a los enemigos del islam. Esto en realidad sí parece haberse cumplido. Ha habido toda una serie de ataques violentos en contra de los cristianos en Yemén en años recientes e incluso en las semanas anteriores a la aparición del Mahdi.

Sus oyentes no dijeron nada, pero Birjandi percibió que asentían con la cabeza, animándolo silenciosamente para que continuara.

"La segunda señal es el surgimiento de un líder militante antimahdi, llamado Osman Ben Anbase, que también será conocido como Sofiani. A esta figura se supone que se le unirá otro militante antimahdi llamado Dajal. Muchos clérigos musulmanes comparan a esta figura con la noción cristiana del Anticristo. Se suponía que el surgimiento de Sofiani precedería a la reaparición del Mahdi en la Meca por exactamente seis meses," observó Birjandi. "Se suponía que estas dos fuerzas ocuparían Siria y Jordania y que avanzarían desde allí. ¿Ocurrió esto? ¿Cuándo? Nunca me enteré de esto. ¿Cuándo fueron las fuerzas del bien lideradas en batalla por el hombre de Khorasan? ¿Cuándo ocurrió la batalla épica que se profetizó que ocurriría cerca de la ciudad de Kufa, en la zona central chiíta del sur de Irak? ¿La pasé por alto? ¿Y ustedes?"

Ni Hosseini, ni Darazi respondieron.

"La tercera señal distintiva," continuó Birjandi, "es que hay voces desde el cielo, la más prominente se supone que es la del ángel Gabriel, reuniendo a los fieles alrededor del Mahdi. Eso parece que acaba de ocurrir en Beirut. Fue solamente una voz angelical, por cierto, no voces múltiples ni una hueste de ángeles, pero aun así, creo que es justo decir que esta profecía se cumplió, o por lo menos parcialmente. No obstante, eso tendría que haber llevado a la cuarta señal, a la destrucción del ejército de Sofiani. Sin embargo, ya que parece que Sofiani nunca vino, que parece que no ha formado un ejército y que efectivamente no ha tomado el control de Siria ni de Jordania, no creo que esta profecía haya sido, ni pueda ser, cumplida. La pregunta que sigo haciéndome es por qué."

Todavía no hubo respuesta. De todos modos, Birjandi continuó.

"La quinta señal se supone que es la muerte de un hombre santo con el nombre de Muhammad bin Hassan, llamado Nafse Zakiye, o alma pura. Se supone que el Mahdi aparecerá en la Meca quince días después de que esta figura haya sido asesinada. He estado reflexionando en esto por días, pero no entiendo cómo se cumplió esta profecía. De acuerdo, se supone que el ejército del Mahdi comenzará con 313 musulmanes fieles y que aumentará a diez mil, cincuenta de los cuales serán mujeres. Esto está en proceso de ocurrir, así que es digno de destacar, pero algunos de los otros detalles menores de la venida del Mahdi tampoco han ocurrido. No parece estar usando el anillo que le perteneció al Rey Salomón. Tampoco tiene la vara de madera que Moisés sostuvo cuando dividió el mar Rojo. ¿Importa eso? Tal vez no, pero tengo una gran sensación de responsabilidad. He estado estudiando las Últimas Cosas durante la mayor parte de mi vida adulta. He estado predicando y enseñando estas cosas por todo el tiempo que ustedes han sido tan amables de darme la libertad de hacerlo. Sin embargo, algo no encaja. Algo está mal, y yo me sigo preguntando: ¿qué es?"

34

Najjar se despertó con el timbrazo del teléfono celular.

Había dormido toda la noche en el Toyota, en un estacionamiento subterráneo, porque no tenía a dónde ir y le había dado mucha vergüenza pedirle ayuda al personal de la estación televisiva. Sintió que le dolían el cuello y la espalda, y se incorporó a buscar el teléfono para ver quién llamaba. Tenía miedo de que fueran los vecinos, o peor aún, la policía, pero se asombró al ver que era una llamada desde Londres.

—¿Hola? —preguntó cautelosamente.

—¿Es el doctor Najjar Malik?

—¿Quién llama?

—Mi nombre es Nigel Moore. Soy el productor principal de la BBC persa. ¿Tiene un momento?

Najjar se sentó, trató de quitarse el sueño frotándose los ojos y revisó su reloj. Apenas eran pasadas las siete del miércoles en la mañana, hora de Washington, tres y media de la tarde en Irán. De repente se dio cuenta de que estaba muerto de hambre.

—Sí. ¿En qué puedo ayudarlo?

—Francamente, mi colega con quien usted habló ayer fue muy escéptico en cuanto a su historia, pero pasamos la mayor parte de la noche haciendo nuestra tarea y hablando con fuentes y ahora estamos mucho más interesados.

Najjar se puso tenso. ¿Sería una trampa?

—No estoy seguro de estar todavía interesado, pero muchas gracias por llamar.

Estaba a punto de colgar el teléfono, pero el productor le suplicó que se mantuviera en la línea.

—Usted tenía toda la razón —dijo Moore—. Esta sería una historia grandiosa, a diferencia de lo que hemos hecho en mucho tiempo. Tiene una historia muy convincente que contar y debería escucharse. Estamos muy agradecidos de que pensara en nosotros.

—No estoy interesado en que jueguen conmigo, señor Moore —respondió Najjar—. Hay gobiernos que están tratando de arrestarme y gente que está tratando de matarme, y entre todas las compañías de televisión, esperaba un poco más de comprensión por parte de la BBC.

—La tiene ahora, doctor Malik. Lo siento mucho. Sé que usted tiene que ser muy cuidadoso. De veras lo entiendo, pero, por favor, comprenda que también nosotros tenemos que ser sumamente cuidadosos. Simplemente no podemos permitir que cualquiera salga al aire. La gente trata de engañarnos todos los días. Estoy seguro que puede imaginarlo.

—Creo que tiene razón.

—Escuche, doctor Malik, hay rumores de que va a estallar una guerra en cualquier momento entre Irán e Israel, o entre Estados Unidos e Irán. ¿Se ha enterado de las noticias esta mañana?

—No. ¿De qué se trata?

—El presidente Jackson envió un segundo grupo de portaaviones de batalla al Golfo Pérsico, pero el *Washington Post* dice que la Casa Blanca ha participado en conversaciones secretas con el Duodécimo Imán y que el presidente ha aceptado la invitación del Mahdi de hablar por teléfono el próximo martes.

—Está andando con rodeos.

—¿Quién?

—El Mahdi.

—¿Qué quiere decir?

—Va a lanzar las ojivas, probablemente este fin de semana, pero no después del lunes —dijo Najjar.

—¿Cómo puede decir eso? —dijo Moore—. ¿En base a qué?

—Señor Moore, el Mahdi tiene el control de ocho ojivas nucleares. Alguien acaba de intentar asesinarlo. Tal vez fueron los estadounidenses. Tal vez fueron los israelíes. Eso en realidad no importa. Él quiere venganza. Quiere destruir a la sociedad judeocristiana de una vez por todas y está a punto de intentarlo.

—Insiste en que quiere paz.

—Si en realidad estuviera interesado en la paz, estaría en el teléfono con el presidente ahora mismo. ¿Por qué esperar seis días? Solo hay una razón. Andarse con rodeos hasta que pueda atacar.

—Venga a nuestra red y dígalo —dijo Moore—. El mundo tiene que oír su perspectiva. Grabaremos un especial de una hora. Tal vez una serie de dos partes, si quiere. Este es un momento increíble, doctor Malik. Recuerde, usted nos buscó primero. Nosotros hicimos los trámites debidos. Ahora estamos listos. ¿Qué le parece?

Este era el momento de la verdad. Tenía que decidirse. Ya había compartido su historia con la red cristiana sobre la visión que había tenido de Jesucristo y de haber renunciado al islam. La BBC persa era una enorme oportunidad. Además, Moore tenía razón; era él quien los había buscado a ellos. Najjar miró por el retrovisor. Se veía terrible: sin haberse duchado ni afeitado, con los ojos inyectados de sangre, pero sintió que el Espíritu Santo lo impulsaba a decir que sí. Había pedido una oportunidad para compartir el evangelio con su pueblo y para advertirles que la guerra estaba por venir. Esta era otra puerta abierta y una muy importante para lograrlo.

—Está bien, señor Moore, lo haré —respondió finalmente—, pero con una condición.

—¿Qué condición?

—No me van a grabar. Tiene que ser en vivo y tiene que ser ahora.

—La BBC no toma bien las condiciones —respondió Moore.

—Está bien; entonces no lo haré.

—No, espere.

—¿Sí?

Uno de los productores superiores de la BBC estaba calculando el beneficio de un enorme riesgo.

—No puedo ponerlo antes de las diez, hora este, pero si puede llegar a nuestro estudio del DC a las nueve y media, lo llevaremos a maquillaje, le explicaremos un poco de la logística y le haremos una entrevista completa de una hora en vivo, de diez a once.

—No —dijo Najjar—. La entrevista no debe tardar más de veinte minutos. Ese es todo el tiempo que tengo. No puedo permitir que las autoridades me rastreen.

—Veinte minutos, está bien. Comenzaremos a las diez, ¿le parece?

—Seis y media de la tarde en Teherán, ¿verdad?

—Correcto —dijo Moore—. Organizaremos una promoción que comenzará a aparecer inmediatamente.

—*No* —dijo Najjar—. No puede hacerlo.

—¿Por qué no?

—La gente me está buscando, señor Moore. Mucha gente. Ya estoy corriendo un riesgo lo suficientemente grande. No puedo darle ventaja a los servicios de inteligencia iraní ni a los estadounidenses para que me encuentren.

—Lo entiendo, pero en realidad nos gustaría promover esto, y . . .

—No, lo siento. No es negociable.

Hubo una pausa larga.

—Está bien. ¿Alguna otra cosa?

—Sí, algo más.

—¿De qué se trata?

—Prométame que no identificará desde dónde me están entrevistando: nada que indique que estoy en el DC, ni siquiera en Estados Unidos.

Hubo otro largo silencio, de hecho, tan largo que Najjar comenzó a preguntarse si se había desconectado.

—¿Eso es todo? ¿Son esos todos su requerimientos? —preguntó Moore.

—Sí, eso es todo —dijo Najjar.

—Trato hecho —dijo Moore, luego le dio a Najjar instrucciones para llegar a los estudios de la BBC en Washington, no lejos de la Casa Blanca.

★ ★ ★ ★ ★

LANGLEY, VIRGINIA

Se aproximaba una tormenta a Virginia y al Distrito.

Se oían los truenos a la distancia y una leve lluvia comenzó a caer. El tráfico en la autopista de George Washington Memorial Parkway era lento, pero Marseille Harper había salido con suficiente antelación e ingresó a las instalaciones del Centro George H. W. Bush de Inteligencia Central antes de su cita. Vestida con un discreto traje gris y provista de un gran paraguas que había comprado en una tienda de regalos del hotel, pasó por la estación de guardias, se estacionó en el área de visitantes, entró al edificio principal y pasó por seguridad donde le dieron una insignia temporal.

Mientras esperaba que la acompañaran a la oficina del subdirector Tom Murray, trató de absorber todo el entorno. El enorme sello de la CIA incrustado en el piso de mármol gris y blanco del vestíbulo principal de la Agencia. La pared de estrellas, una por cada empleado asesinado al servicio de la Agencia. Las grandes banderas de Estados Unidos y las diversas obras de arte. Sin embargo, lo que más la impresionó fue el versículo de la Biblia prominentemente desplegado en una de las paredes del vestíbulo y que definía la misión de toda la Agencia.

"Y conoceréis la verdad, y la verdad os libertará."
JUAN 8:32

Se le hizo un nudo en la garganta. Eso era todo lo que ella quería: la verdad acerca de su padre.

★ ★ ★ ★ ★

WASHINGTON, DC

"Señor Presidente, tiene al director de la CIA en la línea dos."

Jackson asintió con la cabeza y se excusó de una reunión con sus principales asesores financieros. Salió del Salón Roosevelt y volvió al Despacho Oval, donde tomó la llamada en privado.

—*Roger, ¿cómo se filtró esto?* —dijo gritando, con una copia del *Washington Post* en sus manos.

—No tengo idea, señor Presidente —comenzó Allen—. Estamos haciendo todo lo posible para averiguarlo, pero sinceramente, señor, no soy optimista.

—Quiero la cabeza de alguien en un azafate. Estamos al borde de una guerra, Roger. Este es un momento muy delicado. Estoy comprometido en maniobras diplomáticas sumamente delicadas con el Mahdi, con Israel, con los egipcios y con el resto de nuestros aliados. Este es un golpe enorme.

—Lo sé, señor, y créame, no ha ayudado a la situación aquí.

—Por favor dígame que ha progresado.

—Un poco, señor, pero he pasado la mayor parte de las últimas dos horas en el teléfono con uno de mis amigos más antiguos, escuchando un sermón acerca de por qué usted no debería estar teniendo discusiones extraoficiales, precisamente con el Duodécimo Imán, de entre toda la gente.

—Permítame adivinar el número de veces que las palabras *Hitler, Chamberlain* y *aplacamiento* se han usado.

—Unas cuantas.

—¿Me está diciendo que el primer ministro de Israel no quiere que mi gobierno busque cualquier camino posible para lograr la paz, para agotar cualquier alternativa que no sea la guerra?

—Lo que le estoy diciendo es que los israelíes creen que no tenemos la más mínima idea de quién es el Duodécimo Imán, de lo que en realidad quiere, ni de lo lejos que llegará para obtenerlo. Le estoy diciendo que ellos creen que estamos a punto de recibir un puñetazo porque en realidad no entendemos la clase de enemigo con el que nos estamos enfrentando.

Jackson se frotó los ojos y cambió de tema.

—¿Qué hay de mi oferta?

—La he discutido con él.

—¿Y?

—La he discutido un poco más.

—¿Qué es lo que hay que discutir? —dijo bruscamente el presidente—. Dije que no estaba abierta a negociaciones. Es un asunto de tómelo o déjelo. Punto.

—Le reiteré eso —dijo Allen—, y dice que necesita aclaración de varios asuntos.

—¿Cómo qué?

—La preocupación principal es qué pasa si Irán, o uno de sus representantes o aliados, o una combinación de ellos, lanza un primer ataque en contra de Israel. ¿Qué hará precisamente Estados Unidos por Israel en un caso así?

—¿Qué le dijo usted?

—Le reiteré que mantendríamos todas nuestras obligaciones con Israel. Que aceleraríamos los envíos de armas ya compradas. Aceleraríamos el envío de baterías adicionales de misiles Patriot. Seguiríamos coordinando asuntos de inteligencia, etcétera.

—¿Y?

—No fue suficiente.

—¿Por qué no?

—Neftalí necesita garantías, escritas, firmadas, garantías aprobadas por el Congreso, a decir verdad, que Estados Unidos le declararía la guerra a los enemigos de Israel a las veinticuatro horas del primer ataque, que usaría la superioridad aérea estadounidense para ayudar a Israel a castigar a sus agresores y que estaría dispuesto a enviar fuerzas terrestres estadounidenses, junto con fuerzas terrestres israelíes, para derrumbar cualquier régimen que hubiera participado en los ataques.

—Eso es negociar, Roger y no lo aceptaré.

—Ellos no lo ven así, señor Presidente.

El presidente maldijo.

—¡No me importa cómo lo vean! Yo no trabajo para Aser Neftalí y no voy a permitir que me ate las manos, ni las de mi gobierno, en caso de un ataque futuro a Israel.

—Lo escucho, señor Presidente —dijo Allen tranquilamente—, pero para ser justo, está tratando de aclarar dos de los puntos clave de su oferta. En primer lugar, dijo que está agradecido por su "compromiso de apoyo agresivo de Estados Unidos a Israel para que se una a la OTAN como miembro pleno en los próximos seis meses." Segundo, aprecia profundamente su "compromiso para que Estados Unidos firme un tratado de completa alianza con Israel, si el Estado Judío alguna vez fuera atacado por Irán." Sin embargo, necesita saber exactamente qué significa eso.

—Está tratando de encasillarme —dijo Jackson caminando de un lado a otro.

—De nuevo, él no lo ve de esa manera.

—Creo que cualquiera diría que estoy siendo excepcionalmente generoso. Ningún presidente estadounidense ha ofrecido alguna vez a los israelíes lo que yo les estoy ofreciendo, comenzando solo con los submarinos clase Los Ángeles, sin mencionar todo lo demás.

—El primer ministro parece estar genuinamente agradecido por la oferta, según mi opinión. Sin embargo, me dijo varias veces que el diablo está en los detalles y que simplemente no hay manera de que su Gabinete acceda alguna vez a ese trato, con todo lo generoso que es, sin más claridad en cuanto a cuán lejos usted y los futuros gobiernos estadounidenses estarían dispuestos a llegar para defender al pueblo judío de un segundo Holocausto.

Cada vez más exasperado, Jackson decidió volver a cambiar de tema.

—¿Ha visto señales de que los israelíes se estén preparando para un ataque preventivo?

—No propiamente dichas —respondió Allen—. Hay mucha actividad respecto a seguridad en la nación. El gobierno está advirtiendo a la gente que se prepare para cualquier eventualidad. Están distribuyendo máscaras de gas. Están desplegando defensas antimisil. Están llenando refugios antiaéreos con comida, agua, pañales y otros artículos esenciales. Magen David Adom acaba de lanzar una enorme campaña de donación de sangre, pero el primer ministro y todo su gobierno están siendo muy disciplinados. No están sugiriendo un primer ataque israelí. De hecho, continúan diciendo que están haciendo todo lo posible para evitar la guerra, pero están advirtiendo a su pueblo, en términos bien claros, que la guerra podría desatarse si Irán y el Duodécimo Imán tratan de cumplir sus muchas amenazas.

—¿Están convocando a sus Reservas?

—Formalmente no, aunque el Ministerio de Defensa ha puesto a todos los reservistas en alerta.

—¿Alguna actividad aérea poco usual?

—Nada fuera de lo ordinario, pero, por supuesto, la Fuerza Aérea Israelí ha estado entrenando perentoria y agresivamente durante meses, por lo que es difícil distinguir cuál sería una actividad acelerada en este momento.

—¿Cree que lo hará?

—¿Aser?

—Sí.

—¿Si yo creo que Aser ordenará un primer ataque?

—Correcto.

—Si nosotros no hacemos algo más y rápidamente, entonces sí, señor Presidente, creo que podría ocurrir.

—¿Qué más podemos hacer?

—Sinceramente, señor, creo que usted debería venir y negociarlo personalmente.

—¿Ahora mismo?

—¿Cuándo más?

—¿Quiere que deje todo lo que estoy haciendo y que vuele a Jerusalén por un día?

—Creo que le enviaría un mensaje indiscutible al pueblo israelí de que Estados Unidos está del lado de nuestro aliado democrático más sólido de la región y creo que también le enviaría un mensaje poderoso al Mahdi y a sus asesores de que sería mejor que no jueguen con fuego, porque ahora mismo, señor, creo que aquí la gente está recibiendo señales contradictorias.

—No puedo, Roger; en este momento no.

—¿Por qué no, señor? Toda la región está al borde del colapso.

—Lo sé. Claro que lo sé, pero acabo de enviarle un mensaje al Duodécimo Imán. Le dije que Estados Unidos está comprometido con la paz de la región. Se supone que debemos hablar el martes, cuando termine su viaje en la región. Aparentemente, se supone que estará hoy en El Cairo, mañana en Damasco; después de eso, ¿quién sabe dónde? ¿Cómo se verá si yo me presento en Jerusalén justo cuando estamos tratando de establecer una relación?

—¿Puedo hablar con franqueza, señor?

—Por supuesto.

—Se verá como que usted está del lado de un aliado, mientras él está del lado de los suyos. Mire, señor Presidente, Neftalí me está preguntando por qué usted no ha comentado sobre el juramento del Duodécimo Imán de construir un nuevo califato. Él y sus asistentes están preguntando cuál es la posición de Estados Unidos en cuanto al califato. Yo dije que estamos examinando la situación muy de cerca.

—¿Y?

—Lo tomaron por lo que era: una evasiva. Señor Presidente, el Medio Oriente está siendo radicalmente transformado en este preciso momento. El Duodécimo Imán tiene la iniciativa. El día martes, cuando usted hable con él, él ya podría estar a cargo de todo, desde Egipto hasta Paquistán. No puedo decirle qué hacer, pero mi trabajo es informarle lo que creo que va a ocurrir después y le estoy diciendo que estamos perdiendo el epicentro y que no tiene que ser así. Neftalí insiste en que los regímenes sunitas se estremecen ante la posibilidad de que los chiítas tomen el poder. Él tiene razón. Tenemos ventaja, si la usamos.

—¿Por dónde comenzaría usted?

—Mire, yo estoy en la región. Envíeme hoy a Amán. Hablaré con el rey antes de su reunión con el Mahdi. Lo sondearé y lo tranquilizaré, asegurándole que usted está con él. Después me gustaría volar a Islamabad a ver al presidente Farooq. Sabemos que está indeciso en cuanto al Mahdi. Le mostré a usted la conversación que interceptamos. Permítame ir a hablar con él, asegurarle que usted no dejará que su régimen caiga, que hay una alternativa a unirse al califato. Entonces, con su permiso, recomendaría que me permita ir a a Bagdad y luego al Cairo para reunirme con el vicepresidente Riad y con el mariscal de campo Yassin. Permítame ver cómo les va después de su reunión de hoy con el Mahdi, ver si puedo ayudarlos a construir una alianza sunita en contra de él. No puedo prometer que todo esto funcionará. No lo sé, pero sí sé una cosa: si Estados Unidos no hace nada, vamos a perderlo todo.

—Hágalo —dijo el presidente sin vacilar.

—¿Todo el viaje? —aclaró Allen.

—Sí, creo que tiene razón.

—¿Qué le digo a Neftalí? ¿Va a venir a Jerusalén en los próximos días?

—No lo sé —dijo Jackson—. Tengo que pensarlo más.

—El tiempo es corto, señor Presidente. No puedo enfatizarlo más.

—Lo entiendo, Roger. Créame que lo entiendo.

35

"Srta. Harper," dijo una secretaria, "sígame, por favor."

Marseille miró su reloj. Eran exactamente las 9:00 a.m., como se le había prometido. Se paró, alisó las arrugas de su falda, respiró profundamente y se obligó a sonreír mientras seguía a la secretaria a la oficina del subdirector de operaciones.

—Usted debe ser Marseille —dijo Murray al estrecharle la mano, y le hizo señas para que se sentara. Le preguntó si le gustaría beber algo.

—Gracias, señor Murray. Un vaso de agua, por favor.

—Por favor, dígame Tom —dijo calurosamente, y le pidió a su secretaria que trajera una jarra de agua y unos vasos—. Qué alegría conocerla. Siento mucho lo de su padre. Yo era un gran admirador de él. Verdaderamente sirvió bien a su país.

—Muy amable, señor . . . mmm, bueno, señor —respondió Marseille—. Lo siento; no sé por qué, pero me siento muy nerviosa.

—Bueno, no tiene por qué estarlo. Prácticamente es de la familia aquí. En realidad yo conocí a sus padres. Supervisé el entrenamiento de su padre en la Granja. Lo elegí para que fuera a Teherán en 1979, y para ser sincero, tuve que trabajar mucho para asegurarme de que su mamá nunca se enterara de que yo trabajaba aquí, sino que pensara que trabajaba para el Estado. Era una mujer muy brillante. Me habría encantado reclutarla para que ella también trabajara para nosotros, pero su padre estaba totalmente en contra de eso.

—¿Por qué?

—Decía que Claire . . . este, su mamá, no tenía cara de póquer.

"La mujer no puede mentir," decía. "Es como algo genético o algo así. Simplemente no puede hacerlo." También decía que no podía cocinar, pero nunca tuve la oportunidad de averiguarlo."

Marseille sonrió tímidamente. Él tenía razón en cuanto a eso.

Sacó la amarillenta, levemente rasgada carta de recomendación que una vez Murray le había escrito a su padre y la deslizó hasta el otro lado del escritorio.

—Ay, eso fue hace mucho tiempo, pero él se la merecía. Era de mucho valor para nosotros.

—¿Por qué? ¿Qué hizo?

—Bueno, me temo que la mayoría de eso es confidencial, pero ayer verifiqué con nuestra Oficina de Personal y con nuestro oficial de ética para ver qué podía revelarle. Hay unas cuantas cosas.

Abrió su escritorio y sacó una carpeta que deslizó hacia donde ella estaba.

Mientras Marseille la revisaba, encontró una copia de la solicitud original de su padre para unirse a la Agencia, copias de su expediente académico de la universidad, su revisión original de antecedentes, sus registros de pago, sus evaluaciones de rendimiento (algunas de las cuales con material confidencial que había sido censurado), otras tres cartas de recomendación por su trabajo en Francia, Italia y Suiza a principios de los años ochenta y varios otros documentos.

—¿Puedo quedarme con esto? —preguntó.

—Me temo que no —respondió Murray—, pero después de nuestra reunión puedo llevarla a un salón y dejarla allí todo el tiempo que requiera para leerlo todo. Sé que es demasiado para absorber, pero creo que le parecerá fascinante. Leí rápidamente mucho de eso anoche y me trajo buenos recuerdos.

Marseille dejó la carpeta sobre el escritorio y le dio un vistazo a la oficina. Los estantes estaban llenos de libros. Había una colección de retratos de Murray con varios presidentes y directores de la Agencia. Observó que hacía falta cualquier evidencia de la familia de Murray.

—¿Puedo hacerle una pregunta personal, señor Murray?

—Por supuesto, Marseille, pero por favor llámeme Tom.

—¿Está casado?

—¿Por qué? ¿Está buscando novio? —Se rió, pero luego se dio cuenta de que a ella no le pareció divertido—. Disculpe. Bueno, mmm, me casé dos veces, pero ya no, estoy divorciado. ¿Por qué lo pregunta?

—Imagino que es difícil estar casado y tener un trabajo así, largas horas, toda la clandestinidad, todo el peligro y la tensión.

—Sí, me temo que es difícil. Algunos tipos lo manejan bien. Su papá parecía manejarlo bien. Creo que yo nunca pude.

—Me pregunto cómo fue para mi mamá estar casada con mi papá sin saber que él trabajaba para la Agencia.

—Es una buena pregunta. Mi primera esposa no lo supo. Todavía no lo sabe. Mi segunda esposa era mi secretaria. Trabajaba aquí. Nosotros . . . Ella conocía la presión, pero ella . . . bueno, de todos modos, su mamá era una santa, Marseille. Ella amaba mucho a su papá. Hablaba de él constantemente. Él hablaba de ella constantemente. Eran como chicos de la secundaria. Siempre se tomaban de la mano. Se enviaban pequeñas notas. Obviamente usted no lo recuerda, pero yo estuve en el funeral de su madre.

—¿De veras? —dijo—. ¿Usted estuvo allí?

—Por supuesto. Jack y yo estuvimos juntos.

Marseille se sobresaltó.

—¿Jack qué? —preguntó cautelosamente.

—Jack Zalinsky —respondió él—. Nosotros dos y sus padres éramos muy allegados.

—¿Trabajaba también para el Estado el señor Zalinsky?

—Bueno, oficialmente sí, pero . . .

—¿Pero qué?

—Realmente no puedo decir más que eso.

—¿Porque es confidencial?

—Algo así.

—Pero el señor Zalinsky fue el que ayudó a organizar el escape de mis padres y el escape de los Shirazi de Teherán, ¿verdad?

—Ah, mire. En realidad no puedo decirlo, Marseille.

—¿Por qué no? Eso ocurrió hace tres décadas.

—Yo solo . . . no puedo.

—David me lo contó todo: la compañía cinematográfica falsa, la oficina en Hollywood, los pasaportes canadienses, todo. David dijo que el señor Zalinsky y mi padre elaboraron todo el asunto.

—¿David le dijo eso?

—Sí.

—¿David Shirazi?

—Sí, somos amigos desde que éramos chicos. Mis padres nunca hablaron de su tiempo en Irán. Era demasiado doloroso, especialmente por el aborto espontáneo de mi mamá, pero David . . . —Marseille dejó de hablar cuando vio la mirada perpleja en el rostro de Murray—. ¿Qué pasa?

—Nada, yo solo . . .

—¿Solo qué?

—Yo nunca habría . . . —Su voz volvió a menguar.

—¿Nunca habría qué, señor Murray?

—¿Cuándo fue la última vez que vio a David?

—El domingo en la mañana. Desayunamos juntos en Syracuse.

—¿Ustedes hablaron de algo de esto?

—Por supuesto —dijo Marseille—. Le mostré su carta. Hablamos de todo de esto.

Murray se dio vuelta y miró por la ventana, sacudiendo la cabeza.

—¿Hay algún problema? —preguntó Marseille.

—Esto no está bien.

—¿Qué no está bien? ¿Cuál es el problema?

Murray se dio vuelta y la miró a los ojos.

—El problema es que pensé que David era más sensato —dijo con un tono de irritación, o quizá incluso ira, en su voz—. El problema es que yo pensé que era un profesional. Pensé que podía confiar en él. Esperaba que nunca le hablara de que su padre estuvo en la CIA o de que trabajó para mí, o de por qué él mismo se unió a la Agencia y la ironía de que él también trabaja para mí, pero tal vez tendría que haberlo visto venir. Usted es una gran parte de la razón por la que él está haciendo todo esto, después de todo. Creo que no pudo evitarlo, pero es una violación de seguridad, y yo . . .

Murray dejó de hablar de repente y Marseille se preguntó si se veía tan atónita como se sentía.

—Perdón —dijo, tratando desesperadamente de procesar lo que pensaba que acababa de oír—. ¿Acaba usted de decir que David trabaja para la CIA?

★ ★ ★ ★ ★

EL CAIRO, EGIPTO

Javad Nouri nunca había estado en El Cairo.

Sabía que con unos diecinueve millones de personas, el área metropolitana era una de las más grandes del mundo, así como la capital política y económica de la República de Egipto. Ciudad orgullosa e histórica, también era la morada de la Universidad Al-Azhar, la Harvard del Medio Oriente y el epicentro intelectual de toda la región. Era el lugar donde se publicaba la gran mayoría de los libros del Medio Oriente, se filmaban películas, y se creaban y distribuían programas de televisión. También sabía muy bien que Abdel Ramzy había gobernado esta ciudad y este país con mano de hierro por décadas y que ahora se había creado un enorme vacío político con su muerte. Javad no tenía duda de que el hombre con el que estaba viajando fuera el hombre que lo llenaría, pero no sería fácil.

De muchas maneras, Egipto e Irán no podían ser más diferentes. Egipto era étnicamente árabe y religiosamente sunita. Irán, por el contrario, era étnicamente persa y religiosamente chiíta. Tradicionalmente, los árabes y los persas se odiaban mutuamente. Lo mismo que los sunitas y los chiítas. Habían guerreado unos contra otros durante siglos, pero como se lo había explicado el Mahdi a Javad en su viaje al Cairo, este era un momento distinto. Este era el amanecer de un Despertar Islámico. Ahora Egipto e Irán tenían que unirse por dos razones estratégicas: primero, para rodear a Israel, para destruir a los judíos y para capturar Jerusalén para el islam; y segundo, para rodear la Península Arábiga, para terminar de derrumbar el régimen apóstata saudita y para solidificar el control de los lugares santos de la Meca y de Medina.

"Ningún líder iraní de la historia ha podido persuadir a los egipcios a que se unan a Irán para reconstruir el califato," le había dicho el Mahdi a Javad. "Eso fue porque, por definición, todo líder iraní ha sido persa. Yo, por otro lado, soy árabe. Vengo de Mesopotamia. Tengo un gran amor por el pueblo egipcio. Hablo su idioma. Amo su cultura. Veo la gravedad de su condición y he venido a liberarlos de sus amos opresores. Mira bien, Javad. Un nuevo día está amaneciendo."

¿Había llegado ese día en realidad? Javad esperaba que sí, pero en privado batallaba con el escepticismo y el cinismo, aunque se sentía terriblemente culpable por esos sentimientos y temía que estuvieran peligrosamente cerca de la apostasía, en sí mismos.

El Mahdi y su séquito de seguridad —casi el doble en número desde el ataque en Beirut— llegaron al Palacio Abdeen, las suntuosas oficinas centrales y oficiales del presidente egipcio y sus más altos asesores, ubicado en la Calle Qasr el-Nil, en el centro histórico del Cairo. Javad nunca había visto algo similar, con su arquitectura francesa del siglo XIX, quinientas habitaciones y salones, extensos y exquisitos jardines, relojes, monturas y diversas decoraciones de oro macizo. No obstante, ni él ni su jefe estaban allí para el gran recorrido. En lugar de eso se reunieron en el salón estatal, donde fueron recibidos por el vicepresidente Fareed Riad y el mariscal de campo Omar Yassin —el comandante en jefe del ejército egipcio— y los otros diecinueve miembros del Consejo Superior de las Fuerzas Armadas. Según el protocolo, Javad se mantuvo atrás y dejó que los directores se comunicaran, pero quedó atónito al ver que el vicepresidente simplemente estrechó la mano del Mahdi y no se inclinó como lo habría hecho cualquier otro líder, según la experiencia de Javad. El mariscal de campo Yassin, por otro lado, le demostró mucha más deferencia, como lo hicieron los generales a su lado; no solamente se inclinaron, sino que mantuvieron sus rostros hacia el suelo, hasta que el Mahdi les agradeció y elogió el admirable trabajo que el mariscal de campo estaba haciendo al mantener el orden, en vista de la intempestiva muerte del presidente. En ese momento, todos se sentaron alrededor de una mesa enorme, decorada de manera extravagante.

—Caballeros, no los haré perder su tiempo —comenzó el Mahdi—. Alá los invita a unirse al califato, pero no estoy aquí para discutir los términos. Un simple sí o no será suficiente.

—Bueno, es muy amable, Su Excelencia —dijo el vicepresidente Riad—. Imagino que todos tenemos algunas preguntas.

Riad miró a Yassin, que sacudió la cabeza. Entonces miró al resto del salón, pero no vio a nadie interesado en hacer alguna pregunta. Así que él decidió por su cuenta.

—Muy bien, entonces; yo tengo muchas preguntas.

—Yo también tengo una —dijo el Mahdi—. ¿Por qué no se inclinó al suelo en mi presencia?

Desde el ángulo de Javad, aunque estaba a la mitad del salón, pareció que la sangre desapareció del rostro de Riad. Sus manos comenzaron a temblar y tartamudeó cuando respondió:

—Yo . . . Bueno . . . acabamos de conocernos y pensé que . . .

—Usted se inclinará ante mí, o desaparecerá de mi presencia —dijo el Mahdi.

—Pero yo . . . Usted ha venido a . . . Somos colegas. Somos . . .

Riad nunca terminó la oración. De repente sus ojos se pusieron vidriosos. Comenzó a vomitar de manera incontrolable. Después cayó al suelo, se retorció varias veces y quedó flácido. Un momento después estaba muerto, pero nadie corrió a su lado. Nadie pidió ayuda. Por varios minutos nadie se movió. Nadie habló. Nadie emitió ni un sonido. Luego, todos los generales en el salón cayeron de rodillas y adoraron al Duodécimo Imán. Todos en voz alta y repetidamente juraron seguirlo para siempre.

"Tomaré eso como un sí," dijo el Mahdi cuando terminaron. "Bienvenidos al califato."

★ ★ ★ ★ ★

LANGLEY, VIRGINIA

—Señor Murray, no está respondiendo mi pregunta.

—Marseille, lo siento; no puedo decir nada más.

—¿De qué está hablando? —respondió ella—. Tiene que hacerlo. No puede decir algo como eso y luego no hablar más del asunto.

—Mire, obviamente he cometido un error aquí, un error muy serio, y me disculpo, pero yo . . .

—No, no es suficiente —dijo Marseille, interrumpiéndolo—. Acaba de decir que David Shirazi trabaja con usted, para la CIA, como mi padre lo hizo. Usted pensó que yo lo sabía, ¿verdad? Usted pensó que él me lo había dicho, ¿verdad?

Hubo un silencio largo e incómodo, pero Marseille podía ver en los ojos de Murray que tenía razón.

—Bueno, solo para que lo sepa —continuó ella—, él no lo hizo.

Su mente daba vueltas. Pensaba que David trabajaba para una compañía en Europa y que viajaba constantemente. En realidad nunca habían hablado de eso. Ahora que lo pensaba, en realidad nunca le había preguntado ningún detalle. Había habido mucho más de qué hablar y muy poco tiempo.

—Yo estaba hablando de mi papá —dijo ella, mirando la carpeta que tenía entre sus manos—. Estaba diciéndole a David el impacto que tuve al encontrar su carta mientras revisaba los papeles personales de mi papá, resolvía sus asuntos y todo lo demás. Iba a pedirle un consejo, si debía tratar de buscarlo a usted o al señor Zalinsky, cuando él recibió una llamada de su jefe y tuvo que irse inmediatamente.

Levantó la cabeza para mirar a Murray, que se veía cada vez más incómodo.

—¿Fue usted el que llamó?

Murray no respondió.

—Creo que no importa en realidad. Es solo que . . . bueno, David dijo que tenía que volver a Europa y que se iría por tiempo indefinido, pero dado todo lo que está pasando . . . Quiero decir, está en Irán, ¿verdad?

Murray bajó la cabeza, aclaró su garganta, luego caminó alrededor del escritorio y se sentó al lado de Marseille.

—Escuche, su padre era un buen hombre —le dijo amablemente—. Uno de los mejores agentes que hemos tenido mientras estuvo en el Servicio Clandestino, y quizás un mejor analista aún cuando se fue de la Agencia a tiempo completo para trabajar como asesor. Poca gente entendía Irán o el islam chiíta mejor que su padre, que era particularmente asombroso para mí, ya que él nunca había estado allí, hasta que él y su madre se fueron a trabajar a nuestra embajada en Teherán, precisamente cuando la Revolución empezaba a estallar. No obstante, aunque fue muy bueno, y como lo dije, éramos amigos muy cercanos y lo seguimos siendo hasta el final, tendría que decir que una de las cosas más importantes que él hizo por nuestro país fue sacar de Teherán a la familia Shirazi. Él y su madre no lo hicieron porque yo se los pedí, ni porque lo hiciera Jack. No lo hicieron como parte de su trabajo. De hecho, para ser totalmente honesto con usted, Marseille, habría sido mucho más fácil para ellos haber dejado atrás a los Shirazi, usarlos como agentes y luego soltarlos, pero no lo hicieron. Simplemente no estaba en su naturaleza. Los Shirazi les salvaron la vida y ellos se sintieron obligados a salvarlos. No es posible que su padre hubiera sabido que uno de los chicos Shirazi crecería para unirse a la Agencia para hacer lo que él hizo. Tampoco habría sido posible que supiera que el mismo muchacho resultaría ser el agente secreto más efectivo que la Agencia ha tenido jamás en Irán. Sin embargo, a veces la vida es curiosa en ese sentido, Marseille. A veces uno hace lo correcto, a veces uno corre un gran riesgo, cuando todos los demás le dicen que está loco, y a veces vale realmente la pena. Eso es lo que su padre hizo. Creo que estaba muy consternado con la muerte de su esposa como para haber visto todo lo que había logrado para esta Agencia, para este país y para usted. Sin embargo, yo accedí a verla porque siempre amé a su familia, y ahora usted es todo lo que queda de ella. Yo quería que usted supiera tanto como fuera posible acerca de quién es usted y de dónde viene. Pensé que posiblemente le sería útil, mientras decide qué hacer después de esto. No debió escapárseme la información acerca de David. He estado en este negocio por mucho tiempo, pero quizás usted tenía que saberlo.

—Tal vez —dijo Marseille—. Gracias.

—De nada, pero escuche . . . no puede decirle a nadie lo que sospecha de David.

—No lo haré. Lo prometo.

—En serio, ni siquiera puedo decirle el peligro en el que él está ahora, ni cuánto empeoraría su situación si alguien descubriera lo que está haciendo. Nunca me perdonaría si algo le ocurriera por algún error que yo hubiera cometido, sin importar cuán inocente sea.

—Lo entiendo —dijo Marseille.

—Espero que sí.

—¿Puedo hacerle solo una pregunta?

—Puede hacerla, pero no puedo prometerle que pueda responderla.

—Está bien. Es que . . .

—¿Qué?

—No lo sé. Es que . . . bueno, hace un momento usted dijo que yo era la razón por la que David estaba haciendo todo esto. Usted dijo que creía que él no había podido evitar decírmelo, pero el asunto es que, señor Murray, cuando estábamos creciendo yo no sabía que mi papá trabajaba para la CIA, por lo que nunca pude haberlo discutido con David y él ciertamente no me hablado de eso desde entonces, ni siquiera ha dado un indicio de eso. Así que estoy preguntándome qué quiso usted decir con eso. ¿Cómo es posible que yo pudiera ser la razón de que él trabajara para usted? No tiene sentido para mí.

Murray suspiró.

—Ya he dicho demasiado, Marseille. ¿Quiere un consejo? Pregúnteselo a David la próxima vez que lo vea.

—Pero eso es lo que más me asusta, señor Murray —dijo ella, con sus ojos llenos de lágrimas—. Temo que nunca más vuelva a verlo.

36

David finalmente llegó.

Se detuvo frente al pequeño chalet del doctor Birjandi en las afueras de Hamadán, pero se sorprendió de ver varios autos estacionados al frente. Dudó en entrar, pero la verdad era que no tenía otro lugar a donde ir ni tiempo para regresar. Decidió que no tenía nada que temer —después de todo, Abdol Esfahani los había conectado a los dos y había animado a David a que aprendiera todo lo posible del Duodécimo Imán con el experto más destacado de la nación sobre el tema—, sacó las dos bolsas de abarrotes que había llevado como regalo, subió las gradas y llamó a la puerta. Un momento después, el sabio octogenario se asomó rengueando por la esquina, con sus gafas oscuras y su bastón blanco, y le abrió la puerta.

—Doctor Birjandi, soy yo, Reza Tabrizi —dijo, usando su alias, mayormente para beneficio de cualquiera que estuviera en la casa, ya que el anciano sabía su nombre real.

—Reza, ¿en realidad es usted?

—Sí, soy yo, y le traigo un poco de pan fresco, arroz y vegetales.

—Gracias a Dios. He estado pensando en usted todo el día y orando para que el Señor volviera a unir nuestros caminos. Por favor, por favor, amigo mío, entra.

Birjandi se dirigió a la sala y allí, David se volvió a sentir impactado, al igual que la vez anterior que lo había visitado, por el erudito voraz que era Birjandi. Las paredes estaban repletas de estantes tan llenos de libros que se veían arqueados y a punto de desplomarse en cualquier momento. Los libros estaban amontonados en el piso y en las sillas, junto con cajas de revistas académicas y otras publicaciones. Birjandi le había dicho una vez a David que su difunta esposa, Souri, le había leído todos esos libros, los había marcado y había hecho numerosas anotaciones sobre todos ellos, mientras los discutían "hora tras hora bendita." Ahora Souri ya no estaba, pero los libros seguían allí.

Sentados en el piso de la sala había media docena de clérigos jóvenes con túnicas —todos de veintitantos o de treinta y pico de años, aparentemente—, rodeados de muchas más pilas de libros abiertos, discutiendo animadamente y escribiendo frenéticamente en sus libretas de notas.

Birjandi despejó su garganta y llamó la atención de los jóvenes. "Caballeros, permítanme presentarles a un visitante sorpresa, pero un maravilloso amigo, Reza Tabrizi."

Todos lo saludaron, aunque David detectó un poco de sospecha o por lo menos reserva en sus ojos. Luego el anciano llevó a David a la cocina, donde guardaron la comida.

—Siento mucho haber interrumpido —dijo David—. No sabía que tuviera visita. ¿Vuelvo más tarde?

—Tonterías. ¿Adónde iría? Además, tenemos que hablar. Tengo mucho que contarle.

—Bien. Yo también tengo mucho que contarle —dijo David en un susurro—, pero tal vez . . .

—No tiene de qué preocuparse con estos muchachos. Todos son de confianza. En efecto, debería pasar un poco de tiempo con ellos, llegar a conocerlos.

—No estoy seguro de estar de humor para alguien nuevo justo ahora.

—Le caerán bien. En serio. Todos son hijos de destacados mulás chiítas de Qom o miembros del parlamento de Teherán. Sus padres son algunos de los hombres más famosos y poderosos de Irán. ¿Adivine qué?

—¿Qué?

—¡Todos son creyentes secretos!

—¿En qué? —preguntó David.

—¿Qué quiere decir? —respondió Birjandi, visiblemente perplejo.

—¿Qué es lo que creen en secreto?

Birjandi sonrió.

—Todos son seguidores de Jesús, David. Todos han renunciado al islam en secreto y se han convertido en seguidores de Cristo.

David estaba atónito.

—¿De veras? ¿Es cierto eso?

—Claro que es cierto. Sus historias de cómo llegaron a la fe son totalmente sorprendentes. Cada uno de ellos es un milagro, un verdadero milagro. Amo a estos jóvenes. Vienen para estar conmigo todos los miércoles en la mañana, para estudiar la Biblia y orar. Nos hemos estado reuniendo fielmente durante los últimos dos meses. Hoy, por supuesto, tuvimos que retrasar un poco nuestra reunión por mi almuerzo con Hosseini y Darazi, de lo cual tengo que hablarle. ¿Cuánto tiempo puede quedarse?

—No mucho, doctor Birjandi. Tal vez una hora. Tengo que volver a Teherán. Los acontecimientos se están desarrollando muy rápidamente.

—Más rápido de lo que usted cree —coincidió Birjandi—. Está bien. Prepare un poco de té. Iré a hablar con los jóvenes y les daré una tarea para mantenerlos ocupados. Luego me reuniré con usted en mi estudio.

★ ★ ★ ★ ★

EL CAIRO, EGIPTO

Javad vio a las masas que se habían reunido en la Plaza Tahrir.

Era un grupo ruidoso que cantaba, bailaba y celebraba la llegada del Duodécimo Imán. El jefe de policía del Cairo se inclinó hacia Javad y dijo que creía que la multitud sumaba más de un millón. Javad pensó que el hombre en realidad la estaba subestimando. Lo que él veía era un mar de humanidad que irradiaba desde cada dirección, y cuando el Mahdi se paró en la plataforma que habían construido especialmente, elevada a alrededor de 1,80 metros del suelo y rodeada de vidrio a prueba de balas, Javad se preparó para el rugido esperado. Nunca llegó. En lugar de eso, todo quedó inusualmente en silencio, excepto por el ruido que hicieron todas las personas al caer de rodillas e inclinarse ante el Mahdi en adoración reverente. Una sensación extraña recorrió el cuerpo de Javad; entonces él, también, cayó de rodillas y se inclinó, al igual que el jefe de la policía y todo el destacamento de seguridad del Mahdi.

"La formación de un Nuevo Orden Mundial es de suma importancia y hoy les digo que hemos dado otro paso importante hacia adelante," comenzó el Mahdi. "Los líderes de Egipto han solicitado mi autorización para unirse al califato y me sentí muy complacido de dar mi consentimiento."

Entonces la multitud rugió, como de un extremo del Cairo al otro.

"Esto es solo el inicio. El día de los opresores se acabó. La época de liberación ha llegado. La victoria está cerca."

★ ★ ★ ★ ★

HAMADÁN, IRÁN

David volvió a mirar su reloj.

Caminaba de un lado a otro en el comedor que era también el estudio de Birjandi. Había mucho que necesitaba expresar y muchas preguntas que tenía que hacer, pero casi no había suficiente tiempo para lograrlo. Birjandi fue quien le dijo a David que buscara a Najjar Malik, porque Najjar era la clave para develar los secretos nucleares de Irán. David nunca había oído de Najjar Malik antes de ese día, pero cuánta razón había tenido Birjandi. Sin embargo, David no había tenido aún la oportunidad de decirle cómo había encontrado a Najjar, mucho menos todo lo que había ocurrido para sacarlo de Irán y llevarlo a Estados Unidos. Tampoco había podido decirle a Birjandi la valiosa fuente de información que había demostrado ser Najjar Malik. Aun así, todo eso parecía historia antigua ahora, dado todo lo que había pasado desde entonces.

David descorrió una de las cortinas rotas y miró por una ventana que necesitaba ser lavada. El sol estaba comenzando a ocultarse en un bellísimo día de primavera, con la temperatura a veintitantos, una brisa leve y cálida del occidente y un cielo perfectamente azul, estropeado solamente por la estela de un avión que volaba hacia el este. Todos los árboles estaban brotando, las rosas rojas —la flor nacional de Irán— estaban floreciendo así como los tulipanes de una docena de tonos distintos, y todos los jardines estaban verdes, gracias a las generosas lluvias del invierno. Qué triste, pensó, que este querido hombre pasara su vida encerrado en esta casa húmeda y chirriante. Qué triste, también, que tuviera aún más estantes aquí, llenando las paredes, arqueados por el peso de cientos, si no miles, de libros desgastados, ninguno de los cuales podría leer el hombre alguna vez.

En una esquina, el escritorio de Birjandi estaba abarrotado de correo que no podía leerse, mientras que en otra esquina había un televisor que no se podía ver. De alguna manera, todo parecía un testimonio de la brillantez del hombre y también de su irrelevancia. ¿Qué esperanza había para un erudito que no podía leer y que no tenía a nadie que lo ayudara a estudiar, a escribir y a publicar sus ideas? ¿Qué más había allí para un hombre que había perdido a la esposa de su juventud, al amor de su vida y que ahora vivía solo en total oscuridad?

Sin embargo, mientras David más pensaba en eso, más cuenta se daba de que justamente lo opuesto era cierto. Birjandi era ciego sin duda, pero ¿no estaba viendo más claramente que cualquiera en el país? Él era viudo, pero ciertamente no estaba solo, ¿verdad? Había experimentado pérdidas devastadoras en su vida, pero ¿no había encontrado la esperanza que estaba transformando su vida? De hecho, David no podía pensar en una sola persona en su vida que pareciera tener más gozo, más perspectiva, más sabiduría o más entusiasmo que Birjandi. Ni sus padres ni sus hermanos evidentemente. Ni Zalinsky, ni Eva ni Tom Murray, indiscutiblemente. Solamente Marseille tenía esa misma chispa en su vida. ¿Por qué? ¿Qué era lo que ellos tenían y él no?

★ ★ ★ ★ ★

WASHINGTON, DC

Sin aliento, Najjar Malik llegó finalmente a los estudios de la BBC.

Tuvo que estacionarse a varias cuadras de distancia y correr por temor a llegar tarde. En la puerta lo recibieron un joven asistente de producción y un guardia de seguridad armado, que rápidamente lo llevaron a un estudio donde un camarógrafo, un técnico de sonido y un artista de maquillaje estaban esperando para entrevistarlo en vivo.

—Póngase esto en el oído —dijo el tipo del sonido y le entregó a Najjar un cable con una protuberancia de hule en el extremo.

—¿Qué es? —preguntó Najjar.

—Un IBF.

—¿Un qué?

—Le permite oír . . . En realidad, no importa; solo hágalo rápido. Está a punto de salir en vivo.

Najjar se colocó el pequeño audífono y el técnico le mostró cómo aumentar o disminuir el volumen con un pequeño botón al lado de su asiento.

—Doctor Malik, ¿puede oírme?

Sorprendido, Najjar levantó la cabeza para ver de dónde venía la voz.

—Le habla Nigel Moore, en Londres. Ya hablamos antes.

—Ah, sí, claro. ¿Cómo está?

—Estoy bien y me alegra que esté con nosotros, pero, sobre todo, ¿cómo está usted?

—Un poco nervioso.

—¿Es su primera vez en la televisión en vivo?

—Me temo que sí.

—Bien, no hay nada de qué preocuparse, yo lo llevaré por todo el proceso. Ahora quiero que mire directamente a la cámara uno, la que tiene enfrente.

Najjar obedeció.

—Bien, ahora solo siga mirando directamente a esa cámara. Nuestro presentador llegará en unos minutos. Usted no lo verá, pero podrá escucharlo por su IBF. No mire alrededor del estudio. No permita que nada lo distraiga. Solo siga mirando directamente a la cámara y se verá bien, como si estuviera mirando directamente al presentador. Cuando hagamos una pausa, yo se lo haré saber. Entonces puede beber agua o mirar a su alrededor, o lo que sea. ¿Le parece bien?

—Sí, gracias.

El asistente de producción gritó: *"Sesenta segundos."*

—Ahora bien, solo unas cuantas cosas más antes de que salga al aire. ¿Cómo quiere que se le identifique?

—¿A qué se refiere?

—¿Podemos usar su nombre, su título? Por supuesto que podemos no mencionar su nombre, o podríamos darle un seudónimo, pero no hay duda de que cualquiera en Irán que lo conoce lo reconocerá. Usted no pidió que ocultáramos electrónicamente su voz ni que pusiéramos su rostro en una sombra.

"Treinta segundos."

—No, está bien. Puede usar mi nombre, mi título, cualquier cosa . . . solo no diga dónde estoy, por favor.

—De acuerdo. Ahora bien, sé que usted quiere hablar de su fe y llegaremos a eso, pero vamos a comenzar con su trabajo como científico nuclear, por qué ha decidido desertar a Estados Unidos . . .

"Veinte segundos."

—No, por favor diga: "A Occidente."

—Está bien, "a Occidente." Luego el presentador le preguntará por qué cree que la guerra está por venir pronto, ¿cuál es su base para eso y qué pronto es "pronto"?

—Sí, muchas gracias por recibirme.

—Gracias por hacer esto.

"Diez segundos."

—Ah, algo más —dijo Najjar abruptamente.

—Sí, ¿de qué se trata?

El tema musical del programa especial de la BBC persa comenzó y de reojo, Najjar pudo ver un monitor con las gráficas distintivas de la red y una secuencia de video inicial.

"Cinco segundos."

—¿Podría colocar mi cuenta de Twitter en la pantalla, debajo de mi nombre?

★ ★ ★ ★ ★

LANGLEY, VIRGINIA

—La exhibición de fotos satelitales muestra que aumentó la actividad en las bases aéreas iraníes.

Zalinsky, a quien acababan de llamar a la oficina de Murray, deslizó las últimas fotos de reconocimiento al otro lado del escritorio para mostrárselas a su jefe.

—También estamos viendo que se ha incrementado la actividad en las bases de misiles iraníes —agregó.

Tom Murray revisó cuidadosamente las fotos con una lupa.

—¿Te dije que Marseille Harper vino a verme? —preguntó sin levantar la mirada.

—¿Qué? ¿La hija de Charlie Harper? Estás bromeando.

—No, acaba de irse hace como media hora.

—¿Cómo fue que ocurrió eso?

—Es una larga historia; te la contaré más tarde —dijo Murray y le devolvió las fotos a Zalinsky—, pero la verdad es que preguntó por ti.

—¿Por mí? ¿De veras?

—Sí.

—¿Por qué? Ni siquiera nos conocemos.

—Ha oído algunas historias.

—¿De quién? Charlie siempre dijo que no quería que se enterara de que había trabajado para la Agencia.

—No fue él, pero David le contó un poco y ella encontró una antigua carta de recomendación que una vez yo le escribí a . . .

Eva irrumpió en la oficina de Murray.

—Eva, ¿qué estás haciendo? —gritó Murray, ya que no tenía la costumbre de que el personal entrara sin una cita o sin su requerimiento personal.

—Lo siento, pero no van a creer esto, ninguno de los dos

—exclamó, encendió el televisor, presionó los botones del canal de la BBC persa y dejó que Najjar Malik lo explicara en su lugar.

—Lo que más me preocupa —decía Najjar—, es que demasiados líderes mundiales, como los de Estados Unidos, Gran Bretaña y toda la Unión Europea, no parecen estar lo suficientemente preocupados. Soy el científico nuclear iraní más destacado que todavía está vivo. Conozco el programa al derecho y al revés. He pasado toda mi vida profesional dentro de él. Mi suegro, el doctor Mohammed Saddaji, dirigía el lado de las armas. Yo dirigía el lado civil de la energía y puedo decirle categóricamente que el Duodécimo Imán está diciendo la verdad cuando dice que la República Islámica de Irán ha probado un arma nuclear. Puedo decirle que esa arma funciona y que hay ocho más iguales. Puedo decirle que hay planes detallados para usar esas ojivas y una docena más que están actualmente en producción para atacar a Estados Unidos y a Israel en los días venideros.

—¿Le ha dicho esto a los funcionarios del gobierno en el que ha buscado asilo político? —preguntó el reportero.

—Por supuesto.

—¿Qué dicen ellos?

—Es como si estuvieran dormidos —dijo Najjar—. Me oyen, pero no me están escuchando. No están tomando nada de esto en serio. Tienen todos los hechos, pero no están tomando medidas.

—Dime que esto no está sucediendo —dijo Murray—. ¿Por cuánto tiempo se ha estado transmitiendo?

—Diez minutos —dijo Eva—. Quizás quince.

—¿Por qué nadie me había dicho esto antes?

—No estábamos monitoreando la red.

Zalinsky levantó el teléfono.

—Comuníqueme con el FBI, la división contra el terrorismo.

Murray se dio vuelta para mirar a Zalinsky.

—¿Qué estás haciendo?

Zalinsky levantó la mano para que Murray esperara.

Najjar siguió hablando. "Justo hoy día nos enteramos que el presidente de Estados Unidos quiere negociar con el Mahdi. Discúlpeme, pero esto no funcionará. Este es un error peligroso. El Mahdi solo está tratando de ganar tiempo para poder atacar primero. Explicaré esto más detalladamente en mi entrevista con la Red Satelital Cristiana Persa. Tengo una hora completa con ellos y explicaré todo más cuidadosamente y en persa."

—Habla Jack Zalinsky desde Langley. Necesito hablar con el director inmediatamente.

—Jack, ¿qué estás haciendo? —insistió Murray.

—¿Hola? Sí, es Jack. Lo encontramos: está en la oficina de la BBC en el DC. *Ponga a sus hombres en movimiento inmediatamente.*

David estaba impaciente, pero Birjandi sugirió que fueran a caminar.

—Tal vez deberíamos quedarnos aquí —dijo David—. Tenemos mucho que cubrir y muy poco tiempo.

—Tonterías —dijo el anciano—. Necesita un poco de aire fresco y yo también.

Birjandi se adelantó y pronto estuvieron afuera, caminando lentamente por la calle tranquila de Birjandi. No había veredas.

—Tengo que hacerle una pregunta —comenzó David—. ¿Ha escuchado alguna vez los nombres Jalal Zandi o Tariq Khan?

—No. ¿Quiénes son?

—Científicos nucleares. Trabajaban para Saddaji en las ojivas.

—Objetivos valiosos.

—Lo son.

Birjandi ladeó su cabeza y volteó el rostro hacia la puesta del sol.

—Huele a un día bello —dijo el anciano, con una mano en su bastón y la otra en el brazo de David.

—Sí, lo es —dijo David.

—Por supuesto, contradice la tormenta que se avecina.

—¿La guerra?

—Sí.

—¿Qué tan pronto?

—A más tardar el lunes.

David se quedó helado, asombrado por la precisión de Birjandi.

—¿Por qué dice que el lunes? ¿Cómo lo sabe?

—¿Se enteró de la historia del *Washington Post*?

—¿De las discusiones extraoficiales entre el presidente y el Mahdi?

—Sí.

—Lo escuché en la radio cuando conducía hacia acá —dijo David.

—Una absurda equivocación de su presidente —dijo Birjandi—. El Mahdi nunca va a hablar con el presidente Jackson. Ha venido para aniquilar a Estados Unidos. No para hacer las paces. Esta es la estratagema final.

—¿Qué quiere decir?

—El Mahdi está ganando tiempo para lanzar un ataque nuclear en contra de Israel. Sinceramente pensé que el ataque ya debería haber ocurrido, pero debe haber algún asunto técnico final que está ocasionando el retraso. Ese retraso está ofreciendo una oportunidad para los israelíes. Neftalí podría actuar primero y eso sería devastador para los planes del Mahdi. El único obstáculo para los israelíes es su presidente, y el Mahdi percibe debilidad en el señor Jackson, por lo que la está explotando al máximo. Está ofreciendo paz, pero es una mentira. Es una cortina de humo. Por eso es que digo que si la fecha para la llamada telefónica es el martes, el ataque iraní en contra de Israel ocurrirá antes. Por cierto, podría ocurrir en cualquier momento.

—¿Está seguro? —insistió David—. ¿O solo está adivinando? ¿Dijeron algo específico Hosseini o Darazi en el almuerzo?

—Eso es precisamente lo que dijeron. Eso es lo que le estoy diciendo. Debe decírselo a su presidente antes de que sea demasiado tarde.

—¿Dijeron el lunes específicamente?

—Sí. Yo les pregunté: "¿Qué tan pronto comenzará el ataque a los sionistas?" Y Hamid dijo: "Cualquier día de estos. Depende de él, claro, pero sospecho que todo estará listo para el lunes, a más tardar." Entonces me dijeron que dos de sus ocho ojivas nucleares están a bordo de los buques de guerra iraníes que están pasando por el canal de Suez hoy, con destino al Mediterráneo. Dijeron que las ojivas están sujetas a misiles que están apuntando hacia Tel Aviv y hacia Haifa.

—Espere un minuto; pensé que su país no tenía la capacidad de conectar las ojivas a los misiles.

—Eso es lo que les dije.

—¿Entonces?

—Ellos dijeron: "El mes pasado no podíamos hacerlo, pero hoy sí."

★ ★ ★ ★ ★

JERUSALÉN, ISRAEL

Los rotores estaban zumbando a toda velocidad y era hora de salir.

En ese preciso momento, el primer ministro Aser Neftalí salió cautelosamente del camarote, atravesó el pavimento, abordó un helicóptero de las Fuerzas de Defensa de Israel y saludó al cuerpo de prensa agitando la mano. A su lado estaba el ministro de defensa Leví Shimon, que llevaba a su jefe en un rápido viaje al norte, para visitar la base aérea Ramat David, no lejos de Meguido, en el frondoso y estratégico valle de Jezreel. Era un viaje muy divulgado, el primero desde el ataque en Nueva York, y con ellos iba otro helicóptero de transporte, lleno de reporteros y de fotógrafos. No obstante, a diferencia de las especulaciones preliminares de algunos reportes de agencias de noticias, el primer ministro no iba a revisar la capacidad militar a largo alcance de la Fuerza Aérea Israelí. En lugar de eso, como lo había dejado en claro el portavoz de Neftalí justo antes de su partida, el PM iba a visitar una batería de misil tierra-aire Patriot, operada por Estados Unidos. El mensaje: con el apoyo estadounidense, Israel estaba listo para detener cualquier cosa que Irán estuviera preparando para lanzar.

Sin embargo, a bordo y en el aire, Neftalí se puso sus audífonos y se dio vuelta hacia donde estaba su ministro de defensa para reiterar sus intenciones.

—Tenemos que proceder este fin de semana, Leví.

—Entiendo, señor. Estamos haciendo los preparativos finales mientras tratamos de que ni la prensa, ni los estadounidenses, vean lo que estamos haciendo.

—Hasta aquí todo ha ido bien.

—Sí, así parece.

—Usted tuvo una reunión final con Roger.

—Sí. Le dije que usted estaba considerando seriamente la oferta del presidente, pero que no podía tomar una decisión final hasta que tuviera las aclaraciones. Dijo que le había comunicado eso al presidente y después se fue, hace como una hora, a Jordania para reunirse con el rey.

—¿Espera usted alguna respuesta rápidamente?

—¿Sinceramente? No. Antes de la llamada telefónica del presidente con el Mahdi el próximo martes, no.

—Lo cual debería darnos una justificación, ¿no es cierto?

—Usted no ha aceptado su propuesta, pero tampoco la ha rechazado y le ha dejado en claro que se nos está acabando el tiempo.

—Bien —dijo Neftalí—. Ahora bien, ¿tenemos noticias de nuestro hombre en Teherán?

—No, todavía no.

—¿Por qué no?

—No lo sé, señor.

—¿Entonces no tenemos una confirmación final en cuanto a las ojivas?

—No, me temo que no, señor.

—¿Podemos proceder si no tenemos noticias de él?

—No estoy seguro de que sería algo sensato, pero sí, podemos hacerlo. Hemos estado haciendo revisiones adicionales por satélite a todos los objetivos conocidos de nuestro listado de alta prioridad. Terminaremos de revisarlos hoy y estaré listo para darle un reporte completo en la mañana, si usted está listo.

—Lo estaré —dijo el primer ministro y se volteó en su asiento.

—¿Le pasa algo?

—No, es solo que . . .

—¿Qué?

—Necesito saber quién es nuestra fuente en Teherán.

—Usted ya sabe su nombre en clave, Mardoqueo: nuestros ojos dentro del palacio persa.

—No, no me refiero a su nombre en clave —dijo Neftalí—. ¿Quién es? ¿Cuál es su nombre verdadero? ¿Qué es lo que hace en realidad? ¿Cuál es su rango? ¿Tiene familia? ¿Por qué confiamos en él?

—Señor Primer Ministro, por favor, es mejor que no sepa esos detalles; será más seguro para nuestro agente y para usted.

—Leví, tengo que saberlo. ¿Cómo se supone que debo tomar decisiones finales basadas en lo que él dice, asumiendo que sepamos pronto de él, por lo cual oro a Dios? ¿Cómo se supone que confíe en alguien de quien no sé nada?

—Aser, escuche, no puedo decírselo ahora, aquí, volando sobre el valle del Jordán, pero aunque estuviéramos solos, no es una buena idea. Mardoqueo siempre ha sido certero, siempre nos ha llevado en la dirección correcta, hasta e incluyendo el asesinato de Saddaji. Tengo completa confianza en este agente, amigo mío. Usted también debería tenerla.

—Eso ha sido suficiente hasta ahora —contestó Neftalí—, pero esto es distinto. Me enfrento al momento más difícil de la historia del moderno Estado de Israel. Ningún primer ministro, ni siquiera Ben-Gurion ni Eshkol, tuvieron que tomar una decisión así. El peso del mundo está sobre mis hombros, Leví. Tengo que saber a quién estoy escuchando.

Shimon miró por la ventana mientras volaban por la tierra de cultivo de Samaria.

—Tengo que pensarlo durante la noche —dijo finalmente.

—Muy bien —dijo Neftalí—. Desayunemos juntos mañana y entonces lo discutiremos.

★ ★ ★ ★ ★

HAMADÁN, IRÁN

—¿Usted les cree?

—No tengo razón para no hacerlo —dijo Birjandi—. Están rebosando de seguridad en sí mismos, David. Están actuando como hombres que tienen el viento a sus espaldas, creen que Alá está de su lado y que están a punto de presenciar una gran victoria para el pueblo musulmán. Están muy ciegos. Están a punto de ocasionarle gran sufrimiento al mundo musulmán, pero creo que el Señor está permitiendo que todo ocurra para sacudir al islam completamente, para persuadir a los musulmanes a que abandonen el islam y que comiencen a seguir a Jesús, la única esperanza para todos nosotros.

—Tengo que hacérselo saber a mi gobierno —dijo David.

—Por supuesto —dijo Birjandi—. Se lo habría dicho antes, pero me di cuenta de que no tenía forma de comunicarme con usted.

—Le traje un regalo para resolver eso.

—¿Qué clase de regalo?

—Es un teléfono satelital. Está en la cajuela de mi auto. Se lo entregaré cuando volvamos a su casa. Es totalmente seguro. Puede llamarme a cualquier hora, de día o de noche. ¿Los volverá a ver pronto, por lo menos antes del lunes?

—En realidad, quieren que me reúna con el Duodécimo Imán.

—¿Cuándo?

—En los próximos días. Tal vez este fin de semana. Van a llamarme.

—Qué bueno —dijo David y se alegró levemente—. En realidad es estupendo. Estará en el mismo recinto con el Mahdi. Usted sabrá exactamente lo que piensa.

—No —dijo Birjandi con brusquedad—. De ninguna manera.

—¿Qué dice? Necesitamos esto. Tiene que ir.

—No hay nada que pueda decirme que yo no sepa, David, o que el mismo Señor no pueda decirme, si en realidad necesito saberlo. Lo que me lleva al tema más importante, ¿ha estado pensando en lo que discutimos la última vez?

—¿Qué tema? —preguntó David—. Hubo tantos.

—El evangelio. ¿Ha estado pensando en el evangelio?

—Sí, un poco, pero han pasado muchas cosas desde la última vez que lo vi. Es parte de lo que quiero decirle.

—David, tiene que tomar esto en serio. Tiene que tomar la decisión de recibir a Jesucristo como su Salvador, o de rechazarlo para siempre. Las Escrituras dicen: "Pero a todos los que creyeron en él y lo recibieron, les dio el derecho de llegar a ser hijos de Dios." Se le está acabando el tiempo y, sinceramente, tengo miedo por usted. Oro por usted día y noche.

—¡Pare, pare! Espere un momento —respondió David—. No nos salgamos del tema.

—Ese *es* el tema, David. Hoy es el día de salvación. Ahora es el tiempo indicado del favor de Dios. Es posible que no tenga otra oportunidad. No sabe qué le deparará el mañana. Nadie lo sabe. Tiene que humillarse y arrepentirse de sus pecados y recibir a Cristo en su corazón antes de que ocurra algo terrible.

—Ya llegaremos a eso —dijo David—. Se lo prometo, pero ahora mismo necesitamos que usted esté en el recinto con el Mahdi y luego usted debe llamarme y decirme lo que él dijo. ¿Se da cuenta de que todo pende de un hilo?

—David, no me está escuchando. He estado en la presencia de Jesucristo. Él es el Rey de reyes y Señor de señores. Me dijo que usted vendría a verme antes de que siquiera lo conociera, ¿se acuerda? Me dijo que su verdadero nombre era David. Me dijo que trabajaba para la CIA, que usted estaba enamorado de una chica llamada Marseille y que yo debía decirle cosas que nunca antes le había dicho a nadie más. ¿Se acuerda de todo lo que hablamos?

—Sí, por supuesto.

—Entonces usted, mejor que nadie, debería saber que le estoy diciendo la verdad. Tiene la mirada puesta en la persona equivocada. Tiene los ojos puestos en el Duodécimo Imán, en toda la muerte, destrucción y caos que él está planificando. Sin embargo, usted tiene que enfocarse en Jesucristo. A él es a quien tiene que escuchar, no al Duodécimo Imán. El Mahdi viene a robar, a matar y a destruir, amigo mío; pero Jesucristo vino para que usted tenga vida y la tenga en abundancia. Eso es lo que dicen las Santas Escrituras y es cierto, si tan solo tuviera oídos para oír y ojos para ver.

—Mire, doctor Birjandi, aprecio su preocupación por mi alma. De verdad lo aprecio. He estado pensando mucho en lo que dijo y me encantaría hablar al respecto, pero no en este momento. Mi país me envió aquí para detener al Mahdi, para detener a Hosseini y a Darazi. Tengo que rastrear las ocho ojivas y solamente tengo unas cuantas horas, cuando mucho unos cuantos días, para hacerlo. Si fracaso, entonces ocurrirán una o dos cosas. El Mahdi lanzará las armas sobre Israel y podría ocurrir un segundo Holocausto. O Israel atacará primero para frustrar un genocidio, pero podríamos ver a toda la región explotar en llamas. Nuestra única esperanza es encontrar esas ojivas y destruirlas antes de que pase alguna de estas cosas, y para eso, necesito desesperadamente de su ayuda.

Birjandi se detuvo. Se dio vuelta hacia David y tomó sus dos manos.

—Joven, estoy haciendo todo lo que puedo para ayudarlo, pero sinceramente, usted no me está escuchando. Ahora vaya y llame a sus superiores. Dígales lo de las dos ojivas en los barcos, pero en cuanto a reunirme con el Mahdi, simplemente no puedo hacerlo.

—¿Por qué no? ¿Puede por lo menos decirme por qué?

—Porque mi Señor me dijo que no lo hiciera.

—¿A qué se refiere?

—Ya se lo dije antes, cuando vino a verme la primera vez. El Duodécimo Imán es un mesías falso. Sospecho que está posesionado por Satanás. Ciertamente está guiado por fuerzas demoníacas. En Mateo capítulo 24 el Señor Jesús advierte a sus seguidores de que habrá falsos mesías que surgirán en los últimos días. Tres veces en el mismo capítulo hace esta misma advertencia. Además, dice que estos impostores engañarán a muchos. Hasta dice que algunos de estos falsos mesías serán capaces de hacer "grandes señales y milagros para engañar, de ser posible, aun a los elegidos." No obstante, él es muy claro en que "si alguien les dice: 'Miren, el Mesías está en el desierto', ni se molesten en ir a buscarlo. O bien, si les dicen: 'Miren, se esconde aquí', ¡no lo crean! Pues, así como el relámpago destella en el oriente y brilla en el occidente, así será cuando venga el Hijo del Hombre."

—Lo escucho, doctor Birjandi. Lo escucho, pero no le estoy pidiendo que crea que el Duodécimo Imán es en realidad el mesías. Usted sabe que no lo es. Yo sé que no lo es. Así que no se trata de creer en él. Se trata de reunirse con él, para recabar información y poder derrotarlo, para salvar a Irán, a Estados Unidos, a Israel y a todos los que están en medio.

Birjandi se dio vuelta y comenzó a caminar cojeando de regreso a su casa.

—Usted es un buen muchacho, David. Me cae muy bien y sé que lo apasionan su trabajo y su misión, pero hay un mesías falso en el planeta. Está engañando a millones. También quiere engañarme. Así que cuando mi Señor me dice que no me reúna con él, yo lo obedezco. No soy tan inteligente, David. No puedo superar al enemigo. Todo lo que puedo hacer es escuchar las palabras de Jesús y si lo amo, entonces lo obedeceré. Yo amo a mi Jesús más que la vida misma. ¿Cómo podría desobedecerlo, especialmente cuando está por venir?

David estaba a punto de hacer otro intento con el anciano, sin importar lo inútil que pareciera, pero justo entonces, uno de los jóvenes clérigos salió corriendo por la puerta principal de Birjandi.

"*¡Tío, tío, venga pronto. Hay un hombre en la televisión. Tiene que escuchar lo que está diciendo!*"

38

Los autos de la Policía Metropolitana del DC llenaron la zona.

Minutos después de la llamada de Zalinsky, la oficina de la BBC en Washington estaba rodeada y todos los caminos acordonados, dos cuadras en cada dirección. Luego dos docenas de agentes del FBI fuertemente armados —dirigidos por un equipo SWAT contraterrorismo— invadieron las oficinas y los estudios.

"¡Agáchense! ¡Agáchense!," gritó el agente principal, que portaba chaleco antibalas y una ametralladora MP5, mientras un equipo se movilizaba por la entrada principal y pasaba por el personal secretarial.

"Vamos, vamos, vamos," gritó otro, mientras un segundo equipo irrumpía por las puertas posteriores y bloqueaba la única otra salida de escape.

Con las armas desplegadas, se desplazaron rápida y metódicamente por los 1.550 metros cuadrados de espacio rentado. Sin embargo, el doctor Najjar Malik no estaba allí.

★ ★ ★ ★ ★

HAMADÁN, IRÁN

David no podía creer lo que estaba viendo.

¿Qué estaba haciendo Najjar Malik en la televisión? ¿Por qué le estaba contando su historia al mundo? ¿Acaso no sabía cuán seriamente ponía en peligro la misión de David?

Sintiéndose enojado y traicionado, David miró la entrevista de

Najjar en la Red Satelital Cristiana Persa. En primer lugar, trató de imaginar cómo Eva y su equipo pudieron haber permitido que Najjar escapara. Luego se quebró la cabeza tratando de concebir por qué Najjar se pondría en peligro a sí mismo, a su familia y a la operación principal de la CIA al salir en la televisión a nivel mundial. ¿Iba Najjar a exponer los aspectos de la competencia técnica de la CIA, de cómo lo sacaron de Irán, del refugio en Karaj, del refugio en Oakton, del equipo de comunicaciones que usaban? ¿Iba a mencionar nombres? ¿Estaba haciendo esto por venganza, para ajustar cuentas personales? David estaba a punto de salir corriendo de la casa y llamar inmediatamente a Zalinsky para averiguar qué estaba pasando, pero quedó impactado por los jóvenes clérigos, que estaban embebidos en cada palabra de Najjar.

—*¡Que Dios lo bendiga!* —gritó repentinamente uno de los jóvenes.

—Sí, sí, ¡alabado sea Dios por este hermano tan valiente! —exclamó otro.

—Es increíble —dijo un tercero—. ¡Qué grande es nuestro Dios, que alcanzó y salvó a alguien como él!

Mientras Najjar seguía hablando de su recién descubierta fe y de por qué había decidido renunciar al islam (prometió hablar más del programa nuclear iraní y de la creciente amenaza de guerra posteriormente en la transmisión), David no pudo evitar observar que los jóvenes veían tomando notas detalladas. Escribían febrilmente. Se susurraban unos a otros con tonos animados. Ocasionalmente alguno gritaba: "¡Amén!" o irrumpía en un aplauso. Luego, uno por uno, cada uno tomó su teléfono celular y comenzó a enviar mensajes de texto frenéticamente.

Al principio, todo impactó a David como algo curioso y desorientador. Los jóvenes parecían futuros mulás y ayatolás. Algunos tenían turbantes blancos; otros negros. Todos tenían las túnicas largas y sueltas de los clérigos chiítas, y todos menos uno tenían copiosas barbas largas. No obstante, como dijo Birjandi, eran creyentes secretos. Aparentemente eran genuinos revolucionarios por lo menos de naturaleza espiritual, si no política. Cada uno había renunciado al islam chiíta y había elegido a Jesús en lugar del yihad, y no estaban solos. Birjandi dijo que había más de un millón en Irán iguales a ellos y el número aumentaba cada día. No tenían un líder formal. No tenían instalaciones físicas. Funcionaban en las sombras, como disidentes, como rebeldes con una causa. Sin embargo, ahora, de repente, uno de los suyos se había liberado. Tenía nombre. Tenía rostro. Tenía voz. Estaba contando su historia que, según David, era muy similar a la de ellos mismos. Estaba explicando el evangelio sin temor, sin reparos y en persa. No era un extraño. No era un extranjero ni un misionero, ni una "herramienta del imperialismo," como a Hosseini y a Darazi les gustaba llamar a los cristianos occidentales. Najjar Malik era uno de ellos, un hijo nativo, y tenía una posición alta. Najjar, después de todo, había estado ayudando a dirigir el programa nuclear de Irán. El suegro del hombre era el padre de la Bomba Persa. Ahora él se había puestro en contra no de su país, sino de sus gobernantes, de los "tiranos" y de "los dementes," como Najjar lo estaba diciendo tan apasionadamente, que amenazaban la existencia misma de la nación persa.

—¿A quién envían mensajes de texto? —preguntó David finalmente al grupo.

—A todos los que conocemos —dijo uno.

—¿Por qué? ¿Qué les están diciendo?

—Les estamos diciendo que enciendan este canal y que escuchen lo que está diciendo este hombre.

—¿Pero no se arriesgan a ser expuestos como cristianos?

—Claro que no. Les estoy diciendo a todos mis amigos que un lunático está en la televisión. De esa manera, seguramente lo sintonizarán.

—Tengo una base de datos de 150.000 estudiantes actuales y de ex alumnos —dijo otro, y explicó que su padre era el jefe de una asociación iraní de estudiantes clérigos—. Acabo de enviarles a todos un mensaje, diciendo que un enemigo del Mahdi está en la televisión, lo cual es cierto. Créame, ahora mismo la gran mayoría de ellos ha dejado todo lo que están haciendo y están sintonizando, o tratando de encontrar una televisión conectada a una antena parabólica, y le garantizo que si se pierden el programa, mirarán los videos de

YouTube esta noche, se lo dirán a sus amigos y tendrán un debate sobre lo que este hombre está diciendo. Este tipo, el doctor Malik, va a activar una conversación nacional y eso es bueno. No tenemos que hacerle saber a la gente que creemos lo que él cree. Todavía no, pero podemos avivar la llama.

Varios de los demás dijeron cosas similares, pero uno se puso de pie.

—Ya es hora.

—¿Hora de qué? —preguntó David.

—De levantarse y de ser contado como siervo de Jesús —dijo el más joven del grupo, un hombre que apenas parecía capaz de afeitarse, mucho menos de enseñar o de ayudar a dirigir una revolución—. Les diré a todos que estoy de acuerdo con el doctor Malik.

Todas las cabezas se voltearon.

—¿Por qué? —preguntó David.

—Porque él tiene razón y yo también. El tío Birjandi nos enseñó lo que el apóstol Pablo dijo en su carta a los creyentes en Roma: "Pues no me avergüenzo de la Buena Noticia acerca de Cristo, porque es poder de Dios en acción para salvar a todos los que creen."

—¿Pero decir eso en público no podría meterlo en problemas? —insistió David.

—No puede costarme más de lo que mi Salvador pagó —respondió el joven—. Jesús me dio su vida. ¿No debería estar dispuesto a dar la mía por él?

★ ★ ★ ★ ★

LANGLEY, VIRGINIA

"¿Qué quiere decir con que no estaba allí?," gritó Zalinsky.

Murray y Eva habían estado pegados a la televisión. Ahora los dos se voltearon hacia su colega mientras él gritaba en el teléfono.

"*¿Han buscado en todas partes? . . . Eso es imposible. Busquen de nuevo. . . . Luego envíen un equipo al otro canal persa. . . . No tengo idea . . . ¡simplemente averígüenlo y vayan allá ahora!*"

El teléfono celular de Eva sonó. Era el Centro de Operaciones Globales.

—¿Lo están viendo? —preguntó el comandante.

—¿En la estación cristiana persa? —preguntó ella—. Sí, por supuesto.

—No, no, en la BBC persa otra vez.

—¿Qué quiere decir?

—Cambie de canal —dijo el comandante.

—¿De qué está hablando?

—Solo cambie. Han captado la fuente de la estación cristiana y lo están exhibiendo en vivo.

Eva tomó el control remoto de la mesa de café de Murray y cambió de canal a la BBC persa. Como lo esperaba, la BBC estaba transmitiendo simultáneamente la señal de la red satelital cristiana. Ya sea que estuvieran pirateándolo como un "acontecimiento noticioso" o que tuvieran alguna clase de trato con la red, ella no tenía idea, pero no importaba. El asunto era que millones de iraníes estaban viendo esto. Ella no sabía todavía las repercusiones para ella o para su equipo, pero temía que Najjar estaba cometiendo un terrible error y que pagaría un precio muy alto por eso.

★ ★ ★ ★ ★

HAMADÁN, IRÁN

"La guerra se avecina, mis queridos hermanos y hermanas," dijo Najjar finalmente.

La hora estaba por concluir y estaba casi suplicándole a sus compatriotas iraníes que lo escucharan cuidadosamente, mientras tenía la vista fija en la cámara.

"Humanamente hablando, la guerra ya no se puede evitar. Solo Dios puede detener esta guerra, y no el dios del islam. Ni el Duodécimo Imán. Ni los mulás ni los ayatolás. Su dios —el dios del islam— quiere guerra. Quiere robar, matar y destruir todo lo que conocemos, amamos y apreciamos en nuestro corazón, pero el único Dios verdadero —el Dios de la Biblia, el Dios de nuestro Señor y Salvador Jesucristo—, él es el Príncipe de Paz. Él vino a darnos paz eterna, abundante, fructífera y significativa."

David estaba atónito, al igual que los demás que estaban en la habitación. Había leído la historia de Najjar en las transcripciones de sus conversaciones con Eva. Conocía la trayectoria básica de la conversión de Najjar, pero había algo al ver al hombre contar esa historia, en ese preciso momento, en la televisión mundial, a riesgo de su vida —y a riesgo de que el FBI lo abatiera en el aire— que le pareció a David más convincente de lo que hubiera pensado. Se encontró impresionado por la serenidad de Najjar y atraído a las profundidades de su convicción.

"Jesucristo es el único que puede detener esta guerra," concluyó Najjar. "Órele a él. Póngase de rodillas —incline la cabeza— y pídale que lo perdone, supliquele que lo salve, implórele que lo redima a usted, a su familia y a su nación. Porque Jesucristo es lo único que hay entre nosotros y una eternidad en el infierno. Quizás no nos libre de la guerra. Es posible que permita que esta guerra venga a castigarnos por nuestra maldad, pero él lo salvará individualmente si usted se lo pide. Jesús dijo: 'Yo soy la resurrección y la vida. El que cree en mí vivirá aun después de haber muerto. Todo el que vive en mí y cree en mí jamás morirá.' Amigos míos, ahora es el tiempo. Este es el día. Esta es la hora del favor de Dios. Reciba a Jesucristo por fe y reciba el regalo gratuito de la vida eterna antes de que sea demasiado tarde."

David miró a Birjandi y se preguntó cómo podría ser que él y Najjar estuvieran leyendo del mismo libro.

—¿Anotó alguno de ustedes la dirección de la cuenta de Twitter del doctor Malik? —preguntó el mayor del grupo, un tipo que se llamaba Alí y que había sido el más tranquilo en la habitación hasta entonces.

—Sí, aquí está —dijo el más joven, Ibrahim, el tipo que acababa de revelarse como seguidor de Cristo—. Yo acabo de registrarme.

Todos se registraron, incluso David, que se sentía avergonzado por no tener ya una cuenta en Twitter, algo que nunca antes había siquiera considerado. Sin embargo, ¿cómo no seguir todo lo que Najjar le estaba contando al mundo? ¿No se suponía que debía estar en el negocio de la inteligencia? ¿Cómo podía permitir que unos tipos de veintitantos años en Irán supieran más que él? Dudaba de que

Roger Allen o Tom Murray fueran a rastrear a Najjar y se preguntaba si Zalinsky había oído siquiera de Twitter.

—¿Piensan todos ustedes que él tiene razón? —preguntó David al grupo—. ¿Creen que "ya no se puede evitar la guerra humanamente hablando"?

Todos lo creían.

—¿Por qué? —insistió David—. Es decir, ¿solamente por las razones que dio el doctor Malik? ¿Es presentimiento? ¿O algo más?

—Los israelíes van a atacarnos —dijo Ibrahim—. No van a esperar. Han oído lo que el Mahdi, nuestro Líder Supremo y nuestro presidente han dicho. Todos han oído las amenazas y ellos van a atacar primero. Ya lo verá.

El clérigo que estaba al lado de Ibrahim discrepó enérgicamente.

—Estás equivocado, Ibrahim. Los estadounidenses van a contener a los israelíes. Por eso es que enviaron al director de la CIA a Jerusalén. Por eso es que el presidente va a hablar con el Mahdi. Los estadounidenses creen que el Mahdi puede ser razonable. No tienen idea de con quién están tratando. Cuando la guerra estalle, y creo que estallará en cualquier momento, será porque el Mahdi la inició. Va a ser sangrienta y muchísimos morirán.

—Estás malinterpretando a los israelíes —argumentó Ibrahim—. Tienen relaciones estrechas con los estadounidenses, sí, pero en el fondo están impulsados por sus recuerdos del Holocausto y su determinación a no volver a permitir que ocurra otro. ¿No te acuerdas de cómo en 1981 la Fuerza Aérea Israelí atacó las instalaciones nucleares de Saddam en Osirak? ¿No te acuerdas de cómo en 2007 atacaron las instalaciones nucleares de Assad, cerca de Damasco? Los israelíes vendrán acá después. Pensar que los estadounidenses podrían ofrecerles cualquier cosa para evitar que se defiendan en contra de lo que estiman que podría ser un segundo Holocausto es una fantasía.

En ese momento, Alí intervino inesperadamente.

—Quisiera que los estadounidenses pudieran hacer algo, cualquier cosa, para detener esta guerra —dijo con una profunda sensación de tristeza en su voz y en sus ojos—. No obstante, llegará y rápidamente. Ibrahim, amigo mío, eres más sabio que cualquiera de tu edad. Tienes una perspectiva y conocimiento que me dan envidia, pero en este caso te equivocas. Los israelíes nunca tendrán la oportunidad de atacar primero porque la Operación Teherán está ahora en movimiento y no puede detenerse.

—¿Qué es la Operación Teherán? —preguntó David.

39

—La Operación Teherán es el escenario del día del juicio final del Mahdi —dijo Alí.

—¿Qué significa eso? —preguntó David con tono apremiante.

—Sí, ¿de qué estás hablando? —preguntó Ibrahim.

—De destruir a Israel y de exterminar a todos los judíos —explicó Alí—. No conozco todos los detalles. Solamente sé lo que mi padre me dijo. Dijo que no puede estar en la fiesta de cumpleaños de mi hijo el sábado porque ha sido llamado al Qaleh para una reunión estratégica final para la Operación Teherán. Eso fue todo lo que dijo y luego colgó el teléfono.

—¿Cuándo fue eso? —preguntó Ibrahim.

—Esta mañana, precisamente después del desayuno —explicó Alí—. Ni siquiera puedo decirte lo disgustada que está mi esposa con él. Ha estado planeando esta fiesta por semanas y mi papá prometió asistir. Sin embargo, mi mamá dice que no es solamente él. Faridzadeh y Jazini han ordenado a todos sus altos comandantes que estén allí. Han cancelado todos los permisos militares, por lo menos en la fuerza aérea y en las unidades de comando de misiles. Esta mañana comenzaron a emitir órdenes para llamar a todas sus reservas de combate aéreo. No sé qué está pasando con el ejército, pero mi mamá me dijo que el rumor es que todas las familias de los altos comandantes de la fuerza aérea van a ser trasladadas a búnkeres especiales a partir de mañana. Mi punto es que el doctor Malik está en lo cierto. La guerra se avecina y el Mahdi va a iniciarla.

Todo el grupo explotó en discusión y David no sabía cómo proceder sin verse demasiado interesado. Él no los conocía y ellos no lo conocían a él. Tenía que andar con pies de plomo. Confiaba en Birjandi, y Birjandi claramente confiaba en estos jóvenes, pero ellos no sabían que era de la CIA. Pensaban que trabajaba para una compañía telefónica. No podía estar haciendo preguntas que fueran demasiado perspicaces, ni demasiado minuciosas. Alí estaba diciendo que el ministro de defensa iraní y el comandante del Cuerpo de la Guardia Revolucionaria Iraní estaban haciendo preparativos finales para atacar a Israel. David asumió que era cierto, pero ¿cómo sabría Alí esas cosas? Y ¿quién era su padre?

Como si hubiera estado leyendo la mente de David, Birjandi se inclinó y le susurró:

—El padre de Alí es un general altamente condecorado de la Fuerza Aérea de Irán. Pilotea aviones F-4. Lo último que supe fue que dirige la Base Aérea Táctica número seis.

—¿En Bushehr? —respondió David susurrando, mientras el resto del grupo hervía discutiendo los nuevos detalles que Alí acababa de proporcionar.

Birjandi asintió con la cabeza.

—El mismo.

David se inclinó hacia Birjandi y le preguntó lo más bajo que pudo:

—¿Es verídico lo que está diciendo?

—Alí no tiene razón para mentir —dijo el anciano—. Es el líder de este grupo. Es el más tranquilo entre ellos, pero el más influyente. Conoce a cada uno de estos tipos. Llegó a Cristo antes que cualquiera de ellos. Los reclutó uno por uno y luego me los trajo y me suplicó que me reuniera con ellos una vez a la semana. Diría que tiene el don de liderazgo de su padre.

—¿Es cristiano su padre?

—Eso quisiera —dijo Birjandi—. No, me temo que es un imanista comprometido.

★ ★ ★ ★ ★

EL CAIRO, EGIPTO

Javad nunca había visto a un hombre con tanta ira.

Acababan de despegar del Aeropuerto Internacional del Cairo camino a Amán, y apenas estaban a una altitud de crucero, pero el Mahdi ya estaba fuera de su asiento. Maldecía a todo pulmón, rompía vasos y exigía que los pilotos desviaran el avión a Irán.

Javad se acobardó en su asiento y mantuvo la cabeza baja, tratando de no hacer contacto visual, pero con el temor de que el Mahdi dirigiera su ira hacia él. El hombre exigía saber cómo se había permitido siquiera que Najjar Malik escapara de Irán. ¿Cómo pudo haber sido persuadido por los estadounidenses? ¿Cuánto sabía? ¿Habían encontrado la computadora de Saddaji, la que mantenía en su casa? ¿Qué información tenía esa computadora? ¿Cuánto del programa nuclear de Irán estaba en peligro? ¿Cuánto le habían dicho los estadounidenses a los sionistas? Las preguntas continuaban surgiendo una tras otra, y Javad no tenía respuesta para ninguna de ellas.

★ ★ ★ ★ ★

WASHINGTON, DC

Marseille condujo al Distrito.

Todavía estaba lloviendo, pero no le importó. Estacionó el auto cerca del monumento a Washington, tomó su sombrilla roja, metió unas monedas en el parquímetro, aseguró el auto y miró a su alrededor, preguntándose a dónde ir. A su derecha estaba la Casa Blanca. Detrás de ella estaba el edificio del Capitolio y algunos de los museos Smithsonian. Hacia adelante, más allá del monumento a Washington, estaba el monumento conmemorativo a la Segunda Guerra Mundial. A su izquierda estaba la Oficina de Grabado e Impresión y el Museo del Holocausto.

El tráfico estaba comenzando a congestionarse con pilotos consternados por los caminos cada vez más resbaladizos. Una ambulancia se acercaba en la distancia, tratando de abrirse paso serpenteando entre el embotellamiento vehicular. Difícilmente había turistas presentes, por supuesto. ¿Quién sería tan tonto como para empaparse en este aguacero? Sin embargo, Marseille, literalmente, no sabía a dónde ir.

Sin razón en particular, comenzó a caminar por el Mall, hacia el Capitolio, pero aunque no había visto estos lugares desde que tenía como trece años, en realidad no estaba abstraída en ellos ahora. Todavía estaba tratando de procesar la noticia de que David trabajaba para la CIA y, aunque Murray no lo había confirmado completamente, la posibilidad de que ahora estuviera en Irán. Por supuesto que David no se lo había dicho cuando se reunieron para desayunar. ¿Cómo podría haberlo hecho? Él amaba a su país. Siempre lo había amado. Nunca se había considerado iraní. Siempre había querido ser un estadounidense rojo, blanco y azul. No había duda de que era leal. Había sido un amigo leal y un hijo leal. Estaba segura de que era leal a la Agencia y no era de sorprender que Murray dijera que era muy bueno en lo que hacía. Eso es precisamente lo que David Shirazi era.

Marseille sabía que cualquier cosa que él estuviera haciendo tenía que ser con una identidad ficticia. Estados Unidos ya no tenía embajada en Teherán, ni consulados. Eso significaba que tenía que estar enredado en todo lo que ella leía en los periódicos. ¿Había sido David responsable del intento de asesinato del Duodécimo Imán? Esperaba que no. No albergaba dudas en cuanto a la maldad del así llamado mesías islámico, pero no quería pensar en su amigo como en un asesino. Tal vez David era el intermediario entre el presidente y el Duodécimo Imán. Eso sin duda era posible, pero ¿no era casi igual de malo? Podría ser incluso peor. Si el Duodécimo Imán era en realidad el Anticristo, estaba poseído por Lucifer. Tenía la habilidad de engañar a todo el que se topara con él. De su lectura superficial de la profecía bíblica, no veía cómo el Anticristo pudiera ser detenido por nadie más que el mismo Dios. Oró en silencio para que David no estuviera cerca del Mahdi y para que no se acercara a él. Luego oró una vez más para que el Señor le abriera los ojos a David y lo acercara a su corazón.

El viento se intensificó y la lluvia caía ahora en ángulo. Su traje de dos piezas estaba casi empapado, a pesar de su paraguas. Tenía frío, se sentía triste y totalmente sola. Se recordó a sí misma que eso no era cierto. El Señor había prometido no dejarla ni abandonarla nunca, pero quería a alguien con quién conversar. Amaba al Señor —le encantaba hablar con él en oración y escucharlo mientras leía su Palabra—, pero a veces ella quería tener un amigo a quien poder ver, un amigo que la tomara de la mano, la consolara y le dijera que todo en su vida iba a salir bien. Pensó en sus compañeros maestros en Portland y en el director y su esposa, que siempre habían sido tan amables. Imaginó los encantadores y lindos rostros de los niños a los que le encantaba enseñar todos los días. En algunas mañanas oscuras y difíciles, ellos eran la única razón práctica en la que podía pensar para levantarse de la cama y, por supuesto, estaba Lexi, por quien se preocupaba más que nunca. Israel le había parecido un lugar de ensueño para pasar una luna de miel. Ahora, cada nuevo titular que amenazaba con la guerra inminente en el Medio Oriente la pre-ocupaba cada vez más de que su mejor amiga y su esposo pudieran quedar atrapados en un desastre. Hizo una nota mental de enviar un mensaje de texto a Lexi tan pronto como volviera a su auto. Quería asegurarse de que estuvieran bien y volvieran pronto a casa.

No obstante, todo eso la hizo volver a pensar en David. ¿Dónde estaría? ¿Estaría bien? Abruptamente se dio cuenta de que lo extra-ñaba tanto que casi le dolía físicamente.

★ ★ ★ ★ ★

HAMADÁN, IRÁN

David ya había oído suficiente por el momento.

Se disculpó y entró al estudio de Birjandi. Allí, sacó su teléfono, tecleó su código seguro y presionó el marcado rápido. Tenía que transmitir todo esto a Langley.

Zalinsky respondió al primer timbrazo.

—Código adelante.

David lo hizo.

—¿Zephyr?

—Sí, soy yo.

—¿Qué estás haciendo en Hamadán?

Tomó a David desprevenido con la pregunta.

—¿Cómo lo supiste?

—Estamos rastreando la señal GPS de tu teléfono.

—Claro, por supuesto —dijo David, lamentando la insensatez de la pregunta al momento en que salió de su boca—. Mira, vine a ver a Camaleón. ¿Te has cerciorado de que estamos seguros?

—Absolutamente. ¿Por qué?

—Tengo noticias.

—Te escucho.

—Los buques de guerra de Irán que acaban de pasar por el canal de Suez . . .

—¿Ajá?

—Dos de las ojivas están a bordo. Están conectadas a misiles programados para atacar Tel Aviv y Haifa.

Zalinsky dijo una maldición.

—Pensé que . . .

—Lo sé, todos lo pensamos —dijo David—, pero aparentemente, a Saddaji no le habían dicho de lo que eran capaces los científicos de misiles. Tal vez él estaba un poco desactualizado. Tal vez los que estaban por encima de él estaban compartimentando. No lo sé. El punto es que las ojivas están listas para los misiles, por lo menos dos de ellas, y ahora están a alrededor de trescientos kilómetros de distancia de la ciudad más grande de Israel.

—¿Estás absolutamente seguro de eso?

—Viene directamente de arriba.

—¿De Hosseini?

—Y de Darazi.

—¿Le dijeron eso a Camaleón, o lo está deduciendo?

—Se lo dijeron directamente. Obviamente, tenemos que verificarlo . . .

—Lo haremos inmediatamente.

—Bueno, y hay más. El Mahdi va a iniciar la guerra el lunes a más tardar. No puedo decir qué día. Podría ocurrir en cualquier momento, pero me han dicho específicamente que ocurrirá antes de la conferencia telefónica del presidente Jackson con el Mahdi. También me he enterado de que los altos comandantes de la fuerza aérea se reunirán el sábado en el centro privado de retiro de Hosseini, el Qaleh. Tendrán una "reunión estratégica final," de algo que han llamado Operación Teherán.

—¿Qué es eso?

—Parece ser el plan de guerra para atacar a Israel.

—¿Esto también viene de Camaleón?

—No, pero viene de una fuente en la que él confía.

—¿De quién?

—Del hijo mayor del general que comanda la Base Aérea Táctica Seis.

—¿La que protege a Bushehr?

—Correcto. Aparentemente, Faridzadeh y Jazini han ordenado a todos sus comandantes superiores que estén allí. Han cancelado todos los permisos militares de la fuerza aérea y de las unidades de comando de misiles. También han comenzado a llamar a sus reservas de combate aéreo y hay rumores de que todas las familias de los comandantes superiores de la fuerza aérea van a ser trasladadas a búnkeres especiales a partir de mañana.

—¿Entonces el Mahdi podría atacar el domingo, o incluso el sábado? —insistió Zalinsky.

—Teóricamente, sí.

—Eso no nos deja mucho tiempo para encontrar las otras seis ojivas.

—No, no nos deja tiempo.

—¿Alguna pista de ellas?

—Todavía no; esto es todo lo que tengo hasta aquí.

—¿Algún progreso en cuanto a Zandi y Khan?

—Nada.

—¿Qué te dice tu instinto?

—Que vamos a echar a perder este asunto. Que vamos a llegar demasiado tarde. El presidente ni siquiera se está preparando para atacar a Irán, ¿verdad?

—No. Él cree que la diplomacia todavía puede funcionar.

—¿Qué crees tú?

—Yo creo que tienes que encontrarme esas otras seis ojivas antes de que las lancen.

—Para ti es fácil decirlo.

—¿Cuál es tu próximo paso? —preguntó Zalinsky.

—Sinceramente no sé, Jack. Estoy devanándome los sesos, pero no sé qué hacer ahora. Por cierto, ¿estás viendo ese asunto de Najjar? —preguntó David.

—Es un desastre.

—¿Cómo es que ocurrió?

—Todavía no lo sabemos. Tenemos una completa persecución buscándolo ahora mismo, pero tengo que darle el crédito. Es muy astuto.

—¿Por qué lo dices?

—Porque, de hecho, grabó primero la entrevista de la estación cristiana, después hizo solamente veinte minutos en vivo en la BBC. Cuando el FBI irrumpió en los estudios de la BBC, él ya se había ido; y cuando el equipo del FBI irrumpió en los estudios de la estación cristiana, se enteraron de que el programa era grabado.

—¿Entonces no tienes idea de dónde se encuentra en este momento?

—Ninguna pista.

—¿Y Sheyda?

—Ella y la familia están bien, pero no han sabido de él. No tienen manera de saber de él ni de comunicarse con él, pero Sheyda no podría estar más orgullosa de Najjar, ni más emocionada por la reacción.

—¿Qué reacción?

—¿No te has enterado?

—No, ¿qué pasó?

—El Ayatolá Hosseini ha emitido un decreto fetua.

—¿En contra de Najjar?

—En contra de toda la familia —dijo Zalinsky—. Aquí te lo leo literalmente: "Me gustaría informar a todos los intrépidos musulmanes del mundo que el doctor Najjar Malik y toda su familia están sentenciados a muerte por medio del presente. Hago un llamado a todos los celosos musulmanes a ejecutarlos rápidamente, dondequiera que se encuentren, para que nadie se atreva a insultar al Imán al-Mahdi, a la santidad islámica, ni al nuevo califato que ahora está emergiendo. Quien muera haciendo esto será considerado un mártir e irá directamente al cielo."

—Es hombre muerto —dijo David.

—Si no lo encontramos antes que ellos, sí —coincidió Zalinsky—, y eso no va a ser fácil. El Ayatolá acaba de ofrecer una recompensa de $100 millones por su cabeza.

40

EN ALGUNA PARTE SOBRE ARABIA SAUDITA

El *jumbo jet* de Airbus estaría de vuelta en Teherán en menos de una hora.

Sin embargo, el Duodécimo Imán no podía esperar. Aún enfurecido por la incompetencia de los servicios de inteligencia de Irán por haber dejado que Najjar se les escapara de las manos y transmitiera sus herejías al mundo, llamó a Javad a su cabina de lujo en la parte delantera del avión. Javad se levantó de su asiento en la parte de atrás del avión y se dirigió hacia adelante, con temor en cada paso. Después de respirar profundamente y de sacar un pañuelo de su bolsillo para limpiarse las manos sudorosas, llamó dos veces a la puerta y se le dijo que entrara. Obedeció y se inclinó.

—¿Ha tenido noticias de Firouz y de Jamshad? —preguntó el Mahdi.

—Sí, Su Excelencia —respondió Javad—. Acabo de recibir un mensaje de texto de Firouz hace poco.

—¿Están a salvo?

—Sí, lo están.

—¿No los arrestaron?

—No.

—¿Los vigilaron?

—Creen que no.

—¿Dónde están ahora?

—En Caracas.

—¿Ya llegaron a Venezuela? Bien. Entonces ahora vienen a casa.

—Sí, creen que deberían estar en casa mañana en la noche.

El Mahdi asintió con la cabeza y miró por la ventana, pensando en algo, pero su expresión era inescrutable y Javad no estaba de humor para hacer preguntas.

"Pon a Ali Faridzadeh en la línea," ordenó el Mahdi sin voltear a mirar a Javad.

Javad estaba sorprendido, no tanto porque el Mahdi quisiera hablar con el ministro de defensa iraní —eso era de esperarse, dado lo cerca que estaban de la hora cero— sino porque el Mahdi evidentemente quería que usara uno de los teléfonos satelitales, no para un mensaje de texto o dos, sino para una verdadera conversación. Hasta aquí había tenido sospechas de su capacidad de hablar de un modo seguro en los teléfonos y había rehusado usarlos, excepto cuando fue absolutamente necesario, como la llamada al líder paquistaní, Iskander Farooq. No obstante, Javad determinó que esas decisiones estaban fuera de su rango de autoridad. Sacó el teléfono satelital de su bolsillo, marcó el número personal satelital de Faridzadeh y se lo entregó al indiscutible líder del mundo islámico. Se preguntó si debería volver a su asiento, pero no se le había dicho que se fuera, por lo que se quedó parado y quieto, con un nudo en el estómago.

"¿Dónde está?," preguntó el Mahdi. "Bien. Yo estaré en tierra más o menos dentro de una hora y en el lugar que discutimos en menos de dos horas. Ahí me reuniré con usted. Solo asegúrese de que todo esté en su lugar y listo, repito, todo, cuando yo llegue."

★ ★ ★ ★ ★

HAMADÁN, IRÁN

David tenía que ir a Qom.

Estaba agotado y quería preguntarle al doctor Birjandi si podía pasar allí la noche, levantarse temprano y conducir por tres horas a la ciudad santa el día siguiente, al amanecer. Sin embargo, se sentía intranquilo con ese plan. Sentía que debía estar en Qom, fresco y listo, al comenzar el día. No tenía idea de por qué, pero había aprendido a confiar en sus instintos.

Sacó su computadora portátil, revisó las opciones de hotel y encontró un sitio Internet llamado AsiaRooms.com, que le ofrecía una variedad de instalaciones de alta categoría.

"El Qom International es uno de los mejores hoteles de Irán," decía una anotación. "El edificio tiene una encantadora fachada de vidrio, con luces atractivas. Hay un área de recepción de mármol y un salón acogedor con elegantes alfombras persas. El Qom International en la histórica ciudad de Qom ofrece completa privacidad, seguridad y comodidad para sus huéspedes." La espléndida descripción continuaba desde allí.

Era un poco caro para David Shirazi, pero era exactamente la clase de lugar en el que Reza Tabrizi se quedaría. Reservó una habitación sencilla con una cama extragrande por una noche, luego cerró la computadora, puso sus cosas en el auto y llevó al doctor Birjandi a la cocina, lejos de los demás. Allí le dio al clérigo anciano su propio teléfono satelital, el regalo que le había prometido, y rápidamente le explicó cómo usarlo y cómo cargarlo.

—Por favor, no dude en llamarme —dijo David—. Si se entera de algo, cualquier cosa, aunque no esté seguro de que sea útil, o que piense que yo ya lo sé, por favor llámeme, no importa cuándo. ¿Está bien?

—Es muy amable, amigo mío —respondió Birjandi—. Gracias.

—De nada —dijo David—, pero en realidad, no me sirve de nada si no sé de usted. Así que prométame que lo usará.

—Tiene mi palabra.

—Eso es suficiente para mí. Gracias por todo, doctor Birjandi. No sé qué depara el futuro, pero estoy muy contento de haberlo conocido y profundamente agradecido por todo lo que me ha enseñado y compartido conmigo hasta aquí.

—De nada, David. Ahora yo tengo un regalo para usted.

Caminó suavemente hasta un gabinete cerca del refrigerador y abrió la gaveta superior. De allí sacó un volumen delgado de pasta verde y lo puso en las manos de David. Era un Nuevo Testamento en persa. David retrocedió. Su corazón comenzó a latir fuertemente. Trató de no demostrar evidencias de su ansiedad al hombre que tenía al lado, pero nunca había tenido su propia Biblia. Apenas había tocado una en sus veinticinco años. En Alemania, los mulás le habían enseñado en la universidad que leer una sentenciaría a un musulmán al fuego del infierno en el Día del Juicio. Además, no se atrevía a que Abdol Esfahani lo descubriera, o que alguien más en el país lo atrapara con un Nuevo Testamento, especialmente ahora con el decreto fetua emitido en contra de Najjar Malik y las enérgicas medidas que seguramente surgirían en contra de los seguidores de Jesucristo en todo Irán. Aun así, era el regalo de un hombre que había llegado a ser un amigo querido y su fuente de información más importante. David no quería parecer desagradecido ni reacio, por lo que simplemente le dio las gracias, tan sinceramente como pudo hacerlo.

"Sé que no quiere llevarse esto," dijo Birjandi tranquilamente, como si pudiera leer cada pensamiento de David. "Le asusta cada palabra de este libro y así debería ser. El apóstol Juan escribió su carta a los creyentes secretos y claramente dijo: 'el que tiene al Hijo tiene la vida; el que no tiene al Hijo de Dios no tiene la vida. Les he escrito estas cosas a ustedes, que creen en el nombre del Hijo de Dios, para que sepan que tienen vida eterna.' Si desea vida eterna, David, recibirá a Cristo como su Salvador y leerá este libro en cada momento que pueda. Si decide pasar la eternidad separado de él en el infierno, entonces rechace a Cristo y no se moleste en leer este libro. Es su decisión, pero yo se lo advierto, hijo, no sabe cuándo le pedirán su vida, ni cuándo estará ante el Señor Dios Todopoderoso. Elija bien y elija pronto."

★ ★ ★ ★ ★

TEHERÁN, IRÁN

Faridzadeh envió un mensaje de texto urgente y seguro a Jalal Zandi.

¿Ya se hornearon los dos pasteles?

Unos minutos después, Zandi, que ahora era el científico nuclear de mayor categoría en Irán después del asesinato de Mohammed Saddaji y de la deserción de Najjar Malik, respondió. Horneado, sí, pero T ha tenido problemas con las candelas. Ha estado trabajando en esto contra el reloj durante los últimos días. Literalmente dándole los toques finales ahora.

Faridzadeh sabía que T se refería a Tariq Khan, el lugarteniente de mayor categoría de Zandi. Se han hecho preguntas, respondió por texto el cada vez más impaciente ministro de defensa. Necesito respuestas inmediatamente. ¿Cuándo estará listo el pastel?

T cree que en el transcurso de una hora, fue la respuesta.

¿Puede entonces transportarse a otra fábrica y prepararse para la entrega?

Sí.

¿Está con T?

No; preparo otros pasteles para entrega.

¿Cómo va eso?

Proceso delicado, pero estamos progresando.

¿Por qué están tardando estos pasteles mucho más que los dos primeros?

Pregunta difícil de responder por texto.

Intente.

Versión corta: originalmente dijeron que los primeros dos pasteles eran para entrega especial. Dijeron que teníamos más tiempo para preparar los otros. La fecha de la fiesta ha cambiado muchas veces. Hacemos lo mejor que podemos.

En resumidas cuentas, ¿van a estar todos listos?

Pasaron casi dos minutos antes de que Zandi finalmente respondiera. Si la fiesta es el domingo, deberíamos estar listos el sábado, por lo menos al mediodía.

Faridzadeh se dio vuelta para mirar a Mohsen Jazini, comandante del Cuerpo de la Guardia Revolucionaria Iraní. Los dos hombres estaban en la sala de guerra del búnker, a diez niveles debajo del Ministerio de Defensa, en el centro de Teherán. Faridzadeh le mostró a Jazini el intercambio.

—¿Qué le parece?

—Le pido a Alá que Zandi esté en lo correcto —dijo Jazini—. O rodarán cabezas.

—Pienso lo mismo. Si no comenzamos esta fiesta el domingo, y mientras más temprano en el día mejor, temo que los sionistas se nos adelanten.

—¿Usted no cree el argumento de Darazi de que los estadounidenses encontrarán la manera de evitar que Neftalí lance un ataque preventivo?

Personalmente, Faridzadeh pensaba que Darazi era un inculto, un insensato pretencioso, jactancioso, indescriptiblemente arrogante y que basaba sus argumentos únicamente en emociones —en cuanto a lo que esperaba que los estadounidenses harían— no en la razón, el intelecto, ni en hechos concretos.

—El presidente Darazi es un hombre muy bueno, y muy capaz —dijo Faridzadeh cautelosamente—, pero, con el debido respeto, tengo otra perspectiva.

—Continúe —dijo Jazini.

—Mire —dijo el ministro de defensa—, es casi seguro de que los israelíes asesinaron a Saddaji y es casi seguro de que también fueron responsables del intento de matar al Mahdi. Neftalí está dispuesto a correr riesgos. Lo ha demostrado. No obstante, se está quedando sin gente para eliminar nuestro programa nuclear y para estrangular al califato en su cuna. Él y su fuerza aérea vendrán pronto por las ojivas. Usted lo sabe. Yo lo sé. El Mahdi lo sabe. Sospecho que el Ayatolá también lo sabe. Por eso es que nos están presionando tanto para acelerar el cronograma, pero ¿qué podemos hacer? Hasta que no hayan resuelto todas las pequeñas fallas técnicas y las seis ojivas restantes no se hayan conectado exitosamente a los misiles, todos estaremos a merced de los científicos y de los ingenieros. Usted me conoce, Mohsen; no me gusta estar a merced de nadie.

41

David le dio las gracias a Birjandi y a su grupo de estudio de jóvenes clérigos.

Se despidió y después se puso en camino hacia Qom. Desde Hamadán, era un viaje de 283 kilómetros. Estimó que tardaría unas dos horas y media. Tan pronto como estuvo en el camino, se colocó su Bluetooth en el oído, sacó su teléfono y presionó el marcado rápido de Eva en el canal seguro.

"Oye, soy yo, reportándome," comenzó.

Parecía contenta de oír su voz y le preguntó cómo estaba. Se sentía bien hablar con una amiga y le reveló que todavía estaba batallando con un poco de incomodidad física y con instantes de pánico, ambos como resultado de la tortura por ahogamiento y del choque automovilístico en Teherán la semana anterior, pero pronto cambió de tema a la verdadera razón de su llamada.

—¿Ya enviaste los teléfonos? Por favor di que no.

—¿Por qué?

—Necesito que los envíen a otro lado.

—Pues tienes suerte —dijo Eva—. De hecho, los teléfonos acaban de llegar del departamento técnico, los cien, y la mayoría de ellos con daños, como lo pediste.

—¿En realidad se ven como que los golpearon en el envío? Tiene que ser creíble.

—No te preocupes —le aseguró ella—. Estos tipos son profesionales.

—Bien. Mira, no los envíes a mi dirección en Teherán.

—¿Por qué no?

—No voy a estar allí mañana. Cambio de planes. Me dirijo a Qom ahora mismo. ¿Puedes enviarlos de un día para otro allí?

—Claro. ¿A dónde?

Le dio la dirección del Hotel Qom International en la Calle Helal Ahmar.

—Listo —dijo ella.

—Gracias. ¿Han tenido suerte buscando a Najjar?

—No. Es una pesadilla. De nunca acabar.

—¿Cómo se les escapó?

—Por favor, no comiences con eso.

—Solo estoy preguntando.

—No sé cómo ocurrió, ¿está bien? Yo no estaba allí. Estaba regresando de Nueva York en ese momento, pero no puedo decirte con cuánta gente de alto rango he sostenido esta conversación.

—No te estoy culpando —dijo David.

—Serías el primero.

—Solo estaba preguntando, de veras.

—¿Qué hay de ti? ¿Alguna pista de los científicos nucleares, de la ubicación de las bombas, o de cualquiera de tus objetivos?

Pudo ver que había cometido un error al preguntar por el escape de Najjar.

—Está bien. Cambiemos de tema. ¿Qué pensaste en cuanto a que Egipto se uniera hoy al califato?

—Yo había esperado que Riad y Yassin vacilaran y le dijeran al Mahdi que tenían que pensarlo y que le responderían —respondió ella.

—¿Al igual que Farooq?

—Exactamente.

—Yo también pensaba lo mismo. ¿Cómo podemos esperar formar una alianza sunita en contra del califato con Egipto, Jordania, Paquistán y, con suerte, algunos más, si Egipto cayó tan rápidamente?

—El director está furioso, lo mismo que el rey. Se reunieron hoy en Amán.

—¿Salió bien?

—Después de las noticias del Cairo, no.

—¿Qué pasó en la reunión?

—¿En cuál?

—En la de Riad, Yassin y el Mahdi.

—Todavía no sé nada de eso.

—Házmelo saber cuando te enteres de algo —dijo David—. Fareed Riad esperó todos estos años como vicepresidente e hizo el trabajo sucio de Abdel Ramzy para obtener las riendas de Egipto algún día, no para entregárselas al Duodécimo Imán al día siguiente. Aquí hay algo que no encaja.

—Tienes razón —dijo Eva—. También es extraño, porque Riad no estaba parado con el Mahdi en la Plaza Tahrir cuando dio su gran discurso. El mariscal de campo estaba allí y algunos de los demás generales, pero Riad no.

David tenía que colgar el teléfono, pero Eva le hizo otra pregunta.

—¿Alguna noticia de tu mamá?

Hubo un largo silencio.

—No —dijo David quietamente—. Todavía no.

—Mantennos informados, ¿está bien?

—Lo haré. Gracias por preguntar.

—De nada. Te veo pronto.

—Está bien. Ah, una cosa más. ¿Todavía estás allí?

—Sí —dijo Eva—. Aquí estoy.

—¿Podrías enviar flores frescas a la habitación de mi mamá de mi parte?

—Claro, cualquier cosa que necesites.

—Gracias, lo aprecio. —David se despidió y colgó el teléfono. Miró el reloj en el tablero de su Peugeot de alquiler. Se hacía tarde. Casi no había tráfico en la Ruta 37, mientras se dirigía al norte hacia el cruce con la Ruta 48, que lo llevaría directamente a Qom. Bostezó, se frotó los ojos y se recriminó por no haberle pedido a Birjandi un poco de café para el camino.

Estaba agradecido por la amistad de Eva y por lo buena que era en su trabajo. Era una investigadora increíble y mejor aún como interrogadora. Su persa era intachable, su juicio era sólido y siempre hacía lo imposible para ayudarlo a hacer mejor su trabajo. Era una agente de inteligencia de primera categoría y esa era la razón por la que sus preguntas le habían ardido. Tenía razón; no tenía ninguna pista de Khan, de Zandi, ni de las seis ojivas, y se le estaban acabando el tiempo y las opciones.

★ ★ ★ ★ ★

NATANZ, IRÁN

Jalal Zandi le envió un mensaje de texto urgente a Tariq Khan.

Menos de un minuto después sintió vibrar su localizador, revisó el código numérico del que estaba llamando, e inmediatamente se disculpó y estableció comunicación en la sala de conversación virtual para solteros iraníes, donde él y Khan solían enviarse mensajes confidenciales fuera de los canales normales de comunicación.

¿Todavía en la panadería?, preguntó Zandi bajo el nombre de usuario Mohammed.

Sí, ¿y usted?, respondió Khan bajo el nombre de usuario Jasmine.

Necesito los pasteles, ¿ya están listos?

Casi.

No puedo comenzar sin usted.

Pronto.

Sigue diciendo eso.

En serio, solo necesito poner el baño.

Los amigos lo necesitan esta noche, es urgente.

¿Está seguro?

Positivo, el novio viene, quiere saber si todo está listo.

Bien, ¿dónde los quiere?

Envíelos a casa de fiesta en K, es urgente.

Bien, ¿estará allí para recibirlos?

No, preparo más para entregar, me voy.

Está bien, estarán en camino pronto.

Bien, nos vemos pronto.

★ ★ ★ ★ ★

AUTOPISTA 37, CAMINO A QOM

David sacó el número del celular personal de Abdol Esfahani.

No obstante, dudó antes de marcar. Era muy tarde, pero tenía que estar levantado. El hombre estaba ganando terreno en el círculo de aliados del Duodécimo Imán y querría saber que los teléfonos estaban en camino. Tal vez tendría información valiosa que David podría exprimirle, algo —cualquier cosa— que lo guiara a la dirección correcta. Finalmente presionó Enviar, pero no recibió respuesta y tuvo que dejar un mensaje.

Después llamó a la secretaria de Esfahani, Mina, a su casa. No se alegraría con una llamada tan tarde, pero siempre había sido de ayuda. Era soltera. Vivía sola. Así que él no tendría a un esposo ni a un padre contestando el teléfono. Él le diría la verdad, que estaba tratando de encontrar a su jefe para hablarle de la entrega de los teléfonos satelitales y quizás podría extraer también alguna información valiosa de ella. Sin embargo, después de siete timbrazos escuchó la contestadora automática, por lo que dejó un mensaje y le pidió que le devolviera la llamada tan pronto como le fuera posible.

Mientras seguía viajando al norte en la oscuridad, comenzó a reconsiderarlo. Aunque le devolvieran la llamada, ¿qué era probable que supieran? Y si sabían algo útil, ¿por qué se lo dirían? Sus dudas surgían rápidamente y con ellas una sensación creciente de ansiedad de que todos sus esfuerzos no iban a funcionar, que no iba a poder encontrar a los científicos, ni a las ojivas, ni detener la guerra a tiempo y que, sin embargo, podría morir intentándolo. La tortura por ahogamiento lo había sacudido más de lo que estaba dispuesto a reconocer ante Zalinsky o Eva. Siempre se había dicho a sí mismo que estaba listo a morir por su país, pero ahora no estaba tan seguro. Estaba dándole a este trabajo, a esta misión, todo lo que tenía, pero ¿y si no era suficiente? ¿Qué tan lejos estaba dispuesto a llegar? ¿Cuánto estaba dispuesto a poner en la línea, si al final todo su esfuerzo lograba poco o nada en absoluto? ¿Cuál sería el propósito de hacer el sacrificio final si no marcaba una diferencia duradera?

Dicho esto, ¿en realidad iba a rendirse ahora? ¿Cómo podía hacerlo? Estaba muy adentro de territorio enemigo. Había dado su palabra. Estaba totalmente comprometido, y se recordó a sí mismo que, en última instancia, no estaba haciendo nada de esto por Zalinsky, por Murray, por Allen ni por el presidente. Lo estaba haciendo por Marseille, por sus padres, para protegerlos, si era posible, pero también para honrarlos de una manera que le era difícil explicar. Esperaba que algún día lo entendieran.

David pasó por la ciudad de Veyan y pronto se acercó al desvío para la ruta 48. Todavía no había mucho tráfico civil, pero estaba impresionado por el número de vehículos militares que había ahora en el camino: transporte de tropas, camionetas Jeep y hasta tanques que eran trasladados de un lugar a otro en camiones con plataformas. Se preguntaba si esto era alguna clase de anomalía en esta zona o si Jack, Eva y Tom estaban recibiendo reportes de más movimiento militar alrededor del país. Hizo una nota mental de reportar lo que estaba viendo en su próxima llamada a Langley, porque sospechaba que posiblemente era algo generalizado. Irán se estaba preparando para una guerra que podría comenzar en unos días. Ciertamente tenía sentido que estuvieran haciendo los preparativos finales.

De repente se encontró pensando en una línea sobre recolección de información del libro clásico de Sun Tzu, *El arte de la guerra*: *"El conocimiento previo no puede recabarse de los espíritus, de los dioses, por analogía con acontecimientos pasados, ni por cálculos. Debe obtenerse de hombres que conocen la situación del enemigo."* Para comenzar, ¿no era para esto que Zalinsky lo había enviado a Irán en esta misión en particular? Se suponía que los teléfonos satelitales deberían darles la capacidad de oír a cada hombre que conociera la situación del enemigo y que estuviera planeando y ejecutando esa situación. Ciertamente habían logrado algunos sucesos importantes hasta aquí, pero ¿por qué no estaban interceptando *más* llamadas telefónicas? ¿Por qué no estaban siendo desbordados con muchos más detalles y perspectivas de los que podían manejar?

David reflexionó en eso por un momento. La mayoría de las conversaciones del liderazgo del régimen se llevaba a cabo posiblemente por correo electrónico seguro, un sistema que ellos todavía no habían podido intervenir, pero al que tendrían acceso una vez que todo el software de las telecomunicaciones avanzadas de MDS estuviera instalado a nivel nacional, aunque para eso todavía faltaban unos meses. No obstante, la razón principal tenía que ser que los iraníes en las altas esferas del régimen todavía no confiaban en los teléfonos satelitales. Dada su experiencia previa al comprar teléfonos satelitales de los rusos y luego descubrir que estaban intervenidos por el Servicio de Seguridad Federal, eso ciertamente tenía sentido, y ¿qué acababa de decir Esfahani? *"Estamos a punto de vivir en un mundo sin Estados Unidos y sin el sionismo. Nuestro odio santo está a punto de atacar como una ola en contra de los infieles. No confiamos en nadie. No podemos confiar en nadie. El enemigo se está moviendo. Está entre nosotros. Tenemos que ser cuidadosos."*

¿No era esa la razón por la que lo habían torturado? ¿No fue por eso que Javad había llamado a Firouz y a Jamshad usando su teléfono satelital y había hablado tan abiertamente en cuanto a dónde recoger sus pasaportes falsos? Estaban probando, indagando, tratando de determinar si alguien estaba escuchando, tratando de determinar en qué o en quién podían confiar.

¿Habían pasado la prueba los teléfonos? David creía que la respuesta era sí. Por eso era que Esfahani lo estaba presionando tanto para recibir el resto de los teléfonos. Por lo tanto, sospechaba que el uso de las llamadas estaba a punto de dispararse. Ciertamente esperaba que fuera así, pero incluso eso no iba a ser suficiente. Langley estaba confiando demasiado en la inteligencia de señales, SIGINT, y más específicamente en la inteligencia de comunicaciones, COMINT. Nadie en el mundo era mejor en cualquiera de las dos que la comunidad de inteligencia de Estados Unidos, como David lo sabía de primera mano. No obstante, esa no era la razón por la que Zalinsky lo había reclutado, para reforzar la posición más fuerte de la Agencia. Zalinsky lo había reclutado específicamente para que ayudara a reconstruir el eslabón débil de la Agencia: HUMINT, la inteligencia humana. A pesar de los $80.000 millones anuales que Estados Unidos gastaba en espionaje, estaba obteniendo muy poco con eso. No se estaban colocando suficientes Agentes Secretos Extraoficiales en el campo que hablaran fluidamente persa, árabe, urdu y otros idiomas del Medio Oriente para que se hicieran amigos o sobornaran a hombres que conocían la situación del enemigo. Lo tenían a él, pero David se dio cuenta de que tenía que apuntar más alto. Si tenía alguna oportunidad de ser verdaderamente útil, sería hablando con personas de adentro, lo cual lo llevó a un nombre: Javad Nouri.

Era un gran riesgo y no estaba autorizado específicamente por Zalinsky para hacer contacto con la mano derecha del Duodécimo Imán. Sin embargo, ¿qué opción tenía? Javad probablemente sabía más de los planes del enemigo que cualquier otra persona, aparte del mismo Mahdi. Cierto, David solamente había conocido al tipo cuando Esfahani le había dicho que recogiera los primeros teléfonos satelitales que David había introducido clandestinamente al país. Solo habían hablado brevemente, pero David estaba desesperado. Así que buscó el número de Javad —no del teléfono satelital, sino de su celular— y marcó.

"No estoy ahora, o estoy en la otra línea. Por favor deje su nombre, número y un mensaje breve; y lo llamaré tan pronto como pueda."

La grabación no daba un nombre, pero la voz era inconfundible.

"Hola, Javad, habla Reza. Disculpe la molestia, pero no pude comunicarme con nuestros amigos mutuos, por lo que pensé llamarlo directamente. Para mañana debo tener la mayoría de los regalos que ustedes solicitaron. Todavía estoy tratando de conseguir el resto, pero pensé que debería llevarle estos inmediatamente. Por favor llámeme y dígame cuál es la mejor manera para hacérselos llegar. Gracias."

David le dejó su número y colgó. "Tres strikes y quedas fuera," suspiró mientras pasó a otro convoy militar en el camino a Qom.

42

WASHINGTON, DC

El presidente se dirigía a la Sala de Situaciones.

Rodeado de una falange de agentes del Servicio Secreto, salió del Despacho Oval y caminó directamente hacia el complejo de 1.550 metros cuadrados de salones de conferencias, oficinas privadas, el "salón de vigilancia" y el "salón de crisis," en el nivel inferior del Ala Oeste, que en toda la Casa Blanca se conocía como la Sala "Sit." Allí, Jackson fue recibido por el vicepresidente y el resto del Consejo de Seguridad Nacional, quienes se pusieron de pie cuando él entró.

"Siéntense," dijo Jackson mientras se sentaba a la cabecera de la mesa de caoba y rápidamente observaba las siete pantallas planas de televisión que cubrían las paredes, dos de las cuales ahora proveían información de video en tiempo real desde un Predator teledirigido que monitoreaba la flota naval iraní en el Mediterráneo, mientras que otras tres enviaban información en vivo y en directo desde los satélites espías estadounidenses que monitoreaban las instalaciones nucleares de Irán en Hamadán, Natanz y Esfahãn. El director Allen de la CIA estaba en la sexta pantalla, en una conferencia por video seguro desde la Embajada de Estados Unidos en Amán.

—¿Qué es lo que tiene, Roger?

—Señor Presidente, las cosas aquí están empeorando a ritmo acelerado —comenzó Allen—. ¿Ha leído el memo que acabo de enviar al Centro de Seguridad Nacional?

Jackson no lo había leído y tomó un momento para revisar el documento.

>>ULTRASECRETO-CONFIDENCIAL<<

A: Presidente, Vicepresidente

CC: Consejo de Seguridad Nacional

DE: Roger Allen, Director, Agencia Central de Inteligencia

ASUNTO: Advertencia de Posible Ataque Inminente a Israel

Reportes recientes indican un posible ataque inminente al Estado de Israel por las fuerzas bajo el mando y control del Duodécimo Imán (DI).

Información fidedigna ubica dos (2) ojivas nucleares en la flota naval iraní en el Mediterráneo, ambas están operativas, ambas están conectadas a misiles balísticos de alta velocidad que apuntan a Israel y ambas podrían ser disparadas antes del próximo martes.

Estamos enviando un vehículo aéreo teledirigido, con un detector de emanaciones de alta resolución montado externamente, para escudriñar la flotilla naval. Esto nos permitirá determinar si cualquiera de los barcos está emanando radiación gama de alta energía. Deberíamos tener resultados al finalizar el jueves.

Mientras tanto, la Agencia evalúa la posibilidad de que dos (2) ojivas estén a bordo, listas para funcionar y conectadas a misiles balísticos de alta velocidad, que apuntan al Estado de Israel en 80 a 85 por ciento.

Se cree que otras seis (6) ojivas nucleares también están listas para funcionar. Se desconoce actualmente su ubicación. Se llevan a cabo esfuerzos agresivos para detectarlas.

Otras señales del posible e inminente ataque a Israel:

El DI canceló su viaje a Jordania.

El DI regresó de emergencia a Irán.

El DI le dijo al ministro de defensa de Irán que se asegurara "de que todo esté en su lugar y listo, repito, todo, cuando yo llegue."

Ahora estamos viendo vertiginosa actividad en las bases aéreas iraníes.

Ahora estamos viendo vertiginosa actividad en las bases de misiles iraníes.

El DI ha reclutado a Egipto, Líbano, Siria y Arabia Saudita para el califato, rodeando a Israel de manera efectiva.

La Agencia considera que ahora el DI tiene motivos, pero no medios ni oportunidad, de atacar directamente al territorio de Estados Unidos. Sin embargo, recomendamos que Estados Unidos establezca una DEFCON 3 (condición de defensa nivel 3) e instale inmediatamente sensores radiológicos adicionales en los pasos fronterizos, astilleros y aeropuertos.

Finalmente, la Agencia evalúa una creciente amenaza tipo Pearl Harbor a la Quinta Flota y al personal del Comando Central de la Marina de Estados Unidos en Bahréin. Si el DI decidiera cerrar el estrecho de Ormuz y cancelar los embarques de petróleo a Occidente, tiene muchas opciones.

El DI podría ordenar un ataque sorpresa en contra de nuestros barcos y fuerzas de Bahréin.

El DI podría incitar a la mayoría chiíta (casi 70 por ciento) a derrocar a la familia sunita gobernante; hasta ahora el rey está con nosotros, pero protestas violentas han conmocionado la capital durante la última semana y la presión de que el reino se una al califato está aumentando.

Al momento, la Agencia cree que Israel es el objetivo principal del DI y de sus aliados y que el DI no querrá atraer a Estados Unidos en una confrontación directa, a menos o hasta que Israel esté destruido o completamente neutralizado. Sin embargo, recomendamos emplazar todas las fuerzas navales de Estados Unidos en la región en FPCONCHARLIE (condición de protección de las fuerzas: actividad terrorista inminente).

El presidente dirigió primero su atención a Jordania.

—¿Coincide el rey con esta evaluación? —le preguntó a Allen.

—No discutí esta información específica con él, señor Presidente, ni este memo en particular —respondió Allen—. Usted es el primero en recibirlo, pero no hay duda de que el rey está convencido de que la guerra es inminente, y francamente, le aterroriza que los jordanos mueran en el fuego cruzado de una guerra de misiles entre Irán e

Israel. Ha solicitado una remesa de emergencia de baterías de misiles Patriot para ser instalados en suelo jordano. Ha solicitado que, de inmediato, aviones de caza estadounidenses realicen maniobras conjuntamente con la Fuerza Aérea Real Jordana y está requiriendo que usted haga una visita inmediata a Amán este fin de semana, como muestra del compromiso estadounidense con él y con la sobrevivencia de su régimen.

Jackson frunció el ceño. Eso era lo último para lo que él estaba preparado. Sin embargo, en lugar de responder inmediatamente, se sirvió un vaso de agua e hizo señas con la cabeza al secretario de estado para que respondiera.

—¿Cómo respondió el rey a la propuesta del presidente de que Jordania se uniera a una alianza sunita, apoyada por Estados Unidos, en contra del Duodécimo Imán y del califato? —preguntó el secretario, que acababa de realizar un viaje relámpago a las capitales de la OTAN—. Los europeos dudan de que esa alianza pueda desarrollarse. Por supuesto que tampoco quieren ver a todo el Medio Oriente y al Norte de África bajo el control de un hombre.

—Bueno, permítanme decir solamente que el rey apoyaba más la idea antes de que los egipcios se unieran al califato —dijo Allen—. Ahora teme que se quedará solo. Si los paquistaníes también se nos unen, eso ayudaría. Por eso es que creo que mi viaje a Islamabad será crítico. Sin embargo, de momento, el rey está evasivo, hasta que no se concrete el apoyo tangible para la seguridad de Jordania.

El presidente le preguntó al secretario de defensa si podían instalar varias baterías de misiles Patriot en tierra, en Jordania, en las próximas setenta y dos horas.

—Por supuesto que podemos —dijo el secretario de defensa—. No obstante, necesito advertirles a todos aquí que el Patriot no es perfecto. Puede bajar misiles balísticos tácticos, misiles de crucero y aviones de caza avanzados, pero no va a darle a todo. Especialmente si se disparan cientos de misiles.

—¿Cuándo se supone que va a reunirse con el rey, Roger? —preguntó Jackson.

—Aquí apenas es la medianoche, señor. Se supone que

desayunaremos juntos mañana a la siete, pero el ministro de defensa dijo que puedo llamarlo a cualquier hora, luego de hablar con usted. ¿Cómo quisiera proceder, señor Presidente?

Ese era el problema. Jackson no lo sabía. Detestaba que lo obligaran a reaccionar ante acontecimientos y requerimientos. Quería ser proactivo, pero aunque lo intentara, no parecía lograrlo en esta crisis.

—Diga que sí en cuanto a los Patriot —dijo finalmente—. Que Defensa se ocupe de los detalles, pero diga que no al ejercicio aéreo conjunto; sencillamente, es demasiado provocativo en este momento.

—Eso podría ser decisivo en cuanto a si el rey apoya el inicio de una alianza sunita en contra del califato —dijo Allen.

—Lo entiendo, pero es demasiado provocativo —respondió el presidente—. No quiero una exhibición de fuerza estadounidense. Eso sería lanzar queroseno en una fogata.

—¿Qué hay de un viaje rápido para acá? —preguntó Allen—. Usted podría estar aquí mañana y luego parar también en Israel. Señor, creo que significaría mucho para ambos países, saber que usted está al lado de ellos en esta crisis.

—¿Incluso con su memo de que la guerra es inminente? —preguntó Jackson.

—Especialmente debido a eso —respondió Allen.

—Estoy seguro de que el Servicio Secreto querrá evaluar eso —dijo Jackson bromeando.

Pidió comentarios del resto del Consejo de Seguridad Nacional, que demostró estar igualmente dividido, pero él ya había tomado una decisión.

—Dígale al rey que aprecio profundamente su oferta y que espero visitarlo pronto, pero que mis médicos dicen que no puedo viajar en este momento —dijo el presidente—. Miren, caballeros, todavía creo que puedo comunicarme con el Mahdi y encontrar una manera pacífica de salir de esto. Tengo que creerlo. No quiero hacer nada provocativo ni incendiario que pueda poner en peligro nuestras discusiones. De hecho, voy a enviar un mensaje extraoficial al Mahdi para ver si podemos adelantar nuestra llamada telefónica del próximo martes a mañana. Mientras tanto, mañana voy a convocar a una sesión de emergencia con el Consejo de Seguridad de la ONU y voy a sugerir que el secretario general invite al Mahdi a reunirse con el consejo para discutir sus preocupaciones a la mayor brevedad posible.

Hubo un murmullo de aprobación alrededor de la mesa.

—Señor Presidente, aquí Roger de nuevo desde Amán.

—Sí, Roger.

—Señor, nadie aprecia su compromiso con la paz más que yo, pero todas las señales indican que el Mahdi está listo para lanzar un ataque nuclear a Israel en cualquier momento. Acaba de decirle al ministro de defensa Faridzadeh que se asegure "de que todo esté listo." Ninguno de mi personal superior cree que el Mahdi esté abierto a negociaciones. Creemos que está ganando tiempo para finalizar sus preparativos de guerra.

—Entonces, ¿qué está diciendo, Roger?

—Señor Presidente, estoy diciendo que cualquier oportunidad para la diplomacia ya pasó. Creo que tenemos que considerar seriamente tomar una acción militar en contra de los lugares nucleares y de los buques navales que conocemos, antes de que el Mahdi pueda usar esas ojivas, y antes de que los israelitas puedan atacar.

El presidente se dirigió al secretario de defensa.

—Usted tiene su plan listo, ¿verdad?

—Sí, señor, Plan 106 —respondió el secretario de defensa—. Secretamente hemos estacionado escuadrillas aéreas en Grecia y Chipre, y tenemos el USS *Enterprise* y la mayor parte de la Sexta Armada en el este del Mediterráneo. Mientras tanto, tenemos al grupo de batalla del USS *Dwight D. Eisenhower* patrullando el Golfo. Nuestros bombarderos Stealth están en alerta en Whiteman en Missouri. En cuanto recibamos la confirmación de coordenadas de esas ocho ojivas, podemos lanzar misiles de crucero en dos horas y ejecutar todo el plan en menos de seis horas.

—Bien. Tenemos que considerar todas las opciones —dijo el presidente—. Se ha tomado nota de su punto, Roger. Dicho esto, no podría discrepar más con usted. No creo que otra guerra dirigida por Estados Unidos en el Medio Oriente vaya a resolver algo. Creo firmemente que la diplomacia es el camino a seguir, con la asesoría permanente de la ONU y de nuestros aliados de la OTAN. Así que, Roger, me gustaría que vuelva inmediatamente después de su desayuno con el rey. El Departamento de Estado se encargará de aquí en adelante. Enviaré al secretario a Islamabad esta noche en su lugar. Quiero que usted se enfoque exclusivamente en encontrar esas ojivas y en mantenernos informados de cualquier movimiento israelí e iraní hacia la guerra.

Acababan de sacar del juego a Allen. Se veía decepcionado, pero conocía su lugar.

—Sí, señor Presidente. Solo un punto rápido para aclarar esto.

—¿Qué?

—¿Le gustaría que el secretario le informe al primer ministro israelí acerca de nuestra última información sobre la amenaza nuclear iraní, o debo proceder con eso?

—Yo mismo llamaré al primer ministro en la mañana —dijo el presidente.

—Pero, señor, respetuosamente, estamos evaluando un ataque inminente —observó el director de la CIA—. Los israelíes tienen que saberlo inmediatamente.

—Yo los llamaré en la mañana, cuando usted haya confirmado que en realidad hay ojivas en esos buques de misiles iraníes —dijo el presidente—. No quiero circular rumores y mucho menos quiero dar a los israelíes una excusa para lanzar un primer ataque. Eso es todo, caballeros.

Luego, Jackson se paró y salió de la Sala de Situaciones.

★ ★ ★ ★ ★

JUEVES, 10 DE MARZO

(HORA DE IRÁN)

43

CAMINO A QOM, IRÁN

David había estado en el camino por más de una hora.

Sus párpados se le estaban poniendo pesados y la música típica iraní que estaba escuchando en la radio para pasar el tiempo no ayudaba, pero estaba progresando. Acababa de echar gasolina en la aldea de Kalle Dasht y ahora se acercaba rápidamente al pueblo de Saveh y a la intersección con la Ruta 5. Allí giraría al sur hasta llegar al intercambio de Garangan, donde tomaría la Ruta 56, que lo llevaría directamente a Qom. A esta velocidad, esperaba llegar al hotel alrededor de las 2:00 a.m. y estar en la cama a las 2:30 a más tardar.

Su teléfono celular sonó. Vio la identificación de quien llamaba, pero no reconoció el número. Esperaba que fuera Zalinsky o Eva con algunas buenas noticias, de todas maneras contestó la llamada.

—¿Reza?

—Sí, es Reza.

—Habla Javad Nouri. Acabo del volver a Teherán y recibí su mensaje.

Una oleada de adrenalina despertó instantáneamente a David.

—Qué bueno saber de usted.

—Espero que no sea muy tarde para llamarlo, pero podemos usar lo que haya conseguido.

—No hay problema —respondió David—. Gracias por responderme. Espero tener cien de lo que estuvimos discutiendo, mañana por la tarde . . . eh, creo que hoy. Me los enviarán a Qom. Voy para allá ahora para reunirme con mi equipo técnico más tarde en la mañana en una estación de conversión que tiene un problema. ¿Van a estar en Qom, por alguna casualidad?

—No, no lo estaremos —dijo Javad—, pero tengo una idea mejor. ¿Podría traérnoslos directamente? Nuestro amigo mutuo ha escuchado muchas cosas buenas de usted y le gustaría conocerlo personalmente. ¿Sería eso aceptable?

David se quedó atónito. El único amigo mutuo que posiblemente podían tener era el Duodécimo Imán. ¿En realidad lo estaban invitando a conocerlo personalmente?

—Por supuesto. Eso sería un gran honor; gracias —respondió David.

—Excelente —dijo Javad—. Nuestro amigo está profundamente agradecido por su ayuda y personalmente me pidió que me disculpara con usted por el proceso de investigación al que fue sometido. Espera que usted entienda que no podemos dejar de ser demasiado cuidadosos en este momento.

—Entiendo —dijo David, tratando de no sonar tan entusiasmado como se sentía—. Abdol Esfahani lo explicó todo. Sobreviviré.

—Bien —dijo Javad—. Venga a Teherán esta noche, a las ocho en punto, al restaurante donde nos conocimos antes. Venga en taxi. No traiga a nadie ni nada más con usted, solamente los regalos. Haré que alguien lo reciba y lo lleve con nosotros. ¿Está bien?

—Sí. Por supuesto. Lo esperaré ansioso.

—Nosotros también. Tengo que colgar ahora. Adiós.

Emocionado, David colgó el teléfono. Tenía que informar de esto a Langley. Aunque cuando estaba a punto de hacerlo, de pronto recordó la severa advertencia del doctor Birjandi de que el Duodécimo Imán era un peligroso mesías falso. Birjandi creía que el Mahdi estaba poseído por Satanás y que "ciertamente estaba guiado por fuerzas demoníacas" para engañar a los ingenuos. Hasta había llegado a citar un poco de profecía del fin del tiempo de la Biblia que decía: *"Si alguien les dice: 'Miren, el Mesías está en el desierto', ni se molesten en ir a buscarlo. O bien, si les dicen: 'Miren, se esconde aquí', ¡no lo crean! Pues, así como el relámpago destella en el oriente y brilla en el occidente, así será cuando venga el Hijo del Hombre."*

David sintió que un escalofrío le recorría todo el cuerpo mientras un presentimiento lo invadía por completo. Nadie sabía más sobre el Duodécimo Imán que el doctor Alireza Birjandi, y Birjandi había sido inflexible respecto a no reunirse con el Mahdi bajo ninguna circunstancia, temeroso de que incluso un hombre de su sabiduría pudiera ser atraído al Mahdi y perdiera su razonamiento. Sin embargo, este era el sueño hecho realidad para un agente de inteligencia; y de muchas maneras, era la razón misma por la que había sido enviado a Irán.

★ ★ ★ ★ ★

ARLINGTON, VIRGINIA

Marseille volvió finalmente a su habitación de hotel en Crystal City.

Se duchó, se cambió y pidió servicio a la habitación para cenar temprano, luego revisó los últimos titulares de Irán. Los sitios Internet del *New York Times* y del *Washington Post* estaban llenos de los últimos rumores de guerra, más un reportaje completo del discurso del Mahdi en la plaza Tahrir y un análisis de por qué Egipto inesperadamente se había unido al califato. El *Wall Street Journal* observaba que, de la noche a la mañana, los precios del petróleo y de la gasolina habían aumentado significativamente otra vez en el mercado, conforme la crisis del Medio Oriente empeoraba, mientras que el Dow había caído 11 por ciento en la última semana y el NASDAQ había descendido mucho más. El sitio Internet del *Jerusalem Post* cubría la visita del director de la CIA, Roger Allen, a Jerusalén y Amán, y la fotografía del primer ministro Neftalí con una batería de misil estadounidense Patriot en el valle de Jezreel indicaba que Estados Unidos enviaría baterías Patriot adicionales tanto a Israel como a Jordania. Un titular decía: "Decenas de miles se reúnen en el Muro de los Lamentos a orar por la paz mientras la crisis con Irán empeora." Conforme más leía, más preocupada se sentía por David, por Lexi y por Chris. Eso le hizo recordar revisar su correo electrónico. Uno de Lexi llamó su atención.

Querida Marseille,

¡Muchísimas gracias por tu nota tan dulce, y por todas tus oraciones! Chris y yo las apreciamos mucho. ¡Que sigan llegando! Sé que todo el mundo cree que va a haber una guerra aquí pronto, pero ¿acaso no dicen siempre lo mismo? Es decir, mis padres rehusaron venir a Israel —y no quisieron traernos, a sus hijos— en toda nuestra vida porque "no es seguro." No puedo decirte lo bendecida que me siento por haberme casado con Chris.

Su lema: No temas.

Así que estamos tratando de no leer los periódicos aunque, de todos modos, no podemos entender la mayor parte de lo que dicen en la radio; pero hemos estado en todas partes, en toda Jerusalén, Belén y Jericó, en las ruinas de Cesarea, en una bella iglesia arriba en el monte Carmelo, en la iglesia de la Anunciación en Nazaret, en el McDonald's del camino a Armagedón (¡No estoy bromeando! Adjunto una foto donde estoy con Chris en el frente. ¡Es divertidísima!). Hasta te compré un poco de vino de Caná: ¡una botella de vino rojo y otra de blanco!

Estoy tomando millones de fotos y escribo interminablemente en mi diario. Colocaré todo en Facebook en cuanto pueda hacerlo, ¡pero Chris y yo nos estamos divirtiendo muchísimo como para poner fotos ahora mismo!

Acabamos de llegar a Tiberíades y estamos en un maravilloso hotel en la playa del mar de Galilea. Tienes que venir. ¡TIENES QUE HACERLO!

Mañana daremos un paseo en bote en el mar de Galilea —aquí lo llaman Kinneret— y luego iremos al monte de las Bienaventuranzas.

De todos modos, la embajada está enviando mensajes de texto a todos los estadounidenses, animándonos a salir del país inmediatamente, pero Chris y yo no queremos perdernos ni un solo minuto, ¡y todo se desarrolla mucho más rápido cuando no hay tantos turistas aquí! Así que, si el Señor lo permite, nos quedaremos hasta el domingo y volveremos el lunes.

Perdón por el mensaje tan largo. ¿Ya tomaste el vuelo de regreso a Portland, o todavía estás estancada en el DC? ¡Ve a ver los monumentos y las galerías de arte!

Te quiero mucho.

¡Hasta pronto!
Lexi

★ ★ ★ ★ ★

LANGLEY, VIRGINIA

Tom Murray sabía que no iba a irse a casa esa noche.

Pidió un sándwich y una sopa de la cafetería y envió a su secretaria a recogerlos. Justo entonces, sonó su teléfono. Era el comandante de turno del Centro de Operaciones Globales.

"¿Van a salir ahora?," preguntó Murray e inmediatamente se puso en alerta. "¿Cuántos? . . . ¿Tiene las coordenadas? . . . Espere, permítame tomar un lapicero. . . . Está bien, adelante. . . . Lo tengo. ¿Tiene un Predator en algún lugar cercano para que pueda rastrearlos? . . . Hágalo ahora mismo y manténgame informado. Enviaremos esto a nuestro hombre en tierra y se lo haremos saber. Buen trabajo."

★ ★ ★ ★ ★

CAMINO A QOM

David respondió la llamada de Zalinsky al primer timbrazo.

Como se sentía cada vez más en conflicto por la reunión con el Duodécimo Imán, había dudado en reportarla, pero ahora pensó que esta oportunidad era tan buena como cualquiera. Sin embargo, Zalinsky tenía sus propias noticias.

—Tienes que volver —le ordenó.

—¿Por qué? —preguntó David—. ¿De qué estás hablando?

Zalinsky le explicó la llamada interceptada del Mahdi desde el teléfono de Javad a Faridzadeh y la orden de poner los detalles finales en su lugar. Luego le explicó que un satélite Keyhole de la Agencia de Seguridad Nacional acababa de captar un convoy que salía de Hamadán, un vehículo de 18 llantas, rodeado por dos camionetas.

—Tenemos que interceptar el convoy y seguirlo.

—¿No puedes pedirle a un Predator que lo haga?

—No tenemos ninguno en Hamadán en este momento.

Incrédulo, David le preguntó por qué no.

—El que teníamos allí tenía problemas técnicos —dijo Zalinsky—. Lo envié de vuelta a Bahréin para que lo revisaran. Tenemos otro que va en camino, pero va a tardar unas horas en llegar.

David le explicó brevemente su situación.

—¿De veras? ¿Una reunión con el Mahdi? —dijo Zalinsky—. Eso es grande.

—Lo sé —dijo David—. Así que, ¿no debería seguir con eso?

—¿Cuándo tienes que estar de vuelta en Teherán?

—Esta noche, a las ocho.

—Entonces tienes suficiente tiempo. Encuentra el convoy, síguelo y repórtate cada media hora. Esa es la prioridad número uno ahora. Luego nos aseguraremos de que estés de vuelta en Teherán a las ocho.

—¿Estás seguro de que lleva ojivas? —preguntó David.

—No, pero el convoy salió del Complejo 278 a altas horas de la noche y el hecho de que sea el primer convoy que sale de las instalaciones desde la prueba nuclear parece significativo. Hay varias bases militares a lo largo de la autopista principal del sur y tenemos que saber con seguridad adónde se dirigen. De todas formas, esta es nuestra mejor pista de momento. En realidad, esta es nuestra única pista. Tenemos que ver adónde nos lleva.

—Está bien, pero digamos que el convoy sí tiene una ojiva. ¿Qué se supone que debo hacer en cuanto a eso? Estoy desarmado y solo. ¿Hay algún equipo de las fuerzas especiales en los alrededores?

—Estoy enviando dos equipos paramilitares de paracaidistas —respondió Zalinsky—, uno al refugio de Karaj y el otro al refugio de Esfahān, pero llegarán al país por HALO, y no estarán allí hasta la hora del almuerzo, en el mejor de los casos.

David estaba sorprendido.

—Pensé que ya tenías equipos en tierra. Eso es lo que me dijiste.

—Los teníamos. La Casa Blanca hizo que los retiráramos.

—¿Cuándo?

—Después de que el presidente tuvo noticias del Mahdi.

—Pero ¿por qué?

—Todo lo que puedo decir es que la Agencia está bajo una presión enorme de no hacer nada demasiado provocativo.

David no podía creer lo que estaba oyendo. Estaba furioso y sentía que lo habían dejado en la estacada. Estaba arriesgando su vida dentro de Irán, ¿y la administración no quería hacer nada demasiado provocativo? ¿Qué les pasaba? ¿Acaso no veían lo que estaban enfrentando? Había ocasiones en las que deseaba trabajar para el Mossad.

—Mira —dijo Zalinsky—. Sé cómo debes sentirte en este momento.

—¿En serio?

—Sí, pero necesito que hagas esto por mí. Estoy enviando a los equipos paramilitares sin el permiso del director. Ni siquiera se lo he dicho a Murray. Lo haré cuando sea el momento oportuno, pero no ahora.

—¿Por qué?

—Te hice una promesa. Te dije que te apoyaría y lo haré. Sin embargo, mientras tanto, necesito que llegues a este objetivo y permanezcas con él hasta que tenga más gente en el lugar y resuelva qué hacer después.

David se mordió la lengua. Tenía mucho que decir, pero no tenía sentido desahogarse con el único tipo que lo estaba ayudando.

—Entonces —dijo Zalinsky—, ¿puedo contar contigo?

David respiró profundamente.

—Seguro. ¿A dónde se dirigen?

—Al sur por la 37.

—Eso está directamente paralelo a mí, pero a noventa minutos de distancia —dijo David, ajustando su sistema de GPS para obtener una visión más amplia del área—. Si doy la vuelta, nunca los encontraré. Será mejor que gire a la derecha en la 56, que tome un atajo por Arak y que trate de interceptarlos en Borujerd.

—¿Cuánto tiempo tardarás?

—Una hora y media, tal vez menos si piso el acelerador. Una hora con quince minutos, si tengo suerte.

—Hazlo —dijo Zalinsky—, y mantenme informado.

44

SYRACUSE, NUEVA YORK

Nasreen Shirazi dejó de respirar abruptamente.

Su esposo comenzó frenéticamente a darle resucitación cardio-pulmonar y gritó pidiendo ayuda. Azad acababa de salir al pasillo para tomar una llamada de Saeed, pero cuando oyó los gritos de su padre y un mensaje urgente de Código Azul por los altoparlantes del hospital, volvió a entrar corriendo. Segundos más tarde también llegó corriendo un equipo de médicos y enfermeras. Ocuparon el lugar de Mohammad Shirazi y trabajaron febrilmente para salvar a Nasreen. Sin embargo, nada de lo que hicieron funcionó.

Veinte minutos después pronunciaron muerta a la señora Shirazi. Su esposo se dejó caer en una silla de la esquina, llorando, mientras Azad trataba en vano de consolarlo.

★ ★ ★ ★ ★

INTERSECCIÓN DE LAS RUTAS 56 Y 37, EN LAS AFUERAS DE BORUJERD, IRÁN

Eran las 2:30 a.m. en Irán cuando David llegó a la intersección de la 56 y la 37.

Dirigió su Peugeot a un lado del camino, puso el freno de mano, sacó una linterna de la guantera, salió y levantó el capó como si tuviera problemas con el auto. No había visto el convoy al pasar por la ciudad de Arak, ni en ninguno de los pequeños pueblos y aldeas a lo largo de la ruta 56, por lo que ahora había solamente dos posibilidades. Su mejor hipótesis era que todavía no habían llegado a la intersección. Si así era el caso, tendrían que pasar en cualquier momento y él podría seguirles la pista. Si acababan de pasar, entonces tenía problemas. Significaba que todavía se dirigían al sur por la 37, hasta llegar a una bifurcación. En ese punto, podrían dirigirse al occidente por Khorramabad, una ciudad con cerca de un tercio de millón de personas, o continuar al sur por la 62 hacia Esfahān, la tercera ciudad más grande de Irán, con más de un millón y medio de personas. En ese punto se necesitaría un milagro para encontrarlos.

David llamó a Zalinsky para decirle que no tenía nada que reportar, excepto que se estaba congelando. El viento soplaba fuerte a lo largo de las planicies occidentales y hacía que el aire ya frío de marzo fuera más frío aún. David prometió volver a reportarse pronto, colgó, luego abrió la cajuela y sacó su abrigo. La luna era apenas una tajada y no había alumbrado público, casas ni tiendas que se pudieran ver en varios kilómetros, por lo que estaba oscuro y desértico, y David sintió una punzada de profunda tristeza. Sin duda estaba ansioso por encontrar el convoy y le preocupaba que todos sus esfuerzos hasta aquí resultaran inútiles si los iraníes lanzaban su Guerra de Aniquilación en contra de Israel o de su propio país. No obstante, era más que eso. Se sentía muy solo, como si le acabaran de arrebatar algo muy valioso.

Pensó en orar. Sintió que Dios podría tener las respuestas que necesitaba tan desesperadamente, pero se sentía culpable al buscar a Dios ahora, cuando había estado resistiéndose a él por tanto tiempo. Parecía que durante semanas Dios había estado tratando de llamar su atención; años, en realidad, pero especialmente durante las últimas semanas. A través de Marseille. A través de Najjar Malik. A través del doctor Birjandi y ahora a través de haber conocido a sus seis discípulos secretos. A través de una experiencia mortal tras otra. La colisión automovilística. El tiroteo. La tortura. A través de todo, Dios había estado protegiéndolo, vigilándolo, proveyéndole todo, aunque él no lo merecía. Todavía así, ¿se había tomado el tiempo para procesar lo que realmente pensaba de Dios, lo que pensaba de Jesús? Conocía la respuesta y su culpa llegó a ser aún más agobiante.

Precisamente entonces, David oyó que un camión venía del sur.

Se dio vuelta instantáneamente, pero solo era una camioneta y venía sola. Volvió a juguetear con el motor.

Mientras lo hacía, comenzó a pensar en todo lo que había visto, oído y en lo que había batallado en las últimas semanas. Determinó que sí creía en Dios. De hecho, estaba seguro de que siempre había creído. ¿Cómo no creer? Sabía muy profundamente en su alma que Dios se le había estado revelando, de maneras grandes y pequeñas, desde que era niño.

¿Qué si sus padres se hubieran quedado en Irán y él hubiera nacido allí? Nunca habría conocido la libertad, nunca habría conocido a Marseille, nunca habría tenido las increíbles oportunidades que ahora tenía. Se dio cuenta de que hasta podría estar sirviendo en el Cuerpo de la Guardia Revolucionaria Iraní en este mismo momento. Podría estar sirviendo al Duodécimo Imán y participando plenamente del gran mal que ahora se estaba desarrollando. ¿Acaso no lo había librado Dios de todo eso?

¿O qué si Jack Zalinsky nunca lo hubiera visitado en el centro de detención del condado Onondaga, cuando tenía dieciséis años? ¿Qué si hubiera sido sentenciado por un crimen más serio, si le hubieran dado una sentencia más larga? ¿Qué si su expediente no hubiera sido borrado y nunca hubiera ido a la universidad? ¿No estaba la mano de Dios rescatándolo también entonces?

Sí, David estaba seguro de que Dios existía, alguien que tenía un plan para él y que estaba tratando de obtener su atención. Estaba seguro de eso ahora, pero también estaba seguro de algo más: el dios del islam no era él. David no era lo suficientemente ingenuo como para pensar que los musulmanes eran las únicas personas que cometían violencia horrorosa en el nombre de su dios. A lo largo de la historia, la gente que se decía cristiana también había hecho cosas terribles. David llegó a la conclusión de que la diferencia era que los musulmanes que emprendían el yihad violento en realidad estaban *obedeciendo* los mandamientos del Corán de matar a los infieles, mientras que los que se decían cristianos, pero mataban o maltrataban a los judíos, a los musulmanes y a otros, explícitamente estaban *desobedeciendo* las enseñanzas de Jesús.

Después de todo, fue Mahoma el que dijo a sus seguidores cosas como: "Dios ha maldecido a los judíos y a los cristianos y los excluye de su misericordia, nunca debes buscar a ninguno de ellos para salvarlo," y "mátalos cuando te encuentres con ellos, captúralos, enciérralos y acéchalos en todo lugar concebible."

Sin embargo, Jesús dijo a sus discípulos: "Han oído la ley que dice: 'Ama a tu prójimo' y odia a tu enemigo. Pero yo digo: ¡ama a tus enemigos! ¡Ora por los que te persiguen!"

Pasaron unos cuantos autos más. Ningún convoy militar.

David comenzó a pensar más en Najjar. Todavía no podía creer en el cambio tan radical que el hombre había experimentado en solo un mes más o menos. Había crecido como un imanista devoto. En el transcurso de su vida, Najjar se había encontrado incluso con el Mahdi varias veces y ¡hasta lo había visto hacer señales y milagros! Sin embargo, ahora le había dado la espalda no solo al islam chiíta y a los imanistas, sino a todo el islam. Ahora estaba contando su historia en la televisión a todo el mundo, predicando el evangelio y diciéndole a su gente: "Jesucristo te está llamando a venir a él porque él te ama; así que recíbelo por fe, mientras todavía tienes tiempo."

¿Tenía razón Najjar? ¿Era cierto? ¿Lo amaba Jesús realmente? ¿Lo estaba llamando Jesús para que lo siguiera en realidad?

David había leído tres veces las transcripciones de las conversaciones de Najjar con Eva, y ahora incluso había visto en el canal cristiano por satélite cómo Najjar contaba la historia de su encuentro con Jesús en el camino a Hamadán. Prácticamente se sabía la historia de memoria, pero ¿en realidad había pensado en lo que significaba?

Najjar decía que había visto a un hombre con una túnica que le llegaba a los pies. En su pecho tenía una banda de oro. Su pelo era blanco como la nieve que los rodeaba. Sus ojos eran feroces. Su rostro brillaba. En ese momento, Najjar dijo que había caído a los pies del hombre como si hubiera muerto, pero la figura le había dicho:

—No tengas miedo.

—¿Quién eres? —había preguntado Najjar.

—Soy Jesús nazareno —había respondido el hombre—. *YO*

SOY el Alfa y la Omega, el que es y que era y que ha de venir, el Todopoderoso. Ven y sígueme.

Najjar dijo que las primeras oraciones fueron emitidas con una autoridad que nunca antes había oído, de ningún mulá, clérigo ni líder político en toda su vida, pero las últimas cuatro palabras fueron expresadas con tanta mansedumbre, con tanta ternura, que no podía imaginar rechazar la petición.

Najjar siguió describiendo cómo vio los agujeros en las manos de Jesús donde le habían puesto clavos. Como un devoto musulmán, nunca había pensado en la posibilidad de que Jesús hubiera sido crucificado, mucho menos para pagar el precio de los pecados de todos los humanos. Ningún musulmán creía eso. En ese momento, la mente de Najjar se llenó de preguntas, y para David, las preguntas de Najjar eran las propias.

¿Cómo podía Jesús aparecer como un Mesías crucificado? Si el Corán fuera cierto, ¿no sería imposible que Jesús tuviera manos con cicatrices de clavos?

David tenía algo en claro, al igual que Najjar: Jesús no afirmaba ser el segundo al mando del Mahdi. Afirmaba ser Dios Todopoderoso.

"Yo soy el camino, la verdad y la vida," había dicho Jesús, "nadie puede ir al Padre si no es por medio de mí. Yo soy la luz del mundo. Si ustedes me siguen, no tendrán que andar en la oscuridad porque tendrán la luz que lleva a la vida. Pues Dios amó tanto al mundo que dio a su único Hijo, para que todo el que crea en él no se pierda, sino que tenga vida eterna."

Najjar había dicho que en ese momento había caído al suelo y que había besado los pies con cicatrices de Jesús. Había dicho que en ese momento, algo dentro de él se había quebrantado. "Lloré con remordimiento por todos los pecados que había cometido. Lloré con un alivio indescriptible que surgió al saber, sin duda alguna, que Dios en realidad me amaba, que había enviado a Jesús a morir en la cruz y que había resucitado de los muertos por mí. Lloré con gratitud por la promesa de Jesús, sabía que iba a pasar la eternidad con él."

De alguna manera, David quería considerar la historia como un cuento de hadas, una alucinación inducida por la ansiedad de un individuo profundamente perturbado, pero nada del doctor Najjar Malik parecía mentalmente desequilibrado ni inestable. El tipo no solo era uno de los científicos más altamente respetados en todo Irán, sino un hombre dispuesto a enfrentar una recompensa de $100 millones por su cabeza y la de los miembros de su familia por decir al mundo lo que creía que era cierto. Claramente no lo estaba haciendo para enriquecerse. No lo estaba haciendo por poder. Aunque le costara todo, Najjar Malik era ahora un seguidor de Jesús, un giro muy insólito de los acontecimientos.

En la oscuridad y soledad de esa noche, David se dio cuenta de que él también creía. Najjar tenía razón. Todo era cierto.

David no había tenido una visión, ni un sueño, ni ninguna otra clase de experiencia sobrenatural y tal vez no todos tenían que tenerlos. David era un agente de inteligencia, ¿verdad? Se suponía que debía encontrar la verdad y seguir las evidencias adonde lo llevaran. Las evidencias señalaban el hecho de que Jesús era quien afirmaba ser y no solo eso, David sabía que Jesús le estaba pidiendo que lo siguiera, sin importar el precio, o cuán alto fuera. De alguna manera, era difícil imaginar llegar a este punto. En un momento no creía, pero al siguiente creía. No podía explicarlo, pero sabía con absoluta e inexplicable seguridad que todo era cierto y que él lo creía.

En la tranquilidad del momento, David levantó la mirada al cielo nocturno, a las estrellas titilantes que salpicaban el cielo. Trató de imaginar cómo era Dios, trató de imaginar ver un día a Jesús frente a frente. Luego, sintiéndose apremiado en su espíritu, se arrodilló en el pavimento de la ruta 56 y puso su frente en el suelo.

"Oh Dios que estás en el cielo, único Dios verdadero, Dios del universo, tan bondadoso y misericordioso, creador del cielo y de la tierra, mi Creador, mi Maestro, por favor ten misericordia de mí esta noche. Soy el peor de los pecadores. Me has dado tanto, pero yo lo he derrochado todo. Me has estado llamando, pero yo he estado haciéndolo todo a mi manera. Me he estado resistiendo a ti por tanto tiempo, pero no te has dado por vencido conmigo. Gracias, Señor. Muchas gracias. Por favor, perdóname por todo lo que he hecho en mi vida desdichada, impía y egoísta. Lo siento mucho. Yo sé que tú estás allí. Sé que me estás llamando. Mi corazón late con fuerza. Puedo sentir tu mano en mi vida."

David levantó la mirada brevemente mientras pasaban dos camiones, pero no eran los que estaba buscando, por lo que se volvió a agachar para seguir orando.

"Pero mucho más importante que lo que siento, oh Señor, es que ahora sé que la Biblia es tu Palabra. Sé que solo ella contiene las palabras de vida y también sé que Jesús es tu Hijo y el único Mesías verdadero. Lo sé porque tú me lo has revelado. No pretendo entenderlo todo ahora mismo, pero lo creo, y si tú me aceptas, quiero seguirte. Por favor, acéptame, oh Dios. Creo que Jesús murió en la cruz por mí. Creo que resucitó por mí. Veo lo que ha hecho —lo que has hecho— para salvar a mis amigos Najjar y el doctor Birjandi, para cambiarlos tan completamente, y yo quiero lo que ellos tienen. Quiero saber que voy a ir al cielo cuando muera. Quiero saber que todos mis pecados han sido perdonados. Quiero el gozo, la paz, el sentido de propósito y dirección que ellos tienen, incluso cuando esta vida sea difícil, especialmente cuando la vida es difícil."

Se quedó callado por un momento. Todo estaba en silencio.

"No sé qué más orar, Señor. Solo quiero decir que . . . bueno . . . te amo y te necesito. . . . A partir de esta noche, prometo seguirte para siempre, mientras tú me ayudas y me guías en todo el camino. Amén."

No habían ángeles cantando. No hubo llamas de fuego, pero David supo que Dios estaba escuchándolo y que había respondido a su oración.

45

De repente, tres vehículos pasaron a toda velocidad dirigiéndose al sur.

David estaba tan inmerso en sus pensamientos que casi los pasa por alto, pero era un camión con dos camionetas. Era el convoy.

Cerró de un golpe el capó, lanzó la linterna al asiento del pasajero, quitó el freno de mano y salió con un rechinar de llantas hacia la ruta 37.

Una vez en el camino, presionó el número de marcado rápido de Zalinsky.

—Jack, los tengo.

—¿Estás seguro?

—Sí.

—No te acerques mucho —advirtió Zalinsky—. Mantén tu distancia, pero no los pierdas.

—No te preocupes, Jack. Me entrenaste bien.

—Bien. Me voy al Centro de Operaciones para poder ver tu ubicación y rastrear tu progreso. Llámame en unos minutos.

—Lo haré, Jack. ¿Qué tan lejos está el Predator?

—A una hora más, por lo menos.

—Haz que esté aquí pronto. Los tengo ahora, pero no tengo idea de lo que me espera.

★ ★ ★ ★ ★

ARLINGTON, VIRGINIA

Marseille puso los platos de la cena en el pasillo y le puso el seguro a la puerta.

Luego se tumbó en su cama, aburrida y sola. Se había cansado del Facebook y ya no soportaba más titulares del Medio Oriente. Los reportes del clima en Portland todavía eran deprimentes. Había dejado de nevar, pero había caído tanta nieve que las escuelas no iban a estar abiertas antes del lunes. Además, United no tenía ningún vuelo que se dirigiera al noroeste hasta el viernes y todos estaban llenos, aunque la tenían en lista de espera para el primer vuelo en la mañana del sábado.

Ella quería alguien con quien hablar, con quien pasar el tiempo y jugar un juego o ir al cine. Se sentía un poco tentada de llamar a Lexi, hasta que se dio cuenta de que era medianoche en Israel, por lo que bebió de una botella de agua y encendió el televisor. Quería algo ligero y divertido, tal vez una comedia romántica para relajarse, por lo que evitó todos los canales noticiosos de cable mientras cambiaba de canales. Pasó por la tercera película de la serie del Señor de los Anillos, luego pasó *Gladiador* y después *Rescatando al soldado Ryan*, y no pudo evitar pensar en David, que una vez le había dicho que estas eran algunas de sus películas favoritas. Se le levantó un poco el ánimo cuando encontró una producción de la BBC de *Orgullo y prejuicio* que estaba comenzando en PBS. Ella prefería la versión con Keira Knightley, pero se recordó a sí misma que a caballo regalado no se le mira el diente.

Cerró las cortinas, disminuyó las luces, se puso su camisón y apagó su computadora. Sin embargo, precisamente entonces, observó que tenía un correo electrónico nuevo. Hizo clic en él y se sorprendió al ver que era un correo colectivo de la cuenta del doctor Shirazi, escrito por Nora, su nuera.

Queridos amigos:
Muchas gracias por sus oraciones y por pensar en nuestra familia durante este tiempo terrible. Lamento tener que ser yo quien les participe esta noticia y que lo haga tan impersonalmente, pero con gran tristeza les informo que la señora Nasreen Shirazi falleció esta noche.
Partió sin dificultad. Era su hora, aunque demasiado

pronto. Papá y Azad estaban a su lado. Desafortunadamente, todavía estoy en reposo y en Filadelfia con mi mamá y el bebé. Saeed está en camino desde Manhattan. David está en Europa por su trabajo. Estamos tratando de localizarlo ahora y esperamos que vuelva a nosotros pronto.

Habrá un servicio en memoria de ella el sábado por la mañana a las 11:00. También habrá un velatorio el viernes en la noche. Azad está trabajando en los detalles. Se los enviaré tan pronto como estén listos.

Muchas gracias por sus amables notas, correos electrónicos, cartas y, por supuesto, por todas las rosas amarillas que siguen llegando. Definitivamente eran sus favoritas y ella estaba muy agradecida por todos sus gestos de amabilidad, al igual que nosotros.

Por ahora, Azad y yo les pedimos que no llamen a papá directamente. Como podrán imaginar, está abrumado con la pérdida de su amada esposa, con quien estuvo casado más de tres décadas. Me haré cargo de todos sus correos por el momento. Es lo menos que puedo hacer, ya que estoy atrapada en cama y despierta durante las horas de la noche. Gracias.

Con cariño, Nora

★ ★ ★ ★ ★

RUTA 37, IRÁN

David bajó la velocidad del Peugeot y volvió a presionar el botón de marcado rápido de Zalinsky.

—¿Todavía estás con ellos? —preguntó Zalinsky.

—Sí, pero estoy un poco más atrás. Estamos como a treinta kilómetros de Khorramabad, en el Paso Heroor.

—Bien. Puedo ver la señal de rastreo de tu GPS.

—Acaban de girar hacia la base militar Imán Alí. ¿No es una base de misiles del Cuerpo de la Guardia Revolucionaria Iraní?

La voz de Eva entró en la línea.

—Sí, lo es —dijo—. Allí tienen lanzadores de misiles balísticos

Shahab-3. También creemos que producen misiles en un complejo de la base.

—¿Estás seguro de que no te han descubierto?

—A menos que estén vigilando desde el aire, creo que estoy bien —dijo David—, pero ¿qué quieres que haga ahora?

—Buena pregunta. Busca un lugar para permanecer fuera de la vista. Te volveremos a llamar en unos minutos.

★ ★ ★ ★ ★

ARLINGTON, VIRGINIA

A Marseille se le llenaron los ojos de lágrimas al volver a leer el correo electrónico.

No quería creer que en realidad era cierto. Se sentía terrible por el doctor Shirazi y por todo lo que había pasado hasta aquí, y de repente se sintió abrumada por los malos recuerdos de cuando su mamá había muerto. Sin embargo, la línea que más la afectó fue la que decía que David estaba en Europa, que estaban tratando de localizarlo y que esperaban que pudiera llegar a tiempo. Ella sabía que no estaba en Europa y, dados los titulares, dudaba seriamente que él pudiera llegar a tiempo, y eso la hizo sentirse aún más triste.

Apagó el televisor, levantó el teléfono que estaba al lado de su cama y marcó el número de reservaciones de United, que ahora se sabía de memoria. Reservó un vuelo de regreso a Syracuse para el viernes y un vuelo de regreso a Portland para el domingo. Luego llamó al Sheraton del campus de la Universidad de Syracuse, donde ella y David habían desayunado apenas el domingo anterior, y reservó una habitación para una estadía de dos noches.

★ ★ ★ ★ ★

EN LAS AFUERAS DE LA BASE MILITAR IMÁN ALÍ, IRÁN

Veinte minutos más tarde, David llamó a Zalinsky.

—Se están movilizando otra vez.

—¿Todo el convoy?

—No, solamente una de las camionetas, con cinco hombres adentro.

—¿Pudieron verte?

—No, estoy en un camino secundario, metido entre unos arbustos. Acaban de pasar. Puedo quedarme aquí por un momento, pero si pasa una patrulla, podría estar frito.

Zalinsky le dijo que siguiera el vehículo. David le advirtió que el camión podría volver a salir e ir a otro lugar y no tendrían cómo rastrearlo, por lo menos hasta que no llegara el Predator de Bahréin. Tampoco podían estar cien por ciento seguros de que los cinco hombres estuvieran relacionados con el convoy, pero Zalinsky no quería asumir el riesgo de dejar a David potencialmente expuesto cerca de esa base militar tan vital. Lo que es más, dijo que ahora estaba más convencido que nunca de que el camión acababa de entregar una ojiva y que quizás los hombres de la camioneta podrían "arrojar alguna luz acerca de la situación."

David tenía que seguir el vehículo, idear una manera de capturar a uno de los hombres, interrogarlo y averiguar exactamente qué había en el camión y qué estaba ocurriendo dentro de la base de misiles Imán Alí. Aceptó la misión sin vacilar, aunque no tenía idea de cómo iba a lograrlo.

Los siguió a lo largo de la cordillera de las montañas Zagros, hacia los límites de la ciudad de Khorramabad y luego al área del centro. Allí, se detuvo en una calle lateral mientras veía al vehículo detenerse en el estacionamiento de tres pisos de un pequeño hotel llamado Delvar, al frente de la oficina de correos, y al lado de un restaurante y de una tienda de repuestos para vehículos. Esperó más o menos veinte minutos para asegurarse de que el vehículo no retrocediera y saliera del estacionamiento, y para darle suficiente tiempo a los hombres de registrarse y salir del vestíbulo. Entonces entró cautelosamente al estacionamiento. Vio el vehículo en la esquina del primer piso, pero condujo por los tres niveles para evaluar el entorno. De regreso al primer nivel estacionó a varios lugares de distancia de la camioneta, tomó su maleta y se dirigió al vestíbulo.

Este no era el Hotel Qom International, donde se suponía que a estas horas tenía que haberse registrado. No tenía un área de recepción de mármol, no tenía elegantes alfombras persas, ni un vestíbulo acogedor. Había tres sofás desgastados y tres sillas acolchonadas en el vestíbulo que parecía que no las habían reemplazado desde los años setenta. Había un candelabro cubierto de polvo y la mitad de los focos estaban quemados. Había un estante de madera con folletos turísticos que parecía que nunca los habían tocado. Dudó de que hubiera un Jacuzzi en toda la ciudad, mucho menos en este hotel, pero David sí observó una pequeña y anticuada videocámara de vigilancia encima de la puerta del frente, que apuntaba hacia el vestíbulo, y otra cámara pequeña montada en la pared, detrás del escritorio de recepción. Tomó nota de cada una y fue a registrarse.

Al no encontrar a nadie inmediatamente, sonó una pequeña campana plateada sobre el mostrador. Pronto salió de una habitación de atrás un empleado somnoliento y despeinado, de unos sesenta y tantos años. Era un hombre bajo, con poco pelo y delgado, casi macilento, con las cejas tupidas y grises. Llevaba puesta una arrugada camisa amarilla, con una mancha café que casi encajaba con su amplia y deshilachada corbata.

—¿Puedo ayudarlo? —preguntó.

—Estoy buscando una habitación para hoy en la noche y posiblemente mañana —respondió David—. ¿Tiene algo?

—Solamente quedan unas cuantas —dijo el empleado—. Nunca había visto tanto movimiento en treinta años. ¿También trabaja en la base?

—No, solo estoy de paso. ¿Por qué me lo pregunta?

—Ah, por ninguna razón. Solo que ha habido mucha actividad aquí durante las últimas noches. Más de la que hubiera visto en mucho tiempo. La gente sigue viniendo a registrarse. Gente que nunca antes había visto. Hace difícil que uno pueda dormir un poco siquiera.

David sonrió, pero el anciano no estaba bromeando.

"¿Identificación?," preguntó el empleado.

David se puso tenso. Con todo lo que estaba pasando, había olvidado el hecho de que iba a tener que entregar su pasaporte. Este no era el momento para dejar que alguien rastreara el nombre de Reza Tabrizi en Khorramabad, precisamente cuando no tenía una razón legítima para estar allí y ya le había dicho a Javad Nouri (entre otros) que iba a estar en Qom, pero no tenía opción. Si hubiera estado pensando claramente, se habría estacionado en la calle y hubiera dormido en el auto, pero ahora no podía regresar. De mala gana, entregó su pasaporte y llenó la papelería requerida, luego pagó en efectivo por la primera noche, ya que obviamente no iba a usar una tarjeta de crédito.

Recibió su llave, tomó el elevador hasta el tercer nivel y encontró la habitación 308 en el pasillo a la izquierda, que daba al estacionamiento. Su habitación era pequeña, estrecha y olía a bolas de naftalina, pero no esperaba pasar mucho tiempo allí. Se lavó el rostro y se cepilló los dientes, pero no se cambió ni desempacó. En lugar de eso, puso la alarma en su teléfono para media hora después y tomó una siesta corta.

KHORRAMABAD, IRÁN

Los treinta minutos pasaron demasiado rápido.

Sin embargo, David se obligó a levantarse, tomó su maleta y bajó al primer piso por una escalera posterior, donde cautelosamente sacó la cabeza. Como no vio a nadie alrededor, se movió tan rápida y silenciosamente como pudo por un pasillo lateral, aunque casi se topa con una bandeja de servicio de habitación, llena de platos con restos de comida que aparentemente no habían recogido la noche anterior.

Al llegar al final del pasillo, miró hacia afuera otra vez y, de nuevo, no vio a nadie. Eran las cinco de la mañana. No era probable que hubiera alguien en los alrededores, pero no podía arriesgarse. Confiado en que todo estaba despejado, se dirigió al estacionamiento y puso su maleta en la cajuela. Si necesitaba movilizarse rápidamente, no se atrevía a correr el riesgo de dejar las únicas pertenencias que tenía en el país.

Volvió a entrar al hotel y decidió buscar al conserje. Como lo esperaba, sus instintos fueron acertados. El anciano estaba desplomado en una silla en la habitación que estaba detrás del escritorio de recepción, profundamente dormido y roncando, con el televisor encendido en una película de guerra persa, en blanco y negro. Como no había nadie en los alrededores y el hotel estaba totalmente en silencio, David no perdió el tiempo. Se metió detrás del escritorio, encontró los formularios de registro de los cinco hombres y tomó una foto de cada uno de ellos con su teléfono. Luego encontró el sistema de vigilancia por video —un antiguo sistema de VHS que no podía creer que todavía funcionara— y retrocedió las dos cintas de video que cubrían el vestíbulo. Utilizando la función de video de su teléfono registró las imágenes de los cinco hombres que entraron y se registraron en el hotel. Retrocedió otra vez las dos cintas, esta vez hasta el inicio, y presionó Grabar en ambas caseteras. Cuando alguien pidiera ver la grabación, todas las imágenes, incluso las de él cuando se registró, estarían regrabadas y habrían desaparecido para siempre. Entonces se aseguró de que todo estuviera de vuelta en su lugar y se apresuró a volver a la habitación 308.

Allí, cargó y envió las fotos y los videos a Langley a través de su canal seguro por satélite y llamó a Zalinsky para darle otra actualización. Zalinsky prometió hacer que Eva analizara las imágenes y le dijo a David que el avión Predator controlado por radio finalmente estaba en posición sobre la base de misiles. Si el convoy salía o si llegaba algún otro vehículo, dijo que se lo comunicaría inmediatamente a David.

★ ★ ★ ★ ★

LANGLEY, VIRGINIA

Eva presionó el botón de marcado rápido para llamar a Zalinsky desde su oficina.

Solamente había tardado una hora. Explicó que al verificar las fotos con los archivos de la computadora del doctor Saddaji que David y Najjar habían sacado clandestinamente del país, había ubicado las identidades de los cinco sospechosos que David estaba siguiendo ahora. Tenía nombres, fechas de nacimiento y registros personales de cada uno de ellos. Los cuatro eran oficiales experimentados de la policía militar del Cuerpo de la Guardia Revolucionaria Iraní, asignados al Complejo 278 en Hamadán. Todos eran excelentes tiradores, dos habían recibido cartas de recomendación y cada uno tenía un nivel muy alto de autorización de seguridad. Uno había sido subdirector de seguridad perimetral antes del asesinato de Saddaji. Ella concluyó que encajaban en el perfil de una fuerza de seguridad que podría estar a cargo de transportar una ojiva. Dijo que no podía estar segura, pero que era muy probable.

Zalinsky coincidió. Era evidencia circunstancial pero cada vez más convincente de que habían encontrado otra ojiva. No obstante, antes de informar al director Allen o al Centro de Seguridad Nacional, necesitaban más. Le dijo que llamara a David inmediatamente y le informara acerca de lo que ella había encontrado. Ella accedió, pero estaba preocupada por Zalinsky. No se le oía bien. "Jack, ¿está todo conforme?," preguntó.

Él no respondió, pero tampoco colgó.

—Jack, ¿qué pasa?

Zalinsky aclaró su garganta.

—Se trata de David.

—¿Qué? ¿Está bien? ¿Pasó algo?

—No, no es eso —dijo Zalinsky—. No es él directamente. Es su mamá. Falleció esta noche.

Eva emitió un grito ahogado.

—Qué terrible. ¿Cuándo?

—Precisamente pasadas las seis.

—¿Cómo te enteraste?

—Hemos estado monitoreando las llamadas y correos electrónicos de Marseille Harper.

—¿De quién?

—¿Te acuerdas de Marseille Harper? Ayudé a sus padres y a los Shirazi a salir de Irán durante la Revolución. Ella y David eran amigos de la infancia, y ella se reunió con Tom Murray esta mañana.

Había demasiados puntos que conectar al mismo tiempo para Eva. ¿Marseille Harper? Recordaba el nombre. Recordaba que los Harper tenían una hija como de la edad de David y que la muerte de la señora Harper el 11 de septiembre había sido un momento crucial en la vida de David, pero ¿qué estaba haciendo Marseille Harper en el DC? ¿Aquí, en Langley? No tenía sentido.

—¿Qué estaba haciendo aquí?

—Es una larga historia.

—¿Por qué tendríamos que monitorearla nosotros? Es decir, es ilegal que la CIA monitoree a los ciudadanos estadounidenses en suelo estadounidense. Lo sabes.

—No somos nosotros directamente —le aseguró Zalinsky—. Le

dimos información al FBI, ellos obtuvieron una orden de la corte y la han estado vigilando.

—Pero ¿por qué? No lo entiendo.

—Mira, no tengo tiempo para explicártelo ahora. Lo haré luego. El punto principal es que a Tom se le escapó que David trabaja con nosotros. Marseille firmó un formulario de confidencialidad, pero de todas formas, a Tom le preocupa que pueda decir algo.

—¿Se le escapó? —preguntó Eva con incredulidad—. ¿Cómo es posible?

—Solo llama a David y dale la información a la mayor brevedad.

—Está bien —dijo Eva—, pero me debes una.

—No te preocupes, te lo diré todo. Te lo prometo. Aparentemente hay algo de historia entre ellos. No sé exactamente qué, pero tengo la sensación de que acaba de reavivarse.

Eva se quedó muda. Zalinsky tenía razón. Ella no tenía idea y eso tampoco la entusiasmaba. No había sentido un arranque de celos tan fuerte en años y la intensidad la tomó por sorpresa. Aun así, era ella la que estaba en contacto directo con David y no Marseille.

—Cuando quieras —dijo Eva fríamente—. Soy toda oídos. Mientras tanto, le diré a David lo de su mamá cuando lo llame.

—No, ahora no.

—¿Por qué no?

—No podemos distraerlo —argumentó Zalinsky—. Hay demasiado en juego. Pasemos los próximos días y veamos qué ocurre.

Eva discrepaba rotundamente, pero se quedó callada.

★ ★ ★ ★ ★

KHORRAMABAD, IRÁN

El teléfono de David sonó.

Salió de la ducha helada —el hotel Delvar aparentemente no tenía agua caliente esa mañana— y revisó la identificación de quien llamaba. Era Eva. Tomó una toalla y contestó la llamada. Rápidamente, ella le dio información de cada uno de los cuatro hombres que había identificado hasta el momento.

—¿Qué hay del quinto? —preguntó David.

—No tengo idea, pero estoy adivinando que solamente es otro policía militar.

—Entonces, ¿por qué su registro personal no estaba en los archivos que conseguimos de Saddaji?

—Solamente te estoy diciendo lo que sé —dijo Eva—, pero mira, te estoy enviando imágenes instantáneas de los tipos que hemos identificado con seguridad. El resto, amigo mío, depende de ti y no tengo que recordarte que . . .

— . . . el reloj está avanzando.

—Lo siento; supongo que por eso te pagan tanto.

—Ah, correcto.

—¿Has dormido un poco?

—Casi nada.

—Bueno, cuídate. Haré una oración por ti.

—Gracias, la acepto —dijo David—. A propósito, ¿dónde están mis ángeles guardianes?

—Supe que acaban de aterrizar en el Desierto Alfa hace como quince minutos, que se enlazaron con su contacto local y recibieron sus vehículos. En realidad se están moviendo más rápido de lo esperado. Deberían estar contigo en menos de tres horas.

David podía deducir, por el tono de su voz, que ella estaba tratando de darle ánimo, pero en ese momento, la noticia tuvo precisamente el efecto opuesto.

—No tenemos tres horas.

★ ★ ★ ★ ★

NATANZ, IRÁN

Jalal Zandi se despertó sobresaltado por el sonido de su teléfono celular.

Se dio vuelta, revisó su reloj y contestó la llamada.

—Los pasteles llegaron a salvo —dijo una voz distorsionada electrónicamente.

—Bien —dijo, tratando en vano de quitarse el cansancio al frotarse los ojos—, prepárenlos para entrega.

—Ya comenzamos.

★ ★ ★ ★ ★

KHORRAMABAD, IRÁN

David se vistió rápidamente y bajó al vestíbulo.

Estaba desesperado por un poco de cafeína y esperaba que el conserje hubiera preparado café o pudiera indicarle rápidamente adónde ir. Afortunadamente, incluso antes de salir del elevador pudo oler la respuesta. Llegó al primer piso y se dirigió directamente a una pequeña mesa donde había una cafetera recién preparada. Se sirvió una taza grande, le echó unos cuantos cubos de azúcar para que no fuera a faltar y luego observó que el hotel, de hecho, tenía una tienda de regalos y que estaba abierta. Se sorprendió de no haberla visto unas horas antes, pero entonces había tenido otras cosas en su mente. Entró, compró un periódico local y se sentó a esperar en una de las recargadas sillas de más de cuarenta años del vestíbulo.

Como veinte minutos más tarde, un joven de treinta y tantos años con pantalones caqui, camisa de vestir azul y chaqueta negra de cuero salió del elevador y tocó la campana plateada sobre el mostrador. Estaba sin afeitar y era fornido, medía como un metro setenta y tenía el cabello muy corto. David lo reconoció instantáneamente, pero dio un rápido vistazo a las fotos instantáneas que Eva le había enviado para asegurarse. Lentamente, el apenas despierto conserje salió de la habitación de atrás.

—¿Sí? —dijo gruñendo.

—Quiero comprar goma de mascar y necesito gasolina para mi camioneta —dijo el joven.

El conserje balbuceó algo sobre la tienda de regalos y le dio instrucciones para llegar a una gasolinera:

—A dos cuadras hacia allá y una cuadra a su izquierda.

David se levantó, dobló su periódico, terminó su café y saludó amablemente con la cabeza mientras el joven se dirigía hacia la tienda de regalos. Cuando el hombre estuvo fuera de su vista, David se movilizó rápidamente por el pasillo lateral hacia la salida. Al ver la bandeja del servicio de habitación todavía en el pasillo, tomó un cuchillo para bistec cuando pasó por allí y luego corrió hacia el estacionamiento.

Todavía era temprano. Solo había unos cuantos autos en la calle y no había nadie en el estacionamiento.

Después de verificar que no hubieran cámaras de seguridad en el estacionamiento, David se dirigió directamente a la camioneta negra, luego clavó el cuchillo en la llanta posterior derecha varias veces. En unos segundos, la llanta se había desinflado. Después, David caminó hacia su Peugeot, abrió la maletera, metió el cuchillo para bistec en un bolsillo lateral de su maleta y la puso en el suelo del asiento del pasajero de adelante. Luego sacó la llave en cruz y arrancó las placas, primero las de atrás y luego las del frente. Las metió también en su maleta y volvió a la maletera abierta.

Pronto el joven de chaqueta de cuero llegó caminando al estacionamiento. Estaba silbando hasta que vio la llanta desinflada; entonces comenzó a maldecir con muchas palabrotas.

"¿Qué le pasó?," preguntó David inocentemente, preparándose para cerrar su maletera.

El hombre señaló la llanta y se quedó mirándola, maldiciendo aún más. David se acercó para echar un vistazo.

"¿Necesita ayuda?," preguntó, acercándose al hombre por detrás.

Todavía gruñendo, el hombre se dio vuelta hacia donde estaba David. Precisamente en ese momento, David le dio un fuerte golpe en el rostro con la llave en cruz, en un movimiento violento. El hombre cayó hacia atrás, contra la camioneta, y David lo golpeó en la cabeza con el hierro, haciéndolo caer sobre el pavimento, sangrando e inconsciente.

David miró a su alrededor. Todavía no había nadie a la vista, pero eso no duraría mucho. Revisó el pulso del tipo. Todavía estaba vivo. Entonces, rápidamente buscó dentro de la chaqueta del tipo y, como lo esperaba, encontró una funda con una pistola con silenciador. Retiró la pistola y se la metió en la parte de atrás de sus pantalones. Levantó al hombre, lo cargó hasta el Peugeot y lo metió en la maletera. Rápidamente revisó los bolsillos del hombre, le quitó su billetera, las llaves del auto, la llave de la habitación, la placa de identificación del Cuerpo de la Guardia Revolucionaria Iraní, el teléfono celular y un cartucho extra de munición 9mm y se metió todo en sus bolsillos. Satisfecho de que el joven hubiera quedado limpio, cerró la maletera y le echó llave. Después se metió al auto, encendió el motor y salió del estacionamiento hacia el este por la ruta 62.

47

David se colocó su audífono Bluetooth y oprimió el botón de marcado rápido para llamar a Zalinsky.

En lugar de él respondió Eva.

—¿Dónde está Jack?

—En una reunión.

—Lo necesito, pronto.

—Está con Tom. No quieren que los interrumpan. Jack me dijo que atendiera tu llamada. ¿Dónde estás?

—Me dirijo al este hacia un pueblo llamado Alamdasht. Vi un camino secundario polvoriento no lejos de allí. Tengo un huésped conmigo.

—¿Un huésped?

—Morteza Yaghoubi.

Le explicó brevemente, luego encontró el camino secundario, se salió de la autopista y condujo otros tres kilómetros, hasta que encontró un pequeño bosquecillo de árboles que rodeaban un pequeño estanque que parecía, por lo menos en ese momento, bastante fuera de la vista de cualquier ser humano. Retrocedió el auto bajo los árboles y apagó el motor. Allí, abrió el teléfono celular de Yaghoubi, le sacó su tarjeta SIM, la puso en su teléfono por un momento y le envió toda la información a Eva. Luego repuso su propia tarjeta SIM y restauró el teléfono de Yaghoubi. Después, revisó la billetera del tipo, tomó una foto de su licencia de conducir y otra de su identificación del Cuerpo de la Guardia Revolucionaria Iraní, y también le envió un archivo a Eva.

—¿Cuál es tu plan? —preguntó Eva mientras bajaba toda la información, al otro lado del mundo.

—Animar a este tipo para que hable. Ver qué es lo que sabe.

—Animar, ¿eh?

—Oye, no puedo enviarlo a Guantánamo precisamente ahora.

—No, creo que no.

—¿Qué sabemos de él hasta el momento?

Hubo una pausa mientras Eva sacaba su expediente.

—Morteza Yaghoubi, treinta y cuatro años, nació en Teherán, soltero, sin hijos, ha trabajado en la división de inteligencia por doce años —comenzó Eva—. Hasta aquí, se parece a mí.

—Qué chistosa —dijo David, sin reírse—. Vamos, sigue.

—Está bien. Cálmate. Ya casi lo tengo —dijo y sacó más información—. Comenzó en la Fuerza al-Quds. Entrenó terroristas suicidas de Hezbolá en el valle de Bekaa. Abasteció bombas improvisadas al Ejército de al-Mahdi en Irak. Entrenó a insurgentes del Ejército de al-Mahdi para emprender emboscadas en contra de las fuerzas de Estados Unidos en Faluya y Mosul. Fue herido en un ataque frustrado a un convoy de la Cruz Roja en las afueras de Bagdad. Entonces fue asignado a la unidad de policía militar del Complejo 278 hace dos años. Por lo que dice aquí, parecería que fue parte del destacamento de la seguridad personal del doctor Saddaji. Es un tirador experto. Ha sido condecorado dos veces.

—Suena como un príncipe. ¿Algo más?

—Sí. Yo no lo dejaría salir de la cajuela.

—Buena observación.

—Voy a recortar y pegar lo que parece relevante y te lo enviaré por correo electrónico.

—Gracias. Ahora, revisemos su teléfono.

—Ya estoy en eso —dijo Eva—. Mi computadora está comprobando cualquier nombre y teléfono de su directorio telefónico con nuestra base de datos.

—¿Algún resultado?

—Bueno, sin lugar a dudas, tiene los números de los otros tres policías militares que están en ese hotel; si es que todavía están allí.

—Envíamelos por correo electrónico —dijo David—. Podrían ser útiles. ¿Qué más?

—Tiene todos los números de Najjar en Hamadán.

—Tiene sentido.

—El resto parece de amigos, familiares y otros colegas, pero de nadie más que tengamos en nuestros registros.

—Hazme un favor y busca a Javad Nouri.

—Ya lo hice —respondió Eva, y le explicó que ya había buscado cualquiera de los nombres y números que David les había enviado previamente.

—¿Qué de Firouz Nouri y del otro tipo, Jamshad? No los tengo.

—Él tampoco.

—Está bien, es suficiente. Voy a abrir la cajuela y derramar una cubeta de agua en la cabeza de este tipo.

—Ten cuidado.

—No te preocupes.

Tomó la pistola del asiento del pasajero y se aseguró de que quitarle el seguro. Luego cargó una bala a la recámara y salió del auto.

—¿Todavía estás allí? —preguntó.

—Por supuesto —dijo Eva.

—Bien, quédate en la línea. Si esto sale mal, por lo menos tú sabrás qué pasó y dónde encontrar mi cuerpo.

Caminó hacia la orilla del estanque y buscó algo que pudiera llenar con agua.

—Nunca se puede encontrar un buen tazón ni un sombrero cuando se necesitan —dijo, mientras buscaba en el área cualquier cosa que pudiera usar.

—La historia de mi vida —dijo Eva bromeando.

—¿Qué se supone que significa eso?

—No sé. Estoy un poco nerviosa. Dame algo que hacer. No puedo sentarme solamente a esperar que este tipo salte de la cajuela y te ataque con un cuchillo de carnicero o algo así.

—Gracias. Bueno. Busca unos números más.

—¿Cuáles?

—No sé —dijo David—. Oye, mira, encontré una lata de gaseosa. Tal vez esto funcione.

La llenó con agua del estanque y se le ocurrió una idea.

—Prueba con Jalal Zandi —dijo, mientras llevaba la lata de agua a la maletera.

—Lo siento —dijo Eva—. Nada.

—Bien, ¿y Tariq Khan?

Acababa de llegar al Peugeot y estaba a punto de abrir la maletera cuando el tono de Eva cambió completamente.

—¡Ahí está, David! Dimos con uno.

—¿Qué quieres decir?

—Tariq Khan —dijo ella—. Tiene su número de teléfono celular y dirección de correo electrónico en su teléfono.

—Estás bromeando.

—No estoy bromeando.

—¿Puedes hacer un rastreo a través del sistema de Telecom Irán y buscar el teléfono de Khan?

—Lo estoy haciendo ahora. Espera.

David dejó la lata de gaseosa y examinó la pistola. Estaba satisfecho de tenerla, pero esperaba no tener que usarla. Estaba entrenado para cualquier eventualidad y estaba listo de ser necesario, pero acababa de matar hombres por primera vez la semana anterior en Teherán y eso todavía lo obsesionaba. Estaría bien si nunca tuviera que hacerlo otra vez.

—*¡Lo tengo!* —exclamó Eva.

—¿Puedes triangular su posición y decirme exactamente dónde está Khan?

—No lo puedo creer —dijo Eva.

—¿Lo tienes?

—Tampoco vas a creerlo.

—¿Por qué? ¿Dónde está?

—En el hotel Delvar —dijo Eva—. Está en el segundo piso.

★ ★ ★ ★ ★

JERUSALÉN, ISRAEL

Neftalí tenía que reunirse con su Gabinete de Seguridad.

No obstante, como lo había prometido, se reunió primero con

Leví Shimon para un desayuno ligero de café, yogurt y un poco de fruta.

—La respuesta es no —dijo Shimon inmediatamente cuando se sentaron.

—Leví, eso no es aceptable.

—Lo siento, Aser, pero no puedo darle los detalles de nuestro agente en Teherán. Va en contra de todos los protocolos de las Fuerzas de Defensa de Israel y del Mossad; es peligroso, y usted lo sabe. Mire, o confía en mí o no. Yo se lo estoy diciendo: confío en Mardoqueo. Siempre ha tenido razón. Lo hemos probado y retado una docena de veces distintas. Si fuera un agente doble, lo sabríamos. Si fuera un fraude, ya lo habríamos averiguado para ahora. Él es genuino, Aser. Así como el Mardoqueo del libro de Hadasa, ha sido elegido por el mismo Yahveh para salvarnos de los persas. ¿Qué nos dice en realidad el Tanaj acerca de Mardoqueo? Sabemos que era un judío de Susa, la capital del imperio en ese entonces. Sabemos que era hijo de Jair, hijo de Simei, el hijo de Cis, de la tribu de Benjamín, que Nabucodonosor había sacado de Jerusalén al exilio. Sabemos que era el primo mayor de Hadasa, pero que él la había criado como su propia hija. Sabemos que era sabio e ingenioso y que el Señor le había dado una perspicacia única de la mente del enemigo y de cómo enfrentarlo. Eso es todo. Es todo lo que sabemos. Sin embargo, ¿no es suficiente?

—No para Hadasa —argumentó el primer ministro—. Ella no confió en él ciegamente. Ella sabía todo acerca de Mardoqueo porque él la crió y por eso lo escuchó. Además, él era judío, al igual que ella. Estaba en el exilio, así como ella. Tenían una herencia común. Enfrentaban una amenaza común y el mismo destino. ¿Qué de tu Mardoqueo, tu hombre de Susa, por así decirlo? ¿Es judío?

—Por supuesto que no.

—¿Va a perecer con nosotros si Irán nos dispara ocho ojivas nucleares?

—No.

—Entonces, ¿por qué debería confiar en él?

★ ★ ★ ★ ★

CERCA DE ALAMDASHT, IRÁN

David se metió de un salto en el auto y arrancó el motor.

—Reubica el Predator arriba del hotel —le dijo a Eva.

—No puedo hacerlo.

—Tienes que hacerlo. Voy a volver al hotel y voy a necesitar tanta información como pueda obtener.

—Solo Jack está autorizado para reasignar el Predator.

—Entonces, llámalo —ordenó David mientras conducía por el camino de polvo.

—Está en una reunión.

—Sácalo.

—Está en una pelea interminable con Tom.

—¿Por qué razón?

—El presidente rehúsa dejar que Roger comparta con los israelíes lo que nos hemos enterado acerca de las dos ojivas que los iraníes tienen en el Mediterráneo.

—¿No hemos hablado con los israelíes acerca de eso?

—No.

—¿Por qué no? Es una locura. Ellos son los mejores aliados que tenemos allá.

—Ese es el argumento de Jack. Está tratando de decirle a Tom que tenemos la obligación moral de informar a los israelíes lo que sabemos, por lo menos extraoficialmente, aunque el presidente haya prohibido cualquier reporte oficial, pero Tom no lo entiende.

David entró a la Ruta 37 otra vez y se dirigió al oeste hacia Khorramabad. Estaba furioso con el presidente y con Murray, y temía por los israelíes, que estaban en un peligro creciente de ser atacados sorpresivamente, pero de momento, no tenía tiempo para la política.

—Eva, no me importa cómo lo hagas. Necesito a ese Predator arriba de ese hotel en los próximos diez minutos. Solo haz que suceda. Cuento contigo.

Colgó y aceleró hacia el hotel, tratando de desarrollar un plan. Su primer problema era que Morteza Yaghoubi iba a despertarse pronto en su maletera. El tipo era un asesino entrenado. ¿Qué exactamente se suponía que debía hacer con él? Si lo dejaba allí, Yaghoubi pronto empezaría a gritar hasta que alguien lo rescatara o hasta que David le pusiera una bala en la frente, pero no quería matarlo. No a menos que tuviera que hacerlo. El hombre era el enemigo, pero David era ahora un seguidor de Jesús. ¿No se suponía que tenía que amar a sus enemigos? Aun así, no podía arrojarlo simplemente a la cuneta de la carretera. Si el tipo lograba llegar a un teléfono y alertar a cualquiera, David era hombre muerto. Dicho esto, Yaghoubi era la menor de sus preocupaciones.

David estaba a punto de enfrentarse con tres agentes del Cuerpo de la Guardia Revolucionaria Iraní que eran igual de crueles; cada uno de ellos estaba armado y era increíblemente peligroso. Aunque pudiera ingeniarse una manera de aislar a Khan y separarlo de los demás para interrogarlo —algo que todavía no estaba seguro de cómo hacer—, no podía idear cómo proceder sin matar a, por lo menos, uno de los cuatro agentes, y tal vez a los cuatro. Además, y nuevamente, si uno solo de ellos hacía una llamada telefónica a la base de misiles, él sería hombre muerto. Si un huésped del hotel oía que cualquiera de ellos estaba luchando, batallando o incluso elevando la voz, él sería hombre muerto.

David evaluó sus opciones, pero no tenía muchas. No tenía manera de atar a ninguno de los hombres, ni de mantenerlos quietos, y el equipo de las fuerzas especiales de la CIA estaba todavía a dos horas de distancia.

Regresó al hotel y se metió en un callejón al lado opuesto del edificio desde el estacionamiento. Su teléfono sonó. Respondió con el Bluetooth otra vez para que no hubiera posibilidad de que Yaghoubi lo escuchara.

—Hecho —dijo Eva—. Estoy pasando la información en vivo a tu teléfono ahora.

Abrió la función de video de su teléfono y tecleó un código de acceso que le permitió recibir una transmisión de video en lugar de enviar una. Un momento después, estaba viendo fotos directamente del Predator, que estaba a unos cinco kilómetros arriba de ellos.

—¿Puedes cambiar a la imagen térmica? —preguntó.

—Seguro, un segundo. . . . Está bien, allí; ¿puedes verlo?

—Sí; lo lograste.

Ahora podía ver a dos hombres de seguridad de la Guardia Revolucionaria en la habitación 203. También pudo ver a Khan y a otro hombre de seguridad en la habitación 201, aunque no podía decir quién era quién. ¿Cuál era la mejor manera de entrar a la 201? Podía hacerse pasar como el chico de servicio a la habitación, pero eso tenía sus riesgos. Tendría que esperar a que ellos pidieran algo y tendría que interceptar al verdadero empleado del hotel, ¿y qué podría hacer con él? David descartó inmediatamente esa idea. Otra opción era hacerse pasar como hombre de mantenimiento, pero, ¿bajo qué pretexto podría tratar de hacer reparaciones en la habitación 201 tan temprano en la mañana sin generar sospechas? También descartó eso.

Aunque pudiera hacer que los hombres de la 201 abrieran la puerta, ¿había alguna manera de sacar a Khan sin alertar a los hombres de la habitación contigua? Tenía un silenciador, pero tendría que matar al hombre de seguridad, ¿y si gritaba? ¿Si Khan gritaba? Y ¿cuál *era* Tariq Khan? Nunca había visto una imagen clara del hombre. Cierto, tenía fotos de todos los agentes del Cuerpo de la Guardia Revolucionaria Iraní, pero no podía correr el riesgo de matar a Khan por error, o en el fuego cruzado.

Recordó que tenía la llave de Yaghoubi. Tal vez era de la habitación 201. Metió la mano en su bolsillo y la sacó. No tuvo tanta suerte. Tenía el número 203. Así que eso era todo.

David apagó el motor. Tomó la pistola del asiento del pasajero y la metió en el bolsillo de su chaqueta, salió del auto y cerró la puerta con seguro. Luego volvió a entrar al hotel por el pasillo lateral, pasó cuidadosamente por la bandeja del servicio de habitaciones. El vestíbulo estaba vacío y en silencio, y el empleado no se veía por ningún lado, por lo que se agachó en el hueco de la escalera y a toda prisa subió de dos en dos las gradas al segundo piso, haciendo una pausa en la puerta de salida para sacar su arma y asegurarse otra vez de que no tuviera puesto el seguro.

48

David nunca se había sentido culpable de sostener una pistola.

Ahora sí.

No tenía tiempo para reflexionar sobre lo que su nueva fe significaba para este trabajo, y no había nadie a quien preguntarle, por lo menos, ahora no. ¿Qué le diría Birjandi? ¿Qué diría Marseille? Entonces, una vez más, Charlie Harper podría ser la analogía más cercana. Había sido un Agente Secreto Extraoficial. Había sido entrenado en la Granja para matar sin dudarlo por un instante. Seguramente le habían dicho una y otra vez: "Así es la guerra, tú eres el bueno y él es el enemigo; nunca te confundas." Era cierto y hasta sabio, en lo que a eso concernía, pero ¿había sido Charlie un seguidor de Jesús cuando trabajaba para la CIA? David lo dudaba seriamente. Tristemente, su vida no había dejado evidencias de haber sido transformado y él no había educado a Marseille para que amara a Jesús. Sin lugar a dudas, ella no había sido una seguidora genuina de Cristo cuando habían estado juntos en Canadá. Marseille parecía haber llegado a la fe en la universidad, o tal vez a finales de la secundaria, pero no cuando era niña. Tal vez Charlie Harper no fue de ayuda en absoluto.

Se asomó por la ventana pequeña de la puerta de salida. No había nadie en el pasillo. Podía movilizarse con libertad, pero cuando miró su teléfono, observó otra complicación. Al ver las imágenes térmicas del Predator, parecía que los hombres de las habitaciones 201 y 203 pasaban por las paredes, de ida y vuelta. Tardó un momento, pero luego se dio cuenta de que la puerta que dividía las dos habitaciones, que estaban una al lado de la otra, tenía que estar abierta. Ahora corría más riesgos de matar a Khan por accidente.

—Tenemos un problema —susurró.

—No sabes quién es Khan —respondió Eva como si leyera su mente.

—Correcto. No quiero entrar allí y sacar al tipo equivocado, o hacerlo desaparecer accidentalmente.

—En realidad, tienes otro problema —dijo Eva.

—¿Qué?

—Tengo a la Agencia de Seguridad Nacional que está monitoreando todos los teléfonos de esas dos habitaciones. Dicen que Khan acaba de responder una llamada de alguien en la base de misiles. Lo necesitan de regreso inmediatamente. No van a estar en esas habitaciones por mucho tiempo.

El teléfono de Yaghoubi comenzó a vibrar en el bolsillo de David. Estaban buscándolo para llevar la camioneta y regresarlos a la base. A David se le acababa el tiempo. Tenía que movilizarse inmediatamente.

—¿Puedes ver quién está haciendo una llamada en este momento? —preguntó.

—Sí —dijo Eva.

—¿Es el teléfono de Khan?

—No. ¿Por qué?

—Quienquiera que sea, está llamando a Yaghoubi. Están a punto de irse. Esta es mi última oportunidad.

Eva tuvo una idea.

—Llama a Khan —dijo.

—¿Qué? ¿Estás loca? Él no sabe quién soy.

—No, usa el teléfono de Yaghoubi. Marca su número antes de entrar a la habitación. Cualquiera que esté hablando por teléfono cuando entres será él.

—Está bien, buena idea. Ahora, mira, ¿puede la Agencia de Seguridad Nacional bloquear o cortar los otros números de celular para que ninguno de estos tipos pueda llamar?

Eva dijo que sí, pero que tardarían unos cuantos minutos.

—Hazlo ahora. El teléfono de Yaghoubi está sonando otra vez. Se están desesperando. Tengo que moverme.

David estaba a punto de dirigirse al pasillo.

—*¡Espera!* —gritó Eva.

Sobresaltado por su intensidad, se detuvo, regresó a las escaleras y se pegó a la pared, sin saber por qué. Un momento después, la puerta de la habitación 201 se abrió y alguien salió.

—¿Quién es ese? —susurró David.

—No sé.

—No puede ser Khan —dijo David—. No lo dejarían andar solo.

Quienquiera que fuera, avanzó por el pasillo, presionó el botón del elevador y esperó. David pensó en qué hacer si el hombre se dirigía a las escaleras. Por lo menos él tendría el elemento sorpresa.

Sin embargo, eso no ocurrió. El timbre del elevador sonó, la puerta se abrió y el tipo de seguridad entró.

Eso ocasionó otro problema. Cuando llegara al estacionamiento, viera la llanta desinflada y no encontrara a Yaghoubi, sabría que algo andaba mal. Alertaría a alguien y luego ¿qué haría David?

No había nada más que pensar, decidió David. Esto *era* la guerra. Estos tipos no eran civiles inocentes. Eran terroristas. Trabajaban para un régimen apocalíptico y genocida. Trabajaban para un mesías falso. Estaban tratando de matar a seis millones de civiles inocentes en Israel y a 300 millones más si alguna vez podían llegar a Estados Unidos. No quería matarlos, pero estaban armados y eran hostiles, y si tenía que hacerlo, no iba a sentirse culpable por eso. No podía darse ese lujo.

Volvió a mirar hacia el pasillo. Estaba despejado, por lo que se ajustó su auricular y entró rápida y silenciosamente por la puerta de salida, con la pistola en su mano derecha y tecleando el número de Khan con la izquierda. Comenzó a sonar. Sacó la llave y lentamente la insertó en la puerta de la habitación 203.

—Oye, hombre, ¿dónde estás? —dijo Khan.

—Aquí estoy —dijo David, modificando un poco su voz y dándole vuelta a la llave.

—¿Dónde?

—¿Estás listo?

—¿Qué?

David metió el teléfono en el bolsillo de su chaqueta. Luego giró el picaporte, pateó la puerta hacia adentro y entró a la habitación rápidamente. Uno de los agentes de seguridad se dio media vuelta. La mirada de impresión en su rostro se dejó ver inmediatamente. Fue por su arma, pero David le dio dos tiros en la frente, lo cual hizo caer al hombre instantáneamente. El segundo hombre se lanzó a través de la puerta abierta entre las dos habitaciones, gritando en persa: *"¡Abajo! ¡Abajo!"* David lo vio saltar sobre Khan y lanzarlo al suelo entre las camas. El teléfono de Khan salió volando.

David se dio vuelta en la esquina e hizo un disparo, pero no acertó e hizo pedazos una lámpara en la mesa de noche; se colocó atrás de la pared cuando el guardia de seguridad hizo dos disparos, y después dos más. David esperó una fracción de segundo, luego volvió a girar otra vez en la esquina y disparó dos tiros. Alguien gritó de dolor. La sangre salpicó la pared y los cubrecamas. David no vaciló. Irrumpió en la habitación y vio al hombre de seguridad que se agarraba el hombro y se retorcía del dolor, pero en ese momento, el hombre se dio vuelta y vio el rostro de David. Abrió bien los ojos. Levantó su arma otra vez y David le disparó dos veces en la cabeza.

Ahora Khan estaba gritando.

David no podía decir si también él había recibido un tiro, pero con la pistola apuntó a Khan en el rostro, que lo tenía cubierto de sangre.

"Silencio," le ordenó en urdu, *"o será el próximo."*

Khan quedó atónito al escuchar su idioma natal y cerró la boca. David, agradecido súbitamente por los viajes a Paquistán, cuando Zalinsky lo puso a trabajar en Mobilink y a buscar agentes de al Qaeda, señaló la pistola que estaba en el suelo y le dijo a Khan que la pateara hacia él. Khan hizo lo que le dijo. David levantó la pistola, le quitó el cargador y lo metió en su bolsillo, luego tiró la pistola.

"Levántese, *muévase*," le ordenó.

Khan se puso de pie, temblando.

"Con la funda de una almohada, límpiese la sangre del rostro y de las manos."

Khan obedeció.

"Ahora, tome su teléfono y mantenga sus manos donde pueda verlas."

Khan caminó al escritorio y recogió su teléfono.

"Láncemelo." David atrapó el teléfono y lo metió en el bolsillo de su chaqueta. "Ahora, párese allí por un momento."

De nuevo, Khan obedeció. Entonces David retrocedió a la habitación 203 y le echó un vistazo a los dos hombres muertos en el suelo. No se movían, pero disparó otro tiro a cada uno, para asegurarse. Ninguno se contrajo. Rápidamente les quitó sus armas, los cargadores, las billeteras, las llaves y sus identificaciones, y lo metió todo en una funda de almohada, ató el extremo de la funda en un nudo y le lanzó el bulto a Khan.

"Venga," le ordenó David, con cuidado de mantener la voz baja.

Khan entró cautelosamente a la habitación 203. Le temblaban las manos.

"Deténgase." Revisó que su Bluetooth todavía estuviera encendido. Así era.

—¿Dónde está el cuarto hombre? —le preguntó a Eva.

—Está en la camioneta, revisando la llanta, mirando a su alrededor —respondió Eva.

—¿Está bloqueado el teléfono?

—Sí.

—Bien. ¿Está despejado el pasillo?

—Ahora sí.

—Está bien. Vamos a salir.

David miró a Khan. "Muévase. Ahora. O le pondré una bala en el cráneo. Abra la puerta. Gire a la derecha. Camine rápidamente hasta el final del pasillo y a las escaleras. Yo voy detrás de usted."

Khan abrió la puerta y comenzaron a caminar rápidamente. David prácticamente empujó al hombre a la salida, luego por las gradas. Salieron al primer piso, y para sorpresa de David, el vestíbulo estaba lleno. Un bus de turismo estaba estacionado afuera, y docenas de personas jubiladas daban vueltas por allí. Sin embargo, lo que más le impactó a David fue ver a dos oficiales militares uniformados que se estaban registrando en el mostrador. El ruido de la puerta de las gradas que se abrió rápidamente y golpeó la pared impactó a todos y llamó su atención, incluso la de los oficiales. Abrieron bien los ojos y David asumió que estaban mirando los ojos aterrorizados de Khan. Esto no estaba saliendo como lo había planificado.

Instantáneamente los oficiales sacaron sus armas. David le disparó dos veces a cada uno, con lo que uno cayó, pero solamente hirió al otro. Empujó a Khan al pasillo de atrás.

"¡Vamos, vamos, vamos!," gritó en urdu, luego oyó la explosión de una pistola calibre .45 detrás de él.

Los disparos fueron altos, pero David no podía arriesgarse. Empujó a Khan por la puerta de salida, luego dio la vuelta y trató de dispararle al oficial, pero se le había acabado la munición. Se lanzó al suelo cuando el hombre hizo dos disparos más y pudo escuchar que las balas zumbaban encima de su cabeza. Rápidamente gateó a la salida posterior y sacó un segundo cargador de su bolsillo, arrojó la vacía y recargó. Llegó al Peugeot justo cuando el oficial irrumpía por la puerta. David se agachó detrás de la maletera del auto, luego saltó e hizo cuatro disparos al pecho del hombre.

Sin tiempo que perder, agarró a Khan, quitó el seguro del auto y lo lanzó al asiento de atrás.

"*Tírese al suelo, con el rostro hacia abajo, ¡y no se levante!,*" le ordenó otra vez en urdu.

No había pensado en cómo mantener a Khan controlado y callado. No tenía nada con qué atarle las manos, nada que meterle en la boca. No podía darse el lujo de arriesgarse a que Khan lo derribara mientras conducía o que lo agarrara por la garganta o, peor, que saltara del auto en movimiento. Ante todo, necesitaba a su prisionero vivo. Tenía que interrogarlo rápidamente y averiguar todo lo que sabía de las ojivas y sus ubicaciones, pero bajo ninguna circunstancia podía dejar que Khan escapara o que tomara la iniciativa.

No quería hacerlo, pero no tenía tiempo ni opciones. Disparó una bala en la parte de atrás de la rodilla de Khan.

El hombre gritó del dolor, pero no iría a ningún lado.

49

Una bala pasó zumbando sobre la cabeza de David.

Después otra. Ambas chocaron en la pared de ladrillo detrás de él.

David se agachó detrás del auto. Miró a un lado y vio al cuarto hombre que salía corriendo del estacionamiento, con la pistola en la mano. David disparó dos tiros. No le dio, pero hizo que el hombre se agachara para protegerse. No tenía tiempo para más. Saltó al asiento de adelante, cerró la puerta de un golpe y encendió el motor.

La ventana de atrás explotó. El hombre estaba disparando otra vez.

David bajó la cabeza, presionó el acelerador y salió a toda prisa por el callejón. El hombre de seguridad corría rápido detrás de él, disparando una y otra vez. Rechinando las llantas, David aceleró hacia la calle principal y por poco no dio en la parte posterior del bus de excursiones en el proceso. El Peugeot estaba derrapando. Luchando por recuperar el control, giró fuertemente el timón a la derecha, luego otra vez a la izquierda. Estaba a punto de acelerar cuando de pronto un camión lleno de cajones de verduras salió a la calle frente a él. David viró bruscamente a la derecha para no darle, pero golpeó la parte de atrás del camión y giró como un trompo.

Puso reversa en el auto y comenzó a retroceder para alejarse del camión, pero mientras miraba por su retrovisor, vio que el último agente de la Guardia Revolucionaria sacaba a un hombre de negocios de un Mercedes W211 plateado a punta de pistola, lo lanzaba a la calle y se metía al asiento del conductor. David maniobró para alejarse del camión tan rápido como pudo, luego aceleró el auto hacia delante otra vez y pisó el acelerador en un camino recto por el centro de la ciudad. Estaba adquiriendo velocidad —*cuarenta kilómetros por hora, cincuenta, sesenta, setenta*—, pero el Mercedes también estaba acelerando y se acercaba rápidamente, mientras el hombre seguía disparándole al Peugeot. David podía oír disparo tras disparo que daba en la maletera, en lo que quedaba de la ventana posterior y en el parachoques de atrás.

"*¡Permanezca abajo!,*" le ordenó a Khan.

A medida que seguían aumentando la velocidad y que el agente de seguridad seguía disparando, David temía que el objetivo del hombre no fuera tanto perseguirlo y atraparlo, sino matar al hombre que había jurado proteger, para evitar que hablara.

Girando de un lado al otro para evadir el tráfico que se aproximaba, David sabía que solamente era un asunto de tiempo antes de que alguien llamara a la policía. Tenía que perder al Mercedes, abandonar el Peugeot y llevar a Khan a un lugar seguro y tranquilo para averiguar lo que sabía y transmitirlo a Langley antes de que los dos murieran. Miró por su retrovisor. El Mercedes estaba zigzagueando entre el tráfico también, pero no tan rápidamente. David pudo ver que en realidad estaba ganando un poco de ventaja, pero no era suficiente.

Miró al asiento posterior. Había sangre por todos lados. Khan se retorcía y gritaba de dolor. Con el arrebato de adrenalina, David ni siquiera había oído al hombre durante los últimos minutos; se había enfocado en no chocar el auto ni ser alcanzado por el Mercedes, pero ahora se daba cuenta de que tenía aún menos tiempo del que pensaba. Si a Khan no le hacían pronto un torniquete en esa pierna y le daban medicinas, se iba a desmayar o a desangrar. Cualquiera de las dos haría que todo esto no sirviera para nada. Sus pensamientos volaban, pero no se le ocurría nada.

—¿Todavía estás allí? —gritó al pasar un camión remolcador a una velocidad que ahora llegaba a los 120 kilómetros por hora y se acercaba rápidamente a los 140.

—Aquí estoy —dijo Eva.

—¿Estás segura de que el teléfono de este hombre está bloqueado?

—Totalmente, desde que salió del hotel.

—No ha hecho ni una sola llamada.

—No, no la ha hecho.

—Porque si este tipo llama para pedir apoyo, se acabó. Lo sabes, ¿verdad?

Hubo una pausa momentánea; entonces Eva respondió:

—David, todo el hotel está llamando a la policía ahora.

Ahora que estaban fuera del tráfico congestionado de Khorramabad y yendo por la ruta 37 hacia el este, por pueblos de los que David nunca antes había oído, supo que estaba en problemas. El Mercedes W211 que lo seguía era más nuevo, elegante, y mucho más poderoso que su Peugeot 407 rentado. Tenía un motor V8 de cinco litros, comparado con el V6 de tres litros del Peugeot. No era de sorprender que ahora el Mercedes lo estuviera alcanzando.

No era un trayecto totalmente recto para volver a la bifurcación con la ruta 62. Había algunas curvas en los caminos y unas cuantas montañas. Hubo momentos en los que David pudo ver el Mercedes, pero ahora eran menos y más espaciados. Desafortunadamente no habían salidas útiles y pocos caminos secundarios en otros cuarenta kilómetros.

—*David, vamos, hombre, pierde a este tipo* —insistió Eva.

—*No puedo* —dijo David—. *Es demasiado rápido.*

—Haz algo —insistió Eva.

—*Estoy haciendo todo lo que sé hacer.*

—Ya casi te alcanza.

David pudo percibir un temor genuino en su voz —ya fuera por él o por la misión, no lo sabía; probablemente por ambos—, pero, de cualquier manera, lo ponía nervioso. Eva generalmente era la más estable del equipo, tranquila bajo presión, lógica y metódica. Si estaba así de asustada, él estaba en más problemas aún de lo que creía.

"Elimínalo," gritó David finalmente.

Hubo silencio al otro lado de la línea.

—*¿Me oíste?* —repitió David—. *Elimínalo.*

—¿Qué quieres decir? —preguntó Eva, que ahora se oía como que había recuperado el control de sus emociones.

—*Tienes un Predator. Tiene misiles. Elimina a este tipo antes de que Khan y yo muramos.*

—David, no puedo.

—*Por supuesto que sí puedes.*

—No, no lo entiendes; no puedo —dijo otra vez—. No tenía autorización para redireccionar este Predator, en primer lugar, mucho menos para ordenarle que dispare dentro de Irán. Murray exigirá mi cabeza.

—¿*Me estás tomando el pelo?* —gritó David—. *Tengo al científico nuclear número dos del país en mi asiento de atrás, y todo el Cuerpo de la Guardia Revolucionaria Iraní está a punto de caerme encima. Ahora elimina a este tipo, ¡AHORA!*

David pasó volando por unas cuantas curvas leves. Al salir de la última, pudo ver un estrecho de camino abierto adelante, como a cinco o seis kilómetros. Sin curvas, ni montañas. No tenía mucho tráfico. Era una zona de muerte ya fuera para el Mercedes o para él.

Presionó el pedal al suelo y se aferró al timón desesperadamente. El auto corría ahora a 140 kilómetros por hora. Luego a 150, a 160 y después a 165. Sabía que la velocidad límite del auto era de 117 millas —alrededor de 190 kilómetros— por hora. Nunca se había imaginado presionar un auto a su límite, pero ¿qué opciones tenía? El Mercedes podía llegar a las 200 millas —o alrededor de los 320 kilómetros— por hora.

David volvió a mirar por su retrovisor. El Mercedes estaba atrás, como a medio kilómetro de distancia, y se acercaba rápidamente. Todo tipo de opciones pasaron por su mente. Podía frenar repentinamente y el tipo lo pasaría velozmente. No obstante, eso posiblemente haría que el carro se volcara, y los mataría a todos.

Podría bajar la velocidad gradualmente y tratar de involucrar a su perseguidor en una batalla a tiros. ¿Cuánta munición adicional podría tener el tipo con él: un cargador, dos, tres como máximo? Yaghoubi solamente llevaba uno extra. Eso era lo más probable. David tenía ahora el que estaba en la pistola (el extra de Yaghoubi) y los tres que había recogido en la habitación del hotel. Aun así, bajar la velocidad y salir del Peugeot también significaba que el tipo podría ganar tiempo hasta que llegara apoyo. No había duda de que llegaría, el asunto era qué tan rápido.

Luego, de nuevo, ¿y si bajaba la velocidad, le daba vuelta al auto y jugaban a ver quién es más valiente? Por supuesto que entonces estaría conduciendo de regreso a Khorramabad, el último lugar en el mundo en el que ahora quería estar.

Miró atrás otra vez. El Mercedes estaba ahora a solo unos cientos de metros. Unos momentos después solamente a cien metros y David todavía no tenía un mejor plan que el Predator, aunque ciertamente no querría estar cerca del Mercedes cuando lloviera fuego desde el cielo.

"*¿Dónde estás?,*" gritó.

Sin embargo, nadie contestó.

★ ★ ★ ★ ★

Lo que David no sabía era que la muerte ya estaba en camino.

A una altitud de 5.310 metros, el vehículo aéreo teledirigido de alta tecnología de la CIA, de $4,5 millones, conocido como MQ-1 Predator, ya había recibido órdenes codificadas. Habían llegado del Tercer Escuadrón de Operaciones Especiales de la Base Cannon de la Fuerza Aérea en Clovis, Nuevo México, después de originarse en el Centro de Operaciones Globales, en las instalaciones de la CIA en Langley.

A estas alturas, un misil aire-tierra AGM-114 Hellfire de más de un metro y medio y de alrededor de cuarenta y cinco kilos chisporroteaba por el aire fresco de la mañana a una velocidad de Mach 1,3. Todo el trayecto tomó apenas dieciocho segundos.

De pronto, el Mercedes que venía detrás de David estalló en una enorme bola de fuego. Casi mata de susto a Tariq Khan, pero David le agradeció a Dios por haber respondido a su oración.

50

La caravana del primer ministro llegó al Ministerio de Defensa.

Rodeado por un reforzado destacamento de seguridad, Aser Neftalí y Leví Shimon se abrieron camino al centro de planificación estratégica, a cinco niveles bajo tierra. Aún más que la Sala de Situaciones de la Casa Blanca, la "sala de guerra" de las Fuerzas de Defensa de Israel era una maravilla de alta tecnología y parecía más una sala de control de una red de televisión que una sala de juntas. Unas dos docenas de monitores de video de tamaño mediano y mapas electrónicos cubrían las paredes laterales, mientras que grandes monitores de plasma de pantalla plana estaban montados en los extremos de la sala. Un panel de control a la cabecera de la mesa permitía que la persona a cargo de la reunión enviara imágenes de cualquiera de los monitores individuales a las pantallas más grandes y que dirigiera videoconferencias seguras, con información en vivo, de cada base militar del país, y de cualquier instalación diplomática israelí alrededor del mundo.

Al entrar en la sala, encontraron al Gabinete de Seguridad ya reunido y a la espera. Además del primer ministro y del ministro de defensa, este gabinete típicamente incluía al viceprimer ministro, al ministro de relaciones exteriores, al ministro de seguridad interna, al ministro de finanzas, al ministro de planificación estratégica, al ministro de justicia y al jefe del Estado Mayor de las Fuerzas de Defensa de Israel. Esa mañana, también incluía a los directores generales de Shin Bet y del Mossad, y al secretario militar del primer ministro, así como a los altos comandantes del ejército, de la fuerza aérea y de la marina.

Neftalí se sentó a la cabecera de la mesa y comenzó inmediatamente. "Actualmente enfrentamos un momento como ningún otro en la historia moderna del Estado de Israel. No se compara a 1948, a 1967 ni a 1973. Esto es 1939 y estamos al borde de la aniquilación.

"Como saben, hemos confirmado que Irán tiene ocho ojivas nucleares. Nuestra última información de inteligencia nos indica que por lo menos algunas de estas ojivas han sido conectadas a misiles balísticos de alta velocidad y que este lunático, el Duodécimo Imán, pretende lanzarnos estas ojivas en los próximos días, el lunes a más tardar. Caballeros, no tengo que decirles que si autoriza un ataque así, en alrededor de seis minutos podría hacer lo que Adolfo Hitler tardó casi seis años en lograr, eso es matar a seis millones de nosotros.

"La diferencia entre entonces y ahora es que tenemos un estado. Tenemos una fuerza aérea y tenemos armamento estratégico; nuestros padres y abuelos no los tenían. La historia nunca nos perdonará, amigos míos, si no actuamos con valor y previsión antes de que sea demasiado tarde.

"Ahora, lamento decirles que nuestra evaluación de la administración de Jackson es que ellos no parecen entender la gravedad de la situación. He tenido largas conversaciones personales en los últimos meses, e incluso la semana pasada, con el presidente Jackson. Leví y yo hemos tenido conversaciones extensas con los asesores nacionales más altos del presidente, incluso con el director Allen de la CIA. Algunos de ellos entienden los riesgos, pero para mí y para Leví está claro que el presidente no. Creo que nuestro ministro del exterior aquí presente puede confirmar el hecho de que la mayoría de los líderes de la OTAN y de las Naciones Unidas no ven la crisis claramente y no están listos para tomar una acción decisiva."

El ministro del exterior, ya afligido y con semblante serio, asintió con la cabeza.

"Así que estamos en un momento de decisión, una decisión que no debemos tomar a la ligera," continuó Neftalí. "Como saben, desde el momento en que asumí el cargo, les di instrucciones a todos para que trabajaran en un plan integral de guerra al que le hemos dado el nombre en clave de Operación Jerjes. Es hora de poner este plan en marcha. Le he pedido a Leví que nos informe acerca de los detalles operativos finales.

"Sin embargo, permítanme decirles en primer lugar que esta no es la primera vez que el pueblo judío se ha enfrentado con la amenaza de aniquilación por los líderes de Persia. En el Ketuvim leemos la historia de Hadasa y de Mardoqueo que se enfrentan al malvado Jerjes, rey del Imperio Medo-persa, y a Amán, su malvado presidente o primer ministro de Persia de ese entonces. Leemos en el texto antiguo que nuestros antepasados enfrentaron una hora muy oscura. Enfrentaron ciertamente la destrucción de toda la raza judía. ¿A quién buscaron entonces? ¿Al presidente estadounidense? ¿A la OTAN? ¿Al Consejo de Seguridad de la ONU? No. Buscaron al Dios de Abraham, de Isaac y de Jacob a través de la oración y el ayuno, y movilizaron a otros judíos para que hicieran lo mismo. Aunque el nombre del Señor nunca se menciona en todo el libro, podemos ver sus huellas en todas partes. Porque claramente el Dios de Israel oyó y respondió sus oraciones. Jerjes cambió de parecer. Amán fue colgado. El régimen cambió fundamentalmente. Todavía hubo guerra. Los judíos tuvieron que luchar de todas maneras, pero el Señor estuvo con ellos y prevalecieron en una de las victorias más espectaculares que se registra en el Tanaj."

Neftalí miró alrededor de la sala y se inclinó hacia adelante en su asiento.

"Hemos estado orando por un milagro, por un cambio de régimen, para que Hosseini cambie de parecer y Darazi muera, o alguna combinación de lo mismo. Hasta aquí, estas cosas específicas no han ocurrido, pero tengo confianza de que el Dios de Israel todavía está con nosotros y que está respondiendo a nuestras oraciones de maneras que no podemos ver. Una cosa es clara: es hora de que luchemos. Efectivamente, se nos ha acabado el tiempo para cualquier otra cosa si tenemos la intención de sobrevivir y, caballeros, esa es mi intención. Esto no será fácil. De hecho, creo que será la misión más difícil que nuestra nación y nuestras fuerzas armadas hayan emprendido alguna vez. Israel sufrirá. La región sufrirá. El pueblo iraní sufrirá, pero no veo otra manera y, al final, creo que el bien triunfará sobre el mal, y espero en Dios que ustedes también."

★ ★ ★ ★ ★

NATANZ, IRÁN

Jalal Zandi respondió la llamada urgente en su oficina.

Después de haber estado la mayor parte de la noche supervisando a los técnicos de misiles, estaba cansado y sus ojos estaban inyectados de sangre, y acababa de servirse otra taza grande de café negro y espeso.

"¿Desaparecido?," preguntó entre sorbos. "¿Por cuánto tiempo? . . . ¿Disparos? ¿Está totalmente seguro? . . . No, ha hecho lo correcto. . . . ¿Qué? . . . No, reprima la situación; se lo informaré al liderazgo. . . . Sí, absolutamente. . . . Está bien, llámeme al momento que sepa más."

Zandi colgó el teléfono con incredulidad. Tariq Khan había desaparecido. Había cuerpos acribillados por todas partes. ¿Qué significaba eso? ¿Quién lo había hecho? ¿Vendrían por él ahora?

★ ★ ★ ★ ★

TEL AVIV, ISRAEL

Neftalí le dio la palabra a su ministro de defensa.

"Gracias, señor Primer Ministro," comenzó Shimon. "Como saben, caballeros, tenemos múltiples agentes en Irán que nos están enviando información detallada. Esperamos, en las próximas veinticuatro a cuarenta y ocho horas, contar con información precisa de reconocimiento para eliminar esas ocho ojivas. No obstante, debo hacer énfasis en que le he recomendado al primer ministro que debemos estar dispuestos a atacar al inicio del Día de Reposo, a más tardar, aunque no tengamos esta información, o perderemos la iniciativa y, lo que es más importante, el elemento sorpresa.

"Por supuesto que sorpresa es un término relativo. Hay mucha preocupación en Irán y alrededor del mundo de que pudiéramos estar preparándonos para un ataque. Por lo tanto, hemos estado haciendo todo lo posible para terminar los preparativos finales tan discretamente como ha sido posible, conforme a nuestras discusiones de los últimos meses en esta sala."

Shimon dirigió la atención del Gabinete de Seguridad hacia los grandes monitores de pantalla plana, mientras les daba una explicación altamente clasificada mediante PowerPoint sobre la Operación Jerjes.

"Recientemente hicimos un ejercicio en el que enviamos unos cuatrocientos aviones en un ejercicio de bombardeo a Grecia, dado que Grecia está aproximadamente a la misma distancia de Israel pero al occidente mientras que Irán lo está de nosotros al este," continuó Simón. "Este fue el segundo ejercicio de su clase, aunque el primero implicó solamente como cien aviones. El propósito de este ejercicio era múltiple, pero permítanme enfocarme en dos elementos críticos. Primero, teníamos que ver si en realidad podíamos tener éxito en un ataque aéreo de esa magnitud. Me complace informarles que aunque tuvimos numerosas fallas imprevistas, todas han sido solucionadas, y que las Fuerzas de Defensa de Israel y yo creemos que la respuesta ahora es sí, podríamos hacerlo si nos lo pidieran. Segundo, necesitábamos hacer pensar a los iraníes, y al resto del mundo, que estamos planeando un ataque aéreo en una escala mucho mayor de lo que ellos habían considerado previamente. Esto se hizo para confundir a nuestros enemigos y a nuestros amigos por igual, para tenerlos pendientes de preparaciones mayores, pero lo cierto es que creemos que una fuerza de ataque menor es lo prudente. Permítanme explicarles."

Durante los siguientes treinta minutos, el ministro de defensa proporcionó un cuadro detallado de lo que las Fuerzas de Defensa y la Fuerza Aérea de Israel estaban preparando para desencadenar. Mediante fotos de satélite, mapas y fotos tomadas por agentes en tierra, identificó dieciséis instalaciones iraníes designadas como objetivos; desde instalaciones de investigación y desarrollo nuclear, instalaciones de producción y lanzamiento de misiles, hasta el Ministerio de Defensa iraní y la sede de las instalaciones de inteligencia del régimen en el centro de Teherán. Indicó que catorce de los objetivos habían sido motivo de vigilancia exhaustiva y de minuciosa planificación de ataque durante casi dieciocho meses. Sin embargo, dos objetivos había surgido en los últimos días: la flotilla naval iraní que navegaba por aguas internacionales en el Mediterráneo y algo llamado el Qaleh, el centro de retiro del Líder Supremo en las montañas, recientemente descubierto por un agente del Mossad dentro del régimen.

"En lugar de enviar una escuadra masiva de cuatrocientos aviones que podría ser detectada por cada agencia de inteligencia en la región al momento de despegar," explicó Shimon, "la idea es enviar escuadrones pequeños que tomen rutas distintas para atacar cada uno de los lugares individualmente. También necesitaremos más aviones de combate, por seguridad, para acompañar a los que llevan las bombas, así como aviones tanque de reabastecimiento, aviones de la guerra electrónica, etcétera, pero los pilotos han estado practicando por meses y estamos seguros de que pueden movilizarse con poco o nada de anticipación, una vez que el primer ministro dé la orden."

Las preguntas surgieron rápida y frenéticamente.

"¿Cuál es el número total de aviones que tiene programado usar?," preguntó el ministro del exterior.

Shimon explicó que esperaban usar entre 116 y 168 aviones, dependiendo de los objetivos finales que se eligieran. Dijo que en el escenario a pequeña escala, destacarían cincuenta y dos aviones de combate, si cada avión fuera a lanzar dos bombas antibúnker en su objetivo. Estos serían protegidos con cincuenta aviones de caza F-16I adicionales para escolta aérea, aniquilamiento y destrucción de sistemas de defensa aérea del enemigo. Además, estarían enviando doce aviones tanque KC-130 y KC-10 de reabastecimiento, más dos aviones electrónicos Gulfstream 550.

En el escenario a gran escala, explicó, necesitarían destacar 104 aviones de combate, si cada avión llevaba una sola bomba antibúnker a su objetivo. Estos necesitarían una variedad similar de aviones de apoyo.

—¿Qué tasa de desgaste está proyectando? —preguntó el ministro de finanzas.

—Entre 20 y 30 por ciento.

—¿Está planeando perder hasta 30 por ciento de nuestros aviones?

—¿Planificándolo? Sí —respondió Shimon—. ¿Esperando que en realidad ocurra? No. Creo que nuestros pilotos son de lo mejor como para eso, pero como bien lo sabe, la guerra es impredecible y estoy tratando de ser conservador.

—Entonces, a pequeña escala, ¿está diciendo que perder entre veintitrés y treinta y cinco aviones es aceptable? —preguntó el ministro de justicia—. Mientras que a gran escala, ¿está bien perder entre treinta y tres y cincuenta aviones, cada uno con un valor de alrededor de $20 millones sin considerar armamento, combustible o mejoras electrónicas?

—¿Comparado con perder seis millones de ciudadanos? Sí.

Shimon indicó que el plan de guerra también incluía medidas para minimizar la pérdida de pilotos israelíes. Por ejemplo, destacarían quince vehículos aéreos teledirigidos, cada uno armado con dos misiles Hellfire. Además, anticipaban disparar aproximadamente dos docenas de misiles de crucero desde submarinos israelíes, así como numerosos torpedos para eliminar barcos iraníes clave.

—Una vez que nuestros muchachos bajen a territorio enemigo, ¿cuál es el plan para traerlos de regreso? —preguntó el viceprimer ministro.

—Tenemos veinte equipos de búsqueda y rescate por helicóptero en espera —explicó Shimon y mostró algunos de los datos en las pantallas—. Hace como un mes, colocamos con anticipación un buen número de estos equipos en Azerbaiyán. Están muy bien entrenados. Están altamente motivados. He pasado revista a estos equipos personalmente y estoy seguro de que pueden hacer el trabajo.

En ese momento, el primer ministro volvió a entrar a la conversación. "Precisamente después del primer día del año, como lo recordarán, fui a ver a mi amigo Jilan Kazarov, el presidente de Azerbaiyán," dijo Neftalí. "Nos reunimos en su hermosa casa de campo en Baku, a las orillas del mar Caspio. Él fue muy amable. Ha seguido de cerca la amenaza iraní por mucho tiempo. Él la entiende. Le di mi lista de peticiones, que incluía más puestos electrónicos de escucha cerca de la frontera iraní y la capacidad de colocar por adelantado estos equipos de búsqueda y rescate, y me concedió todo lo que le pedí."

Neftalí hizo una breve pausa. Esperó que la gente dejara de tomar notas o de mirar a los monitores de video y que todas las miradas se volvieran a dirigir hacia él.

"Caballeros, Leví, los jefes de las Fuerzas de Defensa de Israel y yo hemos considerado este asunto de mil maneras distintas, y hemos llegado a la conclusión de que atacar estos objetivos no es la parte más difícil. Será muy complejo, extremadamente duro, no me malinterpreten. Sin embargo, no es lo más arduo. El verdadero problema radica después de que nuestros aviones vuelvan a casa y comience la agresión en represalia a gran escala. Los iraníes tienen por lo menos mil misiles balísticos, la mayoría de los cuales apunta hacia nosotros. Hezbolá en el norte tiene por lo menos cincuenta mil cohetes y misiles apuntándonos. Los sirios tienen los suyos. Hamas tiene los suyos. El tener éxito en nuestro primer ataque no es lo que me preocupa, sino cómo resistir su primera ola de ataque."

51

—¿Que hiciste qué?

El rostro de Zalinsky estaba tan rojo que casi parecía morado. Había venas en su cuello y en su frente que parecía que iban a reventar en cualquier momento. Eva había conocido al hombre por años y nunca lo había visto tan enojado. Estaba gritándole en medio del Centro de Operaciones Globales y casi dos docenas del personal de la CIA estaban observando.

—No tuve opción —respondió Eva, tratando de mantener la compostura—. Fue una decisión de fracción de segundo, una decisión de vida o muerte, y tú no estabas disponible, por lo que tomé la decisión.

—¿*Redireccionaste al Predator apartándolo de la base de misiles para ayudar a un agente en problemas?*

—Claro que sí —respondió Eva—, y lo haría otra vez.

—*No estabas autorizada para hacerlo la primera vez* —gritó Zalinsky—, *y no habrá una segunda vez.* —Se dio vuelta hacia los agentes de seguridad uniformados que estaban en la puerta principal—. Guardias, necesito que Eva Fischer sea detenida inmediatamente.

Eva no podía creerlo.

—¿Me estás arrestando?

—Aquí funcionamos dentro de una cadena de mando, señorita Fischer. Tú no puedes romperla. Nadie puede romperla. —Se dirigió a los guardias que ahora estaban poniéndole las esposas a Eva—. *Sáquenla de mi vista.*

★ ★ ★ ★ ★

RUTA 56, IRÁN

David conducía lo más rápido que podía.

Se dirigía al oriente en la 56, hacia Arak. Khorramabad había quedado bastante atrás, pero eso no hacía que se sintiera más seguro. Temía haber desafiado demasiado a la suerte. Necesitaba encontrar un lugar donde interrogar a Khan, esconder el Peugeot y reorganizarse. Khan ya no se retorcía, pero David temía perderlo. Tenía que movilizarse rápido.

De repente, David recordó su reunión en Qom. El camino por el que iba lo llevaría allá finalmente. Estaba más o menos a una hora de distancia, pero por cierto que no podía asistir ahora, no con Khan y Yaghoubi y con un auto destrozado por los disparos. Presionó el botón de marcado rápido para el líder del equipo técnico de MDS y se disculpó profusamente.

"Mire, lo siento mucho, pero surgió algo," dijo. "Voy a llegar tarde, probablemente lo más temprano sería en la tarde. . . . ¿Está seguro? . . . Está bien, voy a reportarme cuando ya casi esté allá y le daré una actualización. . . . Lo sé, le debo una. . . . ¿Qué? . . . Muy chistoso. . . . Está bien, hasta pronto; adiós."

Colgó y siguió conduciendo. Como a cincuenta kilómetros a las afueras de Arak, vio una salida para el Área Protegida de Lashkardar, uno de los bosques nacionales de Irán. Al ver que de momento no tenía autos detrás ni frente a él, giró a la izquierda y se dirigió al norte como por quince minutos; pasó cinco o seis haciendas empobrecidas hasta que encontró el bosque y un estacionamiento situado a lo largo de una fila de cabañas pequeñas y rústicas, rodeadas de miles de pinos y senderos para caminatas en muchas direcciones. El lugar estaba vacío. Era demasiado temprano en la época para acampar, así que David estacionó y le dijo a Khan que se quedara quieto.

Volvió a revisar la pistola y se aseguró de que estuviera totalmente cargada, luego se movilizó rápidamente a la primera cabaña. Estaba vacía, al igual que cada una de las demás, aunque todas estaban cerradas con seguro. Pateó la puerta de la cabaña que estaba más cerca del Peugeot, luego corrió de regreso para revisar a sus dos prisioneros. No tenía idea de qué hacer con Yaghoubi. Solo esperaba no tener que matarlo.

Quitó el seguro de la pistola y se preparó para abrir la maletera con sus llaves. Era la primera oportunidad que tenía para ver el daño ocasionado en el tiroteo del hotel y contó no menos de siete agujeros de bala en el arrugado parachoques y en la abollada maletera. Luego apuntó con la pistola, retrocedió unos cuantos metros y quitó el seguro. La maletera se abrió lentamente y David se preparó para el movimiento de Yaghoubi, pero el hombre no se movió.

"Venga, vamos, salga," dijo.

Sin embargo, el hombre todavía no se movía. Entonces, David se acercó para ver más de cerca y se dio cuenta de que Yaghoubi había recibido varios impactos de las balas que habían penetrado la parte posterior del auto. Revisó el pulso del hombre, pero no lo encontró. Sintió una punzada de culpa, o por lo menos se lamentó por el hombre, luego se dio cuenta de que Yaghoubi finalmente había servido como un escudo humano. Si no hubiera estado en la maletera, esos balazos muy bien habrían matado a Tariq Khan.

★ ★ ★ ★ ★

TEL AVIV, ISRAEL

¿Era hora de llamar a filas a las Reservas?

El debate alrededor de la mesa se había prolongado por un cuarto de hora y aún no se resolvía. Los proponentes sostenían que no había tiempo que perder. Si iban a lanzar la Operación Jerjes en las próximas cuarenta y ocho horas y el pueblo israelí iba a ser objeto de un masivo ataque de misiles en represalia, entonces el primer ministro tenía que ordenar la movilización completa dentro de la hora. Tenían que poner a los reservistas en camino y en sus bases antes de que los misiles atacaran, o se arriesgaban a tener bases clave faltas de personal y posiciones clave mal defendidas en medio de una guerra totalmente desencadenada.

Los oponentes, dirigidos por el ministro del exterior, decían que debían esperar un poco más para no tomar acciones que le parecieran provocadoras al Mahdi o al resto del mundo. Para respaldar su argumento, el ministro del exterior leyó cables de los rusos, los chinos, los alemanes, los franceses y los británicos, todos advertiéndole firmemente a Neftalí y al gobierno israelí que no lanzara ni provocara una nueva guerra regional, para no arriesgarse a la condenación del Consejo de Seguridad de la ONU. El secretario de estado estadounidense, agregó, no había sido tan contundente pero le advertía a Jerusalén no tomar ninguna "acción notoria" sin "consultarlos."

El viceprimer ministro se indignó por la amenaza de una acción de la ONU y dijo que era una tontería sin sentido y claramente antisemita. Otros más lo secundaron, pero Neftalí no.

"No nos engañemos a nosotros mismos," les dijo el primer ministro a sus colegas. "No importa lo que hagamos, el mundo va a condenarnos y dirá que es culpa nuestra. Esto no es nuevo. Ese no es el asunto aquí y me entristece decirlo, pero me estoy preparando para que los estadounidenses también nos den la espalda; no el pueblo, probablemente ni siquiera el Congreso, pero sí el presidente con seguridad. El peso de su administración estará completamente en contra de nosotros. La única pregunta para los que estamos sentados aquí es si queremos que el pueblo judío sobreviva al ataque nuclear islámico o que sea recordado como el pueblo que no fue 'demasiado provocativo,' cuando tal vez debería haberlo sido un poco más."

Él estaba decidido. Estaba haciendo un llamado a las Reservas, efectivo inmediatamente. Dejaría que el ministro de defensa decidiera a quiénes y cuántos, pero el número tenía que ser significativo, aunque publicarían una declaración que dijera que era puramente para propósitos de defensa.

★ ★ ★ ★ ★

ÁREA PROTEGIDA DE LASHKARDAR, IRÁN

David revisó su reloj.

No tenía tiempo para lamentar la muerte de este hombre. Abrió la puerta posterior y ayudó a Khan a salir. Había sangre por todos lados.

Khan no podía mantenerse erguido. David lanzó la pistola al césped, cerca de la cabaña, y puso el brazo de Khan sobre su cuello, luego básicamente lo arrastró por el pavimento y por el césped hacia la pequeña cabaña y lo sentó en una silla de madera desgastada. Después salió, recogió la pistola, volvió a entrar a la cabaña y abrió las persianas de las ventanas para dejar que entrara el sol de la mañana. Era hora.

—Hable —le dijo en urdu.

—No —respondió Khan en inglés.

David apuntó con la pistola hacia la otra rodilla del hombre.

—*Hable*.

—No tengo nada que decirle —respondió Khan gritando, otra vez en inglés—. Usted es de la CIA, pero probablemente es judío. Que todos ustedes mueran y vayan al infierno.

—Ahora mismo, yo soy el único amigo que usted tiene, Tariq. Ahora bien, puede salir vivo de este país. O puedo permitir que sus amigos que hablan persa lo encuentren sangrando al lado del camino, con un teléfono celular en su bolsillo, lleno de números de teléfono del Mossad, correos electrónicos en hebreo y detalles de una cuenta bancaria en Suiza, con transferencias en efectivo desde Tel Aviv. ¿Cuánto cree que le gustaría al Mahdi descubrir que usted es el topo israelí, que usted es el que entregó a Saddaji?

—*¡Eso es mentira! ¡Nunca he trabajado para los judíos y nunca lo haría!*

—Así no es como se va a ver, Tariq. Su teléfono celular está apagado ahora. Nadie sabe dónde está, pero todos lo están buscando, y cuando yo lo vuelva a encender y baje todo lo que le acabo de decir, ellos van a estar aquí en menos de diez minutos. ¿No cree que van a preguntarse por qué su teléfono estuvo apagado durante más o menos una hora?

—Entonces, máteme —insistió Khan.

David sonrió.

—Buen intento, Tariq. No tengo la intención de matarlo. Usted va a decirle a la Guardia Revolucionaria que lo haga, después de que lo hayan torturado mucho peor que cualquier cosa que yo pudiera soñar. Estará suplicándoles que crean que yo trabajo para la CIA, pero toda la evidencia va a demostrarles que usted está mintiendo.

—Usted no lo haría —dijo Khan. Su destello de ira ahora daba lugar al temor—. Tengo familia. Por el amor de Alá, tengo hijos.

—Dos hijas, por supuesto. ¿Entiendo que están a punto de recibir su matrícula para la universidad este semestre? Un banco en Haifa, por cierto. Ahora imagine lo que la inteligencia iraní va a hacer cuando se enteren que los israelíes se están encargando de su familia.

—Por favor no. Por favor. Se lo suplico. Máteme, pero no le haga nada a mi familia.

—Yo no voy a hacerle nada a su familia, Tariq. Es su decisión lo que ocurra de ahora en adelante. Solamente estoy diciendo que en diez segundos usted no tendrá una segunda rótula, a menos que comience a cooperar. Depende de usted.

David le quitó el silenciador a la pistola, la amartilló y comenzó a contar.

Diez, nueve, ocho, siete, seis . . .

Sin advertencia, tiró del gatillo, aunque apuntó levemente a un lado al último momento. La explosión aterrorizó a Khan y pareció destrozarle sus nervios ya desgastados.

—*¿Qué es lo que quiere?* —dijo gritando—. *Solo dígame qué quiere.*

—¿Cuánto tiempo ha estado trabajando en el programa de armas nucleares de Irán?

—Esporádicamente, durante seis años.

—¿A qué se refiere con "esporádicamente"?

—Al principio, cuando los iraníes compraron los planos de mi tío . . .

—¿A. Q. Khan?

—Correcto. Cuando ellos los compraron, mi tío me envió a Teherán y luego a Bushehr solo por unos meses para ayudarlos a organizarse. Luego volví a casa y no regresé por unos cuantos años. Después, hace como cinco o seis años, me pidieron que viniera por un mes cada vez.

—¿Quién se lo pidió?

—Mohammed Saddaji.

—¿Cómo es que lo conocía?

—Mi tío lo conocía, yo no. Lo conocí en Karachi, luego lo vi en Teherán en aquel primer viaje y hemos trabajado juntos desde entonces. Era un hombre severo, pero nos llevábamos bien.

—¿Y después?

—Cuando Darazi llegó a ser presidente, entonces las cosas se aceleraron verdaderamente.

—¿Cómo así?

—Cuando ustedes los estadounidenses entraron a Irak, Hosseini se puso nervioso. Decidió no proseguir con la Bomba, por lo menos por algún tiempo, pero cuando Darazi llegó al poder, comenzaron a hablar cada vez más acerca de la llegada del Mahdi. Comenzaron a creer que tenían que construir la Bomba para preparar el camino para su venida.

—¿No es usted sunita?

—Sí.

—Entonces no cree en el Mahdi.

—No creía, cuando comencé a venir desde Paquistán, no. Solo venía por el dinero, ellos pagan muy bien, y porque mi tío me dijo que lo hiciera.

—¿Pero ahora?

—¿Qué puedo decirle? El Duodécimo Imán está aquí.

—¿Entonces ahora es imanista?

—No sé qué soy. Solo estoy tratando de hacer mi trabajo bien y a tiempo.

—¿Ya conoce al Imán al-Mahdi?

—No. Nos mantienen lejos de cualquier persona política. En realidad, nos mantienen lejos de casi todos.

—¿Cuándo fue la última vez que vio a su familia?

—Los veo por Skype.

—¿En persona?

—Dos años.

—¿De veras? ¿Por qué no va a visitarlos?

—Ellos no me dejan. Dicen que sería un riesgo de seguridad.

—¿Por qué su familia no puede venir a quedarse aquí, o por lo menos a visitarlo?

—Eso es lo que pido, pero dicen que también es un riesgo de seguridad.

—¿Qué si nosotros tomamos a su familia y la llevamos a Estados Unidos?

Khan mostró una expresión de sorpresa en su rostro.

—¿Usted haría eso?

—Si coopera, definitivamente.

—¿De veras?

—Por supuesto.

—¿Podría ver a mi esposa y a mis hijas?

—Por supuesto que ellas no podrían volver nunca a Paquistán.

—Eso no importa. Solo quisiera tenerlas conmigo. Tenerlas en mis brazos otra vez. ¿En realidad es posible?

—Sí —dijo David—. Dígame dónde están las ojivas y hago que todo el proceso comience.

Khan vaciló. David quería presionarlo, pero se contuvo. El tipo estaba hablando. Solo necesitaba unos cuantos minutos. David metió la mano en el bolsillo de su chaqueta y encontró su teléfono e inmediatamente marcó al Centro de Operaciones Globales en Langley. No dijo nada, solo permitió que el equipo escuchara.

"Nunca podrá volver a la base de misiles, ni a Teherán, ni a Paquistán," dijo David suavemente. "Usted lo sabe, ¿verdad, Tariq? Nunca dejaré que eso ocurra. En este momento le estoy poniendo una nueva tarjeta SIM a su teléfono que va a cargar todo el material del Mossad del que le hablé antes."

Tariq miró con los ojos bien abiertos por el horror, cuando David metió la mano en su chaqueta, rompió un pedazo del forro interno y sacó una tarjeta SIM que estaba adherida con una cinta. Luego le quitó la tarjeta SIM al teléfono de Tariq, puso la tarjeta nueva y adhirió la tarjeta SIM original de Tariq al forro de su chaqueta.

"Ahora es oficialmente un agente del Mossad." Sonrió. "Lo único que falta es encenderlo."

Sin embargo, Tariq no quiso saber nada de eso. El temor en sus ojos lo decía todo y comenzó a hablar.

52

ARAK, IRÁN

Jalal Zandi trató de tranquilizarse.

Caminó por el piso de las instalaciones de ensamblaje de misiles de alrededor de 11.000 metros cuadrados, en medio de un vecindario golpeado por la pobreza en la periferia de la ciudad iraní de Arak —un complejo que muchos lugareños pensaban que fabricaba grúas para construcción porque, de hecho, la mitad de la enorme planta lo hacía—, y trató de no hiperventilar. Verse asustado solo lo haría parecer culpable, y parecerlo en este momento sería una sentencia de muerte. Adentro había agentes uniformados del Cuerpo de la Guardia Revolucionaria Iraní por todos lados. Afuera, agentes vestidos de civil actuaban como trabajadores de la fábrica, choferes de camiones y hombres de mantenimiento, pero todos estaban armados y más que paranoicos. Sabían lo que le había pasado a Saddaji y sabían lo que le había pasado a las instalaciones nucleares construidas por Saddam Hussein y Bashar al-Assad. Todos habían tenido el mismo destino, uno que nadie aquí estaba dispuesto a compartir.

No obstante, decirse a sí mismo que no debía verse ni estar asustado difícilmente quitaba el temor, y Zandi estaba aterrorizado. ¿No había dado todo lo que habían pedido de él hasta ahora? ¿No había hecho todo lo que había prometido? No había exigido ni aceptado mucho dinero, solo lo suficiente para no sentir que estaba dando sus valiosos servicios gratuitamente. Después de todo, no había mucha gente que hiciera lo que él hacía, o que supiera lo que él sabía. Todo lo que él había querido era paz mental. En realidad, lo habría hecho gratuitamente si se lo hubieran pedido. Todo lo que quería era que no lo mataran y que su familia también estuviera a salvo. No le había parecido que era mucho pedir. Hasta ahora.

Se reportó con dos supervisores de turno y respondió unas cuantas preguntas técnicas. Dio algunas instrucciones mientras le hacían ajustes finales al segundo de dos misiles balísticos Shahab-3 (o Meteor-3, o Estrella Fugaz–3), una adaptación del misil Nodong de Corea del Norte. La variante que ellos estaban terminando era más fuerte y más rápida que la de sus predecesores, con una velocidad de Mach 2,1 y un rango extendido de casi 2.000 kilómetros, o alrededor de 1.200 millas. Típicamente, la ojiva de alrededor de 1.000 kilos tenía cinco "ojivas agrupadas" que podrían desprenderse del misil al reingreso y atacar cinco objetivos totalmente distintos con explosivos convencionales, pero en esta versión, y en las otras similares que estaban terminando por todo el país, la cabeza separable convencional que llevaba la ojiva estaba siendo reequipada para llevar una sola ojiva nuclear junto con todo el equipo de aviónica. Estaban usando los diseños paquistaníes, tanto para la ojiva nuclear en sí como para la conexión con el misil, los diseños que el régimen iraní le había comprado al tío de Tariq Khan por una suma impresionante.

Ahora bien, el doctor Saddaji estaba muerto. Najjar Malik había desertado. Khan había desaparecido. Zandi temía por su vida, pero no estaba seguro de qué más hacer. Sabía que tenía que reportar cualquier anomalía del programa a la cadena de comando. Tenía acceso directo las veinticuatro horas del día, siete días a la semana, a Mohsen Jazini, el comandante del Cuerpo de la Guardia Revolucionaria Iraní, en su teléfono celular personal y en el teléfono de su casa, y Jazini había sido claro en que si alguna vez había una emergencia y no podía localizarlo, inmediatamente debía contactar a Ali Faridzadeh, el ministro de defensa, y también le habían dado a Zandi los números de su celular personal, de su casa y de su oficina. No obstante, llamar a cualquiera de esos hombres lo aterraba. Estaban bajo enorme presión del Duodécimo Imán para entregar misiles terminados y funcionales, y para ubicarlos en el campo, listos para ser cargados y lanzados a la brevedad posible. Había sido un milagro tener los dos primeros misiles listos para la marina, pero esos eran de una clase totalmente distinta y mucho más fácil de completar.

Zandi se maldijo. Nunca debió acceder a ese calendario tan acelerado. Sus hombres y él apenas comían o dormían. Nunca veían a sus familias y no habían tenido un día libre en meses. Los estaban presionando demasiado. Estaban a punto de reventar. De muchas maneras, él había explotado mucho antes, y la noticia acerca de Khan pesaba demasiado en su alma. Subió las escaleras de metal hacia su oficina temporal que tenía una vista panorámica del piso de producción y miró fijamente el teléfono. ¿Qué se suponía que debía decirle exactamente a Jazini?

★ ★ ★ ★ ★

TEL AVIV, ISRAEL

Neftalí tomó otra decisión crítica.

Tenía que comenzar a llamar a filas a las Reservas de las Fuerzas de Defensa de Israel. Al mismo tiempo, tenía que confundir al enemigo para que pensara que tenían más tiempo de lo que en realidad tenían. Para asegurarse de esto, ordenó al ministro del exterior que emitiera una declaración inmediata a la prensa de que "el primer ministro acepta con gusto la amable invitación del secretario general de la ONU para ir a Nueva York a una serie de reuniones de alto nivel con otros líderes mundiales acerca de cómo lograr la paz regional." La declaración diría más adelante: "El primer ministro saldrá el viernes en la mañana para Estados Unidos, donde aparecerá en el programa *Meet the Press* de NBC el domingo en la mañana, y hará una presentación en el banquete de gala de la conferencia sobre políticas del Comité de Asuntos Públicos Estados Unidos-Israel el lunes por la noche."

Al mismo tiempo, dio instrucciones al ministro del exterior de dirigirse inmediatamente al aeropuerto Ben Gurion para viajar a Washington y que simultáneamente enviara al viceministro de relaciones exteriores a Bruselas. "En el camino, dígale a cualquier periodista que escuche, que usted y yo creemos que hay una última oportunidad para la paz, pero que después de esta semana no habrá garantías."

★ ★ ★ ★ ★

ÁREA PROTEGIDA DE LASHKARDAR, IRÁN

El teléfono de David sonó.

Era Zalinsky. Estaba furioso. Arremetió en contra de David por los riesgos absurdos que estaba corriendo y por tener la temeridad de solicitar que el Predator que estaba sobre la base de misiles en Khorramabad fuera movilizado para salvarlo. ¿Quién se creía que era?, dijo Zalinsky furioso. ¿Era él más importante que la seguridad nacional de 300 millones de estadounidenses? ¿No le había enseñado Zalinsky algo mejor que eso?

A David lo tomó por sorpresa la reprimenda de su mentor y también lo enfureció. Estaba arriesgando su vida todos los días. Un poco de agradecimiento sería lo apropiado, pero se mordió la lengua. No tenía sentido discutir con el hombre cuando estaba así. Lo único que podía hacer era aguantar.

—¿Terminaste? —preguntó David cuando los reproches comenzaron a disminuir.

—¿Estás siendo sarcástico? —respondió Zalinsky rápidamente.

—Tengo algo para ti, pero no quiero interrumpir.

—Eso no es chistoso.

—No estoy tratando de serlo.

—¿Entonces qué?

David respiró profundamente y trató de mantenerse enfocado. Estaba emocionado por lo que había logrado, hasta orgulloso, y no iba a dejar que Zalinsky lo arruinara ahora.

—¿Tienes un bloc y una pluma? —preguntó tranquilamente.

—¿Por qué? —argumentó Zalinsky.

—¿Tienes un bloc y una pluma? —repitió David.

—Espera. Está bien. ¿De qué se trata?

—Anota esto; es un listado. ¿Listo?

—Sí.

—Bueno. Natanz: dos. Arak: dos. Khorramabad: dos. El Mediterráneo: dos. Más la que ya fue probada.

Zalinsky no respondió.

—Jack, ¿todavía estás ahí?

Se quedó callado por otro instante.

—Sí, estoy aquí —respondió Zalinsky finalmente—. ¿Es en serio?

—Más real no es posible —dijo David.

—Estás seguro.

—Solo te estoy diciendo lo que Khan me dijo, pero todavía le estoy apuntando una pistola a su rodilla buena. Si no me crees, solo di la palabra.

David no estaba sonriendo. Khan abrió bien los ojos. David se puso el dedo sobre la boca y dejó claro que Khan permaneciera en silencio.

—Dame más —exigió Zalinsky—. ¿Qué más dijo?

—Confirma que él, Zandi, Saddaji y su equipo construyeron nueve ojivas nucleares, usando los diseños de su tío. Confirma que, como lo pensábamos, probaron una ojiva en Hamadán.

—Cuando dices "confirma," ¿quieres decir que tú le has dicho lo que sabemos y él lo confirma, o qué?

—No —dijo David—. No le he dicho nada. Solamente le dije que iba a volarle la segunda rótula y a exponerlo ante sus amigos como un agente del Mossad, y comenzó a decir lo que sabe, pero esas primeras partes son coherentes con lo que nos habíamos enterado por otras fuentes.

—Esto es increíble. Continúa.

—Dice que él y Zandi trabajaron de cerca con los ingenieros de misiles del Cuerpo de la Guardia Revolucionaria Iraní para conectar dos de las ojivas a una variante iraní del misil de crucero ruso KH-55. Obviamente, el 55 se lanza desde el aire generalmente, pero él dice que los iraníes adaptaron unos 55 que compraron originalmente en Ucrania en 2006, para lanzarlos desde buques de misiles iraníes. Dice que lo último que sabe es que los dos en los que trabajaron están actualmente ya sea en la fragata de misiles *Jamaran* o en la fragata

Sabalan, las cuales dice él que forman parte de la flota naval iraní en el Mediterráneo.

—Esos son los dos buques principales que pasaron por Suez ayer —dijo Zalinsky—. Esperamos confirmar en unas cuantas horas si tienen ojivas nucleares, pero la evidencia circunstancial sin duda tiene sentido.

—Así es —dijo David—. Él dice que los misiles de crucero adaptados tienen una velocidad de Mach 0,75, son dirigidos por GPS y tienen una exactitud de entre seis y nueve metros de su objetivo. Dice que no sabe exactamente con qué paquete de objetivos fueron cargados, eso no estaba bajo su ámbito de acción, pero que Tel Aviv y Haifa eran las ciudades que más se mencionaban. Hay más.

—Continúa.

—Dice que estaba supervisando dos ojivas nucleares que estaban conectando a misiles Shahab-3 en el complejo de Khorramabad. Dijo que inicialmente tuvieron algunos problemas técnicos con parte del gatillo, pero que lo resolvió aun antes de salir de Hamadán. Dijo que las ojivas están siendo conectadas a los misiles ahora y que se supone que terminarán el sábado en la mañana, o a la hora del almuerzo a más tardar.

—¿Y las otras?

—Dos están en las instalaciones principales de investigación nuclear en Natanz. Se supone que serán conectadas a sus misiles a más tardar el viernes en la noche. Dos más estaban bajo la supervisión de Zandi en Arak. En lo que a Khan concierne, una iba a estar totalmente operacional al anochecer y la cargarían a los lanzadores móviles. No estaba seguro adónde la iban a llevar. Otra se supone que estará lista el sábado en la mañana. Me ha dado toda clase de detalles técnicos sobre las ojivas y los misiles, y un informe rápido de su calendario para producir más ojivas dentro del próximo mes. No sé cuánto quieres ahora mismo. Dímelo.

—¿Tienes una computadora portátil a la mano?

—No, ¿por qué?

—Necesito que escribas todo lo que tengas, especialmente las instalaciones, edificios y secciones exactas de edificios donde Khan dice que están ubicadas las seis ojivas y misiles, las que no están en el mar, y me lo envíes todo a la mayor brevedad.

—Jack, estoy en medio de la nada. Tengo que dártelo por teléfono.

—Ahora no. Necesito llevarle a Murray y a Allen lo esencial de esto y después al presidente.

—Bien —dijo David—. Pon a Eva al teléfono. Le dictaré el resto a ella.

—Eso no es posible. Ella no puede. Está haciendo algo más para mí ahora mismo. Llamaré a alguien más; espera.

¿Haciendo algo más? Esto era todo para lo que ella se había entrenado y preparado. ¿Qué podría estar haciendo Eva que fuera más importante que esto? Sin embargo, precisamente entonces, oyó dos vehículos que se acercaban por el camino de polvo.

—Jack, te llamaré de vuelta en cinco minutos. Tengo que colgar.

David colgó el teléfono y se agachó. Le dejó claro a Khan que tenía que mantener la boca cerrada. Luego, con la pistola cerca de su pecho, se desplazó hacia una de las ventanas y echó un vistazo.

Tenían visitantes. Muchísimos.

EL QALEH, IRÁN

El Duodécimo Imán hizo la transmisión en vivo desde el Qaleh.

Nadie sabía desde dónde se originaba el programa. El Mahdi no había querido volver hasta Teherán solamente para usar el estudio de televisión personal del Líder Supremo, por lo que Javad llevó un equipo de filmación muy limitado, un helicóptero lleno de cámaras, luces y equipo de sonido, y organizó un estudio improvisado en el comedor. El Mahdi rehusó usar maquillaje, por lo que estuvo listo cuando el equipo lo estuvo.

"Interrumpimos nuestra programación regular para transmitir este reporte especial en vivo," dijo un anunciante en el salón de control principal en Teherán. "Ahora, Su Excelencia, el Imán al-Mahdi."

La luz roja de la cámara principal se encendió y empezó la transmisión.

"Alabo al misericordioso, omnisciente y todopoderoso Dios por bendecirme con otra oportunidad para dirigirme a mi pueblo en toda la tierra, en nombre del gran califato que está surgiendo y para informarle a la comunidad internacional algunos asuntos. También alabo al Todopoderoso por la creciente vigilancia de los pueblos en todo el mundo, por su presencia valiente en distintos ambientes internacionales, y por la valerosa expresión de sus opiniones y aspiraciones en cuanto a los asuntos globales. Ahora, la humanidad apasionadamente anhela reconocimiento de la verdad, devoción a Dios, compromiso con la justicia y respeto por la dignidad de los seres humanos. El rechazo del dominio y la agresión, la defensa de los oprimidos y el anhelo de paz constituyen las demandas legítimas de los pueblos del mundo, particularmente de la nueva generación de la juventud enérgica, que aspira a un mundo libre de decadencia, agresión e injusticia y repleto de amor y de compasión. La juventud tiene el derecho de buscar la justicia y la verdad, y tiene el derecho de construir su propio futuro sobre la base de la tranquilidad. Alabo al Todopoderoso por esta inmensa bendición."

Javad estaba parado a un lado, detrás de las luces y del equipo, maravillado por la elocuencia del Mahdi, todo sin notas, sin un *teleprompter*, sin un escritor de discursos ni ayuda de ninguna clase.

"Me dirijo a ustedes ahora porque está creciendo una seria amenaza para la paz del mundo y está creciendo rápidamente. Como saben, como lo he afirmado repetidas veces y como lo he demostrado muchas veces en todas mis acciones públicas, he venido a traer paz, justicia y tolerancia a todos los pueblos, religiones y convicciones en todas partes, a la vez que llamo a cada hombre, mujer y niño a someterse a la voluntad de Alá y a convertirse en musulmanes buenos y fieles antes del Día de Juicio. Me estoy acercando a todos los líderes de esta región y los visito personalmente cuando puedo. Hasta me he comunicado con el presidente estadounidense y le he ofrecido una mano de unidad, si él la acepta. A pesar del enorme golfo que hay entre nuestros dos pueblos, creo que hacer las paces significa que debemos discutir nuestras diferencias y que uno debe estar dispuesto a hacer a un lado sus dudas y a someterse a un bien mayor.

"No obstante, hoy he recibido reportes inquietantes de que las fuerzas sionistas se están preparando para la guerra. Están movilizando a su ejército. Están llamando a filas a sus soldados de reserva. Envían a su fuerza aérea en supuestos ejercicios preplanificados uno tras otro. Al mismo tiempo, sus líderes informan mentiras al mundo. Me acusan de prepararme para la guerra, pero nada podría estar más lejos de la verdad. He venido a buscar la paz. ¿De cuántas maneras más debo decirlo? Sí, tengo el control de armas para defender al pueblo musulmán de la agresión y la humillación, pero estas son solamente para propósitos defensivos. Sin embargo, los sionistas tienen hambre de sangre, nuestra sangre, sangre musulmana. No hemos correspondido, pero no seremos intimidados.

"Dicho esto, estoy animado por una llamada que recibí anoche del secretario general de las Naciones Unidas. Me ha pedido que vaya y que me dirija a la Asamblea General en una sesión especial el próximo miércoles. Les diré lo que le dije. Si puedo contribuir a la causa de la paz, entonces me encantaría ir a Nueva York para reunirme con él y dirigirme a ese venerable cuerpo. Los musulmanes no tenemos nada que temer del diálogo franco y abierto entre los pueblos de la tierra. El califato está surgiendo. Los sionistas no pueden detenernos. Nadie puede detenernos. Esta es la voluntad de Alá. El día del islam ha llegado. Dejemos que los que buscan la paz tomen nota."

El Mahdi terminó la transmisión, se quitó el micrófono y llamó a Javad para que se acercara.

—¿Sí, mi Señor?

—¿Qué son esos reportes de que Neftalí va a Nueva York también? —preguntó el Mahdi.

—Yo acabo de enterarme, Su Excelencia —dijo Javad—. Reuters informa que Neftalí sale para Nueva York en la mañana y Al Jazeera reporta que el ministro del exterior sale para Washington en este momento. Ellos dicen que solo hay "una última oportunidad para la paz."

—Nuestro llamado a la paz y el compromiso sorpresa con los estadounidenses están poniendo a los sionistas a la defensiva —dijo el Mahdi con una ligera sonrisa en sus labios—. Están teniendo que reaccionar. Esto es bueno. Quizás nuestros planes están funcionando.

—Sí, Señor mío —dijo Javad—. Estoy seguro de que así es.

Javad sintió que su teléfono estaba vibrando. Se disculpó y salió por un momento. Había entrado un mensaje de texto del ministro de defensa Faridzadeh. Estaba marcado *URGENTE* y solamente tenía tres palabras siniestras: Khan ha desaparecido.

★ ★ ★ ★ ★

TEL AVIV, ISRAEL

—¿Qué tan listos estamos para las represalias de nuestros vecinos? —preguntó el ministro de justicia.

Otros podrían haber abordado este tema, pero el mismo Neftalí respondió la pregunta.

—Tan listos como podemos estarlo —respondió—. Obviamente, tenemos las baterías de misiles Patriot en su lugar. Tenemos el sistema Arrow en alerta total, así como nuestro sistema Iron Dome. Los sistemas Arrow y Patriot estarán enfocados principalmente en eliminar misiles iraníes, ya que son más poderosos, más precisos, tienen sistemas de guía relativamente sofisticados y podrían tener ojivas químicas o biológicas, o incluso ojivas nucleares que nosotros no conocemos. El sistema Iron Dome será destacado al norte, cerca de la frontera con el Líbano, y en el sur, a lo largo de la frontera con Gaza. Vamos a hacer lo que podamos, pero creo que todos ustedes sabrán a estas alturas que no vamos a ser capaces de detener cada misil, mucho menos cada cohete o mortero. Detendremos lo que creemos que es la amenaza más seria. Al resto tendremos que dejarlos pasar, lo que significa que es posible que la gente tenga que vivir en refugios por varias semanas. No tengo que recordarles que la Segunda Guerra del Líbano duró treinta y cuatro días, y que un millón de israelíes tuvo que huir del norte o vivir en refugios contra bombas. Dicho esto, todos los refugios están provistos de comida, agua y necesidades básicas, incluso pañales, para varias semanas. Cada israelí tiene ahora una máscara de gas adecuada. Hemos estado haciendo muchos ensayos de defensa interna. Nos hemos aprovisionado de suministros de sangre y de medicinas. Todos los hospitales están en alerta total, pero todo eso es defensivo. Quiero que Shimon hable de nuestros planes ofensivos.

El ministro de defensa se paró y se dispuso a explicarle al Gabinete de Seguridad el plan nuevo de las Fuerzas de Defensa de Israel, la Operación Víbora Negra.

—Nuestra fuerza aérea, aunque es muy buena, tiene un límite —dijo Shimon—. Lo que aprendimos de la Segunda Guerra del Líbano y de la Operación Plomo Fundido en Gaza es que no podemos confiar en la fuerza aérea para detener los cohetes y misiles. A la larga, tendremos que lanzar enormes campañas terrestres, y hemos estado planificando, entrenando y preparándonos para esto. Bajo las órdenes del primer ministro, lanzaremos incursiones terrestres relámpago en Gaza, y en el sur del Líbano hasta el río Litani, pero probablemente no más allá. Nuestros objetivos serán claros: destruir los lanzadores de misiles de Hamas y de Hezbolá y capturar o matar a las fuerzas de Hamas y Hezbolá. Si los cohetes y misiles se detienen, significa que estamos teniendo éxito. Si no, tenemos que seguir adelante. No vamos a tener una segunda oportunidad para esto. Tenemos que despejar y mantener estos territorios, y detener los ataques de misiles desde su fuente.

—¿Qué hay de Siria? —preguntó el viceprimer ministro— ¿y Jordania?

—Tenemos contingencias para ambos —dijo Shimon—. Por el momento no me preocupa Jordania. Estamos en estrecho contacto con el rey y sus oficiales. Ellos no quieren una guerra con nosotros. Si los hacen caer, eso será otra historia, pero no es mi preocupación inmediata.

—¿Cuál es?

—Damasco. Si los sirios deciden unirse, vamos a tener un verdadero problema. Sus misiles son mucho más poderosos y precisos que cualquier cosa que Hezbolá y Hamas tengan. Usaremos la fuerza aérea, pero debo advertírselo: es posible que tengamos que movilizar las Fuerzas de Defensa de Israel a territorio sirio también, si los misiles siguen llegando.

—¿Se refiere a una invasión de Siria?

—Me refiero a detener los cohetes y misiles de Siria, si ellos disparan. No quiero hacerlo. En privado estamos enviando mensajes a los sirios para que no se involucren si comienza la guerra. Solo que no quiero que a ninguno de ustedes lo tomen por sorpresa. Es una posibilidad real. Lo hemos planificado. Oremos para que no llegue a eso.

Ahora el ministro de seguridad interna hizo una pregunta.

—¿Hay peligro con Egipto ahora que se han unido al califato? Shimon miró a Neftalí.

—Egipto es el comodín —dijo el primer ministro—. Las últimas cuarenta y ocho horas han sido muy preocupantes. No tienen una fuerza significativa de misiles o de cohetes, pero sí tienen una buena fuerza aérea. Después de todo, tienen 240 aviones de combate estadounidenses F-16. Así que tendremos que mantener vigilados nuestros cielos del sur. Es otra de las razones por las que no estamos lanzando cuatrocientos aviones en Irán. Necesitamos suficientes en reserva para detener un asalto aéreo egipcio.

Luego Neftalí hizo una pregunta propia. "¿Alguna noticia de Mardoqueo?"

El líder del Mossad simplemente sacudió la cabeza.

★ ★ ★ ★ ★

CAPE MAY, NUEVA JERSEY

Las olas del Atlántico lamían rítmicamente la playa.

Sin embargo, Najjar Malik no les prestaba atención. Escuchaba atentamente el discurso del Duodécimo Imán y ardía de ira. Necesitaba escribir. Necesitaba enviar un nuevo mensaje a sus seguidores de Twitter —más de 647.000, casi todos persa parlantes—, en Irán y alrededor del mundo; pero primero tenía que tranquilizarse, enfocarse en el Señor y preguntarle qué quería que dijera. Porque si de Najjar dependiera, habría desatado mil diatribas despotricando en contra del Mahdi, usando 140 caracteres en cada vez.

Necesitaba caminar y aclarar su mente. Así que, a pesar de lo tarde que era, se levantó, se puso su chaqueta y salió por la puerta posterior de la bellísima casa de playa de dos pisos y cinco habitaciones. Mientras pasaba por la piscina y bajaba a la playa, se sentía maravillado por la provisión misericordiosa de Dios. Cuando el productor de la Red Satelital Cristiana Persa le dijo que tenía un amigo al que le encantaba poner su hogar a disposición de misioneros con permiso temporal, de pastores en período sabático y de creyentes secretos que escapaban persecución, Najjar ni siquiera entendió las primeras dos categorías, pero admitió que encajaba en la última y aceptó la oferta sin vacilar.

Había pensado en el sofá del sótano de alguien o en un catre en el ático de alguien, no en una multimillonaria casa de playa solo para él en la playa de Jersey. No era época de temporada, sin duda, y Cape May estaba congelado y muy despoblado —aunque se enteró de que era una locura en el verano—, pero honestamente, era más de lo que Najjar hubiera esperado o siquiera imaginado. No obstante, por supuesto, se sentía culpable por estar allí sin Sheyda, Farah y su dulce hijita.

Najjar caminó por un rato, escudriñando el océano oscuro e infinito y rogando al Señor por su guía. Escuchaba las olas y sentía los vientos fríos y amargos en su rostro.

Entonces le vinieron las palabras, como siempre ocurría. Corrió hacia la casa, encendió el computador portátil que el productor le había prestado, se conectó en su cuenta de Twitter y escribió lo siguiente: No se dejen engañar, queridos amigos. El Mahdi es un mesías falso. Él no quiere la paz, sino la guerra. Busquen a Jesús mientras haya tiempo.

54

ÁREA PROTEGIDA DE LASHKARDAR, IRÁN

El corazón de David latía aceleradamente.

Dos furgonetas grandes se acercaron y se detuvieron abruptamente. Las puertas posteriores de ambas se abrieron de golpe y unos hombres fuertemente armados salieron, tomaron posiciones alrededor de las cabañas y formaron un perímetro. Al principio contó seis, pero pronto aumentó su conteo a ocho, más los dos choferes, que ahora estaban dándole vuelta a las furgonetas y retrocediendo para dejarlas en posición, claramente preparándose para escapar. Ninguno de los hombres llevaba puesto uniforme de faena —en lugar de eso, llevaban ropa de calle—, pero cada uno portaba un AK-47 y una mochila. David no dudaba de que contenían granadas, gas lacrimógeno y suficiente munición. No parecían miembros típicos del Cuerpo de la Guardia Revolucionaria. Tenían que ser comandos de al-Quds. ¿Cómo lo habían encontrado? No obstante, ¿qué importaba? Lo habían encontrado. Iban por Khan y por él.

Tenía que tomar una decisión y solamente contaba con unos segundos para hacerlo.

★ ★ ★ ★ ★

EL QALEH, IRÁN

Javad Nouri se aseguró de que el Mahdi no necesitara nada.

Después se desplazó rápidamente por el salón hasta encontrar un lugar tranquilo. Salió al gran porche de piedra que daba a las montañas y a la ciudad de Teherán en el valle de abajo. Sacó su teléfono satelital y presionó el botón de marcado rápido del número del ministro de defensa, tratando en vano de permanecer tranquilo.

—Es Javad —dijo, cuando el hombre contestó—. ¿Qué quiere decir con que ha desaparecido?

—Acabo de hablar con Zandi —dijo Faridzadeh—. Ha habido un tipo de emboscada.

—¿Dónde?

—En el hotel de Khorramabad. Todavía no tenemos los detalles, pero hay cadáveres, un guardaespaldas ha desaparecido y Khan tampoco está. También hay un reporte de una gran explosión al este de Khorramabad. La policía local tiene algunas pistas. Se están movilizando en base a ellas ahora, pero eso es todo lo que sé.

—¿Qué hay de las . . . ?

—Están a salvo.

—¿Todas?

—Sí.

—¿Está seguro?

—Créame, estamos tomando precauciones.

—Porque no puedo entrar allí y decirle al . . .

—Lo sé. Lo sé. No se preocupe. Los pasteles están a salvo.

—¿Qué hay de Zandi? —preguntó Javad—. ¿Está a salvo?

—Lo está, por ahora, pero está asustado.

—¿No lo estaría usted?

—Por supuesto.

—Tenemos que trasladarlo —dijo Javad—. Tráigalo aquí. Estará más seguro.

—No, eso no es sabio —argumentó el ministro—. Ahora no.

—¿Por qué no?

—Los sionistas están aquí. O los estadounidenses. O ambos. Estamos haciendo todo lo posible para dar con ellos. Pronto sabremos más, pero ahora mismo no estamos totalmente seguros en quién podemos confiar y no podemos proceder sin Zandi. Tenemos que mantenerlo encerrado bajo llave.

—Quiero hablar con él.

—Javad . . .

—Le preguntaré al Imán al-Mahdi cómo quiere proceder, pero necesito hablar con Zandi inmediatamente. El comandante de la base allá tiene uno de los teléfonos satelitales, ¿verdad?

—Sí, pero . . .

—Entonces déselo a Zandi y haga que me llame dentro de una hora.

★ ★ ★ ★ ★

CAPE MAY, NUEVA JERSEY

Najjar escribió un segundo mensaje después del primero.

> Jesús dijo: "Yo soy la puerta; los que entren a través de mí serán salvos . . . mi propósito es darles una vida plena y abundante."

¿Qué clase de impacto eterno estaban teniendo sus mensajes? No tenía idea. Solamente podía seguir orando, ayunando y confiando en el Señor para que se moviera con poder y soberanía, como lo había hecho con la misma vida de Najjar. Sin embargo, Najjar no podía evitar estar asombrado por toda la gente alrededor del mundo que estaba siguiendo cada palabra que él decía y por los muchos que las estaban compartiendo con otros, especialmente dentro de Irán.

★ ★ ★ ★ ★

ÁREA PROTEGIDA DE LASHKARDAR, IRÁN

La decisión no era fácil, pero era simple.

Bajo ninguna circunstancia podía permitir que lo tomaran vivo, se dijo David. No tenía miedo de morir. Ya no. Por primera vez en su vida, sabía que era un hombre perdonado, que cuando su vida terminara, iría al cielo para estar con el Señor Jesús para siempre. De eso no tenía duda en absoluto y esa seguridad le daba nuevas reservas de valor.

No era morir lo que lo asustaba. Era la tortura. Los iraníes sabían cómo infligir dolor de maneras que hacían que un hombre quisiera morir, pero sin llegar a ese extremo. Harían todo lo posible por sacarle información, por volverlo en contra de sus amigos, en contra de la Agencia, en contra de su país, y no tendrían misericordia. ¿Cuánto tiempo podría resistir? Honestamente no tenía idea y no quería averiguarlo. Sin embargo, no usaría su arma contra sí mismo. No se suicidaría. David decidió marcar allí su límite.

Gateó a la parte posterior de la cabaña y echó un vistazo por la ventana. Pudo ver a dos hombres en los arbustos de la derecha. Dos más en posición a la izquierda. Cuando vio que uno de ellos tenía un rifle de francotirador, rápidamente se lanzó al suelo y rodó hacia las ventanas del frente. Se estaban movilizando. Se estaban acercando. Podía dispararle a uno de ellos y darle un tiro efectivo al otro, pero ¿después qué?

El teléfono de David sonó. Era Abdol Esfahani, que finalmente le devolvía su llamada. David la ignoró y miró a Khan. El hombre sudaba abundantemente, pero también parecía tener un destello en sus ojos, como si sintiera que su suerte estaba a punto de cambiar. El captor estaba a punto de convertirse en cautivo. Hacía una semana, David no habría tenido ningún remordimiento por matar al hombre en ese momento. Él era el arquitecto y uno de los principales ingenieros de las ocho armas de destrucción masiva restantes y de otras más. ¿Cómo podría David dejarlo volver al servicio del Duodécimo Imán? Miró la pistola y luego miró a Khan otra vez. No estaba seguro de poder hacerlo, pero ¿por qué no? No había vacilado en el hotel. ¿Cómo se atrevía a vacilar ahora? Millones de vidas inocentes estaban en peligro.

"*¡David Shirazi!,*" gritó un hombre con acento teheraní distinguible, desde el jardín de enfrente. "*Sabemos que no está solo. Sabemos que está armado. Lance sus armas y salga lentamente con las manos sobre su cabeza. Tiene tres segundos.*"

Este era el momento de la verdad. No iba a salir. Iban a tener que entrar por él. Se dirigió hacia Khan y puso la pistola en la sien del hombre.

—No —susurró Khan—. Usted me lo prometió. Dijo que yo estaría a salvo. Dijo que protegería a mi familia.

—Lo hice —dijo David—, y lo dije en serio, pero me equivoqué. Es demasiado tarde.

★ ★ ★ ★ ★

EL QALEH, IRÁN

Javad esperaba una diatriba.

Sin embargo, no llegó.

—Khan era prescindible —dijo el Duodécimo Imán cuando Javad le informó sobre la desaparición y presunta muerte del científico paquistaní—. Al igual que Saddaji. Sin embargo, nada le ha ocurrido a las ojivas, ¿no es cierto?

—Cierto.

—¿Seis estarán listas el sábado para lanzarlas a los sionistas?

—Dos ya están listas. La tercera al anochecer.

—Tal vez deberíamos dejar estas otras dos, las dos en las que Khan estaba trabajando, en reserva.

—Podríamos hacerlo —dijo Javad—. Lo que usted desee, mi Señor.

—¿Se están construyendo más ojivas?

—Bueno, mi Señor, se está enriqueciendo el uranio y comenzaremos a construir el próximo grupo de ojivas la próxima semana, *inshallah.*

—¿Supervisará Zandi todo eso?

—Sí.

—¿Quién va a supervisarlo si a Zandi lo matan o lo capturan?

—Sería un revés muy serio, Señor —dijo Javad—. Por eso es que creo que deberíamos traer a Zandi aquí con nosotros, pero el ministro Faridzadeh difiere enfáticamente.

—Usted tiene razón. Tráigame a Jalal Zandi. Además, me gustaría conocer a este valiente héroe de la Revolución.

—Sí, mi Señor. Me haré cargo de eso inmediatamente.

—Muy bien. Ahora, llame a Hosseini y a Darazi para que vengan. Haga que se reúnan conmigo en el porche. Tengo un tema de suma importancia para ellos.

★ ★ ★ ★ ★

ARAK, IRÁN

Alguien llamó a la puerta de la oficina.

—Adelante —dijo Zandi, y levantó la mirada de su computadora.

Era el comandante de la base.

—Se le instruye a que llame al señor Nouri —dijo y le entregó a Zandi un teléfono satelital y un papel—. Aquí tiene el número. Devuélvamelos cuando haya terminado.

—Pero yo nunca he hablado con el señor Nouri por teléfono —dijo Zandi—. Solo por correo electrónico seguro.

—Está bien —dijo el comandante—. Estos teléfonos son nuevos y seguros. Nadie podrá escuchar lo que usted diga, ni siquiera yo. —El hombre sonrió, cerró la puerta y se fue.

Zandi miró el teléfono que tenía en una mano y el papel que tenía en la otra. Prácticamente podía oír los latidos de su corazón en su pecho. Estaba sorprendido de que el comandante no los hubiera oído también.

Zandi miró su reloj, luego el reloj de la pared. Había tan poco tiempo. Se volvió a conectar a su computadora portátil, que se desconectaba cada cinco minutos. Ingresó cuatro códigos distintos y sacó el documento confidencial más secreto del gobierno iraní, que contenía especificaciones precisas y detalles de la historia de trabajo de cada una de las nueve ojivas. Al lado de las dos ojivas en Khorramabad, agregó una nota con la fecha, la hora y las palabras: "Khan desaparecido. Estatus del proyecto: Desconocido."

Hizo clic en Guardar. Luego encendió el teléfono y marcó el número que el comandante le había dado.

—¿Aló?

—Sí, soy, este . . . Estoy llamando al señor . . . mmm . . . señor Nouri —dijo Zandi tartamudeando.

—Habla con él.

—Sí, hola, este . . . le habla, mmm . . . Jalal Zandi . . . yo . . .

—Ah sí, Jalal, gracias por llamar.

—Con gusto —dijo Zandi mintiendo, con la voz temblorosa—. ¿En qué, este . . . puedo ayudarlo?

—Enviaré un helicóptero a recogerlo para que venga acá con nosotros. Al Mahdi le gustaría conocerlo y escuchar un informe sobre su trabajo y los pasos a seguir.

—Pues . . . eso sería . . . un gran honor . . . sí.

—Excelente. Hasta pronto.

La línea se desconectó. Zandi se estremeció de miedo. ¿Por qué lo llamaba el Duodécimo Imán? Nouri lo hizo parecer como un honor.

Puso en la mesa el papel y marcó otro número de memoria. Comenzó a sonar. Una vez. Dos veces. Tres veces. Cuatro. Luego la línea se conectó. Zandi tragó saliva.

—Código adelante —dijo la voz en un persa perfecto.

—Cero, cinco, cero, seis, seis, alfa, dos, delta, cero.

—¿Contraseña?

—Mercurio.

—¿Autenticidad?

—Sí, eh, habla Mardoqueo. Tengo información muy importante que transmitir y solo tengo unos cuantos minutos.

★ ★ ★ ★ ★

ÁREA PROTEGIDA DE LASHKARDAR, IRÁN

David presionó la pistola en la sien de Khan.

El hombre estaba temblando y le suplicaba que no lo hiciera.

Le quitó el seguro y respiró profundamente. Se calmó. No tenía tiempo. Justo cuando estaba a punto de presionar el gatillo, su teléfono sonó. Perplejo, David conectó su Bluetooth y respondió la llamada.

—David, es Jack. No lo hagas.

—¿Qué quieres decir?

—Estoy viendo una imagen térmica de ti desde el Predator. No mates a Khan. Lo necesitamos.

—Es demasiado tarde, Jack.

—No, no lo es.

—¿De qué estás hablando? —preguntó David.

—Los hombres de afuera —dijo Zalinsky—. No son iraníes. Son nuestros.

55

Tom Murray nunca había llegado tan tarde a la Casa Blanca.

De hecho, rara vez iba a la Casa Blanca. Generalmente, era Roger Allen el que informaba al presidente, especialmente en temas tan sensibles, pero Allen todavía estaba en ruta desde Amán y le había dicho a Murray por teléfono seguro que tenía que despertar al presidente e informarlo inmediatamente.

El Servicio Secreto le retiró su arma y el teléfono, luego hizo que vaciara sus bolsillos y que pasara por el magnetómetro. Después, un agente lo acompañó del puesto de guardia de la Avenida West Executive hasta el Ala Oeste. Allí se registró y esperó hasta que dos agentes con ropa de civil lo acompañaron a la residencia. Para sorpresa suya, lo acompañaron al solario y le dijeron que el presidente se reuniría allí con él en unos momentos.

Murray se ajustó la corbata y retiró la pelusa de su saco. Revisó su aliento por tercera vez, luego abrió su carpeta negra y revisó sus notas varias veces más. Unos momentos después, el presidente entró. Murray se levantó por respeto. Jackson no lo saludó, ni le estrechó la mano. Se veía cansado y molesto, y Murray estaba seguro de que, por su apariencia levemente desaliñada, acababa de despertarse y se había vestido de prisa hacía apenas unos momentos.

—Roger dice que tiene noticias.

—Sí, señor.

—Bueno, ¿qué es lo que no pudo esperar hasta la mañana?

—Hemos recibido un reporte de nuestro hombre en Irán.

—¿De Zephyr?

—Sí, señor.

—¿Y?

—Tiene a otro destacado científico nuclear en custodia: Tariq Khan, sobrino de A. Q. Khan, el padre de . . .

—La bomba paquistaní, sí, entiendo, ¿y qué? —dijo el presidente bruscamente.

—Khan dijo lo que sabe: las ubicaciones de las ojivas, los misiles. Lo tenemos todo, señor.

—¿Todo?

—Sí, señor.

—¿Todo está confirmado?

—Bueno, estamos trabajando para verificarlo todo, señor, pero varios de los hechos clave que nos dio se confirman en 100 por ciento y otras piezas críticas que nos dio confirman otras fuentes internas que tenemos. En definitiva: creemos que tenemos lo que necesitamos, señor Presidente.

—¿Para qué? —preguntó Jackson.

—Pues para un ataque aéreo, señor.

—¿Un ataque aéreo?

—Sí, señor.

—Ahora la CIA me está dando asesoría política.

—No, señor. Solo estoy diciendo que . . .

—Ya sé lo que me está diciendo, señor . . . ¿Cómo dijo que se llamaba?

—Murray, señor, Tom Murray.

—Sí, como sea. Oiga, yo soy el comandante en jefe. Usted es espía. Usted me da información, yo tomo las decisiones. No usted. Ni Langley. ¿Le queda claro?

—Sí, señor.

—¿Cree usted que voy a lanzar una nueva guerra en el Medio Oriente en base a una fuente?

—Con el debido respeto, señor, no solamente es una. Es la última.

—Bien, bien, pero en términos de obtener con éxito la ubicación precisa de estas ojivas, ¿cómo sabemos que este hombre no está mintiendo? Lo torturaron, ¿verdad?

—No exactamente.

—No me mienta.

—No le estoy mintiendo, señor, pero sí, Khan fue herido en la operación.

—¿Herido?

—Sí.

—Imagino que severamente.

—Sí, señor.

—¿En fuego cruzado?

—No, señor.

—¿Por uno de nuestros agentes?

—Sí.

—Entonces, torturado.

—Incapacitado.

—¿Incapacitado?

—Sí, señor. Le tendré un reporte completo en la mañana. El asunto es que . . .

—El asunto es que habría dicho cualquier cosa para evitar que este tipo Zephyr le metiera una bala en la cabeza.

—Como le dije, señor Presidente, muchos de los detalles clave ya han verificado o corroborado lo que sabemos por fuentes completamente independientes y no relacionadas. Como indica el memo que hoy temprano le envió el director, las evidencias de que el Duodécimo Imán se está preparando para atacar a Israel se están acumulando. No tenemos mucho tiempo, señor Presidente. Si no actuamos rápidamente en base a la información que tenemos, todo podría ser inútil para nosotros en unos días.

—Pues necesito más.

—¿Más?

—Sí, señor Murphy, más. ¿Vio el discurso del Duodécimo Imán?

—Leí la transcripción.

—Entonces sabe que se ha puesto en contacto con nosotros —dijo el presidente, que ahora se paseaba por la habitación—. Claramente dice que quiere paz. Nos está diciendo que refrenemos a los israelíes hasta que podamos hablar por teléfono y personalmente en la ONU la próxima semana. Tiene razón. Hay mucho en riesgo aquí. No voy a permitir que los israelíes nos arrastren a una guerra y definitivamente no voy a iniciar una guerra en base a una única fuente.

—No son solo Zephyr y Khan, señor Presidente. También está Camaleón.

—Camaleón es de segunda mano. Son rumores —dijo Jackson desdeñosamente—. Khan podría ser legítimo. Le concedo eso, pero hay otro científico también, ¿no es cierto? ¿Cómo se llama?

—Jalal Zandi.

—Correcto, Zandi. ¿Acaso no es tan importante como Khan?

—Creemos que sí.

—Entonces atrápenlo a él también. A los dos. Veamos si sus historias encajan. Solamente entonces determinaré si va a haber algún ataque aéreo.

El presidente dijo buenas noches y salió, y Murray se quedó allí parado y solo, mirando al Jardín Sur y al monumento a Washington, que estaba iluminado en la distancia. No tenía palabras para expresar lo desorientado y solo que se sentía en ese momento. Él y su equipo habían arriesgado sus vidas para darle al presidente la mejor oportunidad para detener un holocausto nuclear, y el hombre se andaba con dilaciones. Además, ahora les había dado una tarea casi imposible que pondría más vidas estadounidenses en riesgo, por no mencionar a todo Israel. ¿Cómo se había hundido tan bajo el carácter del liderazgo estadounidense?

★ ★ ★ ★ ★

ÁREA PROTEGIDA DE LASHKARDAR, IRÁN

"Señor Shirazi, mi nombre es Torres. Soy su transporte de vuelta a casa."

Marco Torres irrumpió con una amplia sonrisa y le estrechó la mano a David. A cambio, David le dio al líder del equipo de las fuerzas especiales un fuerte abrazo y comenzó a respirar de nuevo.

Los dos hombres se pararon enfrente de la cabaña e intercambiaron impresiones, mientras que un médico atendía a Khan adentro de la cabaña.

Torres medía 1,90 metros, tenía veintinueve años y era un ex francotirador de los Marines de San Diego. Se había unido a la CIA después de dos períodos de servicio en Afganistán. Torres se disculpó por lo que habían tardado con su equipo en llegar al país desde Bahréin, para vincularse con sus contactos de la Agencia y para rastrearlo, pero para David, no había necesidad de disculparse ni tiempo para conversación informal. Se alegró de ver tantas caras amigables y compañeros de combate; además ya era hora de movilizarse.

—Tenemos órdenes de llevarlo, junto con el señor Khan, al refugio de Karaj y luego transportarlo por avión en la mañana —dijo Torres.

—Bueno, sus órdenes han cambiado —respondió David—. Haga que su segundo pelotón se lleve a Khan, que lo atiendan y que lo saquen del país para seguir con el interrogatorio. El resto de ustedes tiene que apresurarse. Vamos a Qom.

★ ★ ★ ★ ★

EL QALEH, IRÁN

El Duodécimo Imán se reunió con su círculo íntimo.

Javad se había asegurado de que todos estuvieran reunidos en el porche del Qaleh. Ahora estaban tomando té, discutían qué le habría pasado a Tariq Khan y qué significaba esto para el resto de sus planes de guerra, pero cuando el Mahdi apareció, todos se inclinaron para adorarlo hasta que se les dispensó.

—Caballeros, como le dije a Javad, no estoy preocupado por el señor Khan —comenzó el Mahdi—. Él era prescindible. Los planes de Alá no pueden ser frustrados, así que no tienen por qué preocuparse. El señor Khan no es la razón por la que los he reunido. El asunto más importante es Jerusalén. Es decir, ¿qué debemos hacer con eso?

Javad observó la sorpresa en los ojos de cada uno de los hombres.

Vio que Darazi miró a Hosseini y luego a Faridzadeh. Sin embargo, como lo esperaba, en realidad, como el Mahdi lo había pronosticado en privado a Javad hacía apenas unos momentos, Hosseini fue el primero en hablar sin tomar ninguna postura.

—No importa lo que creamos, mi Señor. ¿Cuál es la voluntad de Alá en cuanto al futuro de Jerusalén? —dijo el Líder Supremo.

—No le estoy pidiendo su consejo ni sus recomendaciones —dijo el Mahdi—. Estoy preguntando su comprensión de todos los escritos antiguos en cuanto al futuro de Jerusalén.

Los hombres parecían desconcertados con la pregunta, pero a petición del Mahdi, tomaron unos cuantos minutos para discutirlo entre sí. Cuando terminaron, Hosseini volvió a hablar.

—Bueno, por supuesto que Jerusalén no se menciona directamente en el noble Corán —dijo el Ayatolá, que se veía agotado y muy cargado por la magnitud de los acontecimientos que ahora se desarrollaban alrededor de ellos—, pero sí vemos que se menciona en la bendita Visión de la Noche, cuando el ángel Gabriel llevó al profeta Mahoma, la paz sea con él, en la bestia con alas, similar a un caballo, por un viaje como ningún otro. En Sura 17, versículo 1, leemos: "¡Gloria a Quien hizo viajar a Su Siervo de noche, desde la Mezquita Sagrada a la Mezquita Lejana, cuyos alrededores hemos bendecido, para mostrarle parte de nuestros signos! Él es Quien todo lo oye, todo lo ve." Los antiguos claramente enseñaron que la Mezquita Sagrada, Al-Masjid Al-Hasram, era la santa Kaaba, ubicada en la Meca, mientras que la Mezquita Lejana, Al-Masjid Al-Aqsa, era la "mezquita de la esquina," o la casa santa en Jerusalén, donde ahora está la Mezquita Al-Aqsa junto con el Domo de la Roca. Ese es el lugar donde Mahoma, la paz sea con él, se arrodilló dos veces y oró a Alá, y luego fue llevado a los Siete Cielos para que dialogara con los santos.

—Muy bien —dijo el Mahdi—. Continúe.

—Sin embargo, no todos los antiguos creían que la Mezquita Al-Aqsa estaba en Jerusalén. Algunos decían que en realidad estaba en el cielo.

—¿Quiénes?

—El Sexto Imán, Ja'far Ibn Muhammad Al-Sadiq, por ejemplo.

—Precisamente. ¿Qué decía él?

—Bueno, una vez le preguntaron: "¿Qué de la Mezquita Al-Aqsa?" Y alguien dijo: "Dicen que está en Jerusalén." No obstante, su respuesta fue curiosa. Dijo que la mezquita de Kufa era superior a la mezquita de la esquina.

—¿Era superior? —preguntó el Mahdi.

—Solo usted lo sabría, mi Señor; ¿no va a reinar desde Kufa? ¿No es allí a donde todos iremos finalmente, dentro de no mucho tiempo?

—Muy bien, hijo mío —le dijo el Mahdi a Hosseini—. Una respuesta muy perspicaz. El resto de ustedes haría bien en aprender de su hermano Hamid. Él es un buen hombre y un buen estudiante. Ahora bien, te pregunto, Ahmed, ¿cuáles son las implicancias de esas verdades?

Para Javad, el presidente se veía petrificado. Él se jactaba de ser un gran erudito del islam, pero ahora temblaba bajo las enseñanzas del Mahdi.

—Vamos a conquistar Jerusalén, ¿verdad? —dijo Darazi—. ¿No vamos a reclamarla para el islam y gobernarla para siempre?

—No —dijo el Mahdi con una vehemencia que envió un escalofrío a todos los hombres, incluso a Javad—. No estabas escuchando, Ahmed. No estabas poniendo atención. Jerusalén no significa nada para mí, ni para mis antepasados. Nunca fue el centro del islam chiíta. Ni siquiera fue el centro del islam sunita. Solo es santa para los judíos y los cristianos, no para nosotros. La conquistamos una vez, pero nunca más. Jerusalén tiene que ser aplastada, no conquistada. Tiene que ser derrotada, no reclamada. El islam nació en la Meca y en Medina, pero llegó a su gloria completa en Kufa en Irak, la niña de los ojos de Alá. Jerusalén ha sido infectada para siempre con la mancha de los sionistas. Los que han enseñado otra cosa han sido engañados o fueron embusteros. Caballeros, el futuro de Jerusalén es fuego y derramamiento de sangre, y ahora estamos a pocas horas de lograrlo.

TEL AVIV, ISRAEL

Un asistente le pasó un mensaje al director del Mossad.

Miró el encabezado e inmediatamente le entregó la nota a Leví Shimon, quien se recostó en su silla con una expresión atónita.

—¿Qué pasa, Leví? —preguntó el primer ministro.

—No van a creer esto —dijo Shimon.

—¿Qué?

—Es de Mardoqueo. Es todo lo que hemos pedido.

—¿Qué dice?

Shimon leyó todo el mensaje, un poco menos de dos páginas. En él, Mardoqueo proporcionaba datos precisos —incluso coordinadas de GPS—, sobre todas las ubicaciones actuales de las ojivas y la clase de misiles a los que estaban conectadas, o a punto de ser conectadas. Luego les suplicaba misericordia para él y su familia, diciendo que no quería terminar "como los demás" y que "eso no era para lo que lo habían reclutado." Concluía advirtiéndoles en términos nada ambiguos: "Puedo garantizarles que las ojivas están donde les digo que están en este momento, pero no puedo garantizarles dónde estarán siquiera dentro de algunas horas. Los acontecimientos se están desarrollando rápidamente aquí. Temo que pronto seré descubierto. Este será mi último comunicado. He hecho todo lo que prometí, pero no puedo hacer más."

Neftalí miró alrededor de la mesa. Cada hombre estaba tan atónito y serio como él. Lo más preocupante era el reporte de los dos misiles nucleares de crucero en algunas de las cinco naves iraníes, que estaban precisamente frente a las orillas de Israel. Sabían que era una posibilidad, pero no tenían evidencia directa de ello, ni indicio alguno de los estadounidenses, que tenían medios mucho más sofisticados para determinar si algún barco tenía material nuclear. Se dio vuelta hacia Shimon.

—Leví, necesito su evaluación.

—Esto es muy perturbador, señor Primer Ministro —dijo Shimon, y examinó el mensaje otra vez con la mirada—. Si esto es desinformación plantada por los iraníes, entonces tienen que saber que están invitando a un ataque preventivo, pero no lo creo. Es muy posible que sea auténtico. Claramente fue transmitido por un hombre bajo tremenda presión. Está cortando toda comunicación, lo cual sugiere que tratará de esconderse, o que piensa que ya sospechan de él. No vamos a tener otra oportunidad así. Creo que es hora de actuar. No veo que tengamos otra opción ahora.

—¿Algún desacuerdo? —preguntó Neftalí a los demás.

No hubo ninguno. Todos estuvieron de acuerdo.

—Entonces llegó la hora, caballeros —dijo Neftalí, con su voz tranquila y firme—. Hemos apoyado la diplomacia estadounidense y europea hacia Irán. Hemos apoyado múltiples series de sanciones económicas internaciones en contra de Irán. Hemos apoyado a nuestros aliados a llevar a cabo operaciones clandestinas en contra del programa nuclear de Irán, y para mérito suyo, algunas de ellas han logrado resultados significativos. Hemos impulsado múltiples operaciones clandestinas propias, algunas de ellas exitosas, otras no tanto. Creo que la historia demostrará que hicimos todo lo posible. Obligamos a los iraníes a tardarse casi tres décadas en construir la Bomba, cuando nosotros tardamos menos de ocho años. Exhortamos al mundo a hacer más para detener a Irán. Especialmente, persuadimos a los estadounidenses, incluso hasta estos últimos días, pero llega un momento en el destino de cada nación en que tiene que actuar sola por su propia supervivencia. Este es uno de esos momentos. Digo esto sin alegría ni malicia. Simplemente es un hecho. Nos quedamos sin más opciones y se nos acabó el tiempo. Tenemos que actuar en defensa del pueblo judío y en defensa de toda la humanidad. El mundo nos odiará por lo que estamos a punto de hacer, pero al menos yo podré descansar mi cabeza en la almohada cada noche en paz, hasta el día en que descanse con mis padres, sabiendo que hice lo correcto. Espero que ustedes también. Por lo tanto, autorizo el inicio de la Operación Jerjes. Que el Dios de Israel esté con nosotros.

★ ★ ★ ★ ★

EL QALEH, IRÁN

—Mi Señor, ¿puedo decir algo?

Mohsen Jazini bajó su cabeza y no hizo contacto visual hasta que se le invitó a hacerlo.

—Sí, por supuesto, Mohsen —dijo el Mahdi—. ¿De qué se trata?

—Me doy cuenta de que no le preocupa la desaparición de Tariq Khan y, por supuesto, respeto y coincido totalmente con sus razones, Su Excelencia —dijo Jazini—. Aun así, hasta que sepamos más, sería más seguro que usted estuviera en uno de los centros de mando totalmente seguros y subterráneos de Teherán y no aquí arriba.

—Usted quiso decir que *usted* se sentiría más seguro —dijo el Mahdi sin expresión.

—Alá está con usted, sin duda alguna, mi Señor —respondió Jazini—, pero me preocupa que representemos un objetivo demasiado grande, todos juntos y expuestos como lo estamos. No me parece prudente pero, por supuesto, lo dejo completamente en sus manos, Su Excelencia.

—¿No es desconocido el Qaleh para los estadounidenses y los sionistas?

—Esperamos que sí —dijo Jazini—. No obstante, pensamos que el doctor Saddaji y el doctor Khan también lo eran. Simplemente no quiero que nos arriesguemos. Además, ya no creo que sea una buena idea traer a toda la fuerza aérea y a los comandantes de misiles aquí el sábado. Solo se necesitaría de un misil crucero y . . .

—Muy bien —dijo el Mahdi, levantando su mano para que Jazini se callara—. Tienen un centro de comando de misiles en el norte de Teherán, ¿no es cierto?

—Sí, lo tenemos, mi Señor.

—Entonces vayamos allá, pero no hablen con los comandantes acerca del cambio de planes. Denles a los pilotos de los helicópteros el nuevo destino en el último momento.

—Sí, mi Señor. Muy bien.

Los hombres se inclinaron otra vez y una vez que fueron dispensados, tomaron sus objetos personales y se dirigieron al helipuerto. Javad tomó aparte al Mahdi y le preguntó que debía hacer con los teléfonos satelitales.

—Está programado que recibirá más esta noche, ¿verdad? —dijo el Mahdi.

—Sí. Cien más. ¿No los necesitaremos para los comandantes?

—Los necesitaremos. Llame a su contacto. Vea si puede reunirse con él en una hora. Después venga con nosotros al centro de comando.

★ ★ ★ ★ ★

RUTA 56, EN CAMINO A QOM, IRÁN

David y el capitán Torres se apresuraban para llegar a Qom.

Con ellos, en la furgoneta, iban cinco de los más expertos comandos paramilitares de la CIA. David los puso al corriente de algunos de los acontecimientos de los últimos días y de lo que había descubierto con Khan. Torres, a su vez, le informó sobre la clase de equipo que acarreaban, desde instrumentos electrónicos para espiar conversaciones hasta localizadores láser de objetivos terrestres. Entonces sonó el teléfono celular de David. Revisó la identificación de quien llamaba. No era Zalinsky. Era Javad Nouri. Hizo que todos se callaran, esperó un timbrazo y respondió la llamada.

—¿Está solo? —preguntó Javad.

—Sí —dijo David mintiendo.

—Cambio de planes.

—Lo que usted quiera.

—¿Tiene los teléfonos?

David vaciló. Se vio tentado a mentir y a decir que sí, pero ¿y si algo había ocurrido con el embarque? ¿Qué si el paquete de Eva nunca había llegado? Con todo lo demás que había pasado, se le había olvidado llamar al hotel y confirmar que tenía un paquete esperándolo.

—No, todavía no.

—¿Qué? ¿Por qué no?

—Tuve que hacer una parada en Hamadán. Llegué más tarde de lo que pensé, por lo que pasé allí la noche, pero estoy en camino ahora.

—¿Cuánto tardará?

—Estaré en el hotel en media hora.

—Muy bien. Llámeme cuando tenga los teléfonos y planificaremos otro lugar para reunirnos.

★ ★ ★ ★ ★

A BORDO DEL *LEVIATÁN*, GOLFO PÉRSICO

Había mucha tensión en el Centro de Información de Combate.

El capitán Yacov Yanit entró al camarote con luz azul y verificó la información en las múltiples pantallas de computadoras que tenía enfrente. Acababa de confirmar sus nuevas órdenes con el jefe de operaciones navales en Tel Aviv. Sonar no tenía contactos. Así que era hora. Él y sus hombres se habían entrenado mucho para un momento así, pero era difícil creer que en realidad ya había llegado.

Yanit necesitaba desesperadamente un cigarrillo. ¿Por qué lo había hecho su esposa prometer que lo dejaría? Sacó una goma de mascar de nicotina de su bolsillo y se la metió en la boca. Luego se dio vuelta hacia su oficial ejecutivo y ordenó que el submarino diesel israelí de 1.900 toneladas, clase Dolphin, se colocara a profundidad de periscopio. Rápidamente exploró la superficie en cada dirección. Como lo esperaba, no había barcos visibles, por lo que Yanit le ordenó al oficial ejecutivo que llevara el *Leviatán*, construido en Alemania, a la superficie. Estarían allí menos de cinco minutos, pero eso era todo lo que él y su tripulación necesitarían para disparar los ocho misiles de crucero Popeye Turbo.

—Habla el capitán. Paren las máquinas.

—Máquinas inactivas, afirmativo.

—Cargar pista 89014 con Popeye.

—Cargada, afirmativo.

—Ingresar hora de lanzamiento.

—Hora de lanzamiento activada, afirmativo.

—Veinte segundos para lanzamiento.

—Veinte segundos para lanzamiento, afirmativo.

El Centro de Información de Combate quedó en silencio sepulcral.

"Cinco segundos para lanzamiento . . . *cinco, cuatro, tres, dos, uno. ¡Fuego!*"

Justo en ese instante, el oficial de control de disparo de Yanit giró su llave de la posición de Apagado a la de Fuego.

"Propulsores armados. Misiles activados. Popeye Uno fuera. Popeye Dos fuera."

Repentinamente, todo el submarino vibró violentamente. Dos misiles de crucero salieron disparados desde sus tubos de lanzamiento con un rugido ensordecedor y se elevaron a gran velocidad hacia el cielo iraní. Treinta segundos después, otros dos misiles aullaron hacia el cielo llevando cargas explosivas convencionales pero una potencia enorme de fuego al corazón de Persia. Después una tercera vez y luego, una cuarta.

E igual de rápido como había llegado, el *Leviatán* volvió a hundirse en las aguas oscuras del Golfo Pérsico sin dejar rastro.

★ ★ ★ ★ ★

BASE AÉREA HATZERIM, ISRAEL

El capitán Avi Yaron apaciguó sus emociones.

No estaba asustado, sino lleno de júbilo, pero tenía que permanecer tranquilo y enfocado, sin dejar que el aumento de adrenalina enturbiara su juicio.

Como lo había hecho antes de cada misión de entrenamiento,

apagó su radio, cerró los ojos y oró: *"Barukh atah Adonai Eloheinu melekh ha olam, she hehiyanu v'kiymanu v'higi'anu la zman ha ze."*

Bendito seas, Señor nuestro Dios, Rey del universo, que nos has mantenido con vida, nos has sostenido y nos has permitido llegar a esta época.

Detrás de él estaba sentado Yonah Meir, su oficial de sistemas de armas, quien le dio una palmada en el hombro para indicarle que estaba listo para empezar. Como lo había hecho en mil misiones de entrenamiento, Avi aceleró sus motores y cuidadosamente giró su F-15 para salir del búnker subterráneo, luego recorrió la pista y esperó autorización. Lo siguieron media docena de tripulaciones de vuelo en aviones F-15 y F-16 modificados por Israel, que maniobraron a lo largo de la Base Aérea Hatzerim hacia la pista principal, no lejos de la ciudad de Beerseba, el pueblo donde Avi había crecido. Sin embargo, ahora no se trataba de una misión de entrenamiento. Esta vez era de verdad.

Procediendo bajo estricto silencio de radio, la tripulación de tierra usó señales manuales para darle la señal de *salida*. Inmediatamente, Avi disparó sus dos motores y puso su Strike Eagle en el aire.

En lugar de elevarse a 14.600 metros de altura en menos de un minuto, como siempre lo hacía, Avi, líder de vuelo del Equipo Alfa, se mantuvo bajo y rápido a través del desierto del Neguev. Otros seis aviones de combate, fuertemente armados, iban justo atrás de él. Oró para que el avión de guerra electrónica Gulfstream 550 estuviera ya en su lugar. Oró para que los esfuerzos israelíes de bloquear los radares jordanos, egipcios y sauditas hubieran funcionado. No tenía claro qué harían los jordanos si los detectaban. El rey había asegurado en privado de que no interferiría en esta misión, pero no le cabía duda de que los sauditas y los egipcios, ahora que se habían unido al Mahdi, alertarían a Teherán instantáneamente si detectaban aviones israelíes desplazándose por la ruta del sur.

Avanzando y zigzagueando bajo entre las montañas y sobre los ríos secos de la península del Sinaí, Avi llegó a su primer giro crítico y se ladeó con fuerza hacia la izquierda. Segundos más tarde, mientras atravesaba el espacio aéreo saudita, su avión alcanzó Mach 2,5.

Si todo salía bien, estaría sobre las instalaciones nucleares iraníes de Natanz en poco menos de una hora.

★ ★ ★ ★ ★

EN LAS AFUERAS DE LA COSTA SURESTE DE IRÁN

Otros dos submarinos israelíes afloraron a la superficie, aunque solo por un momento.

El primero estaba situado cerca del estratégico estrecho de Ormuz. El segundo estaba ubicado alrededor de doscientos kilómetros al sur del golfo de Omán.

Uno por uno, lanzaron también sus misiles de crucero y luego desaparecieron bajo las olas con apenas una ondulación.

★ ★ ★ ★ ★

BASE AÉREA RAMAT DAVID

El hermano gemelo de Avi, Yossi, aceleró su F-16.

Salió rápidamente del hangar en la Base Aérea de Ramat David, no lejos de Har Meggido, la montaña de Armagedón, y pisó el acelerador, ascendiendo a 17.500 metros en menos de dos minutos. Detrás de él, once F-16 más —todos armados hasta los dientes con misiles Python-5, Sparrow y AMRAAM, y dos bombas GBU-28, destructoras de búnkeres—, se elevaron sucesivamente y aceleraron para alcanzarlo.

Como líder del Equipo Beta, el capitán Yossi Yaron iba a la cabeza por la ruta norte. El Equipo Beta formaría un arco en el Mediterráneo, evitando el Líbano, luego cortarían por Siria, con cuidado de no cruzar el espacio aéreo turco en ningún momento. Finalmente, atajarían por la región de Kurdistán del norte de Irak y después entrarían en Irán, donde atacarían las instalaciones nucleares del régimen en Qom.

Sin embargo, el asunto más importante era que no los detectaran.

Yossi había sido el líder de las fuerzas de combate en el ataque israelí a unas instalaciones nucleares en construcción en Siria, en el otoño de 2007. En esa oportunidad había penetrado con éxito las defensas aéreas de Siria, había atacado su objetivo y había regresado antes de que los sirios siquiera se enteraran de que había estado allí. Se había sentido tentado a trazar un rizo de victoria sobre Damasco, pero sabía que si alguna vez quería volver a usar esa ruta, tenía que mantener la disciplina más estricta. Tampoco había duda de que había querido volar nuevamente esa ruta, pero el ejercicio no era exactamente el mismo esta vez. Desde entonces, los sirios habían comprado e instalado sistemas avanzados de defensa aérea a los rusos y a los iraníes. Los técnicos israelíes estaban seguros de que también podrían penetrar y confundir esos sistemas, y ahora estaban a punto de averiguarlo.

Con el resplandeciente Mediterráneo azul abajo, presionó una serie de controles en su tablero. Eso le permitió comenzar a invadir las redes sirias de radar y de comunicaciones. Pronto estaba saltando en sus señales, descifrándolas, decodificándolas y analizándolas digitalmente, hasta que encontró y bloqueó la frecuencia de comando y el control de la fuerza aérea siria. Ahora podía ver lo que Damasco podía ver. Unos cuantos botones más y Yossi estaba tomando el control de los sensores del enemigo. Pronto estuvo transmitiéndoles imágenes falsas, ocasionando que vieran cielos claros en cada dirección, en lugar de la acometida israelí que avanzaba sobre ellos.

Yossi sabía que a cien kilómetros al este, un avión israelí electrónico Gulfstream 550 también estaba escaneando simultáneamente las frecuencias turcas y libanesas, y bloqueándolas. Además, estaban monitoreando su éxito, o la falta del mismo. Si detectaban un problema, ellos lo alertarían. Sin embargo, no lo habían hecho; por lo menos, todavía no. Así que Yossi meció sus alas, alertando a sus compañeros de equipo de que eso era un *adelante* y se precipitó hacia Siria, justo arriba del pueblo de Al Haffah.

57

David y su equipo finalmente llegaron al Hotel Qom International.

El moderno edificio de tres pisos de acero y vidrio era mucho más impresionante que el Delvar de Khorramabad, pero ahora no tenían tiempo para disfrutar de él ni de ninguna de sus comodidades de clase ejecutiva. Mientras que el capitán Torres y sus hombres permanecían en el estacionamiento, David se dirigió al vestíbulo, se registró, preguntó si le había llegado un paquete y esperó a que el conserje lo ubicara.

Su teléfono sonó. Era Birjandi.

—¿Aló?

—Reza, ¿es usted?

—Sí, soy yo —dijo David—. ¿Está todo bien?

—No. Pasó algo —dijo Birjandi—. Puedo sentirlo en mi espíritu.

—¿De qué se trata?

—No lo sé exactamente. He estado orando y ayunando por ti, por Najjar, por el país. Algo acaba de ocurrir, hace como una hora. Quisiera poder decir que tuve un sueño o una visión, pero no es así. Solo es un instinto.

—¿Qué cree que sea?

Hubo una pausa larga. Entonces Birjandi dijo:

—Creo que la guerra acaba de empezar.

★ ★ ★ ★ ★

TEL AVIV, ISRAEL

Neftalí respiró profundamente.

Miró los distintos relojes digitales montados en la pared de la sala de conferencias, observando las horas de las capitales clave alrededor del mundo. Eran las 3:34 a.m. en Washington, las 10:34 a.m. en Jerusalén y justo después del mediodía en Teherán. Neftalí ya había tardado mucho. Había pasado casi una hora desde que había dado la orden de inicio. Los primeros aviones israelíes estaban ahora en el espacio aéreo iraní. Pronto estarían atacando a sus objetivos. Si no llamaba ahora, el presidente iba a enterarse por las noticias de la CIA o del Pentágono, no directamente por él. Las relaciones de Estados Unidos con Israel iban a ser lo suficientemente difíciles de ahora en adelante. No podía empeorarlas al no darle al aliado más cercano de Israel un aviso de lo que sobrevendría.

Levantó el teléfono seguro de la sala de conferencias y le pidió al operador del Ministerio de Defensa que lo comunicara con la Casa Blanca.

★ ★ ★ ★ ★

ARAK, IRÁN

Un helicóptero militar aterrizó en el estacionamiento.

Rodeado por seis Guardias Revolucionarios fuertemente armados, Jalal Zandi, usando chaleco antibalas y casco, y llevando su computadora portátil, fue llevado afuera rápidamente. Allí presentó su identificación y respondió varias preguntas para convencer al piloto y a la tripulación de seguridad del helicóptero de que él era quien decía ser. Luego ingresó al helicóptero, cerraron la puerta, despejaron el estacionamiento, se elevaron y se dirigieron hacia el norte.

★ ★ ★ ★ ★

QOM, IRÁN

—No me he enterado de nada de eso —dijo David.

—Bueno, tal vez me equivoco —dijo Birjandi.

—¿Es esto? —preguntó el joven conserje que llevaba un gran caja de DHL.

—Mire, veré qué puedo averiguar y se lo haré saber —le dijo David a Birjandi—, pero ahora mismo me tengo que ir.

—Entiendo, amigo mío. Que el Señor esté con usted.

—Está conmigo —dijo David—. Finalmente lo está.

—¿Qué quiere decir? —preguntó Birjandi, con un repentino aire de esperanza en su voz.

—En realidad no puedo hablar en este momento —respondió David—, pero quiero que sepa que sus oraciones y su consejo han significado muchísimo para mí. Estoy con usted, en todo sentido. Ahora creo y le estoy muy agradecido.

Colgó, pero deseaba haber podido decirle a Birjandi más de cómo le había entregado su vida a Cristo; y deseando aún más poder preguntarle al hombre sobre sus muchas y crecientes interrogantes. Sin embargo, por ahora enfocó su atención en el conserje y en la caja. Estaba severamente golpeada, abollada en algunos lugares, e incluso rasgada en otros. Todo el asunto se veía como si el camión de entrega le hubiera pasado por encima. No obstante, estaba definitivamente dirigida a Reza Tabrizi y marcada como que hubiera sido enviada desde Munich, aunque David sabía muy bien que acababa de llegar de Langley. No tenía idea de cómo Eva lo había logrado, ni podía darse el lujo de interesarse en ello.

—Sí, esto parece que es mío, pero ¿qué le pasó? —preguntó fingiendo fastidio.

—No lo sé —dijo el empleado—. Así es como llegó.

—¿Cómo puedo presentar una queja?

—No sé, señor. Tendrá que hacerlo con DHL. Solo firme aquí para indicar que lo recibió.

David protestó un poco, después firmó, tomó su paquete y la llave de su habitación, y se dirigió otra vez a la furgoneta. Allí le entregó la caja a Torres, sacó su teléfono y marcó a Javad, que respondió al primer timbrazo.

—Estoy en el hotel —dijo—. La caja llegó.

—¿La tiene? —preguntó Javad.

—Está en mis manos —dijo David—. ¿Dónde nos encontramos?

—¿Qué mejor lugar? —dijo Javad—. Frente a la Mezquita de Jamkaran en diez minutos.

—Hecho.

No era lo ideal; era un sitio público y podía estar lleno, pero ellos no tenían otra opción. David colgó el teléfono y rápidamente les explicó a los demás su plan. Primero, les dijo que iba a tomar un taxi a la mundialmente famosa mezquita. Torres y su equipo debían seguirlo de cerca. Era el mediodía de un jueves; no debía haber mucho tráfico.

Sin embargo, lo que le dijo después al equipo paramilitar los tomó a todos por sorpresa. Era una apuesta de alto riesgo. Podía terminar con su vida. Podría matarlos a todos, pero si funcionaba . . .

★ ★ ★ ★ ★

Cuatro aviones F-15 despegaron de la Base Aérea de Tel Nof, cerca de Rehovot.

Relampaguearon hacia el oeste sobre el Mediterráneo, luego se ladearon bruscamente hacia el sur. En solo segundos tenían en el radar a la fragata de misiles *Jamaran*, de bandera iraní, y a su nave hermana, la fragata *Sabalan*. Ambas estaban ahora a 450 kilómetros de la línea costera de Tel Aviv, flanqueadas por tres destructores iraníes.

★ ★ ★ ★ ★

David le entregó su pistola a Torres y se vació los bolsillos.

Luego, con el paquete en las manos, salió de la furgoneta, tomó un taxi y se dirigió a la Mezquita de Jamkaran. En el camino, se puso su audífono Bluetooth y llamó a Zalinsky.

—¿Está ocurriendo algo?

—¿A qué te refieres? —preguntó Zalinsky.

—Tengo una sensación extraña —dijo David—, como que algo ha comenzado.

—No, todo está bastante tranquilo ahora mismo —dijo Zalinsky.

—¿Se va a movilizar el jefe? —preguntó David enigmáticamente, como para no atraer la atención del conductor del taxi.

—Todavía no.

—¿Por qué no?

—Murray fue a la Casa Blanca. El presidente no está satisfecho. Quiere otra fuente.

—No hay más tiempo. Le conseguimos lo que pidió.

—Quiere más.

—¿Como qué?

—Quiere a Jalal Zandi.

David se rió.

—¿Está bromeando?

—No, está hablando completamente en serio.

—¿Cómo vamos a hacer eso en las próximas veinticuatro a cuarenta y ocho horas?

—No lo sé. ¿Qué hay de Khan? Él y Zandi trabajaban de cerca. Tiene que saber dónde está.

Eso era cierto, pensó David, pero no le había preguntando mucho a Khan acerca de Zandi y no podía hacerlo ahora. Entonces se acordó de la tarjeta SIM de Khan, que tenía en el forro de su chaqueta.

—Espera —le dijo a Zalinsky—. Voy a transmitirte unos datos.

Abrió la tapa posterior de su teléfono Nokia, fijó la tarjeta SIM e hizo una búsqueda. Allí estaba. Toda la información de contacto de Zandi. Estaba enojado consigo mismo por no haber pensado en eso antes, pero rápidamente transmitió todo a Langley y puso otra vez a Zalinsky en la línea.

—¿Lo recibiste? —preguntó.

—Lo tengo —respondió Zalinsky—. Excelente trabajo. Nos ocuparemos de esto inmediatamente. ¿Dónde estás?

—En un taxi hacia la Mezquita de Jamkaran.

—No estoy seguro de que sea la mejor hora para dar un paseo.

—Voy a reunirme con un amigo.

—¿Con quién?

David no podía decirlo abiertamente sin llamar la atención del conductor.

—Voy a entregarle el paquete que me pidió.

—¿Te vas a reunir con Javad Nouri? —dijo Zalinsky—. Pensé que eso era más tarde en la noche.

—Él lo adelantó.

—¿Por qué está en Qom?

—Viene sólo para verme.

—¿Qué si lo atrapas?

—No puedo.

—No, en serio, David, el equipo de operaciones especiales te está siguiendo, ¿verdad?

—Sí, pero . . .

—Entonces, captura a Nouri —insistió Zalinsky—. ¿Te puedes imaginar la hazaña que sería esto? Casi tan buena como tener a Zandi, y tal vez podemos conseguirlo a él también.

—¿No desentrañaría eso todo? —argumentó David—. Es decir, si él no está, entonces ¿no se comprometería todo el proyecto?

De repente, David oyó una conmoción en el fondo.

—Algo está pasando —dijo Zalinsky—. Te llamaré de vuelta de inmediato.

Frustrado, David miró su reloj. Estarían en la mezquita en menos de tres minutos. No tenía tiempo para esperar.

★ ★ ★ ★ ★

WASHINGTON, DC

—Señor Presidente, tengo al primer ministro Neftalí en la línea uno.

Jackson se obligó a abrir los ojos, tomó sus gafas de la mesa de noche y miró el reloj. Encendió la lámpara al lado de su cama.

—Comuníquelo —dijo al operador de la central telefónica de la Casa Blanca—. Aser, por favor dígame que tiene buenas noticias.

—Me temo que no, señor Presidente.

—Por supuesto que no —dijo Jackson—. Las buenas noticias siempre pueden esperar hasta el amanecer.

—Señor Presidente, lo llamo para informarle que tenemos información fidedigna e irrefutable, desde el interior de Irán, sobre la ubicación de las ojivas. Dos están en barcos iraníes, frente a nuestras costas. El resto está siendo conectado a misiles balísticos de rango intermedio. Tenemos evidencias de que el Duodécimo Imán pretende lanzarnos estos misiles dentro de las próximas cuarenta y ocho a setenta y dos horas, y no podemos asumir el riesgo de que nos ataquen primero. Por lo tanto, hace algunos momentos, ordené a las Fuerzas de Defensa de Israel que iniciaran la Operación Jerjes, para destruir esas armas y neutralizar la amenaza iraní. Quería que usted fuera el primero en saberlo.

★ ★ ★ ★ ★

AGUAS INTERNACIONALES, MAR MEDITERRÁNEO

"¡Fox three, Fox three!"

El líder del Equipo Gama disparó dos misiles antibuques, AGM-84 Harpoon, al *Jamaran,* mientras simultáneamente bloqueaba las comunicaciones de radar de los barcos. Una fracción de segundo después, su piloto de flanco disparó dos misiles Harpoon más al *Sabalan.* En el momento justo, sus compañeros les dispararon a los tres destructores.

Mientras tanto, cuando los misiles Harpoon pasaron zumbando hacia sus objetivos a la velocidad del sonido, un submarino israelí, clase Dolphin, que seguía el rastro de la flotilla, disparó diez torpedos en sucesión rápida.

★ ★ ★ ★ ★

WASHINGTON, DC

—Tengo que decir que estoy muy decepcionado, Aser —dijo Jackson.

—Entiendo su posición, señor Presidente —respondió Neftalí—, pero por favor, entienda la mía. No había más tiempo. Estábamos enfrentando la aniquilación y estamos ejerciendo nuestro derecho, dado por Dios y reconocido por la ONU, de autodefensa. Podemos hacer esta operación solos, si tenemos que hacerlo, pero lo estoy llamando no solo para informarle, sino para solicitar la ayuda de su país. El Mahdi y su fuerza nuclear no solo son una amenaza para nosotros. Son una amenaza para usted y para todo el mundo libre.

★ ★ ★ ★ ★

AGUAS INTERNACIONALES, MAR MEDITERRÁNEO

—*¡Capitán, capitán, nos están disparando!* —gritó el oficial ejecutivo iraní.

—*Despliegue contramedidas* —respondió gritando el capitán del *Jamaran*, corriendo hacia el puente.

Las sirenas del barco sonaron inmediatamente.

"¡A sus puestos de batalla! ¡A sus puestos de batalla!"

Sin embargo, el ataque llegó demasiado rápido. Los hombres no tuvieron tiempo de reaccionar. El primer Harpoon dio en el puente. El segundo perforó la parte superior de la cubierta casi al mismo tiempo. Ambos hicieron erupción con explosiones enormes que incineraron a la mayoría de la tripulación en segundos, mientras que bajo el agua, dos torpedos hicieron enormes agujeros en las entrañas del barco. Miles de galones de agua helada inundaron los cuarteles inferiores y la fragata comenzó a hundirse casi instantáneamente.

★ ★ ★ ★ ★

Los oficiales y la tripulación del *Sabalan* tuvieron unos segundos más.

Eso marcó toda la diferencia. El capitán y el oficial ejecutivo supieron instantáneamente que iban a morir. No iban a poder detener los misiles y torpedos que se acercaban. No obstante, justo antes del primer impacto, pudieron llegar al panel de control de disparo y lanzar todos sus misiles.

58

WASHINGTON, DC

—No me gusta que me acorralen —dijo el presidente.

—A nosotros tampoco —respondió el primer ministro.

—¿Qué clase de ayuda espera, ahora que ha iniciado una guerra sin el consentimiento de Estados Unidos?

★ ★ ★ ★ ★

ESPACIO AÉREO IRANÍ

Uno por uno, los misiles lanzados por el submarino dieron en sus objetivos.

Tres se estrellaron en las instalaciones totalmente llenas de personal del Ministerio de Defensa en Teherán exactamente después del almuerzo, casi derrumbaron el edificio y mataron a la mayoría de los que estaban adentro.

Minutos después, otros tres misiles dieron en los pisos de arriba, de en medio y de abajo de las instalaciones del Ministerio de Inteligencia en Teherán, destruyendo el edificio e incendiándolo.

Otro objetivo de alta prioridad para un bombardeo de misiles de crucero israelíes era el Complejo 311, las instalaciones de enriquecimiento nuclear en la ciudad de Abyek, como a noventa y cinco kilómetros al noroeste de Teherán. En un minuto, el complejo y sus 163 científicos y personal de apoyo estaban allí; al siguiente minuto ya no.

En el sur, no menos de cinco misiles de crucero arrasaron las instalaciones de investigación y apoyo que rodeaban el reactor nuclear de agua ligera en Bushehr, pero dejaron el reactor en sí incólume. Sin duda, este había sido el objetivo más controversial para los planificadores militares israelíes y para los altos funcionarios del gobierno. ¿Deberían atacar un reactor casi activo, particularmente uno construido y operado parcialmente por los rusos? Los riesgos de atacar Bushehr eran altos y también lo eran los de dejar el sitio en paz. Un análisis del Mossad informaba que en el primer año completo de operación, el reactor podría generar suficiente uranio para producir más de cincuenta bombas del tamaño de la que fue lanzada en Nagasaki. Neftalí personalmente había tomado la decisión de que tenía que ser neutralizado.

★ ★ ★ ★ ★

TEL AVIV, ISRAEL

"¡Misiles en el aire!," gritó el comandante de guardia de la sala de guerra.

El ministro de defensa Shimon y el jefe del personal de las Fuerzas de Defensa de Israel inmediatamente salieron corriendo de la sala de conferencias hacia la sala de guerra, al lado del comandante. Las imágenes en vivo fluían desde los cuatro aviones F-15 sobre el Mediterráneo. Otra información llegaba desde los submarinos israelíes y de otras naves de la marina estacionadas en las costas.

"Hagan sonar las alarmas," ordenó el comandante.

Un asistente obedeció inmediatamente y desencadenó una secuencia de comando que pronto resultaría en sirenas por ataque aéreo que sonaban en todo el país, sin saber todavía qué ciudades eran los objetivos, pero sin querer arriesgarse.

—¿Cuántos tiene? —preguntó Shimon.

—Puedo contar seis, no, ¡ocho! —dijo el comandante de turno.

Neftalí se dio vuelta para ver lo que estaba ocurriendo. "Señor Presidente," dijo, "tengo que colgar. Nuestro país está bajo ataque."

Colgó el teléfono y se dirigió a la sala de guerra, solo para ver en el radar el rastro de los ocho misiles balísticos buque-superficie que entraban desde el *Sabalan*. A medida que afluía la telemetría, las supercomputadoras calculaban el tamaño, la velocidad, la trayectoria y los posibles puntos de impacto de los misiles. No se requería ser un genio para adivinar que la mayoría se dirigía a los centros de población a lo largo de la costa. Sin embargo, Neftalí se quedó atónito cuando vio que uno de los misiles se dirigía a Jerusalén.

★ ★ ★ ★ ★

QOM, IRÁN

El teléfono de David sonó precisamente cuando el taxi se acercaba a la mezquita.

—Tenías razón —dijo Zalinsky, que volvía a la línea—. Algo está pasando.

—¿Qué?

—Los israelíes acaban de atacar la flotilla naval iraní —exclamó Zalinsky—. Los iraníes fueron capaces de lanzar una descarga de misiles a Tel Aviv y a Jerusalén. La Agencia de Seguridad Nacional indica que los misiles de crucero israelíes están dando en objetivos en todo Irán. Los aviones israelíes están en el aire. Tengo que reportarlo al director. Acaba de entrar. Captura a Nouri si puedes, llega a uno de los refugios y permanece quieto por un tiempo. Supongo que la mayor parte de la Fuerza Aérea Israelí estará sobre ustedes en cualquier momento.

★ ★ ★ ★ ★

TEL AVIV, ISRAEL

"Disparen los Arrow ¡ahora!," ordenó Neftalí.

Shimon y el jefe de las Fuerzas de Defensa de Israel gritaron órdenes a los asistentes militares, que las transmitieron por teléfonos seguros y líneas de información a los comandantes de las bases aéreas y de misiles en todo el país. No obstante, todo eso requirió de tiempo valioso.

Neftalí empuñó sus manos. Exploró los distintos despliegues visuales que tenía enfrente y se detuvo en un trozo de información por encima del resto. Indicaba que el primer impacto de misil sería en el centro de Tel Aviv, en menos de noventa segundos.

★ ★ ★ ★ ★

IRÁN

Diez aviones israelíes F-15 descendieron súbitamente sobre Hamadán.

Serpentearon por las montañas y eliminaron las defensas aéreas con poca resistencia. Después, dieron vuelta y, dando una pasada tras otra, cada piloto disparó dos bombas antibúnker al complejo subterráneo de investigación y producción, de alrededor de 37.000 metros cuadrados, y a los edificios administrativos de la superficie que habían sido el hogar de Saddaji, Malik, Khan y Zandi por tantos años. El Complejo 278 ya no existía. Las bombas diezmaron toda la vida en casi un kilómetro y sacudieron la ciudad tan fuertemente que muchos pensaron que se trataba de otro terremoto.

En Arak, cuatro aviones israelíes F-16 lanzaron bombas GBU-10 en todos los edificios que rodeaban el reactor de agua pesada. Tenían órdenes estrictas de no dar en el reactor en sí y no lo hicieron. En unos minutos, el complejo de casi 5.600 metros cuadrados sobre la superficie estaba totalmente destruido y el reactor quedó inhabilitado.

Los pilotos dieron la vuelta y se dirigieron a casa.

★ ★ ★ ★ ★

TEL AVIV, ISRAEL

El primer ministro, efectivamente, se había equivocado.

El Arrow no estaba diseñado para detener misiles de corto alcance. Su única esperanza en este momento era el Patriot. Afortunadamente, había un batallón de Patriot ubicado en su base de Tel Nof, precisamente al sur de Tel Aviv, compuesto de un centro de control de apuntamiento, un centro de radar, seis baterías de misiles móviles montadas en la parte posterior de semirremolques especialmente diseñados y más de cuatrocientos miembros del personal que dirigían la operación altamente compleja.

Sin embargo, mientras Neftalí y Shimon veían el suministro de video y oían el tráfico de radio codificado criptográficamente desde su punto de ventaja en la sala de guerra principal del ministerio de defensa, no estaban seguros de que el equipo de Tel Nof fuera a reaccionar a tiempo.

★ ★ ★ ★ ★

—Veo tres entrantes a Tel Aviv —dijo el comandante de planta.

—Afirmativo; tengo tres —dijo el oficial de control táctico.

—¿Tiempo de impacto?

—El primero dará en ochenta segundos, señor. ¿Certifica que los entrantes son hostiles?

—Certifico que todos son hostiles. Seleccione baterías de fuego.

—Baterías seleccionadas, señor.

—Proceda de espera a activado.

—Sistema activado —dijo el oficial de control táctico, y verificó por tercera vez sus instrumentos.

—Ilumine los objetivos.

—Objetivos iluminados.

"Dispare uno y dos . . . ¡ya!," dijo el oficial de control táctico.

El oficial de control táctico giró un interruptor y disparó los dos primeros misiles PAC-3, separados por unos segundos.

"Dispare tres y cuatro . . . ¡ya!"

El oficial de control táctico lanzó la segunda ronda de misiles Patriot.

"Dispare cinco y seis . . . ¡ya!"

El tercer grupo de misiles Patriot explotó de sus lanzadores y pasaron como un rayo hacia el cielo.

★ ★ ★ ★ ★

"Capten la ubicación del que se dirige a Jerusalén . . . ¡ahora!"

Para Neftalí, que oía el tráfico aéreo, el comandante de treinta y un años de las baterías de misiles Patriot de la Base Aérea Palmachim, cerca de Rishon LeZion, justo al sur de Tel Aviv, no se oía tan sereno y profesional como el comandante de Tel Nof, ni como los comandantes de Asdod o Haifa, que simultáneamente les estaban ordenando a sus hombres que identificaran, rastrearan y les dispararan a los misiles entrantes. No obstante, Neftalí sentía el apremio del joven. Ninguno de ellos sabía cuál misil tenía la ojiva nuclear, si es que alguno la tenía, por lo que no podían darse el lujo de dejar que entrara ni uno solo.

El comandante de Palmachim revisó rápidamente el listado de procedimientos con su oficial de control táctico. Luego ordenó al OCT que le disparara al único misil balístico que se dirigía al centro de Jerusalén.

Tres interceptores PAC-3 salieron disparados de sus cartuchos y volaron a una velocidad Mach 5,0. Una de las pantallas de video de la sala de guerra mostró una toma en vivo de una cámara en el techo de la base aérea y Neftalí pudo ver la estela blanca de los Patriot que pasaban como un rayo hacia su presa.

★ ★ ★ ★ ★

Una explosión masiva ocurrió en los cielos de Tel Aviv.

Dos segundos después, una segunda conmoción se pudo escuchar y sentir a lo largo de varios kilómetros. El primer misil entrante acababa de sufrir un golpe directo del interceptor principal Patriot. El segundo interceptor le dio a los restos del misil y su explosión convirtió lo que quedaba de él en polvo.

En Tel Nof, la sala de control de disparos brotó en una ovación descontrolada. La ovación se intensificó cuando el segundo grupo de interceptores Patriot dio también en sus objetivos. Luego la sala quedó en silencio sepulcral cuando el tercer grupo de interceptores PAC-3 no logró dar en el blanco por menos de treinta metros y luego diez metros, respectivamente.

Horrorizados, el comandante, el OCT, el operador de radar y el resto del personal solamente pudieron observar impotentes cómo el tercer misil iraní se precipitaba hacia tierra, sin que alguno de ellos pudiera detenerlo. Un momento después, se desplomó sobre el techo del extenso centro comercial Dizengoff, en el centro de la capital comercial de Israel, matando instantáneamente a más de cuatrocientos compradores y ocasionando que mucho del edificio se derrumbara sobre sí mismo.

La gente nunca recibió una advertencia. Solamente segundos después comenzaron a sonar las sirenas de ataque aéreo en Tel Aviv y en todo el resto de Israel.

★ ★ ★ ★ ★

Neftalí también lo vio.

Él también estaba horrorizado. No había indicación de que la ojiva fuera nuclear. Sin embargo, ¿podría haber sido química? ¿Biológica?

Aun así, rápidamente volvió a enfocar su atención al misil balístico que se dirigía a Jerusalén. Las sirenas de ataque aéreo estaban sonando ahora, pero él sabía que todo iba a ser demasiado tarde. Muchísimos israelíes estaban a punto de morir, a menos que este misil fuera interceptado de alguna manera, pero ya había llegado a su apogeo. Estaba comenzando a descender mientras que los Patriot todavía se estaban elevando.

★ ★ ★ ★ ★

IRÁN

Esfahān era uno de los objetivos más complicados.

Todas las instalaciones estaban por encima de la superficie. Ninguna de ellas estaba fortalecida, pero el lugar incluía cuatro reactores pequeños de investigación construidos en China y unas instalaciones de conversión de óxido de uranio, en un área que cubría alrededor de 9.300 metros cuadrados. Tres F-16 tenían esta misión. Cada uno disparó dos bombas dirigidas Paveway III y una combinación de misiles aire-tierra Maverick y Harpoon.

Simultáneamente, un escuadrón de diez F-16 atacó las instalaciones de producción de misiles iraníes en Khorramabad, Bakhtarun y Manzariyeh, que no estaban lejos del reactor de agua pesada de Arak, así como lugares de producción y lanzamiento de misiles cerca de Natanz y en Hasan.

★ ★ ★ ★ ★

TEL AVIV, ISRAEL

Todos los demás misiles iraníes entrantes habían sido derribados.

No obstante, de momento nadie en la sala de guerra podía encontrar algo de consuelo.

"*¡Se dirige al Knesset!,*" gritó Shimon.

Como se esperaba, el misil de crucero iraní ahora caía claramente sobre el edificio del parlamento, el centro de la democracia israelí.

"*¿No puede detenerlo?,*" exigió Neftalí. "*¿No puede hacer algo más?*"

Incluso mientras lo decía, Neftalí sabía la respuesta y no podía respirar. El Knesset estaba en sesión. Neftalí sabía que más de cien legisladores estaban allí en ese momento, para ser informados por el viceprimer ministro acerca de la Operación Jerjes. Cientos de miembros del personal, el personal de seguridad, visitantes y turistas también estaban allí. No había manera de advertirles, ninguna manera de llevarlos a un lugar seguro y a tiempo.

QOM, IRÁN

El taxi finalmente se acercó al frente de la Mezquita de Jamkaran.

David le pagó al conductor, le pidió que se detuviera al lado del camino y que esperara unos cuantos minutos. David le echó un vistazo a la multitud, pero todavía no veía a Javad. Era difícil no maravillarse por la suntuosa estructura, el gigantesco domo turquesa de la mezquita al centro, con dos domos verdes más pequeños a los lados y dos minaretes exquisitamente pintados que se alzaban por encima de todo. El lugar —que se reverenciaba desde el siglo X, cuando un clérigo chiíta de la época, el Jeque Hassan Ibn Muthlih Jamkarani, supuestamente recibió la visita del Duodécimo Imán— había sido un terreno agrícola. Ahora era uno de los lugares turísticos más visitados en todo Irán.

Durante los últimos años, Hosseini y Darazi habían canalizado millones de dólares para renovar la mezquita y sus instalaciones, y construir bellas autopistas de carriles múltiples entre la mezquita y el centro de Qom, y entre la mezquita y Teherán. Ambos líderes la visitaban regularmente y la mezquita se había convertido en objeto de un gran número de libros, programas televisivos y documentales. Después de una visita del Duodécimo Imán, justo antes de su aparición en el escenario mundial, y del rumor de que una niñita muda de nacimiento había sido sanada por el Mahdi después de su visita allí, las multitudes habían seguido aumentando.

David veía cómo llegaban docenas de buses llenos de peregrinos, dejaban a sus pasajeros y guías y luego se dirigían al estacionamiento principal, mientras que otros buses recogían a sus pasajeros y se dirigían a casa. Estimó que había unas doscientas personas que circulaban por el frente, ya fuera entrando o saliendo. Había unos cuantos oficiales de policía uniformados, pero todo parecía tranquilo y en orden. Javad Nouri era un hombre sagaz. Había elegido bien. Cualquier disturbio allí tendría muchísimos testigos.

★ ★ ★ ★ ★

CERCA DE NATANZ, IRÁN

Avi Yaron todavía iba a la cabeza.

En lo que a él concernía, su escuadrón todavía no había sido detectado, pero le sudaban las manos en los guantes. El sudor le chorreaba en el rostro, aunque tenía funcionando a toda máquina el aire acondicionado en la cabina. Volaba bajo, a toda velocidad por el desierto, en posición paralela con la Autopista 7 de Irán.

Conocía los mapas. Conocía el terreno. Sabía que la Autopista 7 lo llevaría directo a Natanz, si quería, pero no podía correr el riesgo de que alguien que condujera por ese camino viera la Estrella de David en la cola de su avión o de los aviones de combate de sus camaradas e hiciera una llamada telefónica que echara a perder su elemento de sorpresa. Así que permaneció unos cuantos kilómetros al norte y siguió orando para que nada lo hiciera bajar la velocidad y para que nada lo detuviera.

Un momento después, comenzó a ascender bruscamente y rápidamente cobró altura. Mil metros. Dos mil. Tres. Cuatro. A cinco mil metros pasó los picos más altos de la cordillera de Karkas. Luego se niveló y volvió a acelerar. Ahora tenía enfrente el complejo nuclear de Natanz. Casi no podía creerlo. Había estudiado detenidamente las fotos satelitales. Conocía cada centímetro, cada puerta, cada ducto de ventilación. Ahora podía ver en realidad los seis edificios críticos por encima de la superficie, las plantas de separación de uranio, las instalaciones de investigación y los edificios administrativos que cubrían unos 18.600 metros cuadrados. Eran importantes, pero serían atacados por la próxima ola de pilotos de la Fuerza Aérea Israelí.

Para Avi y su equipo, la misión era diezmar el complejo subterráneo, la perla del programa nuclear iraní. Cubría un área de más de 65.000 metros cuadrados. Tenía unos veintitrés metros de profundidad y estaba cubierto por un techo de acero y concreto reforzado. Aquí era donde los iraníes albergaban unas siete mil centrífugas. Estas centrífugas giraban día y noche, enriqueciendo el uranio del 3 al 5 por ciento necesario para operar una planta de energía al 20 por ciento que era lo que se requería para experimentos médicos. Según la última información del hombre del Mossad en Teherán, aquí era donde los iraníes también enriquecían el uranio de 20 a 95 por ciento y más de pureza, para armamento.

"*¡Ahora, Yonah, ahora!,*" gritó Avi.

Detrás de él, su oficial de sistemas de armas lanzó la primera de dos bombas antibúnker GBU-28. Unos segundos después, disparó la segunda.

Avi sintió una oleada de orgullo y rápidamente ascendió y salió del lugar. Imaginó cómo habría sido volar sobre la Alemania de Hitler en los años cuarenta y deseó poder decirle a sus padres, ambos sobrevivientes del Holocausto, dónde estaba y lo que estaba haciendo.

Las bombas guiadas con precisión descendieron libremente. Iban a toda velocidad hacia el centro del complejo subterráneo, mientras Avi se remontaba como un cohete en el brillante cielo azul.

★ ★ ★ ★ ★

TEL AVIV, ISRAEL

"*¡Quince segundos para el impacto!,*" dijo el comandante en la sala de guerra.

Neftalí no soportaba mirar. ¿Si la ojiva era nuclear? ¿Qué harían entonces? Esto no podía estar ocurriendo, no durante su gestión.

"*Doce segundos.*"

Neftalí se maldijo. Tendría que haber lanzado el ataque antes. Sin embargo, no había sabido con seguridad que había ojivas nucleares en los barcos iraníes. ¿Qué más podría haber hecho?

"*Diez segundos.*"

Los dos interceptores PAC-3 se estaban acercando, uno del sur y otro del este. Hasta entonces, todo lo que Neftalí, Shimon y los comandantes militares podían ver era la trayectoria de los misiles entrantes en una gigante pantalla de video. No obstante, ahora, el Canal 2 de Israel, desde un helicóptero de noticias, transmitía imágenes en vivo del misil iraní que caía en picada hacia el corazón de la Ciudad Nueva de Jerusalén y de los dos interceptores Patriot que se precipitaban para derribarlo.

★ ★ ★ ★ ★

NATANZ, IRÁN

Bip, bip, bip, bip, bip.

La luz de advertencia de misiles en su tablero estaba destellando. Sentado detrás de él, Yonah confirmó que tenían dos misiles superficie-aire que se dirigían a toda velocidad hacia ellos. Inmediatamente, Yonah implementó las contramedidas y disparó bengalas y fragmentos, mientras que Avi giró con el F-15 hacia la izquierda y se dirigió a alta velocidad hacia las montañas. Uno de los misiles mordió el anzuelo y explotó detrás de ellos, pero el otro atravesó la bola de fuego y de humo, y se les acercaba rápidamente.

Debajo de ellos, la tierra era un infierno. Cada uno de los aviones israelíes de combate había lanzado su carga con éxito y otra docena de aviones israelíes estaba a cinco minutos de distancia detrás de ellos. Hasta aquí habían logrado su misión. Habían mantenido el elemento sorpresa. Habían lanzado sus bombas. Habían arrasado muchas de las instalaciones de Natanz y habían matado posiblemente a muchos científicos e ingenieros nucleares iraníes. No obstante, esa era la parte fácil. Ahora tenían que llegar a casa.

Avi se ladeó con fuerza a la derecha, luego hacia la izquierda. El misil todavía estaba detrás de ellos. Seguía ganando terreno. Yonah disparó otra ronda de contramedidas, pero, de nuevo, sin éxito.

★ ★ ★ ★ ★

TEL AVIV, ISRAEL

"Seis segundos," gritó el comandante de turno.

En ese momento, Leví Shimon retiró la vista, pero Neftalí no pudo. Quería hacerlo. Entendía el instinto, pero siguió mirando, primero el monitor con la pista del radar, luego las imágenes en vivo que llegaban del canal 2.

"Cuatro segundos."

De repente, el primer interceptor Patriot le recortó la cola al misil entrante. Eso hizo que el misil se desviara de su curso y diera volteretas en el cielo. Medio segundo después, el segundo interceptor dio un golpe directo a la ojiva, convirtiéndola en una gigantesca bola de fuego que se precipitó a tierra.

Todos en la sala de guerra irrumpieron en aplausos y ovaciones.

★ ★ ★ ★ ★

QOM, IRÁN

Cuatro aviones de combate pasaron de pronto rugiendo sobre la mezquita.

Iban tan bajo que la mayoría de la multitud instintivamente se agachó. David también lo hizo, tan asombrado como el resto. La gente los ovacionó, asumiendo que eran pilotos iraníes que entrenaban para una confrontación con los sionistas. Después de todo, la televisión y los periódicos estaban llenos de propaganda acerca de hostilidades inminentes, incluso cuando el Mahdi proclamaba una y otra vez su deseo de paz y de justicia.

Sin embargo, David podía ver que no eran aviones rusos MiG-29. Tampoco eran los antiguos aviones estadounidenses Phantom F-4 comprados por el sha antes de la Revolución. Eran aviones F-16. El presidente Jackson no los había enviado. Lo cual solamente podía significar una cosa: los israelíes estaban allí.

★ ★ ★ ★ ★

Yossi Yaron trató de no pensar en la mezquita.

Si de él dependiera, habría lanzado su carga en el apreciado lugar de los imanistas y lo habría arrasado para siempre, pero los planificadores israelíes no querían saber nada de eso. Los pilotos israelíes no debían bombardear objetivos religiosos ni civiles, bajo ninguna circunstancia, habían repetido una y otra vez. No bombardearían reservas de agua, plantas eléctricas, puentes, instalaciones industriales, ni otras infraestructuras civiles.

Su enfoque era estricto y su misión precisa: neutralizar el programa de armas nucleares de Irán y proteger la patria de Israel. ¿Podrían destruir completamente el programa? Posiblemente no, pero el ministro de defensa creía que podían retrasarlo por lo menos de cinco a diez años, y eso le daría al pueblo judío el tiempo que tan desesperadamente necesitaba. Yaron esperaba que los peregrinos en la Mezquita de Jamkaran hubieran visto la Estrella de David en las colas de los cuatro F-16. Solo deseaba poder ver sus rostros cuando se dieran cuenta de lo que estaba ocurriendo.

★ ★ ★ ★ ★

Avi Yaron quería comunicarse por radio con sus hombres.

Quería asegurarse de que estuvieran volando de regreso hacia el golfo Pérsico sin esperarlo. La Fuerza Aérea Iraní estaría encima de ellos en cualquier momento. A ninguno de ellos le preocupaba ser derribado por simples muchachos. Los pilotos iraníes eran generalmente demasiado jóvenes y estaban mal entrenados; tenían poco o nada de experiencia en combate. Peor aún, volaban aviones que les duplicaban la edad, muchos de los cuales estaban unidos prácticamente con pegamento instantáneo y cinta adhesiva de tela, ya que no tenían repuestos debido a las sanciones internacionales en contra del régimen. No, el problema no eran los pilotos iraníes ni sus aviones; era el propio suministro de combustible de los israelíes.

Las tripulaciones de tierra en el Neguev habían desocupado al máximo sus F-15 y F-16 para agregar tanques de combustible, dándoles un alcance adicional. Una vez fuera del espacio aéreo iraní, podían llegar a zonas seguras donde podrían engancharse con cisternas israelíes de reabastecimiento. No obstante, primero tenían que llegar. Si tuvieran que involucrarse en una batalla aérea, o dejar atrás misiles superficie-aire o fuego triple-A, iban a quemar combustible que no se podían dar el lujo de malgastar.

60

QOM, IRÁN

David sintió un golpecito en su hombro.

Se dio vuelta y allí estaba Javad Nouri, rodeado de media docena de guardaespaldas vestidos de civil.

—Señor Tabrizi, qué bueno verlo otra vez.

—Señor Nouri, qué bueno verlo también —dijo David. Se preguntaba si Javad y su equipo habían visto los aviones.

—Confío en que no haya tenido problemas para llegar.

—En absoluto —dijo David.

—¿Había estado antes aquí?

Parecía una pregunta extraña, dado el momento.

—En realidad, me avergüenza decir que no.

—Algún día tendré que darle un recorrido.

—Me encantaría hacerlo.

★ ★ ★ ★ ★

MONTAÑAS KARKAS, IRÁN

Al llegar a las montañas, Avi Yaron pasó por el pico más cercano.

Luego empujó hacia adelante el timón y se sumergió en uno de los cañones. Yonah estiró el cuello, pero no pudo obtener visibilidad, aunque el misil todavía estaba en el ámbito de su radar. Todavía no se lo habían sacudido.

Serpenteando por los cañones, Avi siguió presionando el avión cada vez con más velocidad, consumiendo tremendas cantidades de combustible a cada segundo.

"Avi, lo tenemos encima," gritó Yonah.

Avi aceleró aún más y contuvo la respiración. Ahora no lo preocupaba el combustible, sino las decisiones de fracción de segundo que tenía que tomar cada pocos cientos de metros. Un movimiento equivocado y podrían estrellarse contra las faldas de las montañas. Un movimiento desacertado y podrían pasar rozando la parte superior de una montaña, destruir su fuselaje y reventar sus tanques de combustible. De cualquier manera, colisionarían y se quemarían. Nunca tendrían tiempo para eyectarse y, aunque pudieran hacerlo, ninguno quería ser capturado por los iraníes. Ese era un destino peor que la muerte.

★ ★ ★ ★ ★

QOM, IRÁN

Javad miró la caja que David tenía entre las manos.

—¿Es este el paquete que estamos esperando?

—Sí —dijo David—, pero tenemos un problema.

—¿Qué problema?

David echó un vistazo a su alrededor. Observó que había varios guardaespaldas más que tomaban posiciones en un perímetro a su alrededor. También había una camioneta blanca que estaba esperando en el borde de la acera, con un guardia que mantenía la puerta posterior abierta. Delante había otra camioneta que posiblemente servía como el vehículo principal de seguridad. Detrás había una tercera, completando el grupo.

—Muchos de los teléfonos están dañados y no se pueden usar —explicó David y le entregó la caja destrozada a Javad—. Algo tuvo que haber pasado en el embarque.

Javad maldijo y su expresión inmediatamente se ensombreció.

—Los *necesitamos.*

—Lo sé.

—¿Qué vamos a hacer ahora?

—Mire, puedo volver a Munich por más. Eso es lo que yo quería hacer en primer lugar, pero . . .

—Pero Esfahani le dijo que no fuera.

—Bueno, yo . . .

—Lo sé, lo sé. Que Alá me ayude. Esfahani es un tonto. Si no fuera el sobrino de Mohsen Jazini, no estaría involucrado en absoluto.

—¿Qué quiere que haga, señor Nouri? —preguntó David—. Eso es todo lo que importa, lo que usted y el Prometido quieran. Por favor, entienda que haré cualquier cosa para servir a mi Señor.

Las palabras acababan de salir de su boca cuando escuchó frenos rechinando detrás de él. Luego todo pareció desarrollarse en cámara lenta. Oyó el estallido de un rifle de francotirador y uno de los guardaespaldas de Javad cayó.

¡Pum! ¡Pum!

Dos más de los hombres de Javad se desplomaron. Entonces el mismo Javad recibió una bala en el hombro derecho y comenzó a tambalearse. Estaba sangrando mucho. David se lanzó sobre Javad para protegerlo, a medida que los disparos se intensificaban y más guardaespaldas caían.

Se dio vuelta para ver de dónde venían los disparos. Vio buses. Vio taxis. Vio gente que corría y gritaba. Luego vio una furgoneta blanca que pasaba. La puerta lateral estaba abierta. Pudo ver destellos de disparos que salían de tres armas. Para entonces, un oficial de la policía iraní había sacado su revólver y estaba disparando. Dos agentes con ropa de civil que estaban en los alrededores levantaron sus metralletas y le dispararon a la furgoneta que a toda velocidad se abría camino en zigzag entre el tráfico y desaparecía en la curva.

★ ★ ★ ★ ★

Yossi podía ver ahora su objetivo a solo ocho kilómetros de distancia.

Lo que alguna vez fueran las instalaciones ultrasecretas de enriquecimiento de uranio en Qom habían sido reveladas al mundo el 25 de septiembre de 2009, pero el Mossad israelí sabía de ellas desde finales de 2007. Diseñadas para albergar tres mil centrífugas, no había manera de que este centro fuera para desarrollar energía nuclear civil y pacífica, tal como lo afirmaban cómicamente los ayatolás. El complejo estaba construido profundamente bajo tierra. Se encontraba debajo de una base del Cuerpo de la Guardia Revolucionaria Iraní. Estaba fuertemente protegido y rodeado por una falange de misiles superficie-aire.

Sin embargo, no por mucho tiempo.

Dos de los aviones F-16 que tenía atrás se colocaron a su izquierda. Su propio piloto de flanco se ubicó a su lado derecho. Yossi quitó el seguro de sus armas y disparó seis Maverick AGM-65, uno tras otro. Una fracción de segundo después, sus camaradas hicieron lo mismo. Por un momento, el aire que Yossi tenía enfrente se llenó de una llamarada de artillería antiaviones.

A casi la velocidad del sonido, los veinticuatro misiles aire-tierra chirriaron en las estaciones de radar, y los silos de los misiles y las baterías triple-A que rodeaban las instalaciones principales volaron en pedazos. Yossi jaló su timón para ganar un poco de altitud. Disparó su primera bomba antibúnker de novecientos kilogramos, dirigida por GPS, y después la segunda también. La tierra tembló, convulsionó, se arqueó y pronto todo lo que Yossi podía ver debajo de él estaba en llamas. Era hora de reunir a su gente y dirigirse a casa.

★ ★ ★ ★ ★

David oyó el rugido ensordecedor de las explosiones, una tras otra.

Giró hacia las montañas y pudo ver enormes bolas de fuego y columnas de humo que se elevaban al cielo mientras los aviones de combate israelíes desaparecían en las nubes. Conforme la tierra convulsionaba violentamente, los minaretes comenzaron a tambalearse. La gente estaba gritando otra vez y corría en todas las direcciones mientras la primera torre se derrumbaba, seguida por la segunda y, de repente, el domo turquesa de la mezquita se partió por la mitad.

David se cubrió la cabeza y se aseguró de que Javad también estuviera cubierto. Luego se dio vuelta y examinó la matanza. Los cuerpos estaban dispersos. Algunos estaban muertos. Otros estaban seriamente heridos. David volteó a Javad. Estaba cubierto de sangre. Sus pupilas estaban dilatadas, pero todavía estaba respirando. Todavía estaba vivo.

"Javad, míreme," dijo David suavemente. "Todo va a estar bien. Solamente que no deje de mirarme. Voy a orar por usted."

Javad parpadeó por un momento y emitió la palabra *Gracias.* Luego cerró los ojos y David pidió ayuda.

"Que alguien me ayude. Mi amigo necesita ayuda."

Con las armas en ristre, tres guardaespaldas heridos corrieron a su lado, mientras David levantaba cuidadosamente a Javad y lo llevaba a la camioneta blanca. Juntos ayudaron a colocar a Javad en el asiento de atrás. Un hombre de seguridad se metió atrás con él. Otro se sentó en uno de los asientos del medio. El tercero cerró y le puso seguro a la puerta lateral, luego se sentó en el asiento delantero del pasajero.

"Espere, espere; olvidó esto," gritó David justo antes de que el guardia cerrara la puerta.

Levantó la caja de teléfonos satelitales y se la dio al guardia. "El Mahdi los quería," dijo David. "No funcionan todos, pero algunos sí."

Sacó una pluma y escribió su número de teléfono celular en la caja. "Aquí está mi número. Haga que la gente del Mahdi me llame y me diga cómo está Javad y dígame si hay algo que pueda hacer por el mismo Mahdi."

El guardia le agradeció a David y le estrechó la mano vigorosamente. Luego cerró la puerta. La caravana salió a toda velocidad y David se quedó allí parado, mirando las oleadas de humo que subían de los ataques aéreos, sobre el horizonte.

Se dio vuelta y corrió al lado de uno de los guardias severamente heridos. Podía oír las sirenas de la policía y de las ambulancias a la distancia. Pronto llegarían. David se quitó la chaqueta y la usó para hacer presión sobre la pierna del hombre que sangraba y mientras lo hacía, oró también silenciosamente por el hombre, pidiéndole al Dios verdadero que lo consolara y hasta que lo sanara. Este hombre era un enemigo, sin duda alguna, pero David suponía que, de todas maneras, Dios lo amaba.

Los vehículos de emergencia comenzaron a acercarse a la escena y los paramédicos tuvieron que abrirse camino a través de la multitud que se había formado para atender a los heridos y llevarlos a los hospitales más cercanos. En la conmoción, David dio un paso atrás, se mezcló con el resto de la gente y pronto desapareció para evitar ser interrogado y mucho menos expuesto.

★ ★ ★ ★ ★

MONTAÑAS KARKAS, IRÁN

El misil estaba prácticamente sobre ellos.

Avi no conocía estos cañones. Yonah sabía que no los conocía. No obstante, iban cada vez más rápido.

Avi jaló hacia atrás el timón y subió directo a la atmósfera. El misil seguía con ellos. Avi jaló más fuerte, ladeó el avión e hizo un giro completo de 180 hasta que chirriaron otra vez entre las paredes estrechas del cañón.

"¡Avi, cuidado!," gritó Yonah.

Avi se elevó levemente y justo a tiempo no dio en una cresta de montaña por un margen de menos de veinte metros. Luego se ladeó fuertemente hacia la derecha y no le dio al costado de otro pico, por incluso menos. Fue un movimiento brusco y muy arriesgado, pero ahora eso los dejó a cielo abierto, lejos de las montañas sin otro lugar adónde ir.

Sin embargo, justo entonces, ambos hombres escucharon una explosión detrás de ellos, cuando el misil omitió el giro y siguió directo al precipicio. Avi sintió que el avión tembló. En realidad pudo sentir el calor intenso de las llamas que habían estado dirigidas a ellos. Una vez más, había burlado a la muerte y no podía describir la experiencia. Era embriagante, intoxicante, y Avi gritó a todo pulmón. Yonah gritó junto con él.

Eran jóvenes e invencibles, eran los nuevos héroes de Israel y se dirigían a casa.

★ ★ ★ ★ ★

VIERNES, 11 DE MARZO

(HORA DE IRÁN)

61

SYRACUSE, NUEVA YORK

Era viernes por la tarde.

Marseille no se había imaginado estar de vuelta en Syracuse a menos de una semana después de haberse ido. Sin embargo, esta no había sido una semana normal. El mundo parecía estar girando fuera de su eje. Había sido difícil quitar los ojos de los reportes de televisión desde que había amanecido en el DC el jueves en la mañana. Había estado pegada a las imágenes de los ataques aéreos israelíes en Irán y en la respuesta iraní. Su mejor amiga estaba de luna de miel en Israel, su viejo amigo David estaba en Irán y no podía comunicarse con ninguno de los dos. Contemplaba impotente cómo se disparaban los misiles hacia Israel desde el norte y el sur. Lloró cuando vio las imágenes de los israelíes que se vieron obligados a esconderse en los refugios antiaéreos y de los padres que desesperadamente trataban de ponerles máscaras de gas a sus bebés y a sus niños pequeños. No podía creerlo cuando oyó a su propio presidente denunciar a Israel por su ataque preventivo y exigir un inmediato cese al fuego. ¿Cómo no podía reconocer las malas intenciones de Irán, ni reconocer el derecho de Israel a defenderse?

La única noticia buena era que ninguno de los misiles que había atacado a Israel parecía ser nuclear, químico ni biológico y, dadas las circunstancias, eso en realidad era milagroso. No obstante, deseaba que hubiera algo más que ella pudiera hacer, aparte de orar.

Se aferró a Dios y a su Palabra, mientras nueva información y una miríada de interrogantes desenterradas en los últimos días daban vueltas en su cabeza. Durante su estudio bíblico de esa mañana, había leído en Hebreos acerca de la confianza que pueden tener los seguidores de Jesús, basados en lo que él ha hecho por ellos, y a ella, particularmente, le encantaron las palabras: "Esta esperanza es un ancla firme y confiable para el alma." Era esta verdad inmutable lo que la animaba, mientras miraba por la ventana el cielo gris del norte del estado de Nueva York, a medida que el avión descendía en Hancock Field.

★ ★ ★ ★ ★

KARAJ, IRÁN

Estaba exhausto, pero vivo y agradecido de poder ver algunos rostros amigables.

Era casi la medianoche del viernes en Irán, cuando David finalmente llegó al Refugio Seis, un departamento en un sótano que la CIA tenía en las afueras de la ciudad de Karaj, como a veinte kilómetros al oeste de Teherán, en las faldas de las montañas Alborz. El capitán Torres y sus hombres saludaron a David calurosamente. Inmediatamente calentaron un poco de comida para él y quisieron saber cada detalle de su horroroso viaje desde Qom, en medio de ola tras ola de ataques aéreos israelíes desde aviones de combate y de misiles de crucero lanzados desde submarinos. No obstante, primero David quería saber sobre ellos.

—¿Están bien todos sus hombres? —preguntó David y tomó un poco de pan *naan*.

—Sí, sí, todos estamos bien —dijo Torres—. La furgoneta fue baleada bastante, pero la abandonamos y nos robamos otra.

—Bien, y Khan, ¿cómo está?

—Quedó muy conmocionado por todo, pero lo superará —dijo Torres—. Ayer se lo llevaron por avión, justo antes de que comenzaran los ataques aéreos. Ahora está en Bahréin. Le están haciendo más interrogatorios y una revisión médica. Espero que esté en Guantánamo mañana como a esta hora.

David asintió con la cabeza y masticó su pan persa lentamente. Le

ofrecieron una de las cervezas frías que la Agencia mantenía guarda-
das en el refrigerador, pero no la aceptó. No tenía ganas de celebrar.

Seguro, en cierto sentido, su plan había funcionado. Al seguir la
orden de David de abrir fuego como lo habían hecho, Torres y su
equipo habían sacado hombres clave de alrededor de Javad Nouri.
Habían herido severamente al mismo Javad sin matarlo. Por lo tanto,
habían neutralizado la capacidad de Javad de servir como la mano
derecha confiable del Mahdi, en un tiempo en que el Mahdi lo necesitaría más. Más importante aún, le habían dado a David la oportunidad de ser el héroe. Al lanzar a Javad al piso y protegerlo con su
propio cuerpo de más balazos, y después al llevarlo rápidamente a la
camioneta para que lo trasladaran al hospital, David había demostrado su lealtad al Mahdi. Era algo que Javad y sus hombres probablemente no olvidarían pronto. Además, David esperaba que fuera algo
que ellos efectivamente recompensarían en el futuro.

Dicho esto, su misión completa había sido un fracaso total. Por
la gracia de Dios —y no podía haber otra explicación para eso—,
David había hecho casi todo lo que sus superiores de Langley le
habían pedido. No había capturado a Javad Nouri y todavía no había
encontrado a Jalal Zandi, pero había atrapado a Tariq Khan. Había
logrado la ubicación de las ocho ojivas. Había enviado la información
a Zalinsky y a Murray antes de que los iraníes las lanzaran. Había
puesto más teléfonos en manos del círculo íntimo del Duodécimo
Imán y oraba para que eso rindiera más fruto en los días por venir,
pero ¿cuál era el resultado de todo esto? A la larga, el presidente no
había estado dispuesto a usar todos los medios necesarios para evitar
que Irán obtuviera la Bomba. Todo había sido muy poco y demasiado
tarde. ¿Qué se suponía que debía hacer ahora?

David se disculpó con los hombres y se retiró. Se dio una ducha
caliente muy larga y se puso ropa limpia; mientras lo hacía, trató de
entender los riesgos que estaba corriendo. Estaba más que dispuesto a
arriesgar su vida para proteger a su país. Incluso estaba más dispuesto
ahora que sabía con seguridad adónde iría al morir. Sin embargo, ya
que ni la Agencia ni el presidente iban a actuar rápida y decisivamente

con la información que él estaba obteniendo, entonces ¿de qué servía? Si no iban a correr riesgos por la paz, ¿por qué tenía que hacerlo él?

Exhausto e incapaz de procesar nada más, se acostó y se quedó dormido rápidamente.

★ ★ ★ ★ ★

SYRACUSE, NUEVA YORK

El velatorio sería esa noche.

El funeral estaba programado para la mañana siguiente a las once. Los Shirazi le habían ofrecido que se quedara con ellos, pero aunque anhelaba ver la casa de la niñez de David por primera vez en muchos años, ella había insistido en quedarse en un hotel y no ser una carga para la familia.

Marseille alquiló un auto y un sistema GPS en el aeropuerto. Luego condujo de regreso al University Sheraton, donde se había quedado para la boda de Lexi. Mientras lo hacía sacó su teléfono celular y llamó a la cuñada de David, Nora Shirazi. Nora, la esposa del hermano mayor de David, Azad, había sido su punto de contacto durante los últimos días. Se habían comunicado varias veces por correo electrónico, pero se sentía raro, ya que Nora ni siquiera iría a Syracuse desde su casa en las afueras de Filadelfia. Nora era ahora la única mujer de la familia, llena de los fuertes hombres Shirazi. Incluso el hijito recién nacido de Nora era varón y llevaba el apellido de la familia hacia la siguiente generación. No obstante, era el pequeño Peter, que acababa de nacer el martes, el que evitaba que Nora pudiera asistir al funeral.

Marseille había respondido al correo electrónico de Nora tan pronto como había recibido el mensaje acerca del fallecimiento de la señora Shirazi el miércoles en la noche. Le había explicado que en realidad nunca había salido de la Costa Este y que con gusto estaría allí para el funeral. Nora le había contestado dentro de la misma hora y varias veces el día jueves, a medida que se hacían los preparativos para el funeral.

La llamada entró.

—¿Aló? —dijo una mujer al otro lado.

—¿Nora?

—¿Habla Marseille?

—Sí, hola, espero que no te moleste.

—No, en absoluto —dijo Nora—. Solo estoy alimentando al bebé. En realidad pensé que podría ser Azad, pero me alegra que seas tú. ¿Llegaste bien?

—Sí, gracias. Me dirijo al hotel ahora mismo. Solo quería saber si hay algo que pudiera hacer, ya sabes, para ayudar de alguna manera. Me siento un poco, no sé, como una extraña.

—Tonterías, prácticamente eres de la familia —dijo Nora con un afecto genuino que conmovió a Marseille—. ¡Ni hablar! Tú conoces a los Shirazi mucho antes que yo, y papá, por su parte, tiene muchas ganas de verte. Sinceramente, cuando Azad le dijo que tú llegarías, dijo que era la primera vez en muchos días que papá en realidad pareció alegrarse un poco.

Entonces el bebé comenzó a inquietarse. Nora se disculpó y dijo que tenía que colgar. Marseille dijo que lo entendía y colgó, pero mientras conducía, deseaba haber podido conversar un poco más. No solo era el hecho de que Nora fuera parte de la familia Shirazi, o de que Nora hubiera conocido a David mucho más que ella durante los últimos años. También sentía un profundo desánimo porque en ese momento, en realidad no tenía a nadie más con quien hablar.

★ ★ ★ ★ ★

KARAJ, IRÁN

David se sentó de un salto en su cama.

Revisó su reloj. Todavía no había amanecido, pero no podía creer que hubiera dormido por tanto tiempo. Se frotó los ojos y luego se levantó de un salto, se echó un poco de agua en el rostro y silenciosamente se dirigió a la sala de estar a buscar una computadora portátil para conectarse a Internet.

Una vez en línea, revisó su cuenta de AOL, esperando escribir una nota rápida a su papá y a Marseille. Sin embargo, lo que encontró fue casi una docena de correos de Azad, de Nora y hasta de Saeed, y cuando se enteró de que su madre había muerto hacía unas cuarenta y ocho horas, y que sus hermanos estaban enojados porque no llamaba ni respondía a los correos electrónicos, se le quebró el corazón.

Había correos acerca del velatorio, correos acerca del servicio conmemorativo y correos del entierro, todos preguntándole dónde estaba y cuándo llegaría.

¿Qué se suponía que debía decirles? ¿Cómo podría explicarles por qué no iba a estar allí para el funeral de su propia madre, o por qué ni siquiera había tenido la decencia de comunicarse con ellos? Ninguna mentira sería suficiente. Para David, en ese momento, ni siquiera la verdad era suficiente.

★ ★ ★ ★ ★

SYRACUSE, NUEVA YORK

Marseille se dio un tiempo extra para llegar al velatorio.

Como no quería llegar tarde, se abrió camino por los vecindarios cerca de la universidad, cruzó el Bulevar Erie y subió por las colinas hacia los vecindarios del norte, agradecida por su GPS. La Funeraria Carter estaba en un lindo edificio blanco, lejos del camino. Parecía acogedora. Ya habían varios autos estacionados afuera, aunque todavía faltaban treinta minutos para que comenzara el velatorio.

Esperando tener unos minutos de tranquilidad con la familia de David, pero sin la seguridad de que fuera apropiado llegar temprano, decidió entrar. Las puertas de enfrente estaban un poco entreabiertas y pudo ver un pequeño grupo en lo alto de unas cuantas gradas. De repente se dio cuenta de que nadie la reconocería y sintió algo de temor e incomodidad. No obstante, cuando el hombre mayor del pequeño grupo de personas miró hacia donde ella estaba por un momento, y cuando ella vio que el haberla reconocido iluminó sus ojos, suspiró con alivio y le sonrió.

—Mi querida Marseille, qué maravilloso que estés aquí —dijo el doctor Shirazi, limpiándose las lágrimas y en realidad recuperando el ánimo—. Me siento muy honrado de que vinieras. Tener aquí a una amiga de hace tanto tiempo significa muchísimo.

El doctor Shirazi se le acercó y la abrazó, y ella casi perdió el control de sus emociones. Estar en los brazos de un padre, sentir el aroma, de alguna manera familiar, de tabaco de pipa y loción para después de afeitarse, era demasiado para sobrellevar.

—Doctor Shirazi, estoy tan contenta de estar aquí con ustedes —dijo Marseille con lágrimas en los ojos—, pero siento mucho la tristeza por la que está atravesando, por la que todos están pasando. Siento mucho que David no pueda estar aquí.

Precisamente entonces la voz se le quebró y deseó haber esperado a que él trajera a colación el nombre de David.

Sin embargo, el doctor Shirazi solo le dio unas palmadas en la espalda.

—Gracias, Marseille. La empatía de una amiga es un tesoro que no doy por sentado y sé que has tenido más dolor del que a una joven se le debería pedir sobrellevar. Gracias por compartir con nosotros.

Sus palabras la tranquilizaron y en su corazón le agradeció a Dios por la gentileza de este querido hombre.

"En cuanto a David," dijo el doctor Shirazi suavemente y con una intensidad que la sorprendió, "está adonde se le necesita más. Sé que le rompe el corazón perderse este tiempo tan difícil con la familia, pero mi corazón no está quebrantado porque él es un buen hijo; estuvo conmigo y con su madre durante horas y se preocupó por mí, porque él es un hombre bueno y este es el deseo del corazón de cualquier padre. No lo juzgues, Marseille. No es vanidad ni riquezas que han evitado que él venga. Está cumpliendo con su deber y estoy agradecido por eso y sé que su madre también lo estaría."

Marseille estaba sorprendida por la firmeza de las palabras y de la voluntad del doctor Shirazi. Se preguntaba cómo podía tener tanta fortaleza, tanta fe en David, a menos que supiera la verdad de para quién trabajaba David y dónde estaba ahora, pero ¿cómo podría saberlo?

"Ven ahora," le dijo, y la tomó del brazo. "Ven a saludar a mis otros dos hijos. Ha pasado mucho tiempo desde la última vez que se vieron, ¿verdad?"

El padre de David la llevó a saludar a Azad y a Saeed, dos hombres increíblemente apuestos, con los mismos penetrantes ojos cafés de su hermano menor. Cada uno la abrazó, le dio un beso en la mejilla y fácilmente inició la conversación con todos ellos, hasta que la gente comenzó a llegar y ellos tuvieron que ser los anfitriones.

★ ★ ★ ★ ★

SÁBADO,
12 DE MARZO

(HORA DE IRÁN)

62

KARAJ, IRÁN

David pasó el día esforzándose por no llamar a su casa.

Había respondido a todos los correos de su familia. Les había dicho a sus hermanos y a Nora la mejor mentira que se le pudo ocurrir, y le pidió a Dios que su padre pudiera leer entre líneas y lo perdonara.

En cuanto a Marseille, no le había escrito en absoluto. No quería mentirle. Prefería no decirle nada que engañarla, pero no tener contacto en absoluto era más doloroso de lo que pensó que podía sobrellevar. ¿Sabía ella lo de su madre? ¿Alguien de su familia habría pensado en decírselo? ¿Qué pensaría ella de él cuando se enterara de que no había ido al funeral, que ni siquiera se había puesto en contacto? ¿Qué podría decirle él para explicar la situación?

Antes de perder la razón en el refugio, llamó a Zalinsky para reportarse. Las noticias de Langley eran mixtas. Aparte de la denuncia de la administración por los ataques israelíes y de la amenaza del presidente de apoyar la decisión del Consejo de Seguridad de la ONU, que condenaba al Estado Judío por acciones de agresión sin provocación e injustificadas, las primeras evidencias sugerían que la operación israelí había sido mucho más efectiva que lo que la Agencia había considerado posible. Todavía tardarían días, quizás semanas, para evaluarla, pero la fotografía inicial del satélite Keyhole indicaba que todos los sitios nucleares más importantes de Irán habían sido destruidos, así como la mayoría de sus lugares de producción de misiles. Las baterías de misiles Patriot habían funcionado mejor de lo esperado en la defensa del territorio israelí. De hecho, lo que los medios de comunicación todavía no sabían, pero que la CIA acababa de confirmar, era que uno de los misiles derribados por un Patriot sobre Jerusalén efectivamente llevaba una ojiva nuclear. Afortunadamente, el misil había sido destruido antes de que la ojiva pudiera armarse, y el equipo de recuperación había tenido éxito al localizar el disparador de uranio de la ojiva antes de que pudiera emanar radiación significativa. Además, parecía que el resto de las ojivas habían sido destruidas en los ataques aéreos.

Zalinsky dijo que también era asombroso que las pérdidas israelíes hubieran sido tan bajas. El director Allen le había dicho al presidente que los analistas de la Agencia habían estimado que los israelíes perderían de cuarenta a sesenta aviones si alguna vez se embarcaban en un ataque preventivo, una de las razones por las que Jackson pensaba que, a la larga, Neftalí no autorizaría una misión así. Sin embargo, los aviones derribados fueron muchos menos. Solamente seis F-16 habían sido derribados por misiles tierra-aire en Irán. Dos más se habían perdido por fallas mecánicas. Un abastecedor en vuelo KC-130 y un F-15 habían chocado en el aire sobre el noreste de Siria durante una operación de reabastecimiento. No obstante, ningún avión israelí había sido derribado en combate.

Dicho esto, el Duodécimo Imán había ordenado un contraataque a gran escala.

Zalinsky le dijo que más de doscientos ciudadanos israelíes habían muerto en las primeras veinticuatro horas de ataques de misiles de Irán, Hezbolá, Hamas y Siria, y que se esperaba que el número de víctimas siguiera aumentando. Los heridos multiplicaban esa cantidad y los hospitales rápidamente estaban llegando a su límite máximo. Millones de israelíes se habían visto obligados a resguardarse en refugios antiaéreos. Todos los vuelos del Aeropuerto Internacional Ben Gurion habían sido cancelados, pero miles de turistas todavía llegaban al aeropuerto, sin saber qué otra cosa hacer.

—Los israelíes han lanzado ataques aéreos masivos contra sus vecinos —dijo Zalinsky—, y parece que se están preparando para campañas mayores dentro las próximas horas.

—¿Qué quieres que haga? —preguntó David, con una ira que aumentaba en proporción a su sensación de impotencia.

—Nada —dijo Zalinsky—. Solo sigue escondido y permanece a salvo hasta que encontremos la manera de sacarte de allí junto con tus hombres.

Eso era precisamente lo que David no quería escuchar. No había aceptado el trabajo para esconderse ni para retirarse. Quería una misión nueva. Quería marcar la diferencia, detener las muertes, pero ¿cómo?

★ ★ ★ ★ ★

SYRACUSE, NUEVA YORK

El servicio de conmemoración del sábado en la mañana fue bello.

Se llevó a cabo en una sala tranquila y encantadora, en la parte de atrás de la funeraria, con alfombrillas persas sobre el alfombrado verde y sillas tapizadas de blanco colocadas en el lugar. En el centro de la sala había varios arreglos florales enormes, colocados alrededor de un retrato enmarcado de la señora Shirazi. Marseille había sido recibida con los brazos abiertos por el padre y los hermanos de David, y sentada ahora en el salón lleno de compañeros de trabajo y vecinos, supo que había hecho bien en ir. Pertenecía allí.

Estaba agradecida por su relación con esta familia afectuosa; agradecida por los recuerdos de visitas poco frecuentes, pero memorables, que se habían correspondido entre Syracuse y Nueva Jersey durante su niñez, antes de que su propia madre muriera. Marseille recordó a la señora Shirazi de aquellos años, tan llena de vida y tan apasionada, y sonrió. De alguna manera, el estar allí la hizo sentirse cerca de sus propios padres. Azad se levantó con lágrimas en sus ojos oscuros y habló de la madre fiel y amorosa que había sido la señora Shirazi. Saeed leyó de un libro de poesía persa. Luego tradujo el poema al inglés, y a Marseille las palabras le parecieron extrañas pero bellas.

Puede ser que te conozca desde hace muchos años,
Como si hubieras estado conmigo por siglos,
Porque tu intensa presencia,
Tus sonrisas ocasionales,

Tu corazón tierno,
Tu dulce voz
*¡Ahora son palpables para mí!**

Las palabras persas fueron muy evocadoras y fascinantes. La tierra de Irán la intrigaba y sus pensamientos volvieron a David, tal y como le había ocurrido mil veces ese día. ¿Estaría bien? ¿Cuándo sabría algo de él otra vez? ¿Cómo reaccionaría él cuando ella le dijera lo que sabía? ¿La ayudaría el Señor a dejar de pensar con tanta intensidad en él? Marseille oró por David al igual que lo había hecho por años, para que él buscara a Dios y que Jesús se le revelara, que su viejo amigo le abriera su corazón al Salvador, y que el corazón de David Shirazi fuera el hogar de Jesús.

---

* Este poema fue escrito por un bloguero iraní anónimo el 8 de agosto de 2007.

EPÍLOGO

Ahmed Darazi les llevó té a sus colegas en el centro de comando.

La iluminación era débil, el aire estaba espeso por el humo de los cigarrillos y la atmósfera era solemne. Esto no estaba saliendo como se había planificado y Darazi no sabía por qué. ¿Cuántas veces había prometido el Duodécimo Imán que los sionistas serían aniquilados? ¿Cuántas veces había dicho que la destrucción de los judíos y de los cristianos era inminente? ¿Cuántas veces había repetido esas palabras el mismo Darazi? ¿Por qué no estaba ocurriendo? ¿Qué había salido mal? Además, ¿por qué no se estaban cumpliendo todas las profecías? ¿Qué de las preguntas que Alireza Birjandi había planteado? ¿Quién tenía las respuestas?

En parte, Darazi se sentía aterrorizado al tener esos pensamientos en presencia del Mahdi, pero no podía evitarlo. Sus dudas aumentaban, aunque no se atrevía a expresarlas. Quería vivir. Era así de sencillo. Tal vez las respuestas vendrían a su tiempo. Determinó que por ahora era mejor quedarse callado y actuar de siervo.

Dicho esto, Hosseini estaba tan enojado como Darazi nunca lo había visto. El hombre no estaba despotricando, ni siquiera estaba elevando su voz en absoluto, pero caminaba de un lado al otro de la habitación, exigiendo constantemente más información del ministro de defensa Faridzadeh y de los generales que lo rodeaban, quienes estaban sentados detrás de un banco de computadoras y monitores de video, trabajando con los teléfonos y recabando información de inteligencia de campo.

El ataque de los sionistas los había tomado completamente por sorpresa, y a Darazi en particular. Había estado totalmente convencido de que los estadounidenses serían capaces de mantener controlados a los sionistas. El jueves en la mañana había creído íntegramente la patraña de que Neftalí se estaba preparando para viajar a Estados Unidos el viernes. Hosseini también lo había creído y Darazi suponía que eso alimentaba enormemente su ira.

Por lo menos, el contraataque estaba en movimiento. Estaban haciendo retroceder al enemigo. El Cuerpo de la Guardia Revolucionaria Iraní estaba disparando de cuatro a seis misiles balísticos contra Israel por hora. Los sistemas Arrow y Patriot de los sionistas estaban derribando entre 75 y 80 por ciento de ellos, pero los que lograban llegar estaban ocasionando mucho daño en Tel Aviv, Haifa y Ashkelon, aunque ninguno había dado en Jerusalén; por lo menos todavía no.

Mientras tanto, Hezbolá estaba lanzando de veinte a treinta cohetes por hora desde el Líbano. Una media docena había caído en los suburbios del norte de Tel Aviv. La mayoría estaba golpeando Haifa, Tiberíades, Nazaret, Karmiel y Kiryat Shmona. Había incendios en cada una de esas ciudades y pueblos, pero con tantos cohetes que llovían sin parar en la hilera norte de Israel, era sumamente difícil que los carros bomba y ambulancias respondieran rápidamente, o que siquiera pudieran hacerlo.

Al mismo tiempo, los terroristas de Hamas en Gaza estaban lanzando de cuarenta a cincuenta ataques con cohetes y morteros por hora contra los judíos que vivían a lo largo de la hilera sur, en lugares como Asdod, Ashkelon, Beerseba y Sderot. Incluso la comunidad de Rehovot, al sur de Tel Aviv, había sido atacada por varios misiles Grad, de fabricación iraní.

No obstante, Darazi podía ver que no era suficiente para el Duodécimo Imán, que estaba meditando solo en la esquina, callado y contemplativo. El Mahdi no había dicho nada por varias horas. Darazi tampoco lo había visto comer ni beber nada en más de dos días. Era pertinente, pensaba Darazi, que el Prometido estuviera consumido en oración y ayuno, pero el silencio era inquietante.

De repente, sin advertencia, el Mahdi abrió sus ojos.

—Jazini. ¿En dónde está?

—Fue a revisar el estado del Ministerio de Inteligencia —dijo Faridzadeh—. Debe estar de regreso en una hora.

—Llámelo ahora —ordenó el Mahdi—. Él tiene noticias.

—¿Cómo podemos llamarlo? —preguntó Faridzadeh—. Solamente estamos usando líneas terrestres en este momento y como le dije, está afuera en la ciudad.

—Localícelo por teléfono satelital —insistió el Mahdi—. Solo hágalo ahora mismo.

—Mi Señor, por favor no se enoje, pero nos preocupa que esos teléfonos pudieran estar intervenidos, después de lo que pasó cuando Javad se reunió con Reza Tabrizi.

—Tonterías —dijo el Mahdi—. Yo mismo hablé con Javad ayer. Dijo que Tabrizi le salvó la vida. Ahora, comuníqueme con Jazini y póngalo en el altavoz.

Darazi vio cómo uno de los asistentes del ministro de defensa conectaba el teléfono satelital de Faridzadeh a una línea que atravesaba el búnker hacia una antena parabólica del techo. Un momento después, el General Jazini estaba en la línea para que todos en el centro de mando lo oyeran.

—Estaba orando y su rostro se me puso enfrente, Mohsen —dijo el Mahdi—. Alá está con usted y tiene noticias.

—Las tengo, mi Señor —dijo Jazini sin aliento—. Iba a esperar para llevarle las noticias personalmente, pero ¿está bien hablar en esta línea?

—Por supuesto. Hable ahora, hijo mío.

—Sí, mi Señor. Tengo buenas noticias: tenemos dos ojivas más.

—¿Nucleares?

—Sí, dos han sobrevivido a los ataques.

—¿Cómo? —preguntó el Mahdi—. ¿Cuáles?

—Las que Tariq Khan tenía a su cargo. Las que están en Khorramabad.

—¿Qué pasó?

—Cuando Khan desapareció, el jefe de seguridad de las instalaciones de Khorramabad temió por la seguridad de las ojivas —dijo

Jazini—. Temió que Khan pudiera estar trabajando con los sionistas, y como las ojivas todavía no estaban conectadas a los misiles, decidió sacarlas de estas instalaciones y esconderlas en otra parte. Acabo de hablar con él. Está a salvo. Las ojivas están a salvo.

El Mahdi se puso de pie y cerró los ojos. "Te agradezco, Alá, porque nos has dado otra oportunidad de atacar."

RECONOCIMIENTOS

Es un honor publicar otro libro con este maravilloso equipo de gente y les estoy particularmente agradecido a Mark Taylor, a Jeff Johnson, a Ron Beers, a Karen Watson, a Jeremy Taylor, a Jan Stob, a Cheryl Kerwin, a Dean Renninger, a Beverly Rykerd, y al increíble grupo de Tyndale House Publishers.

Gracias a Scott Miller, mi gran amigo y excelente agente de Trident Media Group.

Gracias a mi amorosa familia: mi madre y mi padre, Len y Mary Jo Rosenberg; June "Bubbe" Meyers; a toda la familia Meyers; a los Rebeiz; a los Scoma; y a los Urbanski.

Gracias también a mis queridos amigos Edward y Kailea Hunt, a Tim y Carolyn Lugbill, a Steve y Barb Klemke, a Fred y Sue Schwien, a Tom y Sue Yancy, a John y Cheryl Moser, a Jeremy y Angie Grafman, a Nancy Pierce, a Jeff y Naomi Cuozzo, a Lance y Angie Emma, a Lucas y Erin Edwards, a Chung y Farah Woo, al doctor T. E. Koshy y familia, y a todos nuestros asociados del Joshua Fund y November Communications, Inc.

Especialmente, gracias a mi mejor amiga y maravillosa esposa, Lynn, y a nuestros cuatro estupendos hijos, Caleb, Jacob, Jonah y Noah. ¡Los amo muchísimo y me encanta la aventura en la que el Señor nos ha embarcado!

ACERCA DEL AUTOR

Joel C. Rosenberg es autor de éxito del *New York Times* de seis novelas —*La última cruzada, The Last Days, The Ezekiel Option, The Copper Scroll, Dead Heat* y *El Duodécimo Imán*— y de dos libros de literatura de no ficción: *Epicentro* y *Dentro de la Revolución*, con un total de unos dos millones de copias impresas. *The Ezekiel Option* recibió una Medalla de Oro como "Mejor Novela de 2006" de la Asociación de Publicadores Cristianos Evangélicos. Joel es productor de dos películas documentales que se basan en sus libros de no ficción. También es fundador del Joshua Fund, una organización no lucrativa, educativa y benéfica que moviliza cristianos para que "bendigan a Israel y a sus vecinos en el nombre de Jesús" con comida, ropa, medicinas y toda clase de ayuda humanitaria.

Como asesor de comunicaciones, Joel ha trabajado con algunos líderes de Estados Unidos e Israel, incluyendo a Steve Forbes, Rush Limbaugh, Natan Sharansky y Benjamin Netanyahu. Como autor, ha sido entrevistado en cientos de programas de radio y televisión incluyendo *Nightline* de la ABC, *CNN Headline News*, el Canal Noticioso de FOX, el History Channel, MSNBC, *The Rush Limbaugh Show*, *The Sean Hannity Show* y *Glenn Beck*. Se han hecho reseñas de él en el *New York Times*, en el *Washington Times*, en el *Jerusalem Post* y en la revista *World*. Ha dado conferencias en todo el mundo, como en

Israel, Irak, Jordania, Egipto, Turquía, Rusia y las Filipinas. También ha hablado en la Casa Blanca, en el Pentágono y a los miembros del Congreso.

En 2008, Joel diseñó y fue anfitrión de la primera Conferencia Epicentro en Jerusalén. El evento atrajo a dos mil cristianos que querían "aprender, orar, dar e ir" a la obra de Dios en Israel y el Medio Oriente. Posteriormente, se han llevado a cabo Conferencias Epicentro en San Diego (2009); en Manila, Filipinas (2010); y en Filadelfia (2010). La transmisión en vivo de la conferencia de Filadelfia atrajo a unas treinta y cuatro mil personas, de más de noventa países, para escuchar a conferencistas como el viceprimer ministro israelí Moshe Yaalon; pastores de Estados Unidos, Israel e Irán; el Teniente General (retirado) Jerry Boykin; Kay Arthur; Janet Parshall; Tony Perkins; y Mosab Hassan Yousef, hijo de uno de los fundadores de Hamas, que ha renunciado al islam y al terrorismo y se ha convertido en un seguidor de Jesucristo y amigo de los israelíes y palestinos.

Joel es hijo de padre judío y madre gentil y es cristiano evangélico, con la pasión de hacer discípulos en todas las naciones y de enseñar la profecía bíblica. Se graduó en la Syracuse University con un título en producción de películas, está casado, tiene cuatro hijos y vive cerca de Washington, DC.

Para visitar la página de Joel o para inscribirse en sus correos semanales "Flash Traffic," por favor visite: www.joelrosenberg.com.

También puede visitar estos otros sitios en Internet:

www.joshuafund.net
www.epicenterconference.com

y al "Equipo Epicentro" de Joel y la página del perfil público de Joel C. Rosenberg en Facebook.